当你读懂唐诗千首【律诗卷】

1000 POEMS FROM THE TANG DYNASTY

文东　著

羊城晚报出版社
·广州·

图书在版编目（CIP）数据

当你读懂唐诗千首. 律诗卷 / 文东著. 一 广州：
羊城晚报出版社，2021. 10
ISBN 978-7-5543-0920-9

Ⅰ. ①当… Ⅱ. ①文… Ⅲ. ①唐诗－律诗－诗歌研究
Ⅳ. ①I207.227.42

中国版本图书馆CIP数据核字（2021）第033313号

当你读懂唐诗千首（律诗卷）
DANG NI DU DONG TANG SHI QIAN SHOU（LV SHI JUAN）

策划编辑　王志娟
责任编辑　王志娟
责任技编　张广生
装帧设计　陈宇雯　飞天小陈皮
责任校对　陈英杰　谢泽澎
出版发行　羊城晚报出版社
（广州市天河区黄埔大道中309号羊城创意产业园3-13B　邮编：510665）
发行部电话：（020）87133824
出 版 人　吴　江
经　　销　广东新华发行集团股份有限公司
印　　刷　广州一龙印刷有限公司（广州市增城区荔新九路43号1幢自编101房）
规　　格　787毫米×1092毫米　1/16　印张35.5　字数330千
版　　次　2021年10月第1版　2021年10月第1次印刷
书　　号　ISBN　978-7-5543-0920-9
定　　价　98.00元

书前告白

《当你读懂唐诗千首（律诗卷）》继《当你读懂唐诗千首（古绝与律绝）》之后，也选介唐诗千首，包括古体200首、五律400首、七律400首。其中五律七律占800首，旨在让读者深入了解唐代近体诗（又称格律诗）的语句和声韵，同时提供一些行之有效的方法，使通晓唐诗平仄的愿望容易实现。

为给有心学习唐诗平仄者提供帮助，本书非常重视让他们真懂唐诗原文，触及唐诗声韵，体会到诗中的抑扬顿挫确实与平仄组合密切相关。书中特花大力气去解说近体诗的文本，务求：一、选介的诗要质量好、数量足。于是五律400首，杜甫、李商隐的占一半，七律400首，杜甫、李商隐的占大半；五分之四近体诗对比五分之一古体诗，数量也算足。二、认真"搭桥"。指引读者明白唐诗字句，懂得唐诗原文，随意念诵时，触摸到声韵。安排的对译全诗、评述作品、解释词语等，优先利于认识唐诗这种中古汉语的本来面貌。三、篇幅简短。每首诗解说一般300字左右。

本书除了千首唐诗的独特解说，还介绍诗中平仄的辨识方法，具体阐述如何利用广州语音和汉语拼音，切实而快速掌握唐诗的平仄格律。

这样的书，可能适合现代人读、写古诗词的需要。其次，有志打好语文基础的大中学生，若能加以利用，或有意外收获。

目录

一、千首唐诗索引

二、

古体两百首解说

001 | 王梵志·我昔未生时

我昔未生时， 我昔日尚未出生的时候，
冥冥无所知。 只觉得昏黑渺茫无所知。
天公强生我， 应是天公强行让我出生，
生我复何为？ 天公又为何令我来面世？
无衣使我寒， 没有衣穿使我抵挡不住身寒，
无食使我饥。 没有饭吃使我忍受不了腹饥。
还你天公我， 愿将挨饥抵寒的我还给天公，
还我未生时。 也祈求天公还给我未生之时。

敢为穷人质问天。首联以自己对未出生之前完全无知开头。中二联慨叹无衣无食之生，反不如一无所知之未生，竟敢让天公去背黑锅，强烈控诉不平等社会剥夺了人的生存权利。强：指强行。末两句惊天动地、喝神叱鬼之辞更是出人意料，于滑稽之中透出无比的愤怒，非王梵志难能有如此大胆手笔。皎然《诗式》将其列为“外示惊俗之貌，内藏达人之度”的“骇俗品”。

002 | 王梵志·请看汉武帝

请看汉武帝， 请看一看汉武帝，
请看秦始皇。 请看一看秦始皇。
年年合仙药， 年年处处遣人配制仙药，
处处求医方。 或者不惜代价搜求医方。
结构千秋殿， 建构名为千秋的宫殿，
经营万寿堂。 营造称作万寿的大堂。
百年有一倒， 享寿百年终有一死，
自去遣谁当？ 若不自去派谁担当？

皇帝求仙成妄想。首联提请读者注意秦皇、汉武两个皇帝。中间四句点出注意他们寻仙访药、心想欲成的追求长生的行为。白居易的《海漫漫》就有，人传蓬莱、方丈、瀛洲三山上藏不死药，“服之羽化为天仙。秦皇汉武信此语，方士年年采药去”。尾联以人生难免一死的客观规律，戳穿他们企图长生不老的妄想，还目无皇帝威严，给他们开个玩笑，至死不去你能派谁去代替啊！

003 | 王梵志·吾有十亩田

吾有十亩田， 我拥有十亩田，
种在南山坡。 坐落在南山坡。
青松四五树， 还栽培了青松四五株，
绿豆两三窠。 以及种植绿豆两三窠。
热即池中浴， 天热就下池中沐浴，
凉便岸上歌。 凉时便在岸上高歌。
遨游自取足， 随意漫游自可得到满足，
谁能奈我何！ 与世无争有谁能奈我何！

不必求人不顾人。首联说，自家种十亩田，全家主粮不缺。次联说，还栽青松植绿豆，这就意味着柴薪、副食之类也都具备了。三联流露出对这种生活的欣赏，天凉岸上唱歌，自然是轻松的，估计天热下水洗澡也是愉快的。尾联说，出行在外，面对世人，还很自豪。能够自食其力，不去求人，确实值得尊重。也应看到，这是养成自扫门前雪、不管别家霜的自私心理的根源。

004 | 王梵志·代天理百姓

代天理百姓， 即使替天前来治理百姓，
格式亦须遵。 可是规矩也有必要遵循。
官喜律即喜， 当官的喜欢按律法该干预也不干预，
官嗔律即嗔。 当官不高兴按律法不处分也必处分。
总由官断法， 总是由官去判定要不要律法，
何须法断人。 何须按律法判定各种各样人。
一时截却项， 倘若一旦被砍断了颈项，
有理若为申。 虽然有理又向何处申论。

百姓生存无保障。首联提出，替天来治理百姓的人，应当遵守一定规矩。所谓替天行事者，指皇帝及其官吏，皇帝的圣旨开头就说“奉天承运皇帝，诏曰”。中间二联揭露官员断案，全凭主观喜恶，有规矩如同无规矩，实际等于都是人治，全无法治。尾联由此推想，平民百姓无法保障，任人宰割，若要反抗，官府多被恶人控制，良民反会成了罪人，因为有理也无地方申诉。

005 | 寒　山·杳杳寒山道

杳杳寒山道， 寒山道一片幽暗而深远，
落落冷涧滨。 可见到寥落冷清的涧滨。
啾啾常有鸟， 常常有鸟儿啾啾地啼鸣，
寂寂更无人。 却空虚寂静难得看到人。
淅淅风吹面， 冷风瑟瑟地吹向我的脸，
纷纷雪积身。 雪花纷纷地洒落我全身。
朝朝不见日， 我朝朝看不见太阳升起，
岁岁不知春。 也岁岁不知道季节逢春。

逃避红尘隐世外。 首联描写沿涧的山路，它幽暗深远，又寥落冷清。中二联描述在这条路上走动的感受：经常碰到鸟，难得见到人；刮风之时脸上被吹得难受，每当下雪身上会铺满雪花。尾联还说，长年走着这条路，朝朝看不见太阳升，岁岁不知道春天到。这里好在远离人间战乱，不必担心性命朝不保夕。据传诗僧寒山出身于官宦人家，多次科举不第，后隐居于浙东天台山。

006 | 寒　山·一自遁寒山

一自遁寒山， 自从逃遁在寒山，
养命餐山果。 养命就靠吃山果。
平生何所忧， 我平生还有什么可忧的，
此世随缘过。 这一世顺从缘分去度过。
日月如逝川， 日月如同河水那样流，
光阴石中火。 光阴好像击石出的火。
任你天地移， 任从你人间把天地移掉，
我畅崖中坐。 我心情舒畅在崖中安坐。

玄宗奔蜀寒山遁。 首联叙述逃遁到寒山，靠山果活命。中二联诉说此时的想法，人生再无所忧，此世随缘度日，反正日月如流水逝川，光阴似电光石火。尾联还流露喜悦之情，你把天地翻转，我还乐坐崖中。根据“天地移”的意思，似乎可以推断，诗作者很可能是在安史之乱时逃遁到寒山的，因为一般的战乱不足以“移天地”，但长安被占、皇帝逃亡则可算天地翻覆了。

007 | 寒　山·读书岂免死

读书岂免死，读书难道不会死，
读书岂免贫。读书难道不会贫。
何以好识字，为什么要好好地识字，
识字胜他人。因为识字会胜过他人。
丈夫不识字，男人如不识字，
无处可安身。无处可以安身。
黄连揾蒜酱，就好像把黄连浸在蒜酱里，
忘计是苦辛。不知道后果会是既苦又辛。

读书识字易安身。此诗论及读书识字对个人安身立足的意义。首联从读书的人也死、也贫说起，这是不愿读书者视为无法推翻的理由。次联正面论述，读书识字可以胜过其他不识字的人。怎样胜过？三联回答，识字者在社会上易立足，不识字者则难安身，即是说，有了阅读能力，就能接受集体经验，提高谋生本领，找到合适职业。尾联把不愿识字者比作黄连蘸蒜酱——不知辛苦。

008 | 寒　山·天生百尺树

天生百尺树，天然生长高达百尺的大树，
剪作长条木。无端被砍成了一根长条木。
可惜栋梁材，可惜如此漂亮的栋梁之材，
抛之在幽谷。被抛弃在幽暗偏僻的山谷。
年多心尚劲，年多日久里面的树心依然坚硬，
日久皮渐秃。至于树皮被风雨侵蚀已经渐秃。
识者取将来，识货的人把它得到，
犹堪柱马屋。还可用来支撑马屋。

暮年仍想发光热。首联以一棵百尺树砍作长条木开头。次联感叹这条本可充当栋梁材的长条木，被弃幽谷，实在可惜。三联指出随着时间过去，长条木自身已起了变化，树皮渐秃所幸树心还硬。尾联向有识之士建议，如能对此尚具潜力的长条木加以利用，仍可用它支撑养马的房子。作者年富力强之际，可能未被赏识，而当老而未朽，犹思贡献绵力，尚怀抱“柱马屋”之志。押入声韵。

009 | 寒　山·我见瞒人汉

我见瞒人汉， 我看见过骗人的汉子，
如篮盛水走。 如让篮子盛了水就走。
一气将归家， 一口气把篮子拿回家，
篮里何曾有。 那篮子却什么也没有。
我见被人瞒， 我看见过被人骗过的，
一似园中韭。 全似园中韭菜无尽头。
日日被刀伤， 日日被人用刀子去割，
天生还自有。 好像天生自然又会有。

应当诚实且明智。 瞒人似指隐瞒真情而未成骗子者，如不懂装懂、贫而充阔之类。前两联说，常会见到隐瞒真情的人，仿佛竹篮盛水，到家一无所有。后两联说，也常见到看不出别人的伪装和冒充的人，这些人好像园中韭菜，很难绝迹，总是割了又生，难见其无。作者似挖苦一下瞒人者，假面必被看穿，明眼人多得很；而对被瞒者则热切期望，好好擦亮眼睛，别让蒙混过关。

010 | 寒　山·人生不满百

人生不满百， 人的一生岁数不足一百，
常怀千载忧。 可是时常怀有千年之忧。
自身病始可， 自身的病刚刚治好，
又为子孙愁。 又为子孙操心发愁。
下视禾根土， 往下凝视禾根的泥土，
上看桑树头。 向上关注桑树的顶头。
秤锤落东海， 一直等到如同秤锤掉进东海，
到底始知休。 沉到海底浮不上来才会罢休。

尊重自然知量力。 首联用一句话概括人的忧虑过多：没有一百岁的人却忧一千年的事。中二联先实后虚，具体说明如何过分忧虑：自身生病才刚好，又为子孙瞎操心；上下各方来信息，总能引起心不安。尾联给出了杞忧停止的条件，就是如同秤锤落海，这等于说，直到离开人世，才不再忧。应看到人生决不能全不忧虑、毫无担当，重要的是，善于避免“怕天塌”那样的过虑。

011 | 寒　山·富儿会高堂

富儿会高堂， 富贵人家接待宾客于高大的厅堂，
华灯何炜煌。 高堂内外华灯普照显得多么辉煌。
此时无烛者， 这时候缺乏灯烛的贫穷人，
心愿处其傍。 有需要在富家堂边借个光。
不意遭排遣， 没料到竟遭遇富人驱赶，
还归暗处藏。 忍着气回暗处暂避锋芒。
益人明讵损， 让别人借点光于富家灯火有何损害，
顿讶惜馀光。 人们顿时惊讶富人连“馀光”也要独享。

富人吝啬霸馀光。 首联以富人高堂会客、灯火辉煌开始。中间两联揭露，无力购置灯烛的穷人，要到堂边借点光；不料遭遇强行斥逐，只得回归自家暗室。尾联先向富人提问题：让别人沾点“馀光”，于你家灯火无损，为何也要无情拒绝？再告知严重后果：连灯火“馀光”也舍不得给人，如此吝啬和霸道，不是会使众人大感惊讶吗！作者说得委婉，其实如此为富不仁，简直使人痛恨。

012 | 陈子昂·感遇诗三十八首其二

兰若生春夏， 兰花和杜若生于春夏时，
芊蔚何青青。 呈一片葱茏枝叶多茂盛。
幽独空林色， 幽雅独特为林中群芳所无，
朱蕤冒紫茎。 下垂红花覆盖着紫色花茎。
迟迟白日晚， 看似缓慢的白日走到夜晚，
袅袅秋风生。 丝丝缕缕的秋风又要发生。
岁华尽摇落， 光阴与花儿也都消失了，
芳意竟何成。 美好的心愿竟如何完成？

不甘命运同兰若。 《感遇》是感时咏怀组诗的总题，此诗的前四句赞美在群芳中显得超群出众的兰花和杜若具有独特的秀丽风采，为下文的转折作准备。芊蔚：生长茂盛的样子；蕤：下垂的花。后四句叹息在风刀霜剑的摧残下，如此秀丽的兰若也难免凋零，并以反问芳意怎样完成作结，而实际已是花空自开、空自谢。岁华：时与花。诗中明显流露壮志难酬、青春虚度的苦闷。

013 陈子昂·感遇诗其四

乐羊为魏将， 乐羊是战国时期魏国的领兵将军，
食子殉军功。 不惜以吃下亲子的肉而取得军功。
骨肉且相薄， 对待至亲骨肉尚且如此薄情，
他人安得忠。 对待其他的人怎能竭力尽忠。
吾闻中山相， 听说中山国君的辅相，
乃属放麑翁。 原为擅释小鹿的随从。
孤兽犹不忍， 面对孤单小兽也能心存恻隐，
况以奉君终。 何况让他辅君必能贯彻始终。

不满女皇滥杀人。前半说食子的乐羊，难望其忠君。食子：魏将乐羊带兵攻中山，中山国君杀掉乐羊之子并制成肉羹让乐羊吃，乐羊为表忠心竟吃了。魏王重赏乐羊军功，而疑其残忍不重用。后半说放麑人心地好，可望其忠君。放麑：据《韩非子》，鲁大夫孟孙出猎得麑（小鹿），使秦西巴持归。母鹿随之而啼，秦不忍，放麑走。孟孙索麑不得，怒逐西巴，后复召其为子之傅。

014 张九龄·感遇十二首其一

兰叶春葳蕤， 兰花在春日之时桂花在秋天之际，
桂华秋皎洁。 它们叶子多繁茂它们花儿多皎洁。
欣欣此生意， 兰桂如此欣欣向荣生机勃发，
自尔为佳节。 自身便成就兰桂的高风亮节。
谁知林栖者， 谁料山林中的隐逸之士，
闻风坐相悦。 闻风仰慕起来情怀恳切。
草木有本心， 花卉流香源于天性，
何求美人折。 何求美人喜爱攀折！

孤芳自赏不求人。首联互文见意，形容兰桂于适当时候既叶繁茂，又花皎洁。次联再加以概括和赞颂，指出美好节操不假外求，全为本身自然生长所致。自尔：等于自应。三联转上隐逸山林的人，闻风萌发深切的仰慕之情。坐：相当很或极。尾联再作强调，直言兰与桂逢春秋而葳蕤皎洁，是本性使然，并非为了博得采摘欣赏。这是作者于右丞相任上被贬往荆州后的明志之作。押入声韵。

015 | 张九龄·杂诗五首其二

萝茑必有托， 即使萝茑也必然有开花结果的寄托，

风霜不能落。 且不会因风霜侵袭之类而中途败落。

酷在兰将蕙， 人应争取像兰蕙那样的芳香浓郁，

甘从葵与藿。 否则也应像含普通香气的葵与藿。

运命虽为宰， 我的命运虽是担任朝廷要员，

寒暑自回薄。 不论寒暑实际总是回归淡薄。

悠悠天地间， 生存在漫长的天地之间，

委顺无不乐。 哪怕身处逆境都应快乐。

心怀济世不谋私。此诗也是被贬后的明志之作。首联举出萝茑也有所寄托。萝茑：女萝和茑两种蔓生植物。次联主张人要力争如兰蕙那样有浓郁芳香，至少也应如葵藿具备普通香气。兰蕙：通称兰花，一茎一花而香浓者为兰，一茎五七花而香淡者为蕙；葵藿：皆为野菜。三联意谓自己志向求高远、生活尚朴素。尾联提出，人生还应保持乐观心态。委顺：偏指委，解作逆境。押入声韵。

016 | 孟浩然·洗然弟竹亭

吾与二三子， 我和你们几个小兄弟，

平生结交深。 一向彼此友爱情谊深。

俱怀鸿鹄志， 共同怀抱远大之志，

昔有鹡鸰心。 素存互相帮助之心。

逸气假毫翰， 我们的逸气清风从诗文可见，

清风在竹林。 并且亦常体现在茂密的竹林。

达是酒中趣， 而表达那竹亭对酌旨趣的，

琴上偶然音。 也有琴上偶然出现的雅音。

尊崇阮籍勉诸弟。此诗赞美众兄弟的友好关系。首联总括，兄弟间素来友爱情深。次联说他们胸怀大志、有互助心。鸿鹄：大雁与天鹅，故含高远意；鹡鸰：诗经咏急兄弟之难以鹡鸰起兴，引申出兄弟互助意。三联说他们有逸气、清风。逸气：应指脱俗的气概；清风：应指高雅的风度；毫翰：原意毛笔，借指诗文。尾联的琴上雅音，似喻指晋代竹林七贤不与世俗同流合污的情调。

017 孟浩然·秋宵月下有怀

秋空明月悬，秋夕的天空一轮皎洁明月高高地悬挂着，
光彩露沾湿。月光映照得露珠晶莹剔透似被雾气沾湿。
惊鹊栖未定，受惊的鹊鸟不知道该到哪里栖身，
飞萤卷帘入。飞翔的萤虫已随卷起的帘子入室。
庭槐寒影疏，庭院里的槐树落影稀疏，
邻杵夜声急。邻舍外的月夜杵声急促。
佳期旷何许！相隔这么遥远怎么得到欢聚日子！
望望空伫立。只能够徒然地望着月亮呆呆伫立。

秋宵月下特思家。此诗是诗人在他乡月夜思念亲人之作。首联勾勒了一幅孤清明月图：秋夜天空明月高挂，映得露珠晶莹剔透。次联转作动态描写，月明如昼难觅栖身处的鹊正在惊惶不已，不敢与月争光的飞萤已随卷帘入屋藏身。三联槐影稀疏杵声急，使这月夜的孤寂冷清气氛越发浓烈，让异乡游子更难忍受。尾联便发出家乡远隔难欢聚的慨叹，而空自望着月亮呆呆伫立。押入声韵。

018 孟浩然·宿业师山房待丁大不至

夕阳度西岭，夕阳不觉已经越过西边山岭，
群壑倏已暝。千山万壑忽然变得昏暗寂静。
松月生夜凉，松林月照更觉夜晚清凉，
风泉满清听。风送泉声满耳清脆动听。
樵人归欲尽，山岭里的砍柴人所剩无多，
烟鸟栖初定。烟霭中的归巢鸟栖息初定。
之子期宿来，丁大跟我约定今晚要来寺里住宿，
孤琴候萝径。独自抱琴等候在藤萝攀援的小径。

深情期待友人来。此诗前六句展示了夕阳西下、群山昏暗、松林月出、风送泉声、樵人无几、鸟栖初定等自然景色，不仅体现出山中从薄暮到深夜的时态特征，而且融入了诗人期盼知音的心情。后两句才点出待人未至，末句还把期待知音的形象刻画得如在目前。应该看到，整首八句，都写候人，只是前面抱着候人心态看景物，而到最后才现身罢了。之子：这个人；期：约定。

019 孟浩然·大堤行寄万七

大堤行乐处，宽阔大堤行乐之处，
车马相驰突。车马奔驰左冲右突。
岁岁春草生，每年春草开始生长时，
踏青三二日。人们来此踏青两三日。
王孙挟珠弹，富贵子弟挟珠弹去射鸟雀，
游女矜罗袜。春游女子相炫耀穿丝织袜。
携手今莫同，今天已经不可能与你携手同游，
江花为谁发。江花和一切欢乐不知为谁而发。

大众春游我送客。此诗以乐府形式写赠别，很有新意。赠别的背景是芳草萋萋之时，人们纷纷踏青春游，再现了盛唐时代襄阳当地的民俗风情。一、二句写车马之盛，三、四句写踏青的佳期，五、六句描写王孙和游女，展现了人物的从容和华丽，可见当时社会的繁荣兴旺。前面六句，写的都是襄阳风光，最后两句才点明赠别，有着淡淡的愁情，使诗歌意尽而言长，令人回味。押入声韵。

020 孟浩然·江上遇流人

以我越乡里，谁料以我这远离家乡在外四处奔走未归者，
逢君谪居者。竟能与你这为官获罪滞留江上的故人相晤。
分飞黄鹄楼，过去分手还记得那是在黄鹤楼上，
流落苍梧野。今天见面你却流落在偏僻的苍梧。
驿使乘云去，很快驿使就会让你像乘云一样远去，
征帆沿溜下。我的航船也即将沿着水流离开此处。
不知从此分，不知道我们在这个地方分别之后，
还袂何时把。未来什么时候还有机会把袂相顾。

仍对流人念旧情。首联，他乡遇故人本该高兴万分，但因故人身遭流放，感觉凄凉。流人：被流放的罪人；越：离开。次联忆昔思今，慨叹世事无常，上次在黄鹤楼相互惜别还如在目前，现在他却被流放而路过这偏僻的苍梧之野。鹄：鹤，古可通用。三联表现二人匆匆一面便又分手。沿溜：等于沿流。尾联也写出了分别时难以掩抑的痛苦心情。袂：衣袖；把袂：再会之意。

021 孟浩然·送陈七赴西军

吾观非常者， 我看到不少才志非凡的人，
碌碌在目前。 现时常被碌碌无为所纠缠。
君负鸿鹄志， 你怀抱着远大的理想，
蹉跎书剑年。 文才武艺又耽误多年。
一闻边烽动， 一听说边境出现外敌入侵，
万里忽争先。 便立即不辞万里从军争先。
余亦赴京国， 我也准备前往京城应考求功业，
何当献凯还？ 何时你将奉献胜利成果把家还？

鼓励友人争赴军。 首联揭露，曾见现实中不少志大才高者，陷入无所事事的状态，以亲身经验立论，增添可信度。西军：当指驻安西（今新疆一带）的军队。次联对友人经历表示理解，称许他就是志向虽远大、才能被埋没的人。书剑：可指文武之道或文武之术。三联表彰他能以国难为重，外敌当前，奋勇争先。尾联表示自己也将进京谋求为国尽力，与他殊途同归，并祝胜利归来。

022 孟浩然·清明即事

帝里重清明， 留在京城又遇上著名节日清明，
人心自愁思。 人们心里自然起了愁苦的忧思。
车声上路合， 马车声在前路上繁杂汇响，
柳色东城翠。 东城郊外的柳色一片青翠。
花落草齐生， 百花开过青草茁壮齐生，
莺飞蝶双戏。 黄莺翻飞蝴蝶成双嬉戏。
空堂坐相忆， 独自坐在空堂里回忆往事，
酌茗聊代醉。 喝着清心的香茶聊代酒醉。

春光更促愁情露。 首联点出又逢清明，并说人心自愁，哪些人呢？当时诗人到了长安准备考进士，是漂泊在外的游子，这就决定了所抒愁情的基调。次联描述在京城清明所见的景致，前路车声繁杂、东城柳色青翠，众人纷纷去郊外踏青。三联又刻画了郊外花落草生、莺飞蝶戏的明媚春光。尾联却以独坐空堂默想、喝茶代酒解愁结束，困扰着诗人的或是归隐不甘心，仕途也不易走吧。

023 | 孟浩然·京还赠张维

拂衣去何处？ 抖衣而别要去何处？

高枕南山南。 高枕卧于南山之南。

欲徇五斗禄， 曾想屈从于五斗米俸禄，

其如七不堪。 又怎能忍受那些七不堪？

早朝非晏起， 早晨要朝见便不能晏点起床，

束带异抽簪。 衣冠要整饰不同于散发抽簪。

因向智者说， 因此向明智的人表明心曲，

游鱼思旧潭。 池中游鱼思念着旧日深潭。

归隐似鱼归旧潭。此诗在长安科场失意、别友返乡之时写。首联表明要与功名决裂、归隐山林的决心。南山：当指襄阳岘山。次联申述不再求仕的理由，显现出陶潜嵇康般的傲骨。三联列举不堪忍受的做官规矩：不准贪睡起迟、不准随意穿戴；另五不准是，抱琴行吟、回避应酬、不去吊丧、离开俗人、厌恶杂务。尾联还以鱼恋旧窝，形容自己不再求仕、全心归隐后心情的愉快。

024 | 孟浩然·岁暮海上作

仲尼既云殁， 孔夫子已经死了许多年，

余亦浮于海。 我如今也在乘船游大海。

昏见斗柄回， 天黑看见北斗星斗柄重回，

方知岁星改。 方才知道新的一年已到来。

虚舟任所适， 任轻便的木船随意飘去，

垂钓非有待。 垂下钓竿并无什么期待。

为问乘槎人， 请问一问乘槎归来者，

沧洲复谁在。 海上仙洲还有谁人在？

出仕热情易变冷。首联诗人仕途不得志也效孔子乘船游海散心。次联叙述，海上天黑时看到北斗星重返岁首位置，才知年岁已除旧更新。斗柄回：指北斗七星的第五至第七颗重回一年前的位置；岁星：即古代纪年的木星。三联显示任舟漂泊、垂钓无求，内心平静，似对岁月逝而无事功，已不计较。尾联更流露向往归隐的心态。乘槎人：指来往仙凡两界的人；沧洲：隐者所居。

025　孟浩然·耶溪泛舟

落景馀清辉，落日散发它所剩下的光线，
轻桡弄溪渚。轻摇木桨在若耶溪中划船。
泓澄爱水物，溪水深而清水中生物更可爱，
临泛何容与。溪上泛舟游何等的从容悠闲。
白首垂钓翁，白头老翁端坐岸边垂竿下钓，
新妆浣纱女。新妆少女踩着浅水洗涤衣衫。
相看似相识，彼此对望好像曾经相识，
脉脉不得语。脉脉相视却又无缘攀谈。

科场失意乐耶溪。头两句点题，落日散发斜晖，他在耶溪泛舟。耶溪：浙江耶溪源出若耶山，又名若耶溪；落景：指夕阳。三、四句表达从明净如镜的溪流中看到游鱼、水草等，心情特别放松。泓澄：水深而澄澈。五、六句垂钓翁的悠然自得、浣纱女的笑语欢声，更使他感受到江南人生活的恬静安宁。末二句的“似相识”意味着如此状态，正与诗人的隐逸追求相一致，但素不相识，唯有脉脉对视。

026　孟浩然·送从弟邕下第后寻会稽

疾风吹征帆，疾风吹走了你所乘的航船，
倏尔向空没。转眼那航船就在空中消失。
千里在俄顷，远隔上千里经历三条江于短暂之间，
三江坐超忽。自可快速地由襄阳出发在会稽抵达。
向来共欢娱，向来都是我们一块儿共度欢娱日子，
日夕成楚越。但是今天傍晚就变成我在楚你在越。
落羽更分飞，你翅膀落羽又别我远飞，
谁能不惊骨。我怎能宽心不惊骇至极！

更恨未能同患难。首联以疾风迅速把从弟之船吹走开始。从弟：同祖父的堂兄弟。次联借疾风之力，想象从弟会稽之行即将实现。三联的向来共欢娱，当晚成楚越，便构成强烈的对比，流露难舍难分的离情。楚越：襄阳古属楚地、会稽古属越地。尾联推进一层，特别说明从弟是科举落第之后去寻访会稽的，诗人亲历科场失利之痛，对从弟此别倍觉难以忍受。落羽：比喻下第。押入声韵。

027 | 常　建·昭君墓

汉宫岂不死， 尽管活在汉宫也难以永生，
异域犹伤没。 仍然特别痛惜你死于异域。
万里驮黄金， 昔日万里之遥的和亲驮着黄金无数，
娥眉为枯骨。 红粉不让须眉的佳丽却成异邦枯骨。
回军夜出塞， 夜出塞之时经过昭君墓我们回军立马，
立马皆不发。 向勇于献身异域者致哀一齐暂停出发。
共愤丹青人， 将士们极端愤恨丑化昭君的画师，
坟上哭明月。 在坟墓前明月下哀哭之声不停歇。

惺惺相惜吊昭君。首联点出独惜王昭君为民族和睦事业而死于异域。没：同“殁”。次联倒叙当年出塞、今时埋骨的情景。三联为互文，写诗人从军出塞途经昭君墓，将士们向献身异域的先行者致哀而暂停出发。尾联将士的哭声，既凭吊昭君当年独殁异邦的壮烈，也寄寓自己今日勇敢戍边的悲壮；对丹青人的愤恨，是基于《西京杂记》的说法，认为昭君受到画师毛延寿陷害。押入声韵。

028 | 常　建·吊王将军墓

嫖姚北伐时， 王将军像霍去病一样于北伐中，
深入强千里。 深入追赶入侵者超过了一千里。
战馀落日黄， 一次激烈的战斗直至落日变昏黄，
军败鼓声死。 全军壮烈地牺牲战鼓声也就停止。
尝闻汉飞将， 他曾有汉朝飞将军李广的声望，
可夺单于垒。 非常有把握去夺取敌首的堡垒。
今与山鬼邻， 当日他战死与山鬼为邻之时，
残兵哭辽水。 尚存的士兵为他痛哭于辽水。

既是挽歌亦颂歌。此诗凭吊唐朝将军王孝杰。首联以汉代名将嫖姚校尉霍去病借比王孝杰的骁勇善战。强：指超过。次联正面刻画唐军与契丹军的激烈场面，苦战到落日昏黄惨淡，以至全军覆没鼓声停。三联又以汉飞将李广借比王孝杰的声威人品，说他也受士兵拥戴、为敌军畏惧。尾联表现王孝杰兵败殉国的感人细节，以示悼念。全诗不重描写过程，重在渲染苍凉悲壮的氛围，押仄声韵。

029 常　建·塞上曲

翩翩云中使， 故作潇洒的朝廷使者，
来问太原卒。 来询问一个太原兵卒。
百战苦不归， 战斗频繁年年盼总是家难归，
刀头怨明月。 刀头见环明月下怨言自多出。
塞云随阵落， 当那塞外的浮云随着撤阵而坠落，
寒日傍城没。 紧挨边城沉没的亦是凄冷的落日。
城下有寡妻， 城下有一位妇人也许就是新寡妻子，
哀哀哭枯骨。 正在悲哀地痛哭离她不远可见枯骨。

勇替底层鸣不平。首联安排使者询问太原卒开头，后三联似是太原卒的反馈，太原卒有久戍之人的含义。次联说，久戍之人连年征战，苦于有家难归，明月下看着刀头（刀头的环与“还”谐音），常出怨言。三联描述边地荒凉之景，塞云落，寒日没，为下文营造惨淡气氛。尾联便以寡妻哭枯骨收结。此诗从征人、寡妻两角度反映战争给士卒和平民带来强烈的悲怨哀痛之情。押入声韵。

030 常　建·宿王昌龄隐居

清溪深不测， 清溪流向深不可测，
隐处唯孤云。 隐居之处只见孤云。
松际露微月， 茅亭前松林茂密明月稍微露出脸，
清光犹为君。 洒下的点点清辉似仍为了原主人。
茅亭宿花影， 茅亭旁布满了睡意正浓的众多鲜花影子，
药院滋苔纹。 茅亭内栽培芍药的园圃也滋长出了苔纹。
余亦谢时去， 我回去之后也要谢绝时世之累，
西山鸾鹤群。 往西山隐逸常与仙禽鸾鹤为群。

托言效隐实招隐。首联写远眺王昌龄隐居所在，以为溪水流入山深处，见不到头，只见白云；宿后才知，茅亭（外观如躲避风雨的亭子）是王的住所，前有松林，旁有花圃、药院。次联见松树梢头露明月，清光照射似有情，感觉它应是来伴旧主。三联看到与寂静花影相对的药院苔纹，这一发现更昭示旧主离开多时。尾联表白也学王昌龄当年那样要摆脱世事困扰，实际有意招他一道归隐。

031 | 高　适·登陇

陇头远行客， 站在陇山坡头的远行人，
陇上分流水。 望着陇山四面分流的水。
流水无尽期， 流水没有完尽的日期，
行人未云已。 行人也从无休歇之时。
浅才登一命， 才能微薄我只能够充当一个小官，
孤剑通万里。 今天为此独自仗剑前行不辞万里。
岂不思故乡？ 怎么会不思念故乡呢？
从来感知己。 从来看重要感恩知己。

远赴边疆欲建功。 前四句以陇上流水映衬诗人的独身远行，并以流水不尽比喻行程无尽。后四句交代为什么行程漫长：先说他要到边疆去充当哥舒翰的掌书记，这是幕府中重要的文职军官，“浅才登一命”是自谦之辞，“一命”在周代为最低官职；后说离乡远行并非不恋家乡，是为了报答知己的知遇之恩，而感恩知己仅属表层，深层原因是，要借此实现为国家建功立业的抱负。

032 | 高　适·又送族侄式颜

惜君才未遇， 怜惜你怀才未遇，
爱君才若此。 喜爱你高才若此。
世上五百年， 咱们家在世上的五百年间，
吾家一千里。 以及一千里内无人可比你。
俱游帝城下， 咱俩同游了帝城长安，
忽在梁园里。 很快又到豫东梁园里。
我今行山东， 今天我要往山东去，
离忧不能已。 离别之忧无法制止。

后生可畏确宜夸。 这是诗人为功业而奔走时，写给堂侄的送别诗。首联赞扬堂侄有才能，可惜未能遇伯乐。次联坦露具体感受，认为高家一族五百年来、一千里内，他是最可期待的。评价很高，因为高适的祖父高侃是屡破突厥、高丽的唐朝名将，曾被封为平原郡开国公。三联回顾此次叔侄相会，一起游览了帝城和梁园。尾联表示，由于自己要往山东，只得与侄分手，仍觉难舍。

033 | 高　适·钜鹿赠李少府

李侯虽薄宦， 少府虽然官职并不算大，
时誉何籍籍。 声名显赫几至无人不识。
骏马常借人， 他时常把骏马借给别人骑，
黄金每留客。 有黄金与别人共享不吝啬。
投壶华馆静， 宴会上他投矢壶中整个华堂尽屏息，
纵酒凉风夕。 到傍晚凉风习习吹与众畅饮乐无极。
即此遇神仙， 有幸置身这种场合真仿佛遇到了神仙，
吾欣知损益。 我欣喜地懂得朋友怎样是损怎样是益。

竟用神仙赞友人。首联以官职不大却人尽皆知，构成强烈反差，突出李少府的声名。次联叙述李把骏马借给别人，有黄金与人共享，表现他性格的慷慨大方一面。三联展露他在宴会之中，与众投壶畅饮，博得高度赞赏，又显示其性格的亲民重友一面。尾联更将李比作神仙，并说可用他做典范，去分辨朋友哪种好、哪种坏。损益：孔子“益者三友，损者三友”的简缩。押入声韵。

034 | 王　维·新晴野望

新晴原野旷， 雨后新晴的原野格外开阔空旷，
极目无氛垢。 极目远望看不见半点雾气尘垢。
郭门临渡头， 外城的门楼紧靠着摆渡的码头，
村树连溪口。 村边的绿树连着溪流的入河口。
白水明田外， 田野以外的流水波光粼粼特别明亮，
碧峰出山后。 近山背后的峰峦突兀出现格外清幽。
农月无闲人， 正是农忙时节没有悠闲的人，
倾家事南亩。 农民们一家大小为农事奔走。

初晴野望焕然新。首联总写原野新晴的特点，让读者立即看到原野的开阔和洁净。氛垢：雾气与尘埃。次联描述原野周围的景色，如郭门、渡头、村树、溪口，在雨后新晴之后，都特别清晰。三联续述，田野外面溪水河水更觉明亮、近山背后众多峰峦层叠出现，都跟雨后水涨山清有关。尾联稍点一笔，加上了农人劳作的内容，给原野平添了无限生机，让诗篇充满了生活气息。

035 王　维·春中田园作

屋上春鸠鸣， 春天到来斑鸠已经在屋上不时啼鸣，
村边杏花白。 村落旁边杏花争先地开放一片雪白。
持斧伐远扬， 手持斧子去砍掉桑树长长的枝条，
荷锄觇泉脉。 扛起锄头去察看山泉流水的脉络。
归燕识故巢， 当春归来的燕子好像认识它的老巢，
旧人看新历。 久居此地的旧人在翻看新年的日历。
临觞忽不御， 触及酒杯欲喝点酒忽又停住不动，
惆怅远行客。 想到远地作客的人不由感到惋惜。

万物向荣人奋发。首联说，斑鸠屋上鸣叫，杏花开得雪白，让人感觉春意浓浓的。次联写农事，农人们待不住了，忙着去整桑枝、察泉水。伐远扬：砍去又高又长的桑枝，便于以后采桑。三联从归燕回老巢、旧人处故居看，生活是平静安宁的，而燕在辨老巢、人正翻新历，却已再展新猷、另有作为了。尾联那个追踪春天脚步的人，满怀憧憬，还为远行人生出惆怅而停下酒杯。押入声韵。

036 王　维·从军行

吹角动行人， 号角惊醒酣睡士兵，
喧喧行人起。 他们立即振作而起。
笳悲马嘶乱， 传来敌阵胡笳响我方战马兴奋鸣，
争渡黄河水。 全体战士勇争先纷纷抢渡黄河水。
日暮沙漠陲， 傍晚的夕阳已沉落到沙漠边，
战声烟尘里。 敌我厮杀声还弥漫在烟尘里。
尽系名王颈， 擒获的敌酋都在颈上套上了绳，
归来报天子。 胜利归来日把战斗成果报天子。

尽系名王报天子。诗人被贬济州时，曾目睹边境战争。首联描述战士听到号令，立即准备应战。次联表现战斗开始，我方战马被敌营笳声刺激得兴奋异常、嘶鸣不已，战士们则勇占先机、抢渡黄河。三联从侧面刻画，这一仗由清晨打到黄昏。尾联用“尽系名王颈”表示战斗胜利，并以此告慰天子。名王：敌首领。此诗语句凝练，剪裁得当，且有激情满怀、催人奋发的盛唐特色。

037 王　维 • 别弟缙后登青龙寺望蓝田山

陌上新离别， 刚在田间小路与弟分别，
苍茫四郊晦。 郊野辽阔无边天色暗晦。
登高不见君， 我登上高处却总望不见你，
故山复云外。 熟悉的山岭还隔在浮云外。
远树蔽行人， 前方的树木遮蔽了出外的行人，
长天隐秋塞。 遥远的天际隐藏着深秋的边塞。
心悲宦游子， 心中老是忧虑着宦游的弟弟，
何处飞征盖？ 他那远行的车子今在哪里开？

深情关切弟行踪。 首联描述，在郊野小路上天色阴暗时与弟分别。次联叙说，随即登青龙寺遥望却看不见你，平日惯见的蓝田山又被浮云阻隔。青龙寺：位于西安乐游原上。三联续说，可能远树遮蔽了行人，正如长天隐藏着秋塞。尾联以心忧宦游弟弟的车子，不知停靠在哪里结束，也就是其弟的一切可能的行踪，都是他所牵挂的。征盖：远行车子；盖，原为车盖，作车子解。

038 王　维 • 齐州送祖三

相逢方一笑， 才相逢刚以一笑相对，
相送还成泣。 又相送变成阵阵啜泣。
祖帐已伤离， 祖帐里我已经为离别伤感，
荒城复愁入。 荒城中我更愁绪倍增而入。
天寒远山净， 天寒季节远山一片明净，
日暮长河急。 日暮时分大河格外迅急。
解缆君已遥， 解开缆绳你就迅速远去，
望君犹伫立。 遥望着你我还久久伫立。

别情深挚语由衷。 诗人于济州贬所与祖三赴任途中相逢，后又送其至齐州，然后分别。首联表达友人刚逢又别，十分遗憾，逢笑送泣，也见落差之大。次联由齐州城外的祖帐，回到城内的码头，喝酒饯行已觉难过，随后江边送别，自然更不好受。祖帐：为出行者饯行的帐幕。三联描述送友下船所见的周边环境，天寒山色净，日暮河流急。尾联似埋怨船去太快，让他久久伫立。押入声韵。

039 王　维·冬夜书怀

冬宵寒且永， 冬天的夜晚不但寒冷而且漫长，
夜漏宫中发。 宫中的夜漏指引更鼓陆续撞击。
草白霭繁霜， 枯槁的野草为浓厚霜雾所笼罩，
木衰澄清月。 稀疏的树木让明亮月色更澄澈。
丽服映颓颜， 华美服饰映着我的委靡容颜，
朱灯照华发。 红色灯光照着我的花白头发。
汉家方尚少， 正当朝廷崇尚用人要年轻，
顾影惭朝谒。 每逢上朝不禁顾影惭衰弱。

权奸结党弃贤良。首联从在宫中官署值班写起：冬夜冷而长，更鼓陆续响。夜漏：夜间计时漏壶。次联转写宫外之景：草白霜浓、木衰月清，强化了心中迟暮之感。三联给自身画像，让丽服与衰颜、朱灯与华发相互映照，寄寓了深沉慨叹。尾联突出当下朝廷"尚少"，每逢朝觐，自惭不再年轻。诗人借叹老伤时，婉转表达对奸相杨国忠排斥故旧贤良、倚重年轻亲信的不满。押入声韵。

040 王　维·叹白发

我年一何长， 我的年纪为何老得那么快，
鬓发日已白。 不知不觉鬓发已日益变白。
俯仰天地间， 或俯或仰于天地之间，
能为几时客。 能做多长时间的过客。
惆怅故山云， 对着故乡山岭上的片片浮云
徘徊空日夕。 内心惆怅反复徘徊不分日夕。
何事与时人， 为什么我还要与今时的人，
东城复南陌。 从东城到南陌不停地追逐。

人生此后全归隐。首联感叹年纪老得快，不觉已经头发白。次联进而意识到，活在人间，时日不多。三联认真对待，面对故山浮云，日夜反复思考。思考具体过程虽然没有披露，但结论放在尾联。尾联说，为什么还要跟后人一样，到处奔波、追求名利呢！这就意味着，他终于决心完全归隐。诗人生活在唐朝由盛转衰的交替时期，安史之乱后，他连半官半隐也无法坚持了。押入声韵。

041 李　白·南轩松

南轩有孤松， 向南窗子外有棵孤高的青松，
柯叶自绵幂。 枝条和叶子生长得非常茂密。
清风无闲时， 清风不间断地吹拂着它的枝叶，
潇洒终日夕。 使它整日整夜无比地潇洒自得。
阴生古苔绿， 松阴下老早以前就长满绿苔，
色染秋烟碧。 秋日的云雾在此也染成碧色。
何当凌云霄， 这松何时才能长到云霄外，
直上数千尺！ 巍然挺立冲天直上数千尺！

孤松寄托冲天志。首联铺叙，把南轩松写得生机勃勃、不同凡俗。次联让风与松相伴，使风因松而盛，更使松因风而劲。三联描写青松的环境，进一步烘托松的高大苍翠，因为地上古苔是漫长岁月的松阴覆盖导致，烟云变绿也由松的枝叶地表皆青造成。尾联表达期待之情，诗人不满足孤松现时的潇洒自得，还希望它具有“直上数千尺”的凌云之势，这是他志气冲天的流露。

042 李　白·古风五十九首其三十三

北溟有巨鱼， 北边大海有一条巨鱼，
身长数千里。 鱼身长度达到几千里。
仰喷三山雪， 仰头喷水水花如群山飘雪，
横吞百川水。 张口吞咽可吞下百川之水。
凭陵随海运， 随着海水运行大鹏凌空势大，
煊赫因风起。 因为巨风推动使它冲天升起。
吾观摩天飞。 我看着大鹏升腾直上摩天而飞，
九万方未已。 直到九万里之遥而且还未停止。

志壮才高惜世衰。首联描述巨鱼鲲，身长体大。溟：海。次联从喷水、吞咽表现鲲的巨大。三联通过互文对偶，形容鲲化之鹏，翼大势凶，得风支持，直冲霄汉。凭陵：跨越下界；煊赫：声势骇人。尾联强调大鹏高飞九万里仍未停止。此诗当写于奉诏入京之前，李白把庄子的鲲鹏化作诗中的意象，比喻自己壮志凌云，前程无限，自信满满，不料大唐已面临盛衰转折。方：且。

043 | 李　白·江行寄远

刳木出吴楚， 我像把百尺长的树木挖空作舟，
危槎百馀尺。 乘着它一直向那吴地楚地进发。
疾风吹片帆， 西来的疾风吹动顺水东去的片帆，
日暮千里隔。 一日的航距似达到一千里的远隔。
别时酒犹在， 昨天告别留在脸上的醉痕还未消退，
已为异乡客。 现在的我已成为远离故园异乡之客。
思君不可得， 涌起一阵乡愁想念你却又不能见，
愁见江水碧。 唯有暗自伤感凝视那江水泛澄碧。

意气昂扬赴远游。此诗当为初出四川时所写。首联比拟古人乘槎穿越仙界，往吴楚漫游。槎:也可指树木，古书载张骞乘槎上天，乃刳全木为之。中二联举出一天航程最远，又恰处两大区域分界的难忘经历，顺风顺水一日千里，昨天别筵酒痕犹在而今已成他乡之客。据李白《秋下荆门》描写，是在春天水流正急时出三峡的。尾联因船行越快，离故乡故人越远，稍露乡愁些许。押入声韵。

044 | 李　白·白田马上闻莺

黄鹂啄紫椹， 黄鹂鸟啄食着紫色的桑椹，
五月鸣桑枝。 五月里在桑枝上鸣叫不止。
我行不记日， 我也不停地走路已忘记了季节，
误作阳春时。 还以为现在仍是温暖春天之时。
蚕老客未归， 桑蚕已老游子尚未归去，
白田已缫丝。 白田这里早已开始缫丝。
驱马又前去， 赶着马匹继续前行，
扪心空自悲。 抚胸叹息空自悲凄。

无门报国长漂泊。首二联描述黄鹂啄桑椹、欢声叫不停，分明夏天已到，而他为寻找把自己举荐给朝廷的名人而到处奔波，竟以为还是春天日子。三联眼见他乡的白田已在缫丝、而游子故乡的蚕老仍未归去，自然会痛感一事无成。白田：在今江苏宝应县内。尾联强自振作，驱马向前，但扪心自问，前途如此渺茫，又只能空自悲叹，悲的是报国无门，也有长期离家作客之苦。

045 | 李　白·月夜听卢子顺弹琴

闲夜坐明月， 清静的夜里坐在明月下，
幽人弹素琴。 细听幽居者弹奏着素琴。
忽闻悲风调， 忽然听到《悲风》的曲调响起，
宛若寒松吟。 又好像是《寒松》的涛声低吟。
白雪乱纤手， 《白雪》的指法使你纤手忙乱，
绿水清虚心。 《绿水》的韵律让人养性清心。
钟期久已没， 可惜钟子期早已逝去，
世上无知音。 世上再无那样的知音。

怜人叹己盼知音。首联描绘一幅月下闲坐、聆听琴声的落寞画面，为世无知音的惆怅之情作铺垫。中二联嵌入四首琴曲之名，也约略点出它们的情调，显示弹奏水平超卓。尾联发出世无知音之恨。李白一生最大遗憾是，壮志高才，无人赏识；他也想归隐，但要功成后；他也搞修仙学道、游山玩水，却只作理想受挫的消遣。诗人憾恨琴声难觅知音时，必然会感叹自己也难遇伯乐。

046 | 李　白·古风其二十一

郢客吟白雪， 郢中之客唱了一曲阳春白雪，
遗响飞青天。 仅歌声的远响也能飞上青天。
徒劳歌此曲， 他唱此曲只是徒劳罢了，
举世谁为传。 国中有谁能使得它流传？
试为巴人唱， 他试唱一曲下里巴人，
和者乃数千。 国中附和者却有数千。
吞声何足道， 只有忍气吞声无话可说，
叹息空凄然。 空自连声叹息满脸凄然。

怀才不遇徒悲叹。前三联化用宋玉曲高和寡的典故。字面上说有个郢客歌阳春白雪之曲虽声调激越响遏青云，国内却不被认可无人传唱，而试唱下里巴人，附和者反有数千，实际蕴含自己志向远大才能超卓，长久等待机缘，总是无人赏识，唯见一些无能小人，反而得以窃据高位。尾联面对高才知遇难，卑污投合易的黑暗现实，悲愤填膺却又无处倾诉，只好徒然叹息抑郁悲凄。

047 | 李　白・秋思

春阳如昨日， 今日春光就像昨天同样很明媚，
碧树鸣黄鹂。 在绿树上欢唱的是可爱的黄鹂。
芜然蕙草暮， 正杂乱生长的蕙草即将面临衰落，
飒尔凉风吹。 飒飒地刮着的凉风还会日益劲吹。
天秋木叶下， 一到秋天树上叶子纷纷脱落，
月冷莎鸡悲。 冰冷月下莎鸡叫声十分伤悲。
坐愁群芳歇， 大概因为忧虑群芳已临近末日，
白露凋华滋。 秋露渐浓会使繁盛的枝叶尽毁。

同病相怜惜众芳。 首联以今日似依旧春光明媚，黄鹂依旧在绿树唱歌开头。次联揭示目前看似不变中隐藏着可变的因素，飒飒凉风会日益劲吹，杂乱蕙草将面临枯萎。三联推断秋天一来，树叶就会脱落，莎鸡也会悲鸣。莎鸡:俗称纺织娘的昆虫。尾联通过莎鸡说出，忧虑群芳凋谢、枝叶尽毁。应该看到，这不过反映作者怀才不遇，担心岁月如流、功业成空，而借此发泄。

048 | 李　白・古风其三十八

孤兰生幽园， 孤独的香兰生长在幽深的园子里，
众草共芜没。 与杂草为邻彼此一起全都被淹没。
虽照阳春晖， 虽然春日阳光也对兰花关照，
复悲高秋月。 很快深秋月色见它悲伤欲绝。
飞霜早淅沥， 到处飘飞的霜早已淅沥而下，
绿艳恐休歇。 兰的绿叶鲜花恐怕难免殒灭。
若无清风吹， 如果没有清风把气息吹送，
香气为谁发。 兰的馨香又能为谁而散发?

担心才志无人识。 前六句表达孤兰处在荒僻地与众草混杂，虽蒙春晖眷顾，保持叶绿花鲜，但忧好景不长，秋来寒霜即降，绿艳面临枯萎。后两句盼有清风，早将芬芳送出，争取别人赏识。李白生当开元盛世之末，学成文武艺，欲建大功业。他羡慕司马相如因杨得意举荐，一篇《子虚赋》让汉武帝激赏而做了大官，也决意走这条路。此诗似是李白在寻找知音总无结果之后写的。押入声韵。

049 | 李　白·感遇其二

可叹东篱菊，可叹东篱边的菊花，
茎疏叶且微。它的茎细小叶又微。
虽言异兰蕙，菊虽说与兰蕙有所不同，
亦自有芳菲。但它也拥有特殊的亮丽。
未泛盈樽酒，未曾喝过陶潜那满杯的酒，
徒沾清露辉。徒然沾上无数清露的光辉。
当荣君不采，正当菊花荣盛之时你不采撷，
飘落欲何依。等到菊花飘落将会无所依归。

诗人似此东篱菊。“可叹”贯彻全诗，叹息自身，虽然看似微弱，仍具独特亮点，无人携酒来赏，辜负清露滋润，君子及时不采，难免飘落无依。盈樽酒：喻陶潜的酒，《归去来辞》有“有酒盈樽”。全用比兴，物我融合，寄意遥深，借菊花表达了有志之士，身怀绝技却无人赏识的内心痛苦。追溯李白天宝三载（744年）入长安待诏翰林的际遇，似可看到诗中寄托着他的亲身感受。

050 | 李　白·感遇其三

昔余闻姮娥，以前我听说过嫦娥，
窃药驻云发。窃药保持如云黑发。
不自娇玉颜，她并不以玉颜皎洁为荣，
方希炼金骨。且还希望炼成不老金骨。
飞去身莫返，飞上青天就没有回来，
含笑坐明月。含笑驻守天上的明月。
紫宫夸蛾眉，今日皇宫仍在夸蛾眉，
随手会凋歇。应念色衰爱弛会凋歇。

不如心愿欲修仙。此诗应写于入长安任待诏翰林以后，不满皇上以倡优蓄之，也厌恶群小频繁诋毁，常有去心。前六句讲述嫦娥故事，先说她偷吃灵丹妙药，保住了发乌黑颜如玉，继说她追求青春永在、长生不老，最后她愿望达成，含笑住在明月里。后两句对嫦娥所走道路，不仅羡慕，还想效法，认为如此侍奉君王，总有一天陷入色衰失宠的境地，未若去而学仙，或得久长。押入声韵。

051 李　白·感遇其四

宋玉事楚王， 辞赋大家宋玉事奉楚襄王，
立身本高洁。 立身不同流俗本来很高洁。
巫山赋彩云， 自作巫山高唐赋去赞美彩云，
郢路歌白雪。 又曾表扬郢路歌者歌唱白雪。
举国莫能和， 举国上下无人能与和，
巴人皆卷舌。 下里巴人都闭嘴卷舌。
一惑登徒言， 楚王听信登徒子的谗言，
恩情遂中绝。 对宋玉的恩情从此断绝。

慨叹高才识者稀。首联肯定事奉楚王的宋玉是立身高洁的。中间四句描述，宋玉通过形象说理开导楚王，特别举出阳春白雪则曲高和寡，让楚王能够接受不愿同流合污的高人。郢路：通往郢都之路；下里巴人：指低俗之人。尾联深表遗憾，因为楚王不听宋玉良言，却轻易被登徒子谗言迷惑。此诗尤其感慨，为什么卑污者的投合，竟如此容易，而高才者的得遇，却如此艰难！押入声韵。

052 李　白·古风其四十九

美人出南国， 这位美人来自潇湘南国，
灼灼芙蓉姿。 美似芙蓉拥有艳丽风姿。
皓齿终不发， 明眸皓齿总不轻易开口，
芳心空自持。 心怀高洁难免空自矜持。
由来紫宫女， 历来皇宫里的众多女子，
共妒青蛾眉。 都共同妒忌超群的同辈。
归去潇湘沚， 不如回到湘水的小洲上，
沉吟何足悲。 独自沉吟宽解不必伤悲。

借助古风抒抑郁。此诗当写于李白欲离京而未去时，能感受到翰林院文士相轻的氛围。全诗纯用比体，在美人迟暮的传统框架里表达自己远大抱负不得伸展的苦闷与痛楚。词婉而意微，笔调从容不迫，感情起伏有致，深得《国风》“哀而不伤，怨而不怒”之旨。前半写己虽志大才高而严谨自律，后半写仍招别人怨恨便自求解脱。美而不媚，难悦君意，也难避免同辈中人的排斥。

053 李　白·折荷有赠

涉江玩秋水， 趟水江边玩赏这清澈秋水，
爱此红蕖鲜。 更加喜爱这里的红荷鲜艳。
攀荷弄其珠， 攀合那荷叶上的水珠，
荡漾不成圆。 滚动着却总不能成圆。
佳人彩云里， 美好的佳人藏在彩云里，
欲赠隔远天。 想给她赠花又远在天边。
相思无因见， 因为无法相见唯有苦苦相思，
惆怅凉风前。 心情惆怅不已在凄凉秋风前。

远在江湖犹念君。首联描述涉江玩秋水的女子，发现了更可爱的鲜艳红荷花。次联女子攀折红荷，注意叶上水珠，因为一经触动，再难拨弄成圆。三、四联表现女子要把如此可爱的红荷寄给心仪的佳人，但佳人却藏在天上彩云里，使这女子相思惆怅。由于主昏臣佞李白在赐金放还后，曾幻想朝廷仍会召他回去治天下，认为此诗寄托他为远离君主、难表忠心而忧虑，也较合理。

054 李　白·战国何纷纷

战国何纷纷， 战国的社会何等乱纷纷，
兵戈乱浮云。 兵戈不间断纠结如浮云。
赵倚两虎斗， 赵国凭将相廉蔺与其他各个国家互相抗衡，
晋为六卿分。 晋国权力终于被六家卿一级大臣合谋瓜分。
奸臣欲窃位， 奸臣妄图窃取君位，
树党自相群。 树党立派纠合成群。
果然田成子， 条件成熟田成子果然得手，
一旦杀齐君。 有朝一日终于弑杀了齐君。

奸臣窃位最应防。首联拿战国时期的社会动乱，来类比安史之乱前的唐朝社会。次联揭示朝廷内部的争权夺利，除个别例外，总是导致国家权力的被瓜分。三联提醒执政之君，必须及时消除奸臣谋权窃位，结党营私的隐患，否则难免招致国破身亡的可悲结局。尾联举田成子为例。田成子：即春秋时齐国大夫陈恒，他曾于鲁哀公十四年杀死齐简公，后用作讽逆臣窃国的典故。

055 李　白·八荒驰惊飙

八荒驰惊飙， 边关突然传来惊人的暴风，
万物尽凋落。 世间万物仿佛全陷于凋落。
浮云蔽颓阳， 浮云遮蔽了衰颓的太阳使它失掉了光辉，
洪波振大壑。 洪流在巨大沟谷中激荡让大地蒙受灾祸。
龙凤脱网罟， 龙以及凤虽一时挣脱了网罗，
飘摇将安托？ 飘摇未定此身将到何处寄托？
去去乘白驹， 我自己还是乘着白驹离开险地吧！
空山咏场藿。 到空寂的荒山菜园里吟咏那“场藿”。

关注朝廷寄托处。首联实指安禄山于范阳的叛变及其危害。次联点出范阳叛变迅速酿成颠覆大唐帝国的大叛乱。三联表示脱离险境的天子后妃还未知寄托在何处。尾联说，此时要做乘坐白驹的那个客人。咏“场藿”，即吟咏园中嫩豆叶。《小雅·白驹》是贵族留客之诗，所留之客，虽具公侯之才，却愿隐居避世。贵族用嫩豆叶去喂客人的白驹，用真心话力劝客人入世均无效。

056 李　白·奔亡道中其四

函谷如玉关， 中原沦陷使函谷关已成了玉门关，
几时可生还？ 不知何时我还能从那里进入长安。
洛阳为易水， 洛水已经变成了易水，
嵩岳是燕山。 嵩山也已被视作燕山。
俗变羌胡语， 中原人也操着羌胡的语调，
人多沙塞颜。 人的面孔多带着塞外容颜。
申包惟恸哭， 现在只像申包胥那样去恸哭，
七日鬓毛斑。 即使七天哭得鬓毛斑也枉然。

藩镇拥兵成叛逆。前六句意思：李白到达函谷关内，而关东地区已被安史乱军占领，故洛水嵩山如昔日边疆的易水燕山，所见途人也多羌胡口音且带塞外风尘。可生还：出使匈奴多年的班超曾上书愿得回朝而生入玉门关。尾联说效申包胥苦劝削藩已行不通，原来诗人曾深入安禄山老巢，发现其有反意，急奔赴长安，拟苦劝皇上出兵讨伐，不料安史之乱忽爆发，便转而向南方逃难。

057 李　白·奔亡道中其五

淼淼望湖水， 远望湖水淼淼茫茫无边际，
青青芦叶齐。 青青芦叶生长茂盛很整齐。
归心落何处， 我的归心还说不定落到何处，
日没大江西。 夕阳已经沉没在那大江之西。
歇马傍春草， 现只好暂时把马匹歇在嫩绿春草之旁，
欲行远道迷。 要安排更远的行程因未来难卜尚未知。
谁忍子规鸟， 此际谁能忍受那杜鹃鸟，
连声向我啼。 竟声声凄苦地向我哀啼。

形势迫人转向行。首二联描述，眼前湖水淼淼、芦叶青青，夕阳也从西边落下，而要奔向哪里还未确定。后二联进一步表现奔亡道上的迷茫情绪，暂时歇马春草旁，更远行程不清楚，正值迷惘彷徨，又听到子规啼叫，自然愁情倍增。子规：又名杜鹃，鸣声凄苦，似在喊叫“不如归去”。当时叛军占领函谷关以东，即将突破函谷关向西夺取长安，李白只得停止西进，另谋出路。

058 李　白·岘山怀古

访古登岘首， 寻访古迹登上岘山之顶，
凭高眺襄中。 凭临高处眺望襄阳城中。
天清远峰出， 天气晴明远处山峰耸峙，
水落寒沙空。 江水变浅沙洲凄冷虚空。
弄珠见游女， 看见游女弄珠想起仙女解佩，
醉酒怀山公。 醉酒之后怀念晋时太守山公。
感叹发秋兴， 被秋色刺激引发伤时的感叹，
长松鸣夜风。 高大的松树似在夜风中悲恸。

登高访古叹无成。首联登山顶望襄阳，而意在访古。次联显示逢秋天清水落，远峰高耸，沙洲空寂。三联发掘古迹，有解佩仙女、醉酒山公，皆名声载典籍。解佩：汉朝才子郑交甫，在襄阳的沙洲遇仙女，彼此一见钟情，仙女解所佩宝珠作礼物表爱慕，沙洲后名解佩渚；山公：晋朝山简，人称山公，镇守襄阳，有政绩，性嗜酒，常大醉。尾联归结到感叹时不待我、事业无成。

059 | 李　白·金陵白杨十字巷

白杨十字巷， 金陵的白杨十字巷，

北夹湖沟道。 北边近引潮的河道。

不见吴时人， 三足鼎立的吴国人全不见了，

空生唐年草。 而今只是白白生着唐朝青草。

天地有反覆， 天地的变化何等巨大，

宫城尽倾倒。 往时的宫殿早已倾倒。

六帝馀古丘， 六朝那些开国之君只剩下几个土包，

樵苏泣遗老。 悲泣的打柴割草者或是他们的遗老。

不愿平庸似六朝。诗人生当国弱君庸之世，怀才不被朝廷赏识，易兴鉴古伤今之思。首联从白杨十字巷落笔，追忆金陵往事。次联感叹历史变迁，曾在这里建都的吴人已经绝迹，今天此地空自生出唐朝的野草。三联震惊于变迁之大，认为宫殿倾倒，如同天翻地覆。尾联说六朝的开国皇帝没留下什么，那些砍柴割草者也许就是遗老。六朝：指吴国、东晋、南北朝的宋、齐、梁、陈。

060 | 李　白·金陵新亭

金陵风景好， 金陵的风景非常优美，

豪士集新亭。 今天众豪士聚于新亭。

举目山河异， 举目看到晋朝江山出现变故，

偏伤周顗情。 与会的周顗表现得最为伤情。

四坐楚囚悲， 大家都像被俘的楚囚那样悲痛流泪，

不忧社稷倾。 却不思考如何为挽救国家危亡效命。

王公何慷慨， 王导公何等激昂慷慨，

千载仰雄名。 给千秋万代留下美名。

为国解忧讲实干。首联点题，西晋末年，逃到金陵的一批大臣于风景优美的新亭聚会。次联的山河异，指的是西晋过渡到东晋：311年刘聪率领匈奴军队攻占西晋的都城洛阳，316年刘曜又率领匈奴军队攻破长安，317年司马睿在建康称帝，续建了晋朝，史称东晋。三联是王导当时发言的主要观点。尾联对王导所讲表示真诚的赞颂，后来，王导还成了辅助东晋中兴的丞相。

061 李　白·嘲王历阳不肯饮酒

地白风色寒， 地白风厉刺骨寒，
雪花大如手。 雪花片片如大手。
笑杀陶渊明， 简直笑死陶渊明，
不饮杯中酒。 因你不饮杯中酒。
浪抚一张琴， 确实浪抚一张琴，
虚栽五株柳。 真正虚栽五株柳。
空负头上巾， 还空负头上葛巾，
吾于尔何有？ 你目中有我没有？

写诗逼主来陪酒。李白访问安徽历阳县，县丞设宴招待，却无人陪他喝酒，便写此诗，用来激将。首联显示天气寒冷，雪花大如手是艺术夸张。次联直刺县丞弱点，认定不肯陪饮酒，就是假学陶渊明，因陶是爱酒之人。三联列举证据，把县丞效陶的抚琴、栽柳，说成是“浪抚”“虚栽”。尾联又补充，连头上巾也是“空负”，最后还有极难招架的撒手锏：“你看不起我吗？”

062 李　白·紫骝马

紫骝行且嘶， 紫骝马又奔跑又在嘶叫，
双翻碧玉蹄。 碧玉般的蹄子上下翻飞。
临流不肯渡， 来到水边却不肯渡河，
似惜锦障泥。 似怕弄脏锦绣的障泥。
白雪关山远， 与吐蕃相接壤的白雪戍关山阻隔多遥远，
黄云海戍迷。 似海一般宽阔的黄云戍非常容易把路迷。
挥鞭万里去， 挥鞭驰骋万里去，
安得念春闺。 怎能老是念春闺？

离家远戍胸怀广。首联说，所乘的紫骝马边跑动，边嘶鸣，碧玉的蹄子上下翻飞。次联说，紫骝马似乎不愿渡河，他好像舍不得漂亮的锦绣障泥，来到水边却犹豫再三不肯下水。三联展示肩负的任务，要前往隔着无数关山的白雪戍，也要前往海一样广阔的黄云戍。尾联以自责的话语结束，既然挥鞭驰骋万里去守土卫国，怎能老是想念春闺里的佳人，彰显戍边战士的崇高境界。

063 | 李　白·平虏将军妻

平虏将军妇， 我是平虏将军刘勋的妻子王宋，
入门二十年。 自我嫁入刘家不觉过了二十年。
君心自有悦， 将军心里另有所爱，
妾宠岂能专。 对我的爱怎能独专。
出解床前帐， 被出解下床前帐子无奈回娘家，
行吟道上篇。 路上一边伤心走着一边吟诗篇。
古人不唾井， 古人感恩念旧不随便辜负别人，
莫忘昔缠绵。 不要忘记我们曾经有过的缠绵！

妇女维权靠道德。此诗为代言体。首联自我介绍。次联揭露问题，丈夫另有新欢，自身惨遭冷落。三联更被休弃，卷起铺盖回娘家，边走边念古人言。尾联揭示，所念是古人感恩念旧的教导，希望丈夫回心转意。不唾井：古谚说"千里井不反唾"，意谓远走千里的人，对于他喝过水的那口井，即使今后再也不喝此水也不给它吐唾沫，跟食不毁器、荫不折枝一样，以示不忘旧情。

064 | 李　白·咏槿

园花笑芳年， 园花灿烂于美好的年岁，
池草艳春色。 池草茁壮于漂亮的春色。
犹不如槿花， 还是比不上木槿花，
婵娟玉阶侧。 似婵娟开在玉阶侧。
芬荣何夭促， 花香草茂却生命太短促，
零落在瞬息。 花草凋零只不过是瞬息。
岂若琼树枝， 怎比得上似琼树枝的木槿，
终岁长翕赩。 一年到头都那么神采奕奕。

光彩照人每天见。首联夸奖园花灿烂、池草茁壮，为钟情木槿铺垫。次联高度赞赏木槿以艳丽的姿容，在金殿玉阶旁绽放鲜花。后两联阐述偏爱木槿的心意，一般园花池草，只有短暂风光，而木槿尽管花是朝开暮落，却像仙境里的玉树琼枝，年中总见它天天都在开花，长期兴旺繁荣，别的花草自然逊色。东方朔的"木槿夕死朝荣，士亦不必长贫也"同样看到木槿的积极一面。押入声韵。

065 | 李　白・树中草

鸟衔野田草， 飞鸟口中衔着野田的草，
误入枯桑里。 偶然掉进了枯桑树杈里。
客土植危根， 树杈里的残土还能培植危根，
逢春犹不死。 又巧逢春雨连绵让危根不死。
草木虽无情， 野草与枯木虽没有亲情，
因依尚可生。 尚能相依而使野草可生。
如何同枝叶， 为什么同一条枝上的叶子，
各自有枯荣。 却不能相依而各自有枯荣？

同根长大也相煎。首联点题，枯桑树杈里掉入了连根拔起的野草。次联分析，这样的野草何以能生长：一是树杈残存必要泥土，二是恰逢春天水分充足。后半以上举事实为依据提问，为什么毫无亲情的野草与枯桑可以相互依存而使野草得生，而同一树枝上的叶子反不能相互依存而使叶子有枯有荣。此诗显然讽刺亲兄弟为了政治利益而不惜手足相残的历史惨剧。前半仄声韵，后半平声韵。

066 | 李　白・秋浦歌其二

秋浦猿夜愁， 夜猿在秋浦哀鸣不肯休，
黄山堪白头。 这里的黄山也愁白了头。
青溪非陇水， 青溪虽然并不是陇头的流水，
翻作断肠流。 也如陇水般呜咽令人很难受。
欲去不得去， 我想离开这里但迟迟尚未成行，
薄游成久游。 本拟来此暂游却因循成了久游。
何年是归日， 何年何月才是回去的日子啊，
雨泪下孤舟。 思念及此在孤舟上满面泪流。

壮志未酬长纠结。前四句写自己有愁，便觉得猿愁山愁水也愁。后四句写表层愁因：久游无归日，故独泛孤舟泪流如雨。深因在于欲归之处难期。原来唐玄宗只视李白为文学侍从，作粉饰太平的帮闲，察觉他不安分便赐金放还。可是李白在离京浪游的漫长期间仍存幻想，盼有朝一日皇上能把他召回，作治国安民之用。这一天自然只是白等，在秋浦游如此，在其他地方也不例外。

067 李　白·清溪行

清溪清我心， 清溪真的能够使我心清，
水色异诸水。 它的水色不同别的江水。
借问新安江， 借问以清闻名的新安江，
见底何如此？ 可像清溪这样清澈见底？
人行明镜中， 人乘船如行于明镜之中，
鸟度屏风里。 鸟好像飞过一扇屏风里。
向晚猩猩啼， 傍晚到猩猩将开始哀啼，
空悲远游子。 又只让远行的游子悲凄。

最揪心处未能宽。首联说清溪水使他清心，似乎心中的负担全都放下。次联拿有水清声誉的新安江来比较，认为新安江也不如清溪清澈见底。三联进一步以明镜比清溪，人走岸上，鸟过群山，倒影于清溪就如“人行明镜，鸟度屏风”。尾联猩猩啼叫又引发游子伤悲。安徽的清溪之行在李白被“赐金返还”后，诗人会想归家，更会想归朝。有此半日开怀，确实值得珍惜。

068 李　白·题宛溪馆

吾怜宛溪好， 我爱宣城宛溪它的景色美好，
百尺照心明。 它有深潭百尺能把心也照明。
何谢新安水， 一点也不比新安江逊色，
千寻见底清。 它千寻之水也可见底清。
白沙留月色， 白色的沙滩弥漫着皎洁的月色，
绿竹助秋声。 翠绿的竹丛应和着萧瑟的秋声。
却笑严湍上， 可笑新安江的严湍，
于今独擅名。 至今还是独擅美名。

纵情山水换心思。首联突出宛溪河的美好在于清得能把心照明，心明就是心里原本黑云密布，现已忽然转晴，实际是把耿耿于怀的功业理想，暂时放下。宛溪：穿过安徽宣城的宛溪河。次联用亲身经历见证宛溪河水之清不逊新安江。谢：逊色。三联细致刻画秋日宛溪河幽静的夜景。尾联借反讥新安江独擅美名，再次肯定宛溪河不比新安江差。严湍：指水流湍急的严子陵隐居处。

069 | 李　白·宣城青溪

青溪胜桐庐， 安徽宣城的青溪风景胜过浙江桐庐，
水木有佳色。 此地的山水树木可称十分亮丽出色。
山貌日高古， 山势是远古面貌，
石容天倾侧。 石岩似天神开辟。
彩鸟昔未名， 彩羽鸟从来无人命名过，
白猿初相识。 白猿猴也是初与人相识。
不见同怀人， 没有找到跟我相同怀抱的人，
对之空叹息。 面对美景无奈只好空自叹息。

青溪景胜缺同怀。此诗吟咏青溪山水，这时李白遭谗放返虽已多年，报国无门的忧愤仍让他备受煎熬，而他又天性旷达和心仪道教，便特别钟情山水。首联用桐庐的美丽风光烘托青溪，还说后者胜于前者。中二联谓，这里山貌高古，石头天上掉落，还有未名彩鸟、罕见白猿，的确优胜。倾心赞美青溪，也流露寂寞愁闷，他的同怀人当是既愿乐享林泉幽雅，也会解救时世危难者。押入声韵。

070 | 李　白·春日游罗敷潭

行歌入谷口， 边行边唱从罗敷潭山下的谷口进入，
路尽无人跻。 走到路尽头也没有发现被攀登痕迹。
攀崖度绝壑， 冒险攀越悬崖排除困难度过了深谷，
弄水寻回溪。 踩着浅水湿地逆着曲折溪流再寻觅。
云从石上起， 终于看到岭头石上飘起缕缕白云，
客到花间迷。 我也到了潭边花丛并对山花着迷。
淹留未尽兴， 在这里逗留观赏舍不得离开，
日落群峰西。 一直到太阳已落到群峰之西。

漫游山水暂开怀。河北邯郸罗敷潭，与美女罗敷有关，从来是著名景点。首联兴致勃勃从谷口进入，走到无人攀登过的悬崖边。次联是对仗，攀越悬崖度过深谷，踩着浅水往上寻找。三联也是对仗，终于抵达罗敷潭，出现了云起石上、人迷花间。与王维一样行到水穷处，不过王被云吸引，李被花所迷。尾联以在罗敷潭流连忘返直至太阳偏西结束。诗人如此投入，确实能够解忧。

071 | 李　白 • 游秋浦白笴陂二首其一

何处夜行好， 在哪个地方夜间行游最好？

月明白笴陂。 当然是风清月白的白笴陂。

山光摇积雪， 山头月照的反光在积雪之上摇晃，

猿影挂寒枝。 猿猴的矫健身影倒挂于树上寒枝。

但恐佳景晚， 只可惜景致极佳而夜已很深，

小令归棹移。 不得已小声吩咐船往归处移。

人来有清兴， 人来乘着一股清兴，

及此有相思。 到后带回美好相思。

白笴陂塘好夜游。首联自问自答，肯定夜间行游最好之地为白笴陂。白笴陂：据池州日报资料，唐时可能是个水面广阔的陂塘。次联揭示上述评价的直接理由是：山头月照反光在积雪上摇动、猿猴矫健身影在树枝上倒挂，均值得观赏。后两联还以极好的主观感受充当间接理由：先给感受铺垫，景大佳而夜已深，无奈让船往回走，然后提出去时兴冲冲、回来心思思的独特观感。

072 | 李　白 • 游秋浦白笴陂二首其二

白笴夜长啸， 夜在白笴陂兴来长声一啸，

爽然溪谷寒。 我身心舒畅溪谷风起生寒。

鱼龙动陂水， 鱼群掀动陂水，

处处生波澜。 处处可见波澜。

天借一明月， 老天又借我一轮明月，

飞来碧云端。 镜子般飞挂在碧云端。

故乡不可见， 故乡看不见实在不可见啊，

肠断正西看。 往正西遥看不禁肝肠欲断。

故乡难返看难见。前半写长啸惊扰了鱼群。被白笴陂夜景陶醉的李白忍不住吹起口哨，发出长啸，让自己感到身心舒爽和水面风起略有寒意，还惊扰了鱼类产生了波澜。后半写明月引发了乡思。年青出外建功立业，乡思不过淡淡哀愁，直到功业难成、年也渐老，才有断肠之痛。唯一可与家人共见的明月，使他迫切想要看到故乡，往正西方的四川看也看不到，其内心痛苦可知。

073 李　白·古风其四十二

摇裔双白鸥， 随风摇摆翅膀的一双白鸥，
鸣飞沧江流。 边盘旋边鸣叫在沧江之流。
宜与海人狎， 乐于与海上人相处，
岂伊云鹤俦。 不愿与云中鹤为友。
寄形宿沙月， 同海人一齐在月下的沙滩欢欣地栖宿，
沿芳戏春洲。 或跟他沿着盛开鲜花之岸嬉戏于春洲。
吾亦洗心者， 我也是与海人一样洗去邪恶心思之人，
忘机从尔游。 已经把世俗的机心忘掉愿与海鸥同游。

功名受挫拟忘机。 前六句写无机心的海鸥与无机心的海客相游乐，无意高攀云鹤，自由自在地宿沙地，戏芳洲。摇裔：与摇曳相当；岂伊：它不是。末二句直接表达洗心忘机盼同游的愿望。此诗似乎表示李白愿意摆脱世俗的一切心思，包括功名抱负；其实这只是表面现象，他绝不放弃功名，归隐也要学谢安，只是理想严重受挫时，才往学道修仙或脱俗隐居方面遐想，以寻求安慰。

074 李　白·送张舍人之江东

张翰江东去， 你去江东与张翰的季节一样，
正值秋风时。 都是正值秋风呼呼吹起之时。
天清一雁远， 天清气爽一雁远远飞去，
海阔孤帆迟。 海阔浪平孤帆缓慢漂离。
白日行欲暮， 太阳已经偏西即将入暮，
沧波杳难期。 此去沧海渺茫再见难期。
吴洲如见月， 不过你正要前往的吴洲如能见月，
千里幸相思。 我们虽隔千里依然有幸聊慰相思。

相思见月慰离情。 首联把友人之行与张翰归乡相提并论，对张翰之归有赞其知机，或赞其随性，不了解张舍人，未能由此见意。中间两联借眼前景表别离情，天清气爽难舍一雁远飞，海阔浪平也不忍孤帆速离，但偏西白日终归会消失，渺茫沧海终难再见友。尾联希望虽相隔千里，仍能共对明月互慰相思，表达了积极乐观的人生态度，避免了离别诗中的过分悲伤。

075 李　白·送裴十八图南归嵩山其二

君思颍水绿， 你思念碧绿的颍河水，
忽复归嵩岑。 忽又对归嵩山动感情。
归时莫洗耳， 途经颍水不要用清水去洗耳，
为我洗其心。 依我之见必须把内心洗干净。
洗心得真情， 洗心会得到真情实意，
洗耳徒买名。 洗耳徒然让己获虚名。
谢公终一起， 隐居东山的谢安终究被起用，
相与济苍生。 因他忘不了要共同解救苍生。

勉友同为贤士隐。首联把思念“归隐”说成思念“颍河水”，使抽象思想化为具体形象。颍河：发源于河南嵩山；岑：山。中间两联希望友人归山途中不要洗耳，而要洗心，他认为具有济世安民抱负和才干，并能依据“用之则行，舍之则藏”行事的谢安，才是高人贤士之隐、洗心之隐，而像许由的洗耳之隐，不过是沽名钓誉的手法。尾联还举出谢安东山再起的事例，与友人共勉。

076 李　白·送杨山人归嵩山

我有万古宅， 我有万古不坏的神仙宅，
嵩阳玉女峰。 就是嵩山之阳的玉女峰。
长留一片月， 长留在我心里的那一片明月，
挂在东溪松。 它一直挂在东溪松林的上空。
尔去掇仙草， 你归去后将去采摘一种仙草，
菖蒲花紫茸。 嵩山菖蒲它开的花叫作紫茸。
岁晚或相访， 年底时我或会到嵩山去拜访你，
青天骑白龙。 你出迎可能在青天上骑着白龙。

以景寓情送友诗。首联追忆昔日也曾经在嵩山进行寻仙访道，而描述为“我有万古宅”，则显得豪迈而新异。阳：指南面。次联进一步把当年居住的环境神奇化，月竟可长留，而且还留在最合适的位置东溪松上。三联写杨山人归山后的活动，想象他去采集那种据《神仙传》说“一寸九节，服之长生”的菖蒲。尾联表示，岁晚可能去拜访他，并设想对方届时已成了仙，骑龙相迎。

077 | 李　白·金乡送韦八之西京

客自长安来， 客人本从长安来，
还归长安去。 今天回归长安去。
狂风吹我心， 狂风吹走我的心，
西挂咸阳树。 向西挂在咸阳树。
此情不可道， 此情难以向人道，
此别何时遇？ 此别何时再相遇？
望望不见君， 望了又望不见你，
连山起烟雾。 只见群山起烟雾。

送客回京触隐情。首联点题，客来自长安，送客归长安。次联说，长安两字使他心潮汹涌，一颗心似被狂风吹走，挂在咸阳树上。诗人曾因玄宗只用他做文学侍从不让他出谋划策而离京，但他仍迫切盼望，有机会得到重新赏识，再返朝廷。这里的咸阳实际上指长安，由于首联出现两次长安而另换说法。三联以心事一言难尽略过，随即转回送别。尾联说客人走后，久望不见，唯见烟雾。

078 | 李　白·淮海对雪赠傅霭

朔雪落吴天， 北方吹来的大雪坠落江南大地，
从风渡溟渤。 又跟随寒冷的风直向海洋穿越。
海树成阳春， 海岸的树都蒙上了白雪，
江沙皓明月。 江边的沙比月色还洁白。
兴从剡溪起， 大雪使我忆及王子猷剡溪访友戴安道，
思绕梁园发。 同时也想起了曾经共游梁园的老相识。
寄君郢中歌， 寄给你这一首曲高和寡的歌，
曲罢心断绝。 吟唱完不见你不禁伤心欲绝。

白雪也成敏感词。前二联布景，北方大雪吹到江南又向海洋扩散，使海岸的树被白雪笼罩、江边的沙比月色还白。溟渤：海洋；阳春：借阳春表白雪。后二联抒情，大雪挑起剡溪访友那样的兴致，心思指向曾经同游梁园的傅霭，并寄上这首难被赏识的歌，自己吟罢没有人听还很伤心。郢中歌：似《对楚王问》郢中客所唱的和者少的歌。李白理想受挫，在交往诗中也难免流露。押入声韵。

079 李　白 • 赠别郑判官

窜逐勿复哀， 被放逐一事不想重提免再悲哀，
惭君问寒灰。 惭愧你询问未知我已心似寒灰。
浮云本无意， 浮云流动本无意，
吹落章华台。 今却吹落章华台。
远别泪空尽， 念及与亲故远别泪流欲尽，
长愁心已摧。 长时间思量愁苦面临崩溃。
二年吟泽畔， 流放快要两年我像屈原行吟泽畔，
憔悴几时回。 容颜如此憔悴不知何时可以回来。

热心报国遭流放。首联对友人关注自身长流夜郎之事作了回应。寒灰：比喻不生任何欲望之心。中二联告知近况，服刑途中，已到达章华台，现时心情很坏：泪流欲尽，如被摧毁。章华台：春秋时楚灵王所建，在今湖北监利县。吟泽畔：像屈原那样走在江河边上吟咏抒怀。尾联流露前途渺茫的忧虑。诗人立功心切，参加了玄宗逃奔四川号召勤王时的永王部队而被认定附逆谋反。

080 李　白 • 上三峡

巫山夹青天， 巫山夹着青天多么奇异，
巴水流若兹。 巴水流过巫山就见如此。
巴水忽可尽， 巴水忽然好像到达了绝境，
青天无到时。 可是青天却没有穷尽之时。
三朝上黄牛， 三个早晨三个晚上在黄牛峡逆水行船，
三暮行太迟。 却总在黄牛峡打转这船行得实在太迟。
三朝又三暮， 如此三天三夜也出不了黄牛峡，
不觉鬓成丝。 不觉间使人愁得两鬓成了素丝。

囚徒上峡倍艰辛。首联以“巫山夹青天”开头，“夹”字让人感到巫山高峻、遮天蔽日。巴水：长江的巫峡段。次联表现巴水迂回、舟行迟滞。三联续写过黄牛峡的艰难，如古谣所说“朝发黄牛，暮宿黄牛。三朝三暮，黄牛如故”。黄牛：指黄牛峡。尾联所谓使鬓成丝的“愁”，既来自三峡难上，更来自流放夜郎。李白因参加永王李璘的勤王大军，犯下谋反罪而服流放之刑。

081 李　白·春滞沅湘有怀山中

沅湘春色还，沅湘春色回来已见，
风暖烟草绿。暖风轻吹烟笼草绿。
古之伤心人，从古至今伤心的人，
于此断肠续。停留此处难免一哭。
予非怀沙客，我不是屈原那样的怀沙客，
但美采菱曲。但是喜欢沅湘民歌采菱曲。
所愿归东去，我的愿望只是归隐东山，
寸心如此足。寸心得此便会感到满足。

此生壮志料难酬。此诗写于流放夜郎遇赦而回的途中，时已60岁。首联感叹暖风轻吹、绿草笼烟，春色也已回来。沅湘：沅水、湘水皆经岳州而入大江，后人以沅湘称岳州。次联点出这是屈原、贾谊等被贬困居之地，便跟他们一样难忍悲伤。三联表示不效法屈原投江，还想好好活下去。怀沙：屈原写下怀沙赋，即自沉汨罗。尾联意谓，今后倘能归隐东山，已觉满足。

082 李　白·览镜书怀

得道无古今，得道成仙者便无所谓古今，
失道还衰老。难成正果者总不免会衰老。
自笑镜中人，览镜随即取笑镜中之人，
白发如霜草。满头白发如同经霜野草。
扪心空叹息，扪心反省空自长长叹息，
问影何枯槁？请问影像为何如此枯槁？
桃李竟何言，桃李究竟能发出何言，
终成南山皓。终归会成为商山四皓。

青春虚度望馀年。首联以不成仙便成凡开端，看似宣讲道教常识，而意在反思多年信仰的可悲结局。中二联说明衰老具体表现在发如霜草和影像枯槁，口吻有点自嘲，内心极端痛苦，因为建功立业的大好年华已经虚度。尾联冀望像四皓一样晚年能为国家贡献力量，尚保持“天生我材必有用”的固有信念。桃李：史记李将军列传有“桃李不言，下自成蹊”，以桃李喻己，活用此典。

083 刘长卿·幽琴

月色满轩白， 月色明亮使整个轩榭洁白，
琴声宜夜阑。 琴声响起也正适宜于夜阑。
飕飗青丝上， 从微微掀动的琴弦上，
静听松风寒。 静静地倾听着松风寒。
古调虽自爱， 这古调虽为自己喜爱，
今人多不弹。 但今人大都不愿去弹。
向君投此曲， 冒昧地向侍郎你投放这首曲，
所贵知音难。 看重的是欲求知音实在困难。

自充古调求欣赏。诗人中进士后，43岁任长州尉，46岁被贬岭南任南巴尉，从贬地返，等待任职期间，给礼部李侍郎写了《杂咏八首》，此其一。前两联描述月色皎洁、夜阑人静之时，响起了《风入松》的弹奏声。松风寒：比喻弹奏古琴曲《风入松》的乐声。三联坦承本人喜爱今人多不弹的古琴曲。尾联提出向李侍郎送上此曲，希望得到欣赏。实际作自我推荐，盼其认可。

084 刘长卿·晚桃

四月深涧底， 初夏的四月在深涧底，
桃花方欲然。 桃花才盛开如同火焰。
宁知地势下， 乃了解到因所处地势低下，
遂使春风偏。 便使节候与正常状态有偏。
此意颇堪惜， 这个认识颇值得重视，
无言谁为传？ 桃树无言谁让它流传？
过时君未赏， 若错过四月侍郎你未能赶往观赏，
空媚幽林前。 那就令桃花空自艳丽于幽林之前。

自比晚桃愁错过。首二联举出一个反常事例，在深山溪涧的底层，桃花不是春天开放而是四月入夏以后才绽放，于是使人认识到，桃花生长在地势低下处，开花时间将会推迟较多。欲然：欲燃；春风：应为节候意。三联认定所处地势低、桃花迟绽放这个认识重要，可惜无人让它传播。尾联自然以倘对方过时未赏、晚桃空媚林前收结。此诗显然是自比晚桃，担心自己错过被选拔。

085 刘长卿·疲马

玄黄一匹马， 一匹黑黄色的形神疲惫的马，
筋力尽胡尘。 筋力耗损于抵御外敌的战尘。
骧首北风夕， 在北风劲吹的夜晚高高地昂起马首，
徘徊鸣向人。 来回走动不断嘶鸣似向人反复重申。
谁怜弃置久， 没有谁给予同情把我长久弃置，
却与驽骀亲。 迫使我向后倒退多与劣马亲近。
犹恋长城外， 还是留恋在长城外驰骋疆场那些日子，
青青寒草春。 经冬之草又逢春日青葱一片何等兴奋。

疲马难忘战斗时。首二联展示一匹曾在塞外战场尽力驰骋的疲马，这匹疲马似有不平心事要向人倾诉。骧首：抬头。后二联让疲马自身把心里的不平加以揭示：自己长久被弃置得不到任何同情，无可奈何情况下只好与驽骀混杂，现在还怀恋过去在长城外那些令自己异常兴奋的日子。诗人认为，自己就像那匹疲马，虽有点疲惫状态，却不愿长久闲置，仍然留恋过去的战斗生活。

086 刘长卿·春镜

宝镜凌曙开， 春月好像宝镜直到凌晨才打开，
含虚净如水。 镜中一片澄明干净得如同清水。
独悬秦台上， 这宝镜单独悬挂在高高的秦台上空，
万象清光里。 人间所有物象似都聚到宝镜清光里。
岂虑高鉴偏， 不会顾虑宝镜的明察有偏颇之处，
但防流尘委。 只是担心流尘的坠落造成了蒙蔽。
不知娉婷色， 不知道这春月如此美好光色，
回照今何似。 再次出现之时能否与今相似。

误信谗言易失察。首联描述春月像宝镜，凌晨升上天，镜中明净如水。次联还让春月高挂秦台之上，似秦镜高悬，把人间万象一览无遗。秦台：在江苏封县，为秦始皇修筑，高二十米。三联点出所忧之事，不怀疑宝镜公正无私，只担心流尘造成失察。尾联便以今后春月的光色未必能如今天美好作为理由。诗意似认为选拔人才的官员，虽明察如春月，仍易被谗言干扰而造成失误。

087 | 刘长卿 • 古剑

龙泉闭古匣， 一把藏在古匣里的龙泉宝剑，
苔藓沦此地。 沦落于此处长满着苔藓之地。
何意久藏锋， 本来无意把自身藏起来，
翻令世人弃。 反而造成被世人所遗弃。
铁衣今正涩， 匣子虽然仍在锈蚀，
宝刃犹可试。 锋刃还可经受测试。
傥遇拂拭恩， 倘若能获得拂拭之恩而被使用，
应知剸犀利。 应该了解到它的切割何等犀利。

人如古剑材堪用。前两联略述古剑沉埋被弃的历史。龙泉：古代名剑，原名龙渊，避唐高宗李渊讳而改名龙泉。后两联介绍古剑的现状，铁匣尚在生锈腐蚀，锋刃仍能经受考验，如果给予拂拭提携，让它用武有地，当会认识它的切割之利无与伦比。傥：古同“倘”；剸：切断或割断；犀利：唐朝口语，今粤语仍保留。诗人把自己比作龙泉古剑，并许诺若得到录用，必赞其得力。

088 | 刘长卿 • 旧井

旧井依旧城， 旧井紧紧依靠着旧城，
寒水深洞彻。 冰冷的井水深而清澈。
下看百余尺， 往下察看有一百多尺，
一镜光不灭。 像一面镜光芒不见灭。
素绠久未垂， 麻结井绳很久没有垂下，
清凉尚含洁。 清凉井水仍旧色泽皎洁。
岂能无汲引？ 这样的一口旧井怎么可能也得不到你的汲引？
长讶君恩绝！ 会令人大感惊讶以为你对旧井滋养之恩已绝！

旧井今来求汲引。首联概括介绍旧井，它位置紧靠旧城，井水深而清澈。次联又作具体形容，往下看一百多尺、像镜子光芒四射。三联提出问题：旧井是一口水质良好的水井，但素绠却很久没有在此汲水。尾联以旧井立场猜想，曾经饮用过旧井之水的你，不可能不来汲引，若真的不来，那不是把旧井的滋养之恩断绝了吗？据诗意，自比旧井的诗人与李侍郎应该有过患难之交。押入声韵。

089 刘长卿·白鹭

亭亭常独立， 白鹭在川上经常亭亭独立，
川上时延颈。 以及习惯地伸展它那长颈。
秋水寒白毛， 茫茫秋水衬得它一身白毛散发阵阵寒意，
夕阳吊孤影。 天际夕阳躲在它背后帮忙替它悬挂孤影。
幽姿闲自媚， 风姿幽雅的白鹭平时总是悠闲自得，
逸翮思一骋。 不过它那飘逸的两翼还盼施展得逞。
如有长风吹， 如果能有长风向它一吹，
青云在俄顷。 乘风直上青云瞬间可成。

白鹭高飞盼有风。前两联描述白鹭在江河之上亭亭独立、伸延长颈，以及秋水夕阳陪伴着它，突出它的幽雅风姿。三联揭示白鹭的心愿，平日大都自得其乐无欲无求，只是漂亮双翼仍想振翅高飞。自媚：自娱自乐；翮：翅膀；骋：尽情施展。尾联归结到盼有长风助力，使百鹭得以乘势直上青云。青云：比喻高官显爵；俄顷：短时。诗人的求职需要，就用这个白鹭故事来表达。

090 刘长卿·寒釭

向夕灯稍进， 傍晚灯火逐渐亮起，
空堂弥寂寞。 空虚大堂更觉寂寞。
光寒愁对人， 凄清的灯光露着愁容面对人，
时复一花落。 不时地还有一处灯光忽失落。
但恐明见累， 你只恐时世清明而野有遗贤，
何愁暗难托。 不操心黑夜降临会难找寄托。
恋君秋夜永， 怜惜侍郎你秋夜漫长需要陪伴，
无使兰膏薄。 请不要忘记添加灯油免其单薄。

你注灯油我发光。首联形容官宦人家大堂，傍晚亮灯时候，尤觉空虚寂寞。釭：油灯；弥：更。次联考虑到亮度明显不足又偶有灯光失落所产生的寥落之感。三联先从对方有举荐人才职责立论，若政治清明而世有遗贤则易被讥为失责，后又以夜为“暗”，为下联作铺垫。尾联顺势提出，我可助你度过漫长秋夜，但你必须给油灯添加灯油。永：长；兰膏：指灯油。诗中互助寓意不难想象。

091 杜　甫·望岳

岱宗夫如何， 泰山之美啊情形究竟是如何？
齐鲁青未了。 走出齐鲁后山色在目仍未了。
造化钟神秀， 自然孕育造成何等的神奇秀丽，
阴阳割昏晓。 山南山北明暗的区别如同昏晓。
荡胸生层云， 全神贯注凝视荡涤胸怀的层层浮云，
决眦入归鸟。 双目圆睁细看翩翩入山的归巢飞鸟。
会当凌绝顶， 我定要登上泰山顶峰，
一览众山小。 尽览周围群山的矮小。

泰山雄伟欲攀登。首联上句表达初见泰山的惊叹仰慕，下句以距离之远烘托泰山之高。岱：泰山别名；夫，语气助词；齐鲁：泰山横亘于古代的齐国鲁国国土上。次联近望泰山，感觉神奇秀丽、巍峨高大，竟能以其高度将山南山北的阳光割断，形成不同景观，突出它遮天蔽日之状。三联对云气和飞鸟的深入细望。决眦：眼眶欲裂。尾联既概括泰山的雄伟，也表现诗人的壮志。

092 杜　甫·客从

客从南溟来， 有客人远从南海到来，
遗我泉客珠。 送给我一颗泉客珍珠。
珠中有隐字， 珍珠里好像藏有隐约的字，
欲辨不成书。 想辨认又不成字还是迷糊。
缄之箧笥久， 我把珍珠长久藏在竹箱子里，
以俟公家须。 等候官家有朝一日前来索取。
开视化为血， 后来开箱看竟已化成血，
哀今征敛无！ 哀叹若征敛今无物应付。

官家征敛无休止。此诗大意：南方来的客人送我珍珠，珠里隐约有字，想辨认又不成字；我把珠藏在竹箱，等候官家征敛，后发现它化成血水，今我担心无法应付官家征索。作者善于运用传说，据载，南海有鲛人，名为泉客，其眼泪能变成珠子，因设想珠中藏着泪字，并最后化成血。于是，泉客象征被剥削的劳动人民，泉客珠象征人民的劳动果实，而官家剥削的就是人民血汗。

093 杜　甫·白马

白马东北来，东北方向走来一匹白色的马，
空鞍贯双箭。此马空有马鞍还被射中两箭。
可怜马上郎，可怜骑在马上那个少年郎，
意气今谁见。他的意气风发今谁仍可见？
近时主将戮，近来还有主将遭到杀戮，
中夜伤于战。据说半夜三更死于混战。
丧乱死多门，动乱之中意外丧生包括多种原因，
呜呼泪如霰！想念及此难忍哀痛不禁泪流如霰！

痛惜生存无保障。作者由一匹白马牵引出一个年轻人被杀，又因此想到最近一个主将也惨遭杀戮，从而感慨世人在动乱中，有多种可能意外死去。“或死于寇贼，或死于官兵，或死于赋役，或死于饥饿，或死于奔窜流离，或死于寒暑暴露。”（仇兆鳌《杜诗详注》）揭露了当时藩镇称雄、争权夺利给将士和百姓带来的沉重灾难，也反映了作者对民生疾苦的关心，对国家统一的渴望。

094 杜　甫·前出塞九首一

戚戚去故里，心里凄凉离开故里，
悠悠赴交河。迢长远路前往交河。
公家有程期，官家规定限期必须到达，
亡命婴祸罗。如果逃命难脱违法网罗。
君已富土境，君王已经拥有了很多领地，
开边一何多！为何还要开辟疆土追求多！
弃绝父母恩，无奈把父母的深恩全抛掉，
吞声行负戈。忍气吞声背着兵器往前挪。

被迫离家往戍边。唐玄宗于天宝六年、八年、十年先后向吐蕃、南诏、大食、契丹发动使其臣服的战争，前出塞九首描写一个士兵从军西北边疆的艰难历程和复杂感情，尖锐讽刺了统治者穷兵黩武的不义战争，真实反映了战争给兵士和百姓带来的苦难。这一首讲出塞离家的情形，前半写被迫入伍，无法逃避，后半不满朝廷扩展领土，使他远离父母去当兵，用第一人称直接诉说。婴：遭受。

095 | 杜　甫·前出塞九首二

出门日已远， 离家日久一切都已熟习，
不受徒旅欺。 众伙伴们不再对我轻视。
骨肉恩岂断， 骨肉至亲恩惠坚决不能断绝，
男儿死无时。 即使男儿到了随时会死之时。
走马脱辔头， 跑马脱去了络头，
手中挑青丝。 只有缰绳手中持。
捷下万仞冈， 万仞高冈飞奔而下，
俯身试搴旗。 马上俯身练习拔旗。

拚死转为苦练功。前半说在军中一段时间，克服了很多困难，别人也开始尊重自己，不敢轻易欺凌。他有个可贵的本心，尽管随时命不保，也要不忘父母恩。于是想通了，为报答父母，不如豁出去，舍命学本事，求得新生路。后半说的都是如何苦练杀敌本领的举动：练习跑马时，把马络头脱掉，只拿着马缰绳；为了掌握战地拔旗，不惜骑着快马，俯身冲下高冈，伸手去拔旗帜。搴：取。

096 | 杜　甫·前出塞九首三

磨刀呜咽水， 磨刀在鸣声呜咽的陇头水，
水赤刃伤手。 水赤了原来被刀刃碰伤手。
欲轻肠断声， 本想不理会这令人肠断的水声，
心绪乱已久。 还是受干扰因心绪紊乱已很久。
丈夫誓许国， 大丈夫既然发誓以身许国，
愤惋复何有！ 自然就什么愤恨都不会有。
功名图麒麟， 将领凭功名被画像麒麟阁时，
战骨当速朽。 那战死疆场的骸骨就当速朽。

内心反复有矛盾。前四句描述，头脑里存在思想斗争，陇头水的呜咽声更使自己分心而磨刀伤手，见水赤才发现，刻画入微。后四句坦露思想如何紊乱，原来他总在强迫自己接受，既然决意以身许国，对“一将功成万骨枯”那样的不合理，也可以不计较，而实际还是愤愤不平的，因为他明白被强制参加的是不义之战。故字面所写，应该属于正话反说，不能误解为他已经自甘如此。

097 杜　甫·前出塞九首四

送徒既有长，你送兵员虽然有长官身份，
远戍亦有身。我去远戍亦拥有独立人身。
生死向前去，我已不顾生死往前走，
不劳吏怒嗔。不必劳烦你血口乱喷。
路逢相识人，无非是途中遇上相识者，
附书与六亲。让他带封信给家中的人。
哀哉两决绝，真悲哀啊与家人永别，
不复同苦辛。不能再跟他们同艰辛。

遣送途中受压迫。遣送官吏连托人捎信也怕所遣兵员逃跑，给以愤怒斥责。诗用倒装写法，把对骂放在前，让捎信放在后。前半为自身被辱骂伤心不满，这些不满言论，当然只能在心里说说；后半悔恨不再与家人共苦辛，“哀哉两决绝，不复同苦辛”这两句，似是家书内容的概括，连苦辛也不能共同对付，比之难共欢乐，更见悔恨程度之深。六亲：指父、母、兄、弟、妻、子。

098 杜　甫·前出塞九首五

迢迢万里余，遥遥一万多里的路程，
领我赴三军。把我一直领到边防军。
军中异苦乐，军中官兵的苦乐不一样，
主将宁尽闻。主将恐怕也未必尽得闻。
隔河见胡骑，隔着河流看见胡人的马队，
倏忽数百群。短暂时间走过了好几百群。
我始为奴仆，我的起点不过是个奴仆，
几时树功勋？什么时候才能建立功勋？

身为奴仆立功难。终于到达前线，并且看见敌人。前半感慨官兵苦乐有别，没有看到上下一心；后半自觉在军中如处于奴仆地位，不知何年何月，才能立功受奖。战争的非正义性难以消除官兵的对立，更难让普通士兵产生主人翁的感觉。前出塞九首的前四首主要写他的离家出塞，从这一首开始，一连五首主要写他的军中生活，而这两部分中的每一首，又分别侧重不同的内容。

099 杜　甫·前出塞九首六

挽弓当挽强， 挽弓就要挽最强，
用箭当用长。 用箭就要用最长，
射人先射马， 射骑者先要射其马，
擒贼先擒王。 捉敌人先要捉其王。
杀人亦有限， 杀人也应该有个限度，
立国自有疆。 建国当有自己的边疆。
苟能制侵陵， 若能制止敌人侵犯就行，
岂在多杀伤！ 难道打仗是为了多杀伤？

战争为了防侵略。前半一位征人引用军中流行的作战歌诀，说明挽弓、用箭、射人、擒贼，都应有重点；后半趁势引申，杀人也有限度，正如建国也有疆界，并归结到与人作战，为了制止侵略，并不是杀人越多越好。此诗主张积极的反战，挽强弓，用长箭，是加强实力、预防战争，一旦战争来了，就有办法取胜，可以把杀人控制在最小范围之内，并保证本国的疆界不受别人侵犯。

100 杜　甫·前出塞九首七

驱马天雨雪， 赶马出发时天上下着雪，
军行入高山。 军队要筑城开动到高山。
径危抱寒石， 山径险恶双手抱持寒石，
指落层冰间。 手指脱落掉进层冰之间。
已去汉月远， 这里距离故乡已经很遥远，
何时筑城还？ 何时把城筑好可以把家还？
浮云暮南征， 傍晚浮云向南方游动，
可望不可攀。 能够望见却不可高攀。

山上筑城思故乡。前四句诉说在冰冻雪飘的恶劣条件下他随军队开赴高山筑城戍守，山高路险，用手搬运冰冷大石，冻得手指也会脱落。雨雪：落雪。后四句表现任务越是艰苦，越易想念故乡，希望把城筑好，能有机会回家，以汉月比喻故乡，见浮云南移，自己不能乘云回去，很觉遗憾。运用比兴手法将怀念故乡、牵挂亲人的心情寄托在“汉月”“浮云”上，变得形象可感。

101 杜　甫·前出塞九首八

单于寇我垒， 敌军首领侵犯我军的营垒，
百里风尘昏。 百里征途风尘滚滚日色昏。
雄剑四五动， 我们不过是挥舞了几下宝剑，
彼军为我奔。 对方被还击吃了败仗便狂奔。
掳其名王归， 还把他们著名的王者活捉过来，
系颈授辕门。 并用绳子紧系着颈项投在辕门。
潜身备行列， 我置身备战行列中只是普通的一员，
一胜何足论。 即使打了一次胜仗不值得过多谈论！

初次立功不自满。开头两句说敌军气势汹汹地进犯。单于：泛指边疆异族的首领。接着四句说我军没费太大力气便把敌军打败，还俘获称王的敌军首领，将他投放辕门。奔：指奔北，即打败仗；名王：敌方的知名将领；雄剑：古代宝剑有雌雄之分，这里作通名用。尾联的倾诉表现出有功不居的高尚风格，也是第三首“誓许国”的实际体现，以及第九首“四方志”的预作铺垫。

102 杜　甫·前出塞九首九

从军十年余， 我从军已经十年多，
能无分寸功。 怎能没有分寸之功。
众人贵苟得， 众人总喜争功获奖赏，
欲语羞雷同。 我想发言又不屑雷同。
中原有斗争， 中原尚存在着斗争，
况在狄与戎。 况还有边疆狄与戎。
丈夫四方志， 大丈夫志在四方，
安可辞固穷。 怕什么困难重重。

十载戍边长见识。首联表白自己从军多年，实际也有功劳，次联却自觉羞于与别人争功邀赏，准确刻画了人物的内心活动，着墨不多而形象逼真。雷同：雷声一响，四方回应，以此表示人云亦云。三联可见他的视野开阔，身在边地，还念及中原的斗争，当时已出现藩镇割据，国家面临反对分裂的战争。尾联顺理成章，以丈夫志在四方、戍边不怕吃苦的高标准勉励自己。固穷：安于穷困。

103 杜　甫·丽春

百草竞春华， 春天到各种花木争相开出漂亮花朵，

丽春应最胜。 丽春花理当称得上是无花可以超过。

少须好颜色， 丽春花开得少时色彩便应更艳丽，

多漫枝条剩。 如果它开得多了徒然枝条也增多。

纷纷桃李枝， 那么多的桃李枝条无一能够例外，

处处总能移。 移到哪里都能生长但丽春办不到。

如何此贵重， 为什么丽春花如此贵重呢？

却怕有人知。 似乎它的优胜怕被人知道。

欣赏丽春不自夸。首联认定春来百花齐放似竞赛，丽春花可称第一。百草：指众多花木。次联具体铺陈，丽春花优胜在于花色特别艳丽，亦有人说，它花枝柔软，随风款摆，引人怜爱。须：应该；漫：徒然；剩：过多。三联揭示其独特品性，说它不可移栽。尾联以议论结束，认为丽春花如此贵重，移栽则枯，恐怕是不乐意它的优胜尽人皆知，属于天生丽质甘埋没吧。前半仄声韵，后半平声韵。

104 杜　甫·丁香

丁香体柔弱， 丁香花像长筒外表看似柔弱，

乱结枝犹垫。 枝上花蕾乱结仍能把花承垫。

细叶带浮毛， 细叶上长着微小的绒毛，

疏花披素艳。 疏花显示出素朴的美艳。

深栽小斋后， 它被远种在小房子的最后头，

庶近幽人占。 是想让喜幽静的人欣赏方便。

晚堕兰麝中， 它岁晚会与兰麝为伍成为良药，

休怀粉身念。 却不以已将粉身碎骨心存惦念。

丁香柔弱也坚强。首联描写丁香花的全景，远看如丁状长筒显得柔弱，枝上花蕾纠结仍能承托着花，“柔弱”与“乱结”力度差距大，已透露写作的角度。次联续写丁香花的局部，说它细叶长着绒毛，疏花外观素艳，柔弱而清丽。三联展现丁香花的格调，说它美丽而不张扬，爱跟宁静的人为伴。尾联深入丁香花内心，即使细小柔弱，也要像兰麝一样芬芳，而不计较自身会怎样。

105 杜　甫·得舍弟消息

风吹紫荆树，大风无休止地吹动开满花朵的紫荆树，
色与春庭暮。让人感觉花的色泽如同春庭临近薄暮。
花落辞故枝，花被吹落已离开了故枝，
风回返无处。风再回旋花也重归无处。
骨肉恩书重，告知舍弟消息的书信使我很激动，
漂泊难相遇。可是现时大家在漂泊不容易相遇。
犹有泪成河，还有可能流成河的眼泪，
经天复东注。经过天空再向东方倾注。

亲人离散难重见。首联当风吹紫荆树时，诗人关注的是花的色泽暗淡无光，这是盛开至极容易脱落的表征。与：作如解。次联对花朵的随风飘落、离别故枝，表示了深深的惋惜，简直想出言制止，你们要重返枝头，已归家无路了。三联说，让我可再续兄弟情，很宝贵，但生逢乱世人的“漂泊难相遇”，就像花的“风回返无处”啊！尾联便承此做出预判，今后还将流下不少眼泪。

106 杜　甫·立秋后题

日月不相饶，时光的流转决不会手下留情，
节序昨夜隔。节令的顺序从昨夜开始相隔。
玄蝉无停号，秋蝉或知末日将临不停歇地哀号，
秋燕已如客。秋燕似已离开这里到温暖处作客。
平生独往愿，自己素来怀抱独自飘游的心愿，
惆怅年半百。常为此而惆怅因为年纪已半百。
罢官亦由人，罢官也可以由个人主动进行决定，
何事拘行役？还有什么事牵制出走远方的选择？

漂泊多年由此起。此诗是杜甫在华州任上所写的最后一首作品。首联点题，表明诗写于立秋的后一天。次联显示动物对秋季到来非常敏感，蝉在发出无休止的恐惧叫声，燕也似已飞往南方作客去了。三联表达个人的想法，他显然对燕子的避寒就暖更感兴趣，还坦露素有远游之志。尾联以追问方式表示一种反思，此一追问，诗中没有给出明确答案，但已见正在积极考虑之中。押入声韵。

107 杜　甫·赤谷西崦人家

跻险不自安，登上既高又险之处心里自然感觉不安，
出郊已清目。走出这个范围之后已能看清周围景物。
溪回日气暖，溪回路转眼前秋阳普照气温足够和暖，
径转山田熟，山田所种各种各样作物大都开始成熟。
鸟雀依茅茨，鸟雀成群结队依附在村中的茅屋，
藩篱带松菊。农家搭建篱笆还同时栽种松与菊。
如行武陵暮，真好像傍晚时分正行走在武陵县上，
欲问桃花宿。要打听一下怎样能找到桃花源投宿。

心仪西崦宜居地。诗人避安史之乱到了秦州，并有意在此找寻暂住之地，秦州附近的赤谷西崦人家，可能是他入山采药时发现的一个好地方。首联从他一次攀登高山的经验起笔，说那时面临险境，无暇旁窥。中二联集中描写西崦人家所居是个好地方，先举能否适合耕种为生的，这里阳光足天气暖，后举幽静雅致的，这里鸟雀绕茅屋、篱笆有松菊。尾联便产生如入桃源的想象。押入声韵。

108 杜　甫·屏迹

衰年甘屏迹，长期漂泊又已经衰老甘心屏弃诸种行迹，
幽事供高卧。平日清闲无事的时候大都躺在床上高卧。
鸟下竹根行，偶然可见鸟雀飞下竹根行，
龟开萍叶过。乌龟拨开萍叶从水面爬过。
年荒酒价乏，正值年荒要经常买酒喝还是不够钱，
日并园蔬课。尽管每天供给几种蔬菜也帮补无多。
独酌甘泉歌，只能够一边独自饮甘泉一边开口唱着歌，
歌长击樽破。有时歌声拉长击樽代拍而至于把樽击破。

老来穷困也疏狂。首联表白，经历过多年漂泊人已衰老什么事都干不了，有闲之时大抵是在床上躺着。次联举出高卧所见的幽雅事，小鸟飞落竹根踱着步子，乌龟拨开萍叶爬过水面。三联透露生活困难，每天给卖酒者交付蔬菜数种仍然抵偿不了酒价。课：交纳。尾联说，如果无酒可喝，只有以水代酒，并且一边喝水一边唱歌，有时长声高歌，击樽为拍，以致连酒樽也被击破。

109 杜　甫·遣兴五首一

天用莫如龙， 天上最有用者没有什么东西超过龙，
有时系扶桑。 它曾经被捆绑在日出处的大树扶桑。
顿辔海徒涌， 它被巨大神人勒紧缰绳徒然使海水汹涌，
神人身更长。 那个巨大神人据说竟拥有两千里的身长。
性命苟不存， 考虑到自己性命假如因此丧失，
英雄徒自强。 空自让那些英雄侥幸独自逞强。
吞声勿复道， 它便选择了饮恨吞声不再去进行反抗，
真宰意茫茫。 万物主宰的真实旨意迷茫得难以估量。

龙遇昏君难建功。 诗人运用寓言方式，欲解苦思多时心结。首联安排最有用的龙被困扶桑树。次联表现龙在神人强行操控下海水无端汹涌翻腾。神人：据东方朔《神异经·西北荒经》，西北海外有人，长两千里。后两联设想龙要保存性命，唯有消极应付；在诗人看来，有天大本领的龙，遇到一意孤行的强梁之主，也将一事无成，但理想际遇是什么，仍然感觉很迷茫。

110 杜　甫·遣兴五首二

地用莫如马， 地上最有用的东西没有什么超过马，
无良复谁记。 可是如果不是良马又有谁把它牢记。
此日千里鸣， 它在一天里呼啸奔驰跑了一千里，
追风可君意。 速度快得似追风闪电很使你满意。
君看渥洼种， 你看渥洼出产的良种神马，
态与驽骀异。 形态与平庸劣马完全相异。
不杂蹄啮间， 不使优良的马混在互相踢咬的马群，
逍遥有能事。 让其从容应对才能发挥出应有本事。

使用良才有讲究。 此诗仍说理想在现实中的碰撞。首联展示最有用的马应当是本领超群的马。次联还对杰出的马稍作形容，赞它日行千里，快似追风，令人满意。三联又引入劣马跟良马相比，突显两者差距之大。渥洼：在今甘肃瓜州县，传说产神马之处；驽骀：两种劣马。尾联意思是使用良马之才者，既要注意优劣相比，更要避免优劣相混，尽量减少内耗，方能发挥作用。

111 杜　甫·遣兴五首三

陶潜避俗翁， 陶潜这个追求超凡脱俗的老翁，
未必能达道。 未必能完全通达生计得失之道。
观其著诗集， 观看陶潜所写的诗集，
颇亦恨枯槁。 也有哀叹贫穷的烦恼。
达生岂是足， 对于通达生命实情陶潜也有不足之处，
默识盖不早。 大概他老先生早年没有把它暗中记牢。
有子贤与愚， 他关注五个儿子贤愚差别大，
何其挂怀抱。 表现出了何等的耿耿于怀抱。

世人难绝世间情。首联说陶潜求避俗，但未必能达道。达道：通达俗人生活得失之道，如不计贫富。次联摆事实，陶诗有哀叹贫穷的。恨枯槁：陶潜《饮酒》诗说颜回长饥到老，“一生亦枯槁”，嫌他生活不滋润、不宽裕。三联又说陶潜对达生认识不够，早年未暗中记好。达生：通达生命实情，不强求天性所无。尾联也摆事实。挂怀抱：陶潜《责子》诗为五男不好纸笔而喝酒解忧。

112 杜　甫·遣兴五首四

贺公雅吴语， 贺知章善于操家乡话江南吴语，
在位常清狂。 当官时也常放荡不羁表现清狂。
上疏乞骸骨， 上疏请求让衰老的身体辞去官职，
黄冠归故乡。 头戴黄冠以道人的身份回归故乡。
爽气不可致， 清高之气难再感受，
斯人今则亡。 这位诗人不幸已亡。
山阴一茅宇， 会稽山北现在还遗留着一间旧日茅屋，
江海日凄凉。 睹物思人连江里海潮也天天显露凄凉。

故交零落忆知章。前半追思生前，后半缅怀殁后。一句说他讲起唐朝官话乡音非常浓重，二句说他当官缺乏官样举止有些清狂，令人想及《回乡偶书》的老少对话。次联写他辞别官场，归隐故乡。疏：奏章；乞骸骨：官员年老请求辞职还乡；黄冠：道士之冠。三联憾恨友人逝去使自己再也不能感受他的清高气概。尾联意谓，物在人亡，自己不禁也跟海潮一样感到凄凉。茅宇：茅屋。

113 杜　甫·遣兴五首五

吾怜孟浩然， 我深感惋惜的那位先贤孟浩然，
裋褐即长夜。 以一介平民走到了人生的终结。
赋诗何必多， 他写的诗篇不一定很多，
往往凌鲍谢。 却往往能够凌驾于鲍谢。
清江空旧鱼， 可恨物在人亡今日清江只有依旧闻名的鳊鱼，
春雨馀甘蔗。 而当蒙蒙春雨也许还可看见那些遗留的甘蔗。
每望东南云， 每逢远望东南边的浮云，
令人几悲吒。 总令人忍不住几声悲嗟。

同气相求念浩然。首联对孟浩然终身不遇、未达身亡，深表惋惜。裋褐：平民粗衣；即长夜：到达生命尽头的委婉说法。次联赞他有些诗水平超过南朝著名诗人鲍照、谢灵运、谢惠连、谢玄晖等。三、四联转上远望襄阳兴感叹，先是见物不见人的伤心，只见鱼而不见曾写垂钓“果得槎头鳊”的人，多见蔗而不见曾在园圃给蔗苗灌溉的人，后说每望东南浮云，总会失声悲叹。

114 杜　甫·遣兴五首一

朔风飘胡雁， 凛冽北风使南归大雁随风飘荡，
惨澹带砂砾。 天容惨淡加上到处飞散着砂砾。
长林何萧萧， 无边的树木发出萧萧的响声，
秋草萋更碧。 茂盛的秋草越发彰显其碧色。
北里富熏天， 北里那边豪富气焰冲天，
高楼夜吹笛。 高楼之上夜夜传来吹笛。
焉知南邻客， 他们怎么知道南邻这边的人，
九月犹絺绤。 深秋九月仍然穿着夏天衣服。

贫富悬殊藏隐患。前四句描述深秋面对着风寒景暗，树萧疏，草更碧；后四句引入北里南邻的贫富对比。“富熏天”的提法令人想到“酒肉臭”，杜甫用酒肉发出腐臭气味，表达富人真的享有酒池肉林，而将其本质说透。北里：指长安城的北部，为皇宫所在，富户多居此，穷家则在南；絺绤：均属夏衣用料，前为细葛布，后为粗葛布。揭露贫富悬殊是对大唐命运的深重忧虑。押入声韵。

115 | 杜　甫·遣兴五首二

长陵锐头儿，长陵那些尖头小面的出自豪门的少年，
出猎待明发。他们每逢要出外打猎都待天亮才出发。
骍弓金爪镝，背负制作精良的好弓那箭镞也锐利如金爪，
白马蹴微雪。骑着毛色纯白的骏马让马蹄缓慢踏着微雪。
未知所驰逐，不知道这帮人追猎的过程，
但见暮光灭。只看见暮色已经逐渐消灭。
归来悬两狼，有个打猎归来的少年马后悬挂着两只狼，
门户有旌节。他所进入的那个家庭门前有旌节的饰物。

豪门也有接班人。杜甫35岁至43岁，曾落魄于长安，过着寄食友朋、卖药街头的生活，他很多揭发社会危机的诗篇，均似写于此时。此诗暴露权贵子弟的豪奢放纵行为。前四句写权贵子弟清晨出猎。长陵：汉高祖陵墓，在今陕西咸阳市东北，这一带也是富贵人家聚居之处；骍：意为调试得好；镝：箭镞。后四句写他们傍晚归来。旌节：皇帝颁发给将帅的信物，旌为旗，节为杖。押入声韵。

116 | 杜　甫·遣兴五首三

漆有用而割，漆树因为用途较多被人拿刀把它割，
膏以明自煎。油膏因为能够照明也在灯里被火煎。
兰摧白露下，白露出现兰花吐芳人们便会把它采摘，
桂折秋风前。秋风刮起桂花飘香它也难逃被折劫难。
府中罗旧尹，曾被李林甫相府罗致的旧日的那个京兆尹，
沙道尚依然。他积极倡议修筑的沙道未完成已不在世间。
赫赫萧京兆，那个声名显赫的姓萧的京兆尹，
今为时所怜。现在仍有人对他的死表示哀怜。

趋炎附势迷方向。前四句列举漆膏兰桂，都因各有用处而被人赏识，也因此而受刀割、火煎或摧折。后四句以萧京兆为例说明人也有这种盛衰转化的遭遇。萧京兆：据赵次公考证，实为萧至忠。他“外方直，纠摘不法，而内无守，观时轻重而去就之。唐明皇开元元年正月萧被任为相，七月参加太平公主逆谋。主败，至忠遁入南山。数日，捕诛之。然明皇贤其为人，心爱之终不忘”。

117 | 杜　甫·遣兴五首四

猛虎凭其威， 猛虎依仗自身的威势横行于深山密林，
往往遭急缚。 常遭受捕猎高手暗算而急速地被紧缚。
雷吼徒咆哮， 受到暗算的猛虎虽吼声如雷只徒然咆哮，
枝撑已在脚。 紧缚猛虎的木柱已牢牢锁住它的四只脚。
忽看皮寝处， 忽然那张虎皮褥垫让猛虎看见了，
无复睛闪烁。 虎眼里发出的凶光竟然不再闪烁。
人有甚于斯， 人有借虎威去作恶者最终下场要比猛虎还要差，
足以劝元恶。 猛虎遭急缚而被除掉足以警诫凭威肆虐的大恶。

恃势欺人遭恶报。前六句借虎事比人事，首联恃势横行的猛虎，被高明猎手紧紧缚住；次联猛虎空自咆哮，四脚不能动弹；三联得知将被食肉寝皮，虎眼凶光随即收敛。枝撑：把虎脚固定的木柱；皮寝处：指虎皮褥垫。后两句点出正意，警告世间仗势欺人的恶徒，不要作恶多端，否则必遭恶报。这应该是天宝年间，杜甫身在长安时，有感于朝廷政治斗争问题而写的。押入声韵。

118 | 杜　甫·遣兴五首五

朝逢富家葬， 朝早遇到富贵人家的送葬队伍拉得很长很长，
前后皆辉光。 它让人感觉亲友众多仪仗完备够体面有荣光。
共指亲戚大， 尤其认为这家的亲戚数量真巨大很不一般，
缌麻百夫行。 位列四世穿着缌麻孝服者上百人排在一行。
送者各有死， 亲身送别或者以目送别的人也终归一死，
不须羡其强。 毫无必要羡慕这个出殡排场是多么豪强。
君看束缚去， 人们会看到不管用什么裹束离开人世，
亦得归山冈。 最后的结果都不会出现例外回归山冈。

莫被排场迷住眼。首联描述富家庞大而惊人的送殡队伍。次联特别指出，队伍中亲戚众多，其第四世穿缌麻孝服的也有上百人。三联的“送者”，可指所有人，正因为凡人不论富贵贫贱，都必有一死，所以在出殡排场上，富贵不足羡，贫贱也不足悲。尾联再次强调，不管处境如何，人都难免一死。束缚：史载，吴王孙峻杀诸葛恪，“以苇席裹身，篾束其腰，投之于石子冈”。

119 杜　甫·戏简郑广文虔兼呈苏司业源明

广文到官舍， 郑广文先生到了官署衙门，
系马堂阶下。 便把马系在厅堂前台阶下。
醉则骑马归， 喝醉酒了就骑马回去，
颇遭官长骂。 常被考勤的官长责骂。
才名四十年， 你的才名已经传扬四十年了，
坐客寒无毡。 客人座位天气寒冷也没有毡。
赖有苏司业， 还好赖有主管苏司业，
时时与酒钱。 常常可以给他买酒钱。

常为友人鸣不平。郑广文是唐朝著名的文学家、书画家，因诗书画俱佳，唐玄宗曾亲题“郑虔三绝”，但仕途坎坷，屡遭贬谪，长滞下僚。杜甫有好几首诗为郑抱不平，此为其一。诗的前半揭露他在衙门任职不被尊重。系马堂阶不知是否违规；醉则骑归可说有点任性。后半叙述他无毡垫椅、无钱买酒，等于说他生活相当困难。司业：主管王侯世子的教育之官。六、八句已转平声韵。

120 杜　甫·戏赠友二首其一

元年建巳月， 在唐肃宗宝应元年的第四月时，
郎有焦校书。 崇文馆有个姓焦的郎官管校书。
自夸足膂力， 他自夸力气充足超过常人，
能骑生马驹。 能将陌生的马匹加以驾驭。
一朝被马踏， 一天不慎竟从马上摔下来被马践踏，
唇裂版齿无。 嘴唇破裂宽阔整齐的门牙从有变无。
壮心不肯已， 他欲杀敌立功报国家常壮心激荡不能自止，
欲得东擒胡。 上马便往远东边塞跑要把入侵的胡人抓住。

文字诙谐心意好。一位年轻友人堕马受伤，以幽默口吻写诗，给他安慰和提点。首联标明事情发生的年月人物，故显庄重。次联揭示他敢于挑战生马难骑的舆论，点评他的处事态度，赞他勇气超群，也弹他量力过高。三联介绍他的受伤情况，还算如实反映，并非幸灾乐祸。尾联意为：他挑战骑生马受伤，虽属坏事，不宜苛责，因为很大成分是壮心难自已所导致。全诗语调不似有恶意讽刺。

121 | 杜　甫·戏赠友二首其二

元年建巳月， 在唐肃宗宝应元年的第四月时，
官有王司直。 大理寺有个姓王的官员管司直。
马惊折左臂， 他所骑的马受了惊吓使他堕地折了左臂，
骨折面如墨。 王司直不但左臂骨断而且满面乌黑如墨。
驽骀漫深泥， 你那匹驽骀劣马已被很深淤泥几乎完全覆盖，
何不避雨色？ 当时是下雨天气怎么不知避忌偏要骑它乱跃？
劝君休叹恨， 奉劝你不要哀叹憾恨了，
未必不为福。 堕马之伤未必不成为福。

道路泥泞劣马摔。首联也郑重交代堕马的时间和人物，这是同一个月的另一个堕马受伤官员。司直：其职责为监督官员有无过错。中二联介绍他的受伤情况，点出他的主观失误。雨色：指下雨的容色、状态，“何不避雨色”直译就是“怎么不躲避下雨（还骑着劣马乱闯）”。尾联的“福”，固然包含多种可能，但是首先应当是，吸取此次受伤的教训，避免重犯类似的错误。押入声韵。

122 | 韦应物·寒食

清明寒食好， 清明寒食真是好，
春园百卉开。 春日园中百花开。
彩绳拂花去， 女孩荡秋千的彩绳拂落花朵，
轻球度阁来。 小伙子把轻球踢到高阁之外。
长歌送落日， 宴会放声高歌已经把落日送走了，
缓吹逐残杯。 那缓慢的吹奏还伴随剩酒的残杯。
非关无烛罢， 我打算结束访友回家无关寒食禁火，
良为羁思催。 实是寄居他乡的忧思不断把我紧催。

人逢佳节倍思家。唐建中二年（781年），诗人出任滁州刺史，途经金陵访友，正值清明佳节。友人接待他过了节，他写下这首又赞佳节又想家的诗。首联把整体感受概括为一个“好”字，并铺陈园中所见，百花齐放，春光明媚。次联描述年轻人的游乐，姑娘们荡秋千，小男孩踢轻球。三联描述成年人的宴饮，直至长歌送落日，慢曲逐残杯。尾联以异乡逢佳节，忽起思家意结束。

123 韦应物·效陶彭泽

霜露悴百草， 严霜白露使得百草凋谢，
时菊独妍华。 应时菊花独自奉献芳华。
物性有如此， 菊花的本性具备如此傲寒品质，
寒暑其奈何。 霜露的打击怎能让其轻易倒下。
掇英泛浊醪， 将采撷来的菊花浸泡在米酒里，
日入会田家。 待日入后有空闲便聚会于农家。
尽醉茅檐下， 与农人一起在茅檐下喝酒直到尽醉，
一生岂在多。 这样的生活即使一生一世也不嫌它。

思想行为也效陶。前半展示菊花在百草因被霜露侵袭而凋零时，却能一花独秀，这是由于菊花自身具有不畏霜露的傲寒本质造成的。陶彭泽:即曾任彭泽县令的陶渊明。后半表示要浸制菊花酒，与农人共醉。英：指菊花；醪：酒。此诗不但仿效陶诗的语句，而且连诗中赞赏菊花的傲寒不屈，将菊花浸酒，与农人共醉这些思想和行为，也都跟陶渊明一致，还甘愿一生如此。

124 韦应物·任洛阳丞答前长安田少府问

相逢且对酒， 与你见面姑且对坐喝点小酒，
相问欲何如。 你还问我今后事业究竟何如。
数岁犹卑吏， 多年来一直充当卑微小吏，
家人笑著书。 家人也嘲笑自己只懂著书。
告归应未得， 几次申请还乡都未得到准许，
荣宦又知疏。 想要荣升高官又见机会全无。
日日生春草， 只觉得春草一天天茁壮地生长，
空令忆旧居。 空使我日益迫切地思念着旧居。

语淡情真易感人。此诗写于任洛阳丞而不顺心的时候。头两句叙述两人相逢及对方提问，语句平实，像大白话。前一个“相”字意为互相，后一个“相”字解作我。中四句是诗人答话，将自己境况如实道出，跟普通对话一样，大意是多年做小官，家人也嘲笑，要求归家未获准，希望晋升又无缘。末二句流露归隐愿望，仍以平淡言辞作结。整首诗如话家常，显出以淡取胜的特点。

125 韦应物·有所思

借问江上柳， 我要向江边柳树斗胆借问一声，
青青为谁春。 你如此青葱亮丽为谁展示于春？
空游昨日地， 空自游览了昔日的许多旧地，
不见昨日人。 却没有见到昔日旧人的缘分。
缭绕万家井， 那缭绕于百姓房屋之间的，
往来车马尘。 都是往来车马荡起的灰尘。
莫道无相识， 不能说这地方没有互相认识的，
要非心所亲。 总归不是心里想亲近的那种人。

痛感回天难有力。安史之乱使大唐由盛入衰，此后君主无能，权奸当道，贤能难进，大唐无法振作中兴，志士无从建功立业，积极进取精神也被消极自保心态取代。诗人经历过安史之乱，对人们精神面貌的改变体会深刻。首联怪柳不知人间变化仍欣欣向荣；中二联遗憾旧游之地难找旧日之人；尾联点出旧日之人不是相识的人，而是心想亲近的人，亦即具有盛世精神面貌的人。

126 韦应物·任户令渼陂游眺

野水滟长塘， 到此可见野水无边连绵荡漾于长塘，
烟花乱晴日。 如烟柳树似锦鲜花杂乱纷呈于晴日。
氤氲绿树多， 弥漫轻云的绿树众多，
苍翠千山出。 青苍翠绿的群山层出。
游鱼时可见， 游鱼时常可见，
新荷尚未密。 新荷尚未茂密。
屡往心独闲， 屡来玩赏心中特感悠闲，
恨无理人术。 只恨自己缺乏理人之术。

渼陂游望愧当官。首联揭示总体印象，特别点出水野、花乱。中二联列举远近美景，远眺是为数众多的轻云缭绕的绿树、层见叠出的青苍翠绿的群山，近可见水中的游鱼和初长的新荷。尾联上句意谓多次来此游赏，心情特别放松，下句则不忘身为户县一县之长的身份，发现本县辖区内的景点水野、花乱，而深表歉疚，憾恨自己理人乏术。理人术：治理好众人之事的办法。押入声韵。

127 韦应物·春游南亭

川明气已变， 江流一带明亮气温已渐变暖，
岩寒云尚拥。 山岩之上还寒仍被冬云簇拥。
南亭草心绿， 南亭枯草的嫩芽长出新绿，
春塘泉脉动。 早春溪塘的流泉开始涌动。
景煦听禽响， 阳光温暖听到鸣禽的啼唱，
雨余看柳重。 雨刚下过看见柳枝的沉重。
逍遥池馆华， 又能于池馆中轻松自在饱览美景，
益愧专城宠。 更加感觉惭愧因它只被州官爱宠。

南亭游赏念州民。首联即景而起，描述春气萌动、冬寒渐退，江流附近云雾消散，河水澄明，仅山巅岩顶还残存冬天的寒意。次联表现春日初临的信息，春草萌芽不久初泛新绿，泉水挣脱冰雪开始流动。三联进一步抒写盎然的春意，禽鸟在和暖日光中歌唱，柳色于雨后更增添新绿。尾联抒写内心感受作结，认为自己作为滁州刺史，未能更好治理，又在此池馆中独览物华，倍感有愧。

128 韦应物·游开元精舍

夏衣始轻体， 换上夏装我开始觉得身体轻快，
游步爱僧居。 漫游信步到僧人所居心生喜爱。
果园新雨后， 刚下过雨此处果园面貌焕然一新，
香台照日初。 初升太阳光焰柔和映照焚香炉台。
绿阴生昼静， 浓重的绿阴把白昼衬得更加宁静，
孤花表春馀。 孤零的花朵还可以显示春日已衰。
符竹方为累， 正被官场繁杂事务不断困扰，
形迹一来疏。 此次一来辨认形迹有些障碍。

州长喜游清静地。首联叙述穿上夏衣时，漫游僧人所居的精舍。精舍：僧人修身研经之处。次联总体说明精舍环境，包括果园的清新，香台的日照。三联摄取了暮春的绿阴、孤花两个特写镜头，不加雕饰，自成妍丽，作上联补充和下联过渡，或比杜牧的“晚花红艳静，高树绿阴初”更妙。尾联感慨熟地变生，诗人时任苏州刺史，本是心爱地，再来已陌生，与繁花变孤类似。

129 韦应物·郡楼春燕

众乐杂军鞞， 多种乐器齐奏夹杂着军用鼙鼓声，
高楼邀上客。 高耸的郡楼上邀集了众多的上客。
思逐花光乱， 心思追逐灿烂花光眼睛常感应接不来，
赏馀山景夕。 观赏内容如此丰富山中日影已呈暮色。
为郡访凋瘵， 治理郡政了解到各业凋敝民生窘迫，
守程难损益。 遵守法令又不能按照己意随便损益。
聊假一杯欢， 姑且借助一杯酒的片刻欢娱，
暂忘终日迫。 暂时忘记为官整天背着压力。

春来杯酒慰同僚。首联点题，在郡楼上邀集宾客举行有音乐伴奏的春天宴会。燕：通宴；鞞：鼙鼓。次联简释宴会与春天的联系，高楼之上，可神驰于缭乱的花光，至观赏到夕照的山色。景：同“影”。三联吐露为政之难，平民百姓普遍入不敷出，征收赋税又不能随便减免，执行起来或伤害百姓，或得罪上司。尾联趁此归结到宴会的意义，借助杯酒之欢，暂忘身上压力。押入声韵。

130 韦应物·燕居即事

萧条竹林院， 院子里的竹林也显萧条，
风雨丛兰折。 不仅丛兰频遭风雨摧折。
幽鸟林上啼， 传来树林里鸟儿不时的啼叫声，
青苔人迹绝。 地上长满了青苔显示人迹断绝。
燕居日已永， 闲居的日子不觉过了很久，
夏木纷成结。 夏天的树木大都果子已结。
几阁积群书， 台几阁上堆满各种书，
时来北窗阅。 时常靠着北窗把书阅。

为官慕隐乐闲居。诗人于滁州刺史任上遭遇排挤而闲居滁州西涧。首联介绍住处的丛兰被摧折、竹林也变萧条，或暗喻仕途受挫。燕居：或作宴居，均指闲居。次联凸出环境的幽静冷清，只有鸟叫、不见行人。三联借夏木结果，表闲居已久。尾联意谓桌上、阁上堆满书籍，没有世务缠身，正好享受阅读乐趣。尽管闲居出于不得已，住处也冷清寂寞，终能感到自适、惬意。押入声韵。

131 韦应物·新秋夜寄诸弟

两地俱秋夕， 相隔在两处地方都是秋天的夜晚，
相望共星河。 此时彼此相望的就只有天上星河。
高梧一叶下， 高高的梧桐树飘落了一片枯叶子，
空斋归思多。 独坐空斋之时对故乡亲人思念多。
方用忧人瘼， 我刚被委任要关心民间疾苦，
况自抱微疴。 况自己身体有点小病较羸弱。
无将别来近， 还是不要太在意近期的分别，
颜鬓已蹉跎。 避免造成颜鬓衰老岁月蹉跎。

从政爱民少想家。首联含蓄表达思弟之情，上句点出秋夜，下句说此际与诸弟仅能共观星河，意味着不能像昔日与诸弟在家生活那样欢乐。次联把思弟之情坦露出来，看见叶落，老是想家，似乎叶落是想家的原因，实际太想家才对季节变化特敏感。三、四联自我反思，劝勉自己应当先公后私，也想得到诸弟谅解。人瘼：民生疾苦；将：认为某事或某人不好，含不满或在意的意思。

132 韦应物·示全真元常

余辞郡符去， 我辞去担任滁州郡守的符信，
尔为外事牵。 你们也饱受身外的俗事拘牵。
宁知风雪夜， 没有料到如此漫天风雪之夜，
复此对床眠。 能够再来这里大家对床而眠。
始话南池饮， 开始提及往昔的南池对饮之乐，
更咏西楼篇。 然后又像过去西楼那样咏诗篇。
无将一会易， 请勿轻视这种聚会而把它忽略掉，
岁月坐推迁。 以免让大好的光阴因此轻易变迁。

对床夜话倍温馨。诗人与全真、元常两外甥对床共语后深有感触，写成此诗。首联交代他们聚首之前各有不顺心的事。次联惊喜发现这次相聚，跟过去那次竟如出一辙，此联诗句对某种人生情景的独特再现，引发共鸣，后人袭用，并产生“对床夜话”成语。三联说这一次照例谈旧事、咏诗篇。尾联希望珍惜这种聚会。也许亲人之间开诚相见，互爱互助，的确能切实解决问题。

133 韦应物 • 淮上即事寄广陵亲故

前舟已眇眇， 前面的船已经远去模糊难辨，
欲渡谁相待？ 将渡淮水有谁与我一起等待？
秋山起暮钟， 秋山传来寺庙晚钟声响亮而悠长，
楚雨连沧海。 楚天飘洒的绵绵秋雨连接到大海。
风波离思满， 旅途的波折让离愁别恨充满了胸中，
宿昔容鬓改。 仅一天之内离别的折磨使我面容改。
独鸟下东南， 一只伶仃小鸟飞向东南老巢归去，
广陵何处在？ 广陵坐落哪里不也于东南方存在？

难舍离情不点破。首联叙述从广陵返洛阳途中，因渡船开走不及成行，感叹待渡期间无伴相陪，有孤寂之感。次联续述此际听到山寺的暮钟声，又见空中的秋雨幕，寂寞还添了些凄怆。三联本可直抒对广陵亲友的怀念，却只轻提“离思”两字。尾联上句意为独鸟飞向东南是归巢，下句意为广陵也是在东南方向，可是今我越走与广陵亲友的距离越远了。终不明言，更觉深沉。

134 韦应物 • 夕次盱眙县

落帆逗淮镇， 落帆停舫逗留于淮河小镇，
停舫临孤驿。 入住江边那孤零零的官驿。
浩浩风起波， 大风呼呼劲吹掀起波浪，
冥冥日沉夕。 太阳向西沉没时将入黑。
人归山郭暗， 人归山畔郊野的家门因为住处近山已经昏暗，
雁下芦洲白。 雁下丛生芦苇的小洲那里芦花正放一片灰白。
独夜忆秦关， 夜里我独自思念起长安故里，
听钟未眠客。 成了听着夜间钟声的未眠客。

融情于景诉乡思。首联从赴任遇风波、临江边官驿写起。舫：船；驿：官家驿站。次联描述傍晚风起波、日沉夕之景，烘托漂泊远行的凄苦。三联续述可得安居的“人归、雁下”，反衬羁留异地的惆怅。尾联直言，以独自思念长安、长夜听钟未眠结束。一路融情于景，最终直接抒怀，在“枯藤老树昏鸦，小桥流水人家，古道西风瘦马，夕阳西下，断肠人在天涯”中有其影子。押入声韵。

135 韦应物·简卢陟

可怜白雪曲， 可惜这高雅的白雪曲，
未遇知音人。 未遇能听懂的知音人。
恓惶戎旅下， 你先前忙碌而不安地流落行伍感无聊，
蹉跎淮海滨。 兵役结束又在淮海边常为蹉跎而憾恨。
涧树含朝雨， 我在涧上观赏树木沾染了早晨小雨，
山鸟哢馀春。 以及谛听山鸟歌唱所剩不多的芳春。
我有一瓢酒， 我这里还有一瓢酒，
可以慰风尘。 能够安抚旅途劳顿。

聆听者似沐春风。首联把对方比作曲高和寡，尚未得到赏识的人。次联用“恓惶”“蹉跎”，设想对方不满目前遭遇，存在消极情绪。三联描述自己仕途受挫而暂时离职、闲居山涧的感受，能看涧树含雨、听山鸟哢春，领受自然之美，并希望这种情况或许对他有启发。尾联等于说：来吧，我这里还有酒，欢迎你能到来，我们把酒言欢，你很快就能忘掉失落，重新振作起来。

136 韦应物·夏日

已谓心苦伤， 已经说得上心中已极度伤痛，
如何日方永。 为何还遇到白昼正长得要命。
无人不昼寝， 此时无人不希望白天能睡一觉，
独坐山中静。 唯我独坐在山中意欲寻求入静。
悟澹将遣虑， 觉悟到淡泊之理或可排遣忧愁，
学空庶遗境。 学习那空无之说也许忘掉逆境。
积俗易为侵， 可是固有的习惯很容易前来干扰，
愁来复难整。 自身心里的愁苦又变得难以调整。

试行静坐解深愁。首联以心怀极端伤痛又逢夏日昼长开头，这伤痛既来自中年丧妻也包含仕途不顺。次联说在这夏日炎炎之际，众人多选择白天睡觉，自身却独往山中静坐，实践从佛家学来的方法。三联意谓通过这种方法，可以懂得淡泊、认识空无，从而排解忧愁忘掉厄运。尾联却显示此次静坐受到积习干扰，效果还不大好，心中的愁苦总是难以调整。积俗：指积习。

137 韦应物·对芳树

迢迢芳园树， 一排排高大而又美好的这园中众芳树，
列映清池曲。 成列倒映于弯曲的清池何等协调悦目。
对此伤人心， 可是看到此景却使人心里悲伤，
还如故时绿。 因为映水芳树还如旧时那样绿。
风条洒馀霭， 受风的枝条抛洒浓雾凝成的露水，
露叶承新旭。 带露的叶子正在朝阳光辉中沐浴。
佳人不可攀， 不要随意攀折这些神圣的芳树，
下有往来躅。 我心里的佳人曾树下往来驻足。

眼前芳树如妻子。首联以芳树映清池起兴，也作昔日美好夫妻生活的比喻，认为昔日夫妻相处，也似这样和谐般配。次联引出触景生情的感慨，因为芳树还似旧时般绿，而妻子已经无法可再见。三联描写芳树枝繁叶茂的美好生态，反衬内心不见旧人的伤感。馀霭：浓重的雾气；旭：朝晖。尾联直接将芳树看作故妻，激动地发出不要使“佳人”受到半点损伤的呼喊。躅：脚印。押入声韵。

138 韦应物·同德精舍旧居伤怀

洛京十载别， 离别洛京不觉间已经十载，
东林访旧扉。 今日又能向东林故居重回。
山河不可望， 我已经无心去登高远眺山河，
存没意多违。 人世的生死总是与意愿相违。
时迁迹尚在， 时间虽然变迁四周形迹大体尚在，
同去独来归。 我们常同出行今我只是独自来归。
还见窗中鸽， 依然看见窗中的那些鸽子，
日暮绕庭飞。 夕阳西下之时绕着庭院飞。

旧居重访自伤怀。此诗写于诗人出任滁州刺史途经洛阳之时。首联点题，并突出此次重回旧居，相隔已经十年。洛京，即洛阳。次联上句明说此行无心赏景，下句意谓想起亡妻，什么事情都很抗拒。三联叙述，环境大体如前，区别在于过去两人来，而今我独归。尾联再见到往昔与妻子于窗前常见的景象，日暮鸽子绕屋飞回。没有挑明如何伤怀，而难舍之情，虽相隔十年仍随处流露。

139 | 韦应物·长安遇冯著

客从东方来， 客人是从东方过来的，

衣上灞陵雨。 衣上还沾上灞陵的雨。

问客何为来？ 问一句客人为什么跑到这里来？

采山因买斧。 客人说因为要开山想买一把斧。

冥冥花正开， 艳丽百花正悄悄地绽放，

飏飏燕新乳。 初生燕子也在翩翩飞舞。

昨别今已春， 去年一别后今已是春天，

鬓丝生几缕。 你鬓边白发仅添了几缕。

厚意浓情勉后生。首联写冯著从长安东边走来，一派名流兼隐士风度。灞陵：长安东郊山区，著名隐逸之地。次联把他仕途失意比作开山采铜遇荆棘，需要买斧去砍伐，并且自问自答，以诙谐的方式，化解友人郁闷。三联强调友人如同春花乳燕，必将焕发才华，得到人们爱护。结尾一联还风趣地安慰他，你的年纪还轻，前程未可限量。全诗情深意厚，却又语句通俗，含蓄风趣。

140 | 韦应物·初发扬子寄元大校书

凄凄去亲爱， 我伤心地上船离开了好友，

泛泛入烟雾。 船只漂浮不定驶入了烟雾。

归棹洛阳人， 一个乘船向北要回洛阳的人，

残钟广陵树。 听着晓钟残响来自广陵的树。

今朝此为别， 我们今天在扬州分别，

何处还相遇。 不知何时才能再相遇。

世事波上舟， 世间事如同波浪上行舟，

沿洄安得住？ 顺逆都不能想停就停住！

不舍离情难掩饰。首联点出与朋友分别，感到很悲伤，“凄凄”“泛泛”，增强音韵美，渲染别离情。次联通过景语表达惜别之情，诗人在渐行渐远的船上，凝望广陵城外的树木，倾听寺庙传来的残钟，对广陵事物的依恋，实为对挚友的依恋。三联想到今朝一别、后会难期，使伤别增添痛苦。尾联强行自我开解，说世事如水上行舟，要顺着水流、避开恶浪，不能想怎样就怎样。

141 韦应物·寄全椒山中道士

今朝郡斋冷， 今朝我在官舍里感觉到寒冷，
忽念山中客。 忽然想起有熟人在山中隐逸。
涧底束荆薪， 此际他可能在涧底捆柴，
归来煮白石。 归来就去烹煮粗劣食物。
欲持一瓢酒， 我打算携带一瓢美酒，
远慰风雨夕。 风雨夜给他一点慰藉。
落叶满空山， 可是落叶铺满空旷的山，
何处寻行迹？ 我到哪里寻觅他的行迹？

天寒念友寄诗表。诗人由郡斋冷而想起有个熟悉的山中道士，考虑他的艰难处境，便想到送酒安慰他，终于又觉得无法寻找，而自己的寂寞之情，也未能排解。淡淡写来，平淡中见深挚，流露诗人情感的变化，反映情感起伏的形象刻画又十分自然，被称作以“化工之笔”写成的一幅意境淡远的画图。煮白石：《神仙传》有白石先生常煮白石为粮的记载，这里应理解为煮粗粮。押入声韵。

142 韦应物·永定寺喜辟强夜至

子有新岁庆， 你有庆新岁的乐事可去，
独此苦寒归。 偏在苦寒时向这里回归。
夜叩竹林寺， 黑夜里穿过竹林寻找这间寺，
山行雪满衣。 还要在山中行走雪花铺满衣。
深炉正燃火， 我那个深邃的炉灶正在烧着柴火，
空斋共掩扉。 你来到空寂的书斋一齐掩上门扉。
还将一尊对， 我与你还准备一杯相对，
无言百事违。 别谈论那些百事不顺遂。

语浅情浓宜细品。写此诗时，诗人苏州刺史任期届满，因无川资回京候职，借住于苏州永定寺。前四句感激对方如此关心，为来访而舍弃新岁之欢，尤其不顾夜深雪大，跑来僻地探望。后四句是热情接待“风雪夜归人”的情景，有了这般温暖而深厚的情谊，纵使遭逢几多风雪也不会害怕！“无言百事违”已将事有不如意，并对其不在意自然表达出来了。这是无声胜有声的画面。

143 孟　郊·劝学

击石乃有火， 只有击打石头才会出现火花，
不击元无烟。 若不击打石头原本不会冒烟。
人学始知道， 人要学习知识才有可能懂得知识，
不学非自然。 认为不学也懂那是明显违反自然。
万事须己运， 世间任何事情应该自己动手进行运作，
他得非我贤。 别人获得知识不能表示我有过人之贤。
青春须早为， 青春年少时就要趁早有所作为，
岂能长少年。 难道一个人能够永远都是少年！

鼓励人们勤学习。首联用击石出火说明学习是两种事物相互作用的过程。次联说人要懂得知识就要学习知识，与知识打交道，进行相互作用，否则就易陷入违反自然，如认为生来就懂、上天所赐之类。三联批评企图依赖别人代劳获取知识，如请枪、剽窃。学习上满足于结论和得数，而不弄清推导过程，也应属于尚未真正投入与学习对象的相互作用。尾联还批评了不及时学习的人。

144 孟　郊·古怨别

飒飒秋风生， 在秋风萧瑟满眼凄凉的季节里，
愁人怨离别。 一对好夫妻迫于生活含愁离别。
含情两相向， 两人各怀深情泪眼互相对视，
欲语气先咽。 想跟对方说话未语先自呜咽。
心曲千万端， 本来心事多多需要倾诉，
悲来却难说。 一旦悲伤不已反觉难说。
别后惟所思， 分别之后唯有苦苦思念，
天涯共明月。 共同对着那天边的明月。

精雕细刻别离情。首联点明这是一对好夫妻秋季里难舍难分的离别。次联描写开始分别的表情，两人以含情泪眼相对，想到即将离开更觉不舍，悲哀上涌呜咽起来，有话也不能说。柳永词把此联化作“执手相看泪眼，竟无语凝咽”。三联表现相继难言的悲痛。本有无数话语需倾诉，可是悲伤难抑怎好说，能说也不忍说。尾联寄希望于别后各处一方、仍可共对明月，求得安慰。押入声韵。

145 | 孟　郊・闻砧

杜鹃声不哀， 杜鹃鸟的叫声还不算悲哀，
断猿啼不切。 断肠猿的啼声也未够悲切。
月下谁家砧， 月下不知谁家传出捣衣的砧杵声，
一声肠一绝。 杵声响起一下使人肠子断了一截。
杵声不为客， 尽管这种杵声并非为他乡之客响起，
客闻发自白。 可是作客游子闻声头发自然会变白。
杵声不为衣， 这杵声也不似为了赶紧制作寒衣，
欲令游子归。 这杵声分明是催促游子早日回归！

砧声似慈母催归。此诗抒发游子闻砧的悲情。前两联是对杵声的感觉。游子惯于登山涉水，杜鹃、断猿之声已不觉哀切（切也是哀），这砧声却使他肠断。后两联是对杵声的思考。杵声非为作客人而起，但游子听来自会头发变白，杵声也不似为了赶制寒衣，而分明是催促游子早归。读此诗，浓浓的思乡念亲之情，便触摸得到。前三联入声韵，尾联平声韵。

146 | 孟　郊・烂柯石

仙界一日内， 仙界一天还未尽，
人间千载穷。 世上千年已告终。
双棋未遍局， 对弈双方尚未走完一局，
万物皆为空。 人间万物早已消逝一空。
樵客返归路， 樵客走着回家的路，
斧柯烂从风。 斧柄无端朽烂随风。
唯馀石桥在， 追思来处只见山巅石桥仍在，
犹自凌丹虹。 还自凌空高架仿佛天上彩虹。

咏仙触及人生观。此诗写樵人经历，樵人山上观棋，中途离开而斧柄竟已腐朽，到家发觉不知变换多少代；他叩问记忆，感慨仙界一天而人间千年，棋局未完而万物成空，唯见石桥。石桥：烂柯山有天生石桥横卧于顶。烂柯之咏，使世人变得冷静，陷入深思。人生苦短，一局烂柯棋，几场漂杵血，诚不理智！可是等闲虚度，尽管时间充裕如仙界，也难以让部分万物之灵甘心！

147 | 孟　郊·落第

晓月难为光， 清晨的月亮难有明亮的光，
愁人难为肠。 愁苦的士人难有完好的肠。
谁言春物荣， 谁说春天万物都在繁荣生长，
独见花上霜。 我就只看到花朵上面的寒霜。
雕鹗失势病， 我像病倒的雕鹗一样失去了势力，
鷦鷯假翼翔。 小小的鷦鷯却能借翼得意地飞翔。
弃置复弃置， 我一次又一次的落第，
情如刀剑伤。 每次都像被刀剑砍伤。

苦苦思量无荐人。孟郊曾多次科场失意，此诗应不是首次落第所写。首联从晓月落笔（似落榜而通宵未睡），说晓月已无光，自己肠子也断了。次联否定春天花木在繁盛，可能他把春花之上的月色看作霜。三联似是他反复思量得出的结论，落第由于无人举荐，自己像猛禽雕鹗因病失势而无力起飞，却让鷦鷯小鸟凭两翼之助而榜上有名。尾联还用“如被刀剑砍”描述反复落第之痛。

148 | 孟　郊·长安旅情

尽说青云路， 都说世间那条平步青云之路，
有足皆可至。 只要人有两脚就可走到那里。
我马亦四蹄， 我的那匹马还拥有四个好马蹄，
出门似无地。 可是出了门就找不到前进之地。
玉京十二楼， 皇帝所在京城有十二座又高又大楼房，
峨峨倚青翠。 巍峨凌空耸立簇拥的林木也一片青翠。
下有千朱门， 高楼下有上千家朱门大户，
何门荐孤士？ 哪一家能够推荐寒门之士？

朝上无人难及第。孟郊是唱着“白鹤未轻举，众鸟争浮沉”去参加初次科举考试的，原以为自己如同不轻举妄动的鹤，一出手就能似鹤立鸡群般从众鸟中胜出。此诗首联也有检讨当年幼稚之意。次联进一步调侃“有足可至”论，人足加上马足都找不到那条路。后两联将历次荐人难得而屡试屡败的状况，进行形象演示，让贫寒而孤单的读书人从京城豪门大户中找到知音确实不易。

149 孟　郊·秋夕贫居述怀

卧冷无远梦，卧榻寒冷难以熟睡让还乡梦实现也不可得，
听秋酸别情。离家日久听到秋声使思家的离情凄酸倍增。
高枝低枝风，高枝低枝都被秋风吹动，
千叶万叶声。千叶万叶发出萧瑟之声。
浅井不供饮，水浅的井往往不能供人饮，
瘦田常废耕。瘦瘠的田常常没有人愿耕。
今交非古交，今人结交重势利不同于古人结交重道义，
贫语闻皆轻。贫穷人说的话语听闻者都觉得鸿毛般轻。

客居穷困更难捱。此诗吟咏客居贫困。首联侧面表现题旨，所谓“远梦”“别情”显然身在他乡，而无法御寒，困状可知。次联承前“听秋”，形容秋声，用简单字眼、灵巧句子，把秋声展示得如此浩荡。后两联正面倾诉贫困的难堪，自己似“浅井”“瘦田”，难提供食水、口粮，对社会毫无贡献，连说的话也被人视作没有分量。写穷容易鄙俗狭隘，此诗格调高雅境界开阔。

150 孟　郊·静女吟

艳女皆妒色，美艳的女子都相互嫉妒姿色，
静女独检踪。娴静的女子特讲究深闺自重。
任礼耻任妆，信任的是合礼法而不是嫁妆多，
嫁德不嫁容。出嫁要凭藉美德不可凭藉姿容。
君子易求聘，君子求聘容易答应，
小人难自从。小人提亲自难听从。
此志谁与谅，这样的志趣又有谁人能够体谅？
琴弦幽韵重。我只能从琴声幽韵中找到相同。

古今静女同遭遇。首联分女子为片面求漂亮的艳女和重自我修养的静女。检踪：检，约束；踪，行踪。次联揭示静女婚嫁的基本原则是符合礼法而不是金钱第一，择偶标准是重德不重貌。三联说明她们实际在找君子而拒小人。尾联为静女的志趣不被众人所理解而感到郁闷，要借琴声排遣。今人应该也是内心认同符合当代礼法的，故要做到讲心不讲金、重德不重貌，古今皆难。

151 孟　郊·春日有感

雨滴草芽出， 雨点滴落草芽长出，
一日长一日。 野草一日长于一日。
风吹柳线垂， 风吹动下垂的柳线，
一枝连一枝。 一枝与另一枝相连。
独有愁人颜， 唯有含愁人的颜面，
经春如等闲。 经历春天如同等闲。
且持酒满杯， 还持美酒满满一杯，
狂歌狂笑来。 狂歌又狂笑地走来。

目无春色只奔跑。前半写春日后半说感受。诗人从草芽长、柳线连，只看到时间老人的脚步不停地走，无边春色，见如不见。此诗写于科场失意后，如果知道他41岁落第，46岁才及第便不难理解，此际他正在与时间赛跑。年过四十在唐代已人过中年近老年，季节飞速轮换，难免焦虑发狂。这等闲歌笑，出自真心，那是意志坚强，故作镇静，也是避免精神崩溃的自我防卫。每联各自押韵。

152 孟　郊·老恨

无子抄文字， 没有儿子帮我抄录文字，
老吟多飘零。 老来吟诗多数散失化零。
有时吐向床， 有时向卧床出声诉说，
枕席不解听。 枕头和席子又不会听。
斗蚁甚微细， 互相争斗的蚂蚁本十分微细，
病闻亦清泠。 我在病中闻到了也清脆能明。
小大不自识， 不要理会对象多小还是多大，
自然天性灵。 利用自然天性就能变得通灵。

无儿助记确遗憾。首联点题，叙述老来无子，无人帮自己抄录所吟诗句，使得很多诗作化为乌有，深感遗憾。次联补充一个细节，有时郑重向着卧床诉说，可惜枕头席子却不会听，更谈不上记下来。后两联说及老病也常触发诗情，并透露了他的一个独特的创作方法，大意是他卧病在床，连蚂蚁相争的过程也能听得清楚，只要运用自己的天性去设身处地思考（寄情于物）便得。

153 孟　郊·寓言

谁言碧山曲， 谁说碧山使得山岭扭曲，
不废青松直。 碧山无法阻止青松挺直。
谁言浊水泥， 谁说浊水把什么都弄脏，
不污明月色。 浊水无法弄脏明月之色。
我有松月心， 我拥有如同青松明月那样的心志，
俗骋风霜力。 而世俗则对我施加风霜般的压力。
贞明既如此， 既然我如此正直光明，
摧折安可得。 又怎么能够把我摧折。

巧借寓言抒抱负。孟郊在科举、当官及其他方面，受尽权贵白眼，饱尝人间饥寒，但却能做到一辈子蔑视任何欺凌，坚持高洁信念。诗名寓言，实属咏怀。诗的前半以青松、明月充当自己信仰的象征，尤其独到的是又引来碧山、浊水作对立面，使青松、明月更加显得凛然不可侵犯。诗的后半有此铺垫，自然可以令人信服地表白，凭借松月之心，任何外来打击，不会图谋得逞。押入声韵。

154 孟　郊·夜感自遣

夜学晓未休， 夜间学习直到天亮仍未罢休，
苦吟神鬼愁。 苦心吟咏使得神鬼也会发愁。
如何不自闲？ 为什么自己不去偷闲？
心与身为雠。 内心与身体成了对头。
死辱片时痛， 自杀而死的耻辱是短暂受痛，
生辱长年羞。 保命而生的耻辱是长年蒙羞。
清桂无直枝， 我虽多年刻苦攻读却未取得功名，
碧江思旧游。 追忆碧绿楚江旧游排遣心里烦忧。

精益求精励后人。首联说通宵苦学连鬼神也会担心。次联自问自答，不偷懒是因心身成仇，自己跟自己过不去。三联显示他追求及第，把诗写好，不惜拼命，竟认为勤学苦练而死仅一时之痛，放弃理想而生是一世蒙羞。透过偏激可见他对所学专业的敬畏和钻研。尾联为解未第忧而怀念旧游。无直枝：唐人有“折桂新荣尽直枝”，既然折桂是折直枝，故无直枝即无法折、未及第。

155 孟　郊 • 蚊

五月中夜息， 在五月里的半夜休息，
饥蚊尚营营。 仍然有饥蚊飞逐钻营。
但将膏血求， 只管积极去把膏血追求，
岂觉性命轻。 难道觉得自己性命很轻？
顾己宁自愧， 反观自身你们不会感到自愧吗？
饮人以偷生。 因为你们靠饮人膏血得以偷生。
愿为天下幮， 我愿为天下人制防蚊帐子，
一使夜景清。 使人们整个夏夜环境清静。

蚊帐物轻情意重。首联点出蚊虫猖獗的时令和情状，五月份的半夜里，饥蚊成群找人叮。次联说，人拍死了蚊子，蚊仍前仆后继，感慨蚊子居然也会奋不顾身。三联揭露了蚊子吸血，是为延续生命与繁衍后代，批评它们是损人利己。原来蚊子里只有雌蚊吸血，雄蚊是靠吸食瓜果汁液等为生的。尾联发下宏愿，愿给天下人造橱柜形帐子，使夏夜的环境清静，人们都能睡个好觉。

156 孟　郊 • 长安道

胡风激秦树， 从北方刮来的强风冲激秦地树木，
贱子风中泣。 我这个卑贱的士子也在风中哭泣。
家家朱门开， 家家朱红大门也向外敞开，
得见不可入。 外人都能看见却不能进入。
长安十二衢， 整个京城长安有很多街道
投树鸟亦急。 觅树栖身的鸟也表现焦急。
高阁何人家， 不知高阁上哪一户的人家，
笙簧正喧吸。 礼乐演奏声正喧闹地汇合。

同病相怜旁及鸟。孟郊在科举场中屡试屡败，当他认识到及第要有本事也要有人事，甚至后者更重要时，他在长安却举目无亲。前四句的“贱子”，正是多年应考、力争获胜的寒门士子孟郊，他无法找到那位能赏识并推荐他的高人，只有在寒风中望着朱门哭泣。后四句他大概在长安道上徘徊到傍晚，竟然关注起无枝可栖的鸟儿，也许“同是朱门受害者”，容易感同身受吧！押入声韵。

157 聂夷中·咏田家

二月卖新丝， 二月蚕未结茧早成抵债之物，
五月粜新谷。 五月谷未成熟同样低价卖出。
医得眼前疮， 这是因治眼前烂疮，
剜却心头肉。 却要挖掉心头好肉。
我愿君王心， 我盼帝王之心，
化作光明烛。 化作光明之烛。
不照绮罗筵， 不照豪门筵席，
只照逃亡屋。 只照灾民空屋。

农民借贷致逃亡。首联展现了封建社会农民被迫预售新丝新谷、借入高利贷款的悲惨处境。次联把此处境比喻为“挖肉补疮”，挖心头肉，补眼前疮，后果不堪设想，这真是濒临绝境的很好概括和生动写照。后两联字面是期盼君王心变光明烛，不照绮罗筵只照逃亡屋，实际上揭露了君王本是心向豪门不顾灾民的，社会是存在罗衣美食的豪门富户和缺衣少食的贫困农民尖锐对立的。

158 聂夷中·古兴

片玉一尘轻， 一块玉可以轻如微尘，
粒粟山丘重。 一粒粟也会似山丘重。
唐虞贵民食， 唐尧虞舜重视人民有饭可吃，
只是勤播种。 一味鼓励百姓勤把谷物播种。
前圣后圣同， 前圣后圣认识相同，
今人古人共。 今人古人一致行动。
一岁如苦饥， 社会在某一年里如果遭遇饥荒之苦，
金玉何所用？ 平时昂贵的金玉换不来粮食有何用？

诗言民以食为天。首联用一块玉会轻于尘，一粒粟会重于山开头，吸引注意。次联举出古代明君尧、舜曾看重民食、鼓励种谷的历史事实。唐虞：唐指唐尧，尧属陶唐氏，陶唐简称唐，故唐可指唐尧；虞指虞舜，舜属有虞氏，有虞简称虞，故虞可指虞舜。三联进一步补充，后圣后人也都如此。尾联还照应首联，说明粟比玉贵重的合理性。这是古人重视粮食生产的真知灼见。

159 聂夷中·杂兴

两叶能蔽目， 两片树叶能够遮蔽眼睛使人失明，
双豆能塞聪。 两粒豆子能够堵塞耳朵使人失聪。
理身不知道， 修炼自身而不懂得这个道理，
将为天地聋。 去认识万物将变成或盲或聋。
扰扰造化内， 在纷纷扰扰的世界里，
茫茫天地中。 在渺渺茫茫的天地中。
苟或有所愿， 假如头脑里仍然存在私心杂念，
毛发亦不容。 客观的东西小如毛发也难包容。

善抛偏见得真知。首联化用鹖冠子的“一叶蔽目，不见泰山；两耳塞豆，不闻雷霆”，提醒人们注意主体的利害爱恶会影响对事物真相的认识。次联申述不懂此理，将似盲人聋人。后两联诉说自己的体会，生活在干扰如此之多、范围如此之广的环境里，假使存有私心杂念，连很小的客观真理，也可能无法被接受。作者希望人们努力摆脱外在的诱惑，确实听到真理的声音。

160 聂夷中·行路难

莫言行路难， 别说行路有多少多少的难处，
夷狄如中国。 外国也如同本国一样可到达。
谓言骨肉亲， 声言骨与肉的距离是最亲近的，
中门如异域。 但近若中门也会像异乡般难及。
出处全在人， 路能否通过完全取决于人想走或不想走，
路亦无通塞。 因世上的路本无所谓通塞终归可以穿越。
门前两条辙， 门前横着两条车子走过的痕迹，
何处去不得？ 普天之下还有什么地方去不得？

决心走路总能到。首联针对行路难论者，多以远近为据，故先说明外国如同本国一样，没有到不了的。夷狄：指外国。次联补充说明距离近并非都容易走到，比如骨肉至亲之间，相距极短，大概相当于由前门到中门或由后门到中门，但也有闹矛盾而互相难到对方家的。三联提出基本主张，路无所谓通塞，想走就能走过。处：指不想走。尾联说门前有车辙，哪里都能去！押入声韵。

161 刘禹锡·途中早发

马踏尘上霜， 马儿踩着地面尘上的霜，
月明江头路。 月亮照着江边沿岸的路。
行人朝气锐， 路上的行人朝气蓬勃，
宿鸟相辞去。 归巢的鸟儿离巢飞去。
流水隔远村， 小河流水隔着远处村落，
缦山多红树。 遍布山岭多是红叶树木。
悠悠关塞内， 放眼如此漫长的关塞之内，
往来无闲步。 来往的人没有谁踱着闲步。

逆境当头气不馁。诗人22岁进士及第随即担任太子校书，因参加旨在防宦官、除积弊的永贞革新运动而被贬长达23年。此诗是他赴贬地途中早晨出发写下的观感。首联描述出发之早：马蹄踏霜、月光照路。中二联看到四个镜头：行人朝气蓬勃、宿鸟振翅飞翔；河流邻近远村、山岭密布红树，不管动态静态都没有深秋季节的衰颓没落景象。尾联还从路人劲头十足的脚步得到鼓舞。

162 刘禹锡·望衡山

东南倚盖卑， 上天像伞盖倾斜而东南偏低，
维岳资柱石。 是南岳衡山肩负支撑的柱石。
前当祝融居， 前山当为祝融曾经居住，
上拂朱鸟翮。 其上还掠过朱雀的鸟翼。
青冥结精气， 青苍的天能凝结一种精气，
磅礴宣地脉。 让它浩大无边宣泄于地脉。
还闻肤寸阴， 我还听说这里极小的阴云，
能致弥天泽。 就能招来充满天空的雨泽。

被贬十年仍自信。此诗写于再贬连州的途中。首联想象衡山足以担当撑天的柱石。倚盖：上天；维：语气助词。次联猜测衡山的祝融峰为祝融旧居，还估计峰巅曾被朱雀拂过。祝融、朱雀：传说的司火之神、南方之神。三联意味着衡山蕴藏青天凝聚的能量巨大的精气。尾联借此推断此山的小小阴云，能造成弥天大雨。肤寸：古代一指宽为寸，四指宽为肤。可见写诗人有何等胸怀。押入声韵。

163 | 刘禹锡·蛮子歌

蛮语钩辀音， 说的蛮语带有钩辀这样的音，
蛮衣斑斓布。 穿的蛮衣多是色彩斑斓的布。
熏狸掘沙鼠， 他们用烟熏铲掘捕捉狸或沙鼠，
时节祠盘瓠。 按照规定的时节前往祭祀盘瓠。
忽逢乘马客， 路上忽然遇着乘马的官员，
恍若惊麏顾。 竟似受惊獐子那般频回顾。
腰斧上高山， 腰间别着斧头出门就上高山，
意行无旧路。 总是信步而行没有什么旧路。

观察入微多善意。此诗所咏是诗人被贬连州后对当地瑶人的观感。首联就近接触瑶人留下的印象，讲话只听到“钩辀”之音，穿衣常看到斑斓之布。钩辀：鹧鸪叫声。次联介绍瑶人的重要生计和节日。盘瓠：相传远古高辛帝之女与抗敌功臣、出身异族的英雄盘瓠私奔，来到蛮荒之地繁衍生息。后来苗、瑶、畲等族把二人尊为神父、神母祭祀。末二联刻画瑶人如何害怕朝廷官员。

164 | 刘禹锡·莫徭歌

莫徭自生长， 莫徭在深山大岭里自然生长，
名字无符籍。 名字没有记载在官府的符籍。
市易杂鲛人， 他们的市场交易杂有与船家搞以物换物，
婚姻通木客。 瑶女的通婚对象可以是自己喜欢的木客。
星居占泉眼， 零散居屋分布在山中近泉眼处，
火种开山脊。 烧荒种地则选择平旷山脊开辟。
夜渡千仞溪， 他们敢于蔑视险阻夜渡倚傍千仞高峰的山溪回家，
含沙不能射。 是一群勤劳勇敢者哪里会是含沙射影一般的鬼蜮？

勤劳勇敢赞瑶人。首联叙述瑶人一直活在深山，官府没有记名。莫徭：《隋书》有瑶人“自云其祖先有功，常免徭役，故以为名”。次联指出瑶人间与船家以物易物，瑶女与木客也有自由通婚的。鲛人：应指与瑶人交易的船家；木客：从事木材买卖的商人。三联揭示瑶人的住处和田地。尾联对瑶人表示赞赏。含沙射影：相传有水中鬼蜮，含沙射水中人影，中者肌肤溃烂。押入声韵。

165 刘禹锡·吏隐亭

结构得奇势， 那吏隐亭倚山临水而独得奇势，
朱门交碧浔。 朱红亭柱与碧绿湖石交相映衬。
外来始一望， 来此亭中远眺山水，
写尽平生心。 平生郁闷顷刻泻尽。
日轩漾波影， 白天阳光普照栏杆上闪动波光水影，
月砌镂松阴。 晚上月上中天阶砌上刻画阵阵松阴。
几度欲归去， 我流连不舍曾多次立意要归去，
回眸情更深。 转头再看一下对它的感情更深。

清贫如隐也当官。首联肯定倚燕喜山、临海阳湖的吏隐亭结构新奇，还拈出“朱门”与“碧浔”相辉映做例证。吏隐亭：为诗人从朗州再贬连州后所建，亭名选取虽清贫如隐，仍不忘吏事之意，寄寓作者愁中有乐、乐中见愁的情思。次联表示来此流连，多年贬谪形成的郁闷，都能排解。三联描摹日夜可见的亭上风光。尾联爱亭更甚的表现，应与睹物思源、牢记初心有关。

166 刘禹锡·切云亭

迥破林烟出， 高耸的亭裂云为烟从林间逸出，
俯窥石潭空。 亭上俯视石潭空阔见一片朦胧。
波摇杏梁日， 杏梁上日影摇动原来潭水翻细浪，
松韵碧窗风。 松韵由碧窗送达全凭窗外有清风。
隔水生别岛， 隔着水呈现出一个孤岛，
带桥如断虹。 与岸连接的桥仿佛残虹。
九疑南面事， 这里的九疑流传舜帝及其妃子的事，
尽入寸眸中。 只要抬头一望便可以尽入眼帘之中。

流连山水解心忧。首联从仰望俯窥形容切云亭之高。切云：高切青云。次联形容在此凝视杏梁日影、倾听风送松涛。杏梁：文杏木做的梁柱；松韵：松涛之声。三联是亭中四望所见，孤岛残虹，景象落寞。尾联仍为眺望所见，但已触及疑团无数的话题，让怀才不遇的憾恨流露出来，真是“才下眉头，却上心头”。九疑：指北面的九嶷山，据说其中九个山头外观相似难以区别。

167 刘禹锡·善卷坛下作

先生见尧心， 善卷先生身上显露出唐尧的精神，
相与去九有。 先生以及唐尧都不想把天下占有。
斯民既已治， 既然舜可把天下人治理好，
我得安林薮。 我就可以安心生活在林薮。
道为自然贵， 符合自然是最重要的道，
名是无穷寿。 有道之名应与永恒同寿。
瑶坛在此山， 珍贵如玉的善卷坛就在此山，
识者常回首。 有识之士经过这里总要回首。

名利等闲干实事。首联点出善卷与唐尧都不想占有帝位。善卷：山东郓城人，德行智谋超群，曾以夏有布冬有裘、乐于春种秋收为由，先后推辞尧、舜的禅让，成为中国道德文化的渊源；九有：指九州、天下。次联是善卷顺从自然、重义轻利，接连推辞帝位的理由。林薮：山林草泽。三联指出所谓道，最重要的是符合自然的发展，故善卷的榜样影响后世许多淡泊名利的人。

168 刘禹锡·重至衡阳伤柳仪曹

忆昨与故人， 回忆五年前与他一齐，
湘江岸头别。 在湘江那个岸头分别。
我马映林嘶， 我骑的马对着掩映的林木嘶鸣，
君帆转山灭。 你乘的船转过一个山头也消灭。
马嘶循古道， 马嘶循着古道行走，
帆灭如流电。 船灭如同流星闪电。
千里江蓠春， 眼前千里江蓠春日盎然勃发，
故人今不见。 可是我的故人永远不能再见。

缅怀挚友柳宗元。五年前湘江岸头之别竟成永别，首联便从这个岸头写起。仪曹：世称礼部郎官为仪曹，柳曾任礼部员外郎。二、三两联续写此别的过程，他一边骑着鸣叫的马前行，一边远看柳船直至消失，并说柳船消失如同流星闪电，从此竟成永别了。尾联面对江蓠，坦露他对友人的深沉怀念，好友去如星流电闪，友情应该更加珍惜。江蓠：红藻的一种，生长在岸边浅水中。

169 刘禹锡·学阮公体三首其一

少年负志气，我年轻时有着远大的抱负，
信道不从时。遵从正道不从时俗谋私利。
只言绳自直，只讲法度如绳直自然不苟且，
安知室可欺。哪知有阴谋诡计暗中把已欺。
百胜难虑敌，即使百战百胜未必能认清对手，
三折乃良医。经过多次折肱却可能成为良医。
人生不失意，一个人如果没经过什么挫折，
焉能暴己知？怎么能暴露自己所知的幼稚？

回顾人生学阮籍。前两联反思自己，少小胸怀大志，坚持正道做人，只懂依法办事不苟且，不料阴谋诡计把已害。绳：指法度；室可欺：与古书所言"暗室不可欺"相反。三联总结失败教训成为：百场胜仗未必认清对手，三次折肱却会成为良医。三折：指三折肱；肱，手臂，《左传》有"三折肱知为良医"。尾联再提失意非坏事，强调认识自己所知不多，对往后的成长十分重要。

170 刘禹锡·学阮公体三首其二

朔风悲老骥，深秋风霜振奋了伏枥的老骥，
秋霜动鸷禽。也大大地激动着居巢的鸷禽。
出门有远道，老骥要驰骋哪怕路途遥远，
平野多层阴。鸷禽想翱翔何惧密布层阴。
灭没驰绝塞，飞驰的老骥奔跑到边塞的尽头，
振迅拂华林。奋飞的鸷禽掠过了通红的枫林。
不因感衰节，若不是有感于深秋的到来，
安能激壮心。怎么能够激动起壮志雄心。

年老仍思有作为。首二联描述老骥和鸷禽在秋风秋霜的袭击下不甘于无所作为，并有克服困难的勇气，不怕路远、层阴。鸷禽：猛禽，如鹰、雕之类。层阴：层层的阴云。三联展示老骥、鸷禽不凡的英姿，老骥驰绝塞、鸷鸟拂华林。灭没：飞跑而瞬间不见；振迅：奋飞。尾联是诗人就骥跑鹰飞所发的议论，也是诗人壮志难酬的奋力呼喊。衰节：指深秋，因深秋草木零落而变衰。

171 刘禹锡·学阮公体三首其三

昔贤多使气， 古贤只坚持正直的气节，
忧国不谋身。 为国家担忧不顾虑自身。
目览千载事， 我的眼睛看到千载前朝的事迹，
心交上古人。 我的心灵了解上古贤人的精神。
侯门有仁义， 王侯之门宣称所作所为是在实行仁义，
灵台多苦辛。 内心却是全力维护特权不惜劳苦艰辛。
不学腰如磬， 我不学腰如磬折的下流样子，
徒使甑生尘。 哪怕困难得做饭的甑也生尘。

敢斗王侯不顾身。首联点出先贤予己的印象：坚持崇高气节，忧国而不谋身。次联补充印象从阅读千年史实、了解贤人精神中获得。交：交集沟通。三联诗人把面对的腐败现实、以圣贤自居的王侯之门揭露得体无完肤。侯门：《庄子》有王侯之家，盗窃仁义之名而标榜；灵台：内心。尾联直接抒发效法先贤、坚持斗争不妥协的顽强意志。磬：形状弯曲的古代乐器；甑：古炊具。

172 刘禹锡·曲江春望

凤城烟雨歇， 长安城细雨如烟雾已经停止，
万象含佳气。 眼前所呈现的景象充满佳气。
酒后人倒狂， 酒喝多之后人会兴奋如狂，
花时天似醉。 百花盛开时天老爷也似醉。
三春车马客， 自己亦算大好春天的车马客，
一代繁华地。 曲江自是圣明一代的繁华地。
何事独伤怀？ 什么事竟使我偏会伤怀？
少年曾得意。 那就是少年我曾经得意。

华年辜负也伤怀。首联以如烟细雨初停、所见俱含佳气的概括感受开始。曲江：长安的著名景点；佳气：欣欣向荣的状态。次联也仅以酒多人狂、花时天醉的议论表现春光无限。后两联先作为旁观者提问：你也算得上赏春贵客，曲江当然是大唐胜地，怎么还令你不高兴？末句则充当答案。诗人结束贬谪，虽重返京城，却华年已过，当年意气风发，如今老无所成，甘苦唯有自知。

173 刘禹锡·月夜忆乐天兼寄微之

今宵帝城月， 今晚长安城皎洁的月色，
一望雪相似。 一眼望过去与白雪相似。
遥想洛阳城， 想起遥远的乐天所在的洛阳城，
清光正如此。 他在月光下恐怕也正把我想起。
知君当此夕， 我知道身处越州的微之在这个月夜里，
亦望镜湖水。 亦自然会想起了老朋友而眺望镜湖水。
展转相忆心， 辗转相忆所思的人相同，
月明千万里。 真可以比美月明千万里。

三人月下同相忆。 此诗表达了天各一方的三个人，不约而同于某一个月夜里互相思念。首联实写诗人在长安望月怀人。次联想象远在洛阳的乐天，月下也与自己一样。三联想象在更远的越州任职的微之，当此月明之夜，亦会望湖念友。尾联还赞叹三位友人心心相印，可与月明千万里共见相比美。帝城：指长安；越州：今浙江绍兴。诗中主要运用了虚实结合的表现方法。

174 白居易·初入太行路

天冷日不光， 天气寒冷太阳没有亮光，
太行峰苍莽。 太行山峰蜿蜒旷远迷茫。
尝闻此中险， 早已听说太行险阻，
今我方独往。 而今我正独自前往。
马蹄冻且滑， 马蹄不但冻僵而且滑溜，
羊肠不可上。 要登抵羊肠坂没办法上。
若比世路难， 若拿人世的道路来比艰辛，
犹自平于掌。 仍然觉得太行路平过手掌。

世路难于上太行。 首联以日色昏暗衬托，使太行山峰更见旷远迷茫。次联自诉“尝闻”“独往”，彰显难度、勇气。三联举羊肠坂为例，曾经感到无法攀登。羊肠坂：以曲似羊肠得名，南起河南常平村，北抵山西碗城村，全长约4千米。尾联揭示世路更难走。世路之难，难在“海底鱼兮天上鸟，高可射兮深可钓；唯有人心相对时，咫尺之间不能料”（白居易《天可度》）。

175 白居易·垂钓

临水一长啸， 面对浔阳江一声长啸，

忽思十年初。 忽然想起了十年之初。

三登甲乙第， 曾经三次科举考试登甲乙第，

一入承明庐。 及一次被朝廷录用居承明庐。

浮生多变化， 人生大都在变化不定，

外事有盈虚。 世事有圆满也有空虚。

今来伴江叟， 今来与江边钓叟为伴，

沙头坐钓鱼。 在沙头之上端坐钓鱼。

忠而被贬未消沉。首联以一声长长的叹息，引起十年来的人生反思。次联对十年前期春风得意的概述。登甲乙第：先后于进士科、拔萃科和制科登甲第或乙第；入承明庐：承明庐原为汉代承明殿旁侍官值宿之屋，后因以入此表示入朝为官。三联对十年后期被贬江州的审视。尾联虽有自我排遣性质，似也流露几分真正的潇洒与达观。诗人在贬谪中力求随遇而安，也为苏轼所效法。

176 白居易·咏怀

尽日松下坐， 整天坐在松树下，

有时池畔行。 有时也在池畔行。

行立与坐卧， 或行或立或坐或卧，

中怀澹无营。 心怀淡泊无所经营。

不觉流年过， 不知不觉似水年光掠过，

亦任白发生。 也任从那头上白发滋生。

不为世所薄， 若不是被世上一些人所鄙薄，

安得遂闲情。 怎能让我有这样的逸致闲情。

只要心安身自闲。此诗写于江州司马任内。首联摆出事实，整天在松下、池畔或坐或行，没干别的。次联补充不管行立坐卧，心中都是异常平静无所营求的。三联说当时只管全身心投入这松树之下和水池之畔，在各种自然景物的吸引下流连忘返，事后才察觉时间已过去不少，内心也毫无遗憾。尾联揭示他利用诗歌攻击邪恶导致有关权贵把自己搞到江州，才会有这种闲情。

177 白居易·逍遥咏

亦莫恋此身， 既不要贪恋这个肉身，
亦莫厌此身。 也不要厌恶这个肉身。
此身何足恋， 这个身躯有什么值得恋惜呢？
万劫烦恼根。 那是使你历经万劫的烦恼根。
此身何足厌， 为什么对这个形体要厌恶呢？
一聚虚空尘。 它把人间幻景聚拢让你辨认。
无恋亦无厌， 对肉身无恋无厌随顺自然，
始是逍遥人。 才有条件称得上是逍遥人！

诗人学佛咏逍遥。首联明确断定别贪恋此身躯，也别厌恶此形体。次联解释为何身躯不足恋，他认为身躯是尘世一切烦恼的根源，必须摆脱它的束缚，才能获得精神超越。三联解释为何形体不足厌，他认为形体能把人间的悲欢离合聚集起来，使人获得深刻体会。虚空尘：在佛家看来，尘世的各种现象都是虚空不实的。尾联强调只有对肉身无恋无厌才可以被称作是逍遥人。

178 白居易·客中守岁

守岁尊无酒， 客居在外守岁时樽中却没有酒，
思乡泪满巾。 想起离开日久的故乡泪湿衣巾。
始知为客苦， 才知道作客如此痛苦，
不及在家贫。 还不如在家忍受贫困。
畏老偏惊节， 担心年老最惊过节，
防愁预恶春。 为免生愁先厌逢春。
故园今夜里， 揣度故乡在今天的夜里，
应念未归人。 应当念及我这未归的人。

守岁更知家里好。首联提出作客之人面临守岁却发现樽中无酒，想起了久别的故乡忍不住眼泪直流。次联诉说心中体会：有了实际经历，才知道作客之苦比起在家贫困更难受。三联坦承人过中年，存在特殊心理，因怕年老而不愿过节，正如为免发愁而不喜逢春。“偏”作“最”解。尾联转出新意，写的是故乡今夜该会想念自己，这是换个角度去表现自己对故乡的更深思念。

179 白居易·阴雨

岚雾今朝重， 今天的山岚雾霭特别的浓重，
江山此地深。 这个地方的山河竟如此偏深。
滩声秋更急， 滩头水声传递秋意一阵紧似一阵，
峡气晓多阴。 峡谷气温特别湿润晓来也似多阴。
望阙云遮眼， 遥望帝京密云遮蔽了双眼，
思乡雨滴心。 思念故乡雨点滴到了内心。
将何慰幽独， 用什么安慰我幽暗孤独的灵魂，
赖此北窗琴。 只能依赖这张北窗之下的古琴。

反思贬谪心情坏。首联拿当天的山岚雾霭浓重，衬得此地偏僻深远开头。次联引入滩声、峡气，增添萧瑟秋意和晦暗气氛。三联通过望阙、思乡，招来遮眼的云和滴心的雨。诗人着意于写景，也是在抒情，抒其被贬江州境遇不佳，心情恶劣如同眼前阴雨天气所见。尾联说要借助琴声来排解。诗人最初以越级进谏而被贬，后又被诬为对母不孝，给了他沉重打击，一时适应不好。

180 白居易·汴河路有感

三十年前路， 这是三十多年以前走过的路，
孤舟重往还。 今天泊舟重访在此多次往还。
绕身新眷属， 环绕身边的全为新的眷属，
举目旧乡关。 张目四望时尽是旧日乡关。
事去唯留水， 已经事去人非了，
人非但见山。 唯剩绿水与青山。
啼襟与愁鬓， 襟上的啼痕与含愁的鬓发，
此日两成斑。 此日都一样成了点点斑斑。

母命难违终抱恨。安徽宿州汴河路是诗人与恋人陈湘灵生活过的地方，他离开之后，故地重游，写成此诗。首联点题，这条路三十多年前与恋人一起走过，今天自己泊舟重访，也在此路多次徘徊。次联暗示与恋人难成眷属，今日也未见旧人。三联沉痛表述，事去人非唯剩山水。尾联说还留下泪痕与白发。据说诗人知她传言：赖父母支持，得以终身不嫁，极乐世界再见。

181 白居易·望远

欲忘忘未得， 想忘记却没有办法忘记，
欲去去无由。 想离开也没有离开理由。
两腋不生翅， 两腋之下长不出翅膀，
二毛空满头。 只见黑白头发生满头。
坐看新落叶， 因想看到有无新的意外，
行上最高楼。 我登上附近最高的高楼。
暝色无边际， 傍晚的暮色无边无际，
茫茫尽眼愁。 两眼茫茫然充满忧愁。

取舍两难思不断。50岁的白居易在京任主客郎中知制诰期间，因登楼眺望，写下此诗。首联以或忘或去，难于取舍开头，显然是指与初恋陈湘灵的关系。次联感慨，虽竭尽自己所能也难解决，徒然落得花白头发长满头。三联“上最高楼”是实写，“看新落叶”是虚写，他盼望的不是落叶而是意外，是他的所爱竟然归来，自然落空。尾联以暮色无边、离情与相思也无尽作为结束。

182 白居易·齐物二首其二

椿寿八千春， 椿树的寿命有八千年，
槿花不经宿。 槿花不能够经历一宿。
中间复何有？ 中间还有些什么？
冉冉孤生竹。 有悠然自生的竹。
竹身三年老， 竹身三年衰老，
竹色四时绿。 竹色四季皆绿。
虽谢椿有馀， 虽然比不上椿树很多，
犹胜槿不足。 还是胜过槿花的不足。

竹年胜槿不如椿。首联拿两个极端来对比，椿树拥有八千年的寿命，槿花朝开暮谢活不过宿。次联通过自问自答，举出两极之间还有竹子。三联赞叹竹子“三年老、四时绿”。尾联评论竹子虽大逊椿树享有寿命几乎万岁，但仍旧远胜槿花存活尚不足一昼夜。诗人写过“众老忧添岁，吾衰喜入春”，只因年满七十已难得。这种比上不足、比下有多观点，常助他保持乐观心态。

183 白居易·观幻

有起皆因灭， 事物有生长皆因为它们有灭亡，
无暌不暂同。 相异的事物都存在暂时的相同。
从欢终作戚， 由欢乐开始最终又将会变作悲戚，
转苦又成空。 痛苦也将会转为别的而成了虚空。
次第花生眼， 此际的花正在眼前呈现，
须臾烛过风。 不久便如烛火遭遇刮风。
更无寻觅处， 更存在没有办法寻觅的情形，
鸟迹印空中。 就如同鸟迹刻印在天空之中。

世事无常多变数。此诗认定世事变动不居，如观幻影，让人身处逆境仍可淡定适应。首联似说，事物都是对立与统一相结合的，对立双方既有相异，也有相同。次联似说，事物都是不断变化的，欢乐变悲哀、痛苦变甜蜜而痛苦本身便化为乌有。三联以花开为例，显示事物皆非永恒：眼前原是百花争艳的美好场面，不多时便如风吹烛火去无踪。尾联承认那变化轨迹，还难以看清。

184 白居易·食后

食罢一觉睡， 吃过午饭睡上一觉，
起来两瓯茶。 起来以后喝两杯茶。
举头看日影， 举头看看太阳影子，
已复西南斜。 已经又向西南斜挂。
乐人惜日促， 快乐的人珍惜日子觉得短暂难得，
忧人厌年赊。 忧愁的人厌恶年光感到漫长可怕。
无忧无乐者， 既不忧愁也不快乐的人，
长短任生涯。 长短任从实际生涯策划。

无忧无乐随缘过。首联叙述午饭之后睡一觉，起来喝上两杯茶。次联续述举头看见日偏西。三联由此引入两种人的时间观感：快乐的人，欢娱嫌日短，他们会认为时间过得太快；忧愁的人，苦恼怨夜长，他们会认为时间过得太慢。尾联说如果是既不忧愁也不快乐的人，就会由生活需要，而不是由心情好坏去决定时间的长短。诗人不作正面表态，看来是欣赏后一种的。

185 白居易·把酒

把酒仰问天， 端起酒杯抬头请问上天，
古今谁不死？ 从古到今有谁能免一死？
所贵未死间， 重要的是人们在有生之年，
少忧多欢喜。 应当做到少忧愁而多欢喜。
穷通谅在天， 穷困抑或显达大概由上天主宰，
忧喜即由己。 忧愁还是欢喜就可决定于自己。
是故达道人， 所以明白事理的古人今人，
去彼而取此。 必定舍弃忧愁而选择欢喜。

合情合理咏生死。首联答案只能是“古今无人不死”，而用反问表达，则突出了此答案的客观规律性、不可抗拒性。次联提出建议，活着应该少忧多喜，因为凡人既然无法抗拒死亡，那就最好积极面对，即少忧多喜，而避免消极面对，即总是过分忧愁、反而对己不利。后两联进而论证，做到积极面对是完全可能的，理由在于忧喜可以自己作主，穷通才是人难支配或由天定。

186 白居易·樱桃花下叹白发

逐处花皆好， 处处的鲜花都是非常好看，
随年貌自衰。 年年的体貌自然今不如昔。
红樱满眼日， 当红色樱桃花满眼涌来之日，
白发半头时。 正是我的白发长满半头之时。
倚树无言久， 我身倚樱桃树久久没有说话，
攀条欲放迟。 攀着枝条的手迟迟不愿松弛。
临风两堪叹， 面对春风发现了两样真堪叹息，
如雪复如丝。 我的头发如同白雪又好比素丝！

时不待人加紧追。首联将花的处处正开，去比人的年年衰老，人自然相形见绌。次联又拿当前樱桃树的满眼红花，与自己的半头白发对比，前者青春亮丽，后者半老衰颓，人们也容易喜前者而厌后者。诗人并非不知这样相比很不科学，但更懂得如此方能深刻显示时不待人，自己步伐不快，虚度时光了。后两联的倚树无话说，攀枝不愿放，及深长的叹息，的确是动了真情的表现。

187 白居易•消暑

何以消烦暑？ 在一个什么样地方可以消除烦闷的暑热？
端居一院中。 可以在平常居住的一间普通的屋子之中。
眼前无长物， 眼前没有过多的物品占据空间，
窗下有清风。 窗下能让室外的清风顺畅流通。
散热由心静， 热散凉生是因为心中安静，
凉生为室空。 也由于室内空旷有风流动。
此时身自保， 此时的身体自然能够得到保养，
难更与人同。 当与心既不静室也不空者不同。

心静自然凉有据。 首联提出在平常居住的屋子里也可消除暑热。次联补述要求，屋里应当比较空旷、能够通风。长物：过多之物，此“长”与“丈”同音。三联说明要达到屋中消暑，需具备心静、室空这两个条件。有俗语叫“心静自然凉”，现经医学证实，在中暑的患者中，确有16%的人与不良情绪有关。尾联意谓如能做到心静、室空，在家里也会有更好的抗热能力。

188 白居易•初出城留别

朝从紫禁归， 早上退朝后从紫禁城归来，
暮出青门去。 傍晚出青门要走向杭州去。
勿言城东陌， 别说城东的道，
便是江南路。 便是江南的路。
扬鞭簇车马， 举起鞭子聚拢车马，
挥手辞亲故。 挥手致意辞别亲故。
我生本无乡， 我信奉人生本来应无乡，
心安是归处。 心中之所安便是归宿处。

自求外任辞亲故。 诗人于唐穆宗即位后，由中书舍人自求外任杭州刺史。首联以早上退朝、傍晚出发开端。次联故意找乐，去江南的路程还远着呢，看来心情不错。三联点明送别之意。亲故：亲人故旧。尾联解释自求外任是为了“心安”。当时他留作京官有望拜相，也许考虑到，第一穆宗只是欣赏自己的文笔而不重视自己的政见，第二有可能被卷入牛李党争，因而心有不安。

189 白居易·宿蓝溪对月

昨夜凤池头， 昨天夜里在凤池头，
今夜蓝溪口。 今天夜里在蓝溪口。
明月本无心， 明月本来无心引人关注，
行人自回首。 行人为了赏月自动回首。
新秋松影下， 初秋婆娑的松影下面，
半夜钟声后。 半夜的钟声敲响以后。
清影不宜昏， 不应让清雅的松影入眼模糊一片，
聊将茶代酒。 可以改变一下方式不妨将茶代酒。

以茶代酒赏松阴。首联说离京一昼夜，就到达蓝溪口。蓝溪：又名灞水，发源于蓝田县的蓝田谷；凤池：即中书省。次联点出对月，称赞在蓝溪见到的明月很可爱，让行人忍不住频频回首去看它。三联展现一个特写镜头，他们要在一处布满松影的平地上歇息，时间已经到了寺庙传来夜半钟声之后。尾联显示诗人极其喜爱这月下的满地松阴，为保证好好欣赏还打算以茶代酒。

190 白居易·看嵩洛有叹

今日看嵩洛， 今日仍然可看到嵩山洛水，
回头叹世间。 不禁回头叹息险恶的世间。
荣华急如水， 虽然荣华急切如同渴者要饮的水，
忧患大于山。 可是忧患巨大就像压近头顶的山。
见苦方知乐， 尝到痛苦方知道快乐，
经忙始爱闲。 经过繁忙才喜爱悠闲。
未闻笼中鸟， 未听说过被囚的笼中鸟，
飞出肯飞还。 飞出之后还会愿意飞还。

不为利诱趋凶险。诗人曾自请由京官外放杭州、苏州，后回中央又在洛阳任职，从而避开了宦官滥杀朝臣的“甘露之变”，此诗是在洛阳追忆此事变时的想法。首联庆幸逃过此劫，感叹世间险恶。次联直指根本问题，荣华忧患并存，宁静才能致远，当止必须勇退。三联把此回趋吉避凶看作与普通人生经验一样无可置疑。尾联还自比飞出的笼中鸟，表示决不会为利所诱再入牢笼。

191 | 杜　牧·惜春

春半年已除， 春天只过了一半这一年就已算过去了，
其馀强为有。 此外虽还有时间只能是勉强可称为有。
即此醉残花， 就说这个对残花惋惜而醉酒吧，
便同尝腊酒。 便如同每当临近过年而尝腊酒。
怅望送春杯， 我惆怅地望着送春的酒杯，
殷勤扫花帚。 还拟献殷勤于扫花的竹帚。
谁为驻东流， 谁能替我将流水般的时间停驻着，
年年长在手。 让那时间永远牢牢掌握在我的手。

不让青春轻易过。古今有志者无不像孔子那样，痛惜时间“不舍昼夜”地流逝。珍爱时间就是希望有生之年能做更多好事。杜牧的《惜春》也体现了这个主旨。它特殊之处在于不但把春天作为时间的象征，而且作为年轻时段的象征。故诗一开头便提出，春过一半可算全年已过。他惆怅举杯送春，殷勤收集落花,就是难舍青春年华的流失。他希望时光长留，也是想年轻即成就大事。

192 | 杜　牧·村行

春半南阳西， 正当仲春的季节我经过南阳县西，
柔桑过村坞。 刚出嫩叶的桑树布满了整个村庄。
娉娉垂柳风， 和暖春风吹拂袅娜的垂柳，
点点回塘雨。 点点细雨滴在曲折的池塘。
蓑唱牧牛儿， 披着蓑衣的牧童正在放声唱歌，
篱窥茜裙女。 穿着红裙的女孩透过篱笆张望。
半湿解征衫， 我走进了农家换下半湿衣衫，
主人馈鸡黍。 主人杀鸡做饭邀我好好品尝。

乡村田野人情美。诗人从宣州前往长安任职时，途经南阳，有过村行经历。首联点出曾停留的村庄，特别广植柔桑，还用“过”字去形容那里柔桑栽培之多，及表现其独有的田野之美。次联的垂柳迎风款摆，回塘受雨点点，也是难得一见的野外风光。后两联出现的牧牛童子、红裙女孩、东道主等人物活动，则显示了乡村人情之美。茜裙：用茜草提取的红色染料印染的裙子。

193 司空图·华下

日炙旱云裂， 炽热日光使旱云破裂，
迸为千道血。 迸射出来千万道鲜血。
天地沸一镬， 天地混乱得好像煮沸的大镬，
竟自烹妖孽。 镬中竟自翻滚着众多的妖孽。
尧汤遇灾数， 唐尧商汤之时也遇到不少灾难，
灾数还中辍。 当时明君在位灾难能中途根绝。
何事奸与邪， 因为什么原故这些奸邪之辈，
古来难扑灭。 从古到今都是那么难以扑灭。

唐亡前夕谈观感。首联以血形容阳光，在晚唐乱世，应最为贴切，当时割据与反割据战争绵延数十载，杀人如麻，血流盈野。华下：今华县，在陕西。次联由阳光似血，进而想象天下滔滔，活像一口煮沸了的大镬，再演绎成诸多妖孽（首先是藩镇割据势力）在沸液中烹煮。三联拿尧遭洪水、汤遭大旱而能战胜说事，有感叹大唐缺乏尧汤那样的明主之意。尾联流露失落绝望之情。

194 司空图·效陈拾遗子昂

丑妇竞簪花， 丑妇竞相在头上簪花，
花多映愈丑。 簪花愈多映衬得愈丑。
邻女恃其姿， 邻女恃她还有点姿色，
掇之不盈手。 采摘的花尚未抓满手。
量己苟自私， 衡量自己如果有了偏见，
招损乃谁咎。 招致损害应为自作自受。
宠禄既非安， 高官厚禄既然不能令我感到心安，
于吾竟何有。 用来评价我的为人作用根本没有。

处世为人重内涵。首联说丑妇企图通过打扮来掩盖丑陋的真相，不料花朵之美反而映衬得戴花人更加粗鄙无知。次联说有点姿色的邻家女孩也不能摆脱对于外在装饰的依赖。三联认为不注重内在的修养提升而通过外在装扮去掩饰个人的不足，是一种自私的主观偏见，任其发展，后果严重。诗人在尾联把受宠禄而不安，也视同丑妇戴上鲜花，因为他感到这宠禄自己受之仍有愧。

195 罗　隐·空城雀

雀入官仓中， 鸟雀飞入官仓中，
所食能损几。 所食损失实无几。
所恨往复频， 所恨往来变频繁，
官仓乃害尔。 官仓便要杀死你。
鱼网不在天， 捕鱼网不装在天，
鸟网不张水。 捕鸟网不装在水。
饮啄要自然， 觅食应当顺自然，
何必空城里。 何必偏在空城里。

鸟都应自食其力。首联从鸟雀飞入官仓啄食说起，认为若只偶然啄食，官仓损失少，不会恨鸟雀。次联说鸟雀频繁进仓，吃掉大量谷子，才会恨得要把鸟雀杀死。三联指出鸟雀应在空中觅食（故鸟网不在水），正像鱼儿应在水里觅食（故鱼网不在天）一样。尾联告诫其他鸟雀，觅食应遵从自然本能，该在空中觅食的就不要到空城官仓里贪食现成的谷子，人更应自食其力了。

196 陆龟蒙·别离

丈夫非无泪， 大丈夫何尝没有滔滔眼泪，
不洒离别间。 只是不愿意洒在离别时间。
杖剑对尊酒， 手扶剑柄从容面对送行的杯酒，
耻为游子颜。 不像游子初次离家那样不开颜。
蝮蛇一螫手， 若人一旦被蝮蛇螫伤手腕，
壮士即解腕。 壮士手臂该断就把它砍断。
所志在功名， 既然决心闯荡江湖去建功立业，
离别何足叹？ 离别只是家常便饭怎值得哀叹？

功名重大别离轻。首联高调提出男儿虽有泪，不在别离弹。次联的离别场面像勇士参战前的仗剑壮别，充满豪情而不见伤感。杖，同仗，含以手扶持之意。三联运用成语“蝮蛇螫手，壮士解腕”（毒蛇咬手后，为了不让蛇毒攻心致死，壮士选择去患存命不惜把自已的手腕斩断），体现大丈夫为了伟大事业而奋不顾身、无所畏惧的精神。尾联点明志在建功立业，离别不足哀叹。

197 陆龟蒙·短歌行

爪牙在身上， 爪牙露出在身上可以看见的，
陷阱犹可制。 陷害对方的套路仍能够控制。
爪牙在胸中， 爪牙深藏在胸中并不显露在外的，
剑戟无所畏。 仅仅使用了剑戟不能保证可防避。
人言畏猛虎， 人们都传说猛虎很可怕，
谁是撩头弊。 谁先撩拨它谁才会坏事。
只见古来心， 翻开历史只见到自古以来的人心，
奸雄暗相噬。 那些奸雄全都是暗中把对手算计。

暗中算计最难防。此诗似对封建社会宫廷内外层出不穷的明争暗斗，作出形象概括。首联认定明争不算复杂，尚可对付。爪牙在身上，喻武器看得见。次联强调采用阴谋诡计的暗斗，才是复杂而难防的。爪牙在胸中，喻武器看不见。三联再用人先犯虎而被虎反击，显示“明争”可制。古人已懂得，若人不去挑衅，虎通常不伤人。尾联使人想起古代奸雄暗算对手的残酷故事。

198 陆龟蒙·药鱼

香饵缀金钩， 早上把有毒香饵放置在钓钩上垂钓，
日中悬者几。 到日上中天之时能有几条鱼被钓起。
盈川是毒流， 如果毒药放得太多全河充满含毒流水，
细大同时死。 河里的鱼不论大小很可能同时被毒死。
不唯空饲犬， 死鱼不只喂狗不食，
便可将贻蚁。 便可能要送给蚂蚁。
苟负竭泽心， 若有这种竭泽而渔想法将无鱼可食，
其他尽如此。 其他领域存在类似想法后果尽如此。

归隐捕鱼犹念国。这是诗人咏渔具的组诗之一。首联点题，药鱼即利用毒药捕鱼，早上下钓河中，中午去收渔获。次联提醒用药必须适量，不能让整条河受污染使所有鱼被毒死。三联续说滥用毒药捕鱼的后果，只落得将死鱼用来喂狗，或者留待蚂蚁把它啃掉。尾联把滥用毒药捕鱼比作竭泽而渔，即抽干池水捉尽鱼，导致此后无鱼吃。“其他”，暗含警告官府切勿过度收税之意。

199 皮日休·贫居秋日

亭午头未冠，天色已经正午还未梳头，
端坐独愁予。我独自端坐着有点凄楚。
贫家烟爨稀，家中贫困之时炊烟的出现大大减少，
灶底阴虫语。烧火的灶台下居然听见虫子在私语。
门小愧车马，门户窄小看见来往的高车大马会感到羞惭，
廪空惭雀鼠。粮仓空虚无法供给家里人食用也愧对雀鼠。
尽室未寒衣，寒冷的季节快要来临全家的寒衣还没有齐备，
机声羡邻女。听到隔壁传来织机声自然又羡慕起邻家织女。

为贫者画居家像。首联从外表入手刻画贫者的无心修饰容颜，正午还未梳头；独自呆坐，愁眉不展。次联用做饭炊烟少、灶底昆虫叫暴露贫者的致命弱点；贫穷人家做饭次数少，灶底才聚虫。三联深挖贫家特有的自卑心态，因门户狭小，见高车大马而感羞愧；为无粮储备，对麻雀老鼠也觉无颜面。尾联显示贫者还缺衣，由于寒衣未齐全，听到邻家织机声，也会觉得很羡慕。

200 皮日休·读书

家资是何物，家中的财产究竟有些什么东西，
积帙列梁梠。堆积的书籍已在房屋顶部盘踞。
高斋晓开卷，每日清晨在高雅的书斋里打开书卷，
独共圣人语。独自跟道德智慧超群的人心灵共语。
英贤虽异世，德才兼备的人虽然不在同一时代，
自古心相许。但是自古以来他们都会互相赞许。
案头见蠹鱼，在书桌上读书时看见蠹鱼，
犹胜凡俦侣。也胜过不知书的凡庸伴侣。

书多且懂书中理。首联用设问自豪地介绍，家中的藏书堆积到屋顶。梁梠：屋梁和屋檐。中二联叙述自己读书的情况和心得：总是每天清早把书本陆续翻开，与圣贤精神对话；并认为这些著书立说的古圣先贤，虽活动于不同时代，却可以心灵相通、彼此欣赏。尾联还通过比较，强调自己对读书的喜爱，或让注重品位者也能得到启发。蠹鱼：蛀书虫；凡俦侣：平庸的朋友。

三、五律四百首解说

201 王　绩·野望

东皋薄暮望， 傍晚登上东面水边高地眺望，
徙倚欲何依。 在此徘徊心里好像失去所依。
树树皆秋色， 树木山岭呈现一派秋色，
山山唯落晖。 并且铺满西下夕阳斜晖。
牧人驱犊返， 放牧人赶着牛群返家，
猎马带禽归。 打猎的骑马带禽回归。
相顾无相识， 到处寻觅观望找不到一个熟识的人，
长歌怀采薇。 唯有放声歌咏怀念采薇的伯夷叔齐。

身在田园心未安。首尾两联抒情，中间两联写景，作者初返田园难觅知音之情，在如此景物映衬下，更显真切。采薇：武王灭商，伯夷、叔齐不愿为周臣，在首阳山采薇而食，后采薇可指隐居。王绩的《赠程处士》《野望》均为五律，前者尚未成熟，后者符合定型。律诗到初唐的沈佺期、宋之问，才逐步定型，而此两诗早在沈、宋六十多年之前便已出现，可见作者勇于创新。

202 王　勃·送杜少府之任蜀州

城阙辅三秦， 我们在三秦大地深情护卫的京城长安，
风烟望五津。 正远望你要去的风烟迷茫的蜀地五津。
与君离别意， 与你分手之际当然会有离愁别恨，
同是宦游人。 同是外出为官更加不愿离开友人。
海内存知己， 只要四海之内拥有真正的知己，
天涯若比邻。 即使远隔天涯也如亲密的近邻。
无为在歧路， 我们没有必要在分别歧路上，
儿女共沾巾。 好像少男少女一齐泪下沾巾。

知心千里不伤别。首联点出，在京城长安，送友人前往四川任职。三秦：指陕西潼关以西的关中之地；五津：原指岷江的五个渡口，泛称蜀地。次联直抒感触，宦游之人，更伤离别。三联却提出知己千里同心，天涯也似近邻，加以化解，让广大读者深感认同，常被引用。尾联照应送别题旨，再次劝勉对方。此诗一反通常送别诗的哀伤凄婉基调，且写法欲扬先抑，讲究开合顿挫。

203 王　勃·别薛华

送送多穷路，我已经送了又送走过不少艰难路，
遑遑独问津。你还要匆忙跋涉独自问津去勇闯。
悲凉千里道，想及人生的千里道不免凄凉，
凄断百年身。展望区区的百年身更觉哀伤。
心事同漂泊，都心怀功业一样漂泊在外，
生涯共苦辛。都面对险阻一样苦辛备尝。
无论去与住，无论远走或留驻均可预料，
俱是梦中人。各自作为梦中人见到对方。

同病相怜显挚情。诗人仕途受挫，客居四川，与遭遇相似的薛华相逢于绵州，分手时写下此诗以共勉。全篇不涉景物，纯以叙事抒情。由送行的路，谈到人生的路，谈到彼此都为功业而漂泊、因奋斗而受苦，应成为以后梦中常见的好友。语言简练，情感真挚。结语的“梦中人”尽管含有前途未卜、命运难测之意，然而仍可看出他们对明天怀抱光明的希望，具备坚强的信心。

204 杨　炯·从军行

烽火照西京，边塞的烽火映照到西京，
心中自不平。志士的心中自然很不平。
牙璋辞凤阙，领受兵符后将军出了宫门不久，
铁骑绕龙城。精锐的骑兵就已经包围了龙城。
雪暗凋旗画，大雪纷飞军旗彩画失色，
风多杂鼓声。狂风大作夹杂战鼓声声。
宁为百夫长，我宁愿充当小小军官为国尽力，
胜作一书生。也胜过只懂寻章摘句做个书生。

书生报国勇从军。首联交代边境战争的讯息传来，激起了爱国志士的热情。西京：指长安。次联省略掉志士参军等很多情节，开始描写将军接受命令，领兵出击敌人。牙璋：原指兵符，也可指代将帅；龙城：敌方据点。三联又以烘托之法表现将士冒着风雪与敌人艰苦作战。尾联置身前线的从军书生，直接抒发保边卫国的壮志豪情。全诗节奏明快，如飞流直下，有助于更好达意。

205 杨　炯·战城南

塞北途辽远，塞北城南固然路途漫长遥远，
城南战苦辛。战事惨烈令人倍觉悲苦艰辛。
幡旗如鸟翼，战旗猎猎恍如鸟翼，
甲胄似鱼鳞。盔甲明亮很像鱼鳞。
冻水寒伤马，冻水寒伤马自然伤人体，
悲风愁杀人。悲风使劲刮更加愁煞人。
寸心明白日，战士为国战斗的心已在白日清楚表明，
千里暗黄尘。他们力争最后胜利还将征战千里黄尘。

苦辛难阻效忠人。首联交代战争的地点和征战途长而惨烈，“苦辛”暗寓汉乐府诗“战城南，死郭北，野死不葬乌可食”的惨状。次联描写战旗飘扬，盔甲闪亮，突出军队的威风气势，也隐约可见将士的奋勇争先、拼命搏杀场面。三联揭示将士身临冻水悲风，困难不少。寒伤马：化用陈琳诗句，暗含也在伤人。尾联显示不管条件如何艰难困苦，自己继续为国征战，誓当凯旋。

206 杨　炯·有所思

贱妾留南楚，贱妾留居南楚，
征夫向北燕。征夫远赴北燕。
三秋方一日，感觉如隔三秋实际才过一日，
少别比千年。少别短暂时间也似度过千年。
不掩颦红楼，我终日愁眉深锁却没有掩闭红楼，
无论数绿钱。更不怕别人知道排忧解闷数苔钱。
相思明月夜，明月夜更思念远戍的丈夫，
迢递白云天。白云天总盼望远人快见面。

情意缠绵征妇心。首联让征妇诉说自己留居江南、丈夫远戍塞北，生死攸关的远别引起深重牵挂。次联化用《诗经》“一日不见如三秋”及《别赋》“少别千年”之意，表现她内心痛苦，艰难度日。三联续说已无法抑制，也不想掩饰牵挂丈夫，无论深锁眉还是数绿钱，可见思念至于何等程度。尾联又以易惹相思的明月（可远近共见）、白云（似游子归家）作结，引人遐想。

207 卢照邻·春晚山庄率题两首其一

顾步三春晚， 三月的暮春似不愿离开边走边顾盼，
田园四望通。 在山庄眺望四面田园景尽来眼底中。
游丝横惹树， 昆虫吐出的游丝横拉招惹于树间，
戏蝶乱依丛。 到处飞舞的戏蝶杂乱依偎在花丛。
竹懒偏宜水， 慵懒的修竹偏适宜在水边伸展，
花狂不待风。 疯狂的花朵尽情绽放无须暖风。
唯馀诗酒意， 我只剩下喝酒吟诗的兴趣，
当了一生中。 今后残生也应当如此告终。

万物得时己失意。首联叙述诗人于暮春将过之时，在山庄观赏田园景色。次联描写动物的尽情表演，游丝惹树、戏蝶依丛。三联刻画植物的恣意生存，“懒”字突出了竹子在水边起劲伸腰，“狂”字表现了杂花到处随心绽放。尾联一直难展所长的诗人，更感失意，发出诗酒度残生的叹息。他曾自述：“先朝好吏”，自己却学于孔子墨子，“当今好法”，自己却受教于老子庄子。

208 骆宾王·狱中咏蝉

西陆蝉声唱， 清秋季节树上蝉儿放声鸣唱，
南冠客思深。 我这囚徒铁窗之内羁愁转深。
不堪玄鬓影， 怎能忍受仿佛满头黑发好年华的秋蝉，
来对白头吟。 对着年未四十但已白头的囚徒在哀吟。
露重飞难进， 我似遇上浓重露水的蝉儿振翅难以高飞，
风多响易沉。 也好像冷风呼啸中的蝉儿鸣声易被压沉。
无人信高洁， 无人相信我像秋蝉那样清廉高洁，
谁为表予心？ 有谁能为我表白冰雪般晶莹的心？

借蝉喻己表清白。首联点题，一边秋蝉在鸣唱，一边囚徒愁转深。次联揭示愁绪变深的原因。相传卓文君对司马相如的忠诚被辜负后曾作《白头吟》以自伤，故次联又意味着不堪年青忠诚待主被辜负，便效文君对人哀唱白头吟。三联突出处境艰难，既行动不自由（飞难进），又说话被压制（响易沉）。尾联坦白内心痛苦，本无辜却无人信，更难找到为己伸冤、还己清白的人。

209 骆宾王·于西京守岁

闲居寡言宴， 在家这段时间不过闲居独坐，
独坐惨风尘。 很少欢声笑语常为俗务所困。
忽见严冬尽， 忽发现严寒冬季快要结束，
方知列宿春。 才醒觉星辰昭示春将莅临。
夜将寒色去， 夜把寒色携带走，
年共晓光新。 年与晓光一道新。
耿耿他乡夕， 此夜难眠思念他乡的亲友，
无由展旧亲。 憾恨未能与他们见面亲近。

京中守岁思亲旧。首联从在长安家中的生活写起。言晏：《诗经》句子“言笑晏晏”（有说有笑多欢乐）的简缩。次联实写季节的变化，也暗喻心情的变化，由孤独忧郁转上新年将至、希望萌生。三联正面描写守岁，用“夜将寒色去”表达“辞旧”，而用“年共晓光新”表达“迎新”。寒色：指冬天；晓光：指晨光。尾联直接抒发对亲友故旧的思念，以及思而不得见的惆怅之情。

210 陈子昂·春夜别友人

银烛吐青烟， 银烛吐着缕缕青烟，
金樽对绮筵。 金杯对着丰盛酒筵。
离堂思琴瑟， 在饯别厅堂上回忆琴瑟和谐的友谊，
别路绕山川。 以及别后之路绕山过水相隔多遥远。
明月隐高树， 宴席持续到明月隐在高树后，
长河没晓天。 银河也消失在那拂晓的长天。
悠悠洛阳道， 我即将走上悠长的洛阳道，
此会在何年？ 此后的相会不知道在何年？

从容表达别离情。作者二十六岁离家赴东都洛阳，拟向朝廷上书求功名。友人设宴欢送，席间写下此诗。先以浓艳之笔铺写宴会之盛，次以婉曲之调传达离别之愁，再以宏大的时空背景烘托出宴会之久与友谊之长，最后展望前途，以道路漫长、再会难期作结，表达了对朋友依依惜别的感情。通篇情景合一，胜于一般的离别之作。离堂：饯别客人的厅堂；长河：指天上的银河。

211 陈子昂·度荆门望楚

遥遥去巫峡， 远远地远远地离开了巫峡，

望望下章台。 又一再瞻望着走下章华台。

巴国山川尽， 过尽了巴国的山水，

荆门烟雾开。 荆门在烟雾中敞开。

城分苍野外， 城邑分布于碧绿田野外，

树断白云隈。 树林在白云深处被遮盖。

今日狂歌客， 今天我这狂傲高歌的行客，

谁知入楚来。 谁知竟会走进楚国大地来。

激情傲世锋芒露。首联叙述行程，已远离巫峡、走过章台。章台：即章华台，楚国离宫。次联素描轮廓，巴国山川过尽、荆门烟雾大开。巴国：周朝姬姓国，今重庆市巴南区；荆门：山名，在湖北宜都县。三联形容风光，城邑比邻绿野，可见人烟稠密，林木断于白云，可见远树连天。隈：曲处。尾联极目辽阔楚天，自比楚狂接舆。狂歌客：楚人陆通，字接舆，曾歌讽孔子，被称楚狂接舆。

212 陈子昂·送魏大从军

匈奴犹未灭， 匈奴还没有全部被消灭，

魏绛复从戎。 你似魏绛又为国去从戎。

怅别三河道， 我们于中原地区惆怅分别，

言追六郡雄。 还曾追慕赵充国这般豪雄。

雁山横代北， 雁门山横亘在代州北面，

狐塞接云中。 飞狐塞可与云中郡连通。

勿使燕然上， 望你创造奇迹不要让燕然山上，

惟留汉将功。 只记录着汉人窦宪将军的战功。

格调高昂励友人。首联化用霍去病名句“匈奴未灭，无以家为”及活用魏绛典故“和戎”改“从戎”，使魏大从军，既是以天下为己任，也是抗敌保边壮举。次联点出怅别，而强调要学赵充国守边立功。三河道：指黄河中部平原地区；六郡雄：指号称六郡之雄的赵充国，史书说他控御诸羌，古稀仍威名远播。三联刻画魏大从军之地，正是中原大地天然屏障。尾联再次激励友人建功塞外。

213 杜审言·经行岚州

北地春光晚，北地边城岚州春天来得较晚，

边城气候寒。春季本该和暖仍如冬日严寒。

往来花不发，我从隰城公干北地往来经岚州新旧印象深，

新旧雪仍残。那里的花始终不发那里的积雪依然还是残。

水作琴中听，传来流水淙淙清音仿佛琴韵，

山疑画里看。触目群山雪白直似如画一般。

自惊牵远役，蓦然惊觉自己公务在身，

艰险促征鞍。扬鞭催马不计路险艰难。

边城景物也迷人。首联总括对岚州的观感，春光晚、气候寒。次联具体说明这个“晚”和“寒”就是花不发、雪仍残。此联含义丰富，往来表示两次行程共见，新旧意为先后印象叠加；“不发”“仍残”均为出发地与经行处相比较而言，二、三月间山西隰城县已是桃李芬芳，不见冰雪了。三联于春未到的岚州，还能发现其水流声如琴韵，山岭貌似画图。尾联又反衬风光确实迷人。

214 杜审言·七夕

白露含明月，花瓣上的露水闪烁着明亮月色，

青霞断绛河。高空里的黑云遮蔽了璀璨银河。

天街七襄转，织女在天街上行走前去寻找牛郎，

阁道二神过。后来牛郎织女相见又从阁道经过。

袨服锵环佩，少女身穿艳服往来环佩有声，

香筵拂绮罗。沿途盛设香筵香烟熏染丝罗。

年年今夜尽，年年如此度过今天这一夜，

机杼别情多。天上人间织女别情又会多。

难堪织女别情多。首联写天空物象，造七夕意境。次联承天空景色，叙二神活动。天街：可指京城大路，也可指毕宿和昴宿间的星空；七襄：可指日夜各移动七个位置的织女星，也可指女子；阁道：可指京城酒楼临街的赏景回廊，也可指奎宿的阁道六星；二神：可指牛郎织女，也可指普通男女。三联也可与二联结合，表现京城少男少女过七夕盛况。尾联慨叹七夕后织女别情多。

215 杜审言·重九日宴江阴

蟋蟀期归晚， 这是蟋蟀晚归的日子，
茱萸节候新。 茱萸更是应节的礼品。
降霜青女月， 降下寒霜者为代表霜神青女的秋月，
送酒白衣人。 送来美酒的是受刺史委派的白衣人。
高兴要长寿， 高雅的兴致或可带来长寿，
卑栖隔近臣。 卑下的职位却远离了近臣。
龙沙即此地， 我的立功地就落在这里，
旧俗坐为邻。 按照老习惯与同坐为邻。

久栖卑职牢骚盛。首联切重九（诗经：蟋蟀九月在户；习俗重阳插茱萸）。次联用“青女月”做陪衬，强调酒宴是身为江阴县丞的作者向江州刺史求得的。三联凸显自己卑栖而近臣高就。要：邀。近臣：当指与杜审言号称“文章四友”的苏味道、李峤和崔融，时皆中央部长级高官。尾联意谓这里就是我用武之地，我只能随俗浮沉与近邻一起泯然众人了。重阳欢宴压抑不住有志难伸的苦闷。

216 杜审言·和晋陵陆丞早春游望

独有宦游人， 只有异地为官的人，
偏惊物候新。 偏对物候更新灵敏。
云霞出海曙， 云霞升于海面随即曙光普照，
梅柳渡江春。 梅柳渡过江北便当大地皆春。
淑气催黄鸟， 和暖气息催促黄莺频欢唱，
晴光转绿蘋。 晴朗阳光使得绿蘋色更深。
忽闻歌古调， 忽然听到了你吟唱古典曲调，
归思欲沾巾。 令人归思更切泪水将要沾巾。

客地早春归思切。首联感慨唯有宦游者，对他乡物候的新异越发敏感。次联描写江南春早，与中原故里对比而言，用了假言推理和类比，让眼前盛放的梅花、碧绿的杨柳渡过江北，那里立刻便春光明媚，就像江南云霞出海随即天亮一样。三联续写春早，黄莺频欢唱、绿蘋色转深。尾联称赞友人诗作堪比古人，自己多年在外地沉沦卑职，读到诗作，不禁倍增乡思而泪“欲沾巾”。

217 杜审言·夏日过郑七山斋

共有樽中好， 我和隐士郑七同有饮酒的爱好，
言寻谷口来。 故专程寻访他往谷口居处走来。
薜萝山径入， 从长满了薜荔和女萝的山路曲折进入，
荷芰水亭开。 到达周围种植荷和菱的水亭眼界顿开。
日气含残雨， 阳光映照水池也把残留雨点蒸发掉，
云阴送晚雷。 云层逐渐阴暗并送来了隐隐的晚雷。
洛阳钟鼓至， 洛阳城报暮的钟鼓声清晰响起，
车马系迟回。 但归家车马仍然拴着尚不想回。

隐士儒官志趣同。首联寻访的是同样爱酒的隐逸高人。言：句首助词，用来凑足音节；谷口：汉代县名，高士郑璞的隐居地。次联结合行程描绘山斋内外环境。山路曲折，长满薜萝，显示幽深；山斋里水池围绕水亭，荷菱开花飘香，显示雅致。三联续写停留所见，也暗点时间。尾联含兴犹未尽之意。主人盛情款待、席间杯酒言欢等都被省略，而可想象得知。写于洛阳县丞任上。

218 杜审言·秋夜宴临津郑明府宅

行止皆无地， 当我在进退皆处境困难时，
招寻独有君。 只有你还能对我诚意招寻。
酒中堪累月， 酒中足以消磨漫长日子，
身外即浮云。 身外之物就如过眼浮云。
露白宵钟彻， 露白风清的秋夜友朋欢聚，
风清晓漏闻。 宵钟晓漏的声音清晰可闻。
坐携馀兴往， 由于带着此夜饱满兴致告辞，
还似未离群。 我会如同尚未离开这个友群。

逆境知音最感人。此诗高度赞美了郑明府是声气相同的朋友。诗人联系自己的不幸遭遇（本人几乎被人诬陷致死、儿子杜并已经惨遭杀害），把这次夜宴写得意味深长。首联的招寻，指作为好友邀请。次联吐露遭受打击的肺腑之言，曾借酒消愁，把一切看淡。三联显示当晚的宴会是友朋的欢聚。尾联意谓，有了你们的友谊，我就不会孤独，而提前退出聚会，则可能另有隐情。

219 | 杜审言·赋得妾薄命

草绿长门掩， 已是草绿苔青眼下春光即将过去，

苔青永巷幽。 失宠人的居处大门掩闭庭院清幽。

宠移新爱夺， 皇恩转移让新爱夺走宠幸，

泪落故情留， 失宠泪落而故情依旧存留。

啼鸟惊残梦， 啼叫的鸟惊破了我美好的残梦，

飞花搅独愁。 飞落的花增添了我孤独的忧愁。

自怜春色罢， 珍惜尚有春去夏来作团扇的机会，

团扇复迎秋。 仍然害怕团扇会迎来被弃的凉秋。

借失宠来表失意。首联描写失宠人住处的冷落凄凉。长门、永巷：泛指失宠宫人居所。次联揭示失宠后心理，恨新爱夺恩宠，盼旧情能复燃。三联借景映衬被遗弃的痛苦，梦想被打破，落花更添愁。尾联意谓错过春天炎夏或成团扇，又怕秋扇仍难不被弃捐。充分倾诉了宫廷失宠者的内心幽怨，也委婉抒发了仕途失意者的难言之忍，似写于被流放峰州（今越南富寿省越池市）后。

220 | 杜审言·旅寓安南

交趾殊风候， 交趾与中原比较有不同风物气候，

寒迟暖复催。 寒来得迟而短暂暖对寒又紧相催。

仲冬山果熟， 仲冬时节山果成熟，

正月野花开。 新春正月野花盛开。

积雨生昏雾， 夏秋多雨生出蒙蒙雾气，

轻霜下震雷。 冬有薄霜伴随隆隆震雷。

故乡逾万里， 故乡距离这里超过一万里，

客思倍从来。 作客愁思比前也增加成倍。

异乡惊艳更伤离。作者被流放峰州期间旅居安南（又名交趾）时所写。首句以“殊风候”起，次句及中二联皆围绕风候之殊展开，尾联以客愁倍增收结。诗中抓住典型环境中的事物，如山果、野花、积雨、轻霜、昏雾、震雷等，仅用了仲冬、正月、熟、开、生、下等几个名词和动词，加以精巧组合，就造成了奇妙的意境，让那里与中原大异的“殊风候”，一一呈现笔端。

221 杜审言·登襄阳城

旅客三秋至， 我在外作客于九月时登上了襄阳城，
层城四望开。 在高城之上四方遥望令人胸怀顿开。
楚山横地出， 楚山向横伸展绵延不绝，
汉水接天回。 汉水奔腾远去似从天回。
冠盖非新里， 冠盖里已经不是新里，
章华即旧台。 章华台其实就是旧台。
习池风景异， 唯有习家池风景奇异，
归路满尘埃。 游人归路上满布尘埃。

登临化解不平气。此诗写于流放峰州的遇赦归途。首二联登城眺望，赞叹楚地山川依然壮丽。三联等于说修筑章华台的楚灵王，云集冠盖里的大显贵，都成过往，岂能久长！尾联以写景作结，但只点出习家池风景奇异，而“归路满尘埃”，实即“归路满游人”，既有缅怀先贤之意，也暗寓远役者孤独无依之感。习池：著有《汉晋春秋》的晋代耿直文章家习凿齿的故居。

222 沈佺期·杂诗三首其三

闻道黄龙戍， 听说黄龙那个边防驻地，
频年不解兵。 连年打仗一直未曾罢兵。
可怜闺里月， 闺里所见的可爱明月，
长在汉家营。 也常照在汉家的军营。
少妇今春意， 这位少妇今春昨夜思念丈夫的蜜意，
良人昨夜情。 也似丈夫昨夜今春思念妻子的柔情。
谁能将旗鼓， 谁能带领军队为民除害，
一为取龙城。 一举攻取龙城结束战争！

思妇征人盼罢兵。首联交代征人多年远戍的背景。黄龙戍：今辽宁开原市北。次联字面上描述月亮同时映照着闺里和营中，实际可表两人各在一方对月怀人。汉家营：以汉说唐。三联直接倾诉今春昨夜的两地相思，似乎仅为举例，实含两人无日不在思念中度过。尾联反映思妇征人愿望，要尽快消灭敌人，早日凯旋相会。将：率领；旗鼓：指军队；龙城：泛指敌军重要据点。

223 沈佺期•夜宿七盘岭

独游千里外， 我独自远游于千里外，

高卧七盘西。 而今高卧在七盘岭西。

晓月临窗近， 拂晓残月照临窗子仿佛尽量挨近，

天河入户低。 天上银河似要从门流入垂得很低。

芳春平仲绿， 芳春的银杏树一片葱绿，

清夜子规啼。 凄清的黑夜里子规在啼。

浮客空留听， 我这个游子空自留听毫无退路，

褒城闻曙鸡。 不久还听到响起了那褒城曙鸡。

七盘岭上孤清夜。首联以对仗叙事，解释题意。七盘：指七盘岭，今在陕西勉县。次联以对仗写景，就题生发，十分出彩，窗前挂明月，门外垂银河，可见此岭之高，而感觉自然之物亲近，则人之孤寂也可知。三联续以对仗写景，流露思归之情。平仲：白果树；子规：杜鹃鸟，叫声似“不如归去”。尾联散句收结，人在流放中，杜鹃声只好空听，褒城曙鸡鸣，这一宿就此度过。

224 沈佺期•早发昌平岛

解缆春风后， 春风吹拂之后晓涨发生之前，

鸣榔晓涨前。 航船解缆鸣榔正式宣告开船。

阳乌出海树， 一轮朝日从海边树上升起，

云雁下江烟。 云中大雁落在江上烟波间。

积气冲长岛， 浓密的雾气由长岛直冲霄汉，

浮光溢大川。 浮动的光影布满了整个大川。

不能怀魏阙， 如果不是身在江湖心怀魏阙的话，

心赏独泠然。 不会凡遇心赏之物偏有凄清体验。

流放驩州初出海。首联以对仗句记录开船时刻。鸣榔：用木头击船板，与解缆同时做。二、三联也用对仗，描写开船后所见，先是朝阳升起，大雁飞下，接着长长的岛屿上雾气弥漫，不断上涌，辽阔的江面上霞光万道，目不暇接。阳乌：指太阳；大川：与海相连的大江。尾联是假设复句，意思是若不能心怀魏阙，便不会遇心赏之物反会感觉泠然。魏阙：指朝廷；泠然：有凄清之意。

225 沈佺期 • 驩州南亭夜望

昨夜南亭望， 昨晚登上南亭向家乡方向遥望，
分明梦洛中。 然后分明出现在梦里回到洛中。
室家谁道别， 夫妻间并不知道谁要告别，
儿女案尝同。 儿女们也和自己案桌相同。
忽觉犹言是， 忽然觉得这一切都是真实的，
沉思始悟空。 经过思考才领悟到这是虚空。
肝肠馀几寸， 梦想破灭让我悲伤到仿佛肝肠寸断，
拭泪坐春风。 短暂相会又使人擦干眼泪如坐春风。

梦里回家悲又喜。首联交代昨夜南亭遥望故乡之后，做了回归洛阳的梦。洛中：即洛阳。次联叙述梦境：夫妻间没有想到分别，儿女们也跟我同桌子。室家：指夫妻。三联谈梦后想法，初觉应该是真的，本就没发生什么，所有不幸，都是做梦；反复思考才确认是梦。尾联说梦想破灭曾经痛苦，忆及梦中团圆，又转悲为喜。坐春风：心情愉快，后“春风得意马蹄疾”，也这样用。

226 沈佺期 • 岭表逢寒食

岭外无寒食， 岭南没有寒食节，
春来不见饧。 春天也见不到饧。
洛阳新甲子， 洛阳已颁布新一年的日历，
何日是清明。 岭南更不知哪一天是清明。
花柳争朝发， 花柳趁早抢先萌发，
轩车满路迎。 轩车满路不歇送迎。
帝乡遥可念， 怀念远在京师的长辈，
肠断报亲情。 痛感无法报答养育情。

过节带来今昔比。此诗为羁留驩州时所写。前四句表达岭南无寒食，习俗似原始，内心不适应，想起中原过寒食节，禁火吃冷，隔一天又是清明祭祖先，十分眷恋，竟发出此地有无清明的质问。饧：用麦芽或谷芽熬成的饴糖，加在粥里便成饧粥，异乡逢寒食，容易想到饧粥。后四句忆念昔日洛阳节日何等热闹，并自然引起对亲人的深切怀念。轩车：有车盖的载人马车。

227 | 沈佺期·喜赦

去岁投荒客， 去岁被逐蛮荒的人，
今春肆眚归。 今春获得宽免而归。
律通幽谷暖， 像邹衍吹律管曾使寒冷幽谷变暖，
盆举太阳辉。 似覆盆被举起自可得见太阳光辉。
喜气迎冤气， 欢喜的气冲着冤屈的气，
青衣报白衣。 人穿青衣告知人穿白衣。
还将合浦叶， 还想借神秘的合浦叶，
俱向洛城飞。 一起向着家乡洛阳飞。

蛮荒遇赦欲飞归。首联说明题意：去年流放到达驩州，今春获得宽免归家。肆眚：宽免（罪人）。次联表达感受：如寒冷幽谷终于吹来和暖春风，如覆盘之冤在阳光下得到昭雪。三联指出这次宽免的最大意义是喜气压到冤气，预示自己将开始好运，而青衣人来给他这个白衣人报讯，正好作陪衬。尾联表示他归心似箭，真想飞回家。合浦叶：传闻合浦叶，能够随风飞到洛阳。

228 | 宋之问·送杜审言

卧病人事绝， 卧病在家甚少社会交往，
嗟君万里行。 很感慨你要离家万里行。
河桥不相送， 虽我不能亲自来到河桥与你当面告别，
江树远含情。 但愿江树带着我的情意远远伴你一程。
别路追孙楚， 你别后路上泊船之处，
维舟吊屈平。 正好缅怀孙楚与屈平。
可惜龙泉剑， 你又很令人痛惜好像龙泉宝剑，
流落在丰城。 具备了无比威力却埋没在丰城。

送别诗中抒感慨。首联对缺席送行作了解释，又说友人由洛阳丞贬为吉州司马，自己很有感慨，并用“嗟”字表示。次联还给“河桥不相送”，配上一句“江树远含情”，表示愿含情的江树仍可远远陪你一程。三联建议赴贬地途中追怀俱因直言逆主而遭贬的孙楚与屈原，似乎相信他能与孙楚一样终有否极泰来之日。尾联又把他的被贬比作宝剑流落民间，惋惜之情溢于言表。

229 | 宋之问·题大庾岭北驿

阳月南飞雁，农历十月开始南飞的大雁，
传闻至此回。据说只飞到大庾岭就折回。
我行殊未已，我的行程远未结束，
何日复归来？不知何日才能回归？
江静潮初落，江面寂静潮水刚落，
林昏瘴不开。林中昏暗瘴气不退。
明朝望乡处，明日登上大庾岭望乡处，
应见陇头梅。应该能够看得见岭头梅。

即事言情心里愁。此诗为作者被贬泷州（今广东罗定）到达大庾岭时所写。首联从南飞雁终点站的传说落笔。阳月：农历十月。次联对比南飞雁，慨叹自己还要深入岭南，归日遥遥无期。三联眼下江静潮落，但仍林昏瘴阻，前途吉凶难知。尾联以可给乡亲寄梅安慰自己。南朝诗人陆凯有诗："折梅逢驿使，寄与陇头人。江南何所有，聊赠一枝春。"此时他也仅有此法减轻忧伤。

230 | 宋之问·度大庾岭

度岭方辞国，我离开了京城正在度过大庾岭，
停轺一望家。停下车子回首遥望自己的故家。
魂随南翥鸟，魂魄追随着往南飞翔的鸟儿，
泪尽北枝花。眼泪流尽于岭北枝上的梅花。
山雨初含霁，山间连绵的阴雨刚有停息趋势，
江云欲变霞。江面倒映的云层似将变作云霞。
但令归有日，只要将来能够有重回京城的机会，
不敢恨长沙。我不敢像贾谊因被贬而遗恨长沙。

大庾岭泪尽魂离。首联扣题直叙，已登上大庾岭之巅，于是停下车子，向北遥望故乡。轺：轻便马车。次联在大庾岭北望，意味着此后即踏入蛮荒世界，而远离中原故土，故至于魂离泪尽。北枝花：庾岭梅花，南枝先开，北枝后开，岭北梅枝所开的花便称北枝花。三联出现天气转好，山雨将停下，云影欲变霞。尾联直抒己愿，等于说但愿能有归来之日，不敢怨恨别的什么。

231 宋之问·陆浑山庄

归来物外情， 回到山庄涌起关注物外的热情，
负杖阅岩耕。 肩扛竹杖要去看看山林的农耕。
源水看花入， 欣赏山花不觉进入溪水源头那边去，
幽林采药行。 采摘草药竟然向着林木幽深之处行。
野人相问姓， 村民热情招呼来客询问姓氏，
山鸟自呼名。 山鸟也向来客示意介绍己名。
去去独吾乐， 加紧寻求只要我喜欢的快乐，
无能愧此生。 无才无德冀能避免愧对此生。

物欲难除终害己。此诗写于刚从泷州贬地归来，陆浑山庄是作者在洛阳附近建置的物业。首联表达归来物外情（不追逐名利，安逸过生活的心愿）大增，于是扛起竹杖去视察生产。次联写巡视所见景之美，“源水”“幽林”提到句首，使人对溪水源头、林木深处产生惊喜。三联写巡视所见人（鸟也拟人）之美。尾联下决心隐退山林，但实际只是一厢情愿，没能急流勇退。

232 宋之问·秋晚游普耀寺

薄暮曲江头， 薄暮时分来到了曲江头，
仁祠暂可留。 这间佛寺还是值得逗留。
山形无隐霁， 眼下山形清晰凸现正当天气晴朗，
野色遍呈秋。 四野景色特点多呈季节经已入秋。
荷覆香泉密， 荷叶覆盖着香泉依然那么茂密，
藤缘宝树幽。 藤条攀援于宝树仿佛越发清幽。
平生厌尘事， 平生厌弃俗世的虚荣事，
过此忽悠悠。 经历此境忽有悠闲感受。

恢宏不见见清幽。作者从泷州远贬回来后，得知将再贬越州，独自往游普耀寺。首联点明到该寺游览的时间和地点，并透露观感是尚堪逗留。仁祠：佛寺的别称。二、三联概括描述，天高气爽的秋晚，山形清晰显露，四野一派秋光；依然可见荷覆香泉、藤攀宝树。尾联想起自己曾经亲近林泉的往事，觉得此处舒适惬意，可以留人。这跟作者仕途得意时对佛寺的观感完全不一样。

233 宋之问·途中寒食题黄梅临江驿寄崔融

马上逢寒食， 在被贬逐的路上满怀愁绪，
愁中属暮春。 又恰巧遇上寒食以及暮春。
可怜江浦望， 可怜我在长江边四处观望，
不见洛阳人。 却找不到洛阳的亲友故人。
北极怀明主， 看见了北极星我会怀念明主，
南溟作逐臣。 尽管将赴南海充当贬逐之臣。
故园肠断处， 洛阳这故园是我忧思难忘的地方，
日夜柳条新。 那里的柳条正在日夜不息地更新。

站错队人难醒悟。此诗写于由洛阳被贬泷州途中，黄梅临江驿在今湖北。首联意谓自己被贬路上满腹愁，还碰上寒食和暮春，更加孤苦。次联望在远离洛阳的长江边找到亲友，当属妄想。三联所怀明主指武则天，宋之问在武后执政期间以才华出众而倍受宠遇，引人钦羡，随着武后退位、中宗即位，顿时从宠臣变作罪臣。尾联表示此际作者心中的故园仍旧欣欣向荣，等他回来。

234 宋之问·晚泊湘江

五岭恓惶客， 我也是身遭贬谪而来到五岭三湘的，
三湘憔悴颜。 行色恓惶的过客更带着憔悴的容颜。
况复秋雨霁， 当下又秋雨转晴天色变得很明朗，
表里见衡山。 让这座南岳衡山从表到里愈彰显。
路逐鹏南转， 脚下的路尽管必须追随大鹏往南转，
心依雁北还。 可是自己的心却在依附鸿雁向北还。
唯馀望乡泪， 无可奈何我只能流下望乡眼泪，
更染竹成斑。 再把这里的竹子染得泪迹斑斑。

湘江晚泊见衡山。首联让读者一下子就把宋之问这个被贬客，跟当年的屈原等量齐观。五岭、三湘：至少知道有大庾岭、湘江。次联有意突出衡山，因为这里存在著名的回雁峰，历来认定北雁至此而回。三联这个途经三湘的被贬客，受到衡山的刺激，既要继续盘算追随大鹏向南走路，又在幻想依附鸿雁向北而归。尾联还巧用湘妃泪染斑竹的典故，为自己的望乡之泪再作渲染。

235 | 宋之问 • 经梧州

南国无霜霰， 岭南地区没有霜雪的严寒，
连年见物华。 整年可见各种物类的精华。
青林暗换叶， 青翠的林木悄悄地生出新叶，
红蕊续开花。 红色的花苞也在不断地开花。
春去闻山鸟， 不理那春去秋又来四季如何转，
秋来见海槎。 都照样水上船行走山中鸟吱喳。
流芳虽可悦， 这长流不止的美景尽管皆令人喜悦，
会自泣长沙。 仍会自然因为贬逐似贾谊泣于长沙。

四季如春赞岭南。作者流放钦州（今广西钦州市）途中所写。首联的“物华”是全诗重点。二、三联分别从静态、动态两侧面显示物华：不必等候春来，绿叶不断更新，红花持续绽放；不管哪个季节，水上见船行，耳中闻鸟叫。最后仍归结到不忘故土。作者贬逐期间所写，大都为内心情感的真实流露，远非昔日应制奉和之作可比。贬官也成就了宋之问，使他能有更多好诗传世。

236 | 苏味道 • 正月十五日夜

火树银花合， 满城挂灯饰的奇异景象就似火树绽放银花，
星桥铁锁开。 仿佛缀满星的进城大桥打开铁锁通行无碍。
暗尘随马去， 马蹄扬起的灰尘随着奔马一起走，
明月逐人来。 天上挂着的明月追逐人群一道来。
游妓皆秾李， 歌姬舞女花枝招展打扮得艳如桃李，
行歌尽落梅。 边行边唱曲调全是梅花落让人喜爱。
金吾不禁夜， 元宵京城禁卫军免掉了宵禁，
玉漏莫相催。 计算时辰的玉漏何必紧相催。

唐代元宵不夜天。诗中描写京城洛阳元宵节的盛况。首联概述节日气氛，全城是火树银花，免宵禁通宵同乐。火树银花：灯饰挂满树，树通红如火，灯饰似银花，圆轮高似树，挂满了灯饰，也可算火红的树开出银白的花；合：指四望如一。中二联再把节日气氛具体化，不论贫富贵贱或骑马飞奔或月下步行前来观赏，歌姬舞女游行助庆。尾联还发出欢娱恨短、玉漏莫催的呼喊。

237 上官婉儿·彩书怨

叶下洞庭初， 红叶开始向洞庭湖悠悠飘去，
思君万里馀。 很想念你在迢迢万里外远戍。
露浓香被冷， 寒露渐浓香被显得更冷，
月落锦屏虚。 月儿坠落锦屏一片空虚。
欲奏江南曲， 本想去弹奏解闷的江南曲，
贪封蓟北书。 又急于写好寄往蓟北的书。
书中无别意， 书中没有写别的什么，
惟怅久离居。 只是惆怅长久的离居。

妇心唯怅久离居。这是摹拟之作，设想思妇住洞庭湖边，征人远戍在蓟北。首联揭示深秋怀念丈夫的题旨。出句化用屈原的“洞庭波兮木叶下”。次联写思久生怨，埋怨被冷、屏虚，实际不满闺中长久独处。三联写寄书倾诉，要突出“蓟北书”，便引来“江南曲”。蓟北：泛指东北边境。尾联把思妇所想全盘托出。此诗克服了初唐诗歌情感贫乏的弊病，被誉为“宫廷诗的自赎”。

238 上官婉儿·奉和圣制立春日侍宴内殿出翦彩花应制

密叶因裁吐， 因有巧手的裁剪出现茂密叶子，
新花逐翦舒。 随后新艳的彩花更加引人注目。
攀条虽不谬， 有人信以为真对彩花攀条摘蕊，
摘蕊讵知虚。 不应加以怪责因不知它实虚无。
春至由来发， 彩花也是立春这天才来到了人间的，
秋还未肯疏。 不过与鲜花不相同到秋天也不稀疏。
借问桃将李， 问一声桃与李彩花跟鲜花几乎一个样，
相乱欲何如。 对于彩花存在你们的观感究竟为何如？

欲争自主选真爱。首联紧扣裁剪，叶和花皆被剪成形。翦彩花：古代立春日习俗。“翦”同“剪”，用彩纸剪成花朵，相互赠送。次联通过几可乱真去描绘彩花的枝条花蕊，更觉剪纸作品生动逼真。讵知：怎么知。三联从时序更替表现彩花和鲜花的异同，也显得彩花真切可感。尾联设问，倾向于为彩花争取存在权利。原来才干堪比男子的作者借咏彩花似要表达，希望得到选择真爱的权利。

239 张九龄·望月怀远

海上生明月， 海上正升起了一轮皎洁明月，
天涯共此时。 与远在天边者看月同在此时。
情人怨遥夜， 有情人也会埋怨长夜不好过，
竟夕起相思。 彻夜难眠时亦起来排解相思。
灭烛怜光满， 我喜欢月色明亮便把蜡烛熄灭，
披衣觉露滋。 当感觉露水渐多随即披上外衣。
不堪盈手赠， 可惜不能将月光满满捧起作礼物，
还寝梦佳期。 回去睡觉也许梦中能有相会佳期。

望月怀人情谊重。首联点出明月正升空，远人应共望。次联设想远方情人也难堪长夜，要排解相思，其实他以己度人。三联正面刻画对远人怀念：灭烛看，披衣望，从室内到室外，似乎在赏“月”，其实月已“人”化，见月如人。尾联再作表示：这“揽之不盈手”的月光，不能送给你，仍希望梦中能有相遇的佳期。写得深情款款，全无空喊，情寓景中，景含情意，情景交融。

240 张九龄·晨出郡舍林下

晨兴步北林， 晨起漫步走向北边的树林，
萧散一开襟。 感觉潇洒闲散而解开衣襟。
复见林上月， 又看见那树林上的月亮，
娟娟犹未沉。 明丽美好还没有往下沉。
片云自孤远， 天上片云自然显得孤僻高远，
丛筱亦清深。 一丛细竹依旧不失清静幽深。
无事由来贵， 没有俗事牵累从来可贵，
方知物外心。 这样才能懂得世外之心。

月下丛竹亦清幽。此诗写于荆州长史任上。首联即事起兴，显露他恬静、淡远的襟怀。中二联看到的是晨光曦微里的郊野一角：林上月未沉，还有片云在，月下更见一丛细竹。这外界之景与内心之境，可属高度契合。筱：细小的竹子。尾联以议论作结，使诗境深化一步，达到“无事”，才能发现自然之美，既是审美的认知，也是人生的感悟，那是经历过诸多磨难之后获得的。

241 张九龄·春江晚景

江林多秀发，江畔林木茂密花盛放，
云日复相鲜。天上云霞落日相竞艳。
征路那逢此，漫漫征路难逢如此美景，
春心益渺然。观赏之心更加变得悠远。
兴来只自得，兴致产生唯凭自得，
佳处莫能传。其中佳趣不可言传。
薄暮津亭下，夕阳的余晖散落在渡口江面，
馀花满客船。飘飞的花瓣洒满了我的客船。

春江美景欢人醉。此诗似写于奉诏重回京城任职的途中，乘船北上，正值春天。首联描画江上行船所见美景：江畔林茂花开，天上云日争艳。次联对景感叹，认为征路罕见此，观赏意难舍。那：难；渺然：指悠远、悠长。三联再发议论，认为兴致产生，人各自得，其中佳处，也难言传。尾联以景语“薄暮津亭下，馀花满客船”，作为首联所见美景的补充。津亭：渡口的驿亭。

242 张九龄·湖口望庐山瀑布泉

万丈洪泉落，迢迢万丈洪泉如从高空降落，
迢迢半紫氛。到了半山腰上紫色烟雾涌起。
奔飞流杂树，洪泉飞速奔腾又不停地飘洒，
洒落出重云。流过无数杂树穿过重重云气。
日照虹霓似，阳光照射看去好像一条彩色的虹霓，
天清风雨闻。天清气朗却似听到风雨大作的声势。
灵山多秀色，这仙境般的庐山真多壮美景色，
空水共氤氲。烟云与水气混合共同成为一体。

瀑布壮观天化成。首联以洪泉自天降、半截扬紫氛，赞其总体雄奇险伟。洪泉：字面义为大泉，水自地下涌出为泉。次联刻画动态之美，突出它奔飞飘洒越过杂树重云；三联又以日照成虹、晴生风雨而夸其神异。尾联归结为大自然的创造。诗中表现了庐山瀑布的壮观，也抒发了踌躇满志的情怀。氤氲：烟云弥漫的状态；《易》说：“天地氤氲，万物化淳。”也隐含自然生成之意。

243 张九龄·浈阳峡

行舟傍越岑， 乘着航船紧紧傍着越地的山岭行进，
窈窕越溪深。 越地溪流蜿蜒曲折还显得异常幽深。
水暗先秋冷， 墨绿的水未到秋天已有寒意，
山晴当昼阴。 晴日的山正值白昼也觉阴森。
重林间五色， 层层林木中间杂着不同颜色，
对壁耸千寻。 千寻峭壁相对巍然屹立水滨。
惜此生遐远， 美景令人珍爱还引起深远思考，
谁知造化心。 谁能完全了解最高造物者之心。

清幽壮丽浈阳峡。首联点题，乘行舟穿过狭窄、深邃的浈阳峡。浈阳峡：是浈水的一个峡谷，浈水源出江西信丰县，流经张九龄的故乡曲江。次联彰显峡谷的清幽：水暗而先秋冷，山晴而当昼阴。三联突出峡谷的壮丽：山岭上，层林尽染，五色缤纷；峡谷内，千寻峭壁，相对屹立。尾联表示十分珍惜大自然这个伟大的创造，并深感大自然孕育万物之心，不是普通人能够估量。

244 张九龄·耒阳溪夜行

乘夕棹归舟， 趁着夜晚乘坐归乡船只起程，
缘源路转幽。 溯源而行水道越走越觉清幽。
月明看岭树， 月光普照看看山上的树木，
风静听溪流。 晚风静止听听溪水的长流。
岚气船间入， 岚气向船体沁入，
霜华衣上浮。 霜花在衣上飘浮。
猿声虽此夜， 凄厉猿声虽在此夜响起，
不是别家愁。 所唤起的不是离家的愁。

欲盖更知忧国事。此诗反映作者失相位后南还故乡途中，秋夜行舟的观感。首联交代夜间在湘江的支流耒阳溪航行。中二联写景，流露出淡淡忧思，是一种轻微的孤寂、冷落情绪。奸佞弄权，丢了相位，对于个人，或可等闲视之，但与国运相关，怎能无动于衷？岚气：山中雾气。末句郑重声明，深夜猿啼，并没有引发思家之愁，却欲盖弥彰，反而泄露了内心藏着国事之忧。

245 张九龄·送韦城李少府

送客南昌尉， 送别在南昌任尉职的客人，
离亭西候春。 春日于驿亭西等待着贵宾。
野花看欲尽， 美丽野花眼看将要开尽，
林鸟听犹新。 林中鸟鸣听来还觉清新。
别酒青门路， 在长安青门路饮罢送别酒，
归轩白马津。 到南昌去的车走向白马津。
相知无远近， 知己挚友不论远近，
万里尚为邻。 相隔万里尚属近邻。

相知万里也如邻。首联点明送别，要送客人往南昌去，春日在驿亭西恭候。次联描写所见的花开鸟鸣，野花已经开罢，鸟鸣不够欢快，可见送客的主人，对友人离开心中不舍，有点难过。三联实写客人行程。白马津：在河南滑县，《史记》有“渡白马津入楚地”之说，南昌属于楚地。尾联以两人相知，则万里如邻结束，可比美王勃的“天涯若比邻”，让人看到主客双方的高境界。

246 张九龄·咏燕

海燕何微眇， 海燕是何等的细微渺小，
乘春亦暂来。 到北方不过趁春暖暂来。
岂知泥滓贱， 它们不知道身似泥滓下贱，
只见玉堂开。 眼前只看见玉堂之门大开。
绣户时双入， 要在绣户华堂衔泥作窠，
华堂日几回。 时常成双出入一日几回。
无心与物竞， 它们无心与异物争权夺利，
鹰隼莫相猜。 鹰隼不应对海燕猜疑伤害。

全身避害不贪权。首联描画海燕的弱者形象，体型非常细小，偶来北方暂住，暖来而寒走。次联说它们闯进殿堂，不过无知莽撞。玉堂：指殿堂。三联解释它们即使双双每日出入殿堂多次，也不过出于衔泥作窠之类的生活需要。尾联更明白告知：海燕无心与他物争夺利益，希望鹰隼不要疑忌和加害。诗人自比海燕，而以鹰隼比李林甫，可见毫无恋栈不退、与其争逐相位之意。

247 孟浩然·秦中感秋寄远上人

一丘常欲卧， 我想找一个山头长期高卧林泉，
三径苦无资。 而建置必要居所苦于缺乏财力。
北土非吾愿， 来北方求仕并非我的心愿，
东林怀我师。 我怀念的是东林寺的禅师。
黄金燃桂尽， 即使有黄金烧柴如烧桂枝也难不尽，
壮志逐年衰。 且豪情壮志亦会随着岁月逐渐衰退。
日夕凉风至， 日色已经近晚阵阵凉风吹拂，
闻蝉但益悲。 伴有秋蝉哀吟我心更感伤悲。

仕隐两难寒士苦。首联坦言心里想归隐，苦于没有钱。三径：指归隐者的家园。次联结合进京求仕，阐述自己初衷是出世而非入世。东林：指东晋高僧慧远所在的庐山东林寺，这里借指远上人所在的寺院。三联倾诉惨淡近况，说已床头金尽，壮志消磨。燃桂：出自《战国策》“楚国之食贵于玉，薪贵于桂”，意谓楚国食品比玉石贵，木柴比桂枝贵。尾联化愁思于秋景，更觉感人。

248 孟浩然·过故人庄

故人具鸡黍， 老友备好了烧鸡黄米饭，
邀我至田家。 邀我做客到他那个农家。
绿树村边合， 村子周围是绿树环抱，
青山郭外斜。 郊外原野有青山斜挂。
开轩面场圃， 推开窗户面对禾场菜圃，
把酒话桑麻。 把酒对饮闲话栽桑种麻。
待到重阳日， 等到九月重阳那一天，
还来就菊花。 再来你家喝酒赏菊花！

交情不逊风光美。依次写来，应邀、进村、入席、预约，环环紧扣。所有句子十分普通而内涵丰富。头两句只写友邀客至，却显出主客交情深厚；三、四句只写绿树青山，却见出村庄天地广阔；五、六句只写把酒闲话，却表现双方心灵契合；七、八句只说重阳再来，却流露出对这个村庄和故人的无比依恋。尾联的“重阳再来”，理解为主人所言亦可，不过由客人说出似更显主客融洽。

249 孟浩然·游精思观回王白云在后

出谷未亭午， 我走出山谷尚未到正午，
至家已夕曛。 返抵家中时已经近黄昏。
回瞻下山路， 回头望下山的道路，
但见牛羊群。 只发现牛羊一群群。
樵子暗相失， 樵夫彼此夜色中无形可见，
草虫寒不闻。 草虫藏匿寒天里无声可闻。
衡门犹未掩， 屋门迟迟地仍不敢掩上，
伫立待夫君。 伫立等待你这一位大人。

平凡生活藏诗意。作者与同乡老友一起游览附近的景点精思观，中途二人失散，作者独自回家，遂有此诗。首联交代自己何时离开、何时到家，中间两联写他如何急切观望老友行踪。尾联再以倚门等待结束，流露既关切又后悔的心情。每个句子，似乎都很平常。读完全诗，得到了整体印象，才感到诗味特别浓郁。夫君：夫，有指示作用的助词，君，尊称对方，相当于“之子”。

250 孟浩然·田家元日

昨夜斗回北， 昨天夜里北斗星的斗柄自北回转，
今朝岁起东。 今日早晨新年开始斗柄由北转东。
我年已强仕， 我的年纪已经四十岁，
无禄尚忧农。 没有官职仍心在忧农。
桑野就耕父， 在田野种桑与农夫亲近，
荷锄随牧童。 扛锄头回家跟随着牧童。
田家占气候， 种田人依据今年的气候来推测，
共说此年丰。 大家说这样的一年一定收获丰。

语调平和见素心。此诗应写于隐居襄阳故乡时。首联用斗柄转向，表明“元日”来临。斗：北斗星，斗柄指北为冬，指东为春。次联说尽管未出仕，仍关心农耕。强仕：指四十岁，《礼记》有“四十曰强，而仕”。三联展示诗人白天与农夫耕作，傍晚与牧童回村。桑野：桑于野。尾联借占卜预测今年丰收。诗中既叹壮志未酬，亦忧收成不好，依稀可见有以天下为己任的胸怀。

251 孟浩然·望洞庭湖赠张丞相

八月湖水平， 八月洞庭湖水上涨与岸齐平，
涵虚混太清。 水天一色亦真亦幻交相辉映。
气蒸云梦泽， 水气蒸腾充满云梦二泽，
波撼岳阳城。 波涛汹涌撼动岳阳古城。
欲济无舟楫， 我想渡湖却苦于没有过渡船只，
端居耻圣明。 在家闲居又觉得愧对圣上英明。
坐观垂钓者， 我是坐视别人在湖边垂钓的人，
徒有羡鱼情。 空有羡慕别人能得到鱼的心情。

望湖萌发求援意。前半以写景作铺垫，首联表现洞庭湖的水满岸平、水天一色。次联用云梦大泽被笼罩，衬托湖的浩渺；用岳阳古城被撼动，显示湖的声势。三联转入抒情，提出“欲济无舟楫”，委婉表达了想入朝做官而无人推举的苦衷。尾联又把垂钓者比拟为得官者，并活用临渊羡鱼典故，强调自己徒有羡鱼之情，从而再次表达了求助之意。求荐而能措辞得体、不卑不亢。

252 孟浩然·与诸子登岘山

人事有代谢， 人物及其事迹是有交替变化的，
往来成古今。 旧人去新人来这就形成了古今。
江山留胜迹， 江山各处保留名胜古迹，
我辈复登临。 我们这辈可以再次登临。
水落鱼梁浅， 天寒水落的鱼梁洲显得浅露干涸，
天寒梦泽深。 江汉平原的云梦泽也似沉寂幽深。
羊公碑尚在， 羊祜古碑依然完好保存，
读罢泪沾襟。 读罢碑文泪水沾湿衣襟。

羊公难效泪沾襟。此诗涉及继往开来，首联便从“古今”讲起。三句承“古”，四句承“今”，并切诗题，推出“古留胜迹、今我登临”。五、六句承“胜迹”表达登临所见的寒冷萧条之景，为后文作铺垫。尾联叙述在岘山上读羊公碑的感慨。作者求仕不遇，见羊公碑上刻录的政绩，自伤报国无门，难继先贤，不能如羊公那样遗爱人间，与江山同不朽，因之就不免“读罢泪沾襟”了。

253 孟浩然·留别王侍御维

寂寂竟何待， 科举落第无成还有什么等待，
朝朝空自归。 天天虚度光阴总是空手独归。
欲寻芳草去， 我要寻找那理想的东西，
惜与故人违。 又舍不得与老朋友分离。
当路谁相假？ 当权者有谁真能提携我？
知音世所稀。 知音人实在是世间所稀。
只应守寂寞， 只该守住寂寞甘于平凡，
还掩故园扉。 回去掩上柴门不问世事。

科场受挫更思归。此诗是诗人四十岁后来京应进士试失败，要回襄阳之前写给王维的。首联说不想留京，必须离开。次联表示惜别，想离开却又难舍好友。芳草：原义香草，可指美好事物。三联慨叹无人援引，对任人唯亲的现实提出愤怒的质问。当路：指当权者；相假：宽待我、提携我。尾联表达了归隐的决心，“只应”两字，显示对他打击很大，似乎他根本就不该走上功名路。

254 孟浩然·岁暮归南山

北阙休上书， 我已停止向朝廷上书求仕，
南山归敝庐。 决意回归南山的破旧草庐。
不才明主弃， 我才能不足被明主遗弃而不用，
多病故人疏。 我身体多病让旧友熟人变生疏。
白发催年老， 头上的白发催促年龄衰老，
青阳逼岁除。 春天的气息逼使旧岁消除。
永怀愁不寐， 长久地满怀愁绪很难入睡，
松月夜窗虚。 夜窗前见松下月倍觉空虚。

失意仕途有怨尤。此诗看似自怨自艾，仍属怨天尤人。头两句记事，说停止上书，回归旧庐，不过是认识到当年马周“直犯龙颜请恩泽”的先例已经行不通。三、四句说理，但“不才明主弃”实为有才而未被明主赏识，“多病故人疏”实为归咎故人荐举不给力。五、六句写景，因不遇而伤老又伤时，且哀伤至于忧虑焦急了。尾联的内心感觉一片空虚，应该亦缘于壮志未酬。

255 孟浩然·题大禹寺义公禅房

义公习禅处， 高僧义公修习佛家禅理之处，
结宇依空林。 他将禅房修筑在空寂的山林。
户外一峰秀， 门外对着的一座山峰十分秀丽，
阶前众壑深。 阶前可见的众多山谷非常幽深。
夕阳连雨足， 紧接雨霁出现的夕阳满山映照，
空翠落庭阴。 雨水打掉的绿色叶子落在庭阴。
看取莲花净， 看到了莲花是那样干净，
应知不染心。 应知它没受到污染的心。

高雅禅房脱俗心。这是题咏诗。首联点出义公的禅房在空寂的山林。二、三两联在山深林密的大背景中集中刻画禅房高雅的环境，户外峰秀、阶前壑深、阳光照、绿树绕。庭阴：庭院的背阴之处。尾联还揭示，正如莲花外表干净能够反映莲花内心纯洁，义公禅房环境的高雅，也能反映义公拥有清德高风。此诗最大的特色是利用描绘山水景物，把题咏诗写得委婉多姿，富于韵味。

256 孟浩然·晚泊浔阳望庐山

挂席几千里， 经过了好几千里的江上扬帆，
名山都未逢。 竟然都没有遇到过一座名山。
泊舟浔阳郭， 当我在浔阳城外把船停泊，
始见香炉峰。 才看到那香炉峰非同一般。
尝读远公传， 我曾经读过慧远公的小传，
永怀尘外踪。 其尘外之踪永远使我怀念。
东林精舍近， 今天东林精舍已经出现在眼前，
日暮但闻钟。 到了日暮时分只听到钟声不断。

惊艳庐山迷偶像。没有实写庐山，仅前半叙述对香炉峰惊艳式的遇见，后半叙述对慧远公偶像般的崇拜。语言平淡自然，不过有些字眼格外传神。首联“都”字凸显失望之情，次联“始”字流露惊喜之状，三联的“永怀”出语特重，充分表达了由衷倾慕，尾联的“但”隐含深意，意味钟声虽仍可闻，斯人已不可见。这些精准用字，经过用心锤炼，只是功夫到家，不留痕迹而已。

257 孟浩然·听郑五愔弹琴

阮籍推名饮， 他好像阮籍一般被推为著名酒徒，
清风坐竹林。 今迎着清风吹拂坐在竹林下豪饮。
半酣下衫袖， 喝得半醉时放下衣衫的长袖子，
拂拭龙唇琴。 小心翼翼地去擦拭他的龙唇琴。
一杯弹一曲， 边喝边弹好像酒喝一杯琴弹一曲，
不觉夕阳沉。 琴声诱人不知不觉夕阳已经西沉。
余意在山水， 我志在山水琴声也是如此，
闻之谐夙心。 听了琴声后感觉合我本心。

能通志趣识琴师。首联介绍琴师像阮籍般善饮，现时正坐在竹林下喝酒。“竹林”实写，也暗示用“竹林七贤”之典。次联描写他弹琴的开始，说他喝到半醉，放下长袖，十分认真，把琴拂拭。龙唇琴：琴的名称，也泛指琴。三联表现整个弹奏过程。上句见出别有气派；下句显得琴艺高超。尾联意谓他的琴音引起诗人共鸣，彼此志趣相投，而志趣相投，便互相有了认识。

258 孟浩然·春中喜王九相寻

二月湖水清， 二月的湖水格外澄清，
家家春鸟鸣。 家家都听到春鸟在鸣。
林花扫更落， 树林里的花开了又凋谢，
遥草蹈还生。 小径上的草踩踏后还生。
酒伴来相命， 喝酒伙伴前来邀我同一醉，
开樽共解酲。 我们摆开酒杯又打开酒埕。
当杯已入手， 当我们已把酒杯紧紧握在手上，
歌妓莫停声。 准备演唱的歌女切勿停止歌声。

诗人兴奋送春归。首联点出仲春的明显物候特征，湖水清澈、春鸟争鸣。次联展示两个特写镜头：落花屡扫还有，小草践踏仍生。后二联述说这时候好友邀共饮，摆杯开酒瓮，还高喊莫让歌女的美妙歌声停下来。酲：同“埕”，酒瓮。窥探诗人的内心活动，难免会为春归而惆怅，因为林花始凋，意味春天将逝。不过他似乎对例如绿草一类的灿烂生命更抱希望，应是兴奋多于难过。

259 孟浩然·宴梅道士山房

林卧愁春尽， 隐居山林正愁春天就要过去，
搴帷见物华。 拉开帘子观赏山中物类风华。
忽逢青鸟使， 忽遇见梅道士派来的使者，
邀入赤松家。 邀请我去他那个仙人之家。
金灶初开火， 室内的炼丹炉刚刚生火，
仙桃正落花。 屋外的仙桃树正在落花。
童颜若可驻， 如果青春的容颜可以永驻，
何惜醉流霞。 我将痛饮道家的仙酒流霞。

真可驻颜愿学仙。首联正愁春尽，开帘观景。次联忽见使者来，邀往道士家。青鸟使：西王母欲见汉武帝，先有青鸟飞来，后以青鸟比喻使者。三联入门丹炉生火，屋外桃树落花。尾联设想若童颜可驻，不惜醉饮流霞。全诗按时间顺序述说应邀赴梅道士家饮宴的过程。虽属应酬笔墨，仅从愁春归而急赏景，睹落花而思驻颜，也可窥见诗人对美好事物、美好青春的浓情热爱。

260 孟浩然·万山潭作

垂钓坐磐石， 坐磐石上垂下钓竿，
水清心亦闲。 潭水清澈心也悠闲。
鱼行潭树下， 鱼儿游动在潭树影下，
猿挂岛藤间。 猴子攀挂在岛藤之间。
游女昔解佩， 游潭神女曾经解佩赠人，
传闻于此山。 听说就是出在这一座山。
求之不可得， 心中向往可是无缘求得，
沿月棹歌还。 趁着月光驾船放歌回还。

流露悠闲淡泊情。首联已点出心闲而静坐垂钓，加上次联的欣赏鱼游、猿挂，都可见其确有闲情。磐石：大石。后四句写自己对神女解佩的传说很感兴趣。仙界中人不食人间烟火，不享世上繁华，只有甘于淡泊才会真正倾慕。游女：指《列仙传》所载的江妃二神女逢郑交甫，郑悦，神女曾解所佩饰物与之。尾联以无缘见神女、月下棹歌还结束，随缘自适，也显得心无芥蒂。

261 孟浩然·夏日辨玉法师茅斋

夏日茅斋里， 炎热的夏日在辨玉法师茅斋里，
无风坐亦凉。 即使无风吹坐着也感到自清凉。
竹林新笋概， 竹林中泥土冒出的新笋密集，
藤架引梢长。 藤架上青藤伸出的嫩梢漫长。
燕觅巢窠处， 燕子在寻找筑巢的地点，
蜂来造蜜房。 蜜蜂来往于造蜜的蜂房。
物华皆可玩， 这些美好景物都值得玩赏，
花蕊四时芳。 就像花朵四季能绽放芬芳。

勃发生机引关注。首联提出置身辨玉法师茅斋的一个与众不同的观感：大热天没有风来也会觉得凉快。次联举出这里的两种植物：竹林中新笋密布、藤架上嫩梢漫长。概：稠密。三联举出这里的两种动物：寻觅筑巢处的燕、来往造蜜房的蜂。尾联意谓这些生气勃勃的自然景物，就像鲜花四时开放，散发芬芳，皆堪玩赏，而使人全神贯注，兴味盎然，对夏日之热，似无所觉。

262 孟浩然·都下送辛大之鄂

南国辛居士， 从南方来的辛居士，
言归旧竹林。 将回到旧日的竹林。
未逢调鼎用， 未能得到治国的任用，
徒有济川心。 徒然怀有兴邦的决心。
余亦忘机者， 我也是鄙弃名利机心者，
田园在汉阴。 我家的田园在汉水之阴。
因君故乡去， 趁着你要回故乡去，
遥寄式微吟。 遥寄你一首式微吟。

语淡情长怜失意。首联说得知辛大回家从京都以诗送行。竹林：指隐居处。次联愤然断定对方本该录用，却竟失望。调鼎：商朝曾立做过厨师的伊尹为相，后以调鼎喻治国；济川：商朝被立为相的傅说，国君发令"若济巨川，用汝作舟楫"，后亦以济川喻治国。三联说彼此同为忘机人，也将回汉水南边去，亦即同样仕途失意。尾联赠他劝人归乡的《诗经·式微》，言尽而意长。

263 孟浩然·洛下送奚三还扬州

水国无边际， 水国扬州茫然没有边际，
舟行共使风。 乘船来往都可凭借长风。
羡君从此去， 我羡慕你从这里回去，
朝夕见乡中。 或早或晚便到达乡中。
余亦离家久， 我自己离家也已经很久，
南归恨不同。 回南方恨不能与你相同。
音书若有问， 将来如果你有书信给我，
江上会相逢。 我们也许能在江上相逢。

乡愁送友诗中露。首联叙述友人要回的扬州是个水乡，可利用风力行船来往。次联洛阳与扬州本来相隔千里，路途遥远，却说友人“朝夕见乡中”，并表示羡慕。原来自己很想回家而未能成行，故对友人此际启程，旅途虽远而归期有日，不似自己遥遥无期，难掩欣羡之情。三联接着直言，自己离家也已日久，很想与他一样南归。尾联意思是说那时候我也许已回到家中了。

264 孟浩然·自洛之越

遑遑三十载， 忙忙碌碌为学三十载，
书剑两无成。 习文练武两者皆无成。
山水寻吴越， 寻山觅水去吴越，
风尘厌洛京。 满眼风尘厌洛京。
扁舟泛湖海， 乘一叶小舟泛游湖海，
长揖谢公卿。 作一个长揖致敬公卿。
且乐杯中物， 姑且享受杯中美酒，
谁论世上名。 何须计较世上浮名。

散心解闷游吴越。写于作者41岁应试不第之后。首联总结失意人生。次联表明即将自洛赴越。吴越：古代吴国和越国所在地，今江苏、浙江地区。三联诚恳告别，声明对公卿用的是平辈交往的长揖之礼，显示他不因求仕受挫而影响自信。长揖：拱手为礼，手由上至极下称长揖。尾联暗用晋人张翰愤激之言：“使我有身后名，不如即时一杯酒。”显示自己在特定时期里的真实心情。

265 孟浩然·舟中晓望

挂席东南望， 一早就扬帆起航向着东南方向望，
青山水国遥。 那是青山绿水地不过路远难看到。
舳舻争利涉， 来往船只首尾相接各争航行吉利，
来往接风潮。 不约而同劈波斩浪顺应风潮赶超。
问我今何适？ 若要问我现在要往哪里？
天台访石桥。 到天台山打算观赏石桥。
坐看霞色晓， 座上看到朝霞映红的天色，
疑是赤城标。 怀疑那是赤城山巅在炫耀。

多年期待热情高。首联的“望”字，已显得心情急切，但只透露它就在东南方向，那里有青山绿水，而且距离还很远。次联转写旅程，发现来往船只速度很快，原来他们都重视占卜，选准吉日，顺应风潮，争分夺秒航行。三联才借设问，带着兴奋和自豪说出“天台访石桥”，天台是东南名山，石桥更属人尽皆知。尾联又好奇地从看到的朝霞，猜想可能就是闻名已久的赤城霞。

266 孟浩然·与颜钱塘登樟亭望潮作

百里闻雷震， 远隔百里就听到如打雷般响，
鸣弦暂辍弹。 伴随理政的鸣琴也暂时不弹。
府中连骑出， 府中马连着马赶往江滨，
江上待潮观。 江畔人山人海待把潮观。
照日秋云迥， 如同秋云映着日光仿佛格外高远，
浮天渤澥宽。 也似渤海浮在天际显得特别浩瀚。
惊涛来似雪， 当江潮涌到如喷雪溅珠惊心动魄！
一坐凛生寒。 满座观潮人便顿时感到凛然生寒。

江潮壮美动人心。内容是潮来人观。潮来只写了“闻雷震”“来似雪”虚实两笔，借助人观衬托，已感受江潮雄伟壮丽。写法张弛有度，表达江潮雄壮，显得层次井然，有条不紊。一句“闻雷震”，是张，二句“辍弹”，是弛；三句“连骑出”，又是张，四句“待潮观”，又是弛。五、六两句完全宕开，是最大的弛，七、八句全诗高潮，是最大的张。整首诗写得波澜起伏，动人心弦。

267 孟浩然·宿桐庐江寄广陵旧游

山暝闻猿愁， 深山昏暗传来猿啼惹愁，
沧江急夜流。 桐庐江水夜里急速奔流。
风鸣两岸叶， 秋风吹响两岸树叶，
月照一孤舟。 明月映照夜泊孤舟。
建德非吾土， 建德虽好却并非我的故土，
维扬忆旧游。 非常怀念扬州的故交老友。
还将两行泪， 还拟把思乡念友的两行眼泪，
遥寄海西头。 委托这急流江水远寄到扬州。

念友思乡难忍泪。前半写宿桐庐江感受，寓情于景：深山猿叫、江水急流、风吹树叶、月照孤舟，让人容易感到孤独悲伤；后半写寄广陵旧游，抒发思乡念友之情，竟至于难忍“两行泪”，且以寄泪为结。如此凄怆，显然尚未摆脱科场失意阴影，估计友人必能理解，正宜不作深挖，点到为止。建德：汉代建德与桐庐同属富春县，可用建德代指桐庐；维扬、海西头：均指扬州。

268 孟浩然·早寒江上有怀

木落雁南渡， 草木凋零雁南飞，
北风江上寒。 北风呼啸江水寒。
我家襄水曲， 我家住在楚地襄水湾，
遥隔楚云端。 远被楚天云海所阻断。
乡泪客中尽， 思乡泪已在作客期间流尽，
归帆天际看。 归乡船常从天边远处细看。
迷津欲有问， 有未知途径正想要询问一声，
平海夕漫漫。 平静的江水夕阳下苍茫一片。

仕隐两难羁客愁。首联刻画木落雁飞、风起水寒，点明诗题的深秋“早寒”，也蕴含客地的思归之情。次联提及家乡被“遥隔”，已露出思家苗头。三联极写思归心切，自己流尽了思乡泪，家人关注着归乡船。尾联才表白尚在犹疑不决。诗人当下欲官未能，欲隐不甘，仕隐两途，未能抉择，正在人生歧路徘徊，便把思归的愁情和对前途的忧虑，寄寓在迷茫灰暗的黄昏江景之中。

269 王　湾・江南意

南国多新意， 江南很多新看点，
东行伺早天。 东行船总待早天。
潮平两岸失， 潮水平稳两岸朦胧难辨，
风正数帆悬。 风向对头几张满帆高悬。
海日生残夜， 残夜尚未消退朝阳已从海上升起，
江春入旧年。 旧年虽仍在位春光已于江上显现。
从来观气象， 从来所见的气象不少，
惟向此中偏。 唯对江南新意爱有偏。

新科进士谈新意。 此诗写北人初到江南看到的新事物。首句点出此行多新意，次句就说，天未全亮，潮落行船。中二联所写，更是北人罕有经历，虽当腊月，在长江近海处，依然风正帆悬，一路畅通；还看到朝阳在残夜时升起，春光在旧年中露头。尾联再强调，对江南所见新气象最为偏爱。史称当朝宰相张说，十分赞赏此诗，亲笔把“海日生残夜，江春入旧年”题于政事堂。

270 王　湾・次北固山下

客路青山外， 旅途蜿蜒于青山外，
行舟绿水前。 行舟来往在绿水前。
潮平两岸阔， 潮水平堤两岸显得宽阔，
风正一帆悬。 风向对头一张满帆高悬。
海日生残夜， 惊叹海上朝阳升起于残存的黑夜，
江春入旧年。 惆怅江上春光已进入逝去的流年。
乡书何处达？ 写好了的乡书要寄去哪里？
归雁洛阳边。 希望北归大雁捎到洛阳边。

行舟有见惹乡思。 诗写夜间停泊而黎明起航。首联见客路于青山外，行舟在绿水前。次联描摹暮春潮涨江宽、扬帆东下的壮观场面。三联不仅捕捉到江上奇异的景色，还触及新旧交替的深刻哲理，可比美刘禹锡的“沉舟侧畔千帆过，病树前头万木春”。尾联因春归雁归引发乡思，并希望归雁能把思乡信寄去洛阳边。后人推断，此诗是改动旧作，写给刚被贬到岳州的恩师张说的。

271 高　适·醉后赠张九旭

世上谩相识， 世上人通常易相识，

此翁殊不然。 此老翁却偏不一般。

兴来书自圣， 醉后兴来下笔自成圣手，

醉后语尤颠。 此时出语尤其豪放疯癫。

白发老闲事， 白发苍苍了老是干闲散职事，

青云在目前。 尽管的确是晋升机会在眼前。

床头一壶酒， 床头摆放一壶美酒，

能更几回眠？ 你能拥有几回醉眠？

醉友眼中真草圣。 开头两句是对张旭（即张九旭）的概括印象，突出其与众不同；三、四句赞美他书法超凡入圣，出自性灵流露，并点出世人不解真性情反视之为癫；五、六句敬重他自甘生活淡泊，只求艺术精进；尾联把他比作孔融，说床头那壶酒，会被孩子偷喝，不能享受多少。诗人竟对老前辈开玩笑，对方的豁达可亲可想见，而诗人的天真发问，也愈显醉态淋漓。以醉写醉，体现题目的“醉后”二字。

272 高　适·自蓟北归

驱马蓟门北， 策马奔驰在蓟门之北，

北风边马哀。 北风呼啸边马鸣声哀。

苍茫远山口， 远山口苍茫一片，

豁达胡天开。 胡天上豁然大开。

五将已深入， 由五位将领率前头部队，

前军止半回。 已深入敌境仅半数返回。

谁怜不得意， 谁能怜惜不得意的我，

长剑独归来。 弹着长剑孤独地归来。

建功报国苦无门。 首联两个“北”字，顶针重叠，明写边马之哀，更有驱马人之哀。蓟门：今北京西南。次联表示忍受苦寒穿过山口，抵达胡天。三联揭露更大真相，后来唐军惨败，哀伤内容扩大至众多将士受损、主帅用非其人、外敌入侵升级，等等。尾联宣示自己成了背负如此哀伤的不得意者而孤独归来。长剑归来：孟尝君门客冯谖未受重用时弹剑而歌“长剑归来”。

273 | 王　维·过始皇墓

古墓成苍岭， 秦代的古墓成了长满野草的山岭，
幽宫象紫台。 幽暗的墓穴似有豪华宫殿的气派。
星辰七曜隔， 墓顶镶着大珍珠象征日月五星，
河汉九泉开。 墓底用水银灌注作为江河湖海。
有海人宁渡， 墓中有江海人死了又怎么能渡过？
无春雁不回。 地下无春天鸿雁也不能飞去飞回。
更闻松韵切， 更传来野风把松树吹得哗哗作响，
疑是大夫哀。 似是被封为大夫的泰山松在致哀。

少年识见已非凡。首联写出对始皇墓的笼统感觉，远看像个苍翠的山头，近看如同豪华的宫殿。次联突出此墓装饰的高格，顶上有大珍珠表示的日月五星（金、木、水、火、土），底部用水银灌注造成江河湖海。河汉九泉：《汉书》记载，秦始皇陵墓中“水银为江海，黄金为凫雁”。三联指出如此滥用财富，实际毫无意义。尾联还把墓前松树拉来作证，似乎连青松也为此悲哀。

274 | 王　维·从岐王过杨氏别业应教

杨子谈经所， 在西汉扬雄谈经论道的地方，
淮王载酒过。 淮南王带备美酒菜肴去观摩。
兴阑啼鸟换， 直至兴阑坐久才发现啼鸟已换了几趟，
坐久落花多。 而地上的落花不知不觉间也越积越多。
径转回银烛， 走进曲径照明银烛迂回行进，
林开散玉珂。 穿出树林四处响起骏马玉珂。
严城时未启， 夜间关闭的城门尚未重启，
前路拥笙歌。 队伍在前进路上常伴笙歌。

应岐王教记游学。首联借用汉朝逸事，爱好学术的淮南王刘安，光顾擅长学术的扬雄（一作杨雄）住宅，表达岐王李范带领宾朋到杨氏别业游学。次联以景传情，写的是啼唱的鸟换了一趟又一趟，飘落的花过了一批又一批，表的是在鸟鸣声中，繁花影里，度过了身心俱适的夜晚。三联描述大队人马归途进曲径、出树林。玉珂：马勒上的铃铛玉饰。尾联以队伍将到城门作结，突出他们情绪饱满。

275 王　维·观猎

风劲角弓鸣， 冷风劲吹传来角弓响声，
将军猎渭城。 将军打猎队伍到了渭城。
草枯鹰眼疾， 秋草枯黄鹰眼更加锐利，
雪尽马蹄轻。 冰雪融化马蹄格外轻盈。
忽过新丰市， 转眼已过新丰市，
还归细柳营。 不久回归细柳营。
回看射雕处， 回头远眺刚才射雕之处，
千里暮云平。 千里暮云似与地面连平。

将军勇武胸怀广。首联写出猎，却先说弓响箭飞，再说谁猎渭城。次联写打猎只抓住鹰眼疾、马蹄轻两个细节，让射杀、猎物等不言而喻。三联写猎归，仅用“忽过”“还归”，各跟一个地点搭配，便显示队伍轻快地满载而归，“细柳营”还让打猎将军似有名将周亚夫风度。新丰市（今陕西临潼区）、细柳营（今陕西长安县）：相隔七十余里。尾联似乎可见将军回首，淡然一笑。

276 王　维·送赵都督赴代州得青字

天官动将星， 天上星宿的将星移位，
汉地柳条青。 汉家营地的柳条发青。
万里鸣刁斗， 三军将士出动不惧征途万里，
三军出井陉。 刁斗响声不绝迅速越过井陉。
忘身辞凤阙， 决心舍身报国辞别了帝殿，
报国取龙庭。 一路英勇作战到夺取龙庭。
岂学书生辈， 哪里肯学书生之辈，
窗间老一经。 终老窗前死啃一经。

赞赏从军报国情。首联设想都督启程，假借天上将星移动，比拟都督领兵出战，也用柳条发青，点明出兵季节和送别之情。天官：指天星。次联设想军队行进，“鸣刁斗”“出井陉”，气势非凡。刁斗：行军用具，斗形有柄，白天用作炊具，晚上击以报更；井陉：重要关塞名，在今河北井陉县。后二联赞扬都督舍身报国的耿耿忠心，还以否定死读书来反衬他从军的正确。

277 王 维·送刘司直赴安西

绝域阳关道， 通往遥远西域的阳关道上，
胡烟与塞尘。 总有胡人烟雾与边塞战尘。
三春时有雁， 迢迢万里于阳春三月，
万里少行人。 偶见雁过而少见行人。
苜蓿随天马， 马草苜蓿随着乌孙天马输入内地，
蒲桃逐汉臣。 水果葡萄也依靠汉朝的大臣引进。
当令外国惧， 你们的表现应让外国人敬畏，
不敢觅和亲。 不敢再强求要与汉人搞和亲。

期待友人扬国威。前两联指出友人所去之处路远荒凉，迢迢万里，偶见雁、少见人，总有胡烟塞尘，到那里为官要面对艰难一面。第三联谈论汉使对中外文化交流的作用，看似承前，实已转折，蕴含颂扬汉使沟通两地文化功绩之意。天马：骏马的美称。尾联趁势归结到期望原在大理寺掌管刑狱司直的友人，于任职边地期间干出一番事业，能使外邦尊重，洗脱大唐被迫和亲的耻辱。

278 王 维·送梓州李使君

万壑树参天， 梓州千山万壑大树欲参天，
千山响杜鹃。 到处可以听到啼叫的杜鹃。
山中一夜雨， 山中下过一夜大雨，
树杪百重泉。 树梢流淌百道清泉。
汉女输橦布， 汉中妇女用橦花织的布来缴税，
巴人讼芋田， 巴地土人常为芋田上公堂争辩。
文翁翻教授， 当年汉朝的文翁翻新教化，
不敢倚先贤。 应不会坐享其成愧对先贤。

热切关心赴任人。首联展示四川梓州的自然风光：千山万壑大树参天、杜鹃啼叫。次联由此深化，山中下了一夜雨，树杪流着百重泉，可算风光罕见。三联涉及民生要事，更是友人即将处理的政务。尾联顺势举出前朝治蜀的文翁，作为友人效法的榜样。文翁：汉景帝时的蜀郡太守，在任期间办学校、育人才，使该地文化堪与齐鲁比。写送别而充满对当地实情、友人前途的关心。

279 | 王　维 • 送邢桂州

铙吹喧京口， 铙歌鼓吹喧于京口，

风波下洞庭。 乘风破浪前往洞庭。

赭圻将赤岸， 经过赭圻到达赤岸，

击汰复扬舲。 既是划桨也在扬舲。

日落江湖白， 日落之时水面反光江湖尽白，

潮来天地青。 潮来之际暮色苍茫天地皆青。

明珠归合浦， 明珠曾随使臣星孟尝君到来而归合浦，

应逐使臣星。 望你也有孟尝君那样的政绩留下美名。

愿州官为民谋利。首联点出送别地点和将往何处，并目送其由江入湖，浮想联翩。次联想象友人划桨行船，经过安徽赭圻山、江苏赤岸山。扬舲：扬帆、行船之意。三联神驰于友人遇到日落、潮来之景。尾联企盼友人做使臣星孟尝君那样的为民作主、谋利的清官。《后汉书》记载，孟尝君来合浦任太守，整治官吏，让采珠人免受压榨，使当地恢复产珠。使臣星：对应使臣的天星。

280 | 王　维 • 初出济州别城中故人

微官易得罪， 官职卑微最容易获罪，

谪去济川阴。 我被贬谪到济水之滨。

执政方持法， 执政者正在依法办事，

明君无此心。 圣明君应无贬斥之心。

闾阎河润上， 将去的村落在黄河浸润的岸边，

井邑海云深。 那里的城镇上空常有海云浓阴。

纵有归来日， 纵然不会没有还京的日子，

各愁年鬓侵。 各人都怕岁月已染白双鬓。

心怀怨愤怕蹉跎。首联点明官微则易获罪被贬济州。诗人新任大乐丞，表面是下属舞黄狮子犯僭越罪（黄狮子只能为天子而舞）受牵连，深层应是唐玄宗刚从武则天手上夺回皇权，忌诸王结交官吏而整掉一批人，王维恰是很受诸王赏识的。次联委婉指责权臣，似乎国君不过偏听偏信。三联想象将去的济州也难免一片灰暗。尾联显示担心赦罪归来人已老，似还未有厌弃仕途的打算。

281 | 王　维·登河北城楼作

井邑傅岩上， 这里民房商铺建在傅岩那样的山头上，
客亭云雾间。 就连普通客亭也坐落在云雾迷蒙之间。
高城眺落日， 登上高高的城楼眺望着落日，
极浦映苍山。 在那远处的水滨倒映着苍山。
岸火孤舟宿， 岸边有火光那是孤舟停泊处，
渔家夕鸟还。 打鱼的小船与晚归鸟一道还。
寂寥天地暮， 终于看到天地即将进入寂寥的傍晚，
心与广川闲。 我的心情也跟广阔的河川一样悠闲。

善于发现好山水。一般认为此诗写于被贬济州的旅途之中。首联点出名叫河北的这个县城，地势高峻。河北：县名，唐属陕州，后改名平陆，治所在今山西平陆县；傅岩：异常险峻的山岩，传说商代贤臣傅说未仕前曾居于此；客亭：供旅人休息的亭子。中二联描述眺望所见的远景落日西沉、苍山倒映，以及近景岸火、孤舟、渔家、夕鸟。尾联流露了山水美景使他快乐的感受。

282 | 王　维·喜祖三至留宿

门前洛阳客， 到达我门前这位洛阳来客，
下马拂征衣。 从马上下来随即拂扫征衣。
不枉故人驾， 为了不辜负故人驾到，
平生多掩扉。 平时我总是把门掩闭。
行人返深巷， 行人大抵走向深僻小巷，
积雪带馀晖。 积雪闪耀着夕阳的斜晖。
早岁同袍者， 你这个早年与我志同道合的人，
高车何处归。 驾御着高车大马将往何处荣归？

轻描淡写见真情。祖咏登第后授官东行，路过济州，探访王维。首联写友人祖三（即祖咏）刚抵达的情形，注意到他下马便整理衣冠，用语平实而有情。次联拿平素的闭门谢客，反衬今天的开门迎客，突出自己对待友人的虔诚态度。三联描述眼前所见之景，人行深巷，雪带夕阳，真像是天然画幅。尾联对这位早就认识的好友，虽有疑而不急于问，蕴无限情怀，真惹人猜想。

283 王　维·济上四贤之崔录事

解印归田里，辞掉官职后归自己家乡，
贤哉此丈夫。多么贤良啊这个大丈夫。
少年曾任侠，年轻时代他曾经以侠义自任，
晚节更为儒。到了晚年越发坚守为儒不误。
遁迹东山下，于山东临沂的东山隐居，
因家沧海隅。故把家安顿在沧海之隅。
已闻能狎鸟，已经听说你能与鸥鸟亲近，
余欲共乘桴。我向往于与你同出海乘桴。

尊重贤良知所爱。首联化用晋人张协的《咏史》诗意，说崔是达人知止足，识者夸其贤。次联以曾经任侠、坚守为儒，称其品德高尚，即看重他勇于为国立功、敢于功成身退，体现了儒家用世、知止的思想。后两联描述他隐居海滨，已能无机心而亲鸥鸟，并直言意欲同隐之念。狎鸟：据《列子》，有个常与鸥鸟嬉游的人，接受其父捕鸟之嘱，即不再能与鸥鸟亲近；桴：木筏。

284 王　维·淇上田园即事

屏居淇水上，避世隐居在淇水上，
东野旷无山。东边原野空旷无山。
日隐桑柘外，太阳从桑树柘树之外渐渐落下，
河明闾井间。淇河蜿蜒在村庄之间银光闪闪。
牧童望村去，牧童赶牛朝着村里走，
猎犬随人还。猎狗跟人一道把家还。
静者亦何事，隐者又在干什么？
荆扉乘昼关。趁天未黑把门关。

半官半隐乐其中。诗人被贬济州四年后，曾到黎阳任闲职。此诗描绘了他在淇上小村傍晚所见的风光。首联点出自己的隐居处三面都是山，向东为旷野。次联写远处静景，太阳从桑柘那边渐渐落下，淇河在村落之间发出亮光。闾井：村落。三联写近处动景，牧童驱牛朝村走，猎狗跟人把家回。远近、动静巧妙结合，层次极分明，又有立体感。尾联说天未黑便关门独处。

285 王　维·至滑州隔河望黎阳忆丁三寓

隔河见桑柘，隔着黄河水也见桑柘，
蔼蔼黎阳川。多么繁茂啊黎阳山川。
望望行渐远，望了又望方留恋处终于渐行渐远，
孤峰没云烟。那大伾山孤峰突起也已没入云烟。
故人不可见，老朋友丁寓现在已经见不到了，
河水复悠然。只有黄河水还依旧奔流在眼前。
赖有政声远，幸亏他有善政之声远播，
时闻行路传。时常听到行路之人相传。

山川故友记心间。王维离开黎阳要回长安前夕，丁寓曾在家中设宴饯行，当诗人到达滑州，隔河望见黎阳，不禁心生怀念。滑州：今河南滑县；黎阳：今河南浚县。首联以何等繁茂赞扬黎阳的山川大地，次联目不转睛，似乎一草一木都不想放过。三联感叹离开了老朋友丁寓。尾联想象他政绩好，常有口碑传来。很明显，这几年在黎阳让他感受到自然环境优美、人际关系良好。

286 王　维·使至塞上

单车欲问边，只乘坐一辆车要去边塞慰问，
属国过居延。使者拟到之地远远超越居延。
征蓬出汉塞，飘荡的蓬草已飞出汉塞，
归雁入胡天。北归的大雁正翱翔胡天。
大漠孤烟直，浩瀚沙漠中孤烟直上，
长河落日圆。无尽黄河上落日浑圆。
萧关逢候吏，抵达边关得到侦察官员报告，
都护在燕然。我军统帅攻破敌人尚在前线。

长河大漠心犹壮。首联交代原为监察御史的诗人，以使者身分，赴远边慰问将士（实际是被排挤出朝廷）。属国：典属国的简称，可作使者代称；居延：在今内蒙古额济纳旗北境。次联自比蓬草、孤雁，意在抒发漂泊在外的悲凉心态。三联刻画大漠孤烟、长河落日，也让人感觉恍如置身塞外沙场。尾联意谓在边关中途遇候吏，得知统帅获胜后尚在前线。萧关：指代边关。

287 王　维·凉州郊外游望（时为节度判官在凉州作）

野老才三户， 郊野的老农才有不多几户，
边村少四邻。 边地的村庄通常很少四邻。
婆娑依里社， 村民边吹箫击鼓边婆娑起舞，
箫鼓赛田神。 大家聚集在里社比赛祭田神。
洒酒浇刍狗， 洒酒浇在草扎的大狗，
焚香拜木人。 烧香叩拜木雕的神人。
女巫纷屡舞， 女巫引领着众人多次纷纷起舞，
罗袜自生尘。 穿上罗袜的双脚自然扬起轻尘。

异域乡村风俗画。首联叙述对凉州郊野总体印象，农户不多、缺少四邻。次联专注其祭田神活动，人们聚集在里社，一边盘旋起舞，一边击鼓吹箫。古代五户为邻、五邻为里，里中设祭神之处称里社。三联描写祭祀过程一个环节，洒酒浇草狗、焚香拜木人。尾联还揭示女巫的主导作用，说她多次领舞，又化用曹植《洛神赋》句子形容她舞姿可爱。对奇特的异域风情有细腻描绘。

288 王　维·寄荆州张丞相

所思竟何在， 我所思念的人究竟在何处呢？
怅望深荆门。 重山叠嶂阻隔怅望荆州那边。
举世无相识， 曾经深切感到世间无人赏识自己，
终身思旧恩。 你的知遇之恩使我终身都在惦念。
方将与农圃， 我也将去种粮种菜，
艺植老丘园。 拟到老耕种在田园。
目尽南飞雁， 目注南归大雁飞到蓝天尽处，
何由寄一言？ 不能将我的话向你寄上一言！

恩师知遇记终身。首联故设疑问，可见对张怀念之深，也表达对张被贬不满。次联追忆往事，诉说自己仕途的坎坷，感念丞相对己的知遇。三联表明自己立场，不愿同流合污，即将隐居田园。当时朝中官吏但求自保，无敢直言。尾联把思念之情，寄托在注目南飞大雁中，更以大雁过尽，无从寄书，抒发心中难言的隐痛。语言朴实无华，自然天成，处处透露出作者的真情实感。

289 王　维·送丘为落第归江东

怜君不得意， 叹息你这一次未能如意，

况复柳条春。 况又在柳条新绿的初春。

为客黄金尽， 作客京城已经黄金用尽，

还家白发新。 回家之时唯有白发添新。

五湖三亩地， 太湖边尚存三亩田地，

万里一归人。 万里外走着一个归人。

知祢不能荐， 知你才似祢衡不能给以推荐，

羞为献纳臣。 愧我空在朝廷充当献纳之臣。

深表同情痛自责。 首联对友人落第深表同情，并念及失意人又逢柳条新绿的初春会更伤心。次联体会友人当下的不幸：盘资耗尽、白发增加。黄金尽：用苏秦游说秦皇黄金用尽之典。三联设想友人今后的困难：未来生计不易，长途跋涉艰辛。尾联说明知友人才似祢衡而不能荐，愧对曾推荐祢衡的孔融，也以身为献纳臣而内疚。诗人时任右拾遗，有把人才进献备采纳之责。

290 王　维·送杨长史赴果州

褒斜不容幰， 褒斜栈道险阻难容车辆，

之子去何之。 你这位君子将要去哪里？

鸟道一千里， 狭窄的鸟道一千里远估少了，

猿声十二时。 悲哀的猿啼十二时辰不停止。

官桥祭酒客， 官桥边站立着祭酒客，

山木女郎祠。 树林里掩映着女神祠。

别后同明月， 别后彼此同看明月慰相思，

君应听子规。 而你还应多听子规起归意。

画意诗情异早年。 首联明知故问，流露对友人远行的担忧。幰：车幔，代指车辆。中二联寥寥几笔刻画了蜀地的险阻和风物的奇异，又巧作夸张，一千里写尽鸟道，十二时写尽猿啼，完全不落俗套；官桥的祭酒巫客，树林的女神祠庙，都是入蜀道上特有的。祭酒客：供应饯别酒的巫客；山木：山中的树木；女郎祠：泛指女神的祠庙。尾联跟首联一样，对友人的关切，溢于言表。

291 | 王　维 • 登辨觉寺

竹径从初地， 可以从一条竹林小径一直通到寺前的台阶，
莲峰出化城。 寺庙在莲峰上耸立如同佛经所说出自化城。
窗中三楚尽， 透过窗中三楚大地尽收眼底，
林上九江平。 树林之外九江之水与天齐平。
软草承趺坐， 松软草坪上僧人在打坐，
长松响梵声。 高大松林里传出念诵声。
空居法云外， 他们居处凌空身在体现佛法的白云上，
观世得无生。 观察世情人事掌握了佛法的真谛无生。

借助登临扬佛理。首联点题，从小径登上耸立在庐山莲花峰的辨觉寺。次联描写在寺内视野开阔。三楚：指西楚、东楚、南楚；九江：庐山附近的彭蠡湖汇合了汉水及其八大支流。三联叙述寺中僧人活动。趺坐：又称结跏趺坐，一种坐姿，互交二足，将右脚盘放于左腿上，左脚盘放于右腿上；梵声：指念佛诵经之声。尾联赞美这些僧人懂得无生。无生：佛教无生无灭的简称。

292 | 王　维 • 泛前陂

秋空自明迥， 秋日天空本就明朗而广阔，
况复远人间。 何况这里又远远离开人间。
畅以沙际鹤， 我心舒畅如同沙岸悠闲的野鹤，
兼之云外山。 还仿佛那巍然耸立的云外青山。
澄波澹将夕， 澄明陂水恬淡无求即将进入黑夜，
清月皓方闲。 清纯月色洁白如银正似纤尘不沾。
此夜任孤棹， 这个夜晚任由孤舟飘荡，
夷犹殊未还。 几番犹豫始终逗留未还。

夜泛前陂乐忘返。唐天宝初，王维不满口蜜腹剑的李林甫执政，徙家蓝田辋川，亦官亦隐度日。此诗写诗人独自在辋川前陂荡舟赏景。首联先泛谈此游一般的优点。中二联等于说，看那悠闲自得的野鹤、自见高昂的青山，简直就是自己的影子；而像“澄波”的淡泊、“清月”的光明，也是本人的操守。自然导致尾联的深夜未归。闲：月无尘似心无挂。

293 王　维·山居即事

寂寞掩柴扉，屋里有点寂寞出来欲掩柴扉，
苍茫对落晖。面前暮色苍茫还可望见落晖。
鹤巢松树遍，筑巢松树上的鹤随处可见，
人访荜门稀。来探访敝舍的人寥寥无几。
绿竹含新粉，嫩竹节上增添了一层新粉，
红莲落故衣。衰老荷花已落下片片红衣。
渡头烟火起，渡头那边炊烟缕缕升起，
处处采菱归。处处的采菱人荡舟回归。

山居惬意心情好。题目“即事”，可理解为“面对当前事物”（而写）。首联切“即事”，诗人于傍晚出门观景。柴扉：柴门；落晖：斜阳。次联的“遍”字显松鹤之多，而让来访者稀充当反衬，突出山居环境的幽静。荜门：荆条、竹子编的门。三联含新粉的绿竹，对以落故衣的红莲，作者心态是红莲虽萎谢而绿竹正茁壮，隐含愉悦。尾联描写采菱人归的欢乐，也流露山居的满足。

294 王　维·送孟六归襄阳

杜门不复出，关起门来不再复出，
久与世情疏。时间一久世情便疏。
以此为良策，以此作为良好的办法，
劝君归旧庐。赞赏你回归旧日草庐。
醉歌田舍酒，带醉赞美田家的酒，
笑读古人书。含笑阅读古人的书。
好是一生事，如果对此认可正是自己终生事业，
无劳献子虚。那就不必费神向皇上进献子虚赋。

坦诚相告劝归隐。首联从浩然留诗“还掩故园扉”说起，认为久居不出便与世情疏远。次联接着申述若以此为上策，则鼓励你重过隐居生活。三联想象友人能过着称心如意的闲居日子，例如身逢乐事喝点酒、神游古籍起共鸣之类。尾联还表示如果作为隐者已不枉此生，那就不必献赋谋官了。子虚：司马相如所写的《子虚赋》，汉武帝因读到司马相如的《子虚赋》而起用其作者。

295 王　维·辋川闲居

一从归白社，一旦回到优美的辋川，
不复到青门。不愿再进长安的城门。
时倚檐前树，常常悠闲地靠着檐前树，
远看原上村。向远处眺望高原上小村。
青菰临水映，青菰倒映在涧水里，
白鸟向山翻。白鸟翻飞在山峦间。
寂寞於陵子，愿仿效甘于寂寞的於陵子，
桔槔方灌园。在用那汲水的桔槔去灌园。

心偏隐逸倦为官。首联概括来往别墅与京城的感受，充满留恋隐逸、厌弃仕途的情绪。白社：晋朝隐士董京，曾宿于洛阳白社，后以此泛指隐居之处；青门：京城长安的一处城门。二、三联轻描闲居的远观与近赏之乐。青菰：生于水中，叶如蒲苇；白鸟：白色的鸟。尾联更直言明志，不想当官，宁愿从事普通劳作。於陵子：齐国隐士，曾逃避为相的聘请，藏身民间替人灌园。

296 王　维·辋川闲居赠裴秀才迪

寒山转苍翠，寒秋季节山色似乎越发苍翠，
秋水日潺湲。泉水冲击石块依旧日日潺湲。
倚杖柴门外，我倚杖迎风在柴门外闲眺，
临风听暮蝉。聆听那暮蝉树上歌唱连连。
渡头馀落日，渡口处只剩下一轮落日，
墟里上孤烟。村落里升起了傍晚炊烟。
复值接舆醉，还加上你如同接舆那样喝醉酒，
狂歌五柳前。狂放高歌于我这五柳先生跟前。

良朋美景乐闲居。首联写山中秋景，暮霭渐浓山色更觉苍翠，水落石出泉流越发喧闹。潺湲：有缓慢流淌之意。三联写原野暮景，夕阳将落、炊烟初起，地道乡村风物。次联和尾联意谓，诗人自比陶潜，面对如此秋光暮景，倚杖临风倾听暮蝉之际，又遇友人裴迪似醉酒狂歌的接舆，与己相伴。暮蝉：秋后之蝉；接舆：曾“凤歌笑孔丘”的楚国狂士。美景加良朋，倍添闲居乐。

297 | 王　维·登裴秀才迪小台

端居不出户， 你闲居在家时用不着走出门外，
满目望云山。 满眼可以望见云雾缭绕的群山。
落日鸟边下， 鸟儿晚归之旁落日缓慢往西沉下，
秋原人外闲。 人们回家之后秋原显得特别悠闲。
遥知远林际， 以前只知道遥远的树林外面才能进行观赏，
不见此檐间。 没想到这间茅檐的屋里小台也见美景无边。
好客多乘月， 主人的好友常乘月色来造访，
应门莫上关。 告诉管门人不要再把门上闩。

落日秋原别有天。 首联惊喜发现，登上友人家中小台，眼界豁然开朗。秀才：对有优异才能者的尊称。次联具体指出小台远望，让人看到归鸟旁边的夕阳如何西下，人们走后的秋原怎样悠闲，真是始料不及。三联把过去的观察误区，跟今天的偶然发现加以对比，为此新知，还颇得意。尾联乘机嘱咐老友，我这个“模范客人”，总是月下来访，劳烦告诉仆人，宅门不要上闩。

298 | 王　维·酬张少府

晚年唯好静， 到了晚年唯喜安静，
万事不关心。 似对万事都不关心。
自顾无长策， 自思没有报国的良策，
空知返旧林。 只知回归故土的山林。
松风吹解带， 松风吹拂何妨宽解衣带，
山月照弹琴。 山月高照正好独自弹琴。
君问穷通理， 如果你要探问穷通如何处置，
渔歌入浦深。 听听水边深处渔歌所唱声音！

审时度势只能隐。 首联已暗示屡遭挫折使他由“喜动”变成“好静”。次联坦露内心矛盾，面对李林甫等人的奸佞当权，既无力回天，又不屑迎合，只能回归旧山林。三联写隐逸生活的适意，迎着松风解衣带，趁着山月弹素琴。尾联以渔歌答问，答案似为通则显，穷则隐。渔歌：见《楚辞·渔父》载，渔父歌曰：“沧浪之水清兮，可以濯吾缨；沧浪之水浊兮，可以濯吾足。”

299 王　维·秋夜独坐

独坐悲双鬓， 秋夜独坐空堂悲伤两鬓已白，
空堂欲二更。 时光无情流逝转眼将近二更。
雨中山果落， 山间野果在秋雨中坠落，
灯下草虫鸣。 草中虫子来灯下处哀鸣。
白发终难变， 头上白发始终难以转变为黑，
黄金不可成。 炉中仙药至今尚未大功告成。
欲知除老病， 要知怎样消除老死之患，
唯有学无生。 唯有学佛领悟不灭不生。

欲学无生除老病。首联写秋雨之夜独坐空堂，想到黑发成丝人渐老，深感悲伤。次联由山果落、草虫鸣，领悟到有知的人和无知的物一样，都有生有灭。三联断定服食仙药求长生也不可能，白发难变黑，仙药炼不成。黄金：道教炼丹术中一种仙药的名字。尾联认为只有佛家的无生，能使人看破生死。无生：佛教主张，人们若能认识世界本来无生无灭，七情六欲自然消失。

300 王　维·过香积寺

不知香积寺， 还不知道香积寺在什么地方，
数里入云峰。 进山数里登上了入云的山峰。
古木无人径， 这儿古木参天没有行人路径，
深山何处钟。 又是大山深处哪里竟然敲钟。
泉声咽危石， 泉声因危石阻拦好像哽咽，
日色冷青松。 日色因青松阴蔽也如霜冻。
薄暮空潭曲， 傍晚我来到了寺内空寂潭边，
安禅制毒龙。 悟到安静修禅可以制服毒龙。

多方营造清幽境。首联点出访寺之意，虽不知其处，已进山数里登上入云高峰。次联描述闯进深山密林的见闻：眼前多古木，不见人行道；本应无人迹，忽又钟声响。三联还用哽咽泉声、阴冷夕照，显示环境的清幽。尾联意谓傍晚找到香积寺，并在寺内空阔幽深的潭边，悟到修习佛法可克服妄想。毒龙：佛家比喻俗人的邪念，佛经也记载了，佛法曾经制服过一个水潭中的毒龙。

301 | 王　维·过感化寺昙兴上人山院（与裴迪同作）

暮持筇竹杖， 于傍晚时我将手持筇竹拐杖，
相待虎谿头。 游感化寺而相约等待虎谿头。
催客闻山响， 暮色催人赶路山中似有水声响，
归房逐水流。 来到自已客房全凭追逐水流走。
野花丛发好， 周围野花在丛生盛放，
谷鸟一声幽。 随性谷鸟幽婉地开口。
夜坐空林寂， 夜晚静坐山林一片空寂，
松风直似秋。 凉风穿梭松树直似清秋。

仕途险恶寻幽胜。首联交代了与裴迪约好傍晚在虎谿头见面、同游感化寺。筇竹：实心高节，宜于作拐杖。次联描述路上遭遇，暮色催人行，山中起水声，随着水声直走，来到自已客房。三联形容这里环境异常幽静，野花四处丛生，有时听到鸟声。尾联那种山林空寂而吹着清风，也是他追求的所在。诗人仕途不顺畅，在辋川半官半隐，就喜欢这些地方能够让自已精神放松。

302 | 王　维·山居秋暝

空山新雨后， 空旷群山刚刚下过一场新雨，
天气晚来秋。 夜晚来临使人感觉更似初秋。
明月松间照， 皎洁明月从松树间隙漏下光影，
清泉石上流。 清澈泉水在山溪石上欢快奔流。
竹喧归浣女， 竹林喧响知是洗衣姑娘归途路过，
莲动下渔舟。 莲叶轻摇想是上游村庄荡下渔舟。
随意春芳歇， 春天的美景不妨任从它消失，
王孙自可留。 秋日的山中王孙自可以久留。

秋光优美王孙留。描写山居秋暮的优美景色。首联点出这是秋天傍晚雨后转晴的山居所见。次联展示静的景：明月照青松、清泉流石上。三联展示动的景：竹喧觉浣女归、莲动知渔舟下。在尾联，作者深感快乐，故尽管春花已谢，依然值得流连。王孙：《楚辞·招隐士》欲招隐士回朝，乃曰“王孙兮归来，山中兮不可久留！”王维却为朝中事苦恼，反认为山中好景长年有，自可以久留。

303 王　维·终南别业

中岁颇好道， 中年以后就较喜爱禅道，
晚家南山陲。 晚年又安家终南山边陲。
兴来每独往， 兴致来常独去游玩，
胜事空自知。 有乐事只自我陶醉。
行到水穷处， 走到水流尽头，
坐看云起时。 坐下观看云起。
偶然值林叟， 偶然在树林中遇见老者，
谈笑无还期。 一同谈笑聊天忘了回归。

真正悠闲爱自然。终南别业即位于终南山的辋川山庄，诗人居此三十多年。首联叙述由于经历仕途坎坷，中年以后爱好佛家思想，晚年又安家在终南山的边缘。次联说他善于从大自然中找到乐趣，而不像那些无伴不欢者，独自一人便显无聊。三联说他在自然若鱼在水，无须刻意寻幽，水穷云起，皆足流连。尾联偶遇林叟，笑谈忘归，更让人觉得这位诗人也十分有趣。

304 王　维·归嵩山作

清川带长薄， 旁边就是清澈河水连带着草木丛生之地一望无际，
车马去闲闲。 驾着车马从此摆脱苦恼的纠缠名利之场多么安闲。
流水如有意， 河中流水似有情意与我作伴，
暮禽相与还。 晚归鸟儿也跟随我一起回还。
荒城临古渡， 荒凉的城池靠着古老的渡口，
落日满秋山。 落日的斜晖洒满金色的秋山。
迢递嵩高下， 在深远又高峻的嵩山脚下，
归来且闭关。 归来后将闭上门谢绝尘寰。

归隐嵩山了宿愿。王维从济州回长安任职后，在洛阳附近的嵩山置有居所。首联描述上路所见景色、车马动态，显示作者心境安闲。次联移情及物，流水暮禽，除见作者悠然自得，还可能暗喻他的归山，如河流归海，如暮鸟还巢。三联的荒城古渡、落日秋山似乎有点悲凉，反映作者归隐，既有积极向往一面，也有被迫选择一面。尾联照应诗题，点明隐居本意。嵩高：嵩山别称。

305 王　维·终南山

太乙近天都，终南山高耸入云应当接近天帝的都城，
连山到海隅。终南山连绵不断可能直到离海不远处。
白云回望合，满山或青或白云气回头望连成一片，
青霭入看无。不管白云还是青霭走进山踪影全无。
分野中峰变，站在终南山中峰可见整座山分成不同区域，
阴晴众壑殊。各区域在同时段山谷中阴晴竟然气象悬殊。
欲投人处宿，我想找人家暂投宿，
隔水问樵夫。隔着山溪水问樵夫。

终南高远幅员广。首联用夸张之笔,概括终南山高可近天都，远能达海隅，实际仰观不到头，远望不见尾。太乙：终南山别称；天都：天帝所居；海隅：临海区域。次联描述亲历山中云气的独特感受，白云青霭外见里无，间接表现山高，云气常为高山密林独有。青霭：山中岚气。三联形容此山广阔，不同区域的众多山谷竟时间相同而阴晴各异。尾联作者欲投宿山中，似游兴未尽。

306 王　维·汉江临泛

楚塞三湘接，汉江在楚地与湘水连接，
荆门九派通。到达了荆门与长江汇通。
江流天地外，江水奔流永不休势头似要直抵天地外，
山色有无中。山岭蜿蜒笼水雾山色常在若有若无中。
郡邑浮前浦，沿江的郡邑如同浮现前边江畔，
波澜动远空。江上的波涛汹涌似可牵动高空。
襄阳好风日，汉江北岸襄阳城更是风光好，
留醉与山翁。我愿在此留一醉与山翁认同。

壮观千古汉江景。临泛，就是泛舟行船，作者全程紧盯奔腾不息的汉江。首联画出汉江轮廓，它横卧于楚国边地与湘水连接，抵荆门又与九支流的长江汇合。次联描写江流山色，江流直达天边，山色时隐时现。三联由天边回到眼前的波澜壮阔，原是所乘之舟上下起伏，却说沿江城镇浮在水面，又说浪涛使远空也被震动。尾联表示要与晋朝名人山简一样，为好风光的襄阳醉酒。

307 王　维·冬晚对雪忆胡居士家

寒更传晓箭， 寒冷的更声传递拂晓的时刻，
清镜览衰颜。 清明的镜子可见憔悴的容颜。
隔牖风惊竹， 昨夜隔着窗听到大风吹动竹子，
开门雪满山。 今朝推开门看见大雪盖满群山。
洒空深巷静， 雪花飘洒使深长小巷宁静，
积素广庭闲。 雪块积聚使宽大庭院清闲。
借问袁安舍， 请问你家素来行事风格堪比袁安，
翛然尚闭关。 想必仍旧不占求助之机坦然闭关。

惦念固穷守志友。首联暗示自己一夜没有睡好。晓箭：拂晓时漏壶中指示时刻的箭。次联承上启下，引出大雪封山。三联正面揭示雪使深巷静、广庭闲。尾联自然转上忆及胡居士家，并用袁安喻胡居士，表达对好友的怀念。袁安：东汉大臣。落魄时，一年大雪封门，洛阳令命人扫雪而入，问他为何不出外。他说："大家都在挨饿，不该也去求人。" 翛然：坦然、自然而然。

308 王　维·待储光羲不至

重门朝已启， 重重门户从清早就已打开，
起坐听车声。 坐立都在倾听来车的响声。
要欲闻清佩， 好像听到清脆的佩玉碰击，
方将出户迎。 便想走出门户外准备相迎。
晚钟鸣上苑， 晚钟已经在皇家宫苑敲响，
疏雨过春城。 疏雨也刚洒过春日的京城。
了自不相顾， 事已清楚他今天不能来探访我，
临堂空复情。 虽在堂上空等待还怀急切之情。

一片至诚待友人。储光羲：王维友人，与王维同为唐代田园山水诗派代表诗人。首联描写等待的动作，大清早便打开重重门户，坐立不安关注来车之声。次联描写等待的心态，有点焦急因而反应也过敏，疑似佩玉声即拟出户迎。三联转而写晚钟鸣、春雨过之景，意味着等待已由朝至晚了。尾联已知对方今天不会来访，而期待之情仍然萦绕于心，希望对方有机会时真能够来。

309 王　维·赠刘蓝田

篱间犬迎吠， 篱笆之内家犬对人狂吠，
出屋候荆扉。 走出屋外候友待于柴扉。
岁晏输井税， 时近岁晚还要往城里交纳田赋，
山村人夜归。 山村中人奔忙到黑夜才可回归。
晚田始家食， 晚收的庄稼方由自家食用，
馀布成我衣。 剩下的布料就是自家的衣。
讵肯无公事， 岂敢逃避不去承担公家之事，
烦君问是非。 不过先烦眼前的你分个是非。

民间疾苦未能忘。首联叙事，听到犬吠以为友人驾到，却是村人夜归，便在门里稍候，传来人们话语。刘蓝田：蓝田县令，其他不详。二、三联表达自己对村民所说生活情况的观感：他们岁晚入城缴田税，忙到黑夜才归家；仅有晚收庄稼供食用，剩下布料做衣穿。井税：田税。尾联对繁重赋税下穷苦百姓难得温饱的现实，感到不满，忍不住写成了此诗，当即要好友分是非。

310 王　维·送张五归山

送君尽惆怅， 送你归山我心里满是惆怅，
复送何人归。 不知还要再去送哪个人归？
几日同携手， 一起相处才只几天，
一朝先拂衣。 忽然你却辞官先回。
东山有茅屋， 东山里还有我曾经住过的茅屋，
幸为扫荆扉。 请替我扫一扫那间陋室的柴扉。
当亦谢官去， 不久我也该辞官而归去，
岂令心事违。 哪能使自己心与事相违！

奸佞当权贤者避。首联表达强烈的感慨，因为友人被不学无术、专横跋扈的宰相杨国忠排斥而辞官，且还将连及多人。次联忆及张五是同隐嵩山的好友，又同朝为官而先走，特别难受。拂衣：振衣而去，归隐山林。三联拜托友人，昔日同隐之地，还有我的住处，烦劳替我打扫。荆扉：柴门。尾联吐露心声，坦言不久也将辞官，不愿长期违反志趣。谢官：辞官；心：指志趣。

311 | 王　维·偶然作其六

老来懒赋诗， 年纪大连诗也懒得写了，
惟有老相随。 唯衰老却紧与自己相随。
宿世谬词客， 我宿世决不是词客，
前身应画师。 而前身应该是画师。
不能舍馀习， 社会遗留习染我不能舍弃，
偶被世人知。 写的诗作的画偶被世人知。
名字本皆是， 维摩诘这名字要求排除旧的习染本都很对，
此心还不知。 只是我的这个内心还未能够达到毫不怀疑。

一辈纠缠出入世。首联流露懒意和老态，随着时光飞逝，写诗的热情冷却，衰老却紧相伴随。中间两联认为自己的前生应该不是词客，而是画师；今生难改旧的习染风尚，随意写作的诗画偶被世人知。宿世：前世。尾联说我的名字与佛法一致，要求克服一切旧习，这很正确，我还未能完全做到。王维：名维字摩诘，维摩诘，意思是以洁净、没有染污而著称的人。

312 | 王　维·晚春严少尹与诸公见过

松菊荒三径， 家园有点荒芜尽管到处栽种了松和菊，
图书共五车。 书籍理解肤浅虽然图书共有五车不假。
烹葵邀上客， 我依礼烹葵来招待尊贵的宾客，
看竹到贫家。 你们想看竹像名士光临我贫家。
鹊乳先春草， 春草未生之前喜鹊已经孵卵，
莺啼过落花。 花落春归之后黄莺仍在吱喳。
自怜黄发暮， 我们总自叹年纪老了，
一倍惜年华。 一定要加倍珍惜年华。

不亢不卑主客欢。几位贵客来家探访，要估计此时此地他们会看见什么。首句化用陶潜的“三径就荒，松菊犹存”，示不及清理，次句引用庄子“其书五车，其道舛驳，其言也不中”之意，示所知不多。次联的依礼烹葵见《仪礼》，名士看竹见《世说新语》。三联意谓眼前鸟鹊也似惜春，藉此延长春天的日子，自然给老者一定启发。尾联等于说叹老者更应比鸟鹊懂得珍惜时光。

313 李　白·访戴天山道士不遇

犬吠水声中， 犬吠声声夹杂着流水淙淙，
桃花带露浓。 桃花带露更显得艳丽出众。
树深时见鹿， 树丛深处鹿群时隐时现，
溪午不闻钟。 溪边正午不闻道观敲钟。
野竹分青霭， 野竹穿破淡青的云气，
飞泉挂碧峰。 飞泉挂在碧绿的山峰。
无人知所去， 无人知晓道士去了什么地方，
愁倚两三松。 独自排遣愁绪靠过几棵古松。

痴心探索访名师。少小心灵懂得冷眼旁观，窥见山中有人异于凡俗，专诚往访。首联写入山寻访的首程，沿溪而行，听到水声犬吠，看到桃花艳丽。次联写二程，入山愈深，常见麋鹿出没，已到正午，不闻道观钟声。三联写的是抵达道士所在道观的三程，不闻钟，已预感或扑空，果真如此，停下对着野竹飞泉反复观看。尾联借助问讯揭示不遇，又以倚松再三，排遣失落之情。

314 李　白·听蜀僧濬弹琴

蜀僧抱绿绮， 蜀僧怀抱名琴绿绮，
西下峨眉峰。 来自西边的峨眉峰。
为我一挥手， 为我随意地挥手一弹，
如听万壑松。 如听到万壑松涛之声。
客心洗流水， 我的心灵好像被流水清洗干净，
馀响入霜钟。 馀音缭绕汇入霜降则鸣的霜钟。
不觉碧山暮， 不知不觉之间青山被暮色笼罩，
秋云暗几重。 秋云越发暗淡已堆积了好几重。

琴声得遇知音赏。首联突出这位弹者来自峨眉山，用的是司马相如的绿绮琴，显示其与众不同。次联以万壑松涛之声表达初始印象，可见琴声极其铿锵有力。三联概括整体感受，有心情舒畅、回味无穷之意，还表示弹者与听者相互知音，因为暗用了两个典故：《列子》伯牙、子期的高山流水，及《山海经》的知霜之钟，霜降则鸣。尾联以听琴至于入神，衬托弹者的技艺高超。

315 李　白·塞下曲六首其一

五月天山雪， 五月的天山仍是遍地积雪，

无花只有寒。 根本没有花只有刺骨严寒。

笛中闻折柳， 从笛声的折杨柳曲可想象春色，

春色未曾看。 现实当中却未曾有真正的春天。

晓战随金鼓， 白昼随着鸣金击鼓勇敢投入战斗，

宵眠抱玉鞍。 晚上睡觉抱着玉鞍力求快速应变。

愿将腰下剑， 愿将腰间悬挂的宝剑，

直为斩楼兰。 只为杀敌立功作贡献。

守边战士功劳大。首联揭示特殊物候，天山五月到处积雪，没有花开只有严寒。次联诉说个人感受，可以想象春色，无法看到春光。三联描述边疆战士在如此艰苦的环境中，如何勇敢战斗、高度自觉。尾联慷慨陈词，自己腰悬宝剑，只为杀侵略者。楼兰：原为西域国名，西汉时其国王屡杀汉使，傅介子受霍光派遣出使西域，计斩楼兰王，为国立功。后楼兰可用作泛指外来侵略者。

316 李　白·塞下曲六首其三

骏马似风飙， 骏马好像狂风一样飞飙，

鸣鞭出渭桥。 挥动马鞭快速奔出渭桥。

弯弓辞汉月， 像弯弓插箭这样转瞬即过的短暂时间，

插羽破天骄。 出征的将士就辞别了汉月击破了天骄。

阵解星芒尽， 敌阵被瓦解客星的白色光芒尽失，

营空海雾消。 敌营化成空漠北的战争气氛全消。

功成画麟阁， 成就大功而画像麒麟阁的，

独有霍嫖姚。 不出所料只有一个霍嫖姚。

功成身退可无求。首联写马壮，意在喻兵强；而给马加鞭，也显军情急。次联表现取得速战速决的胜利，战士说成弯弓插箭之间，就辞别故国击破敌军。汉月：指出发之地；天骄：指匈奴军队。三联描写破敌后的战场景象。星：指所谓客星，它发出白光就有战争。尾联似以士卒口吻表示，即使只有大将军画图麟阁，仍因能报效国家民族而自豪。霍嫖姚：指汉代嫖姚校尉霍去病。

317 李　白·塞下曲六首其五

塞虏乘秋下， 塞外之敌趁着秋收已到入侵，
天兵出汉家。 大唐朝廷派出精锐军队讨伐。
将军分虎竹， 将军接受了出兵的命令，
战士卧龙沙。 战士驻扎在塞外的龙沙。
边月随弓影， 边塞上的月色胡地里的秋霜，
胡霜拂剑花。 有时伴随弓影有时拂过剑花。
玉关殊未入， 将士还远未返回玉门关，
少妇莫长嗟。 你们少妇不要嗟叹交加。

塞虏未除齐对外。 首联揭示战争性质，塞虏入侵，天兵抗击。次联描述天兵所向无敌，刚接到命令，便深入敌区。虎竹：指兵符，包括铜虎符和竹使符；龙沙：指楼兰国附近的白沙堆沙漠。三联意味天兵枕戈待旦，准备歼敌，在月色秋霜下的茫茫荒漠上，隐约出现健儿们的弓影和剑花。剑花：剑光闪烁如花。尾联是征人向少妇劝慰：未获全胜，不入玉关；耐心等待，无须嗟叹。

318 李　白·渡荆门送别

渡远荆门外， 乘船出了巴蜀到达荆门之外，
来从楚国游。 来作一次楚地作起点的壮游。
山随平野尽， 群山随着平坦郊野的出现逐渐消失，
江入大荒流。 江水进入大片荒原的环境稳步奔流。
月下飞天镜， 夜间月亮倒映水中如同天上飞来的宝镜，
云生结海楼。 白日云层变幻多端有时似呈现海市蜃楼。
仍怜故乡水， 我还是更珍爱故乡的流水，
万里送行舟。 不舍昼夜陪伴我万里行舟。

初出远门别故乡。 四川江油小青年，寻求发展闯天下。首联叙述作者辞家远游，沿着长江通过高山林立的巴蜀，抵达江汉平原的入口。次联点出对两地交接的独特感受，群山逐渐消失，江水稳步奔流。三联续写船行大荒之中的奇异景象，明月倒映仿佛飞来宝镜，云层变幻简直层出不穷。尾联深深感激从故乡流来的长江水，把自己送到崭新的天地，并对故乡怀着依依惜别的离情。

319 | 李　白·侍从游宿温泉宫作

羽林十二将， 羽林军队十二员大将，

罗列应星文。 按照天星排序法列阵。

霜仗悬秋月， 仪仗庄严似悬秋月之下，

霓旌卷夜云。 彩旗招展仿佛风卷夜云。

严更千户肃， 深宵戒严户户肃静，

清乐九天闻。 宫中奏乐上天可闻。

日出瞻佳气， 日出俱见佳气聚，

葱葱绕圣君。 郁郁葱葱绕圣君。

陪侍君皇作盛游。 诗人于四十岁以后，由贺知章等人力荐，被唐玄宗征召入京，任翰林待诏几年，写了一些应酬作品，这是其中之一。题目是作为侍从，陪同在温泉宫游宿。首联从护卫落笔，次联描写排场（仪仗、旌旗），三联形容奏乐（用“千户肃”反衬），尾联安排皇帝出场。如此乏味内容却要写得不失皇家气派、不似人云亦云，在写作方法上，也有可资玩味之处。

320 | 李　白·赠孟浩然

吾爱孟夫子， 我非常喜爱孟老夫子，

风流天下闻。 他风雅潇洒天下皆闻。

红颜弃轩冕， 少年时不贪慕荣华富贵，

白首卧松云。 老年后隐居在青松白云。

醉月频中圣， 迷醉秋月春花频频举杯畅饮，

迷花不事君。 不屑俯首违心前去侍奉主君。

高山安可仰， 你似巍峨高山怎可以抬头看透，

徒此揖清芬。 只有深深礼拜称赞你德艺超群。

衷心赞美孟夫子。 首联坦言“吾爱”，并以风流之誉人皆尽知总括。次联说可爱之处是年青时壮志难酬，则洁身自好，不羡虚荣，归隐后则自甘淡泊，乐意贫居。轩冕：当官的车子、帽子，喻指荣华富贵。三联续说他迷醉春花秋月、不屑讨好主子，也属可爱之处。中圣：中，动词；圣，清酒。中圣即被清酒控制。尾联敬爱的深情形之于外，抬头仰望仍嫌不足，再三行礼致意。

321 李　白·赠钱征君少阳

白玉一杯酒，举起白玉杯所盛美酒，
绿杨三月时。在绿杨飘荡的三月时。
春风馀几日，春风还能吹拂不多几日，
两鬓各成丝。你我的两鬓也各已成丝。
秉烛唯须饮，秉烛夜游唯须痛饮，
投竿也未迟。投竿垂钓也未为迟。
如逢渭川猎，若遇文王渭水打猎之机，
犹可帝王师。还有可能成为帝王之师。

诗人年老心犹壮。首联设想友人暮春喝酒的情境。征君：指曾被朝廷征聘而不肯受职的隐士，全称征士，简作征。次联由春日无多说到人生苦短，不觉间彼此已成白头人。“各”字意味既述人志，也抒己怀。三联对古人及时行乐的做法，秉烛夜游、水边垂钓之类，表示理解。尾联等于说，如在垂钓的水边碰到文王那样思贤若渴的明君，也可能成为辅助国政、建立功勋的帝王之师。

322 李　白·送友人

青山横北郭，青翠的山峰横亘在北郭，
白水绕东城。清澈的河水环绕着东城。
此地一为别，我们在这个地方一旦分别，
孤蓬万里征。你就像孤单蓬草万里远征。
浮云游子意，浮云飘忽而过也似有对游子的关切意，
落日故人情。落日缓缓西沉也似我对故人的惜别情。
挥手自兹去，频频挥手示意从此离去，
萧萧班马鸣。马儿也为惜别萧萧长鸣。

不舍离情诗里藏。首联把送别之地，写得山横水绕、风景宜人。次联说在此聚首，还可以互助，一旦分手，你便会孤单，从关注友人孤立无援表达不舍之思。三联借助浮云、落日，透露关切挽留情意。尾联还通过各自坐骑，别时发出鸣声，再露惜别之情。末句化用《诗经》的“萧萧马鸣”，只嵌入“班”字，便含缱绻意。班马：离群之马。两马分开便嘶鸣，马犹如此何况人。

323 | 李　白 · 牛渚夜泊

牛渚西江夜， 夜里小舟泊在西江牛渚山，
青天无片云。 湛蓝天空看不见一丝游云。
登舟望秋月， 我登上小船仰望明朗的秋月，
空忆谢将军。 徒然记起了东晋的谢尚将军。
余亦能高咏， 我也能够好像袁宏那样吟咏，
斯人不可闻。 可惜没有识贤的将军来听闻。
明朝挂帆去， 明早我将挂起船帆离开牛渚，
枫叶落纷纷。 这里只剩满天枫叶飘落纷纷。

怀才不遇恨无缘。首联点题，还交代是天青无云适合夜游的好天气。牛渚：长江的南京至江西一段，古称西江，有山名牛渚，为东晋谢尚闻袁宏《咏史》处。次联从望月到怀古，追忆谢尚月下赏识袁宏事而用“空”字修饰，已见作者有不遇之愁。三联感慨自己虽有袁宏之才，却难遇谢尚这样的人，更知作者何以说“空忆”。尾联以景语表达内心那种难觅知音的寂寞凄清之情。

324 | 李　白 · 秋登宣城谢朓北楼

江城如画里， 山色近晚登上江城望晴空，
山晚望晴空。 让人如同置身图画美景中。
两水夹明镜， 两条江水好像夹着一面明镜，
双桥落彩虹。 两座桥梁仿佛天上降下彩虹。
人烟寒橘柚， 人烟疏落使橘柚林更添寒意，
秋色老梧桐。 秋意深沉让梧桐树越发龙钟。
谁念北楼上， 谁人能够了解我会急于到谢朓北楼上，
临风怀谢公。 迎着萧飒的秋风怀念深切追慕的谢公？

唯从古代觅知音。首联开门见山，总括登楼观感，其后则分别写江城如画、山晚所见。次联贴切地表现那如画特色，句溪、宛溪两水各自沿城而过，溪水折射晨光，似让宣城影子呈现镜中；从城东流过的宛溪，近城处前后横跨两桥，借助朝霞艳色，倒映水里如虹。三联所见之橘柚梧桐，显露作者心情落寞而孤凄。尾联呼应开头，还感叹别人不了解自己壮志难伸，正在向古人寻求知己。

325 李　白·宿五松山下荀媪家

我宿五松下， 我寄宿在五松山下荀媪家，
寂寥无所欢。 心中感到十分空虚而寡欢。
田家秋作苦， 农家秋日的劳作本来已十分辛苦，
邻女夜舂寒。 寒风还传来邻女夜间舂米声不断。
跪进雕胡饭， 女主人荀媪跪下了身子献上雕胡饭，
月光明素盘。 月光照素盘那碗菰米饭洁白得耀眼。
令人惭漂母， 不禁使我惭愧地想起漂母，
三谢不能餐。 一再辞谢厚意而不敢进餐。

荀媪面前难自信。首联点题，作者游五松山而借宿农家，产生空无所欢之念。次联他觉得田家秋作本已辛苦，还听到了夜舂之声，其时安史之乱尚未平定，男丁多当兵或服役去了。三联荀媪的雕胡饭触动了他的痛处。雕胡：水生植物菰的别名，其果实叫菰米，可做成饭，被认作美餐。尾联让他自比曾蒙漂母施恩的韩信，或想到难遇识韩信的萧何、用韩信的刘邦，以致“不能餐”。

326 李　白·谢公亭

谢亭离别处， 谢公亭是谢朓与范云的离别处，
风景每生愁。 看到这里的风景往往不禁生愁。
客散青天月， 当年客散山空仿佛一切皆化为乌有，
山空碧水流。 可是青天明月仍在江中碧水也还流。
池花春映日， 池畔的杂花被春天的阳光映照，
窗竹夜鸣秋。 窗外的竹林秋夜里也响个不休。
今古一相接， 今人古人心灵上一旦能够相连接，
长歌怀旧游。 让我激动得高歌缅怀先贤的旧游。

乐与先贤心意通。首联点题，并谓到此常触景生愁。谢朓：南朝文学家，与范云等被称“竟陵八友”，能以清新诗句道破自然之美，惜仕途坎坷，36岁被诬陷而死。次联指出这里青天有月、碧水仍流，月照、水流的相对永恒，令人易感自身的短暂渺小，愁由此生。三联续写所见池花与窗竹，抒发一丝无人共赏的遗憾。尾联说因与先贤心灵相通而激动，要高声吟唱所作缅怀。

327 | 李　白·送友人入蜀

见说蚕丛路， 听说从此前往蜀地的道路，
崎岖不易行。 崎岖险阻人尽皆知不易行。
山从人面起， 山从人的脸旁突兀而起，
云傍马头生。 云紧傍着马头涌现升腾。
芳树笼秦栈， 花树笼罩从秦入川的栈道，
春流绕蜀城。 春江流水环绕蜀地的都城。
升沉应已定， 你进退升沉应该已注定，
不必问君平。 用不着询问善卜的君平。

坦陈蜀道人生道。首联告知蜀道难行，小心适应。蚕丛路：去蜀地的道路；蚕丛原为蜀国之王，可代指蜀地。次联描述蜀道险阻。人在高山上的窄路来往，总是侧脸对着悬崖峭壁走，故感觉山从人面竖起、云傍马头发生。三联以树笼秦栈、江绕蜀城揭示蜀地之美。栈道凿山架木而建，其林荫由高端树木朝下覆盖形成，故称“笼”。尾联意谓功名利禄也要随缘顺适，不宜沉迷。

328 | 李　白·鲁郡东石门送杜二甫

醉别复几日， 离痛饮大醉而别又有多少时间，
登临遍池台。 尽管曾一起踏遍所有山水楼台。
何时石门路， 什么时候在石门山前的路上，
重有金樽开？ 再有我们在痛饮把酒瓶打开？
秋波落泗水， 秋水的涟漪从泗水江面滑落，
海色明徂徕。 澄清的海色映照着远山徂徕。
飞蓬各自远， 我们即将如飞蓬一样各自远走，
且尽手中杯。 暂且来个淋漓痛快饮尽手中杯！

酒逢知己醉中别。首联表达不舍杜甫之情，不管同游多少地，都觉相聚远不够。次联以企盼他日重逢，表现今天留恋。石门：山名，石峡对峙如门，在今山东曲阜县东北。三联展示送别现场所见的景象，秋波滑落泗水江面，海色照亮远山徂徕，一落一明，动态从急速到平缓，与友谊的难舍难分转为绵长思念正好相应。尾联用且干杯中酒、友情铭记心之意结束全诗，毫无哀伤情调。

329 李　白・沙丘城下寄杜甫

我来竟何事？ 我来这里到底有什么事？
高卧沙丘城。 整日无聊闲居在沙丘城。
城边有古树， 此城四周生长许多古树，
日夕连秋声。 从早到晚不断发出秋声。
鲁酒不可醉， 鲁酒淡薄不能醉人，
齐歌空复情。 齐地的歌空有其情。
思君若汶水， 思君之切如同滔滔汶水，
浩荡寄南征。 浩浩荡荡追随你向南行。

遭遇相同思杜甫。 首联叙述自己，用“竟”字强化，然后介绍在“高卧”，此高卧并非高枕无忧，而是百无聊赖。沙丘：指唐代兖州治城瑕丘。次联埋怨环境，大概古树秋声，更使他愁思难解。三联用典谈心，诉说与杜甫同病相怜。《庄子》有“鲁酒薄而邯郸围”一事，李白也有因小节而被谗害之冤，致赐金放还、雄心受挫；齐歌为衬托。尾联直抒思友之深，并含也将南行意。

330 李　白・寻雍尊师隐居

群峭碧摩天， 群峰陡峭碧绿上接云天，
逍遥不记年。 尊师逍遥世外不用记年。
拨云寻古道， 拨开烟云寻找山间的古道，
倚石听流泉。 倚着石块听那潺潺的流泉。
花暖青牛卧， 青牛于温暖花丛边躺卧，
松高白鹤眠。 白鹤在高大松树上酣眠。
语来江色暮， 我们交谈到江面上笼罩着暮色，
独自下寒烟。 只好独自走下烟云弥漫的寒山。

少时学道极虔诚。 首联画个轮廓，介绍雍尊师是个逍遥世外高人，住在摩天岭上。次联描写寻师路上情况，作者似已来过，只在云封处，穿云破雾找寻曾认识的古道，且有闲情倚石赏流泉。三联的青牛、白鹤，是道家高阶人物的标志性事物，如《列仙传》“老子乘青牛车去，入大秦”；《玉策记》“千岁之鹤，能登于木”。尾联的“语来”意为“对话至此”，不要误解此诗寻人未遇。

331 | 李　白·宿巫山下

昨夜巫山下， 昨夜寄宿巫山下，
猿声梦里长。 梦里猿声极悠长。
桃花飞绿水， 桃花漂浮于绿水之上，
三月下瞿塘。 我竟敢在三月下瞿塘。
雨色风吹去， 疾风将雨全都吹走，
南行拂楚王。 吹至南方淋湿楚王。
高丘怀宋玉， 高丘怀念宋玉写出美丽文章，
访古一沾裳。 看到这些古迹让我热泪沾裳。

缅怀宋玉泪沾裳。首联叙述昨夜宿于巫山下，梦中尽是猿猴叫，他是滞留附近的，猿声该使他心情更坏。次联却显得异常兴奋，当桃花在绿水上漂浮的时候，自身也可于三月乘船下瞿塘。三联接下来又是他自己的奇思妙想，雨被风吹走，往南淋楚王。尾联更由楚王而缅怀古人宋玉，至于热泪沾裳。也许宋玉在楚王时期的大展身手，使仕途失意的这位伟大诗人，更加觉得难堪。

332 | 李　白·广陵赠别

玉瓶沽美酒， 手拿玉瓶去沽美酒，
数里送君还。 送君数里终须回还。
系马垂杨下， 马匹系在垂杨下，
衔杯大道间。 衔杯喝酒大道间。
天边看渌水， 你会在天边看到无际的渌水，
海上见青山。 也会在海上看到隐约的青山。
兴罢各分袂， 酒兴一过就各自分手上路，
何须醉别颜。 无须显露醉酒而别的容颜。

勉励友人勇闯关。首联从酒器是玉的，酒是美的，又陪同走了数里，可见与送走的友人交情不浅。广陵：今江苏扬州。次联描述了系马、衔杯两个连续动作，实际已完成了折柳送行、设宴饯别的礼节仪式。三联应是对远行人祝福话语的提炼，鼓励友人面对艰难险阻，总有解决办法。渌水：清澈的水。尾联趁势希望友人以豁达态度处理分手，连饯别酒也不须喝醉。分袂，指离别。

333 李　白·登新平楼

去国登兹楼， 离开国都登上这座新平城楼，
怀归伤暮秋。 面对暮秋怀归不得心更伤透。
天长落日远， 天空辽阔夕阳在远方落下，
水净寒波流。 寒波微澜河水在静静长流。
秦云起岭树， 片云从岭树上冉冉升起，
胡雁飞沙洲。 北方来的大雁飞落沙洲。
苍苍几万里， 莽莽苍苍几万里大地，
目极令人愁。 放眼远望真使我忧愁。

深秋入目更伤心。诗人被“赐金放还”后，意识到国君耽于逸乐，奸佞乘机弄权，社会危机行将爆发，他很想重返长安，再作努力，但谈何容易，正伤心难受。首联直言登楼所见暮秋之景，使他更伤心。新平：郡名，治新平县（今陕西彬县）。中二联形容暮秋之景：远日、寒流、孤云、落雁。秦：秦地，新平曾属秦国。尾联特指目极几万里令他愁，吐露了伤心的重点。

334 李　白·太原早秋

岁落众芳歇， 光阴跑得快又见百花凋谢，
时当大火流。 时当大火星向西移的时候。
霜威出塞早， 北地的霜威云色一旦穿边塞渡汾河，
云色渡河秋。 太原这样的地方便随即进入了早秋。
梦绕边城月， 我做梦尽管还纠缠在边城的月亮，
心飞故国楼。 梦醒后我的心已飞到家乡的故楼。
思归若汾水， 那思归之心如同汾河流水，
无日不悠悠。 无日不流动仿佛没有尽头。

思归心似汾河水。首联以众芳歇（草木春荣秋萎）、大火流（七月流火）暗点秋天季节。次联描述太原早秋已到，除了有轻霜、淡云来临，还于句末嵌上“早秋”二字。三联转上思家心切，当时诗人应友人邀作客太原，欲寻仕进路却无果急于还家，而他的家却在湖北安陆，故梦中身尚在边城，醒来心已飞家乡。尾联用流水不断，比喻思归之情不绝，使抽象的思念变为形象。

335 李　白·观胡人吹笛

胡人吹玉笛， 胡人吹奏着玉笛，
一半是秦声。 半是秦地的乐声。
十月吴山晓， 十月吴山丘正值清早，
梅花落敬亭。 一曲梅花落出自敬亭。
愁闻出塞曲， 愁苦之中听到出塞的乐曲，
泪满逐臣缨。 泪流满面沾湿逐臣的帽缨。
却望长安道， 回望那通往长安的大道，
空怀恋主情。 空怀着眷恋君王的衷情。

笛声触动逐臣忠。首联点题，被笛子奏出秦地乐声撩动了忧国之情。次联交代笛声于十月在宣州的敬亭山响起。三联表现闻笛的感受。当时诗人到过幽州，目睹安禄山图谋反叛，正为国难而愁，出塞曲还让他忧及边境之患。可是他不被朝廷信任，唯有内心痛苦，以致泪湿帽带。逐臣：视解除翰林待诏之职为被逐。尾联意谓深感通往长安的道路遥远，眷恋人主的苦心难被理解。

336 李　白·江夏别宋之悌

楚水若清空， 楚地汉水清澈见底似若虚空，
遥将碧海通。 流向远方将与茫茫大海相通。
人分千里外， 你我要分离于千里之外，
兴在一杯中。 兴致同在眼前杯酒之中。
谷鸟吟晴日， 山谷鸟儿喜面对晴日不停吟唱，
江猿啸晚风。 江岸猿猴苦苦哀号却向着晚风。
平生不下泪， 我平生不轻易流下眼泪，
于此泣无穷。 这一次禁不住泣涕无穷。

深切同情远贬人。首联借楚水流向，暗示友人将往之地。宋之悌：唐开元年间历任右羽林将军、益州长史、剑南节度使及太原尹等要职，后以事流贬交趾（今越南河内），赴贬所前，李白与他饯别。次联点出了远别，也表示了离情，一杯不多而友情无限。三联的谷鸟唱增添了喝酒的兴致，江猿号则引发了深切的悲情。尾联的泣涕不止，可能是不忍友人以垂暮之年而远谪绝域。

337 李　白・送别得书字

水色南天远， 南天水色辽远，
舟行若在虚。 舟行若处空虚。
迁人发佳兴， 难得贬谪人也发佳兴，
吾子访闲居。 好友竟来访我于闲居。
日落看归鸟， 日落时分喜看回巢归鸟，
潭澄怜跃鱼。 澄水潭边爱观跳跃游鱼。
圣朝思贾谊， 圣朝终会思念有才的贾谊，
应降紫泥书。 应降紫泥御书把你召回去。

友人行止细心察。 此诗所送何人不详。首联的“南天”，似友人来处，他来自南方，那里水域广阔，舟行水上，四面茫然，若处空虚之中。次联表示很高兴友人到访，说友人身遭贬谪，竟还关注闲居的自已。迁人：受贬之人；吾子：子为男性美称，如先生、偶像等。三联看出友人喜爱鸟有归宿、鱼能自由的心态。尾联祝福友人，像贾谊一样很快由朝廷紫泥封口的诏书召回。

338 李　白・口号赠征君鸿（此公时被征）

陶令辞彭泽， 陶渊明辞去彭泽令，
梁鸿入会稽。 而梁鸿隐居回会稽。
我寻高士传， 我读了很多记载高士的书，
君与古人齐。 觉得你可以跟古代人相比。
云卧留丹壑， 可是你仍似闲云一样高卧于丹壑，
天书降紫泥。 尽管紫泥封口的诏书已经寄给你。
不知杨伯起， 不知道像汉代高人杨伯起的你，
早晚向关西。 什么时候才会去关西当官任职。

士能报国不该隐。 首联举出自己崇敬的隐士陶渊明和梁鸿。次联续述读过很多关于这一类高士的书，感觉你能跟他们相比。三联竟向友人表示不满，认为他似乎对待皇帝要他做官的诏书，态度消极，依然像闲云野鹤地隐居山谷。李白虽然看似一生闲游散荡，其实一直心系国家，有做官梦，只因天赋缺此，又总错过时机。尾联还忍不住要质问友人，究竟何时才去长安报到！

339 李　白·与夏十二登岳阳楼

楼观岳阳尽， 登上高楼把岳阳风光览尽，
川迥洞庭开。 江水辽远洞庭湖四面敞开。
雁引愁心去， 南飞大雁也把我的愁心带走，
山衔好月来。 远处山峰又将一轮好月衔来。
云间连下榻， 还在云间天上如仙境处，
天上接行杯。 随意居停以及饮酒传杯。
醉后凉风起， 醉酒之后继而习习凉风起，
吹人舞袖回。 吹人舞袖飘飞便随风而回。

依稀快活似神仙。此诗描述在岳阳楼上赏景喝酒，多用浪漫手法，抒发了流放夜郎获释的喜悦心情。首联从岳阳楼俯视下界所见，巴陵风光尽收眼底，洞庭湖面异常开阔。岳阳：又称岳州，治所在巴陵（今湖南岳阳市）。次联仰视上空所见，雁带走愁心、山衔来好月，这是作者主观状态的反映。三联感觉如在云间天上居留传杯。尾联表达酣饮之乐，醉后随风起舞，并似随风而回。

340 杜　甫·登兖州城楼

东郡趋庭日， 来兖州受教于父亲的时候，
南楼纵目初。 第一次登上南城楼放眼望。
浮云连海岱， 飘浮的白云连接着渤海和泰山，
平野入青徐。 平坦的原野直入青州徐州地方。
孤嶂秦碑在， 秦始皇立的石碑还在孤高的峄山上，
荒城鲁殿馀。 鲁恭王的灵光殿只剩下了荒城在场。
从来多古意， 从来就多怀古惜时这种情意，
临眺独踌躇。 登临远眺独自徘徊难免感伤。

少年所作堪为范。首联交代登楼时间缘由。东郡趋庭：东郡是兖州所辖九郡之一，《论语》载：孔子当其子“趋而过庭”时，教他学诗学礼。次联承“纵目”描述所见山川形胜，表现兖州东与海岱相邻，西与青徐相并，极其壮观。三联续述所见历史古迹，秦碑、鲁殿经受时间冲刷，一存一残，引人反思。尾联总结“古意”来自碑在、殿残，“独”字很能表现不忍离去的感受。

341 | 杜　甫·夜宴左氏庄

林风纤月落，树林有风一丝纤月向西山坠落，
衣露净琴张。衣裳沾露素静的琴忽然被弹响。
暗水流花径，四周黑暗感觉涧水流过了花径，
春星带草堂。春夜无云星光灿烂映带着草堂。
检书烧烛短，燃烧烛火检藏书不觉烛短将尽，
看剑引杯长。喝酒举杯看宝剑激起豪情万丈。
诗罢闻吴咏，新诗写就传来吴音吟咏惹人思，
扁舟意不忘。追忆旧游当年范蠡隐退记心上。

少年志趣宴中见。首联以“月落、琴张”点出夜宴开始。纤月：月牙，月初黄昏现中夜落。次联描写夜宴场景，有经耳听、鼻闻而察觉的暗泉流淌的花径，有因中夜月落而被璀璨繁星映带的草堂。暗水：潜藏的水流。三联揭示夜宴内容，烧烛检书和引杯看剑，这都是古代服膺修、齐、治、平的读书人所喜爱的。尾联以吴音触发对范蠡隐退的共鸣结束。扁舟意：功成身退之意。

342 | 杜　甫·房兵曹胡马

胡马大宛名，房兵曹这一匹马产自名为大宛之国，
锋棱瘦骨成。似刀锋削出棱边使精瘦的骨格形成。
竹批双耳峻，它的两耳好像斜劈的竹片耸立马首，
风入四蹄轻。跑动四蹄如同有疾风入助步伐轻盈。
所向无空阔，在它的面前任何天空地阔也拦不住，
真堪托死生。让骑者得此可以放心驰骋托付死生。
骁腾有如此，能有这般骁勇飞腾值得信任的良马，
万里可横行。何愁不会纵横万里为国立功留英名。

形神兼备写骏马。首联交代该马产自大宛国，而骨格显精瘦，棱边若刀削。据说此汗血宝马之骨相常被误判为体瘦之马。次联突出其双耳与四蹄的新异处。三联在外部表现的观察之后，推断其内在品质，认为它路遇任何险阻，都能所向披靡，让人信任而敢于托付。尾联的纵横万里、大显身手，是对此马及其主人的期望，也是诗人抱负的反映。骁：原指健壮的马，可引申为勇猛。

343 杜　甫·画鹰

素练风霜起，白绢上似要腾起一股风霜之气，

苍鹰画作殊。原来那白绢上的苍鹰画得很酷。

㧐身思狡兔，耸起身躯想要捕杀狡兔，

侧目似愁胡。侧目而视好似猢狲环顾。

绦镟光堪擿，系着苍鹰丝绳的铜环有光似乎可把它解下，

轩楹势可呼。停在大堂廊柱之上的姿势仿佛正听人招呼。

何当击凡鸟，何时让它凌空展翅搏击凡鸟，

毛血洒平芜。将那些凡鸟的毛血洒落平芜。

借鹰抒发凌云志。首联点题，这是一幅充满肃杀之气而魅力惊人的苍鹰画，出句先说白绢透露杀气，对句补说苍鹰画得特好，先声夺人。次联将画拟真，描摹画中苍鹰如何㧐身、侧目。㧐：挺起；胡：猢狲。三联赞画逼真，它的绳环似可解开，它的姿态似能听令。擿：摘除。尾联视凡鸟为误国庸人，希望画鹰能去锄奸，表现年青作者拥有疾恶如仇、奋发向上之志。平芜：荒野。

344 杜　甫·过宋员外之问旧庄

宋公旧池馆，诗人宋之问旧日山庄，

零落首阳阿。孤零坐落在首阳山阿。

枉道祇从入，曾绕道经过那里人们可随意出入，

吟诗许更过。准备再次去探访以缅怀他的诗歌。

淹留问耆老，在过访期间请教老人知宋家已无后代，

寂寞向山河。我怀着寂寞凄清之感面对依旧的山河。

更识将军树，又看到茂盛的其弟宋将军亲自种的树木，

悲风日暮多。竟似今日天气越到了末尾凄厉寒风越多！

旧庄过访觉悲凉。首联介绍旧庄方位。池馆：指山庄；首阳阿：首阳山腰，在河南偃师县。次联交代过访经历，曾绕道经过，后专程探访，特别点出关注其诗，宋之问人品不足道，对诗有贡献。过：过访；从：任从。三联获悉宋家后代无人，对着如故山河，感到寂寞凄清。耆老：泛指老人。尾联引入将军树，以悲凉之感结束全诗。将军：宋之问之弟宋之悌开元中曾任右羽林将军。

345 | 杜　甫·巳上人茅斋

巳公茅屋下， 在巳公的茅屋之下，

可以赋新诗。 我可以写出新的诗。

枕簟入林僻， 把枕席铺设在林中尤其显得幽静，

茶瓜留客迟。 用茶瓜把客人挽留要走总在延迟。

江莲摇白羽， 江岸边的莲花摇动着白羽扇，

天棘蔓青丝。 天门冬的蔓枝像舞动着青丝。

空忝许询辈， 我徒然忝列在许询那样的名士中间，

难酬支遁词。 巳公则如同高人支遁让我酬答无辞。

茅斋半日伴高人。 首联直言在巳公处能写出新诗，可见对方是能与杜甫诗词应对的隐居高人。次联画了一幅林中贤士图：林荫之下，三五知己，在竹席上或坐或卧地高谈阔论，好诗对妙句，清茶配生瓜，本来该走，总是拖迟。三联描摹那莲花如羽扇轻摇、蔓枝似青丝舞动，符合诗人自得心情和深挚爱意。尾联比巳公为高僧支遁，而自谦不如许询，据《世说新语》，两人识见相等。

346 | 杜　甫·奉陪郑驸马韦曲二首其一

韦曲花无赖， 韦曲的花开得这样美丽可喜，

家家恼煞人。 家家姹紫嫣红真是爱煞了人。

绿樽须尽日， 樽中美酒应该整天痛快喝，

白发好禁春。 头发变白更须春日尽欢欣。

石角钩衣破， 我顾不得山石尖锐的棱角钩破衣服，

藤梢刺眼新。 去观看那藤梢嫩芽令人刺眼的清新。

何时占丛竹， 什么时候我也能占有竹林一处，

头戴小乌巾。 悠闲淡泊头上戴着隐士的头巾。

美景诱人思隐逸。 首联大赞各家的花，确实美丽可喜，令人爱煞。韦曲：在长安城南，聚集王侯贵族别墅园林的游览胜地。次联发议论，面对如此春光，该开怀畅饮，整日流连，头生白发，更须尽欢。绿：指美酒；禁：消受。三联记述其他幽胜，特别举出藤梢嫩芽值得一看。尾联表示韦曲的幽雅美景，触动了自己的隐逸情怀，想象将来也能当个隐者。小乌巾：多为隐士所戴。

347 杜　甫 • 奉陪郑驸马韦曲二首其二

野寺垂杨里， 荒凉废寺掩映在婀娜多姿的垂杨里，
春畦乱水间。 春日田园半淹于到处横流的乱水间。
美花多映竹， 美丽山花或许喜欢炫耀而映衬竹子，
好鸟不归山。 漂亮山鸟也会迷恋异地而不愿归山。
城郭终何事， 久居城市最终会使人怎样，
风尘岂驻颜。 饱受风尘难道可永保红颜。
谁能共公子， 并非任何人都能够跟郑驸马一样，
薄暮欲俱还。 天色近黄昏便要急于一起把家还。

长安作客人流浪。前四句叙述村居幽胜之事。二句的“春畦”似实写，而以虚写“野寺”配对，表示自然界相邻的事物，往往一美一丑，反差极大；三句的“美花映竹”也似实写，但认定花有炫耀动机，而虚写作配对的“好鸟”也想象为懂留恋，如此虚实并列，意味着山花也有不争艳、山鸟也有不归巢。后四句抒发自己虽与公子同住京城，却对京城毫无归属感，且觉风尘苦。

348 杜　甫 • 陪郑广文游何将军山林十首其一

不识南塘路， 以前我不认识来南塘的道路，
今知第五桥。 今日才知到此还有个第五桥。
名园依绿水， 名贵的园林依傍着绿水，
野竹上青霄。 丛丛的野竹直冲上青霄。
谷口旧相得， 我忝属你这个谷口郑子真的旧相识，
濠梁同见招。 承蒙厚爱让我同享出游之乐把我招。
平生为幽兴， 平生为了满足寻幽探胜的兴致，
未惜马蹄遥。 从来就不吝惜跑马的路远途遥。

有幸同来乐此游。首联简介初来何氏山林所见，到了南塘后，又逢第五桥。次联续说水边有园林，园中野竹高。三联说明自己来游的机缘，把郑广文与何将军为旧交，何邀郑来游而郑招己作伴的这些关系做个交代。谷口：指西汉著名的清高隐士郑子真；濠梁：字义为河桥，《庄子》有在濠梁发生观鱼之乐的辩论，这里解作出游之乐。尾联特别表示寻幽正合心意，并非一般陪客。

349 杜　甫·陪郑广文游何将军山林十首其二

百顷风潭上， 上百顷的大水潭上凉风阵阵，

千章夏木清。 千棵入夏大树阴蔽倍觉气清。

卑枝低结子， 近地的树枝结着果子被压得更矮，

接叶暗巢莺。 相连的树叶生长茂密暗栖着黄莺。

鲜鲫银丝脍， 把潭中鲜活的鲫鱼细切成银丝充脍，

香芹碧涧羹。 又用碧水涧旁的香芹为配熬成香羹。

翻疑柁楼底， 反疑晚饭不是在陕西享用，

晚饭越中行。 似是在越中一带乘船远行。

百顷水潭供美食。首联描绘山林广阔的水域，给人印象是，大水潭周围多参天大树，既产鱼长果，且风凉气清。次联承首联下句，突出“卑枝低结子”，以“接叶暗巢莺”作陪衬。三联承首联上句，突出“脍鲜鲫”，以“香芹羹”陪衬。脍鲜鲫：细切鲫肉作生食。尾联由“脍鲜鲫”生发，因晚饭吃这种菜，感觉如同身在流行吃鱼脍的江南。柁楼底：原指船的柁楼里，引申为乘船。

350 杜　甫·陪郑广文游何将军山林十首其三

万里戎王子， 来自万里的戎王子花，

何年别月支？ 是何年告别故土月支？

异花开绝域， 原在绝域开放的珍异花儿，

滋蔓匝清池。 如今在清池四周滋生繁殖。

汉使徒空到， 汉使张骞未把此花带回徒然到过产地，

神农竟不知。 连神农也对这样的奇花似乎全无所知。

露翻兼雨打， 可惜的是经过露沾雨打，

开坼渐离披。 绽放的花开始逐渐萎靡。

奇花在此任观赏。首联借助询问，介绍山林拥有难得一见的奇花，花名戎王子，产自月支国。次联感叹眼福不浅，因为这种来自绝域的花，在这里清池周边随处可见。三联承次联的“异花”,借助张骞未带、神农未知，彰显其珍稀可贵。汉使：指奉汉武帝之命出使西域、有丝绸之路开拓者美称的张骞。尾联承次联的“滋蔓”，表惜其易谢之意。开坼、离披：四下裂开、散乱下垂。

351 杜　甫·陪郑广文游何将军山林十首其四

旁舍连高竹， 山林旁房舍靠近高插云天的绿竹，
疏篱带晚花。 疏落的篱笆点缀傍晚开放的野花。
碾涡深没马， 大树蟠屈生长形成船状碾槽那空间可让马隐蔽，
藤蔓曲藏蛇。 藤蔓攀缘不止如造曲折通道自然是蛇虫的天下。
词赋工无益， 尽管我较懂得写作词赋却并无效益，
山林迹未赊。 估计去山林隐居的日子已经不远啦。
尽捻书籍卖， 不如把所有的诗书典籍全卖掉，
来问尔东家。 来询问此处的居停主人求安家。

愿作山林一户邻。首联关注邻近何氏山林的普通人家环境幽雅，舍连高竹、篱带晚花。次联还显示那里大树蟠屈、藤蔓密布，有点幽深莫测。碾涡：似指树干畸形生长造成的船状碾槽。三联转上倾诉触景生情的心里话，在长安十年，尽管自己拥有写作词赋的一技之长，总难博得一官半职，或离归隐不远。尾联越激动，说出泄气话，不如卖光书籍，求此山林主人给个安身之处。

352 杜　甫·陪郑广文游何将军山林十首其五

剩水沧江破， 此地开凿的池塘似由沧江分出，
残山碣石开。 堆砌成型的假山则从碣石山来。
绿垂风折笋， 风吹折绿笋使绿笋低垂，
红绽雨肥梅。 雨催肥红梅让红梅绽开。
银甲弹筝用， 以银饰的铠甲去充当弹筝之用，
金鱼换酒来。 用官佩的金鱼做抵押把酒购买。
兴移无洒扫， 兴致来时不拘谨大家随意做自己，
随意坐莓苔。 忽视有无洒扫过忘形端坐在莓苔。

风光固美人尤美。首联赞叹此地的人工山水如此雄伟，简直是破沧江、开碣石造成的。次联颇觉新异，因绿垂、红绽，而得见笋折、梅肥。此两联情形，或是诗人随意在山林中走动产生的观感。三联似中途偶遇此地主人何将军也在喝酒赏景，“银甲弹筝”“金鱼换酒”，是在欣赏他武而高雅、困而好客。尾联意味着他们一起烹笋摘梅、杯酒言欢，像老相识那样无拘无束。

353 杜　甫·陪郑广文游何将军山林十首其六

风磴吹阴雪， 岩山上的石级风来扬起阴冷的白雪，

云门吼瀑泉。 原是云门这股吼叫着泻下的瀑布泉。

酒醒思卧簟， 正如酒醒后想在竹簟上睡上一觉，

衣冷欲装绵。 感到衣单身冷就盼穿上厚衣御寒。

野老来看客， 一个山野的老人来探望作客的我，

河鱼不取钱。 他送给我河鱼却不收取我一分钱。

只疑淳朴处， 曾经怀疑淳朴可爱之地难觅，

自有一山川。 此处自有独特的山村桃花源。

凉快温情共入诗。首联从夏日来此地，而瀑布似飘雪般令人有寒意切入。次联更坦言不仅无炎热，且“衣冷欲装绵”，正如“酒醒思卧簟”一样。三联带出一个事实，有个山野老人来探望，送我河鱼却不要我钱。这又使诗人感到特别温暖，以至忍不住于尾联表示赞叹，说此间似有陶渊明所追求的理想家园。这凉意与温情，都让诗人难以忘怀，而在组诗里给它们安排一个位置。

354 杜　甫·陪郑广文游何将军山林十首其七

棘树寒云色， 棘树如同罩着一团寒云，

茵陈春藕香。 茵陈带有一点春藕清香。

脆添生菜美， 生菜使茵陈增添脆美

阴益食单凉。 食单让棘树更显阴凉。

野鹤清晨出， 野鹤清晨就出来活动，

山精白日藏。 山精白天都选择躲藏。

石林蟠水府， 石林邻近那蟠龙的水晶宫，

百里独苍苍。 百里之外独见它莽莽苍苍。

暑天树下品山珍。大概白天骄阳似火，便在一棵棘树下乘凉小憩，并进小食。首联称赞了棘树的浓阴和茵陈的藕香。次联谓生菜、食单还锦上添花，令茵陈吃起来增加脆美，而棘树也似更觉阴凉。食单：供承载食具及人坐的布垫。三联由朝出的野鹤，而想到昼藏的山精。山精：据《玄中记》“山精如人而一足，长三四尺，食山蟹，夜出昼藏”。尾联又由所见石林想到它莽苍出众山。

355 杜　甫·陪郑广文游何将军山林十首其八

忆过杨柳渚， 忆起曾经来过此间的杨柳渚，
走马定昆池。 而今又骑马来游这个定昆池。
醉把青荷叶， 醉酒狂欢只顾把玩那青青的荷叶，
狂遗白接䍦。 连白头巾小帽也不知丢失在哪里。
刺船思郢客， 说到撑船划艇想起郢地船夫，
解水乞吴儿。 涉及熟习水性便往吴儿寻觅。
坐对秦山晚， 我们面对终南山坐着倾谈至夜，
江湖兴颇随。 游玩江湖的兴致一直紧随不止。

走马游湖侃见闻。首联点出来游此地的定昆池，顺便提及来过这里的杨柳渚。定昆池：在韦曲之北，为安乐公主自凿；杨柳渚：在定昆池附近。次联描述赏荷、失巾的醉酒狂欢状态。白接䍦：白色帽子。三联由走马游湖想起泛舟玩水，自然扯到郢地船夫、江南吴儿。郢：楚国都城，在今湖北江陵附近。尾联以面对秦山而坐、谈论游踪至晚结束，仍似意犹未尽。秦山：指终南山。

356 杜　甫·陪郑广文游何将军山林十首其九

床上书连屋， 床上的书堆得高接屋顶，
阶前树拂云。 阶前的树长得可拂白云。
将军不好武， 你身为将军却不喜穷兵黩武，
稚子总能文。 你的儿子终将如愿读书能文。
醒酒微风入， 微风入户正好为你醒酒，
听诗静夜分。 夜深人静听诗易辨情真。
絺衣挂萝薜， 你把细葛布衣挂在萝薜藤上，
凉月白纷纷。 欣赏那高悬的凉月洁白怡人。

主人儒雅景清幽。首联以“树拂云”衬托“书连屋”，彰显山林主人的儒将风采。次联断定此有功于国的将军，不喜欢滥用武力，并相信他有能继父志的好儿子。唐玄宗好大喜功，曾导致将帅黩武开边，诗人十分赞赏何将军与邀功生事者不同的远见卓识。三联续写在何家所见，有微风入户、静夜诵诗，感觉微风恰能醒酒，夜静正好听诗。尾联可见将军与萝薜、凉月同在。

357 杜　甫·陪郑广文游何将军山林十首其十

幽意忽不惬， 寻幽兴致要打断忽觉不爽，
归期无奈何。 总得需要有归期无可奈何。
出门流水住， 出得门来溪中流水好像停滞不动，
回首白云多。 回头一看山上白云也似越聚越多。
自笑灯前舞， 我的举止若不遇知音者只能作自怜自笑，
谁怜醉后歌。 尤其是有些任性的行为如灯前舞醉后歌。
只应与朋好， 只因与好友一起互相理解才共同约定，
风雨亦来过。 今后有机会不管刮风下雨也再来相过！

难舍山林约再游。首联从无奈幽意难长、归期已到落笔。次联的出门、回首，恋恋不舍，看到那流水也好像不愿流、白云也仿佛不愿走的样子，若了解这是杜甫困居长安十年，唯一的深入寻幽探胜之行，便不觉奇怪。三联反思此游，确是心情舒畅的经历，即使乐极忘形而起舞高歌之类，也能得到包容。尾联郑重记下，跟好友约定，在适当时候，要风雨无阻地再来此地重游。

358 杜　甫·九日曲江

缀席茱萸好， 摆设席上的茱萸很鲜艳，
浮舟菡萏衰。 行船看到的荷花已衰颓。
百年秋已半， 我百年人生似四季临秋已过一半，
九日意兼悲。 这重九之日伤秋兼伤老有两重悲。
江水清源曲， 曲江水来自清澈之源本该足堪玩赏，
荆门此路疑。 此路又似入蜀的荆门令人心生疑忌。
晚来高兴尽， 晚来江游原本高兴心情突然变坏，
摇荡菊花期。 在重阳节里预感到仍将漂泊不止。

重九伤秋又伤老。首联写茱萸好而荷花衰。茱萸：常绿带香植物，重阳有佩茱萸囊的习俗。次联承菡萏衰想到人生百年，而诗人时已四十多岁，故有伤秋伤老之悲。三联写江水清澈堪玩赏，但看来又似游于长江入蜀的荆门，前路山凶水险难保必定畅通。尾联趁势点明，前途未见光明，还将漂泊下去。摇荡：喻指动荡不安的漂泊生活；菊花期：即重阳，古人也称重阳节为菊花节。

359 | 杜　甫·官定后戏赠（时免河西尉为右卫率府兵曹）

不拜河西尉， 不愿拜受河西县尉一职，
凄凉为折腰。 它要我凄凉地屈己折腰。
老夫怕趋走， 我年纪大怕奔走服役，
率府且逍遥。 姑且在率府或得逍遥。
耽酒须微禄， 饮酒嗜好也须微薄俸禄保证，
狂歌答圣朝。 任性高歌回报委任我的圣朝。
故山归兴尽， 回首故山归隐兴致全消失，
回首向风飙。 巨大风暴正在剧烈地咆哮。

痛饮狂歌抒愤慨。杜甫40岁时向朝廷献赋，受赏识令待分配，四年后让他去当县尉不接受，而愿改赴率府管仓库。一至五句说明不当县尉原因是拒折腰、怕奔走，姑且去率府，则与物交往，自在一些，俸禄虽少，也够喝酒。第五句隐含很大悲哀，他有致君尧舜的抱负，却只去管一个小仓库，也只好痛饮狂歌报答圣朝了。尾联说故乡已难回，此时巩县（今河南巩义市）已受安史叛军威胁。

360 | 杜　甫·杜位宅守岁

守岁阿戎家， 除夕守岁于同族弟辈家，
椒盘已颂花。 摆设椒盘颂花词也典雅。
盍簪喧枥马， 宾朋聚集一堂庭燎成排照耀，
列炬散林鸦。 厩中马匹喧闹惊散林里乌鸦。
四十明朝过， 四十人生明朝便成过去，
飞腾暮景斜。 纵可飞腾也已暮年到达。
谁能更拘束， 我怎么能够再去拘束身心，
烂醉是生涯。 以烂醉如泥作为自己生涯。

人近暮年思奋发。玄宗天宝十年诗人困居长安，潦倒至极，无奈到其从弟、奸相李林甫的女婿杜位家过年。首联点明题意。椒盘：古俗年节时，以盘盛椒，将椒放一点于酒杯中；颂花：源于《晋书》刘臻妻陈氏年节时曾献《椒花颂》，相当于新年祝词。次联极言与会者骑从之盛。盍簪：出自易经，原为朋友赶来聚合之意。后两联抒写岁月催人的感慨，有奋起力争，避免沉沦之意。

361 杜　甫·对雪

战哭多新鬼， 哭诉战事失利有很多新鬼，
愁吟独老翁。 为此发愁吟咏只见我老翁。
乱云低薄暮， 乱云压顶正当天色将晚，
急雪舞回风。 急雪飞舞常在回风之中。
瓢弃樽无绿， 葫芦早抛弃樽中已经无酒，
炉存火似红。 炉灶尚留存炉火还似通红。
数州消息断， 几个州战争消息都断绝，
愁坐正书空。 愁坐着苦思无计在书空。

处境艰危忧国事。 首联写诗人正为唐军打了败仗而发愁，他被安史叛军囚于长安，听说唐军在长安外围与叛军作战失利，牺牲几万人。次联点明题意，暗示此际愁坐斗室，从乱云欲雪待到急雪飘飞。三联刻画当时贫寒交加的困境，既御寒无滴酒，又生火无剩柴，“火似红”不过幻作真。尾联体现诗人对国家、亲人的命运深切关怀而又无从着力的苦恼情状。书空：以手向空划字。

362 杜　甫·春望

国破山河在， 国都被侵占只有山河依旧，
城春草木深。 城里值春来唯见草木阴森。
感时花溅泪， 感伤国遭变故怅恨家有离人，
恨别鸟惊心。 见花开会流泪闻鸟叫会惊心。
烽火连三月， 战火接连三个月，
家书抵万金。 家书可抵一万金。
白头搔更短， 愁绪频添白发越搔越少，
浑欲不胜簪。 仿佛变得插簪也难胜任。

伤时忧国念亲人。 首联是被安史叛军拘留在长安的诗人，春来写下的望中所见：山河草木虽依旧，人事变化已反常。次联续写反常之处，当人们担心大唐处境艰危、尝到家人离散痛苦的时候，会对平时喜爱的花开鸟叫，表示排斥，甚至厌弃。三联承“恨别”，表达迫切盼望得知失散家人的信息，以致觉得家书万金难求。尾联用头发的变化刻画一个伤时忧国、思念家人的真切形象。

363 杜　甫·月夜

今夜鄜州月， 今夜里鄜州上空那轮圆月，
闺中只独看。 只有你在闺房中独自观看。
遥怜小儿女， 远在他乡的我怜惜幼小众儿女，
未解忆长安。 他们未懂得你望月怀人念长安！
香雾云鬟湿， 染香的雾气打湿了你的鬟发，
清辉玉臂寒。 明月的清光使你的玉臂生寒。
何时倚虚幌， 何时才能够靠在薄帷帐下，
双照泪痕干！ 月光照你我尽把泪痕擦干。

乱离分隔盼团圆。 首联写的是诗人想象远在鄜州（今陕西富县）的妻子，正独自看月，挂念被安史叛军拘留于长安的丈夫；只写妻子“独看”鄜州之月而“忆长安”，而自己的“独看”长安之月而忆鄜州，已包含其中。次联还对幼小无知未懂分忧的儿女深表怜惜。三联继续想象妻子担心丈夫安危、深夜看月不寐，并设想她雾湿云鬟、月寒玉臂。尾联以企盼将来能够并肩看月让泪痕干作结。

364 杜　甫·一百五日夜对月

无家对寒食， 面对寒食夜家人却不在一起，
有泪如金波。 思念家中人泪流如天上金波。
斫却月中桂， 忽生出把月中桂树砍掉的念头，
清光应更多。 这样会使得月亮的清光变更多。
仳离放红蕊， 若在别离而绽放红花，
想象嚬青蛾。 料想妻子会双眉紧锁。
牛女漫愁思， 牛郎织女想必也愁思充满胸怀难制止，
秋期犹渡河。 要到七夕再渡河才能短暂相会更折磨。

巧编神话写相思。 首联点明题意，“一百五日”指寒食；“金波”指月光，古书有“月光若金之波流”。中二联对月发奇想，一是寒食夜特别黑，己和妻及所有人都不便，要把月中桂树全砍掉使月光更明亮；二是要避免桂树开红花，妻见不高兴。仳离：同义复词；想象：此指设想；嚬：皱眉；青蛾：应作青娥解，指佳人。尾联是望月而见牛女二星的观感，似让己愁暂趋缓解。

365 | 杜　甫·自京窜至凤翔喜达行在所三首其一

西忆岐阳信， 总盼着从西边岐阳传来的信息，
无人遂却回。 盼不到知情人到来便决意逃回。
眼穿当落日， 往西走正当落日使望眼欲穿，
心死著寒灰。 冒险逃心已拚死似埋在寒灰。
雾树行相引， 凭借雾树指引入夜不断前行，
连山望忽开。 到达连山忽见所望之路大开。
所亲惊老瘦， 亲友惊叹我又老又瘦，
辛苦贼中来。 说我辛苦由贼巢归来。

逃离贼手抵行宫。首联诗人身陷安史叛军占领的长安，盼不到岐阳来收复，便决意逃回凤翔。岐阳即凤翔。次联写逃窜的紧张心情。凤翔在长安西边，便盯着落日走，两眼若望穿，心如埋死灰，仍力争死灰复燃。寒灰指死灰。三联写逃窜的主要情节。沿山边雾树而行保证向西；抵达连山才不再盲目乱闯。连山指太白、武功两山相连处，为将到凤翔标志。尾联妙用亲友评价收束。

366 | 杜　甫·自京窜至凤翔喜达行在所三首其二

愁思胡笳夕， 入夜听到胡笳自然愁闷，
凄凉汉苑春。 当春忆及汉苑又觉伤心。
生还今日事， 能活着回来这是今日难得的事，
间道暂时人。 从小路逃跑那是随时可死的人。
司隶章初睹， 汉光武帝那样的中兴面貌初次见到，
南阳气已新。 光武家乡那样的王者之气喜见其新。
喜心翻倒极， 欢喜之心反而失常至极，
鸣咽泪沾巾。 不禁呜咽眼泪流下沾巾。

喜见大唐能振作。首联追忆身陷长安叛军的苦况，愁听胡笳而凄忆汉苑。次联珍视改变现状的努力，没有昨日的冒死逃生，就难有今天的活着归来。三联善用典故，以汉光武比唐肃宗，为中兴有望而高兴。南朝傅亮《进宋元帝诏》有“东京父老，重睹司隶之章”。司隶章：比喻帝室中兴；南阳气：指光武家乡南阳的王气。尾联诗人见中兴有望，喜极而悲，以悲写喜，更显其喜。

367 | 杜　甫·自京窜至凤翔喜达行在所三首其三

死去凭谁报？ 我若逃窜中死去不知凭谁报信？
归来始自怜！ 活着归来才感觉需要自爱自怜。
犹瞻太白雪， 我还能够远望太白山的白雪，
喜遇武功天。 又高兴地重逢武功山的青天。
影静千官里， 我身影安静内心激动，
心苏七校前。 置身于文武官员里面。
今朝汉社稷， 当今朝廷与汉代相似，
新数中兴年。 开始进入了中兴之年。

冒险归来为复兴。首联说出脱险后的感受，类似韩偓的“正当困辱殊轻死，已过艰危却恋生”。次联续说归来才得见大唐天地，太白、武功二山皆在凤翔可见，再次表达生还庆幸的喜悦之情。三联着重表述现已影静心苏地与众朝臣一道侍奉君皇。千官、七校：指文官、武官。尾联认为当今朝廷面临中兴任务，这既是表白心愿，也是期望朝廷。中兴：指国家由衰退而复兴。

368 | 杜　甫·得舍弟消息二首其一

近有平阴信， 最近得到从平阴寄来一封信，
遥怜舍弟存。 相隔遥远我珍惜弟弟能生存。
侧身千里道， 他为躲避贼寇侧身逃到千里外，
寄食一家村。 寄住在平阴县一个荒僻的小村。
烽举新酣战， 战火烧于新的酣战中遍地战争难找太平处，
啼垂旧血痕。 眼泪流在旧的血痕上长久动乱伤亡无数人。
不知临老日， 兵戈不止不知要活到老，
招得几人魂。 能有几个可以战胜死神。

死里逃生惜弱弟。首联从观弟来信，惜其尚存说起。平阴：在山东。二、三联围绕珍惜申述，先说他逃难的艰辛，躲着人狼狈走千里，今仍在小村里挣扎；再将其置于时代大局看，安史叛乱以来，避祸之地罕见，生命毫无保障，弟弟属于九死一生。侧身：不敢正面向人；一家：一家或三家的小村。尾联叹息今人不幸，难活到老。招魂：古人认为，人死魂离，返魂无术，死不复生。

369 杜　甫·得舍弟消息二首其二

汝懦归无计， 我知你懦弱要回到西京没办法，
吾衰往未期。 我年老力衰到你处也遥遥无期。
浪传乌鹊喜， 看来乌鹊报喜不能真正兑现，
深负鹡鸰诗。 我也深深辜负鹡鸰诗的意旨。
生理何颜面， 面对生计经营已至无面见人地步，
忧端且岁时。 而且一年到头无时不是忧伤不止。
两京三十口， 东京西京两家人丁共有三十口，
虽在命如丝。 现今全家虽然都在已命如悬丝。

生逢乱世命难保。前四句针对虽知弟存、无法相见展开，只揭弟懦兄衰，来往不得，便责备乌鹊浪传喜讯，检讨自己未能护弟。浪传：妄传；乌鹊喜：古书载，北人以乌声为喜，鹊声为非，南人闻鹊噪则喜，闻乌声则唾而逐之；鹡鸰诗：诗经中鼓励兄弟相助的诗。五句生计不善经营似荡开，六句一年到头忧伤又收拢。生理：指生计；忧端：愁绪。尾联归结到忧虑全家性命也难保。

370 杜　甫·春宿左省

花隐掖垣暮， 天色入夜花儿隐藏在宫墙两边，
啾啾栖鸟过。 归巢鸟儿鸣声啾啾从上空飞过。
星临万户动， 群星莅临宫阙千门万户似都在闪烁，
月傍九霄多。 明月靠近殿堂高耸入云光照应更多。
不寝听金钥， 夜不敢寝谛听宫门开锁的动静，
因风想玉珂。 晚风飒飒想到早朝马匹响玉珂。
明朝有封事， 明晨上朝还有重要的封事要做，
数问夜如何。 心里不安多次地探问夜漏几何？

居官勤恳见忠诚。前半写宫中值宿所见之景，花隐、鸟归，正是春日黄昏出现的，入夜则可见星月交辉下的宫阙殿堂。掖垣：宫墙两边；九霄：指上冲霄汉的殿堂。后半抒宫中值宿感发之情，可睡他“不寝”，传来开门锁声音他就凝神听，连风吹他也想到早朝马铃响，原来他明朝要上奏章，兴奋得睡不着，还多次探问夜如何。金钥：金锁；玉珂：玉制小马铃；封事：上奏章之事。

371 杜　甫·月夜忆舍弟

戍鼓断人行， 戍楼之上响起禁止通行鼓点，
边秋一雁声。 秋天边境传来一声孤雁哀鸣。
露从今夜白， 今夜起被称为白露节，
月是故乡明。 虽有月似不及故乡明。
有弟皆分散， 几个兄弟都分散到了不同地域，
无家问死生。 失去家庭已无法得知他们死生。
寄书长不达， 平时寄封书信就长期收不到，
况乃未休兵。 何况国家多难尚未停止用兵。

兄弟分离伤战乱。首联交代自己现时处境，秋天诗人身在边地，看到戍鼓响后行人绝、听到失群孤雁哀鸣声。次联点出月夜，今夜恰逢白露节，并由眼前的月想到故乡的月。三联承故乡转为对兄弟、老家的追忆。虽只说了家破弟离、生死不知，显然是战乱造成。尾联先说凭书信问讯也行不通,后说因为尚未停止用兵，意味着当此动乱时代，一家人生离死别的焦虑，将长久困扰自己。

372 杜　甫·日暮

牛羊下来久， 成群牛羊早已从田野归栏，
各已闭柴门。 家家户户也都关上了柴门。
风月自清夜， 更兼风凉月朗自是清新美好的夜晚，
江山非故园。 无奈此处山川并非自己想念的家园。
石泉流暗壁， 幽暗的泉水在石壁流淌，
草露滴秋根。 秋夜的露珠凝聚在草根。
头白灯明里， 头上长满白发暴露在明亮灯光里，
何须花烬繁！ 灯花何须屡现我能够有什么喜讯！

山村日暮思家国。首联描画了一幅牛羊归栏、家人团聚的山村日暮图景，让读者闻到家的味道。次联感慨这里江山虽美，惜非心里故园，“自”“非”两字泄露了异乡美好反而更使他难忘故园。三联夜里感受到“泉流暗壁、露滴秋根”，与他的悲凉心态一致。尾联“头白”被“灯明”强化，更可知长期漂泊，使诗人既痛心有家难归，还痛心英雄迟暮，难怪见灯花报喜而反感。

373 杜　甫·栀子

栀子比众木， 栀子跟众多花木比较，
人间诚未多。 确实在人间还属不多。
于身色有用， 你具能染色特质已经非常有用，
与道气相和。 还在医道上扶正祛邪使气谐和。
红取风霜实， 鲜红的果实来自战胜风霜的袭击，
青看雨露柯。 青绿的茎干有赖经受雨露的打磨。
无情移得汝， 无须刻意去想把你移植到何处所才算合适，
贵在映江波。 你的最好选择就应在此僻远之地映照江波。

欲如栀子甘埋没。首联提出栀子应属人间值得推广的花木。栀子：常绿灌木，其花果枝叶均值得欣赏。次联说明栀子的果实能给衣料染色、做消炎解毒药物。三联觉得栀子在山野长得果红茎绿，似乎活得不错。尾联趁势坦露自己初衷，原本以为栀子这么好的花木，落在荒郊未免埋没了它。现在看来，对这江边僻地，它自身却表现出相当满意，大概这还是它理想的生活环境吧。

374 杜　甫·鸂鶒

故使笼宽织， 主人似已故意把囚笼编得宽大，
须知动损毛。 须知道不这样一动就损伤羽毛。
看云犹怅望， 但你看见云还极其惆怅，
失水任呼号。 想到失掉水更任性呼号。
六翮曾经剪， 你的两个翅膀曾经被人剪断，
孤飞卒未高。 独自尝试起飞结果未能升高。
且无鹰隼虑， 在笼里不仅可养毛羽且还能避鹰隼，
留滞莫辞劳。 此处境应该乐意滞留尽管颇费辛劳。

主人宠你有阴谋。首联提醒鸂鶒，主人好意编大囚笼，免你乱动伤毛。鸂鶒：水鸟。中二联针对鸂鶒似还懵然，指出它已离开天上云、湖中水，甚至双翼被剪，再也不能随意穿云入水。六翮：鸟类双翅中的正羽，用以指鸟的两翼。尾联反复告诫，跟眼前现实妥协，尽快习惯笼中生活，可以养羽毛，又能避鹰隼，是最佳选择。应是诗人对弃官漂泊后的某种遭遇曾经作过的思考。

375 杜　甫·花鸭

花鸭无泥滓， 花鸭浑身光洁不带泥污，
阶前每缓行。 常常在台阶前缓慢而行。
羽毛知独立， 羽毛斑斓夺目显得昂然特立，
黑白太分明。 黑白还太分明更属难得品性。
不觉群心妒， 不知不觉便惹得同类心生妒忌，
休牵俗眼惊！ 尚未考虑也令世俗人感到吃惊。
稻粱沾汝在， 稻粱让你分享的机会就摆在面前，
作意莫先鸣！ 你必须下定决心至紧不要领头鸣。

花鸭欲鸣难阻遏。首联写花鸭登场，只说它身洁无污，阶前缓步。次联强调其羽毛的魅力，令人想象它斑斓多彩的羽毛，足以让它具备特立独行的信心，而羽毛的黑白分明，更被诗人看作疾恶如仇的象征。三联揭示这样的花鸭，自然引发同类之忌与俗人之惊。尾联似劝花鸭闭口。李林甫为相时，谏官直言则黜，皆缄口为官，杜甫犯颜直谏，坏了官场此规则，似有人劝他勿再犯。

376 杜　甫·野望

清秋望不极， 秋天一眼望去清旷无边际，
迢遰起曾阴。 远方隐约涌起重叠的阴云。
远水兼天净， 远水与天相接空中一片明净，
孤城隐雾深。 孤城全被隐蔽周围云雾浓深。
叶稀风更落， 树叶稀少风起更快脱落，
山迥日初沉。 远处山岭太阳刚刚下沉。
独鹤归何晚， 孤独的白鹤为何回来得晚，
昏鸦已满林。 要知道黄昏乌鸦已宿满林。

望中景似坏时世。首联点题，秋野一望，远方无际，仅有些阴云。迢遰：遥远貌；曾阴：即层阴。次联由远水衬出孤城的雾气深沉，有点悲凉。三联强化悲凉气氛，夕阳西下，秋风起处，稀疏的树叶纷纷脱落，令人更伤感。迥：远。尾联以自身经验解释眼前所见，独鹤（似自己）为何归晚？昏鸦（似叛军）已宿满林。当时安史叛军占据洛阳，诗人有家难归，被迫流落秦州。

377 杜　甫·秋日阮隐居致薤三十束

隐者柴门内， 隐士阮昉居处的柴门里面，
畦蔬绕舍秋。 成畦秋蔬环绕那房舍四周。
盈筐承露薤， 满筐带着露水的薤送来我的住处，
不待致书求。 我尽管有这种需要尚未写信索求。
束比青刍色， 一束束的薤苗绿得像刚割下的青草色，
圆齐玉箸头。 圆滚滚的薤头晶莹而洁白恍如玉箸头。
衰年关鬲冷， 我年纪老身体弱胸腹间有寒疾，
味暖复无忧。 吃这种性温蔬菜再也不必担忧。

薤束送来情意重。首联从追忆写起，记得隐士所居有这种蔬菜，显示这三十束薤菜是隐士自己种植的。次联谈获赠感受，自己有此需要，对方不等表白，就已给予满足，可见何等懂得急人之困，流露满怀感激赞叹之情。薤：多年生草本植物，地下有鳞茎，鳞茎和嫩叶可食，南方人称为藠。三联对这几十束薤菜忍不住夸奖一番。尾联所说的药理作用,后被李时珍《本草纲目》引用。

378 杜　甫·宿赞公房

杖锡何来此？ 高僧怎么也会来此边塞？
秋风已飒然。 秋风已飒飒地吹人脸面。
雨荒深院菊， 秋雨丢荒了深院的菊，
霜倒半池莲。 秋霜撂倒了半池的莲。
放逐宁违性？ 尽管被放逐又怎么会违背心性？
虚空不离禅。 宠辱皆虚空正是佛门宗旨之谈。
相逢成夜宿， 今夜与你相逢共宿，
陇月向人圆。 陇上明月也向人圆。

喜在边疆遇故交。杜甫在秦州意外遇上同时被贬的京城大云寺主持赞公，写下此诗。前半同情赞公遭遇。首句开始提问，二、三、四句便写赞公禅房所见的秋风、秋雨、秋霜如何猖獗，似故意不答，其实“雨荒菊”“霜倒莲”已表明赞公惨被贬谪的不幸遭遇。杖锡：手持锡杖。后半尊崇赞公人品。推重赞公虽被放逐而甘于淡泊，正合佛家宗旨，而明月也似喜见两人团圆。

379 杜　甫·示侄佐（佐草堂在东柯谷）

多病秋风落， 正当我秋风多病之际，

君来慰眼前。 很欣慰你来到了眼前。

自闻茅屋趣， 自从听你说过居住东柯谷草堂的乐趣，

只想竹林眠。 我就只想着也跟随你一道去作竹林眠。

满谷山云起， 山云涌起布满山谷，

侵篱涧水悬。 涧水高悬飞溅篱边。

嗣宗诸子侄， 在我家众多的子侄当中，

早觉仲容贤。 我早就觉得只有你最贤。

欲在东柯暂隐居。杜甫在秦州得知其侄住在东柯谷的状况而十分兴奋，写诗表达感谢和感受。首联说见到侄子很欣慰。中二联显示非常欣赏其侄所说的“茅屋趣”，很想快点实现这个茅屋梦，也概括此屋环境为满谷云生、篱边瀑溅。尾联还把自己与杜佐比作晋朝的阮籍与阮咸似乎叔侄已真同隐了。嗣宗、仲容：前者阮籍的字，后者阮咸的字，叔侄二人同属隐于竹林的七贤。

380 杜　甫·佐还山后寄三首其一

山晚浮云合， 山间傍晚正是你归家的时候，

归时恐路迷。 见浮云聚担心你路上会迷失。

涧寒人欲到， 涧水寒时村子或已昏黑，

村黑鸟应栖。 行人将到鸟儿亦应栖息。

野客茅茨小， 农家村人所建茅屋通常比较矮小些，

田家树木低。 种的树木也不高大暗中分辨不容易。

旧谙疏懒叔， 你早熟悉我这个叔叔生性疏懒，

须汝故相携。 还得依仗你相携归隐于山村里。

要求其侄助归隐。此诗追述送走杜佐后的心情。首联担心其侄归家途中迷路，尤其是傍晚浮云汇合、天色昏暗之时，更难看清方向。次联承路途推算，人到村时应该是涧寒村黑，鸟已栖息。三联承村子又考虑到，那里屋小树矮，一片漆黑，也容易发生意外。尾联还直言相告，如此关心侄子，不仅出自长辈对后辈的理所当然，而且由于做叔父的当前在归隐田园上需要他帮助。

381 杜　甫·佐还山后寄三首其二

白露黄粱熟， 白露节已过黄粱谷子也该成熟了，
分张素有期。 临别时你曾经期许过送来黄粱米。
已应舂得细， 料应你是特意把米舂得细，
颇觉寄来迟。 所以寄出就不觉稍为延迟。
味岂同金菊， 黄粱米饭的味道可不是金菊能够相比的，
香宜配绿葵。 它是多么香喷喷最好还配上小菜炒绿葵。
老人他日爱， 我这老人平时最爱吃的就是黄粱米饭，
正想滑流匙。 想着想着仿佛黄粱米饭已滑动在羹匙。

向人索物竟成诗。此诗希望杜佐寄黄粱米来。首联委婉肯定黄粱成熟、你曾许诺。分张：分别。次联从维护对方着想，推断迟寄原因是要对米细致加工。三联大赞黄粱米饭味道香，拉金菊来比，而菊难与比（菊虽可食，却难饱肚），意在为下联铺垫。金菊：指一般黄色的菊花；绿葵：秋葵，蔬菜名，绿葵即绿色的秋葵。尾联说黄粱米饭是我平日最爱，心中想起，便似在吃。

382 杜　甫·佐还山后寄三首其三

几道泉浇圃， 几道山中泉水浇灌着东柯谷村的园圃，
交横落幔坡。 流泉交叉横斜凌驾于如同翠幔的山坡。
葳蕤秋叶少， 因深秋时节树木衰落树叶稀少，
隐映野云多。 野云或隐或现的景致便见增多。
隔沼连香芰， 流泉被池沼阻隔与池水一起润泽菱角，
通林带女萝。 流泉通过森林后也会顺便携带着女萝。
甚闻霜薤白， 园圃里有我听过甚为向往的经霜白薤头，
重惠意如何。 我希望能给我添一次惠赠不知你意如何。

亦为索物奇情作。首联展示一种别致的田园野景，好几处山泉浇灌园圃，引水渠道交横笼于碧绿山坡。落：作“络”用，笼罩之意；幔坡：绿如翠幔的山坡。次联提供背景资料，此际秋叶少、野云多，种满蔬菜的山坡一片葱茏，更加罕见。葳蕤：此作衰解。三联承流泉浇灌园圃引出连带润泽香芰和取走女萝。芰：菱角；女萝：线状植物。尾联趁势要求重惠白薤头。

383 杜　甫·遣怀

愁眼看霜露， 含愁眼睛只看见繁霜白露，
寒城菊自花。 寒城之菊似只顾自己开花。
天风随断柳， 拗折的柳枝随天风劲吹而飘转，
客泪堕清笳。 行客难忍泪因为听到悲戚清笳。
水净楼阴直， 楼房倒影直源自湖中的水静止，
山昏塞日斜。 山色转昏暗由于边塞太阳斜挂。
夜来归鸟尽， 黑夜来临归巢鸟占尽林木，
啼杀后栖鸦。 后到乌鸦无枝栖唯有啼煞。

感慨秦州觅地难。杜甫欲于秦州东柯谷觅地未遂而有此作。首联点明眼中含愁，只觉眼前有霜露，菊花像与己无关。寒城：指秦州。中二联看到的断柳、客泪、楼阴直、山色昏，也是欲遣之怀，但都排而不解，断柳因天风吹而随，以及笳声导致客泪、水静使得阴直、日斜造成山昏，皆有存在理由。净：作静解。尾联以慨叹卜居无地压轴，有“上林无限树，不借一枝栖”之意。

384 杜　甫·秦州杂诗二十首其一

满目悲生事， 满眼逃生避难的伤心事，
因人作远游。 出于投靠亲友而作远游。
迟回度陇怯， 在穿越陇山和抵达陇关时
浩荡及关愁。 都曾犹疑胆怯和无限忧愁。
水落鱼龙夜， 夜里经过的鱼龙河水源枯竭，
山空鸟鼠秋。 秋日目睹的鸟鼠山空无所有。
西征问烽火， 向西走还随时打听战事，
心折此淹留。 心中怕在这里多作停留。

拟寻最后安身处。首联点出由陕西赴秦州的原因，为了逃生避难，来此投亲靠友。次联对度陇山、抵陇关的担惊受怕过程，用“迟回”的“怯”和“浩荡”的“愁”来概括。三联意谓当地有名的鱼龙河、鸟鼠山，也只觉水落山空。尾联透露秦州未必能久住，实际在此仅滞留三个多月。杜甫此时由于今上唐肃宗昏庸、宦官鱼朝恩弄权，对朝政彻底失望，已有弃官求隐的打算。

385 杜　甫·秦州杂诗二十首其二

秦州城北寺， 秦州城北的一座古寺，
胜迹隗嚣宫。 那是著名古迹隗嚣宫。
苔藓山门古， 古寺山门长满苔藓显得古老，
丹青野殿空。 殿堂彩绘早已剥落所见皆空。
月明垂叶露， 月光映照垂叶露滴晶莹可见，
云逐渡溪风。 浮云被风追逐渡溪渐去无踪。
清渭无情极， 清清的渭河水它竟然无情到了如此地步，
愁时独向东。 当我流落秦州满腹乡愁时偏独自流向东。

参观名胜惹乡愁。 首联叙述秦州古迹隗嚣宫的所在地。隗嚣：东汉王莽篡汉时，他与刘秀、公孙述并立，成为讨伐王莽的三大势力之一。次联续述所见遗存，山门长满苔藓，殿堂彩绘剥落。三联显示诗人晚间游览，除见到寺已荒废，还见到月光照露、云影渡溪。尾联意谓避战乱而居秦州的诗人，游名胜而睹渭水即乡愁泛滥，水独能向东流，人不能回故乡，蕴含太多无奈。

386 杜　甫·秦州杂诗二十首其三

州图领同谷， 秦州版图向南管辖同谷县，
驿道出流沙。 它的驿道直通西域的流沙。
降虏兼千帐， 原为降虏现在属居民这些少数族类，
居人有万家。 在这里带来上千篷帐拥有上万人家。
马骄朱汗落， 胡马壮健号称日行千里流朱汗，
胡舞白题斜。 胡舞新奇头上毡笠帽子斜着挂。
年少临洮子， 经由临洮进入的西来异族青年，
西来亦自夸。 他们也以自己的习俗优越自夸。

深谋远虑为唐皇。 首联着眼秦州地理位置，说有驿道通西域。次联续说此地胡汉杂处且胡人众多，这是中外之间侵略与反侵略造成的后果。后两联谈对胡人观感，胡马壮健闻名，胡舞有人喜爱，西来的异族青年也以其习俗自豪。诗人于唐朝面临内外矛盾异常尖锐之时来此边城，似乎抱有隐忧。朱汗：古书载，大宛有天马，汗从前肩髆出如血，号一日千里；临洮：今甘肃岷县。

387 | 杜　甫·秦州杂诗二十首其四

鼓角缘边郡， 鼓角声沿边郡突然响了起来，
川原欲夜时。 整个山川原野正值入夜之时。
秋听殷地发， 鼓声秋日听来使人震撼仿佛从地底出，
风散入云悲。 角声随风四散令人悲凄似向云间传递。
抱叶寒蝉静， 寒蝉紧紧抱着树叶静止不动，
归来独鸟迟。 正飞往老巢的独鸟也在迟疑。
万方声一概， 这鼓角声仿佛普天之下同时震响，
吾道竟何之？ 心生顾虑不知欲避战乱该往何地？

秦州鼓角震心响。首联上句鼓角声先响起，下句人方注意时届黄昏，那是全边区宵禁开始的信号。鼓角：鼓，战鼓；角，牛角做的号角。次联描述听到鼓角声的感受，鼓声竟如地动山摇，角声仿佛满天凄厉。三联借物喻己，寒蝉抱叶不鸣、独鸟归飞犹豫，正是诗人无力鸣叫、进退迟疑的缩影。尾联说这万方齐响的鼓角声，让他感到天下虽大，难寻太平乐土。一概：犹一律。

388 | 杜　甫·秦州杂诗二十首其五

西使宜天马， 出使西方的使者得到适用的天马，
由来万匹强。 自此天马便不断繁衍达万匹以上。
浮云连阵没， 浮云般的良马接连在阵上消失，
秋草遍山长。 白白让战场上的秋草遍地疯长。
闻说真龙种， 听说真正的龙种神马，
仍残老骕骦。 仍残存着一匹老骕骦。
哀鸣思战斗， 这匹神马发出哀鸣在盼望战斗，
迥立向苍苍。 向着苍穹昂然屹立似待命疆场。

心如老马思平乱。首联简述引进良马的历史。次联哀叹大批良马牺牲。史载，759年3月，九节度使惨败邺城，战马万匹仅剩三千，诗句为此而发。浮云：良马名。后两联转写残存的一匹年老神马骕骦，并说这匹老骕骦发出哀鸣、昂首向天，仍盼驰骋沙场。作者以马自喻，托马寄情，表达了自己身老志坚，渴望出征的昂扬战斗精神。尽管只就马说，仍使壮心自露。

389 杜　甫•秦州杂诗二十首其六

城上胡笳奏， 城上有响亮的胡笳吹奏，
山边汉节归。 山边见持节的汉使回归。
防河赴沧海， 奉皇上的诏令把黄河防守，
奉诏发金微。 官兵开赴沧海而发自金微。
士苦形骸黑， 士兵跋涉艰苦形骸黝黑，
旌疏鸟兽稀。 旌旗疏落零乱图饰半褪。
那堪往来戍， 他们怎么能胜任如此往来征战，
恨解邺城围。 只恨曾包围邺城后来反被解围。

痛恨宦官多误事。首联点出持节汉使回归，经过秦州山城。次联交代汉使任务是传递皇命，把西北金微边塞军队调往东海防守黄河。三联描述诗人所见奉调军队过境情况，士兵疲累、旗帜不整。尾联归结到担心他们无力平叛，而怪责宦官胡乱指挥军队、错失重创被困叛军的机会，导致反被解围而重新调兵。邺城：河北临漳县。诗中充满体恤唐军劳苦、关心国家命运的感情。

390 杜　甫•秦州杂诗二十首其七

莽莽万重山， 莽莽苍苍万重的山，
孤城山谷间。 秦州孤城在山谷间。
无风云出塞， 山下无风却见山顶云出塞，
不夜月临关。 夜似未至忽然月已照边关。
属国归何晚， 汉使为何如此晚归会像苏武吗?
楼兰斩未还。 或似傅介子在楼兰除害尚未还?
烟尘独长望， 塞外烽烟战尘我怅然独自远望，
衰飒正摧颜。 眼前一片衰飒总使我不能开颜。

边城怅望盼和平。首联概写秦州险要的地势，是四周群峰环绕的一座孤城。次联描述身在孤城的独特感受，似乎无风而云已快速飞出塞外，仿佛未夜而月已映照这个边关。实际是四围山高，山下无风山上却有；上弦月较早升空，天未黑就高挂天上。三联对唐朝国力日衰，外交胜算难期极感忧虑，担心外敌入侵迫在眉睫。尾联诗人遥望塞外的动静，念及国力的衰落，无法开颜。

391 杜　甫·秦州杂诗二十首其八

闻道寻源使， 听说那寻黄河源头的使者，
从天此路回。 从天上沿着秦州之路返回。
牵牛去几许？ 尽管不知此路距牵牛星有多远，
宛马至今来。 那大宛的好马至今仍不断运来。
一望幽燕隔， 试看原本统一却出现幽燕等多处割据，
何时郡国开？ 何时才能全国各地方都可以畅通无碍？
东征健儿尽， 驻守西北官兵奉调东征平叛乱几乎全部牺牲，
羌笛暮吹哀。 内忧外患未除黄昏传来羌笛声令人倍觉悲哀。

怀古伤今难忍悲。 前半追昔，借用传说，盛赞拥有明君能臣的汉代，仅派出张骞、傅介子等少数人出使，寻找黄河源头、联系西域各国，便使中西国家之间互通有无，尤其维持友好关系好几百年。后半伤今，慨叹大唐国力衰弱，今倾全国之兵去平定内乱，仍然收效不大，而内忧未除，外患又至，内外交煎，不知何时可了，诗人深感悲哀。幽燕：北京一带，古称幽州燕国之地。

392 杜　甫·秦州杂诗二十首其九

今日明人眼， 在现今的明白人眼中，
临他好驿亭。 看到了一座好的驿亭。
丛篁低地碧， 碧绿的竹林出现在低地，
高柳半天青。 青青的古柳生长在高坪。
稠叠多幽事， 重要信息一个接一个地轮番出现，
喧呼阅使星。 来往使臣在喧哗呼叫中可以看清。
老夫如有此， 我如果有这样一个驿亭。
不异在郊坰。 在遥远的郊野同样欢迎。

赞赏驿亭可隐居。 首联以明白人自诩，肯定此亭为好。次联即实写其好在低有碧篁、高有青柳。三联描述这里能知很多要闻，能见很多使者，尾联表示希望拥有这样一个驿亭，当然应理解为，希望在其邻近建一个这样的住所。郊坰：同义复词，坰意为僻远郊野；不异：没有异议。这就明白显示即使诗人舍弃了官职，已成为归隐的“野老”，仍然念念不忘对国事的关心和忧虑。

393 | 杜　甫・秦州杂诗二十首其十

云气接昆仑， 云涛翻滚好像来自新疆昆仑山，
涔涔塞雨繁。 边城秋雨涔涔降落称得上频繁。
羌童看渭水， 此时或许只有羌童才会去看渭河水涨，
使客向河源。 唯有使者皇命在身必定冒雨奔向河源。
烟火军中幕， 缕缕炊烟萦绕在戍军的帐幕之上，
牛羊岭上村。 成群牛羊被赶向附近岭上的小村。
所居秋草净， 在所居屋可见秋草很干净，
正闭小蓬门。 这个时候正值闭上小蓬门。

困人秋雨留家避。 诗人在秦州滞留遇到连绵秋雨。首联以云气太盛怀疑它是从昆仑山送来的，让秋雨不停降落。次联想象此时只有羌族儿童可能有兴趣去察看渭河水涨，或者朝廷使臣身负皇命，才会不顾雨淋，继续朝黄河源头的方向赶路。三联由看见的烟火，推知其来自边防驻军营地，由看见的牛羊，推知其是岭上村所有。尾联还说看见秋草很干净，当时已经关上门。

394 | 杜　甫・秦州杂诗二十首其十一

萧萧古塞冷， 西风萧萧古塞寒冷，
漠漠秋云低。 秋云密布压得很低。
黄鹄翅垂雨， 黄鹄被雨淋低垂着两翅，
苍鹰饥啄泥。 苍鹰因饥饿不停在啄泥。
蓟门谁自北， 唐将往蓟门平叛的已经惨败有谁自北回，
汉将独征西。 又能专去西部边境参加抵抗吐蕃的战役？
不意书生耳， 没有想到自己果然仅属一介书生罢了，
临衰厌鼓鼙。 临到年老力衰竟然不愿听到还有战事。

恨无救急高明策。 首联诗人在秦州遇上秋季雨霖，仿佛气温特冷，秋云特低。次联是眼前黄鹄敛翅难飞，苍鹰饥饿啄泥，似他困守秦州缺衣少食的写照。三联径直奔向新近应对内忧外患的大事，唐军包围蓟门叛军老巢，本该胜利在望，却因宦官弄权反而大败，又使西部抵抗吐蕃侵略的力量难以加强。尾联怪责自己，不过一介书生，难有取胜良谋，只顾渴求国家早日太平。

395 | 杜　甫・秦州杂诗二十首其十二

山头南郭寺， 在山头上有间南郭寺，
水号北流泉。 寺旁溪水叫做北流泉。
老树空庭得， 几株老树占据空阔庭院显出怡然自得，
清渠一邑传。 清澈泉水通过长长渠道绕着全城流传。
秋花危石底， 烂漫的秋花绽放在高耸的岩石下，
晚景卧钟边。 柔和的夕照洒落在倒卧的巨钟边。
俯仰悲身世， 俯仰观赏因景各得其所而人暮年漂泊生悲，
溪风为飒然。 溪畔秋风也似表示同情而飒飒地吹个不断。

往游触景悲沦落。首联给往游的南郭寺定位，它在秦州某个山头，寺旁有个北流泉。中二联先是从大处写到寺所见，空庭老树依旧生机勃勃，清澈泉水尚在全城流传；后是从小处续写眼前之景，秋花在高耸岩石下开放、夕照在草丛卧钟边铺洒。景：同“影”。尾联说在观赏过程中，念及所见的清泉、老树、秋花、晚霞皆各有所宜，自己却老犹漂泊无依，便为身世沦落而生悲。

396 | 杜　甫・秦州杂诗二十首其十三

传道东柯谷， 听人说秦州的东柯谷，
深藏数十家。 深藏着数十户的人家。
对门藤盖瓦， 对门见屋青藤遮瓦，
映竹水穿沙。 溪流映竹水漫过沙。
瘦地翻宜粟， 这里的瘦地反适宜种粟，
阳坡可种瓜。 这里的阳坡更可以种瓜。
船人近相报， 叮嘱船夫近村子要告诉我，
但恐失桃花。 只怕这个桃花源错失了它。

东柯胜景似桃源。此诗应是在传闻基础上写成。首联叙述听别人说过，东柯环境优美，那里深深隐藏着数十户的人家。次联说家家户户屋瓦悬挂着青藤，清澈的溪水在绿竹掩映之下淌着沙子绕村而过。三联说此地不仅适宜居住，还适合种植，瘦地能种出好粟，阳坡能种出好瓜。尾联可见诗人简直像陶渊明初获桃源情报那样异常重视，害怕错失一处宜居的好地方。

397 | 杜　甫·秦州杂诗二十首其十四

万古仇池穴，古老的仇池是伏羲出生地仇池国故址，
潜通小有天。有个小洞穴暗中通往胜地世外小洞天。
神鱼人不见，所记述的灵异神鱼后人虽没见过，
福地语真传。关于它是道家福地得到真实流传。
近接西南境，新近来到秦州边境之地，
长怀十九泉。深深怀念仇池众多清泉。
何时一茅屋，不知何时我才能够建造一间茅屋，
送老白云边。在仇池山上白云边住到送别老年。

馀生愿在仇池度。首联说仇池历经万世，伏羲在此出生、氐族在此建国，它的小洞穴据说可潜通桃源般的小有天。次联说仇池这个道家的洞天福地，虽然神鱼后人没能见到，它的名声却真正在流传。三联说最近到了秦州，对无数清泉的仇池，非常怀念。尾联诗人的深切仰慕转化为行动，坦诚表白希望能在仇池终老。据秦州杂诗末篇的“读记忆仇池”，此诗前六句是引记中之语。

398 | 杜　甫·秦州杂诗二十首其十五

未暇泛沧海，尚无闲暇去泛游沧海，
悠悠兵马间。还逗留在兵荒马乱间。
塞门风落木，秦州和客舍都是秋风吹落树叶，
客舍雨连山。及飘洒秋雨同样出现山连着山。
阮籍行多兴，阮籍纵情于物外所行多随兴，
庞公隐不还。庞德公采药隐居不再把家还。
东柯遂疏懒，东柯能满足我近来疏懒之性，
休镊鬓毛斑。为修饰拔掉白鬓毛不必去干。

归隐东柯似定了。首联表示还谈不上隐逸，正身处兵荒马乱之中。次联描述铺天盖地的秋风秋雨，当是客居边城的实况，可见这里尚难安居。塞门：应指秦州。三联引用阮籍、庞公，显示要效法他们随兴而行，不再出仕。庞公：《后汉书》载，庞德公拒入仕，携妻子登岘山，一去不回。尾联说东柯能合我意，并认为不当官，那就不必讲究修饰特意去把白色鬓毛拔掉了。

399 | 杜　甫・秦州杂诗二十首其十六

东柯好崖谷， 秦州的东柯是好崖谷，
不与众峰群。 比普通山峰显得超群。
落日邀双鸟， 落日邀请双鸟同返，
晴天卷白云。 晴空卷着几片白云。
野人矜险绝， 山人夸赞此处山峰险要达到绝顶，
水竹会平分。 我却希望这里水竹之美可以平分。
采药吾将老， 我打算以采药为生在这里终老，
儿童未遣闻。 不过暂还不大适合让孩子得闻。

馀年采药在东柯。 首联给东柯谷一个总体肯定，说东柯谷就是好，就是与众峰不同。次联即举出一组叹为观止的镜头，落日邀两只鸟儿同归，晴空有几片白云做伴。三联已坦诚表露自己的心愿，希望与山中人共享东柯的险要之利和水竹之美。尾联明确表白，将在此采药终老而暂未让小孩知，若孩子知道从此将住在深山里不出来，该会多难受，诗人真不想带小儿女走上避世路。

400 | 杜　甫・秦州杂诗二十首其十七

边秋阴易夕， 秦州边地阴雨之日容易持续到晚，
不复辨晨光。 并且直到次日清早难再分辨晨光。
檐雨乱淋幔， 檐下雨点乱飘淋湿了窗子布幔，
山云低度墙。 山上乌云低矮缓慢地度过屋墙。
鸬鹚窥浅井， 鸬鹚窥探着浅井，
蚯蚓上深堂。 蚯蚓爬上了深堂。
车马何萧索， 门前车马多么萧索，
门前百草长。 各种野草长得老长。

天昏地黑唯秋雨。 首联说秦州的秋雨白天连着黑夜，下个不停。次联开始描述雨景：雨点乱飘，淋湿布幔，说明雨势来得急骤，乌云低度屋墙，可见云中水分极大，造成雨点又急又密。三联续写雨景，鸬鹚窥探浅井，大概久雨成涝井已有鱼；蚯蚓爬上深堂，可能廊短屋窄几步登堂。尾联的门前萧索，接着不说萧索之由，而另出新意“百草长”，让人具体感受他凄清孤寂之情。

401 | 杜　甫·秦州杂诗二十首其十八

地僻秋将尽， 秦州地僻山高秋天即将过去，
山高客未归。 他乡来此客人还远未能回归。
塞云多断续， 边塞的浮云多见时断时续，
边日少光辉。 边塞的日照总是缺少光辉。
警急烽常报， 警示危急的烽烟经常发报，
传闻檄屡飞。 传递要闻的羽檄屡有驰飞。
西戎外甥国， 吐蕃这样一个异族外甥国，
何得迕天威。 怎能斗胆包天冒犯唐天威。

秦州不是安居地。首联避战乱而居秦州的杜甫临秋尽，惦记的仍是归家。次联他敞开心扉谈顾虑，这里是直通西域的最大通道，将是吐蕃必争之地，边塞的“云日”，正常也觉反常。三联出现的现象更难安宁，由西部边境发出的危急烽烟抬头可见，为西部边境传送羽檄的快马时有飞驰。尾联越想越气，竟骂出一句，外甥之国怎能冒犯舅父（唐朝公主曾下嫁吐蕃某代君王）。

402 | 杜　甫·秦州杂诗二十首其十九

凤林戈未息， 凤林关外的战乱不断没有平息，
鱼海路常难。 通往鱼海的道路险恶行军艰难。
候火云烽峻， 烽火浓烟冲上九天尤显云烽高峻，
悬军幕井干。 历尽艰辛深入敌后又遇水井枯干。
风连西极动， 朔风不止似觉西部边境被撼动，
月过北庭寒。 月光流淌想起北庭边地也心寒。
故老思飞将， 老人思念屡立边功的飞将军李广，
何时议筑坛。 什么时候才能够商议拜将去筑坛？

身在秦州愁西塞。首联显示唐朝爆发安史之乱后，西部境外的吐蕃异族便乘机大举入侵中国，致战乱频仍，唐军间有派兵支援西线，也行进艰难。次联暂避秦州的诗人非常担心西线援兵取胜不易，他们烽烟滚滚中深入敌后，成了悬军，连食水也无法解决。三联诗人忍不住对西部边塞危机无比忧虑。北庭：唐代设北庭都护府，在今新疆。尾联寄希望于朝廷立即任用李广般的能臣。

403 杜　甫·秦州杂诗二十首其二十

唐尧真自圣， 你陛下真是天生圣人，
野老复何知。 我老粗又能够有何知。
晒药能无妇， 晒药怎能无妇人处置，
应门幸有儿。 应门幸亏还有小孩儿。
藏书闻禹穴， 翻检藏书这里有名胜禹穴，
读记忆仇池。 凭借读记还忆及名胜仇池。
为报鸳行旧， 足以告慰旧日的同僚好友，
鹪鹩在一枝。 我这只小鸟处在一枝可栖。

真意偏宜婉曲说。此诗是正话反说。首联便讽刺唐肃宗昏庸无能，而以自己的懵懂无知作陪衬。次联故意把自己说得目光短浅、甘于卖药。三联还说生活中尚有闲情逸致，寻找当地名胜古迹去流连欣赏。尾联请好友放心，他如同鹪鹩尚有一枝可栖。诗人远离了朝廷，却与人民更靠近。往后历经艰难，但是不改壮志，“济时敢爱死？寂寞壮心惊”（《岁暮》）是他的一贯精神。

404 杜　甫·寓目

一县蒲萄熟， 整个县的葡萄开始成熟，
秋山苜蓿多。 秋山上的苜蓿长满山坡。
关云常带雨， 塞外之云虽常致雨却降雨不多，
塞水不成河。 塞外河流总流不动仿佛不是河。
羌女轻烽燧， 羌女对警示战争的烽燧不在意，
胡儿掣骆驼。 胡儿擅于驯服力大耐劳的骆驼。
自伤迟暮眼， 这些看在我这迟暮老人眼里很觉忧虑，
丧乱饱经过。 可能是自己饱经丧乱见过的事情太多。

诗人远虑后成真。首联描述初到秦州感觉物产与内地不同，所见除了葡萄，就是苜蓿。苜蓿：多年生开花植物，作为牧草的是紫花苜蓿。次联续述气候不同，塞外云虽常带雨，河不似河流，意谓边塞降雨不足，气候干旱。三联续述文化不同，与汉人杂居的羌女胡儿，未能摆脱好勇斗狠的习性。尾联考虑到边塞可忧之处，自然担心起来。诗人离开秦州第四年，此处果然被吐蕃沦陷。

405 | 杜　甫·雨晴

天外秋云薄， 远天外飘着淡淡的秋云，
从西万里风。 从西边吹来万里的凉风。
今朝好晴景， 今朝终于有了一个好晴景，
久雨不妨农。 尽管久雨可保收成不妨农。
塞柳行疏翠， 边塞柳树行列稀疏而仍有翠色，
山梨结小红。 山中梨子结成果实却多见小红。
胡笳楼上发， 胡笳响声高亢异常从东楼上发出，
一雁入高空。 一只大雁忽然腾起快速飞入高空。

点赞秦州有雨晴。首联说秋云既薄，西风又起，这是出现晴好的前提。次联对好晴景加以赞叹，由于正被久雨所苦，终于等来一个不妨农的天气。三联描述雨晴所见之景，柳疏梨结，是深秋物候；或翠或红，含雨后彰显。尾联续述所见之景，笳声遇晴而倍响，大雁因晴而腾空；大雁熟习笳声，或闻胡笳而更兴奋。“农”韵部二冬，而“风”“红”“空”皆韵部一东，或未细察。

406 | 杜　甫·东楼

万里流沙道， 走上那万里迢迢的沙漠之路，
西征过北门。 西征人都要经过这个北城门。
但添新战骨， 每次出征只有增添新死者的尸骨，
不返旧征魂。 却从不见返回那些旧死者的灵魂。
楼角临风迥， 楼的檐角凌风耸翘显得多么高昂，
城阴带水昏。 城的阴面靠近渭水顿觉一片昏暗。
传声看驿使， 城门之下又有驿使喧呼而过，
送节向河源。 该是向河源西走与吐蕃和谈。

不堪忆旧又伤今。首联描述东楼位于秦州北城门上，西行远赴沙漠地带者必经此城门。次联回顾曾送出过无数将士，都是有去无回，国衰力弱令人难忍悲伤。三联描述楼上的檐角凌风耸翘多高昂，楼下的城阴低下阴森多昏暗，让人察觉城头虽依旧风光，背后却灾难深重。尾联说为了阻止吐蕃侵略，眼下朝廷又派遣使者，往黄河源头跑。诗人担心不幸的历史还会重演。

407 | 杜　甫·日暮

日落风亦起， 日落西山晚风紧跟也涌起，
城头鸟尾讹。 城头栖鸟尾毛掀动欲寻窝。
黄云高未动， 天上黄云高挂未散，
白水已扬波。 地下白水早已扬波。
羌妇语还笑， 羌妇又说又笑，
胡儿行且歌。 胡儿边走边歌。
将军别换马， 唐朝边将另换战马，
夜出拥雕戈。 匆匆夜出手持雕戈。

边城守备令人愁。此诗咏秦州日暮。前半为日暮之景。先写日落风随起、鸟受惊欲飞，续写云聚不散、水已翻波。而日落风起、云聚波翻似被当地认作动武之兆。就拿晚景言，一般人也会感觉昏暗凄清。讹：作动解。后半为日暮之事。先讲城中羌妇胡儿的忘形歌笑，似预感到将要打仗而趾高气扬，后讲唐军边将换马夜出，更见军情紧急，需要及时上报。雕戈：刻有花纹的戈。

408 | 杜　甫·天河

常时任显晦， 平常时候任它或显露或隐晦，
秋至辄分明。 到了秋季天河总是格外澄明。
纵被微云掩， 纵使被微云遮掩，
终能永夜清。 最终能整夜澄清。
含星动双阙， 天河携星宿并带着月亮，
伴月照边城。 从帝都移动而照临边城。
牛女年年渡， 牛郎织女年年渡此河，
何曾风浪生。 何曾见到有风浪发生？

喜似天河秋夜明。在秦州见天河而有所感。首联认为天河一到秋天，总是让人觉得很分明。后三联还举证说明，先说就算短时微云遮掩，从整夜看它还是澄清的，后说它携星带月，由京城来秦州，同样如此，试看牛郎织女安渡天河，毫无风浪。双阙：指京城；边城：指秦州。诗人要让别人了解，自己举家往陇地避战乱，只会像天河那样，更鲜明地显露固有本性、坚持一贯操守。

409 杜　甫·初月

光细弦初上， 光亮细微似弓弦初始升上，
影斜轮未安。 月影倾斜如车轮尚未能安。
微升古塞外， 稍为攀升于古塞的外围，
已隐暮云端。 随即隐没在暮云的顶端。
河汉不改色， 天河容色不改还似越发明朗，
关山空自寒。 唯有关塞此时竟自感觉更寒。
庭前有白露， 庭院前到处可看见色如死灰的白露水，
暗满菊花团。 暗晦中露水把菊花堆成球状的菊花团。

描摹新月讽时事。 首联刻画初月形象，从亮度说它细微似弓弦刚升起来，从暗影说它倾斜如车轮未安顿好。次联描写动态，说才升古塞外，便被暮云遮。古塞：指秦州。后半承月蔽天黑，表远近景物：天河不变色，秦州寒意深，露满菊花团。后人揣测似隐讽唐肃宗，光细影斜见德有亏、心不正，才升即隐，刚即位于灵武便受宦官李辅国等蒙蔽，造成边境凄凉、百姓失去庇护。

410 杜　甫·捣衣

亦知戍不返， 我知道你戍守边关再不能返回，
秋至拭清砧。 秋天来了我仍擦洗捣衣的石砧。
已近苦寒月， 时已到达临近苦寒的月，
况经长别心。 何况有经历过长别的心。
宁辞捣熨倦， 尽管身体疲惫不会舍弃这又捣又熨，
一寄塞垣深？ 只想寒衣早寄边塞遥远力气不能吝。
用尽闺中力： 一定用尽闺中人的力量去捣衣，
君听空外音！ 请你听听传至高空外的砧杵音。

砧杵音传戍妇情。 此诗为代言体。首联从戍妇已知丈夫战死仍然秋至捣衣写起。次联表现别后思念之情加强，明知不返而偏要早捣衣，正是临近“苦寒月”的“长别心”凝聚而成的。三联演绎戍妇的苦情，“倦”字意味力倦而心不倦，“深”字双关，除形容“塞垣”遥远还暗寓爱情深挚。塞垣：指边塞。尾联总结全诗，戍妇把强烈的思念倾注于捣衣，应让国君能听到这砧杵音。

411 | 杜　甫·归燕

不独避霜雪， 不只是要躲避霜雪，
其如俦侣稀。 还缺少伴侣的扶持。
四时无失序， 每一年都不会错过季节，
八月自知归。 到八月便自然知道回归。
春色岂相误， 春色无边虽然诱惑很多不会误事，
众雏还识机。 即使雏燕也能趋利避害懂得识机。
故巢傥未毁， 如果故巢没有被毁坏，
会傍主人飞。 定会傍着主人反复飞。

不忘时势恋朝廷。前六句是主人对燕子讲的话，一至四句表赞扬，说它们来往艰难而能谨守时序，五、六两句表期望，相信它们依时再来。最后两句是代燕子的答话，应允一定返故巢。傥：同“倘”。字面仅见，诗人以人情体味物情，以爱心观赏物象。前人联系作者经历，还这样揣度此诗寓意：作者“虽弃官而去，非竟忘世也。明知故巢已毁，犹拳拳冀主人勿弃，必还恋主也”。

412 | 杜　甫·促织

促织甚微细， 蟋蟀的叫声十分微细，
哀音何动人。 声音的哀婉何等动人。
草根吟不稳， 在野外草丛叫得不够顺畅，
床下夜相亲。 转移到床下夜里跟我亲近。
久客得无泪， 久客他乡之人以及被遗弃的妇女，
放妻难及晨。 怎不闻声下泪以至难安睡至早晨。
悲丝与急管， 想那哀切的丝乐和激昂的管乐，
感激异天真。 也不如这感人的声音出自天真。

促织哀音动客心。首联正面点出蟋蟀，说它叫声十分细小，哀婉却如此动人，显示其非比寻常。促织：蟋蟀。次联描述蟋蟀由屋外叫到屋内，也似有彼此不忍远离之意。三联着重表达“久客放妻”深受这种哀音激动。当时诗人正弃官逃难，客居秦州，身陷飘泊流离，而心怀忧国、忧民、忧亲之情，闻声伤感难眠可知。尾联拿丝乐、管乐做陪衬，把蟋蟀的哀婉之音推到极致。

413 杜　甫·萤火

幸因腐草出， 萤火虫侥幸由腐草化育而出，
敢近太阳飞。 胆子小怎么敢靠近太阳而飞。
未足临书卷， 你的亮度未足以照明书卷，
时能点客衣。 却时时能点污客人身上衣。
随风隔幔小， 随风飘荡透过帷幔可见是个小不点，
带雨傍林微。 带雨苦撑也能见它傍在林边发光微。
十月清霜重， 十月快到来清霜凝重，
飘零何处归。 你即将飘落往何处归？

宦官不过小萤火。 首联揭露萤火虫的出身，说它有幸从腐草生出而怕见阳光。敢：原句为反问，敢等于岂敢或不敢。“腐”易想到腐刑。次联弄清危害，针对俗世给其片面赞好，其实成事不足，败事更多，不能照清书字，还常点污人衣。三联承首联“幸”字深挖老底，它不过狐假虎威，是个小人物，难有大作为。尾联判其好景不长，一旦大地澄明（政治清明），便将彻底消失。

414 杜　甫·蒹葭

摧折不自守， 蒹葭面对摧折不能自保，
秋风吹若何。 秋风还在劲吹该当如何。
暂时花戴雪， 只是短暂开花如头戴雪帽，
几处叶沉波。 很快多处叶子被淹于水波。
体弱春苗早， 形体柔弱时春寒尚在苗生早，
丛长夜露多。 成丛长大后夜间寒露又嫌多。
江湖后摇落， 即使托身南方江湖稍后一点摇落，
亦恐岁蹉跎。 也担心着宝贵岁月在无聊中度过。

蒹葭难处憾蹉跎。 首联描绘蒹葭物象特征，它已被摧折，仍风吹不歇，却无力自保。蒹葭：芦苇。次联表露舒心日少痛心多，短暂开花如戴雪，不断卢叶沉水波。三联回顾两季的各有所难，春苗初出，怕遇春寒，夏枝虽长，又逢露重。尾联说远托南方江湖的也还是难免岁月蹉跎。全诗写的是蒹葭，寓的却是本身自卫无方，任凭摧折的感伤情怀，而最痛楚的恐怕是一生所求而不得。

415 | 杜　甫·苦竹

青冥亦自守， 苦竹长在山岭野外也能守住自我，
软弱强扶持。 只是自身躯体软弱需要勉强扶持。
味苦夏虫避， 它味道很苦虫子都回避，
丛卑春鸟疑。 竹丛低矮鸟儿也不栖息。
轩墀曾不重， 富贵之家不看重未曾栽种在庭院，
翦伐欲无辞。 倘有种者即使受剪伐也不想解释。
幸近幽人屋， 幸亏能靠近隐士茅屋顺利生长，
霜根结在兹。 可以把经冬不死的根扎在这里。

守节保身如苦竹。首联概写苦竹处境：立身山野，尚可自保，尽管躯体软弱，必须勉强支撑。青冥：山野。次联描写苦竹特征产生的后果，味苦夏虫避，丛卑春鸟疑。三联表达乐处平淡，不介意富贵者（包括帝王）轻视而不种，种了而加以剪伐也无所谓。尾联以有幸把霜根扎在隐士屋旁结束。诗人任左拾遗时，随性直言，导致群小排挤、朝廷疏远、最后飘泊江湖，似苦竹影子。

416 | 杜　甫·除架

束薪已零落， 木棍搭成的瓠瓜架子已破烂，
瓠叶转萧疏。 原来茂密的瓠叶也变得稀疏。
幸结白花了， 既然已有幸使白花结成瓠瓜，
宁辞青蔓除。 怎会难舍把残存的青蔓拔除。
秋虫声不去， 旧日瓠瓜架子下秋虫的叫声还在，
暮雀意何如？ 哪里比得上暮雀果断离开的风度！
寒事今牢落， 寒天有关种植的事现在寥落无几了，
人生亦有初。 人生也有初始规划学瓠结瓜不含糊。

应学瓠瓜能结果。首联陈述瓠瓜收成后，瓜架已坏，瓜叶变疏，提出应该拆除的理由。次联替瓠瓜代言，“宁辞青蔓除”，似乎瓠瓜很有功成身退的勇气。三联借秋虫暮雀的去留，表示赞赏瓠瓜有暮雀的勇气，六句应理解为“何如暮雀意”。尾联截取《诗经》“靡不有初，鲜克有终”，用的是前句之文，表的是后句“鲜克有终”之意，即慨叹人生能使花结成果的还是为数不多。

417 杜　甫·废畦

秋蔬拥霜露， 秋深蔬菜坦然拥抱霜露，
岂敢惜凋残。 毫不怜惜自己即将凋残。
暮景数枝叶， 你晚景凄凉只剩下了几片残叶，
天风吹汝寒。 满天的冷风还不断吹使你受寒。
绿沾泥滓尽， 原先的翠绿沾上泥巴早就消失殆尽，
香与岁时阑。 旧有的清香已与岁月一起远去不还。
生意春如昨， 回想你生气盎然的春日风采还如在昨天，
悲君白玉盘。 真为你不再登君王的白玉盘而难忍悲叹。

废畦今日令人悲。 首联叙述秋蔬饱受霜露，仿佛不知自怜地凋残了。中二联描写秋蔬凋残的凄凉景况：遗留残叶，被冷风吹；昔日翠绿清香，全都化为乌有。尾联诗人替秋蔬抚今追昔，为秋蔬的命运悲叹。此诗似以废畦比喻国家的衰败。田园凋残前曾有过兴旺，凋残之后，还会迎来新的兴旺吗？当然存在这种可能，且为诗人希望所在，尽管此时他对唐室中兴，远未感到乐观。

418 杜　甫·夕烽

夕烽来不近， 傍晚所见烽火来自遥远之处，
每日报平安。 每天按时发出报导是否平安。
塞上传光小， 传自边塞的夕烽亮度比较小，
云边落点残。 落在云边的微光更加分辨难。
照秦通警急， 警急烽火能畅通无阻照亮秦地，
过陇自艰难。 远于陇山便常有烽火不接之患。
闻道蓬莱殿， 听说长安的蓬莱殿曾经有过，
千门立马看。 整殿的人坐在马上把烽火看。

平安火有不平安。 首联点题，说明夕烽来自遥远的边塞，又被称为平安火。夕烽：这里指来自西面边塞傍晚点燃的烽烟。次联指出平安火的传输时会失常，它亮度不高，传接易断。三联揭露警急的烽火，能通秦地却难过陇山，也存在传接中断的严重隐患，这是诗人极为关注的问题，因为此刻的吐蕃随时都可能入侵。尾联京城里那些看烽火的人亮相，更见诗人急国人之所急。

419 杜　甫·秋笛

清商欲尽奏， 尽情吹奏秋笛可以用清商之调，
奏苦血沾衣。 不过尽情苦奏能令人泣血沾衣。
他日伤心极， 平日奏出这种笛声难免使人伤心至极，
征人白骨归。 人们又会痛切憾恨征人唯有白骨回归。
相逢恐恨过， 怕听到笛声者会悲愤太过，
故作发声微。 所以吹奏起来就发声轻微。
不见秋云动， 请看使得秋云正在浮动，
悲风稍稍飞。 也已经让悲风缓缓地飞。

远笛微声悲将士。所咏是秋笛，所抒是对阵亡将士的悲悯之情。前半虚写，后半实写。作者构思时从实闻远笛微声，而生出虚拟的“欲尽奏”，并设想尽奏所产生的强烈感人效果，从实到虚，虚中有实。但布局上，却把虚写提前，将实写押后，让读者先感受笛声尽奏之苦，后领略秋笛声微之状，更能表现诗人塞上闻笛而悲痛欲绝的心情。清商：凄清的商调，商调为较高的乐调。

420 杜　甫·空囊

翠柏苦犹食， 翠柏果实苦涩也要把它吃掉，
明霞高可餐。 明霞高高在天也能弄来进餐。
世人共鲁莽， 世人多是临财喜苟得未免鲁莽，
吾道属艰难。 我则直道而行拒苟得自属艰难。
不爨井晨冻， 不烧火做饭早晨井水更冻，
无衣床夜寒。 缺少衣服穿夜间的床越寒。
囊空恐羞涩， 如果钱袋空虚担心它会丢面子，
留得一钱看。 留下一钱看守不让钱袋陷难堪。

少衣缺食仍幽默。首联说食柏餐霞，既指穷得没饭吃，也指穷得有品位，古书记载那是仙人、高人的食物。次联触及穷困原因，他是坚守“临财毋苟得”而不怕陷于穷困的，突现了杜甫高尚的人格。三联实写贫状，晨炊无米，夜寒难御，已至一贫如洗。尾联还跟大家开玩笑，谓钱袋空了它会自卑（先贤说过：阮囊羞涩），老杜便突发创意，留下一钱看守，让钱袋尊严得以维护。

421 杜　甫·病马

乘尔亦已久， 骑着你闯天下已经有很长时间，
天寒关塞深。 不管天寒地冻不怕关塞远无垠。
尘中老尽力， 一年到头直至老迈都在风尘中为我尽力，
岁晚病伤心。 使我自然怜惜起来以至忍不住感到伤心。
毛骨岂殊众？ 你的毛骨与普通的马没有多大差异，
驯良犹至今。 可是你能一直驯良地为我服役至今。
物微意不浅， 虽为小生物情意却不浅，
感动一沉吟。 我心里感动总为此沉吟。

老马堪怜人可敬。此诗题目“病马”，义为怜马，其中病字应作怜解。首联回顾此马长期助己远行的经历。次联感慨此马不管年头岁尾，即使年老体衰都在风尘中为己尽力，顿生怜惜，且伤心起来。三联赞叹此马不平凡，如此普通而能温顺、不顾一切为主人效劳，钦佩之情顿生。尾联由马的位卑而意高，想到自己不也这样对待朝廷吗？于是引起深长的思索，久久不能自已。

422 杜　甫·蕃剑

致此自僻远， 自偏僻远地得此蕃剑，
又非珠玉装。 而且又没有珠玉装潢。
如何有奇怪， 为何令人很奇怪，
每夜吐光芒。 每每夜间放光芒。
虎气必腾踔， 蕃剑光芒必定会凌空直上，
龙身宁久藏。 蕃剑自身不可能长久隐藏。
风尘苦未息， 当前战乱之苦远未结束，
持汝奉明王。 将蕃剑进献给圣明之王。

请缨为国解危难。首联写蕃剑来自僻远又无装饰，易被忽视，如同作者出身并非豪门，一直潦倒，未被赏识。次联以反问表现，此剑其貌不扬却光芒难掩，恰似作者身居卑职而才华盖世。三联回答反问：稀世之宝，终有大用。虎气、龙身：以龙虎喻蕃剑。据《吴越春秋》，吴王阖闾死，陪葬宝剑金光上扬，白虎踞其上。尾联要把蕃剑献明王以平战乱，意味着毛遂自荐，为国立功。

423 杜　甫•铜瓶

乱后碧井废， 因时世混乱一个漂亮的深井被废弃了，
时清瑶殿深。 忆时世清明它该在瑶殿深处与桐为邻。
铜瓶未失水， 在此废井捡到的汲水铜瓶应是连水掉下，
百丈有哀音。 辘轳之上牵引长长的井绳掉下当有哀音。
侧想美人意， 旁人揣测那汲水宫女一时失手的心意，
应悲寒甃沉。 该为力弱让铜瓶意外沉于深井而伤心。
蛟龙半缺落， 铜瓶上文饰的蛟龙一半已经脱落，
犹得折黄金。 此瓶已属古代文物还可换来黄金。

铜瓶旧物见兴衰。首联因铜瓶从故宫废井中得到，便由追溯废井的前世切入，唐人已有这样的诗句："梧桐落叶黄金井，横架辘轳牵素绠。"中二联承瑶殿句，推想铜瓶被宫女失手掉到井里的过程。哀音：悲伤痛惜的声音；甃：砖砌井壁，可指井。尾联承碧井句，说今所见铜瓶尽管文饰脱落，仍可卖得高价，因为它经历了过去的繁华，反映了朝代的兴衰，有历史文物价值。折：折换。

424 杜　甫•从人觅小胡孙许寄

人说南州路， 听到别人传说在南州路那边，
山猿树树悬。 几乎每棵树上都悬挂着山猿。
举家闻若骇， 全家知道此事似受到惊吓，
为寄小如拳。 请为我寄一只小猴细如拳。
预哂愁胡面， 想起猴子两目深陷的愁胡面孔便先感可笑，
初调见马鞭。 也难忘记猴子初次调教马匹时举起的马鞭。
许求聪慧者， 还允许我要求挑一只较聪明的，
童稚捧应癫。 孩子们捧着玩应会喜欢到发癫。

区区小事动人心。此诗上半求人寄小猴一只。南州路：指两粤地区。下半还希望此小猴是较聪明的，聪明的具体表现也作了生动刻画。愁胡：含愁的胡人；初调：古代认为，马怕鞭打，一般举鞭即伏，故畜马者有夜间以猴子代人，去警戒马匹的。这首小诗让我们了解到，杜甫在秦州期间，除了忧国忧民，还曾经积极筹划弄个小猴回来让孩子高兴，可以窥见他作为父亲的慈爱。

425 杜　甫·山寺

野寺残僧少，这山野的寺只见到了很少僧人，
山園细路高。那圆形的山羊肠小道由低至高。
麝香眠石竹，麝香鸟在石竹丛中入睡，
鹦鹉啄金桃。小鹦鹉则正啄食熟山桃。
乱水通人过，游人通过乱流的溪水然后攀登，
悬崖置屋牢。悬崖共有两百多小阁相当坚牢。
上方重阁晚，夕阳西下时分登上佛寺上层崖阁，
百里见秋毫。几乎百里之外细小物件也能看到。

山寺风光今尚在。首联概述对所游山寺的总体感觉，山寺正面临衰落剩下的僧人少，所在的山呈圆形有小路通高处。山寺：应为秦州麦积山瑞应寺；園：应通假字作“圆”用。次联描述山寺庭院的如画之景，石竹丛中麝香鸟酣睡不醒，山桃树上小鹦鹉吃果正欢。三联分说麦积山两特点，山下两水合流，山上多层崖阁。崖阁：建在悬崖上的特殊礼佛室屋。尾联以夸张手法衬托整个崖阁的高危。

426 杜　甫·冬日有怀李白

寂寞书斋里，寂寞地待在书房里，
终朝独尔思。整天都单独想念你。
更寻嘉树传，还找来登载有季武子珍爱嘉树的左传，
不忘角弓诗。不敢忘记韩宣子重视兄弟情的角弓诗。
短褐风霜入，粗布短衣难挡风刀霜剑刺入，
还丹日月迟。采集耗时炼成丹药便被拖迟。
未因乘兴去，因此未能够乘兴前去与你同游，
空有鹿门期。空有襄阳鹿门山采药这个预期。

心存崇拜重诗仙。前四句怀念李白，独在书房，成天想念，还翻检《左传》，重温季武子和韩宣子的故事，体现杜甫不忘李白，如同季武不忘韩宣。季武子：他接待晋国使者韩宣子来鲁国聘问时提出，要像珍爱甘棠一样珍爱嘉树，以示对韩宣子重兄弟情而赋角弓诗的崇敬；角弓诗：《诗经》一首倡导兄弟相亲的诗。后四句叙述己事，短褐难御寒，丹药未炼成，鹿门之约也落空。

427 | 杜　甫·春日忆李白

白也诗无敌， 李白诗篇天下无敌，
飘然思不群。 他的见识远超众人。
清新庾开府， 李诗的风格清新俊逸，
俊逸鲍参军。 就像庾开府和鲍参军。
渭北春天树， 而今我在渭北想起他只好凝视着春天的绿树，
江东日暮云。 他在江东想起我也只好遥望着那日暮的白云。
何时一樽酒， 我们何时才能相逢饮酒，
重与细论文？ 再一次深入去谈诗论文？

痴心倾慕深怀念。首联赞叹李白诗好，见识高超而无人能敌。次联断定李白诗像庾信、鲍照作品那样清新俊逸。庾开府：即庾信，官至北周骠骑大将军、开府仪同三司（司马、司徒、司空）；鲍参军：指鲍照，南朝宋时任荆州前军参军。三联直接追忆人，只写了两人所在之地（渭北、江东）和所见之景（春树、暮云），便表达了相互深沉的思念。尾联热切希望重逢再聚，细论诗文。

428 | 杜　甫·天末怀李白

凉风起天末， 凉风飕飕从天边刮起，
君子意如何。 不知此时你心境如何。
鸿雁几时到， 鸿雁何时捎来你的消息？
江湖秋水多。 只恐江湖水涨风浪太多。
文章憎命达， 文才超卓似乎排斥命运通达，
魑魅喜人过。 山精水怪总是喜欢人有错过。
应共冤魂语， 你应与蒙冤屈原交谈共语，
投诗赠汨罗。 把不平写成诗歌投赠汨罗。

殷切追思知己者。前两联借凉风起兴，以问心境、问消息直接表达怀念。君子：对李白的称呼。三联意谓：文才出众总是命途多舛，邪恶势力大都伺机害人，已转为同情其身世。尾联更不惧舆论压力而严正提出，李白与屈原同是忠而蒙冤的人，他们应通过投赠诗篇，互相鼓舞。全诗充满殷切的思念、细微的关注和发自内心的同情；投诗冤魂而说“赠”，似让冤魂活回来了。

429 | 杜　甫·不见

不见李生久， 已很久没有见到李白了，
佯狂真可哀！ 他佯为狂放真令人悲哀。
世人皆欲杀， 世上那班人都要把他杀了，
吾意独怜才。 我心偏怜惜他真是个人才。
敏捷诗千首， 他文思敏捷早已成诗千首，
飘零酒一杯。 却飘零无依消愁唯靠贪杯。
匡山读书处， 匡山那边有他的读书处，
头白好归来。 头发变白就应该快归来。

同情李白倾心护。 首联说出不见李白很久后，随即对他的遭遇表示极大同情，因为深知他欲济世而不得，才无奈醉酒佯狂。次联明确表态，否定统治集团要把李白处死的舆论，认为他参加永王李璘起兵讨伐安史之乱被定性为叛变朝廷，实是无辜被冤，应予怜惜而非杀害。三联具体概括李白的人生困境，他虽然才思过人已成诗千首，仍旧飘泊无依而借酒消愁。尾联呼唤他回四川。

430 | 杜　甫·所思（得台州郑司户虔消息）

郑老身仍窜， 郑虔以衰老之身仍被放逐，
台州信所传。 这是台州的来信给我所传。
为农山涧曲， 他有时要务农有时卧病在床，
卧病海云边。 或在山涧曲处或在海云旁边。
世已疏儒素， 世人已经疏远儒家的精神，
人犹乞酒钱。 尽管仍然有人分给他酒钱。
徒劳望牛斗， 我只能长久徒劳地凝望着牛斗星，
无计斫龙泉。 没办法挖掘出郑虔这把龙泉宝剑。

无计救人空悲愤。 首联说台州来信告知，老朋友郑虔仍在放逐中。台州：位于浙江中部。中二联先简述他在台州那边的近况，后对他的处境深感悲愤，认为完全违背尊重贤能的优良传统。唐代的郑虔被称诗、书、画皆臻精妙，曾由皇上亲笔批曰“郑乾三绝”。尾联憾恨自己不能救他。牛斗：牛星、斗星两星宿，台州乃牛斗分野，郑贬该地，如宝剑埋其土，苦于无计出之。

431 杜　甫·送远

带甲满天地， 天地满布身披战甲的人，
胡为君远行！ 兵荒马乱为何我要远行！
亲朋尽一哭， 亲友都难忍彼此同声一哭，
鞍马去孤城。 我跨鞍驱马离开陇上孤城。
草木岁月晚， 草木凋零时当岁暮，
关河霜雪清。 霜雪飘洒关河冷清。
别离已昨日， 离别已成昨日事总是忘不了，
因见古人情。 因见古人伤别离蕴含着深情。

战乱远行更惜别。首联是个问句，却问而不答。其实问句里已包含了答案，正因为安史叛乱，诗人被迫逃难，才天天准备远行，此时他打算由秦州入四川。次联用亲朋的态度衬托此行的艰险，乱离之世，人们一下意识到生离几近死别，怎能不伤心。三联补出时值严冬，意味着路上除面临战争杀戮之灾，还遭受霜雪侵凌之害。尾联似告诫自己，要效法古人，给远行人足够的关心。

432 杜　甫·为农

锦里烟尘外， 锦里有幸处在战争烟尘之外，
江村八九家。 栖身的江村只得八九户人家。
圆荷浮小叶， 平时可赏圆圆的小荷叶漂浮在水面，
细麦落轻花。 还有机会看到大片小麦正飘落轻花。
卜宅从兹老， 安家此地便有在此终老的打算，
为农去国赊。 一心务农距京城似乎远似天涯。
远惭勾漏令， 对热中当勾漏令的葛洪大感惭愧难企及，
不得问丹砂。 自己未能完全置身世外往求仙道炼丹砂。

初到成都情绪好。首联对由秦州来成都找到的栖身地作简介，这里没有战乱，住地也还幽静。锦里，即成都。次联描写住地眼前可见圆荷小叶，细麦轻花，流露满足之情。三联调侃自己，如此远离朝廷，今后国事可少问了吧？尾联还以同样的调子说，不去学道求仙，心中有愧。这些调侃话，都应该有正确的理解。

433 杜　甫·有客

患气经时久， 我患肺病历时已久，

临江卜宅新。 临江安置的家还新。

喧卑方避俗， 正好这里能避免世俗喧哗低下的毛病，

疏快颇宜人。 周围环境还算得上是开阔畅快很称心。

有客过茅宇， 有位客人来此过访茅舍，

呼儿正葛巾。 呼唤孩儿帮我端正葛巾。

自锄稀菜甲， 自种的蔬菜长出稀疏嫩叶，

小摘为情亲。 采摘一部分宴客因为情亲。

亲切真诚待访客。 首联说自己久患肺病，新近安家江边。气：这里指肺部疾患。次联续说新居比较幽静开朗，颇觉适合心意。三联忽有客人过访，忙叫孩儿帮助端正头戴的葛巾，郑重接待。尾联显示，诗人还从自种蔬菜刚长出的嫩叶中，采摘一些作菜肴，可见主人对来客满怀诚意。菜甲：蔬菜初生嫩叶。从卜居到待客，似随意成篇，而自求易足、待客热诚之意，已在言外。

434 杜　甫·田舍

田舍清江曲， 几户农家邻近清江一个渡口，

柴门古道旁。 各家柴门面向古老小道之旁。

草深迷市井， 野草茂密不远之处有小集市仅依稀可见，

地僻懒衣裳。 地处偏僻村人疏懒衣裳不整便视作寻常。

杨柳枝枝弱， 农家附近碧绿的柳枝软软下垂，

枇杷对对香。 枇杷果实一对一对地成熟飘香。

鸬鹚西日照， 出没于江流浅水的鸬鹚在夕阳残照里，

晒翅满渔梁。 一只只跳上圩堤的面上去把翅膀晒晾。

落户成都称己意。 首联点出田舍的方位：靠近清江一渡口，柴门面向古道边。此田舍，实即诗人新建草堂所在地。次联描述距田舍不远处的小集市，那里草木茂盛，来人隐约可见，他们突出的表现是不事修饰，甚至衣裳不整，显得古朴本真。三联续述田舍周围景物，柳枝摇曳，枇杷飘香。尾联还聚焦于江上鸬鹚在夕阳中“晒翅满渔梁”。诗人对此时的生活环境似乎相当陶醉。

435 杜　甫·江涨

江涨柴门外， 柴门之外的清江水暴涨，
儿童报急流。 儿童来报江水急速地流。
下床高数尺， 刚下床江水便提高了几尺，
倚杖没中洲。 及倚杖水已淹没江中小洲。
细动迎风燕， 贴近水面的迎风燕水微动而不退避，
轻摇逐浪鸥。 追逐波浪的水中鸥水轻摇似更悠游。
渔人索小楫， 捕鱼人要选用短小的船桨，
容易拔船头。 水涨时更加容易调转船头。

尚有闲情观水涨。首联点题，清江水暴涨，人报水流急。江涨：杜甫草堂前的浣花溪，是清江的一个支流。次联表现涨势急速，下床、倚杖之间，水高便达数尺，中洲也被淹没。三联描写江涨所见，水动摇而燕不避、鸥更欢，仿佛江水涨更合它们心意。尾联可见诗人是站立江边，可能还跟报信小孩一道，都在兴致勃勃地观看渔民捕鱼，欣赏他们在宽阔的江面上如何大展拳脚。

436 杜　甫·独酌

步屧深林晚， 从幽深树林中散步回来天色已经近晚，
开樽独酌迟。 因而打开酒樽准备独酌也比往日要迟。
仰蜂黏落絮， 还没忘掉那只仰面的蜂为落絮所粘的情景，
行蚁上枯梨。 也惦记着排成行列的蚁后来如何爬上枯梨。
薄劣惭真隐， 自问才情薄劣有愧于真正的隐者，
幽偏得自怡。 得到这个幽深之处不过自感满意。
本无轩冕意， 我本来就没有要当高官显宦的志愿，
不是傲当时。 又不算是真隐哪里谈得上笑傲当时？

草堂独酌心中喜。首联点明独酌题目，说刚从深林漫步回为时已晚，此次开樽独酌应比往日稍迟。既晚又迟，似有意放慢节奏。次联描述独酌之时仍然想着深林漫步的异事，仰蜂粘于落絮，行蚁爬上枯梨，这该是小孩眼睛才会看到的。三联似不愿别人高估入住草堂的意义，而诚恳表白自己才情不足难称真正隐者，得此幽僻之地实在高兴罢了。尾联还说根本谈不上笑傲当时。

437 杜　甫·落日

落日在帘钩，落日的斜晖映照在帘钩上，
溪边春事幽。溪畔的春景使人感到清幽。
芳菲缘岸圃，沿岸花木芳香艳丽是一个天然的大园圃，
樵爨倚滩舟。渔人或劈柴或做饭他们倚傍滩涂泊着舟。
啅雀争枝坠，叽喳的鸟雀争占枝头使树枝下坠，
飞虫满院游。翻飞的虫子在整个庭院里面逛游。
浊醪谁造汝，浊酒呵是谁把你制造出来的?
一酌散千愁。让我一饮可消解千百种忧愁。

春天暮景解人愁。首联把题目具体化：正当落日斜照窗前帘钩，溪畔农家展现迷人春景。次联写溪前春景，沿岸花木竞秀似天然花园，渔人泊舟滩涂并劈柴做饭。三联写堂前春景，噪雀争占枝头，飞虫满院游逛。尾联诗人于景美心怡之际，竟谓功劳在酒，是此酒能消千愁。仍处乱离之世、尚在异乡作客的他，于衔杯对景时，已能暂且搁置不如意事，而乐其当前所乐，也属难得。

438 杜　甫·西郊

时出碧鸡坊，我常从成都碧鸡坊出发，
西郊向草堂。前往西郊浣花溪的草堂。
市桥官柳细，途经高高耸起的市桥两岸官柳细小，
江路野梅香。沿着江边小路向前行一路野梅飘香。
傍架齐书帙，傍着书架把书籍封套叠齐，
看题减药囊。查看标签以尽量减少药囊。
无人觉来往，无人觉察别人与我来往和我与别人来往，
疏懒意何长。悠闲而慵懒的生活状态多令人心情舒畅!

草堂曾有好心情。首联点明题目西郊，讲的是从成都市内返回西郊草堂的事。碧鸡坊：在成都市西南面。次联描述途中经历，难忘市桥官柳细小、江路野梅飘香。官柳：公众共赏之柳。三联叙说回草堂干什么，不过是“齐书帙”“减药囊”。帙：书、画的封套；题：作标志解。尾联似乎对这种无人能觉察的独往独来十分欣赏，或认为可以不受拘束而尽情放松一下吧。

439 杜　甫·别房太尉墓

他乡复行役，我也是身在他乡正为行役奔走，
驻马别孤坟。今到阆州停下马拜别你的孤坟。
近泪无干土，我悲痛泪流使近处没有干土，
低空有断云。似哀伤过度低空也滞留断云。
对棋陪谢傅，当年与你对棋你就如同晋朝的谢安，
把剑觅徐君。而今来此的我就像季札持剑觅徐君。
唯见林花落，只见林花在飘落好像流珠泪，
莺啼送客闻。莺啼如哀音送客令人不忍闻。

故人客死留遗憾。首联蕴含重大反差，堂堂宰相被贬身亡，后事如此冷落。次联诗人在坟前洒下伤悼之泪，以至近身的土都湿润了；哭墓之哀仿佛天上的云也不忍离。三联追思房琯对己的知遇，及自己不忘知遇之恩。尾联用景语，更显对死者的深情。诗人与房琯关系特殊，曾经吃尽苦头，自有难言之处。但诗中深沉的哀痛，不只是对亡友的一往情深，还流露对国事的无比忧虑。

440 杜　甫·严郑公宅同咏竹

绿竹半含箨，嫩绿的新竹一半还包着笋壳，
新梢才出墙。新长的竹梢才刚好高出围墙。
色侵书帙晚，嫩绿的竹色映在书套上仿佛青苍暮霭，
阴过酒樽凉。浓重的竹阴投进酒杯中酒也似更清凉。
雨洗涓涓净，新雨过后竹子更加美好洁净；
风吹细细香。微风吹来可以闻到淡淡幽香。
但令无剪伐，只要新竹不被无端剪伐，
会见拂云长。一定可以长到拂云直上。

幕僚新到如新竹。首联从眼前新竹落笔，说它一半还“含箨”、新梢刚“出墙”。次联展示竹的碧绿与阴凉，使得书套上出现暮色、杯中酒更觉清爽。三联描写竹的美好姿容，强调这“雨洗”“风吹”让竹子显得尤其亮丽。尾联热切期盼对此新生之竹，别把它伤害，应给予扶持，它能长高到拂拭天际流云。当时杜甫正在严武的节度使府中任职，似有以新竹的才德自喻之意。

441 杜　甫·奉济驿重送严公四韵

远送从此别， 虽然远送也要从此地分别，
青山空复情。 青山空在只让人更加伤情。
几时杯重把， 我们几时再能酒杯重举同欢共醉，
昨夜月同行。 难忘昨夜还在互诉衷肠月下同行。
列郡讴歌惜， 各郡讴歌不绝深怀痛惜，
三朝出入荣。 三朝连续为官位显身荣。
江村独归处， 我独自回归江村草堂，
寂寞养残生。 寂寞地度过今后残生。

临别倾心告挚友。首联道出实情，远送多时，终归分手，空有青山在，人去更添愁。次联承伤别盼重逢，还以昨夜月下倾谈，增加盼望的迫切性。三联对严武离蜀返京作评价，说两川郡邑讴歌惜别，三朝为官位显身荣，简要得体。列郡：指东西两川郡邑；三朝：指唐玄宗、唐肃宗、唐代宗。尾联抒写别后心态，“独”强调了孤身无靠，“寂寞”则道出知遇之人远去的冷清惆怅。

442 杜　甫·琴台

茂陵多病后， 司马相如年老多病后，
尚爱卓文君。 仍像当初爱恋卓文君。
酒肆人间世， 他们开酒馆度过这人间的艰难日子，
琴台日暮云。 我在琴台上感慨地远望日暮的浮云。
野花留宝靥， 美丽的野花就像卓文君留下来的笑靥，
蔓草见罗裙。 嫩绿的蔓草如同见到卓文君的碧罗裙。
归凤求凰意， 司马相如追求卓文君的千古奇事，
寥寥不复闻。 在此之后几乎已经成为闻所未闻。

文君胆识世间稀。首联从相如与文君的晚年着笔，用晚年的相爱弥深，暗示当年的爱情美好。次联从年老回到年轻，赞赏他们开酒馆反抗旧礼法的行为，又感慨今日空见琴台，文君安在？日暮云：用江淹诗“日暮碧云合，佳人殊未来”语。三联回到眼前之景，野花像文君当年的笑靥；蔓草如文君昔日的罗裙。尾联等于说他们反抗旧礼法、追求新生活的精神，后来几乎后继无人。

443 杜　甫•水槛遣心二首其一

去郭轩楹敞， 所居草堂远离城郭庭院开阔宽敞，
无村眺望赊。 远眺没有村庄阻隔视野一望无涯。
澄江平少岸， 清澈江水上涨时几乎不见江岸，
幽树晚多花。 翠绿树木黄昏后更觉一派繁花。
细雨鱼儿出， 细雨中鱼儿不时跳出水面，
微风燕子斜。 微风里燕子沿着斜线穿插。
城中十万户， 城中居民十万户，
此地两三家。 此地只有两三家。

草堂暂住醉春景。此诗实际写扩展后的草堂（增添了便于垂钓的水槛）。首联概括表达草堂远离城乡，视野非常开阔。由“眺望” 产生随后两联。次联描述远近景色，江水上涨几乎与岸齐平、绿树黄昏愈见花繁。三联视角由下而上，刻画鱼儿出水与燕子斜飞，尤其透露作者的闲适与喜爱之情。尾联将“十万户”与“两三家”对照，既呼应首联，也可显示此地异常清幽。

444 杜　甫•水槛遣心二首其二

蜀天常夜雨， 蜀地特殊天气常在夜里下雨，
江槛已朝晴。 站在水边栏杆已见朝早转晴。
叶润林塘密， 树木枝叶湿润林中密布小水洼，
衣干枕席清。 我的衣服干了枕席也清爽洁净。
不堪祇老病， 仅对年老多病我仍不堪忍受，
何得尚浮名。 又哪里还能够看重功利浮名。
浅把涓涓酒， 我轻轻拿起缓缓流进杯中的酒，
深凭送此生。 须足够重视靠它陪伴此后人生。

心中隐痛终难掩。首联拿四川的天气说事，夜常多雨，朝早转晴。次联说出结果，树林里枝叶湿润布满无数小水塘，淋湿的衣服变干枕席也变得洁净。这是避重就轻的说法，实际上这草堂也太简陋了，作者似乎不以为意。三联只把难忍“老病”和不屑“浮名”列举。祇：表恭敬的副词，不宜译出。尾联表示无可奈何，唯以饮酒送给此后人生。总忘不了壮志难酬，又无力改变。

445 | 杜　甫·春夜喜雨

好雨知时节， 好雨似乎也能懂季节，
当春乃发生。 要当春天来到才发生。
随风潜入夜， 它夜里伴随春风悄悄来临，
润物细无声。 细心滋润着万物毫不发声。
野径云俱黑， 田野小径上的云层一片昏黑，
江船火独明。 唯有江船上的渔火独见光明。
晓看红湿处， 早上起来去看看受过雨淋的栽花地，
花重锦官城。 花儿都饱满鲜艳绽放在整个锦官城。

诗人喜雨来春夜。首联表述好雨当春发生，也就是说，春雨好在及时，春耕急需水，就应急而来。次联续说春雨还好在来时不扰人，润物也无声。三联刻画田野江面一片昏黑，意味如此好雨，还很充沛。尾联便推想，明日那栽花之处，花更饱满而鲜艳。锦官城：在今成都市南，因三国时管理织锦之官驻此而得名，也可泛指成都。全诗不见一个喜字，却句句流露出喜悦之意。

446 | 杜　甫·舟前小鹅儿

鹅儿黄似酒， 小鹅全身金黄色如同四川的鹅黄酒，
对酒爱新鹅。 正好喝着鹅黄酒同时也爱新生小鹅。
引颈嗔船逼， 小鹅见有船逼近伸长脖子啼叫以表示不满，
无行乱眼多。 它们散漫无行列想要弄清几只总是乱眼多。
翅开遭宿雨， 有的小鹅力大钻出水面扇动翅膀像下宿雨，
力小困沧波。 有的小鹅力小被困波浪要想突围似无把握。
客散层城暮， 暮色笼罩着山城客人已各自散去，
狐狸奈若何。 小鹅即使上了岸碰见狐狸又如何？

同情弱者仁人心。首联对舟前的小鹅进行描述，说小鹅毛色似鹅黄酒一样金黄，说既爱鹅黄美酒也爱新生小鹅，此时诗人正在四川汉州房公湖与友泛舟饮酒。次联表现小鹅的不自量力和散漫无序，竟敢挑战来船、杂乱难知数量。三联怜惜小鹅力气不平均，力大的扇动翅膀如洒雨，力小的被困波浪难突围。尾联说泛游结束，各自归家，诗人心里还惦记小鹅安全，怕被狐狸伤害。

447 | 杜　甫·遣兴

干戈犹未定， 战乱尚未得到平息，

弟妹各何之。 弟妹不知流落哪里。

拭泪沾襟血， 拭擦眼泪发现沾染衣襟的有血迹，

梳头满面丝。 梳理头发谁知却落下满面的银丝。

地卑荒野大， 地面低平愈显荒凉原野广大，

天远暮江迟。 天空辽远更觉暮江流水迟滞。

衰疾那能久， 老病又怎么能够拖得长久，

应无见汝时。 大概没有见到你们的日期。

失联弟妹难重见。首联想起失散的弟妹，便从战乱这个源头说起，战乱尚未平定，弟妹各在何方？次联表达对离散弟妹思念的深切，甚至泪流带血、头白成丝。三联描述自己羁留蜀中所见之景，他孤身漂泊，觉得眼前大地是那样荒凉空阔，连江水也缓慢得似乎停止了流淌，要走出蜀地，找到弟妹，真不容易。尾联流露已没有信心，于有生之年能见到弟妹。诗人此时年将五十。

448 | 杜　甫·可惜

花飞有底急， 春花有什么事似飞般去得那么急促？

老去愿春迟。 逐渐衰老的人都希望春天归去得迟。

可惜欢娱地， 可惜地仍旧是欢娱之地，

都非少壮时。 如今人已不是少壮之时。

宽心应是酒， 现时能够使我宽心的应当是酒，

遣兴莫过诗。 而可让我排遣愁怀的莫过于诗。

此意陶潜解， 或者这样的心态大概只有陶潜能理解，

吾生后汝期。 只是我在生之日远后于陶潜出生日期。

寄情诗酒度馀生。首联说惋惜春花凋谢快而希望春归能推迟。次联说一般年轻人寻欢作乐的地方，对于年纪老大者已经不适合。三联说像我这样的人需借诗酒来宽心解闷。尾联说我这心态也许陶潜能理解，可惜我跟他不同时代。陶潜原有济世之志，曾赞赏荆轲为燕太子丹报仇、仰慕田畴能一贯忠于故主，终因不逢时而归隐。杜甫可能因此把陶潜看作志同道合的知己。

449 | 杜　甫·畏人

早花随处发，春花只想斗丽争妍随处纷纷绽放，
春鸟异方啼。春鸟虽在异乡成都照样啼唱不止。
万里清江上，住在万里清江岸上，
三年落日低。看过三年落日偏西。
畏人成小筑，怕见他人便建一间有点雅致的小屋，
褊性合幽栖。孤僻性格也应该找幽静的地方栖息。
门径从榛草，门前小路任从杂草滋长，
无心走马蹄。并不考虑马匹走得惬意。

杜诗唐代未成名。首联描写春来美景，花儿放，鸟儿唱。次联叙述在成都，居住在具有广阔空间的清江岸，见识过具有漫长时间的落日低。三联却流露因官场与文场的失意产生的畏人心态，不愿见人便建间小屋把自己宅起来，原本孤僻的个性也希望有个隐蔽的住所。尾联任从门径杂草生，足见情绪低落无心管。前半的艳丽、阔大之景，与后半的失意、畏人之情构成强烈反差。

450 | 杜　甫·倦夜

竹凉侵卧内，竹林凉风习习侵入卧室之内，
野月满庭隅。郊野皓月当空照遍庭院各处。
重露成涓滴，露水越积越多在竹叶上凝成水滴，
稀星乍有无。星光显得稀少看来好像时有时无。
暗飞萤自照，暗夜飞行的萤闪着微光自照，
水宿鸟相呼。水边栖宿的鸟互相照应招呼。
万事干戈里，思考的万千事件都与国家大战乱有关，
空悲清夜徂。徒然为此而悲伤让清幽之夜轻易逝去。

整夜无眠忧国事。首联刻画秋月下村居的特有情景，凉风入室、月色满庭。加上“竹”“野”，则暗示宅旁有竹林，门前是郊野。次联重露凝成水滴，承竹；稀星时有时无，承月（月当头）。三联的暗飞萤自照、水宿鸟相呼，是写月西沉之景。尾联显示从月当空到月落山，他整夜无眠，念及国家面临危亡，而昏君庸臣执政，有志之士遭排斥，不禁为此清夜白白过去而悲伤。

451 | 杜　甫·九日登梓州城

伊昔黄花酒， 往昔喝的也是黄花酒，
如今白发翁。 如今我已变成白发翁。
追欢筋力异， 追思欢乐年代现在已筋力大不如前，
望远岁时同。 遥望远处景物今昔皆属重阳却相同。
弟妹悲歌里， 欲知弟妹事每次打听如闻悲歌内心总是难过，
乾坤醉眼中。 欲观大唐势内忧外患日益严重宁愿醉眼蒙眬。
兵戈与关塞， 藩镇叛乱与异族入侵呼应自己又羁身关塞，
此日意无穷。 此日登高触及到家国之事怎能不愁苦无穷。

重九登城感慨多。首联展示九日登梓州城的今昔之感，年青喝的也是黄花酒，现在已经变成白发翁。次联继续抚今追昔，尽管登高望远同属重阳佳节，追思往日寻欢今已筋力衰退。三联转为城上望远最为关注的焦点：弟妹行踪，每次追寻总是难过；大唐处境，忧患日重不敢正视。尾联说自己漂泊在关塞之中，面对藩镇叛乱与异族入侵相勾结，怎能不引起家国的无穷之愁呢。

452 | 杜　甫·客夜

客睡何曾著， 作客他乡哪能要睡就能睡着，
秋天不肯明。 漫长秋夜天空总是不肯放明。
卷帘残月影， 从卷起的窗帘间映入残月光影，
高枕远江声。 在高于枕上之处传来远江涛声。
计拙无衣食， 生计笨拙已落得衣食无着，
途穷仗友生。 处境艰难全依赖朋友支撑。
老妻书数纸， 老妻写来了几纸催归的书信，
应悉未归情。 她本该了解我还未归的隐情。

途穷计拙夜难眠。首联指出失眠人的普遍苦恼：想睡着，偏睡不着；望天亮，总不见亮。次联承“睡不着”而看到的是残月之影，听到的是远江之声，还使自己牵挂留在成都的妻儿，那里正遭逢成都少尹徐知道的叛变而大动刀兵。三联说出自己滞留梓州未归的心事，寻求友人帮助，维持全家衣食。尾联不提彻夜难眠的难受，而说老妻应理解我未能归家的苦衷，更令人不忍卒读。

453 | 杜　甫·客亭

秋窗犹曙色， 秋夜窗外终于还是露出曙色，
落木更天风。 树叶脱落又在空中遇上天风。
日出寒山外， 朝日从寒山之外升起，
江流宿雾中。 江水在宿雾之中流动。
圣朝无弃物， 即使圣朝不会遗弃有用之才，
老病已成翁。 自己总是生病已成无用老翁。
多少残生事， 还会有多少残生可做的事啊，
飘零似转蓬。 也许只能到处流转如同飞蓬。

空唤圣朝无弃物。首联描述在梓州驿亭过夜的晓来所见，窗外露出曙色，落叶又遇天风。次联承上刻画江中晨早的冷落凄清之景，朝日出于寒山之外、江水流在宿雾之中，为后半抒情铺垫。三联是委曲之言，实际上如果“圣朝无弃物”成立，诗人就不会屡次被弃用，并“老病成翁”了。尾联意谓此后不仅自己壮志难酬，还要为全家的生计奔走，只好哀叹任从命运摆布算了。

454 | 杜　甫·江亭

坦腹江亭暖， 裸露肚子在江边的亭子上晒太阳，
长吟野望时。 当我放声吟诵野望这首诗的时候。
水流心不竞， 江水急速奔流我却想应不再跟别人争先后，
云在意俱迟。 白云悠然徐度我也想应同它一样地慢悠悠。
寂寂春将晚， 寂寞的春天脚步沉重也快进入晚春，
欣欣物自私。 喜春的花木争妍斗丽不顾别人感受。
江东犹苦战， 长江以东还在与叛军艰苦作战，
回首一颦眉。 回首战事一下子令人眉头紧皱。

身似悠闲心不闲。首联以坦腹江亭、吟诵诗篇开始，似乎诗人悠闲舒适。次联经过主动调适，心意已由“竞”到“不竞”、由“不迟”到“迟”，似乎也变得与世无争了。三联是诗人对眼前景色的观感：时值暮春，他感到寂寞，因为容易想到光阴飞逝、前途难卜；花木繁荣，他说是自私，因为它们不管人间变故，只顾自己争春。可见终归无法悠闲。尾联更陷入忧国忧民的愁绪中。

455 杜　甫·后游

寺忆曾游处， 寺和桥都是曾经游览的地方，
桥怜再渡时。 再来时对它们都有爱怜之意。
江山如有待， 这里的山水好像正在等待着再见到我，
花柳自无私。 红花与绿柳也似作出无私奉献的表示。
野润烟光薄， 原野湿润有薄如轻纱的晨曦滋养，
沙暄日色迟。 沙地暖和因滞留的日色消失得迟。
客愁全为减， 外出作客的愁闷完全减退了，
舍此复何之？ 还有哪儿可以去除了这间寺？

似是减愁愁却深。首联从“忆曾游”切入，因为曾经游览过修觉寺，此次重游不禁心生爱惜。次联说山水好像诚心在等待我再来，花柳也似无私展露最美身姿。三联转写重游感受，特别欣赏得到晨曦滋养而原野湿润、由于日色滞留而沙地暖和，可见在此流连之久和此地景色之美。尾联坦言“客愁全为减”，仿佛赞美风景绝佳，实则心中有愁难解，不过以喜写悲，益增其哀。

456 杜　甫·岁暮

岁暮远为客， 时当岁末我远在天涯作客，
边隅还用兵。 边境地区仍然在打仗用兵。
烟尘犯雪岭， 吐蕃的侵略军进犯雪岭，
鼓角动江城。 备战的鼓角声震动江城。
天地日流血， 世间日日都在流血，
朝廷谁请缨？ 朝廷有谁能够请缨？
济时敢爱死？ 为救时危怎敢吝惜于一死？
寂寞壮心惊！ 仕途寂寞我也会壮心唤醒！

为救时危敢献身。首联说避战乱流落四川，可四川也在打仗。次联承用兵具体写吐蕃侵蜀的来势之猛、震动之大。烟尘：指代吐蕃军队；雪岭：在四川松潘县；江城：作者所在的梓州。三联概括形势、提出任务：在内忧外患下，百姓天天流血，朝臣谁能请缨？请缨：志士自动请求参军杀敌。尾联自己表态：为救时危怎敢吝惜一死，一介平民也会壮心惊起。敢：岂敢、不敢。

457 杜　甫·去蜀

五载客蜀郡， 我在成都作客共五年，
一年居梓州。 另有一年居住在梓州。
如何关塞阻， 为何兵荒马乱关塞多阻之际，
转作潇湘游？ 我却执意要作远赴潇湘之游？
世事已黄发， 平生所事无成不觉已经年老，
残生随白鸥。 残生到处漂泊要像江上白鸥。
安危大臣在， 国家安危大计自有当政大臣谋划，
不必泪长流。 我这闲散老人不必枉自老泪长流！

位卑总不忘忧国。首联总结作客四川已有六年。次联自己直接提出为何当前来往不便，还要远赴潇湘？可见他是明知不宜走还是只能走的。好友严武突然去世，诗人便难留蜀生活，要另找可投靠之处。三联回顾过去一事无成人已老，展望前途唯有漂泊如白鸥。“黄发”“白鸥”构成对仗，意味虽困顿如此仍必须志行高洁。尾联寄忠诚忧国之思于愤激言辞之内，更觉感人。

458 杜　甫·社日两首其一

九农成德业， 古代把各种农事活动看作是一项王者的德业，
百祀发光辉。 此德业有伟大成就者享百世祭祀而焕发光辉。
报效神如在， 诚意地报效如在眼前的土神，
馨香旧不违。 以馨香祭品依照旧例不相违。
南翁巴曲醉， 参祭的南方老人醉歌巴渝之曲，
北雁塞声微。 向南方来的北雁发声显得低微。
尚想东方朔， 还想及汉朝的东方朔，
诙谐割肉归。 在社日诙谐割肉而归。

别人欢乐已难言。前六句写土人社日祀神之乐，而已有隐忧。九农：泛指各种农事活动；巴：古国名，在今重庆市一带。后两句追忆东方朔割肉故事。诙谐割肉：东方朔在社日不待分肉，自割当分之肉而归，汉武帝命其自责，则曰：“朔来！朔来！受赐不待诏，何无礼也！拔剑割肉，一何壮也！割之不多，又何廉也！归遗细君，又何仁也！”帝笑曰：“使先生自责，乃反自誉。”

459 杜　甫·社日两首其二

陈平亦分肉， 陈平也曾经主持过分割社肉的工作，
太史竟论功。 太史司马迁竟以此推论他将会建功。
今日江南老， 今日漂泊江南的老者，
他时渭北童。 就是当年渭北的小童。
欢娱看绝塞， 于夔州看到了社日欢娱事，
涕泪落秋风。 也禁不住眼泪洒落秋风中。
鸳鹭回金阙， 此际金殿鸳鹭般行列里分肉而回的旧同僚，
谁怜病峡中。 有谁会怜惜我这个老头正不幸生病在峡中。

对比先贤自可悲。首联说社日想起东方朔，还忆及陈平少时分肉，他们都有史书记载。陈平：西汉人，司马迁称赞他少年割肉已志向远大，国家多难能屡出奇计，朝中事故不少又都免祸存身。后三联回顾自己经历，虽有效力国家的才志，却无施展抱负的机会，昔日活在渭北的小童，今成流落江南的老者；社日里对比东方朔、陈平，不禁泪落秋风；也深感愧对朝中的旧同僚。

460 杜　甫·喜观即到复题短篇其一

巫峡千山暗， 夔州这一带峡谷千山迷暗，
终南万里春。 遥想终南山那边万里皆春。
病中吾见弟， 病中书到如同看见我弟弟，
书到汝为人。 不禁惊怪你还是世间之人。
意答儿童问， 边读信边有意回答儿子的询问，
来经战伐新。 你来夔州正冒着新的战争烟尘。
泊船悲喜后， 等到弟弟悲喜交集泊船在巫峡口岸，
款款话归秦。 哥俩必定尽情倾诉更要细细说归秦。

骨肉情深归意切。首联渲染环境，从长安来蜀中，巫峡自然千山暗，与终南万里春不同。次联直抒所想，没有信谁能确定你还活，收到信才知道你仍为人，昔悲可知，今喜可见。三联读弟信答两儿，突出其弟此行的艰巨性。“来经战伐新”，是年郭子仪讨周智光，命大将浑瑊、李怀光军渭上，杜观是冒着生命危险来到的。尾联设想兄弟见面的最大欢乐，可以细谈回老家的事情。

461 杜　甫·喜观即到复题短篇其二

待尔嗔乌鹊， 久待你来常常急得我连乌鹊也嗔怪，
抛书示鹡鸰。 我还曾经抛起你来信也示意给鹡鸰。
枝间喜不去， 树上的乌鹊仍然喜喳喳的不愿离开故地，
原上急曾经。 原野的鹡鸰则显出曾经急难之情在飞鸣。
江阁嫌津柳， 我在江阁翘首望只恨江柳遮住了我的眼睛，
风帆数驿亭。 弟乘风帆溯江上也会不知疲倦地数着驿亭。
应论十年事， 念及这十年应该倾诉的事，
愁绝始星星。 一会儿愁绝一会儿又苏醒。

百转千回骨肉情。首联说看信后先是急于求成，“嗔”乌鹊表达了“喜其至又恐其不至”的焦急心情；抛书给鹡鸰，想表示兄弟将团聚，不再慕鹡鸰了。次联说乌鹊只管喜喳喳地啼叫不走开，鹡鸰才表现身历急难飞鸣求友值得学。三联又展示其足够耐心，常到江阁望船来唯嫌江柳碍眼；还揣度其弟也会在风帆上不厌其烦数驿亭。尾联把十年忆弟事竟总结为有时愁昏有时苏醒。

462 杜　甫·滟滪堆

巨积水中央， 在瞿塘峡湍流之中巍然囤积一块巨石，
江寒出水长。 到了江寒水浅之时巨石露出水面越长。
沉牛答云雨， 把牛沉于水中去答谢云雨以求得保护，
如马戒舟航。 在滟滪堆形状如马匹一样要戒绝舟航。
天意存倾覆， 这是上天有意使航船存在倾覆危险，
神功接混茫。 令造物神功设置此石连接一片混茫。
干戈连解缆， 战乱不止常要乘船出行，
行止忆垂堂。 每次出行都应避免损伤。

滟滪虽凶终制服。首联是简介新中国成立后才炸掉的滟滪堆：夺命湍流之中耸起一块巨石，它还会水浅多露面。次联叙述行船者与滟滪堆的关系，诗人所知是杀牛祭神，求取安全，而当遇凶兆，便勿通航。三联甚至说上天有意保存这些倾覆之险，并用神功使它接上混茫境界，即出现这块石，让人与之协调，争取免死。尾联强调个人乘船也应不忘安全。垂堂：大堂檐下，有坠瓦险，含避险意。

463 杜　甫·宿江边阁

暝色延山径， 暮色从远处的山道蔓延而过，
高斋次水门。 高高的西阁临近三峡瞿塘关。
薄云岩际宿， 淡淡的浮云在山岩之间栖宿，
孤月浪中翻。 孤独的月影跟随着波浪轻翻。
鹳鹤追飞静， 互相追飞的鹳鹤已渐趋安静，
豺狼得食喧。 捕得食物的豺狼正争斗声喧。
不眠忧战伐， 战乱不停辗转忧思难以入睡，
无力正乾坤。 徒叹自己没有能力可以回天。

初到夔州思蜀乱。首联点明时地：登山小径，直抵阁前，仿佛暝色由山径迎接过来，写活了苍然暮色自远而至；高斋指所宿的江边阁，它临近瞿塘关。次联初夜眺望山容水态：云过山头，停岩似宿；月浮水面，浪动若翻。三联写深夜无眠时听到的，捕食鱼介的鹳鹤，已暂停抢夺，攫取兽畜的豺狼，仍争喧不止，让人一下想到了当时的藩镇割据。尾联才点出动乱使他彻夜无眠。

464 杜　甫·戏作俳谐体遣闷二首其一

异俗吁可怪， 异乡风俗哎真是太可怪，
斯人难并居。 这里的人很难相邻并居。
家家养乌鬼， 家家供奉乌鬼，
顿顿食黄鱼。 顿顿敬献黄鱼。
旧识能为态， 来这里旧相识还能显示亲热，
新知已暗疏。 而那些新相识已经暗自生疏。
治生且耕凿， 暂且经营好生计致力耕作，
只有不关渠。 现时唯有对他们置之不顾。

诗人敏感知差异。上半列举新地方的可怪之俗，即二至四句所说，“难并居”等于各家独占山头，没有邻居，若不知各家靠近山头便于耕作，也算少见；若把“养”解为“饲养”，“食”解为“吃食”，那也会觉得罕有。吁：叹词；乌鬼：信仰的神灵。下半对可怪表态，先说找旧相识谈心解闷，后说埋头干活不理会。耕凿：即耕作，用“凿”显示土中多石；渠：第三人称代词。

465 | 杜　甫·戏作俳谐体遣闷二首其二

西历青羌板， 从西边经过了青羌板，

南留白帝城。 向南走滞留在白帝城。

於菟侵客恨， 途中有虎侵客难免心存憾恨，

粔籹作人情。 送你一些粔籹可表慰问之情。

瓦卜传神语， 通过瓦卜传达神灵诸多指示，

畲田费火声。 耕作畲田动用烧火声势完成。

是非何处定， 这些现象的是与非从何处入手去论定，

高枕笑浮生。 大概应该高枕而卧去笑对这尘世浮生。

笑对异乡奇风俗。 前六句再举三种怪俗，从行程落笔，然后由“於菟侵客”引出“粔籹”“瓦卜”“畲田”三怪。青羌板：青羌族所居之地，在今陕西千阳、陇县；白帝城：在今重庆奉节县；於菟：老虎；粔籹：似今之馓子，当地居民用来充作走家串户的手信；瓦卜：击瓦观其纹理，以定吉凶；畲田：用刀耕火种方法耕作的田地。尾联说面对这些现象，不妨含笑视之。

466 | 杜　甫·江月

江月光于水， 月光被江水反射显得更加光亮，

高楼思杀人。 江边高楼上的人越发思虑深沉。

天边长作客， 想到此生离亲别友长作客前路仍难预料，

老去一沾巾。 无可奈何天天老去恨无成不禁泪下沾巾。

玉露团清影， 那月亮时而把清辉照着露珠，

银河没半轮。 时而被璀璨的银河淹没半轮。

谁家挑锦字， 是哪户人家的小女子在绣着锦字？

灭烛翠眉颦。 她熄灭蜡烛紧锁翠眉似心念远人。

天边老去思明主。 首联说月色皎洁，使他忧思难断。思杀人：令人忧思至极，杀同“煞”，表很、极的副词。次联泄露忧思的要点，是“天边”和“老去”；人在天边，逐渐老去，容易感到此生功业无成而泪“沾巾”。后两联出现女子月明挑锦线刺字的画面，有人看作征妇思念征夫，有人认为这里的“织锦”意象，已由男女之情推广到君臣之义，表示诗人又在想念他的圣上了。

467 | 杜　甫·月圆

孤月当楼满， 一轮明月当头正照满楼如同白昼，
寒江动夜扉。 寒江月色反射屋门光影闪动不已。
委波金不定， 月光泻落江中金波不停跳跃，
照席绮逾依。 月光映照绮席艳丽超过平时。
未缺空山静， 月盈无缺空山更显寂静，
高悬列宿稀。 朗月高悬群星越似绝迹。
故园松桂发， 想到相隔遥远的家乡松树桂树繁茂，
万里共清辉。 唯愿万里之外的亲人共沐圆月清辉。

唯愿平安同看月。首联从天上、江上到门上写月，视角不断转换。次联由江楼上俯视写江上月光，继而写室内月光。三联又从室内转到室外。全诗意境开阔，异彩纷呈，而难掩孤寂、悲凉之意。须知此时安史之乱未平，杜甫仅带着妻子儿女逃难四川，温饱不保，恪守“长兄为父”信条而又作为实际家长的杜甫，最大的安慰，唯有如尾联所说，希望不知下落的亲人能共对圆月。

468 | 杜　甫·月

四更山吐月， 四更时分月亮从山间露面，
残夜水明楼。 月光照水水光映亮了高楼。
尘匣元开镜， 月出山间像刚揭开尘封匣子露出了镜，
风帘自上钩。 弯月悬檐又似迎风帘子上自动挂上钩。
兔应疑鹤发， 玉兔照镜也许会惊疑自己头生鹤发，
蟾亦恋貂裘。 蟾蜍临风或者因畏寒而依恋着貂裘。
斟酌姮娥寡， 揣度月里嫦娥寡居难免寂寞，
天寒奈九秋。 正值九秋天气寒冷加倍忧愁。

借月抒情愁暮景。首联叙述深夜月出山，照水又映楼，用“吐月”“明楼”表现，新颖贴切。次联把月出山间比作匣开露镜，把弯月悬檐比作风帘挂钩。元：初。后两联想象月中玉兔面对开匣镜子照见满头白发感到惊疑，而月里蟾蜍身处风帘画钩可能易觉风冷去恋貂裘，还揣度嫦娥寡居难耐九秋之寒。九秋：秋天九十日。借写月表达晚年仍在飘泊的衰老、凄凉、孤独情状。

469 | 杜　甫·月三首其一

断续巫山雨， 巫山断断续续一直下雨，

天河此夜新。 天河当此一夜焕然一新。

若无青嶂月， 青翠山峰上如果没有月，

愁杀白头人。 便将愁煞我这个白头人。

魍魉移深树， 鬼怪魍魉藏匿于幽深林木，

虾蟆动半轮。 月里蟾蜍隐没在另一半轮。

故园当北斗， 故园所在头顶正好对着北斗星，

直想照西秦。 我只希望月亮能够在长安现身。

夔州见月归思切。前半说幸亏巫山雨后初晴，天河（连同半轮月）以崭新面孔出现，否则我思乡深切，必将愁极，乡思暂得缓解。后半见月色越发皎洁，使魍魉藏、蟾蜍隐，又发现北斗星下正对杜曲，便想让月亮照临长安，但即使如愿也是空照，人还滞留未归，终于客愁仍在。故园：靠近长安的杜曲，杜甫到长安必先入住祖父杜审言墓下的杜曲故居。西秦：这里指长安。

470 | 杜　甫·月三首其二

并照巫山出， 月亮接连照临巫山而出现，

新窥楚水清。 新近又能窥见楚水多么清。

羁栖愁里见， 全都是在我羁栖愁里之时所看见，

二十四回明。 巫山月总共显示二十四回大光明。

必验升沉体， 在每个月之中形体是出是没情状或盈或亏，

如知进退情。 必定可以应验如同预先知道月亮变化情形。

不违银汉落， 两年还看到月亮要是不跟天河同落，

亦伴玉绳横。 就是伴随着横在夜空中的星宿玉绳。

见月两年伤久客。总括居夔两年对月的了解，前半描轮廓：月亮接连临巫山，月光映得江水清，尽在羁栖愁里见，二十四回月大明。后半谈具体：从二十四回中看到升沉进退（即出没盈亏），而上弦月早升，故违银汉先落，下弦月迟升，故伴玉绳犹横。玉绳：星宿之名。对月了解之多透露诗人被客愁困扰而夜不能寐之多。“羁栖愁里”与“二十四回”属连绵字组合对连绵数组合。

471 | 杜　甫·月三首其三

万里瞿唐月， 瞿塘之月运行万里方能有幸得见，
春来六上弦。 今春以来上弦月已经第六次出现。
时时开暗室， 常常照亮幽暗的居室，
故故满青天。 屡屡铺满无垠的蓝天。
爽合风襟静， 月光静静洒下清爽宜人如同凉风透过衣襟，
高当泪脸悬。 月亮高悬天际昂然直视我那挂满泪痕的脸。
南飞有乌鹊， 我似短歌行乌鹊往南不歇飞，
夜久落江边。 月下久绕无所依只好落江边。

夔州对月叹无依。首联点出这个运行以万里计的上弦月，春来已第六次跟它见面。瞿唐：指瞿塘峡，又名夔峡；上弦月：农历每月初七、初八的弓形月亮。中二联列举两种与月亮打交道的感受，有时月光悄悄洒下照亮暗室，使人清爽，有时月亮高挂在天边，似冷眼看我悲伤的脸，难免失落。尾联借乌鹊交代所悲为漂泊无依。乌鹊：曹操《短歌行》的“乌鹊南飞，绕树三匝，何枝可依”。

472 | 杜　甫·早花

西京安稳未？ 又被外敌吐蕃攻占的长安收复了吗？
不见一人来。 总是看不见一个知情的人到这里来。
腊日巴江曲， 腊祭之日在巴江弯曲的岸上，
山花已自开。 山花已经迎着寒风自然绽开。
盈盈当雪杏， 姿态轻盈可跟杏花争妍，
艳艳待春梅。 色彩艳丽欲待梅花竞美。
直苦风尘暗， 只觉得战乱频繁心怀苦痛，
谁忧容鬓催。 谁能够顾及自己颜衰鬓萎。

透过早花看到人。写此诗时安史之乱刚平定，吐蕃便攻陷长安，唐代宗逃亡陕州。首联就说急于打听长安平静否。西京：指长安。次联叙述此时在巴江岸边，虽还是农历十二月，山花已经迎风盛放。三联转上早放山花，尽管轻盈艳丽，人们国难当头，也似毫无感觉。尾联揭示虽然山花争先预报春来，可是政局是否安稳仍未得知，心头有此重压难有赏花兴致。

473 | 杜　甫·八月十五夜月二首其一

满目飞明镜， 满眼所见尽是飞动明镜放射出的光辉，
归心折大刀。 归心急切但却无法回还只好痛折大刀。
转蓬行地远， 身似转蓬一路不停漂泊已抵边远之地，
攀桂仰天高。 要返故园仿佛欲攀月桂空自仰望天高。
水路疑霜雪， 水积于道路也许被怀疑是霜雪，
林栖见羽毛。 林栖息鸟兽亦能窥见羽翼皮毛。
此时瞻白兔， 这时看看被称作白兔的天上明月，
直欲数秋毫。 简直令人想计算一下有多少秋毫。

中秋明月倍伤情。首联诗人面对特别亮的中秋月，难免归心更切，但现时归家无望，只好忍痛自断归心。折大刀：李陵不接受刀环示归之意，史称“自折大刀”。次联流露悲凄苦恼之情，觉得身处流落困境，若要重返故园，仿佛月中攀桂，唯有仰天长叹。后两联圆月无比光亮，更见诗人空有归心而束手无策的凄苦心情有增无减，这是以乐景写哀情而倍增其哀的反衬。

474 | 杜　甫·八月十五夜月二首其二

稍下巫山峡， 圆月慢慢落下巫山峡，
犹衔白帝城。 犹自衔挂高高白帝城。
气沉全浦暗， 月当头时向下照射整个江浦昏暗，
轮仄半楼明。 车轮倾侧般的圆月仍把半楼照明。
刁斗皆催晓， 军中刁斗都送出催晓的信号，
蟾蜍且自倾。 藏有蟾蜍的圆月也自会斜倾。
张弓倚残魄， 士兵拉紧弓弦侧身仰望尚留残魄的月亮，
不独汉家营。 战乱如此多发通宵警戒何止一个汉家营。

到处干戈行路难。承上咏将晓之月。前半写月下之景，月亮从当头正照逐渐向西倾斜，江浦及楼房随即得到月亮光临。气：指月亮照射发出的光气；仄：作侧解。后半写月下感时，军中刁斗催晓，圆月继续西坠，但唐军却有士兵拉满手中弓、侧身在望月，可见他们处于通宵警戒的备战状态。刁斗：青铜铸造的行军用具，容量一斗，可用来分粮、煮食，或用于报时、报警等。

475 杜　甫·十六夜玩月

旧挹金波爽， 今夜的月色仍似金波可舀让人爽，
皆传玉露秋。 月光照映下秋露皎洁如玉传众口。
关山随地阔， 整个大地因铺上月光而更显开阔，
河汉近人流。 天上银河也像就在脚下流淌不休。
谷口樵归唱， 谷口那边樵夫月下归家把歌唱，
孤城笛起愁。 孤城远处似有乡愁笛声在吹奏。
巴童浑不寝， 巴地孩童嬉戏闹腾乐不思睡，
半夜有行舟。 时已半夜江上仍有舟船行走。

漂泊夔州观玩月。前半给当地人玩赏明月描画了背景。先显示光亮不减十五，依旧是泛着金波、映着秋露，接着说平时难越的关山大地被银装素裹变得平坦宽广，人处高山上月光似流水银河也仿佛在脚下淌过。后半列举了四起月下的活动：谷口樵唱、孤城笛声、巴童嬉戏、江上行舟。诗以玩月为题，每句都离不开月，但全诗八句，却没有出现一个“月”字，可属构思巧妙处。

476 杜　甫·十七夜对月

秋月仍圆夜， 秋月仍然圆满之夜，
江村独老身。 江村孤独衰老之身。
卷帘还照客， 去卷帘子月还把我映照，
倚杖更随人。 拄杖前行它更贴近随人。
光射潜虬动， 强烈的光芒不断反复地在照射，
明翻宿鸟频。 潜龙会蠢动宿鸟也会急切难忍。
茅斋依橘柚， 茅斋中人全都很清楚自己生存依赖的橘柚，
清切露华新。 要靠清爽亲切的露水促使它们不停地更新。

对月更思早日归。前半与月交流，先对比，自己孤独老朽，而秋月仍然圆满，不免有点自卑；后相处，我去卷帘，它来照我，拄杖而行，又紧紧跟随，感觉十分友善。后半被月洗礼，强烈的月光似乎把游子与亲人的距离拉得更近，道理并不复杂，正如诗中所推论，月光能刺激潜龙宿鸟振作，如露水可催生橘柚，自然也会使得感念亲人的思归之心更加坚定不移。虬：泛指龙；频：有危急义。

477 | 杜　甫 • 季秋苏五弟缨江楼夜宴崔十三评事韦少府侄三首其二

明月生长好，明月运行长期都是那样的好，
浮云薄渐遮。仅有浮云淡薄而缓慢地遮它。
悠悠照边塞，明月悠悠无尽地映照边塞，
悄悄忆京华。我也悄悄不停地追忆京华。
清动杯中物，想到清高处兴奋得如喝到杯中美酒，
高随海上槎。或者惬意得好像已乘上了海上仙槎。
不眠瞻白兔，长夜不眠总是把头抬起呆呆看着月亮，
百过落乌纱。频频仰望该有多少月光落在头上乌纱。

月下经常思往事。首联赞叹明月活得真好，年年那样漂亮，只是偶有云遮。次联便把明月看作知心好友，在月光照临之下，不断反思往事，对人生世态获得种种认识。三联具体形容，追忆至自感美妙时，简直如同得尝美酒、进入仙山。尾联说通宵不睡觉、总在望月亮，乌纱帽上该沾染不少月色。白兔：指代月亮。此诗专咏月亮，似乎江楼之宴已于另两首中作了充分表述。

478 | 杜　甫 • 移居夔州郭

伏枕云安县，本来还在云安县伏枕，
迁居白帝城。现已移居到了白帝城。
春知催柳别，春天懂得我们要离开指点杨柳摇曳示意，
江与放船清。大江也有意送出清流护送我们航船前行。
农事闻人说，抵达白帝城听到人多谈农事，
山光见鸟情。也见到鸟雀对和暖山光钟情。
禹功饶断石，大禹治水有功使这里特多断石，
且就土微平。并且造就出了整体地势稍放平。

细微观察见真知。首联便把辞别云安、迁居白帝交代清楚。次联承云安之别把春天春水都写得有情有义。三联承新居之地虽为刚到，已敏锐地觉察到，当地人异常关注农业生产的进展，而气候和暖也将对促进农业生产有利。尾联对于整体地势平缓、适宜“为农”“定居”，还归结为当年大禹治水之功。后杜甫果然在夔州又居留两年，并写下古近体诗作合计达四百五十八首。

479 杜　甫·鹦鹉

鹦鹉含愁思， 聪明的鹦鹉怀抱着愁思，
聪明忆别离。 因它想起了与伙伴别离。
翠衿浑短尽， 你翠绿的衣领简直短到没有，
红觜漫多知。 而红色的巧嘴徒然善语多知。
未有开笼日， 远未看到打开囚笼那一日，
空残旧宿枝。 白白荒废往时栖宿的高枝。
世人怜复损， 世人对你既怜惜又伤害，
何用羽毛奇。 何必拿艳丽羽毛去斗奇。

勿逞所长免祸殃。首联写一只聪明鹦鹉的神情：它想起与同伴分离而满脸愁容。这应该是因为“红嘴善言”“羽毛奇特”之类，而被捉进笼子里的鹦鹉。次联用“翠衿短尽”突显它“红觜多知”，“能言”是鹦鹉可使人爱的特长，也是终被人害的祸根。三联同情它长久受制于人的不幸遭遇。尾联似乎得出结论，既然世人因你的特长爱你又害你，那就不如把这些特长藏起来。

480 杜　甫·孤雁

孤雁不饮啄， 一只离群孤雁不愿意饮水进食，
飞鸣声念群。 边飞翔边喊叫似诉说思念同群。
谁怜一片影， 谁会来怜惜天边的一只孤雁，
相失万重云？ 与雁群散失于高空万里重云？
望尽似犹见， 望尽前方好像还能看见同伴身影，
哀多如更闻。 不断哀鸣仿佛再次听到同伴声音。
野鸦无意绪， 野鸦毫无感觉真是无聊，
鸣噪自纷纷。 只顾不停鼓噪自寻开心。

人离散似雁失群。首联点出孤雁，并说它不饮不食，渴望与同伴重逢。次联显示孤雁虽遭受难寻同伴之苦，却无人给予同情。“一片”与“万重”的巨大反差，把孤雁的痛苦作了形象表述。三联写孤雁唯有不歇地追寻和叫唤，越向前望越似看见想要的东西，越叫得多越似听到想要的声音，把它的深深渴望、苦苦追寻表现得淋漓尽致。尾联野鸦的热闹非常更衬出孤雁的寂寞愁苦。

481 | 杜　甫·鸥

江浦寒鸥戏， 江边寒鸥正在嬉戏，
无他亦自饶。 若无他累也似美妙。
却思翻玉羽， 却又满怀心事翻动着双翅，
随意点春苗。 仿佛意有所求去拨弄春苗。
雪暗还须浴， 为了找寻食物顾不上风雪凌厉，
风生一任飘。 还要泡在水里或者被吹得乱飘。
几群沧海上， 哪能比并沧海之鸥不沾泥滓，
清影日萧萧。 清影悠然天天显得如此逍遥。

际遇逼人羡海鸥。前六句写江鸥的美中不足。在岸边戏耍的江鸥看似自得其乐，常又见它们不停翻动翅膀、拨弄春苗，原来要找寻食物，甚至风雪严寒也要浸泡水中或任风凌虐。自饶：有自感富足之意。后两句突显海鸥的真堪羡慕。唯有海鸥才能不为觅食奔波，不被泥滓点染，天天群飞海上，是真正的逍遥自在。诗人晚年诗作，间有这种归隐想法，大都是表达愤激的反语。

482 | 杜　甫·猿

袅袅啼虚壁， 有时现身于空虚岩壁上发出悠长的哀叫，
萧萧挂冷枝。 有时藏身婆娑的密林里挂在凄冷的树枝。
艰难人不免， 处变艰难常常或隐或现为人所不免，
隐见尔如知。 没有料到你等作为猿猴竟也似能知。
惯习元从众， 惯用的方法原是通过从众获得，
全生或用奇。 为保全生命也许还要另用奇计。
前林腾每及， 尽力升腾前林往往能够观察得到，
父子莫相离。 因为还要保证父子同在不可分离。

生当乱世竟如猿。首联拈出猿猴隐现两种动作，或露面虚壁前，或悬挂冷枝上。次联赞叹猿猴像人，对付艰难，懂得时隐时现。三联补足处难办法，隐现之外尚有其他。从众：指在群体影响下与大家保持一致。尾联接着举出猿猴会在高瞻远瞩处预判形势，以保证父子完好。诗人仅就携家避乱与猿猴对比，乱近则隐，乱远则现，而顾及大小平安，往往不计途远，几年奔走多省。

483 | 杜 甫·麂

永与清溪别， 我终于永远跟清溪告别了，
蒙将玉馔俱。 承蒙抬举使我与玉馔为伍。
无才逐仙隐， 我无才难追求修仙归隐，
不敢恨庖厨。 也不敢憎恨烹我的庖厨。
乱世轻全物， 乱世轻视全活的生命，
微声及祸枢。 微声触及杀身的祸枢。
衣冠兼盗贼， 徒然拥有堂皇冠冕的人连同杀人放火的盗贼，
饕餮用斯须。 这些贪食者只享用片刻来满足自己口腹之需。

乱世微声触祸枢。此诗代被捕将烹之麂发言。首二联以自贬口吻说出遭遇，并用“清溪”衬“玉馔”，“仙隐”衬“庖厨”，典雅又委婉。麂：鹿类兽，胆子小，会发微弱的叽叽声，而暴露行踪。后两联悲愤地揭被害原因和骂害己之人。祸枢：引致灾祸的枢纽；饕餮：贪残怪物，特指贪食者；斯须：短时。诗人对“微声致祸”应深有感触，因他把“衣冠”与“盗贼”相提并论。

484 | 杜 甫·鸡

纪德名标五， 鸡之德已被标明有五种，
初鸣度必三。 鸡夜鸣量度必定只是三。
殊方听有异， 在此异域听到鸡鸣发觉时辰不合，
失次晓无惭。 公鸡打鸣错过时辰到晓竟不羞惭。
问俗人情似， 了解当地人情大都如同失信公鸡一样，
充庖尔辈堪。 你们这帮东西遭受宰杀也似用刑不滥。
气交亭育际， 还算你等幸运尚处于被人化育之中，
巫峡漏司南。 今巫峡的夜漏已把南方的报时承担。

更恨该鸣而不鸣。前半说公鸡应鸣不失时，但夔州公鸡却不守信用，且毫无愧色。鸡之五德：《韩诗外传》载公鸡“头戴冠，文也。足传距，武也。见敌而斗，勇也。得食相呼，义也。鸣不失时，信也”；度必三：据史书，天亮前，公鸡开始鸣三声，第三声止即天亮。后半得知当地人情也像当地公鸡不讲信用，便怒斥你等被人宰杀也罪有应得，不过最后仍给它们改正机会。亭育：培育。

485 杜　甫·黄鱼

日见巴东峡， 太阳在巴东巫峡上冉冉升起，
黄鱼出浪新。 黄鱼开始在浪花中升腾翻滚。
脂膏兼饲犬， 鱼肉被烹脂膏还用来喂狗，
长大不容身。 躯体长大仍然不足以容身。
筒桶相沿久， 使用竹筒木桶去捕杀黄鱼当地相沿已久，
风雷肯为伸。 风雷虽肯相救它却茫茫然也难把援手伸。
泥沙卷涎沫， 陷入泥沙只屈着身躯口吐涎沫，
回首怪龙鳞。 似乎回首在嗔怪自己身无龙鳞。

恃势自肥如蠢物。前半先让黄鱼在其产地亮相，随即揭示它命途多舛，体大而不能保命。黄鱼：古书载，体有甲无鳞，肉黄，大者长二三丈。后半虽有哀愍之意，但筒桶取鱼，世俗相沿已久，即使风雷肯救，它也大而不灵，只卷沫泥中，空怪己身不长龙鳞。筒桶：皆捕鱼之具；风雷：传说三月水暖，鲤化为龙，则风雷从之。似以黄鱼喻扬国忠、李辅国之流，恃势自肥而终于自取灭亡。

486 杜　甫·白小

白小群分命， 白小也是以群分的一种生命，
天然二寸鱼。 这种生物成了天生二寸小鱼。
细微沾水族， 躯体细微但仍然属于沾水族类，
风俗当园蔬。 当地风俗却把它当作园中菜蔬。
入肆银花乱， 每逢入肆恍如银花乱目，
倾筐雪片虚。 遇到倾筐恰似雪片飘浮。
生成犹拾卵， 不仅捕捞成鱼而且还收拾鱼卵，
尽取义何如。 如此穷搜尽取简直是道义全无。

同情白小见亲民。前半为白小正名，虽仅二寸小鱼，也属一种生命，本为水生族类，却被视作园蔬。白小：又叫银鱼。后半对白小遭过分捕捞、店铺充斥这种小鱼，极表不满，而他们捕鱼还取卵，更被诗人指责为不讲道义。后人多认为此诗针对的是专制君主不恤民命的横征暴敛，因为这种征敛，只求尽取天下财富，供给一己享用，而不顾长治久安，跟要对白小斩尽杀绝无二。

487 | 杜　甫 • 发潭州

夜醉长沙酒， 昨天夜里在长沙喝醉了酒知道即将要离开，
晓行湘水春。 今天拂晓从潭州出发远行湘江春色来过问。
岸花飞送客， 江岸上风过花飞好像要来送客，
樯燕语留人。 桅樯上春燕呢喃也似在挽留人。
贾傅才未有， 西汉贾谊的才能前所未有，
褚公书绝伦。 初唐褚遂良书法世间绝伦。
名高前后事， 两人都曾名高一时后皆遭受贬谪，
回首一伤神。 回首这些先贤往事总会黯然伤神。

花鸟也来解客愁。首联发生两件事，行前借酒消愁，可见天涯沦落，忧虑很多；当行感激春光，可见孤单远客，极需援手。次联把春光的关照具体化，寄寓了诗人只身流徙、孤立无依的深沉感叹。后半追怀跟自己命运相同的潭州两位名人贾谊和褚遂良，对他们表示同情，也引为同道。前后事：贾谊由太中大夫被贬为长沙王的太傅；褚遂良由尚书右仆射、知政事，被贬为潭州都督。

488 | 杜　甫 • 南征

春岸桃花水， 春天桃花水涨湘江两岸开阔，
云帆枫树林。 白帆飘忽如云驶过成排枫林。
偷生长避地， 为了活命我经常到异地去避难，
适远更沾襟。 漂泊远方便使我难忍泪洒衣襟。
老病南征日， 正当我年老多病乘舟南行之时，
君恩北望心。 也怀着感念君恩回首北望之心。
百年歌自苦， 我几乎一生去吟唱生活那自然是一份辛苦差事，
未见有知音。 然而更令我觉得痛苦的是至今还没有遇见知音。

诗圣沉埋竟在唐。首联为往长沙投靠韦之晋描画了美丽春景，使后半的悲情愈显其哀。次联说偷生避地本平常，但越走越远自然伤心。三联提出两难情结，正当年老多病乘舟南行之际，又怀感念君恩回首北望之心，杜甫虽拒赴京兆功曹职，后严武表荐授检校工部员外郎，他接受了，对代宗有好感。尾联成杜甫的终生遗憾。殷璠天宝末编的《河岳英灵集》杜诗一篇未选入。

489 | 杜　甫·旅夜书怀

细草微风岸，细草生于受到微风吹拂的江岸，
危樯独夜舟。月夜停泊桅杆高高耸起的孤舟。
星垂平野阔，星星垂在天边平野显得广阔，
月涌大江流。月光随波涌动大江滚滚东流。
名岂文章著，人说我名声大哪里是文章水准高，
官应老病休。不再让我当官也因老病应该退休。
飘飘何所似，今天自己到处漂泊像个什么呢？
天地一沙鸥。就像广阔天地之间一只小沙鸥。

耿耿孤忠伴此生。首联出现一个细弱孤单的身影。次联马上进入平野广阔、大江东流的阔大空间，反衬得他越发渺小孤独。三联突出自己的政治抱负，长期被压抑，声名竟因文章而稍著，却非己所着重；休官，实际由于被排挤，严武、柏茂琳这两人都可能推荐过而唐代宗没有起用。这时，他感到政治理想完全破灭。尾联回想一生坎坷遭遇和朝廷的黑暗腐败，以天地一沙鸥自比。

490 | 杜　甫·江上

江上日多雨，长江上连日来频频下雨，
萧萧荆楚秋。萧萧的楚地已进入凉秋。
高风下木叶，高空中风力大吹落树叶，
永夜揽貂裘。长夜里寒气增身拥貂裘。
勋业频看镜，未忘建功立业常常照看镜子，
行藏独倚楼。尚思入世做事独自倚傍高楼。
时危思报主，时势艰危思忖报效人主，
衰谢不能休。尽管衰弱总是不能罢休。

功业未成多感慨。首联先写秋雨，长江之上连日下雨多，萧条楚地已进入凉秋。荆楚：一木二名，作为地名，统指楚地。次联续写秋风，为壮心犹在作铺垫。三联抒发功业未成的特别感慨，年岁越大，越多关心尚能干否？越多盼望仍有光明前途。故“看镜”添一“频”字，而“倚楼”则着一“独”字，因不宜示人以老。行藏：偏用行义。尾联等于说“鞠躬尽瘁，死而后已”。

491 杜　甫·江汉

江汉思归客， 我是漂泊江汉思归不得之客，
乾坤一腐儒。 也是天地间的一个迂腐老儒。
片云天共远， 我似与天边的片云共远，
永夜月同孤。 也似和长夜的月亮同孤。
落日心犹壮， 我虽近暮年雄心依旧还在，
秋风病欲苏。 面对着秋风病情似要康复。
古来存老马， 自古养老马是因为其智可用，
不必取长途。 不必在于它是否适合走长途。

暮年漂泊心犹壮。首联给自己作了两个定性：一是飘泊江汉欲归未能归的远客，二是天地间信守儒家思想的腐儒。第一个定性产生了次联，说自己就像远天的片云、长夜的孤月；第二个定性产生了三联，表达了积极用世、老而不衰的精神。腐儒：自嘲老无出息，也自负如己者已不多；江汉：指长江与汉水之间的区域。尾联借用“老马识途”的典故，再次展现老当益壮的情怀。

492 杜　甫·登岳阳楼

昔闻洞庭水， 很早听过声名远播的洞庭湖，
今上岳阳楼。 今日有幸登上湖边的岳阳楼。
吴楚东南坼， 巨大湖泊似把东吴南楚拆开，
乾坤日夜浮。 太阳月亮也在湖里日夜漂浮。
亲朋无一字， 我长年漂泊亲朋故旧无一字，
老病有孤舟。 年老体弱所有尽在一叶孤舟。
戎马关山北， 关山以北战火尚未止息，
凭轩涕泗流。 凭窗遥望不禁涕泪交流。

孤舟老病仍忧国。首联先点洞庭湖，再点登上湖边岳阳楼。次联表现登楼所见境界之阔大，这个湖居然可把东吴南楚拆开，连日月星辰也整天在其中浮动。三联实写自己目前境况异常落寞，亲朋无一字相遗，老病只孤舟相伴。“无一字”主要是关于朝廷和地方的音信全无，使他陷入被社会遗忘的孤独。尾联转出“戎马关山北”，让结句“凭轩涕泗流”建立在家国情怀之上。

493 | 岑　参·初授官题高冠草堂

三十始一命， 人到三十才得一命之官，
官情多欲阑。 当官念头已快要消磨完。
自怜无旧业， 自怜没有什么祖传家业，
不敢耻微官。 总不敢嫌弃这微小的官。
涧水吞樵路， 涧水吞没了采樵的小路，
山花醉药栏。 山花醉倚在药圃的围栏。
只缘五斗米， 只因为仅五斗米的官俸，
辜负一渔竿。 竟然要辜负这根钓鱼竿。

养家糊口做微官。首联发现隐逸生活过久了，做官的兴趣也淡了。一命：古官阶九命，一命最低。次联自嘲家底很薄，不敢轻视低级的官。三联形容住地的环境，可见对隐逸生活的留恋：涧水淹没山间小路，“吞”字显示水的恣肆无拘；山花装点药圃栏杆，“醉”字可见花的旁若无人。尾联表达为微俸而放弃闲适生活还是有点舍不得。五斗米：微薄官俸；鱼竿：喻指隐居生活。

494 | 岑　参·寄左省杜拾遗

联步趋丹陛， 上朝时齐步同登红色台阶，
分曹限紫微。 分署办公又和你相隔紫微。
晓随天仗入， 早晨跟着天子的仪仗入朝，
暮惹御香归。 晚上身染御炉的香气回归。
白发悲花落， 满头增白发悲叹春花凋落，
青云羡鸟飞。 望青云万里羡慕小鸟高飞。
圣朝无阙事， 圣明的朝堂大概没有错事，
自觉谏书稀。 规谏皇帝的奏章自觉见稀。

婉曲为诗忧愤深。杜拾遗即杜甫，前四句叙述与杜甫同朝为官的刻板生活。紫微：此指皇帝所居的宣政殿，中书省在殿西，门下省在殿东。五、六两句吐露内心悲愤，见落花而神伤，睹飞鸟而羡慕。当时恪守儒家“达则兼善天下”者，都不会愿意当混日子的官。结尾两句故作反语，其实安史乱后，大唐疮痍满目、百废待兴，只有昏庸的统治者，才会自诩为圣明“无阙事”。

495 岑　参·发临洮将赴北庭留别

闻说轮台路， 听说通往轮台的路途上，
连年见雪飞。 一年到头可以看见雪飞。
春风曾不到， 春风竟从来未到过那里，
汉使亦应稀。 派去的朝廷使者也应稀。
白草通疏勒， 无边的白草一直陪伴我走到疏勒，
青山过武威。 青苍的山岭只是跟随我经过武威。
勤王敢道迟， 为王事尽力怎敢因路难走延迟，
私向梦中归。 若挂念亲人不妨私向梦中回归。

先除国难后思家。诗人赴北庭经临洮，在临洮饯别会上拈得“飞”字，写成此诗。首联据“闻说”极写往轮台（属北庭）之路苦寒。次联还补充那里似乎从未见过春风，估计汉使也少到。三联仍然凭借想象，让白草陪自己走到疏勒（今在新疆），让青山跟自己经过武威（今在甘肃）。尾联直言为勤王应尽快赶路，回应“勤王路难走，何时回故乡”的说法，甚至有说可慢点走的。

496 储光羲·咏山泉

山中有流水， 山中有一条流水，
借问不知名。 询问却不知其名。
映地为天色， 流淌平原可使地面与天同亮丽，
飞空作雨声。 高山奔泻也能发出沙沙下雨声。
转来深涧满， 婉转走来向四方分出可让深涧填满，
分出小池平。 也能做到把种种小池灌至与岸齐平。
恬澹无人见， 秉性恬澹不愿使人注意，
年年长自清。 年复一年总是那样的清。

咏叹山泉兼喻己。首联点出一条流水的山泉模样，大都被人忽略。次联表现山泉偶然亮相也会令人惊艳。三联再展示山泉的鲜明本色，尽管它不舍昼夜流动，经历无数险阻，把种种储水的东西注满，却很难见到它的面目。尾联更将“无人见”上升为恬静淡泊，年年长清。这是描写山泉的山水诗，也是作者自喻的咏物诗，能欣赏到山泉自然美态，也可理解到作者价值取向。

497 刘长卿·新年作

乡心新岁切， 新岁将临思念故乡之心更加迫切，
天畔独潸然。 身在天边不禁潸然落泪独自伤感。
老至居人后， 到了老年被贬居于人下，
春归在客先。 春归匆匆走在我归之前。
岭猿同旦暮， 岭外猿猴和我同度昏晓使我日夜陷于愁闷，
江柳共风烟。 江边杨柳笼在风烟之中让我更觉生机难见。
已似长沙傅， 我似有长沙贾太傅一样的命运，
从今又几年？ 遭贬的日子从今算起还有几年？

蒙冤悲愤气难平。此诗是759年，诗人从苏州的长洲尉蒙冤被贬至潘州（今广东电白）任南巴尉的次年所写。首联表达新年将到，自已仍离家万里身在贬地，眼看人欢我苦不免更伤心。次联的首句承“天畔”申述自已老至蒙冤居人后，次句则承“新岁”感叹春已归来而人仍未归。三联写触及的岭猿、江柳，益增烦躁。尾联引贾谊为同调，担心滞留蛮荒，不知还有几时。

498 刘长卿·馀干旅舍

摇落暮天迥， 暮色之中草木凋零天空显高远，
青枫霜叶稀。 青枫树上不断经霜叶子更见稀。
孤城向水闭， 孤城面对着河水城门早已关闭，
独鸟背人飞。 一只单独的鸟儿背着人向前飞。
渡口月初上， 水边的渡口一轮新月开始升起，
邻家渔未归。 邻家的渔夫外出打鱼还未回归。
乡心正欲绝， 思乡的心情正在令人肝肠欲断，
何处捣寒衣？ 哪来的砧声响起还在捣制寒衣？

逗留旅舍更思家。诗人从岭南潘州南巴贬所北归时途经馀干所作。首联展示秋日暮色中的萧条景象。次联是诗人眼前所见之景，向水关闭的孤城、背人远飞的独鸟，也是他这个虽从岭南贬地北归，却任职无期、到处流寓的人深感孤独的反映。三联看到新月升起渔人应归未归令人盼，使诗人思乡之情也不能自已。尾联思妇捣寒衣的砧声，自然又促使异乡游子加倍地思念故乡。

499 刘长卿·送李中丞归汉阳别业

流落征南将， 这一位要南行的失意流落老将领，
曾驱十万师。 看不出当年曾经指挥过十万雄师。
罢归无旧业， 如今被罢免回乡已没有家业，
老去恋明时。 年纪又老迈仍留恋当今时世。
独立三边静， 他早就独当一面使得边境安定，
轻生一剑知。 他始终舍身报国随身佩剑深知。
茫茫江汉上， 在这茫茫的长江与汉水交汇之处，
日暮欲何之。 已是黄昏了不知道你将要去哪里？

敢为将军抱不平。首联用对比，过去是高级将领，今天却失意流落，一下子让人感到值得同情。次联描述他的现状，既无家业，年纪又老，明摆会有困难，仍热爱当今时代。三联追思他当年的贡献，独当一面能让边境安定，舍身报国能做全军表率，更显得他现时的失落是何等不合理。尾联明知其所去之处，却化实为虚，与首句的“流落”呼应，问他去哪里？增强了批判力度。

500 刘长卿·喜鲍禅师自龙山至

故居何日下？ 鲍禅师何日下山离开他的故居？
春草欲芊芊。 春天嫩绿的小草已经长势芊芊。
犹对山中月， 他的故居依然对着山中的明月，
谁听石上泉。 没有谁人能够再去听石上流泉。
猿声知后夜， 只有猿的啼叫方显示出已到深夜，
花发见流年。 只有花的开放才可看出年光流变。
杖锡闲来往， 拄着锡杖潇洒地随意来往，
无心到处禅。 无名利心人间到处可悟禅。

行文婉曲赞禅师。首联的春草茂盛只显示空落无人的状态，属于转移话题。次联正面写鲍故居空置之景，侧面表鲍的故居生活：静对月，闲听泉。三联也是正面写鲍故居空置之景，侧面表鲍的故居生活：夜闻猿，春见花。侧面烘托出鲍禅师情趣高洁，心性虚空，使人欣羡。尾联正面称赞。无心：胸无俗念之意。770年诗人任转运使判官，后又被诬贬为睦州司马，常与僧道交往。

501 刘长卿·碧涧别墅喜皇甫侍御相访

荒村带返照， 荒凉村落带着夕阳返照，
落叶乱纷纷。 时当深秋落叶随风飘荡。
古路无行客， 偏僻的路上看不见行人，
寒山独见君。 寒冷的山中只有你到访。
野桥经雨断， 野桥被大雨冲断，
涧水向田分。 涧水向田野流淌。
不为怜同病， 如果不是为了同病相怜，
何人到白云。 有谁还往深山白云里闯。

喜迎知己能来访。 首联描述自己住处荒凉，又值深秋，落叶乱飘。次联说偏僻难走的路上没有别的行人，寒意袭人的山里只见你来访我，对友人过访满怀喜悦心情。三联是友人的插话：大雨冲断了野桥，涧水向田野横流，我绕了弯路，累你久等。尾联的“怜同病”意味着诗人与友人，原是曾经同遭贬谪而能互相支持的患难知己。此诗让人觉得作者对友人充满感激之情。

502 刘长卿·过横山顾山人草堂

只有山相掩， 在寻找草堂的路上只见山遮着山，
谁言路尚通。 谁说这条路一定能够还跟草堂通！
人来千嶂外， 人从众多山岭外走来，
犬吠百花中。 犬吠声却起于百花中。
细草香飘雨。 细草香飘全靠沾花欲湿的雨，
垂杨闲卧风。 垂杨闲卧因有吹面不寒的风。
却寻樵径去， 回去时要寻觅采樵人走的途径，
惆怅绿溪东。 终归是惆怅地伫立在绿溪之东。

顾况草堂风光好。 首联以山岭相遮、怀疑迷路开头。次联表现草堂环境优美，周围百花绽放，犬躲花丛吠人。三联继续揭示草堂优美环境，说这里还有细草香飘、垂杨闲卧，实际是春雨帮助传送细草香、春风吹得垂杨如闲卧，而垂杨有了闲卧姿态，便能充当山人顾况的喻体，意味着这位著名诗人，正是生活在这个好地方。尾联重演寻路而不可得，首尾呼应，显示草堂的幽深。

503 刘长卿·饯别王十一南游

望君烟水阔， 望着你远去的小船只见茫茫云水，

挥手泪沾巾。 我不停挥手示告别泪水沾湿佩巾。

飞鸟没何处， 眼前一只飞鸟不知隐没何处，

青山空向人。 还有两岸青山冷对分别之人。

长江一帆远， 浩渺的江面上一叶孤帆已走得越来越远，

落日五湖春。 你将在落日下欣赏到那明媚的太湖之春。

谁见汀洲上， 有谁会见伫立在汀洲上的我，

相思愁白蘋， 怀念着你而感伤地凝视白蘋。

借景抒情易动人。首联用“望”“挥手”“泪沾巾”表达难舍之情。次联写注目“飞鸟”“青山”。此际鸟、友同样隐没，关注鸟等同关注友人；而埋怨青山无情，便衬得自己有情。三联的“一帆远”可表示对行者产生牵挂，“五湖春”则难掩恨不同行之憾。尾联还以独立江边愁对白蘋体现别后的忧伤。诗中没有说出离情有多深，都是借助眼前景物和通过具体动作来表达的。

504 刘长卿·经漂母墓

昔贤怀一饭， 往昔一贤人不忘一饭恩，

兹事已千秋。 此事的发生距今已千秋。

古墓樵人识， 漂母的古墓采樵人还认识，

前朝楚水流。 像前朝楚水至今仍旧在流。

渚蘋行客荐， 渚里蘋草旁出现行客送上的祭献，

山木杜鹃愁。 山中树木上也传来杜鹃鸟的哀愁。

春草茫茫绿， 眼前的春草茂盛引起了悠长的怀念，

王孙旧此游。 我来到王孙韩信这旧游之地的时候。

感激之心不可无。首联的昔贤指韩信。他少时对漂母赐饭许诺要报答，漂母怒斥：“大丈夫不能自食，吾哀王孙而进食，岂望报乎！”此后振作终能成就功业并厚报漂母，后人铭记漂母的慧眼识才和韩信的知恩图报。次联赞叹古墓樵人仍识。三联叙述墓前所见，“行客荐”使因别人以怨报德而愁的杜鹃更感悲哀，诗人设定望帝所化杜鹃，前身曾被受恩之臣陷害。尾联缅怀韩信。

505 刘长卿·穆陵关北逢人归渔阳

逢君穆陵路， 与你的相逢在穆陵关路上，
匹马向桑乾。 你只身匹马就要返回桑乾。
楚国苍山古， 楚国的青山依然保持苍翠古老，
幽州白日寒。 幽州的太阳也会令人感到心寒。
城池百战后， 城里经历过上百次战乱之后，
耆旧几家残。 还能有几家老人没有被摧残。
处处蓬蒿遍， 到处是蓬蒿遍生长，
归人掩泪看。 你定会带着泪眼观。

坦诚告诉北归客。首联写相逢地点和行客去向。次联借山水时令，含蓄指出当时南方北方的形势。三、四联用具体描述，说明北方何以会“白日寒”。城池经历百战、老人生存无几、到处蓬蒿遍地，不过概括而言，实际上八年的安史之乱，光是人口，就由5200万减为1600万，减少三分之二以上。此诗是对北归行客恳切的开导、痛心的宽慰，也寄托着诗人忧国忧民的无限感慨。

506 刘长卿·集梁耿开元寺所居院

到君幽卧处， 我准备前往你静卧之处探访，
为我扫莓苔。 你为此还彻底地扫除了莓苔。
花雨晴天落， 这里晴天总有花雨降落，
松风终日来。 而且松风还会整日吹来。
路经深竹过， 进出的小径经过幽深的竹林，
门向远山开。 古老的寺门面向着远山而开。
岂得长高枕， 你怎么能长期过如此悠闲日子?
中朝正用才。 现在朝廷正用得着你这种高才。

鼓励友人入仕途。友人梁耿，据《书史会要》载，中唐时以善书著名。首联明写友人为迎客而打扫，已暗示他的居处清静幽深。次联虽只点出“花雨”“松风”，也能让人感觉友人居处花木繁多、松林茂密。三联借助“路经”“门向”，又使秀丽的竹林和远方的青山，成为友人居处的外围点缀。尾联却希望友人不再贪恋悠闲的生活，积极入世，为大唐皇朝建功立业。

507 刘长卿·秋日登吴公台上寺远眺

古台摇落后， 草木凋零后登上破败的吴公台，
秋入望乡心。 入秋的景色触发我的望乡之心。
野寺来人少， 荒野的寺院来的香客比较稀少，
云峰隔水深。 绕云的山峰隔水眺望更显幽深。
夕阳依旧垒， 傍晚的下坠斜阳依附着旧时的堡垒，
寒磬满空林。 寺里的清冷磬声弥漫在空寂的山林。
惆怅南朝事， 南朝往事多变令我不胜惆怅，
长江独自今。 只有长江奔流可算从古至今。

嚣张藩镇似南朝。首联叙述登台的时地和动机。古台：指吴公台，故址在今江苏江都，是个弩台，原为南朝宋沈庆之所筑，后经南朝陈将吴明彻重修。次联的“来人少”是所见近景，“隔水深”是所见远景。三联上句忆古，“旧垒”在“夕阳”之下特别显眼，下句思今，往昔的血腥战场，而今变“磬满空林”。尾联意谓河山依旧、争霸成空，矛头指向大唐当下的藩镇割据。

508 司空曙·贼平后送人北归

世乱同南去， 安史叛乱时你我同流落江南，
时清独北还。 时局安定后只有你独自北返。
他乡生白发， 漂泊他乡八年人已经生出白发，
旧国见青山。 回到故乡所见不变的将是青山。
晓月过残垒， 你踏着晓月早行该经过战争残留的壁垒，
繁星宿故关。 而顶着繁星投宿会停留兵家争夺的故关。
寒禽与衰草， 旷野的飞禽与枯黄的野草，
处处伴愁颜。 处处伴随着你的悲苦愁颜。

叛乱虽平伤害大。首联说两人同来南方避难，现在只送友人独归，“独”字指友人独自北归，也含自身独不能归的感慨。次联的上句承前，流落他乡经历八年才平定叛乱，人已生出白发了；下句转到回乡所见，“见青山”意谓只见青山依旧，别的大都面目全非。三联揣度友人归途中的早行、晚宿，将尽览“贼平”后残破、荒凉之景。尾联还以“寒禽衰草伴愁颜”总括归途观感。

509 司空曙·云阳馆与韩绅宿别

故人江海别， 自从和老朋友在江海分别，
几度隔山川。 各自山水阻隔度过很多年。
乍见翻疑梦， 突然相见反不自信怀疑是梦，
相悲各问年。 互相悲叹各问别后所历艰险。
孤灯寒照雨， 室内孤灯照着窗外冷雨，
湿竹暗浮烟。 潮湿竹林浮着暗淡云烟。
更有明朝恨， 明朝又会有一种新的离愁别恨，
离杯惜共传。 珍惜这将离聚会共同把酒杯传。

久别重逢又分别。这是一首老朋友才重见又分离的伤别诗。首联写前次别离相隔已久。次联写此次相会非常意外，“翻疑梦”“各问年”显示别后相思心切和此次相会难得。年：指年光、光景、境况之意，不作年龄解。三联避开千言万语，以景寓情，把孤灯、寒雨、湿竹、浮烟等眼前景物作如此描写，折射多年来各自飘零异地的凄凉一面。末尾两句转到“又分离”，轻轻收结。

510 司空曙·喜外弟卢纶见宿

静夜四无邻， 静静的黑夜四周没有近邻，
荒居旧业贫。 居住在荒野因为家业清贫。
雨中黄叶树， 雨中叶子纷纷飘落的黄叶树，
灯下白头人。 就像灯下满头白发的老年人。
以我独沉久， 由于我仍然长久地沉沦，
愧君相见频。 辜负你频繁来把我慰问。
平生自有分， 我们平生就有诗友缘分，
况是蔡家亲。 何况你我两家还是表亲。

表弟亲情暖我心。首联说自己家业清贫，住在无近邻的荒野。次联说自己年老衰弱，已如雨中黄叶树那样的灯下白头人。“雨中黄叶树”，既有比喻作用，还有强化悲伤情绪的作用，即起兴作用。三联表示卢纶来访，喜中也有悲，因为自己过久沉沦。尾联化解，谓仍应高兴，卢纶与我既是诗友（皆为大历十才子之一），又是表兄弟。蔡家亲：原指羊祜为蔡邕外孙，可泛称表亲关系。

511 司空曙·经废宝庆寺

黄叶前朝寺，秋深叶黄时候看到一座前朝佛寺，
无僧寒殿开。不见一个僧人荒凉的大殿在敞开。
池晴龟出曝，每当天晴水池中的灵龟便出来晒太阳，
松暝鹤飞回。暮色苍茫佛寺里的仙鹤则从外间飞回。
古砌碑横草，古旧台阶前的石碑被乱草遮盖着，
阴廊画杂苔。阴暗长廊上的壁画布满斑驳青苔。
禅宫亦销歇。圣洁的寺院尚且如此破败废弃，
尘世转堪哀。污浊的尘世自然更多事情堪哀。

难怪人间灾难多。首联上句借时令造气氛，作为引线；下句引出没有僧人的荒凉大殿。次联着眼动物，从灵龟、仙鹤的出曝与归巢，表现荒废。三联着眼静物，再从石碑遮乱草、壁画布青苔，表现荒废。砌：台阶。尾联由圣洁的寺院本是人们心目中的净土也会破败废弃，推出结论：难怪污浊的尘世存在更多可悲现象，这就把个人失意、国家多难的感慨寄寓其中。禅宫：佛寺。

512 司空曙·新蝉

今朝蝉忽鸣，今朝忽然响起蝉鸣的声音，
迁客若为情？作客他乡的人会有何心情？
便觉一年谢，便会觉得一年又将过去，
能令万感生。能够使人许多感慨产生。
微风方满树，微风正在吹遍树木，
落日稍沉城。落日稍为沉下高城。
为问同怀者，请问与我这个迁客同怀者，
凄凉听几声！如此凄凉的蝉鸣能听几声！

乡愁难解畏蝉鸣。首联提问今朝蝉鸣之声忽起，迁客听到心情如何？次联回答，会觉得一年将过，感慨很多，蝉一般鸣于夏末秋初，客居困顿者至少为这一年也未必能回故乡而难过。《礼记》记载：“夏至到，鹿角解，蝉始鸣，半夏生，木槿荣。”三联刻画的眼前景物，微风吹树、落日沉城，都易联想到叶落归根、日落归家，让迁客的乡愁倍增。尾联表达的实际是听不了几声。

513 韦应物·淮上遇洛阳李主簿

结茅临古渡， 搭建的茅屋面对着古渡口，
卧见长淮流。 躺卧在床上见悠长淮水流。
窗里人将老， 窗里人即将进入老年，
门前树已秋。 门前树已遇上了金秋。
寒山独过雁， 他个人虽似寒山独过的雁，
暮雨远来舟。 而居处总见暮雨远来的舟。
日夕逢归客， 早晚会碰上似我的归客，
那能忘旧游！ 他怎会忘记旧游的好友！

客观描述藏观感。首联介绍李主簿所居茅屋的方位，面临古渡口、卧见淮水流。次联在其所居的窗里门前，揭示一个镜头，人如树入秋，也将老去了，其友应有岁月无情、壮志蹉跎之叹，自己也为友人遭遇而怅然若失。三联在茅屋停留的诗人，思考着生活孤独、境况凄凉的友人正像寒山独过的雁，而这里也终将遇上暮雨远来的舟。尾联便以李主簿遇上北归客，并热情接待结束。

514 韦应物·淮上喜会梁村故人

江汉曾为客， 在江汉就曾经一起作客，
相逢每醉还。 每相逢全都是尽醉而还。
浮云一别后， 人生仿佛浮云也似奔腾流水，
流水十年间。 从别后至今天一晃就是十年。
欢笑情如旧， 相见欢笑感觉友情如旧日，
萧疏鬓已斑。 但都已是头发稀疏两鬓斑。
何因不归去？ 为何我不与故人一同归去？
淮上有秋山。 淮河这地方尚有秀美秋山。

坦诚面对不完美。首联回忆以前的交情，一起作客江汉，相逢尽醉而归。江汉：指位于长江中游的江汉平原一带。次联简要概括分别十年的人生经历，以“浮云”表行踪不定，以“流水”表年华易逝。三联写这次的相会有“欢笑”，因为友情如旧，也有“伤感”，因为年纪渐老。末联以反诘表达转折，以写景作为结束，原拟不再当官，却又难舍该地山水好。淮上：指淮水边。

515 韦应物·扬州偶会前洛阳卢耿主簿

楚塞故人稀， 当年在楚地的朋友已经没有几个，
相逢本不期。 你我能相逢根本不可能预期得知。
犹存袖里字， 他的书信仍保存在自己衣袖里，
忽怪鬓边丝。 忽感惊奇因距离久不觉鬓有丝。
客舍盈尊酒， 客地馆舍中设法弄来满樽的酒畅饮庆相遇，
江行满箧诗。 江边行走时各自拿出满箧的诗切磋情似痴。
更能联骑出， 最难得的是更能联骑并辔出游，
还似洛桥时。 竟然还似在故乡洛桥少年之时。

构思新颖语寻常。此诗作于苏州刺史任上，写老朋友彼此客中不期而遇的欢乐。首联突出巧遇故人的喜悦。次联叙述衣袖里还藏着不时拿来读的故人书信，并感叹青春易过鬓已有丝。三联备盈樽的酒以欢庆，出满箧的诗供切磋。尾联的安排读者更始料不及，两人并辔观光，再重演少年时代曾经有过的故事。首联如叙家常，中二联似信口道来，尾联的“更能”也是平常话语。

516 韦应物·赋得暮雨送李胄

楚江微雨里， 当那楚江笼在微雨里
建业暮钟时。 正建业城敲响暮钟时。
漠漠帆来重， 雨丝繁密来船的帆看似沉重，
冥冥鸟去迟。 阴天细雨远飞的鸟状态迟疑。
海门深不见， 想看到海门却深远不可见，
浦树远含滋。 那江边树木都饱含着水气。
相送情无限， 送别老朋友我情深无限，
沾襟比散丝。 沾襟的泪水像江上雨丝。

冒雨临江送友人。首联介绍送别地点，勾勒冒雨临江送别的形象。建业：今南京。次联描述江上近景，来帆受雨，故帆湿而重；鸟翅带雨，飞行多迟缓。在去帆消失后，诗人还紧盯着来帆，将它看作去帆的影子。三联友人往东远去，诗人关注到远树和海门。海门是长江的入海处，当然不可见；远树也只能想象它水雾缭绕。尾联把深厚离情在暮钟撞击下流下的泪水也比作雨丝。

517 | 李　益·喜见外弟又言别

十年离乱后， 经过近十年的战乱流离，
长大一相逢。 长大后竟然意外地相逢。
问姓惊初见， 初见不认识惊讶问姓名，
称名忆旧容。 说出姓名才想起旧面容。
别来沧海事， 分别那么久多少世事变迁要说，
语罢暮天钟。 直到说够时已经传来寺院晚钟。
明日巴陵道， 明天你要踏上西去巴陵的古道，
秋山又几重。 你我之间又要隔着秋山多少重？

久别相逢又远离。首联揭示相逢的背景在安史之乱且是少小至长大期间。颔联正面描写表兄弟长大后的邂逅相逢，故初见惊讶问姓名、报过姓名忆旧容。颈联表现倾诉往事，用“沧海事”很好概括了别后个人、亲友、社会的种种变化，因“沧海”有“沧海桑田”意。尾联以表弟将登程远去表达“言别”。

518 | 张　籍·江南春

江南杨柳春， 江南杨柳逢春摇曳多姿，
日暖地无尘。 日暖风和大地清新无尘。
渡口过新雨， 渡口落过一场新雨，
夜来生白蘋。 夜来催生出了白蘋。
晴沙鸣乳燕， 晴朗沙滩上乳燕在鸣叫，
芳树醉游人。 芳香绿树下陶醉了游人。
向晚青山下， 在向晚的青山之下，
谁家祭水神。 不知谁家正祭水神。

悠闲人见江南春。首联以杨柳多姿、日暖风和概括表现春来万物更新的状态。次联实写渡口刚下过雨，同时加速了白蘋的生长。白蘋：蘋之类的水草，古代可用它向鬼神祭祀、给王公做菜。三联虚写乳燕鸣于晴沙、游人醉于芳树。尾联仍是表现江南春来的景象，不过并非自然景物，而是民俗风情祭祀水神，别开生面。水神：农业社会特别追求风调雨顺，江南水乡尤其崇拜水神。

519 | 张　籍·送从弟戴玄往苏州

杨柳阊门路， 阊门一带杨柳树临水飘拂，
悠悠水岸斜。 悠长水岸有笔直也有分杈。
乘舟向山寺， 乘坐画舫去山寺游览，
着屐到渔家。 穿着木屐观光到渔家。
夜月红柑树， 夜月映照红柑树，
秋风白藕花。 秋风吹拂白荷花。
江天诗景好， 那里江天辽阔如诗美景好，
回日莫令赊。 你别误了归期让亲人牵挂。

水城风韵醉游人。 首联是苏州水城的特有景观，白居易《苏州柳》也说“老来处处游行遍，不似苏州柳最多”。次联再实写水城风光，苏州城里城外水道纵横，周围许多景点乘船往观；探访渔家还多着木屐以防滑。三联虚写柑莲两物，月照柑林，果红叶绿；绿水中白色荷花迎风摇曳，水绿而花白。咏物却借月和风点缀，也别有风致。尾联宕开一笔，但最终仍然归结到赞美苏州。

520 | 张　籍·过贾岛野居

青门坊外住， 他在青门坊外居住，
行坐见南山。 行坐都可看见南山。
此地去人远， 此地离开人群比较远，
知君终日闲。 知道你整天能保悠闲。
蛙声篱落下， 青蛙的叫声从篱笆之下传出，
草色户庭间。 青草的翠绿呈现在庭院之间。
好是经过处， 今天经过这个地方感觉很好，
唯愁暮独还。 只不情愿傍晚一个人把家还。

清幽居处悠闲者。 首联暗示曾过访，“见南山”还使人想到陶潜的诗句和住处。次联承首联揭示贾岛居处远离尘世，主人终日悠闲自得。三联承首联介绍主人庭院内外的景致，篱笆外的蛙声增添了居处的清幽，而庭院内的茂盛野草，更让人感觉主人这里异常清幽。尾联前句明确点题，后句能反映主客言谈投机、客人留恋不舍，还可能表示客人对这种淡泊自得的生活十分艳羡。

521 张　籍·赠任懒

未肯求科第， 你未肯寻求科举及第之路，
深坊且隐居。 在深僻街巷暂且安于隐居。
胜游寻野客， 游览胜地喜欢访问草野之客，
高卧看兵书。 家中高卧常看排兵布阵之书。
点药医闲马， 曾经见你检点药物去医治民用的马，
分泉灌远蔬。 也曾见你分隔泉水去灌溉远地园蔬。
汉庭无得意， 汉朝如果没有那杨得意，
谁拟荐相如？ 谁会出来推荐司马相如？

乐荐人能自古稀。首联叙事，肯定他是虽有高才异能、尚无意愿应举的隐士。次联说他休闲时的表现，喜爱寻野客、看兵书。三联对他工作时的了解，擅于医闲马、灌远蔬。虽皆偏重“异能”，却也说得实在。尾联揭露他无意应举是因为无人推荐。得意：向汉武帝推荐司马相如的杨得意。本该公平竞争的科举考试，由于重要人物推荐可起决定作用而变了味，使出身寒门者望而生畏。

522 张　籍·蓟北旅思

日日望乡国， 欲归家而不得天天难舍遥望故乡，
空歌白苎词。 唱起吴声歌曲企图排遣反惹乡思。
长因送人处， 长时间里在送别他人之处，
忆得别家时。 忆起昔日自己与家离别时。
失意还独语， 身在异乡失意多愁只可自言自语，
多愁只自知。 无人倾诉一切事情唯有自己心知。
客亭门外柳， 看一下客亭门外的柳树，
折尽向南枝。 折尽了向南生长的柳枝。

仕途不顺更思乡。首联上句已切思乡主题，天天遥望故乡；下句还说唱乡音歌排遣，反而归心更切。白苎词：即《白苎舞歌》，吴地歌曲。次联描述自己心理活动，屡次只要看到送别他人，总忆及家人曾经送别自己，非常留恋。三联续述心理活动， 自己抱着雄心壮志只身在外，失意多愁无人分担，特别难过。尾联以景语“折尽向南枝”收束，意谓南归者虽多，偏没有自己。

523 张　籍·夜到渔家

渔家在江口， 渔家居住在江口，
潮水入柴扉。 江潮溅湿了柴扉。
行客欲投宿， 自己想要在此求宿，
主人犹未归。 可是主人还未回归。
竹深村路远， 竹丛幽深小路蜿蜒离村很远，
月出钓船稀。 月亮出来江上渔船寥寥无几。
遥见寻沙岸， 远远看见渔人在寻找沙岸停泊，
春风动草衣。 阵阵春风吹动他身上穿的蓑衣。

夜到渔家求寄宿。首联对渔家住地的概括，靠近江口，潮水溅门。次联交代自己出行路过，打算投宿而未见主人。三联描述已经等到晚上月出，四处观望，只见旁有竹林小路，很远没有村庄；月亮挂在天空，江上渔船也越来越少。尾联终于看到有渔船在寻找沙岸停泊，打鱼人挺立船上，春风吹动着蓑衣，“春风动草衣”这一句，字里行间，充满了喜悦之情。草衣：即蓑衣。

524 张　籍·宿临江驿

楚驿南渡口， 楚地的临江驿坐落在南渡口，
夜深来客稀。 夜色已经很深来客寥寥无几。
月明见潮上， 月光明亮可看见潮水涌起，
江静觉鸥飞。 江面寂静能觉察鸥鸟在飞。
旅宿今已远， 旅宿所在距故乡已远，
此行殊未归。 此行无获仍旧未能归。
离家久无信， 离家很久没有收到信息，
又听捣寒衣。 忽又听到有人在捣寒衣。

作客艰难思故乡。诗人在科举试前游历湖北等地寻知音，主要是谒见各地官员以求举荐，结果如己诗所写“岂知东与西，憔悴竟无成”。首联点出曾在位于南渡口的临江驿投宿。次联描画于临江驿看到什么，那月明潮上、江静鸥飞，都静中有动，可见他心有不安。三联直说此时心中所想，这里离家已远，此行无果难归。尾联更添上久无家信甚牵挂，传来砧杵之声使乡思倍增。

525 | 张　籍·岭表逢故人

过岭万馀里， 岭表过了五岭有一万多里，
旅游经此稀。 旅游经过这里的也是无几。
相逢去家远， 在这里与他相逢离家已很远，
共说几时归。 彼此都询问对方何时可回归。
海上见花发， 曾经在大海之上看见鲜花绽放，
瘴中唯鸟飞。 也见过瘴气之中唯有鸟儿在飞。
炎州望乡伴， 在岭表地方望见同乡伴侣，
自识北人衣。 自应先认出北人所穿的衣。

唐对岭南偏见多。首联叙事，说明岭表非常遥远，北人到此旅游稀少。岭表：岭外，约当岭南。次联点题，两人在岭表相逢，即互问何时回家，似乎待不下去。三联描述跟故人相同的南游观感，都惊讶于大海上也有花开、瘴气中只有鸟飞。瘴气：指热带原始森林里动植物腐烂后生成的毒气，五岭以南，纵广东偏南处，虽有瘴气，但并不如唐诗夸张。尾联解释，先从穿衣上认出北方故人。

526 | 张　籍·老将

鬓衰头似雪， 两鬓衰颓满头白发，
行步急如风。 行步急速如同疾风。
不怕骑生马， 不害怕骑未经驯养的马，
犹能挽硬弓。 还能够挽拉力很大的弓。
兵书封锦字， 所读兵书在封面写下心得，
手诏满香筒。 皇上手诏装满了特制香筒。
今日身憔悴， 到今日年纪老迈虽然身体有点憔悴，
犹夸定远功。 仍自豪谈论过去立过班超那样边功。

诗中老将堪崇敬。首联从外观方面给老将画幅素描，满头白发而步急如风。次联从骑射方面表现他尚能战否？能骑生马、可挽硬弓，说明他确实上得战场。三联赞赏他的实战修养，对兵书曾刻苦钻研、在军中曾身经百战（连皇帝也如此倚重）。尾联还暗示他有过不朽的功勋。定远：东汉班超，定西域被封定远侯。诗中言词浅白，状景自然，含意深远，让人悦读，引人深思。

527 张　籍·没蕃故人

前年伐月支，前年拟夺回被占国土他参加讨伐吐蕃，
城下没全师。稍后传来了城下恶战全军覆没的信息。
蕃汉断消息，吐蕃和中原断绝了消息联系，
死生长别离。他或死或生从此都永远别离。
无人收废帐，全军战败后遗弃的营帐无人收拾，
归马识残旗。仅逃回战马还能识得残破的军旗。
欲祭疑君在，有心祭奠你英魂又仿佛你还在世，
天涯哭此时。此际唯遥望天涯哀哀痛哭不能已。

死生难定望天哭。首联叙事，交代全军覆没的时间、地点和过程。月支：指吐蕃。安史之乱后唐朝无力抵御吐蕃侵扰，丧失河陇大片领土。次联接写与友人消息断绝的无限牵挂。三联以废帐无人收、残旗归马识，表现全军覆没惨景。尾联揭示诗人欲祭疑生、望天痛哭的矛盾纠结。全诗字里行间充溢着对没蕃故人和唐军将士的深切同情，而痛恨战争、忧虑国事之心亦隐寓其中。

528 张　籍·寄友人

忆在江南日，回忆起曾与你在江南的日子，
同游三月时。那时候正是暮春三月同游时。
采茶寻远涧，为了采茶前往遥远的山涧寻找，
斗鸭向春池。观赏斗鸭兴奋地奔向春日水池。
送客沙头宿，送别客人我们曾在沙头住宿，
招僧竹里棋。招唤僧人一起到竹林里下棋。
如今各千里，如今各自相隔千里，
无计得相随。无法做到相互追随。

语句寻常情真挚。此诗写给少年玩伴。首联追忆，有一年三月曾与他在江南同游。中间两联叙述当年同游的具体内容，先提到跟山水有关的，往山涧去采茶、到水池观斗鸭；再涉及人事方面的，送走客人在沙头住宿、招呼僧人于竹林下棋。斗鸭：据《西京杂记》，汉朝初年便有使鸭相斗的博戏。尾联表示遗憾，如今无法同游共玩。全用口语，如实道来，令人感觉确实出自内心。

529 | 张　籍·宿江店

野店临西浦， 投宿的野店面临向西的河岸，
门前有橘花。 门前种橘树树上正在开着花。
停灯待贾客， 点起灯火接待商人旅客，
卖酒与渔家。 供应酒菜方便打鱼人家。
夜静江水白， 夜静更深时江水映月泛着白光，
路回山月斜。 山回路转处上空山月斜斜高挂。
闲寻泊船处， 随兴找寻刚才泊船之处，
潮落见平沙。 潮水落尽露出大片平沙。

诗境如同梦幻般。首联叙述临江野店的位置特征，作为全诗张本。次联描写野店的业务，店主张灯接待商旅、供应酒菜渔家，似现代酒店的雏形。三联继续描写近处所见，江水泛白波，山月挂山边。尾联还看到潮水退后的大片平沙。读过全诗，仿佛看见一幅江南秋景图，那临江野店，门前橘花，店中灯火，江水反光，山月斜悬，岸上泊船，月下平沙，都写得朴素清新，恬静安谧。

530 | 张　籍·咏怀

老去多悲事， 人到年老就多了可悲的事，
非唯见二毛。 不仅头上有黑毛还添白毛。
眼昏书字大， 眼目昏花写出的字体就比较大，
耳重觉声高。 两耳变聋说出的声音也比较高。
望月偏增思， 夜间望月偏会增添愁思，
寻山易发劳。 寻山探胜容易出现疲劳。
都无作官意， 已完全没有当官的意愿了，
赖得在闲曹。 仰赖还能够在闲职中浸泡。

做官无意欲休闲。首联直截了当地提出，老了可悲多。次联说眼、耳的可悲处，视力差看不清小字只能写大字；听力差听惯高声便也高声讲。三联说精神、体力的可悲处，望月常使老人怀念故旧；跋山涉水更属老人弱项。尾联感觉庆幸，自己于无力建功也不想当官之时，尚能在被安置的闲职上过日子。诗作纯以白描手法表现老态，笔端带一点无可奈何的哀愁，令人心生同情。

531 | 张　籍·酬白二十二舍人早春曲江见招

曲江冰欲尽， 曲江里的冰将要全部融化，
风日已恬和。 那里的天气已是日暖风和。
柳色看犹浅， 柳条的颜色看起来比较浅淡，
泉声觉渐多。 泉流的声音已觉得逐渐增多。
紫蒲生湿岸， 紫蒲生长在湿润的岸畔，
青鸭戏新波。 青鸭戏弄着新生的水波。
仙掖高情客， 仙掖中的盛情贵客，
相招共一过。 招呼我一齐去游河。

别开生面应邀函。首联断定曲江冰化暖和，已春光可见。次联举柳色、泉流作为春天初露面孔。三联再举生长的紫蒲、戏水的青鸭为例。所举声色动静皆备，已引人注意，而它们都是刚从寒冬黑夜里冒出来的，更让人耳目一新。尾联说在仙掖任职的白居易邀他共游曲江，他对曲江早春如此陶醉，自然应邀而等于表态。仙掖：唐代的门下、中书两省在宫中左右掖，被称仙掖。

532 | 张　籍·寄紫阁隐者

紫阁气沉沉， 所住似仙居紫阁云气笼罩，
先生住处深。 先生的住处入山已经很深。
有人时得见， 虽有人不时能见到你，
无路可相寻。 却无路可以把你访寻。
夜鹿伴茅屋， 夜鹿陪伴着你所居的茅屋，
秋猿守栗林。 秋猿守护着你附近的栗林。
唯应采灵药， 你只应专心去采摘灵药，
更不别营心。 再不必为其他事情费心。

寄友诗中露己心。首联赞叹这位深山隐者的住处如同仙人所居的紫阁，总是云气缭绕。次联以人虽可见而路却难寻，证实其“住处深”。三联进而举出他所居之处常有鹿、猿出没，可见环境何等幽深。尾联说你可以专心去采灵药，而无须为别的事情费心。这是最让诗人羡慕的。张籍进士及第后任太常寺太祝（管祭祀杂务）十年，官小位卑，尤其不乐意应付官场的复杂关系。

533 王　建·山居

屋在瀑泉西，居屋坐落瀑布之西，
茅檐下有溪。茅檐之下流着清溪。
闭门留野鹿，关起门来就留住野鹿，
分食养山鸡。分出食物去饲养山鸡。
桂熟长收子，山中桂树果熟时可以长期去摘取，
兰生不作畦。野外兰花随处见不必栽种作成畦。
初开洞中路，刚开通了一条洞中通路，
深处转松梯。进入深处之后转为松梯。

晚年致仕乐山居。诗人由任县丞到州司马等，最后官至光州刺史，晚年甘于山林的平民生活。首联描述山居环境，茅屋东边有瀑布，檐下有溪流。二、三联接着述说在此终日与野鹿、山鸡为伴，兰、桂之类也都是自然生长。有人认为野鹿山鸡如此驯服，的确有趣得很，然而是否合理？似可断定此时此地所无，不能否定彼时彼地实有。尾联显示山中还有松梯，另通幽僻之处。

534 王　建·惜欢

当欢须且欢，应当欢乐的时候就该去欢度，
过后买应难。欢乐的机会过后想买也困难。
岁去停灯守，岁时将过点燃灯烛来守岁，
花开把火看。好花盛放举着烛光把花观。
狂来欺酒浅，精神振作会嫌杯中酒浅，
愁尽觉天宽。忧愁散尽感觉地阔天宽。
次第头皆白，转眼之间头发都变成白色，
齐年人已残。同年的人也已残缺不齐全。

应让人生欢乐多。首联说当欢乐时宜欢乐，错过时机难买回。此“且”解“宜”，并非姑且。次联列出人们重视将走的岁时而点灯守护、珍惜盛放的好花而举烛观赏，希望欢乐也能得到如此隆重的对待。三联形象表达心中欢乐就会振作起来而嫌杯中酒浅，就会无忧无虑而觉天地更宽，换言之就能增强处理事情的勇气、扩大接受困难的胸怀。尾联又从人生苦短显示惜欢重要。

535 刘禹锡·元日感怀

振蛰春潜至， 昆虫被惊醒春天已经悄悄地来到，
湘南人未归。 我还似屈原蒙冤被逐有家也难归。
身加一日长， 自身再度过这一日就增加一岁，
心觉去年非。 内心又觉得去年的做法似不对。
燎火委虚烬， 拜祭燎火烧完委弃一地灰烬，
儿童炫彩衣。 过节儿童嬉闹炫耀身上彩衣。
异乡无旧识， 住在异地他乡无旧相识，
车马到门稀。 车马到门稀少更感孤凄。

革新理想终无悔。此诗写于永贞革新失败，被贬朗州期间。首联深感冤屈如同被逐的屈原，冬去春来人也难归家。次联似对革新作过冷静反思，原来它由唐顺宗主持，本欲内抑宦官外制藩镇，让天下财富兵力尽归朝廷，无奈遭到宦官权臣疯狂反扑，连顺宗皇帝也被迫退位，后还被害。可见革新派的策略、方法必有不切实际之处。后两联以儿童欢乐、门前冷落衬托内心郁结寂寞。

536 刘禹锡·蜀先主庙

天下英雄气， 先主刘备英雄气概充满天下，
千秋尚凛然。 千秋万代一直令人肃然起敬。
势分三足鼎， 论优势与吴国魏国三分天下形成鼎足状，
业复五铢钱。 讲事业如光武帝恢复五铢钱志在汉室兴。
得相能开国， 得到丞相诸葛亮开创了蜀国，
生儿不象贤。 生下儿子刘阿斗不像父贤明。
凄凉蜀故妓， 最凄凉一幕就是阿斗闲看蜀国的歌伎，
来舞魏宫前。 在魏国宫前显示身为俘虏还沉迷不醒。

创业艰辛难守成。首联直言刘备的英雄气概天下皆知、千秋景仰。次联概括刘备的功业，说他三分天下有其一，还志在复兴汉室。五铢钱：汉武帝铸造，被王莽废用，后由光武帝重铸。三联借能开国的丞相，反衬“不象贤”的刘禅。尾联揭露刘禅成了亡国之君，竟还乐不思蜀。唐朝于安史之乱后国势日衰，诗人虽屡遭贬谪而依旧心存革新，自然要给大唐的不肖子孙提供前车之鉴。

537 | 刘禹锡·金陵怀古

潮满冶城渚， 春潮涌动淹没冶城洲渚，
日斜征虏亭。 落日余晖斜照在征虏亭。
蔡洲新草绿， 江心的蔡洲新草茁壮一片嫩绿，
幕府旧烟青。 江边的幕府山色依旧烟霭青青。
兴废由人事， 国家的兴亡取决于人事，
山川空地形。 山河也徒有险峻的地形。
后庭花一曲， 玉树后庭花这支亡国曲仍在唱，
幽怨不堪听。 可是它幽怨总令后来人不忍听。

保国莫凭天赐险。前半以写景怀古，点出冶城潮满、征虏亭日斜、蔡洲草绿、幕府山烟青，这些金陵胜地，都是物仍如故而人面已非。冶城：东吴冶铸之地；征虏亭：东晋王谢贵族饯别之地；蔡洲：江中之洲，有不沉的战船之喻；幕府山：有金陵门户之称。三联揭示：六朝的兴衰决定于人事，山川形胜难保长治久安。尾联伤今：六朝帝王恃险耽乐而亡，历史教训未被后世记取。

538 | 李　贺·示弟

别弟三年后， 与弟分别已经三年了，
还家一日馀。 一天多前才还家相晤。
醁醽今夕酒， 弟今夕宴请我的竟是醁醽美酒，
缃帙去时书。 我缃帙带回来的仍为去时的书。
病骨犹能在， 我有病的身体尚幸还能够活着回来，
人间底事无？ 这样的人世间会有什么事可以说无！
何须问牛马， 投身仕途如同赌博何必太计较何种结果，
抛掷任枭卢！ 赌具抛出就不追究任从它是牛马或枭卢。

生不逢时空愤激。首联所说三年，诗人因避家讳（父名晋肃），虽经韩愈力辩“若父名仁，其子则不得为人乎”，仍被迫放弃应考进士，而去做低级小吏，后又因病辞职。次联写失意空身归来，弟仍盛情接待，感到悲喜交集。湘帙：浅黄包书布。后半首向弟倾诉沉沦仕途感受：五句说病身尚存，六句说人事复杂，最后两句借赌具发泄用人不唯才的愤慨。牛、马、枭、卢：均为赌具名目。

539 李　贺·咏怀二首其二

日夕著书罢， 太阳下山著书也告一段落，
惊霜落素丝。 被霜惊觉头上落下白发丝。
镜中聊自笑， 端详镜中如此容颜唯有无奈一笑，
讵是南山期。 我这模样南山高寿怎么可以预期?
头上无幅巾， 头上没有儒雅的头巾可戴，
苦蘖已染衣。 身上穿着用苦蘖染的黄衣。
不见清溪鱼， 都会有这种见识清溪里的鱼儿，
饮水得自宜。 只是饮一些清水依然感觉适宜。

生活贫寒勤著书。首联诗人著书之际，惊觉头上掉下白发。著书大概是把日间所记，深入思考，丰富成篇。据载他每天骑驴外出，有所得记下置之锦囊，晚上取出，“研墨叠纸足成之”。次联取镜自照，看到容颜憔悴，无奈苦笑起来，叹一声这个样子怎么能高寿。三联虽只写穿戴如村夫野老，也可知食物同样会短缺。尾联自我宽解，认为应似清溪鱼，光喝清水也能自得其乐。

540 白居易·赋得古草原送别

离离原上草， 原野上生长茂密的野草，
一岁一枯荣。 每年经历一次枯萎繁荣。
野火烧不尽， 即使野火焚烧不能把它灭绝，
春风吹又生。 遇到春风吹拂它又顽强滋生。
远芳侵古道， 远播的草香侵入到古时的道路，
晴翠接荒城。 晴日的草色连接着边远的小城。
又送王孙去， 又一次要送友人别我而去，
萋萋满别情。 满怀着野草般的勃发离情。

离情勃发如野草。首联点出原上草的生长特点：一岁一枯荣。次联出句“野火烧不尽”承“枯”；对句“春风吹又生”承“荣”。三联把“春风吹又生”尽情发挥，让草香远侵古道、草色远接荒城。尾联以野草般的别情送走王孙，令人想象：王孙穿过古原、踏上古道、经由荒城而至远方。写草是为了写深厚别情作铺垫，但此诗的野草却作为有“韧劲”而有口皆碑，成为千古的绝唱。

541 白居易·鹦鹉

竟日语还默， 成天在讲话突然变沉默，
中宵栖复惊。 半夜里栖息忽然又惊醒。
身囚缘彩翠， 身被囚禁牢笼心中无比痛苦，
心苦为分明。 只因毛色漂亮以及是非分明。
暮起归巢思， 晚上经常涌起回到旧窝的想法，
春多忆侣声。 春天总是产生怀念同伴的心声。
谁能坼笼破， 什么人能帮助打破这个笼子，
从放快飞鸣。 让它可以放纵无拘欢快飞鸣。

一朝遭贬如鹦鹉。 815年被贬为江州司马，818年调任忠州刺史，为离贬谪地高兴，也为赴偏僻地遗憾，诗写于此时。首联描述鹦鹉的反常行为，暗示它心事不少。次联表现它经过反思认识到，现时身在囚笼心痛苦，是因为自己的漂亮和聪明。三联“思”归巢、“忆”伙伴，都是突出它向往自由自在的生活。尾联表达鹦鹉的愿望，它要冲出牢笼，争取能过自由而快乐的生活。

542 白居易·夜入瞿塘峡

瞿塘天下险， 瞿塘是天下闻名的险峡，
夜上信难哉！ 夜里逆水而上行实在难！
岸似双屏合， 两岸的山崖像两扇屏风一样向内合拢，
天如匹练开。 山崖间狭窄天空如同撕开的一匹白练。
逆风惊浪起， 江风扑面吹来即掀起了惊涛骇浪，
拔稔暗船来。 船人抓紧纤缆在昏黑无语中拉船。
欲识愁多少， 想要知道我忧愁究竟有多少？
高于滟滪堆。 累积的忧愁高于滟滪堆顶端！

夜上瞿塘愁上愁。 首联直接表白瞿塘是闻名天下的险峡，夜间逆水上峡更险。次联写此峡的险状：岸似合双屏、天如开匹练，皆以常物为喻。三联写过峡的艰难，“暗”字还含不准出声的禁忌，当地有迷信说法，船过不能惊动神灵，高官不得鸣角伐鼓，商旅以布裹撑篙。尾联即景设譬，以滟滪堆之高，喻自己忧愁之多。此时诗人改任忠州刺史，奔波于贬官途中，早有无限愁情。

543 白居易·别州民

耆老遮归路，杭州的父老遮拦了归路，
壶浆满别筵。酒水和食物摆满了别筵。
甘棠一无树，为在任无更好建树而惭愧，
那得泪潸然。念及此怎么能不泪下潸然。
税重多贫户，赋税繁重使贫穷户数量不少，
农饥足旱田。受旱田多让种田人难免饥寒。
唯留一湖水，我只能给你们留下一湖水，
与汝救凶年。尽绵力救一救干旱的凶年。

人民怀念好州官。首联父老设别筵、拦阻卸任官归路。次联感慨未能为百姓做得更好而落泪。甘棠：周宣王大臣召虎，甘棠树下搭草棚为民办很多好事，赞颂为官政绩好称甘棠遗爱。三联谈存在问题。尾联提了一下西湖水。当年他曾排除阻力，主持修建从西湖断桥到孤山的长堤,堤边栽种杨柳,解决水利美化环境。至今西湖边那一组百姓箪食壶浆送别白刺史的铜像，仍引人注目。

544 白居易·惜落花

夜来风雨急，夜里忽然来了急风骤雨，
无复旧花林。不再重见往日的旧花林。
枝上三分落，枝上的花落下了十分之三，
园中二寸深。园中地上积了落花二寸深。
日斜啼鸟思，夕阳斜传来鸟儿啼叫仿佛在表达怀念，
春尽老人心。春将尽也让老人产生来日无多的担心。
莫怪添杯饮，请不要责怪我贪杯多饮，
情多酒不禁。只因愁情太多无酒难禁。

借景抒情见惜老。此诗写于诗人61岁在洛阳任河南尹时。首联写旧花林被风雨摧残变得面目全非。次联具体刻画落花之多，树上落花十分三，地下积花二寸深。三分：此三分与“逢人且说三分话”的三分，意义相同。三联说这满地落花连鸟儿也似用悲啼表达怀念之情，更难免让老人想到与暮春有相同的命运。尾联意谓必须借酒消愁，若不喝酒，便不能止住内心的忧伤。禁：承受。

545 | 白居易·且游

手里一杯满， 手里一杯酒斟满，
心中百事休。 心中百事可以休。
春应唯仰醉， 春天既唯有仰赖醉酒，
老更不禁愁。 老迈更制止不了忧愁。
弄水回船尾， 弄水划船要让船舵回转控制好航向，
寻花信马头。 寻花上马不妨信马由缰只管看马头。
眼看筋力减， 眼看体力一天比一天减退，
游得且须游。 若能出游便应该尽量出游。

老人争取多游历。829年白居易58岁，此后十多年，他都在东都洛阳当闲官，这段时间写了不少善待老年生活的作品，此诗是其中之一。首联推荐他的借酒消愁经验。次联还申述过好春天已需醉酒忘忧，面对老迈无酒怎能免愁。三联以赞赏的态度表现游历的过程。尾联明确表示自己的观点，人到老年，体力衰减，只要能够出游，应当尽量出游。他这样说，也是这样做的。

546 | 白居易·早春题少室东岩

三十六峰晴， 嵩山三十六峰都沐浴在晴光下，
雪销岚翠生。 积雪已经消融苍翠山雾在蒸腾。
月留三夜宿， 明月挽留我在山里住了三个夜晚，
春引四山行。 春光引领我向四周山景追逐前行。
远草初含色， 远处的野草开始含有一点色彩，
寒禽未变声。 经冬的禽鸟尚未改变啼叫之声。
东岩最高石， 少室东岩最高石上，
唯有我题名。 唯独有我题诗留名。

做到能游尽量游。此诗吟咏晚年一次单独出游。诗人任河南尹的次年，已62岁，积雪刚融，他独自上了嵩山，在山上住了三宿，跑遍四山，还在少室山东岩的最高石上题诗留名。首联是登山所见，所有山峰都被晴光映照，山中融雪涌起苍翠山雾。次联用“月留”“春引”带出在山的“三夜宿”和“四山行”。三联以草色未青、鸟儿未唱，显示尚在初春。尾联得意地点出“题名”。

547 白居易·自咏

须白面微红， 胡须雪白脸面微微泛红，
醺醺半醉中。 美酒喝得醺醺半醉之中。
百年随手过， 人生百岁好像随手就过去，
万事转头空。 世间万事仿佛转头便成空。
卧疾瘦居士， 卧病期间是个清瘦居士，
行歌狂老翁。 边走边唱又似癫狂老翁。
仍闻好事者， 仍旧听说有好事之人，
将我画屏风。 将我尊容绘画在屏风。

乐观知足老头子。首联说自己“须白面微红”，因为正在喝酒到了半醉。半醉人易动感情，次联叹息光阴跑得太快，即使人有百岁也如随手便过，生前荣华富贵也像转头成空。这两句为后世不少名篇化用，如苏轼的“休言万事转头空，未转头时是梦”，杨慎的“是非成败转头空”。三联实写年老多病，但也肯定心态年轻。居士：在家修行的佛教徒。尾联似对被画屏风感到安慰。

548 白居易·秋雨夜眠

凉冷三秋夜， 凉冷的三秋之夜，
安闲一老翁。 安闲的一个老翁。
卧迟灯灭后， 熄灯以后慢慢躺下睡觉，
睡美雨声中。 雨声淅沥似乎睡意很浓。
灰宿温瓶火， 温瓶的火经宿化为灰，
香添暖被笼。 添加香料仍有暖被笼。
晓晴寒未起， 朝早虽晴感觉寒冷仍高卧，
霜叶满阶红。 树上霜叶被雨打落满阶红。

秋夜安闲一老翁。首联定位自己是凉冷秋夜的安闲老翁。次联举出表现之一是“卧迟”而“睡美”，内心宁静无虑，不受雨声干扰。三联举出表现之二是已到天亮还要给温瓶添加燃料，以保证被笼温暖。尾联更以“红叶满阶前”，反衬“晓晴寒未起”，突出老翁的心境淡泊。写此诗时，诗人已六十多岁，又体弱多病，虽然所担任的河南尹官务清闲，也要修养好，才能心境清静淡泊。

549 | 贾　岛·题李凝幽居

闲居少邻并， 友人闲居处少有邻舍相并，
草径入荒园。 一条荒草径伸进他的荒园。
鸟宿池边树， 鸟儿栖息在池边的树，
僧敲月下门。 僧人敲响了月下的门。
过桥分野色， 走过小桥田野呈现更多姿彩，
移石动云根。 山石似移实际石根云气回旋。
暂去还来此， 我不过暂时离开不久还将来此，
幽期不负言。 曾相约共同归隐决不违背所言。

李凝居处静而雅。首联是对友人居处的初始印象，草径通入荒园，周围很少邻舍，相当清静。次联以池边树上鸟，被僧敲月下门所惊扰，表现此间小响衬大静的幽雅环境，据说“敲”比“推”好，就因为后者不能引起宿鸟躁动发声。三联又以归途看到的桥的另一边田野更多姿彩、山石仿佛移动，显示景致优美迷人。尾联表示，决不违背归隐的约定。看过友人居处，归隐意志更坚。

550 | 贾　岛·戏赠友人

一日不作诗， 我这个人若一天不写诗，
心源如废井。 思考的心就如同废水井。
笔砚为辘轳， 笔砚好像汲水的辘轳，
吟咏作縻绠。 吟咏就像提水的麻绳。
朝来重汲引， 虽然每日都思绪翻飞不停作诗，
依旧得清冷。 作出的诗篇仍然可以保持清靓。
书赠同怀人， 写出这首诗是想告诉志同道合的朋友，
词中多苦辛。 诗中词句实蕴含曾经辛苦攀援的巅峰。

戏言需要认真听。戏似有玩笑性质，所说意思还挺认真。首联把写诗比作汲水，把心智比作水井，故不写诗，心智等同废井。次联承上笔砚成了汲水辘轳、吟咏成了提水绳索。三联由每朝不断汲水还能保证水质清冷，推出虽每日不停作诗仍可写出清新靓丽的诗篇。尾联希望爱写诗的同道中人，通过努力提高自己，这对于大多数才气一般却又望能有所成就的人，确是较好的方法。

551 杜　牧·自贻

杜陵萧次君， 西汉有一个杜陵人萧次君，
迁少去官频。 升职非常少免职却多得很。
寂寞怜吾道， 刚直严正难被认可而自感怜惜，
依稀似古人。 仿佛我也已经变成古代的贤人。
饰心无彩绘， 我不改初衷没有让心灵涂上彩绘，
到骨是风尘。 尽管骨子里饱受无穷的奔波劳顿。
自嫌如匹素， 很不满意自己似成为布匹绸缎，
刀尺不由身。 剪刀尺子由人摆弄而不由自身。

给己写诗自鼓气。首联引入古人萧次君，此人仕途坎坷升官不多而调动频繁。次联先说这位古人自身的为人处事不合潮流而自觉可怜，接着表态：我依稀跟他一样；“依稀”两字，似能突出本人并不自我怜惜，而是依旧我行我素。三联集中体现诗人的特立独行，没有因为外来压力而改变自己去迎合，尽管由于到处飘泊而奔波劳碌很辛苦。尾联流露志大才高者不得施展的苦闷。

552 杜　牧·不寝

到晓不成梦， 一直到天亮还是不能入睡，
思量堪白头。 思量这名利真能一夜白头。
多无百年命， 人多数没有百岁的寿命，
长有万般愁。 却总是怀抱万种的忧愁。
世路应难尽， 世间的路应该难以走尽，
营生卒未休。 谋生的事总是不能罢休。
莫言名与利， 别再追求名与利，
名利是身仇。 名利与身体有仇。

应知名利是身仇。首联断定人受名利困扰，可能很快白头。次联举证人被名利驱使，会产生欲望无穷和欲壑难填的苦恼。三联继续举证虽然成功之路很多，但是限于条件，未必人人能走；而人少有自知之明，多难舍诱惑不罢休。尾联提出对不切合主体条件的不实之名与不义之利，应该别再追求，它们是伤害自身的仇敌。诗人有不遇之愁，也有洞察之智，能生彻悟之感。

553 | 杜　牧·送友人

十载名兼利， 十年来在名利的欲海里，

人皆与命争。 我与命运无休止地抗争。

青春留不住， 结果是青春挽留不住，

白发自然生。 白发也自然不断滋生。

夜雨滴乡思， 每当遇上了夜雨在滴或秋风在吹，

秋风从别情。 大都纠缠于故乡之思或离别之情。

都门五十里， 距离首都大门五十里之处，

驰马逐鸡声。 驰马声逐鸡声还记得分明。

向友反思奋斗史。首联不提送别的时间地点，而是反思自己在名利场中与命运抗争十年的成败。次联说结果不但一事无成，还伤害了身体，宝贵青春耗尽，无情白发疯长。三联又举出精神上遭受折磨，在漫长时日里，饱尝思乡之苦和分离之痛。尾联推出特写镜头：临近都门的“驰马逐鸡声”。驰马声象征男人的梦想和奔波，逐鸡声象征女人的生活和日常，并合而成独特的人生。

554 | 温庭筠·商山早行

晨起动征铎， 黎明起身套马驾车铃响，

客行悲故乡。 羁客出行还在思念故乡。

鸡声茅店月， 鸡声连连茅店上空见月，

人迹板桥霜。 人迹处处板桥表面留霜。

槲叶落山路， 槲树枯叶飘落山路，

枳花明驿墙。 枳树白花映亮驿墙。

因思杜陵梦， 早行所见让我想起昨夜的故乡杜陵梦，

凫雁满回塘。 梦中看到野鸭大雁挤满了回环的池塘。

离乡越远越怀念。首联概括早行的时间和心情。次联以音韵铿锵、意象丰满的一副对仗，描画了一幅凄清的商山早行图，备受后人赞赏。三联举出路上所见景物。槲树叶子冬天枯而不落，直到发芽才落，暗示初春时令；枳花以“明”修饰，又显起行之早。尾联呼应首联，补充说明早行前夕曾做过归乡梦。

555 李商隐·蝉

本以高难饱， 栖身高枝餐风饮露本就难饱，
徒劳恨费声。 悲鸣传恨无人理会白费其声。
五更疏欲断， 五更以后鸣声疏落几近断绝，
一树碧无情。 满树碧绿依然如故毫不动情。
薄宦梗犹泛， 自己官卑似浮水桃梗到处漂泊，
故园芜已平。 家园荒芜已杂草丛生禾草齐平。
烦君最相警， 劳烦你发声启迪最能让我警醒，
我亦举家清。 我也是全家清贫操守始终坚定。

托物与抒情巧合。前半借蝉寄寓自己志行高洁，但却不遇于时而悲愤无告：蝉居高枝，像自身拒绝同流合污而保持清高；蝉吃风露不饱，像自身清贫落魄；至于“鸣疏欲断、树碧无情”，更把不得志之情推至极点。三联转为自叙个人漂泊、家园荒芜的身世。梗泛：或作泛梗，指漂泊无定。尾联回到咏蝉，并照应了首联高蝉的发声，表达了坚持操守的保证，咏物抒情自然结合。

556 李商隐·小园独酌

柳带谁能结， 柳条还未长到可以结成带子，
花房未肯开。 花苞仍然沉睡也未愿意绽开。
空馀双蝶舞， 只剩下一双蝴蝶在翩翩起舞，
竟绝一人来。 竟然看不见一个人到这里来。
半展龙须席， 我把龙须席展开一半，
轻斟玛瑙杯。 轻轻地斟酒到玛瑙杯。
年年春不定， 一年又一年春来的时间都不确定，
虚信岁前梅。 空让我相信岁前早已盛放的寒梅。

久待春来总不来。北方梅花通常初春绽放，这一年偶见岁前梅花开，以为春天快到，出现如下情节：首联以为等来春天，却柳条难结带、花苞尚未开。次联接着蝶无花采空起舞、不见有人到此来。三联随而不把漂亮的龙须席全铺、没将珍贵的玛瑙杯斟满。尾联埋怨春来无定准，害他错信梅在岁前开。诗人的进士考试，大约十年才及第。“春不定”应是某人的乐观估计总落空。

557 李商隐·俳谐

短顾何由遂， 无须总是担心人家是否回头看自己，
迟光且莫惊。 哪怕到了迟暮春光也大可不必心惊。
莺能歌子夜， 我似能歌夜莺可在万籁俱寂的子夜高歌，
蝶解舞宫城。 还像善舞蝴蝶能劲舞于万人瞩目的京城。
柳讶眉双浅， 杨柳或许惊讶自身双眉浅，
桃猜粉太轻。 也使桃花怀疑自身施粉轻。
年华有情状， 拥有美好才貌又值大好年华，
吾岂吝平生。 怎会吝惜身手辜负自己平生。

不叫俳谐变自吹。首联为自己加油，必先有自信。迟光：春光，喻指最好的时光。次联炫耀自己才华出众，能歌善舞。子夜：深夜，因夜半十一时至翌晨一时属于子时。三联还自觉面貌俊朗，连秀丽的柳树、桃花，都自愧不如。尾联归结到，在拥有最佳情状的年华里，应当发挥，不能保守。诗人身处晚唐，机遇难逢，英雄无路，便写写这种挂名戏说的自我推荐作品，排解一下。

558 李商隐·风雨

凄凉宝剑篇， 也曾写过悲叹被埋没的宝剑篇，
羁泊欲穷年。 际遇弄人似要长期羁泊到终年。
黄叶仍风雨， 自身好像黄叶还遭风吹雨打，
青楼自管弦。 别人高踞青楼只管享受管弦。
新知遭薄俗， 纵有新交常遭薄俗所拆散，
旧好隔良缘。 往昔旧友多因隔阂断良缘。
心断新丰酒， 我心中已失掉喝新丰酒能改运的信心，
销愁又几千。 为消愁姑且再去买一些不惜破费几千。

人如黄叶仍风雨。首联借郭震的宝剑篇开头，突出担心要漂泊一生。羁泊：羁旅漂泊。中二联承“羁泊”诉说凄凉人生：自比黄叶还加上风雨的袭击，出身寒门要中举当官，自然阻力不少，得进仕途却被视为“李”党而正好“牛”党当权，自然又一直受压，施加阻压的势力被比为青楼中人；政治上陷于孤立，还影响他与新知旧好的关系。尾联借买酒再表示对生不逢时的愤慨。

559 李商隐·落花

高阁客竟去， 高阁上的惜花客终于离去，
小园花乱飞。 小园中的春日花随风乱飞。
参差连曲陌， 花瓣或疏或密地落下直连到弯曲小径，
迢递送斜晖。 有些飘飞得越来越高不辞迢递送斜晖。
肠断未忍扫， 肝肠欲断我不忍心把落花扫掉，
眼穿仍欲稀。 望眼将穿幸存的花仍渐落渐稀。
芳心向春尽， 花的芳心无保留已向春天作出无私奉献，
所得是沾衣。 得到的最好结果恐怕是沾上惜花人的衣。

同病相怜惜落花。首联点出客去楼空后，又出现花落春归去。次联承“花乱飞”概述乱飞情状，或疏或密连曲陌、不辞迢递送斜晖。迢递：高远之状。三联诉说面对落花的主观感受，不忍心花落，又无法挽留。尾联还为落花着想，乱飞的花如能一沾人衣，也属难得缘分。诗人素怀壮志，常欲舒展抱负而屡遭打击，报效无门，因而对落花的命运感同身受，怜落花也在怜自己。

560 李商隐·过故崔兖海宅与崔明秀才话旧因寄旧僚杜赵李三掾

绛帐恩如昨， 想起老师教导之恩如在昨日，
乌衣事莫寻。 像乌衣之游的胜事已不可寻。
诸生空会葬， 诸生参加安平公葬礼早成记忆，
旧掾已华簪。 旧日同僚随风云际会已居要津。
共入留宾驿， 我们曾共同跨进安平公的留宾驿，
俱分市骏金。 一起受惠于他那重金购马的苦心。
莫凭无鬼论， 我们不应该凭借着无鬼论，
终负托孤心。 最终辜负了他托孤的遗音。

锋芒直刺忘恩者。前三联叙述师恩重如山，为大义凛然的尾联蓄势。乌衣事：晋朝的谢混、谢灵运等常以文学在乌衣巷互相欣赏聚会，史称乌衣之游。市骏金：以五百金购已死千里马的头，终于求得千里马。钱钟书说：“‘莫凭无鬼论，终负托孤心’，道出神道设教之旨。诗人一言足抵论士百数十言。”神道设教：这里指的是：圣人能够认识到玄妙的道理，并且用来教化众生。

561 | 李商隐·自南山北归经分水岭

水急愁无地， 流水急泻正愁下临无定处，

山深故有云。 高山深邃难怪终年有白云。

那通极目望， 奈何才晓得极目去仰望，

又作断肠分。 急水又作出断肠般拆分。

郑驿来虽及， 抵达驿馆及时总算赶上见你一面，

燕台哭不闻。 受惠寒士哭声你已经没办法听闻。

犹馀遗意在， 犹幸尚能留下你的遗言在世，

许刻镇南勋。 容我刻录你镇守南疆的功勋。

临危受命慰恩师。首联突出水急山深。次联引入急水又作断肠分的描写，暗寓与恩师令狐楚的人天永隔，作为悼念。三联说，虽能尽快赶到，已哭师已不闻。郑驿：视令狐楚的驿馆如同西汉郑当时的招贤驿；燕台：表示自己如春秋燕昭王招贤台的受惠者。尾联的“遗意”，指要求李商隐代草遗表及作墓志。镇南勋：令狐楚曾经先后出任河阳怀、天平军、山南西道等地的节度使。

562 | 李商隐·撰彭阳公志文毕有感

延陵留表墓， 我似延陵季子留佩剑于徐君的冢树，

岘首送沉碑。 也似晋代杜预在岘首山自沉纪功碑。

敢伐不加点， 不敢自夸文不加点，

犹当无愧辞。 尚可承当无愧于辞。

百生终莫报， 即使我能再活一百年而死去九次，

九死谅难追。 你的恩典也难以报答命也难追回。

待得生金后， 等到碑文生成黄金之后，

川原亦几移！ 川原陵谷也将多次变易。

无限深情撰志文。首联把撰写志文，看作如延陵留佩剑、杜预送沉碑，是对死者的深情怀念。表：标志；岘首山：又叫岘山。次联表示所写虽非不必修改，尚能于心无愧。伐：夸；点：是改动、修改的意思。三联感觉师恩难报，自己百生九死也报答不了。尾联希望这块碑文与恩师事迹永垂不朽。生金：《晋书》载，晋怀帝“永嘉初，陈国项县贾逵石碑中生金，人盗取尽复生”。

563 | 李商隐·即日

小苑试春衣， 她在小园里尝试穿春衣，
高楼倚暮晖。 登上了高楼倚栏望夕晖。
夭桃惟是笑， 善笑的桃花总是在欢笑，
舞蝶不空飞。 善飞的蝴蝶从来不单飞。
赤岭久无耗， 令人想起远戍赤岭的征人很久已没有音讯，
鸿门犹合围。 还了解到出师鸿门的将士仍然被困在重围。
几家缘锦字， 不知多少家妇女为了织锦字寄与征人，
含泪坐鸳机。 每天从早到晚地坐对织锦机两眼含泪。

唯把相思织进衣。首联描写一位妇女小园试春衣、登楼望暮晖。次联说她看到桃花笑、蝴蝶飞，双飞蝴蝶成了使她想起丈夫远戍的引线。三联介绍在赤岭、鸿门作战的征人，或久无消息，或还被围困。尾联思妇们效法苏蕙，把思念之情织进衣物寄给丈夫。苏蕙：晋代人，其夫窦滔，被徙流沙，苏氏思之，织锦为回文诗以赠滔，诗共八百四十字，词甚凄婉；鸳机：指织锦机。

564 | 李商隐·登霍山驿楼

庙列前峰迥， 在霍山稍远的前峰之上屹立着灵圣的岳庙，
楼开四望穷。 登上霍山驿楼打开窗户四面景色尽在眼中。
岭鼷岚色外， 山岚之外的山岭现出小鼠般的岭脊，
陂雁夕阳中。 夕照下成群大雁栖息在陂池的树丛。
弱柳千条露， 千条弱柳沾上露珠似乎无力进行摆动，
衰荷一面风。 片片残荷迎着晚风朝往同一方向鞠躬。
壶关有狂孽， 离此不远的壶关盘踞着狂孽搞叛乱，
速继老生功。 求霍山神助高祖斩宋老生后立新功。

狂孽难平成大患。首联点出霍山之庙和登上霍山之楼。次联写楼中所见的山岭、大雁。三联续写所见的弱柳与衰荷。在这些暗淡、衰败之景后，尾联才推出“狂孽”，并求神立新功。狂孽：指当时昭义节度使刘从谏之侄刘稹反叛，朝廷正调集各路兵力进行征讨；老生功：李渊反隋，隋将宋老生守霍邑，抗拒李渊，后霍山神助李渊斩杀宋老生。当前征讨不力，诗人借山神讽刺将帅无能。

565 李商隐·寿安公主出降

汾水闻贞媛，京城传皇家有端庄美丽的公主出嫁，
常山索锐师。常山王元逵为迎娶派出了精锐兵士。
昔忧迷帝力，过去对藩镇无视皇权拥兵自大曾经感到忧惧，
今分送王姬。现在却讨好藩镇竟然成了本分不惜送去王姬。
事等和强虏，以通婚拉拢藩镇简直等同于与外族和亲，
恩殊睦本枝。给节度使的隆恩已经超过礼遇宗室本枝。
四郊多垒在，京城以外的各处地方大都成了森严壁垒，
此礼恐无时。公主出降这样的典礼今后恐怕永无了期。

敢斥当朝大政非。首联借尧帝曾在山西汾水嫁女表达唐文宗在长安把寿安公主嫁给常山的节度使王元逵。出降：古代公主外嫁被视为降低身份；汾水：借指京城。次联暴露晚唐朝廷对藩镇势力的失控，由忧惧到讨好。三联斥责公主出降如同对外和亲，有辱国体，而让节度使受此殊恩，也损害皇家宗室的和睦。尾联意谓全国藩镇那么多，如此安抚，这样的“出降”会无休无止。

566 李商隐·故番禺侯以赃罪致不幸事毋觉者他日过其门

饮鸩非君命，你饮鸩而死虽不是皇上命令，
兹身亦厚亡。但积财过多也招致惨痛下场。
江陵从种橘，可以效法李衡江陵种植柑橘荫及子孙后代，
交广合投香。非分财物应学赴交广吴隐之坚拒如投沉香。
不见千金子，千金之子今已不见踪迹，
空馀数仞墙。这户人家只剩数仞门墙。
杀人须显戮，政府杀戮犯人要公之于众明正典刑，
谁举汉三章。谁能标举律据如同汉高祖约法三章。

戳穿权贵杀无辜。首联指出其子饮鸩而死并非君令，是其父胡证贪敛积财造成的恶果。厚亡：《老子》“多藏必厚亡”。中二联说当官贪财自食恶果，要学李衡、吴隐之。种橘：汉丹阳太守李衡，于江边冈上种柑橘，让后代得家用；投香：晋人吴隐之赴广州任刺史，将临贪泉，深悟“不见可欲”之理，坚决排斥非分东西，包括投沉香于湖底；交广：交州、广州。尾联揭露权贵滥杀无辜。

567 李商隐·深树见一颗樱桃尚在

高桃留晚实， 高大樱桃树留下一颗晚熟果实，
寻得小庭南。 我终于找到它生长在小庭之南。
矮堕绿云髻， 深绿如云的叶子像堆着的矮堕髻，
欹危红玉簪。 其中斜斜地挂着一颗红色的玉簪。
惜堪充凤食， 可惜的是堪供凤凰享用的食品，
痛已被莺含。 令人痛心已被黄莺含在口中啖。
越鸟夸香荔， 吃樱桃的越鸟夸赞味道比得上香甜的荔枝，
齐名亦未甘。 纵樱桃与荔枝齐名樱桃也决不会感到心甘。

极不甘心当幕僚。首联点出这颗尚存的樱桃在哪里。次联对深树和樱桃进行形容。矮堕：又名倭堕。三联叙述一件痛心事：本来可供凤凰食用的这颗樱桃，不幸却被黄莺吃掉了。尾联意谓尽管黄莺也极力夸赞樱桃，但樱桃最看重的是凤凰的赏识。樱桃虽在，已被莺含，尽管莺夸，心也不甘，而更加不甘心的是，实际上诗人大半生都在充当黄莺的美食，始终等不到凤凰来享受。

568 李商隐·离席

出宿金尊掩， 即将离家赴任此刻让我们干杯，
从公玉帐新。 我们随从主将要前往新的衙门。
依依向馀照， 面对夕阳斜晖难免依依不舍，
远远隔芳尘。 回顾长安芳尘更感远隔之恨。
细草翻惊雁， 细草摇动翻起受惊的孤雁，
残花伴醉人。 残花几朵陪伴我这个醉人。
杨朱不用劝， 我似杨朱陷入歧路不必劝慰，
只是更沾巾。 对我劝慰反而愈加泪下沾巾。

大志难伸国势衰。首联点饯别，突出幕府虽新，已职依旧。次联开始踏上旅途，写对夕阳的依恋，他已用“馀照”来表夕阳了，但主要还是对长安的回顾。当时激烈的党争，使他这个李党大员王茂元的女婿无辜受累，与长安越发隔膜。三联上路之后唯见细草惊雁、残花伴人。尾联坦言岂止胆战心惊，简直如歧路杨朱，难忍悲泣，长期屈居下僚难免痛苦，更会为大唐将倾而哭。

569 李商隐·赠柳

章台从掩映， 昔于长安章台见你随风掩映，
郢路更参差。 今在江陵道上你更错落参差。
见说风流极， 曾听说你风流至极，
来当婀娜时。 现更觉你婀娜多姿。
桥回行欲断， 拐弯处要跨过一道桥眼看柳行即将隔断，
堤远意相随。 可走在对岸堤上很久还感觉你紧紧相随。
忍放花如雪， 我怎忍心你绽放出雪花一样的柳絮，
青楼扑酒旗。 飘飘荡荡地竟飞上青楼扑向那酒旗。

担心柳絮入青楼。首联描写于长安启程和从江陵经过所见之柳，流动不定，点到即止。章台：长安街道名；郢：湖北江陵。次联说柳恰处盛时，风华正茂。三联柳行遇桥断裂，意味着前途受阻，但能凭意志解决。“堤远意相随”被袁枚赞为写出了柳之魂魄。尾联害怕有雪花般美质的柳，竟不幸投入挂酒旗的青楼。青楼：这里指华丽的酒楼。咏柳似咏己，诗人的理想在殿堂。

570 李商隐·十一月中旬至扶风界见梅花

匝路亭亭艳， 高洁艳丽的梅花寂寞地开满了路边，
非时裛裛香。 谁叫你未到时候就散发出浓郁芳香。
素娥惟与月， 好心的嫦娥只能送你皎洁月色，
青女不饶霜。 妒忌的青女不会让你躲过严霜。
赠远虚盈手， 用你赠远却不盈一手未堪寄出，
伤离适断肠。 借你抚慰不舍的离情正足断肠。
为谁成早秀？ 你这梅花为了谁人过早开放？
不待作年芳。 怎不等待报春时节才露芬芳？

悲与早梅同不幸。首联叙述农历十一月中旬经过北方的扶风郡，看到盛开早梅。次联想象早梅尽管有月色映照，也将受严霜打击。素娥：指嫦娥；青女：传说是主管霜雪之神。三联考虑折取不满手，不够寄远人；拿它来宽解离情，对诗人来说，更足以倍增悲伤。他十六岁著《才论》《圣论》，应该也算早秀，但后来一直遭受打压，沉沦幕府多年，与早梅命运同样不幸。

571 李商隐·商于新开路

六百商于路，六百多里的商于路，
崎岖古共闻。崎岖难走人所共闻。
蜂房春欲暮，当春天欲暮或白日昏暗之时在山路上走，
虎阱日初曛。像走在绕圈的蜂房或陷入虎阱似的恶阵。
路向泉间辨，有的时候要走到泉水边才分出路迹，
人从树杪分。或低头看路上人则要在树巅上辨认。
更谁开捷径，这时候不知是谁开了一条捷径，
速拟上青云。能方便不少的人平步直上青云。

借题发泄嘲权贵。首联用“崎岖”两字，概括商于路特点。商于路：位于商洛与长安之间，是唐德宗时由刺史李西华主持开辟的。次联形容此路的崎岖，如走蜂房，如陷恶阵。三联继续形容其崎岖状态：微细难认，要靠泉水分辨；回旋盘绕，行人似踩树巅。尾联由商于路的崎岖，转到朝廷有人开辟终南捷径，并对那些得上青云者给以有力讽刺，揭露他们的上位，靠的是捷径。

572 李商隐·晚晴

深居俯夹城，从幽深住处俯瞰夹城外的风光，
春去夏犹清。春天已过去看到初夏清新之景。
天意怜幽草，上天似有意宠爱偏僻地方的小草，
人间重晚晴。人间也特别重视傍晚时候的晴明。
并添高阁迥，所居楼阁增加了高远之感，
微注小窗明。室内小窗漏进斜阳亮晶晶。
越鸟巢干后，越鸟的窝巢被晒干之后，
归飞体更轻。归飞的体态也更加轻盈。

幽草新生谢晚晴。首联特别点出初夏的清景。夹城：城门外的曲城。次联对所见的幽草晚晴，加进自己的独特感悟，当时在南方充任幕僚的诗人，受到长官重视，如久被淫雨浸泡即将腐烂的小草得到夕阳照耀而回生，情与景接，成此对仗。三联描绘天气转晴引起视觉变化，“高阁迥”而“小窗明”，以及尾联表现南方鸟儿飞翔的晴雨差别，都反映诗人得偿所愿的乐观心态。

573 李商隐·越燕二首其一

上国社方见，在京城到春社你才出现，
此乡秋不归。在这里秋至你尚未回归。
为矜皇后舞，因为重视能作掌上舞的体态，
犹著羽人衣。你经常披着羽人一般的仙衣。
拂水斜纹乱，还常常口衔花瓣拂着水面在飞翔，
衔花片影微。只见身上斜纹纷乱水中片影稀微。
卢家文杏好，听说卢家的屋梁文杏为材好栖息，
试近莫愁飞。卢家少妇叫莫愁你可尝试近她飞。

叮咛越燕栖良木。首联指出眼前这只燕子不同于京城的那些燕子。次联说这只与自己一样身处越地的燕子，看重掌上舞、披着羽人衣。三联继续说这只越燕经常衔花拂水，上下翻飞，让人见到斜纹乱、片影微。尾联以极度关怀的态度，对喜欢在堂屋的梁上作巢的越燕郑重地叮嘱，希望它贴近莫愁飞，因为她家的屋梁很好。文杏：即银杏，俗称白果树，是一种高级用材。

574 李商隐·越燕二首其二

将泥红蓼岸，这只越燕取泥于红蓼岸，
得草绿杨村。获得小草又是在绿杨村。
命侣添新意，呼朋引类平添了许多花样，
安巢复旧痕。安顿新巢循着故巢的旧痕。
去应逢阿母，你离开时应该见到阿母，
来莫害王孙。当你归来不要伤害王孙。
记取丹山凤，记得丹山的凤鸟，
今为百鸟尊。今天乃百鸟之尊。

燕如同党祈免祸。首联描述另一越鸟的取泥、得草情形。次联表现它既灵活，又保守：玩伴频出新意，营巢全按旧痕。三联对它叮嘱，出于古文献提示，《乐府诗》："东飞伯劳西飞燕，黄姑阿母时相见。"《汉书·五行志》："成帝时童谣曰：'燕飞来，啄王孙。'"阿母：指西王母。尾联又告知凤为百鸟之尊。诗人眼中的燕子，似乎也存在"牛李党争"那样的惨烈故事。

575 李商隐·槿花二首其一

燕体伤风力， 飞燕一样体形仿佛难禁风力，
鸡香积露文。 丁香花般淡雅露珠挂满全身。
殷鲜一相杂， 新绽色浅红将谢变淡紫，
啼笑两难分。 一天兼二色啼笑两难分。
月里宁无姊？ 月殿里难道没有姐妹？
云中亦有君。 天宫上也应有你郎君。
三清与仙岛， 你本该住在三清仙界或三山仙岛，
何事亦离群？ 为什么你离开仙侣们独自下凡尘？

盛衰看破啼兼笑。首联描述槿花的枝条和花状。鸡香：指鸡舌香，又叫丁香。次联对槿花一天之内朝荣暮谢，感触很深，一般人都会想到红颜易老，富贵难长之类，敏感多才的诗人竟说出了哭笑难分的感受，应与他此生卷入牛李党争旋涡，度过太多啼笑难分的日子很有关系。殷鲜：花色淡紫、浅红。三联按诗人观点，槿花天生丽质，应属仙类。尾联进而说她应住仙境。

576 李商隐·槿花二首其二

珠馆薰燃久， 仙女应在珠馆玉房熏染梳妆多时，
玉房梳扫馀。 即使下降凡间人世决不匆忙走出。
烧兰才作烛， 刚如烧炼兰香作灯烛显出灿烂夺目，
襞锦不成书。 忽若欲织锦字不成功变作未成锦书。
本以亭亭远， 本以亭亭玉立之姿远远超出于众，
翻嫌脉脉疏。 今却眼睁睁就离去反疑命运有误。
回头问残照， 回头打算问残照，
残照更空虚。 残照变得更空虚。

不解盛衰谁主宰。首联想象槿花出场应像绝代佳人，也有精心准备。薰燃：燃烧香料，让人感染。次联对槿花于朝暮经历从盛开到萎谢，光辉灿烂随即变作未成锦书，似大为震惊。烧兰：以兰香烧炼兰膏；襞锦：犹织锦。三联表示不但震惊，而且怀疑，认为具有异常美质的槿花，不该一天之内便夭折。亭亭：美好状；脉脉：凝视状。尾联拟请残照释疑，可是转过身来，残照已无踪影。

577 | 李商隐 • 异俗二首其一

鬼疟朝朝避， 这里每日都有人逃避疟鬼，
春寒夜夜添。 这里每夜都有望增添春寒。
未惊雷破柱， 人们不怕轰雷破柱，
不报水齐檐。 也都无惧水浸屋檐。
虎箭侵肤毒， 却视官吏为可以侵入老虎肌肤的毒箭，
鱼钩刺骨铦。 或者如同那可刺进骨头要鱼命的钩铦。
鸟言成谍诉， 他们用鸟语一样的说话前来诉状，
多是恨彤幨。 大都是憎恨使用红色车帷的官员。

欲行改革察民情。首联揭露此地疟疾流行、气候反常。鬼疟：当地认为患疟是人被疟鬼所控制，故需觅地避鬼。次联显示这里还多雷击、多水灾，但人们习以为常，不以为怪。三联触及民众心中害怕的官吏，更未想到竟视官吏为铦钩、毒箭。铦钩：利钩。尾联说当地人只会用方言来投诉，憎恨的对象集中于官员。谍诉：同“牒诉”，向官府投诉；彤幨：红色车帷，可指代官员。

578 | 李商隐 • 异俗二首其二

户尽悬秦网， 这里人家似乎每户挂着老渔网，
家多事越巫。 大都一样信奉长久传承的神巫。
未曾容獭祭， 官府未让乡人去享受应得的渔获，
只是纵猪都。 一味纵容恶霸敲诈勒索发财致富。
点对连鳌饵， 我定要查找钓鳌的香饵，
搜求缚虎符。 还应当搜求缚虎的神符。
贾生兼事鬼， 要像汉代贾谊那样也与神鬼打交道，
不信有洪炉。 尽管我们不信正邪人鬼能共冶一炉。

摸清情况要施政。首联弄清此地平民普遍以捕鱼谋生、多信奉神巫。次联突出矛盾焦点是人们捕鱼所得受到中间剥削。獭祭：喻指人将鱼摆卖；猪都：鬼魅之类，这里指勾结官府、敲诈良善的恶人。三联表示要认真考虑钓鳌缚虎的办法。连鳌：意为将鳌制服；鳌、虎：均指代恶人。尾联说可能要与神鬼打交道，虽然自己不信神鬼。这两首诗是诗人在郑亚幕府代理昭平郡守时所写。

579 李商隐·访秋

酒薄吹还醒， 喝了味薄的酒被风一吹就清醒，
楼危望已穷。 以为高楼远望稍解乡愁已落空。
江皋当落日， 能见落日斜晖已经投射到了江岸，
帆席见归风。 从船上的挂帆还看到吹回家的风。
烟带龙潭白， 映带龙潭石块的暮烟呈现白色，
霞分鸟道红。 分享晚霞异彩的鸟道一抹艳红。
殷勤报秋意， 尚可殷勤来报的秋意，
只是有丹枫。 只有挂满红叶的丹枫。

身在岭南念故乡。首联的“还”和“已”，明确表达了依赖醉酒、远望，不能排遣乡愁。次联寻找北方常见的秋色，但所见却是江岸落日、挂帆归风。归风：吹向西北的、应是东南风。三联续写所见还有龙潭暮烟白、鸟道晚霞红。龙潭：当地著名景点；鸟道：鸟可飞、人少行的高山。尾联意谓唯有丹枫，能显秋意，桂林位于岭南，秋色没有北方明显，故中二联欲寻秋光总不得。

580 李商隐·高松

高松出众木， 高大的古松超越众木，
伴我向天涯。 伴我奔向遥远的天际。
客散初晴候， 我不能没有你在客散初晴日，
僧来不语时。 或在孤僧前来相对无语之时。
有风传雅韵， 这里有风能传送松涛的幽雅声韵，
无雪试幽姿。 可惜无雪难显示傲雪的幽雅风姿。
上药终相待， 期待高松最终生出养命上药，
他年访伏龟。 至成伏龟自有多人探访求医。

物我相融怀美愿。首联说作者要让高松充当己伴，似乎自视也跟高松一样而“出众人”。次联说作者若与客为俗客、僧非高僧打交道时，特别需要高松陪伴。三联说让高松生在有风无雪之地是浪费才华，似乎作者来此做幕僚也一样。尾联期望高松也是对自己的期望，最终能造福人间。伏龟：传说高松会成精变为伏龟。全诗明咏高松，实咏高人，达到人物合一、物我交融。

581 李商隐·桂林

城窄山将压， 城区狭窄耸立的山头似将空间挤压，
江宽地共浮。 漓江宽阔偏小的陆地如同与水共浮。
东南通绝域， 此地东南方通往大海茫茫的绝域，
西北有高楼。 西北有高楼要向远眺奈何到尽头。
神护青枫岸， 江岸青枫疯长仿佛有神在呵护，
龙移白石湫。 潭水映日闪动好像龙移白石湫。
殊乡竟何祷？ 异乡的人究竟祈祷什么呢？
箫鼓不曾休。 不分日夜迎神箫鼓总难休。

难堪观赏心情坏。首联视平地拔起的青山，为挤压城区的恶棍；而绿水只因其面积广大也被视为撼动陆地的狂徒。次联对东南通到沿海，被认为通到绝域；西北有高楼，则觉不顺眼。三联把江岸枫青、潭水折射，看成其中若有神灵起作用。白石湫：又叫白石潭、龙潭。尾联似对土人的祈福也加以指责。全诗句句写景，却明显心情很坏，觉得桂林山水也乏善足陈，不堪入目。

582 李商隐·即日

桂林闻旧说， 听过桂林就是小长安的说法，
曾不异炎方。 其实气候可称无异热带地方。
山响匡床语， 山洞特多床上说话山里会有回响，
花飘度腊香。 花季很长超过腊月花朵还在飘香。
几时逢雁足， 这里何时会看见传书的雁足，
著处断猿肠。 所到之处只有猿啼仿佛断肠。
独抚青青桂， 我在城中独自抚着青青的桂树，
临城忆雪霜。 心灵深处却十分怀念北地雪霜。

不安于职常怀旧。首联认定桂林是热带地方，不能称为小长安。旧说：唐人张叔卿《流桂州》诗有此处“即是小长安”之意。次联描述桂林山洞特别多、花季特别长，全不像长安。匡床语：在方正的床上说话。三联继续突显此地的短处：看不到传书的雁（此“雁”可能指人，指替他传递书信的人），多的是伤心的猿。尾联说，心怀北国冰霜，也意味着这里没有雪霜，他很不习惯。

583 李商隐·思归

固有楼堪倚， 固已有高楼可让我倚栏远眺，
能无酒可倾？ 岂能无美酒可让我细喝慢倾？
岭云春沮洳， 春夜岭上烟云总带有一点湿润，
江月夜晴明。 此时月照清江还呈现一片晴明。
鱼乱书何托， 只怨鱼儿乱窜家书无从寄出，
猿哀梦易惊。 也恨岭猿哀啼乡梦容易受惊。
旧居连上苑， 旧居紧连上苑又正赶上莺迁时节，
时节正迁莺。 我怎能禁得住日益急切的归家情？

事虽曲折意相连。首联说为归家未成行而郁闷，有高楼却无美酒。次联写高楼所见的岭云、江月如何。沮洳：湿润貌。三联承江、岭引出“家书难托”“乡梦易惊”。尾联才焦急地喊出旧居与京城相连，又当黄莺搬家时。这就泄露了他内心有移家与升职之想。上苑：泛指京城；迁莺：源自诗经的“鸟鸣嘤嘤，出自幽谷，迁于乔木”，有称颂另搬美宅或改任高职之意。

584 李商隐·凉思

客去波平槛， 客人离去后波涛涨平栏槛，
蝉休露满枝。 秋蝉不鸣时露水挂满树枝。
永怀当此节， 我有不尽情怀当此寒凉时节，
倚立自移时。 久久地倚立着任凭时光流逝。
北斗兼春远， 北斗星高挂在天上春天也离我远去，
南陵寓使迟。 往南陵传信的使者更迟迟没有消息。
天涯占梦数， 思念我者远在天涯频频占梦，
疑误有新知。 或疑心我有新交把旧友忘记。

托身无地惹长愁。首联写景，着重点出凉意，为以下愁思作铺垫。次联由“凉”转“思”，“自移时”让人想到凝神长思之状。三联似说明此际滞留，是在守候着一个人。尾联考虑到途中的意外耽搁，可能造成误会。诗人仕途不顺，只在朝做过很短两任小官，一生大都飘泊异乡，充当幕僚，他的情怀大抵是老问题：缅怀长安而不得归，另寻出路又无结果，高才大志，托身无地。

585 | 李商隐·归墅

行李逾南极， 远行已越过极南的崇山峻岭，
旬时到旧乡。 今抵达邓州约半月可到旧乡。
楚芝应遍紫， 楚山的芝草应遍布紫色了吧，
邓橘未全黄。 邓州的橘子还没有全都变黄。
渠浊村舂急， 渠浊水涨村中水碓转动急速，
旗高社酒香。 酒旗高挂也能闻到社酒飘香。
故山归梦喜， 故乡归梦即将实现真是可喜，
先入读书堂。 我要先入自己从前的读书堂。

将到郑州喜赋诗。首联回顾此次行程，已走过极南之地，再过十多天，便将至长安。墅：故山草野；旧乡：指长安。中二联写当下之景，邓橘如何为实见，楚芝怎样是想象，村舂、社酒也切初秋。楚山：又称商山；邓州：距襄樊不远的偏北处，接近郑州；社酒：应为秋社（立秋后五戊日祭土神）之酒。尾联显示历经风浪，回到故乡，还是最想读书，这或已成为最爱过的生活。

586 | 李商隐·陆发荆南始至商洛

昔去真无奈， 去年前往桂幕真是出于无奈，
今还岂自知。 今天罢幕北返我又怎能预知。
青辞木奴橘， 我离开了荆南的木奴青橘，
紫见地仙芝。 终于看到商洛的地仙紫芝。
四海秋风阔， 大地上的秋风到处刮着，
千岩暮景迟。 山岭间的暮色越发迷离。
向来忧际会， 一直忧虑仕途坎坷机缘际遇难如意，
犹有五湖期。 此前尚有功成身退归隐五湖的预期。

此生襟抱谅难开。首联表示对来桂州仅一年多又北归，无法预知，只好接受。荆南：即荆州，今江陵。次联点题，离开荆南，到达商洛。木奴：青橘的别名；地仙：传说有吃紫芝而成地仙者。三联以秋风劲吹、暮色迷茫表现内心的凄楚之情。尾联以归隐之日似已无望收束，虽然一直沉沦未遇、忧虑前途，仍未丧失有朝一日功成身退的盼头，现在像这样一个梦想也被击碎了。

587 李商隐·送丰都李尉

万古商于地， 在这样一个万古交口流传商于地区，
凭君泣路歧。 仅在此送你就如面对歧路难忍感泣。
固难寻绮季， 仍堪效法的绮季固然已经难寻觅，
可得信张仪。 难道就能够信奉反复无常的张仪！
雨气燕先觉， 雨气萌发燕子最先觉察而不再离巢，
叶阴蝉遽知。 叶阴转凉蝉儿立即知晓而欢叫不止。
望乡尤忌晚， 我还将望乡情怯尤其年近岁暮，
山晚更参差。 又正当山中日暮心情倍觉参差。

借送客人抒己慨。首联从相逢之地说起，以便引出令己易感泣之事。次联表示自己追慕能在政治斗争中善于谋身的绮季，而坚决排斥反复无常的张仪。三联叹息不已：燕与蝉皆能先见而早适应，自己如此倒霉不仅难比商山四皓，连动物之灵也欠缺。尾联还举出，面对故乡还将百感交集。参差：纷繁复杂。诗写得好，但无送客之实，可能不是深交，就抓住“商于”之地来发挥。

588 李商隐·九月于东逢雪

举家忻共报， 家家户户高兴地共报好消息，
秋雪堕前峰。 秋天早雪正好落在前面山峰。
岭外他年忆， 居住五岭之外一年多我常怀念北方的雪，
于东此日逢。 走在商于以东这一日竟然能与早雪相逢。
粒轻还自乱， 雪粒轻总在空中乱舞，
花薄未成重。 雪花薄尚未形成多重。
岂是惊离鬓， 难道是怕我离人鬓斑便以雪遮掩，
应来洗病容。 或应是为我洗去难辞瘦削的病容。

唯期新雪换颓颜。首联描述途中所见很多人家同报秋雪初降的喜讯。于东：指商于以东，商州上洛地区；忻：同“欣”。次联说在商于以东遇初雪稍觉惊喜，因为来桂年多无雪可见。他年：这里指过去。三联用沉重笔调描绘这场雪既轻且薄，看来没有给他太多好感。尾联更说这雪有可能是让他遮掩离鬓，或者洗刷病容的。离桂北归，相识被贬，自己前途未卜，落魄之状尽显。

589 李商隐·牡丹

压径复缘沟， 牡丹盛开时花朵密密麻麻压在路面连沟渠边也铺满，
当窗又映楼。 抬头还可见它当窗又映楼仿佛成了此花无处不碰头。
终销一国破， 它终于不愧毁城破国的评价，
不啻万金求。 难怪会有人不吝万金把它求。
鸾凤戏三岛， 据说牡丹如鸾凤也似神仙般飘渺，
神仙居十洲。 曾戏于海上之岛或居于海外之洲。
应怜萱草淡， 可是应该珍惜素淡的萱草，
却得号忘忧。 它却享有崇高的称号忘忧。

解语牡丹难解忧。首联概括牡丹花开盛况，低头抬头随处可见。次联揭示人间迷恋牡丹的后果，说它毁城破国（从另一面看，也就是倾城倾国），这令人想及牡丹是否暗喻杨玉环。万金求：据《国史补》，京城尚牡丹，一本有值数万者。三联视牡丹如鸾凤神仙，那就或能断定，诗人真会把牡丹比作杨贵妃，她死后确有活动于另一世界的传说。尾联更针对唐玄宗赞过杨贵妃为善解人意的解语花，推崇最该珍重能解忧的萱草之花。

590 李商隐·献寄旧府开封公

幕府三年远， 与你在桂州幕府分别转眼之间已经有三年之久，
春秋一字褒。 各方对我公为人为文均给好评如春秋一字之褒。
书论秦逐客， 有人撰文悲公之远赴循州更甚于秦代之逐客，
赋续楚离骚。 有人赋诗伤公之忠而被谤正可上续楚之离骚。
地理南溟阔， 何时你能归来从远如南海那个地方，
天文北极高。 谁能为你洗雪北极星辰是那样崇高。
酬恩抚身世， 欲报深恩而自量身世卑微人命贱，
未觉胜鸿毛。 不惜一死也未感觉到抵得上鸿毛。

犹记当年幕主恩。郑亚以李德裕被牛党摧垮而受牵连，远贬循州，李商隐写此诗问候。首联先表示与郑公分别的想念之意，再概言对郑公不幸的总体看法。一字褒：《春秋经传集解序》“春秋虽以一字为褒贬，然皆集数句以成言”。次联是“看法”的具体列举。逐客：李斯《谏逐客书》极言在秦客卿无负于秦，故不宜逐客。后半诚恳表达自己的衷心愿望，及未能尽力之憾。

591 李商隐·寓兴

薄宦仍多病， 官职低微身体又多病，
从知竟远游。 追随知交竟离乡远游。
谈谐叨客礼， 宾主交谈融洽叨蒙客礼相待，
休浣接冥搜。 休沐吟咏唱和常会冥思苦搜。
树好频移榻， 这里的树木嘉美云彩多奇，
云奇不下楼。 我却频移座榻或无意下楼。
岂关无景物， 并非不存在值得观赏的美景，
自是有乡愁。 只是我不快乐因为我有乡愁。

难酬壮志总不安。首联列出考虑较多的几件事：官卑、多病和作客远行。薄宦：实指任幕僚；从知：实指随柳仲郢入蜀充当其幕僚，用一“竟”字，大概迫于环境，无可奈何。次联描述与幕主相处还算和睦。三联眼前树好、云奇，却总不耐烦地移坐榻、不下楼。尾联自作解释，并非景不美，只是有乡愁。其实老当幕僚就难有建功立业的机会，他内心最大的不快乐是壮志难酬。

592 李商隐·夜饮

卜夜容衰鬓， 选定夜间的酒会还容得我两鬓将衰的人，
开筵属异方。 幕府开设的筵席又坐落远离家乡的地方。
烛分歌扇泪， 蜡烛流淌的泪珠分担了歌女的眼泪，
雨送酒船香。 夜风吹来了细雨传送着酒船的醇香。
江海三年客， 漂泊江湖做了多年幕客，
乾坤百战场。 莽苍天地变成百战之场。
谁能辞酩酊， 处在此时此刻谁能推辞不作酩酊一醉？
淹卧剧清漳。 纵曾长久躺卧也许赛过刘桢病卧清漳。

襟抱难开老病侵。首联借点题突出自己年纪偏老和作客远方。次联实写夜饮，但仅写了由烛、雨引发的歌女之泪与酒船之香，显示会上有悲喜心态。歌扇：指代歌姬；酒船：大的盛酒器。三联荡开，概括自身经历和世界变化，为下联作铺垫。尾联意谓尽管是抱病之身也不能不喝醉，让人感觉他内心似乎存在太多难以化解的苦闷。酩酊：大醉之状；刘桢：东汉名士、诗人。

593 李商隐·北青萝

残阳西入崦，时间临近傍晚残阳正落西山，
茅屋访孤僧。我到山中茅屋寻访独处高僧。
落叶人何在，落叶铺满地上不知僧人在何处，
寒云路几层。寒云弥漫山中不知山路有几层。
独敲初夜磬，黄昏时分见高僧独自敲磬，
闲倚一枝藤。我悠闲地倚靠着一枝青藤。
世界微尘里，佛经说世界都在微尘里，
吾宁爱与憎。难道我还执着于爱与憎。

清幽简朴助修行。首联点明残阳落山时，入山访孤僧。北青萝：山名，在王屋山中。次联显出到达该地仍不知人何在、路几层。三联展现黄昏终于看见孤僧独自敲磬，他便靠着青藤静听。似乎僧人的清幽环境和简朴生活，已让他很受启发。尾联领悟了佛家禅理，不应把一己的爱与憎看得太重。诗人四十岁左右时，经历许多不幸，容易身心疲惫，需要从诸多学说中寻求解脱。

594 李商隐·菊

暗暗淡淡紫，它呈现灰暗浅淡的紫色，
融融冶冶黄。或显出亮丽鲜艳的金黄。
陶令篱边色，它的艳色曾在陶令篱边装点，
罗含宅里香。它的幽香也于罗含宅里传扬。
几时禁重露，何时才能承受充沛露水的润泽，
实是怯残阳。面对残阳实在是心里感到发慌。
愿泛金鹦鹉，愿化作菊花酒浮在黄金铸造的鹦鹉杯中，
升君白玉堂。或有可能升上你那一座白玉镶成的殿堂。

难望此生进殿堂。首联说菊花具有美丽的容色。次联说菊花还拥有高贵的品格，它受到先贤的喜爱。陶令：即陶渊明；罗含：东晋人，官至散骑廷尉，博学能文，致仕后布衣蔬食，不慕荣利。三联直言对生存环境的想法：恐难得到重露滋润，只怕面对残阳来日无多。残阳或指国力衰弱的唐朝。尾联意谓自己要像菊花那样毁灭成酒，才能进入皇家殿堂，以示对压制势力的愤怒控诉。

595 李商隐·寓目

园桂悬心碧， 长挂心头的园中桂树依旧碧绿，
池莲饫眼红。 眼睛常见的池上莲花依旧艳红。
此生真远客， 此生真好像远行的旅客，
几别即衰翁。 才几番离别就成了衰翁。
小幌风烟入， 微风吹动窗帘也引入了轻烟，
高窗雾雨通。 高窗迎来薄雾也让细雨跟从。
新知他日好， 到今天才懂得当年的美好，
锦瑟傍朱栊。 她弹奏着锦瑟倚傍在朱栊。

感怀身世忆亡妻。首联写回到旧居所见之景，看到桂、莲依旧，自然想起人事变迁。饫：原义为饱食，饱览是引申。次联感叹自己，此生仿佛是个远行客，不过离家几次，便成衰朽老翁。三联透过眼前窗户所见的风烟雾雨，自然忆及去世的妻子。小幌：用布帛做的帘子。尾联便以十分珍惜妻子留下的倚窗弹奏锦瑟的形象结束。新知：才知；朱栊：窗上的红木格，代指窗户。

596 李商隐·思贤顿

内殿张弦管， 大唐天子在内殿大摆管弦丝竹，
中原绝鼓鼙。 以为中原不可能发生战争之事。
舞成青海马， 驯养了能走舞步的青海马，
斗杀汝南鸡。 训练出善于搏杀的汝南鸡。
不见华胥梦， 看不见有天下大治的华胥国之梦，
空闻下蔡迷。 只听到像下蔡人那样为女色入迷。
宸襟他日泪， 后来却看到皇帝衣襟上的泪，
薄暮望贤西。 薄暮时分在咸阳望贤驿之西。

大难临头由自取。首联说唐玄宗沉迷管弦之乐。次联说他耽玩走马斗鸡。三联说他嗜好女色，不务国政。华胥：中国上古时期母系氏族社会杰出的部落女首领，生伏羲和女娲 ，传嗣炎帝黄帝，成为中华民族的始祖母，中华之华源于华胥之华；下蔡：宋玉赋有“嫣然一笑，惑阳城，迷下蔡”。尾联出现从京城出走的天子，在咸阳望贤驿避难的场面，跨度虽大，却合乎情理。

597 李商隐·秋日晚思

桐槿日零落， 桐叶与槿花一天天零落，
雨馀方寂寥。 秋雨刚过去正感到寂寥。
枕寒庄蝶去， 孤枕自寒被庄生称说的蝴蝶不见了，
窗冷胤萤销。 秋窗显冷助车胤夜读的流萤已稀少。
取适琴将酒， 闲来常弹琴喝酒取其自娱适意，
忘名牧与樵。 与牧子樵夫来往只想名亡利消。
平生有游旧， 回顾平生有不少的交游故旧，
一一在烟霄。 一一置身在令人仰望的云霄。

晚年心态变平常。首联点明秋日寂寥。次联实写秋日的枕寒窗冷，也意味着没有了梦想、没有了夜读。庄蝶：用庄生梦蝶之典；胤萤：晋人车胤，学而不倦，家贫，用练囊盛数十萤火照明，以夜继日。三联谈自己心态，已寄情琴酒，淡泊名利。将：作“与”解。尾联忆及故旧多人，飞黄腾达，仿佛身在青云，或许可令不少人抬头仰望，而对他来说，也似视作平常，并不特别艳羡。

598 李商隐·幽居冬暮

羽翼摧残日， 当那羽翼已被摧残之日，
郊园寂寞时。 是我寂寞独守家园之时。
晓鸡惊树雪， 树上积雪惹得早起的鸡惊恐，
寒鹜守冰池。 水已结冰可怜的鸭守候冰池。
急景忽云暮， 光阴迅速转眼又到岁晚，
颓年寖已衰。 人届暮年渐觉衰颓乏力。
如何匡国分， 即使我确有匡扶国运的才分，
不与夙心期。 现实总与我平素的心愿背离。

平生襟抱苦难开。首联显示诗人晚年困守家园之时，在政治生涯上曾经饱受打击，犹如鸟儿羽翼已被摧残。次联说季节出现冬天，树积雪、水结冰，影响鸡鸭。三联说人间进岁晚，人生入暮年，自觉体衰力弱。景：同“影”，指光阴；寖：逐渐。尾联意谓虽有建功立业的雄心，但时势总不给予机会，今已看清，不过一场美梦，终难兑现。分：此“分”应包含才能和本分之意。

599 杜荀鹤·春宫怨

早被婵娟误， 早年因为貌美被误选入宫中，
欲妆临镜慵。 想要对镜梳妆却又懒于行动。
承恩不在貌， 既然君王宠爱不在于美丽的外貌，
教妾若为容。 教我怎还有心思去修饰自己仪容。
风暖鸟声碎， 春风和煦鸟儿啼声细碎，
日高花影重。 艳阳高照花影叠叠重重。
年年越溪女， 每年此时我都会想起乡间女伴，
相忆采芙蓉。 怀念当年自由欢快地采摘芙蓉。

文人失意如宫怨。首联以揭露矛盾发端,早年凭貌美被选入宫，现在却懒于对镜梳妆。次联充分揭露矛盾，既然受宠不在美貌（而在钩心斗角、献媚邀宠等），教我何来修饰动力。三联表现宫女触及之景，让春景反衬宫女的哀情。尾联承接春日风光，回忆当年乐事，突显今日愁苦。古代人臣得宠往往不是依靠才能，与宫女“承恩不在貌”相类似，故也反映了落魄文人的诉求。

600 杜荀鹤·苦吟

世间何事好？ 世间什么事情是最好的？
最好莫过诗。 世间最好事情无过于诗。
一句我自得， 一句好诗由我自己写出，
四方人已知。 四方的人全都已经得知。
生应无辍日， 在生期间应该日日把诗写，
死是不吟时。 直到死亡才是不吟诗之时。
始拟归山去， 原来打算回故山归隐，
林泉道在兹。 隐逸之路竟然就在此。

以写好诗慰此生。首联把写诗看作世上最好的事情。次联对于自己的诗在人群中传播感到满足；晚唐不少文人从前辈诗作中认识到，诗能留下山川屡变之景、人物转瞬即逝之貌，甚至可作后来者之师，可成己万世之名，故科举路不通，便立志写好诗，能流传就是诗不错的反馈。三联决心今后天天写诗，至死为止。尾联还把写诗跟隐逸画上等号，能写诗就是在隐逸，不必归山。

四.

七律四百首解说

601 杜审言·春日京中有怀

今年游寓独游秦， 今年宦游寓外独自来到了长安，
愁思看春不当春。 带着愁思过节眼前春天不似春。
上林苑里花徒发， 上林苑中的花白白地开放了，
细柳营前叶漫新。 细柳营前柳叶也是空自更新。
公子南桥应尽兴， 结伴同游者在南桥应该玩得尽兴，
将军西第几留宾。 在将军西第的欢聚也是乐不思分。
寄语洛城风日道， 我在长安向洛阳城的风物寄出一句话，
明年春色倍还人。 明年一定把加倍美好春色送还给我们。

故乡人物总萦怀。 首联的出句交代宦游时间、地点，对句紧承“独”字，点出思亲念故之愁，面对大好春光，反而无心观赏。次联“花徒发”“叶漫新”是“看春不当春”触景伤怀的具体描述。三联虚写当地人结伴游春的欢乐场面，反衬自己思亲念友孤独难欢的惆怅之情。尾联构思新颖、造语独特，语似痴而情真挚，对故乡的人与物，充满殷切的期待，让后人特别欣赏。

602 沈佺期·古意呈乔补阙知之

卢家少妇郁金堂， 卢家少妇居住在郁金香涂饰的华堂，
海燕双栖玳瑁梁。 海燕成双栖息在那玳瑁装点的屋梁。
九月寒砧催木叶， 九月寒风中的捣衣声催促着枯叶飘落，
十年征戍忆辽阳。 十年丈夫远戍在边疆我长期思念辽阳。
白狼河北音书断， 他在白狼河北而今音讯断绝，
丹凤城南秋夜长。 我在京师城南秋夜特别漫长。
谁谓含愁独不见， 谁会明白我含愁独处不得相见的痛苦啊，
更教明月照流黄？ 还加上明月偏照帏帐让我更为别离悲伤。

十年远戍盼夫归。 诗中写一位长安少妇思念远戍十年未归丈夫的愁苦。前六句客观描述，先是双栖海燕反衬独居思妇，次是在砧杵声声、落叶满地之下，出现征夫多年远戍，思妇多年思念，再次突出辽阳音讯断绝，思妇忧愁难眠。玳瑁：似海龟，其甲可做装饰；辽阳：泛指辽东地区；白狼河：今辽东的大凌河。尾联转为思妇迁怒于易让人想到团圆的明月。流黄：褐黄色的丝织品。

603 沈佺期·遥同杜员外审言过岭

天长地阔岭头分， 天长地阔般流放到大庾岭应是一个分界点，
去国离家见白云。 我即将远离家国身在异域感觉似所见白云。
洛浦风光何所似， 洛水之滨的洛阳风光优美何处能跟它比，
崇山瘴疠不堪闻。 蛮荒的崇山瘴疠如此可怕不想再次听闻。
南浮涨海人何处， 你南渡大海风急浪高现时已到达了哪里？
北望衡阳雁几群。 我北望衡阳可以见到春来北归的雁几群。
两地江山万余里， 南北两地之间相隔有一万多里，
何时重谒圣明君。 不知何时才能重见圣明的国君。

去国离家赤子心。首联点出过大庾岭是进入蛮荒的分界，此时感觉自己如同天上白云，不知将会飘往哪里。次联由分界点自然引出两地之间，一个风光优美，另一个则瘴疠可怕的强烈反差，倍显过岭期间心情的凄苦。三联转写与友交流，关心对方旅途平安，表达已有羡慕雁群可以结伴、憾恨与友不能同行之意。尾联回应首联，并流露忠君之心，说得真挚动人，不似应酬套话。

604 孟浩然·除夜有怀

五更钟漏欲相催， 五个更次报时钟漏似在步步紧催，
四气推迁往复回。 四时节气不停运转依旧往复来回。
帐里残灯才去焰， 帐里的残灯刚熄随手再点上，
炉中香气尽成灰。 炉中的香气送尽又让它重开。
渐看春逼芙蓉枕， 渐见春暖来到头上垫着的芙蓉枕，
顿觉寒销竹叶杯。 顿觉盛竹叶酒的杯子也寒意尽退。
守岁家家应未卧， 今夜家家户户守岁大都未睡，
相思那得梦魂来。 我思念亲人的梦魂怎能归来。

思家除夜梦归难。首联描述长期的大轮回，每个更次的钟漏相催，一年四季的轮回交替将到。次联续述目前的小轮回，守岁一夜，灯一定灭了点，点了灭；香也一定尽了续，续了尽。三联转写大家守岁，人们都会渐觉春暖来临、寒意消退。尾联流露遗憾，原拟梦里归家，但家家守岁不眠，“梦魂”也无法回去，将思念家乡的愁苦又推进了一层。古人相信做梦是灵魂离体出游。

605 | 王　维 • 出塞作

居延城外猎天骄， 居延城外胡人正在狩猎，

白草连天野火烧。 白草连天野火不断燃烧。

暮云空碛时驱马， 暮云下空旷的沙漠适时驰马，

秋日平原好射雕。 秋日里辽阔的平原正好射雕。

护羌校尉朝乘障， 护羌校尉朝早登上屏障坚守，

破虏将军夜渡辽。 破虏将军夜里渡过辽河进剿。

玉靶角弓珠勒马， 镶玉的剑角饰的弓戴着珠络头的战马，

汉家将赐霍嫖姚。 要赏赐给汉家将领他们勇猛如霍嫖姚。

借汉说唐赞国力。一、二联描述吐蕃在居延城外打猎，场面震撼，入眼就是连天白草、熊熊野火，还让他们驰马射雕，耀武扬威。天骄：匈奴自称，借指吐蕃。三联表现唐军善守能攻，取得最后胜利。护羌校尉、破虏将军：汉朝人物而指称唐军将领。尾联点出赏功慰军题旨。玉靶：镶玉剑柄，借指镶玉的剑；角弓：兽角装饰的弓；珠勒：珍珠装饰的络头；霍嫖姚：汉朝名将。

606 | 王　维 • 酌酒与裴迪

酌酒与君君自宽， 斟酒给你请你自我宽解，

人情翻覆似波澜。 人情反复无常就像波澜。

白首相知犹按剑， 白首相知还要按剑防相害，

朱门先达笑弹冠。 豪门先贵竟笑侮后起之官。

草色全经细雨湿， 草色青花枝放都蒙风雨滋润，

花枝欲动春风寒。 尽管春雨很细春风仍有点寒。

世事浮云何足问， 世事仿佛浮云飘过不足过问，

不如高卧且加餐。 反倒不如高卧山林努力加餐。

人情反复思逃避。此诗名为对友劝解，实则自身也有所苦，一番倾吐，以求同得解脱。作者所苦的就是首联所概括的人情似波澜那样反复无常。次联具体指出老相识竟会反目成仇敌、老官员也会笑侮新官员。弹冠：意为弹冠相庆、准备当官。三联以窗外风雨花草和谐共处的自然景色映衬世态炎凉。尾联趁势作出不问世事、归隐山林的选择。高卧：悠闲地躺着，喻指隐居不仕。

607 王　维·酬郭给事

洞门高阁霭馀辉， 洞门高阁沐浴着夕阳的斜晖，
桃李阴阴柳絮飞。 桃李繁茂柳絮随风到处纷飞。
禁里疏钟官舍晚， 宫廷之内响起疏钟官舍晚班当值，
省中啼鸟吏人稀。 门下省中传来鸟叫吏人为数无几。
晨摇玉佩趋金殿， 或晨或夕身佩玉饰趋赴金殿朝拜天子，
夕奉天书拜琐闱。 有时捧着诏书拜别宫廷赶紧向下传递。
强欲从君无那老， 本想勉力随您进退无奈年迈体衰，
将因卧病解朝衣。 还将因为常常卧病要解身上朝衣。

写景表情谀变雅。首联描写门下省官署，表现郭给事的显达，说他受到皇上恩宠和门生拥戴。次联说他处事有方，能化繁为简，官衙里事少人稀。三联说他朝夕与皇帝共事，做皇帝近臣。琐闱，刻有连琐图案的宫中旁门，常指代宫廷。尾联表白意向：因年老多病，还是让我辞官吧！此诗善于利用自然景物，状物以达意，使颂扬之情，寓于对景物的描绘中，达到避俗从雅的艺术效果。

608 王　维·春日与裴迪过新昌里访吕逸人不遇

桃源一向绝风尘， 此人住地似桃源一向隔绝风尘，
柳市南头访隐沦。 我特来柳市南头拜访这个隐沦。
到门不敢题凡鸟， 到达门前不敢题写凡鸟两字，
看竹何须问主人。 观赏竹子不必再去询问主人。
城上青山如屋里， 城上青山好像藏在屋里，
东家流水入西邻。 东家流水注入西边近邻。
闭户著书多岁月， 主人闭户著书已经有很长时间，
种松皆老作龙鳞。 他种的松树表皮都老得像龙鳞。

访人未遇喜其居。首联点出要到类似桃源的柳市南头访隐士。次联用典表现访人不遇，也可趁机了解环境。当年吕安访嵇康未遇，其兄嵇喜出迎，吕安于门上题“凤”字，视其兄为凡鸟，现不敢题，变成尊重主人；看竹是活用王徽之未经同意、径自往观的典故。三联实写赞赏主人住处的青山流水，所居依山傍水，流露羡慕之情。尾联显示主人是个真隐士，更是诗人所追求的。

609 王　维·积雨辋川庄作

积雨空林烟火迟，久雨不停山林空蒙潮湿炊烟刚透，
蒸藜炊黍饷东菑。烧好藜菜做好米饭送到村东田头。
漠漠水田飞白鹭，广漠水田上一行白鹭凌空飞起，
阴阴夏木啭黄鹂。幽深大树中传来黄鹂婉转歌喉。
山中习静观朝槿，山间修习禅静观赏朝开晚谢的木槿，
松下清斋折露葵。松下准备清斋采摘带露的葵菜满篓。
野老与人争席罢，我与别人已平等相处早就争席而坐，
海鸥何事更相疑。海鸥为什么还怀疑我胸有不轨图谋。

静观善处山居乐。首联写静观所见田园景象：空林炊烟，迟迟升起；蒸藜炊黍，送饭田头。次联写静观所见自然景色，漠漠水田白鹭飞、阴阴夏木黄鹂啭。三联表现个人习禅静、备清斋的独处之乐。尾联用典表现无架子、无机心的相处之乐。争席：《庄子》杨朱傲慢，众人让座，得道平等待人，人们与他争座；海鸥疑：《列子》有与海鸥亲密相处者，听父言欲捉鸥，即遭鸥疏远。

610 王　维·早秋山中作

无才不敢累明时，自己没有才能不敢拖累圣明时代，
思向东溪守故篱。打算回东溪去守望着故居的竹篱。
岂厌尚平婚嫁早，不厌尚平尽早了却儿女婚嫁，
却嫌陶令去官迟。却嫌陶潜辞官归隐年岁已迟。
草间蛩响临秋急，进入秋季草间蟋蟀叫得更急，
山里蝉声薄暮悲。时近黄昏山里蝉鸣更添悲意。
寂寞柴门人不到，柴门前寂寞冷清人马不到，
空林独与白云期。空林中独自去跟白云相期。

借景抒情归隐急。首联明白说出自己向往隐逸生活，不愿以无才累及圣明只是托辞。次联引用尚平、陶潜故事，表现自己归隐之心何等迫切。尚平：东汉尚长字子平，为子女嫁娶毕，即不复理家事，后用为不以家事自累的典故。三联又举临秋蛩响急、薄暮蝉声悲描画迫切的归隐心。尾联说门前冷落，自己独往空林约会白云，如同闲云野鹤一样，就是内心着意追求的隐逸生活。

611 李　白·鹦鹉洲

鹦鹉来过吴江水， 鹦鹉曾经来过吴江的岸边，
江上洲传鹦鹉名。 江上小洲传播鹦鹉的美名。
鹦鹉西飞陇山去， 鹦鹉已经向西而飞回到陇山去，
芳洲之树何青青。 洲上的草木却为何还如此青青。
烟开兰叶香风暖， 烟云飘散兰叶轻摇阵阵香风送暖，
岸夹桃花锦浪生。 两岸桃花落入江中层层锦浪生成。
迁客此时徒极目， 遭迁谪的旅人此时徒然远望，
长洲孤月向谁明。 长洲上的孤月究竟为谁而明?

凭吊祢衡伤不遇。首联字面上写的是鹦鹉来过便用鹦鹉命名，其实是以祢衡在此洲被杀前写过一篇《鹦鹉赋》得名，前三句的鹦鹉意义皆双关，作为飞鸟是虚写，实指写《鹦鹉赋》的祢衡。次联意谓祢衡被杀后，洲上草木依然生长茂盛。三联具体刻画兰花桃花的状态。尾联等于说刚从夜郎被赦的诗人无心观景，一直沉浸在追忆同命运的祢衡，最后似乎还有点埋怨孤月无情。

612 李　白·登金陵凤凰台

凤凰台上凤凰游， 凤凰台上曾经有凤凰来遨游，
凤去台空江自流。 凤去台空只有江水独自东流。
吴宫花草埋幽径， 吴宫的华丽美好已埋在荒凉小径，
晋代衣冠成古丘。 晋代的富家贵族已变成荒冢古丘。
三山半落青天外， 三座山峰时隐时现像在青天外，
二水中分白鹭洲。 分长江水为两巨流就是白鹭洲。
总为浮云能蔽日， 总有奸臣当道犹如浮云遮日，
长安不见使人愁。 长安远望不见实在使人发愁。

长安不见志难伸。首联用建台因凤而凤去台空，表达对王朝由盛变衰的感叹。凤凰台：在金陵凤凰山，相传南朝刘宋永嘉年间因有凤凰来集便筑此台。次联就“凤去台空”而沉思历史，建都金陵的吴国和东晋，其繁华富贵皆化为乌有。三联承“江自流”再放眼河山，三山二水今虽不存，但原貌境界异常壮大，使人心胸开阔。尾联便以浮云蔽日、不见长安，深感壮志难酬结束。

613 崔　颢·黄鹤楼

昔人已乘黄鹤去， 昔日的仙人已乘着黄鹤飞去，
此地空馀黄鹤楼。 此地只留下空荡荡的黄鹤楼。
黄鹤一去不复返， 黄鹤一去再也没有返回这里，
白云千载空悠悠。 千百年来唯有白云依旧悠悠。
晴川历历汉阳树， 汉阳晴川园绿树成阴皆在目，
芳草萋萋鹦鹉洲。 更能看清楚芳草繁茂鹦鹉洲。
日暮乡关何处是？ 时至黄昏远望故乡不知何处是？
烟波江上使人愁。 面对烟波浩渺大江不禁使人愁！

黄鹤不回思故园。首联从此楼得名起笔，曾有仙人乘鹤而去，今只空剩一座楼台。次联紧接叹息黄鹤一去不回，空见白云悠悠，让黄鹤白云，回环往复，渺茫而苍凉。三联转向现实，眼前晴川园的绿树历历在目，鹦鹉洲的芳草萋萋生长。凭吊黄鹤历史无所得，萋萋芳草引发故园思。楚辞有“王孙游兮不归，春草生兮萋萋”，意味着芳草萋萋便应归。尾联归结到回乡路也难寻觅。

614 崔　颢·雁门胡人歌

高山代郡东接燕， 遍布高山的雁门郡东接古时燕地，
雁门胡人家近边。 这里不少胡人的家挨近边境旁边。
解放胡鹰逐塞鸟， 常见胡人释放胡鹰让它前去追逐塞鸟，
能将代马猎秋田。 自己骑着土产骏马游猎于辽阔的秋田。
山头野火寒多烧， 山头野火寒冷季节常常会自然烧起，
雨里孤峰湿作烟。 有时雨点落在山峰把山火溅湿成烟。
闻道辽西无斗战， 误作烽烟曾经紧张听说辽西无战事才安然，
时时醉向酒家眠。 他们时时酩酊大醉往往索性就在酒家里眠。

不同民族应和睦。首联交代雁门郡既是边境，又是胡汉杂居地。代郡：即雁门郡。次联描写此地胡人特殊的日常生活，放鹰逐鸟、骑马游猎。三联刻画此处的独有自然景象，野火天寒自燃、雨点打湿成烟。尾联表现这些胡人渴望和平，并在和平环境中尽情享受生活。作者相信他们绝大多数也是战争的受害者，要与他们友好相处，不能因为战争而把胡人与汉人对立起来。

615 刘长卿 • 长沙过贾谊宅

三年谪宦此栖迟， 你被贬于此失意地居留了三载，
万古惟留楚客悲。 漫长的古代都留存楚人的伤悲。
秋草独寻人去后， 踏着秋草独自寻觅你走后的遗迹，
寒林空见日斜时。 搜遍寒林空见黯淡的斜阳未肯离。
汉文有道恩犹薄， 汉文有道尚且对你恩情淡薄，
湘水无情吊岂知。 湘水无情我沉痛凭吊怎能知？
寂寂江山摇落处， 这是江山冷寂草木零落处，
怜君何事到天涯。 可怜的你为何被贬到这里！

缅怀贾谊觅知音。首联以三年谪宦、万古留悲概括贾谊的不幸遭遇，“此”字点出贾谊宅，“悲”字直贯全篇。次联紧扣题目铺开，“秋草”“寒林”“人去”“日斜”，见出故宅萧条冷落。三联由贾谊无辜被贬联系到自己，隐含有道的汉文对贾谊尚且如此，难怪当今天子把自己一贬再贬，并深感知音难得。尾联的悲叹既针对过去的贾谊，很明显也由于现在的自己。

616 刘长卿 • 别严士元

春风倚棹阖闾城， 春风乍起时我的船停泊在苏州城外，
水国春寒阴复晴。 水国的天气带着初春寒意忽阴忽晴。
细雨湿衣看不见， 细雨润湿了衣服自己却无法看见，
闲花落地听无声。 枝上花朵飘落地也听不到有响声。
日斜江上孤帆影， 大江上夕阳斜照难舍你孤帆离别之影，
草绿湖南万里情。 太湖南碧草如茵想念你远行万里之情。
东道若逢相识问， 东行路上若遇相识问我的境遇，
青袍今已误儒生。 青袍官服已耽误了我这个书生。

被贬岭南怨屈才。首联交代作者与友人在苏州相遇，并点出此时正值初春，天气阴晴不定。次联表现与友人聚旧谈心时常常触及不愉快的事情而相顾无言，因为对细雨湿衣、闲花落地这些现象，也能给予特别的留意。三联引眼前日斜、草绿之景表达送友人离别苏州、远去湖南的心意。尾联以设问方式，说出内心的不满是大才小用、壮志难酬。青袍：低级官吏所穿的官服。

617 刘长卿·自夏口至鹦鹉洲夕望岳阳寄源中丞

汀洲无浪复无烟， 长江鹦鹉洲既无风浪也无烟，
楚客相思益渺然。 我这个楚客思念你想得更远。
汉口夕阳斜渡鸟， 汉口夕阳斜照着渡江归鸟，
洞庭秋水远连天。 洞庭秋水远接着浩瀚蓝天。
孤城背岭寒吹角， 背岭的孤城传来悲凉的号角，
独树临江夜泊船。 临江的独树夜里停泊着小船。
贾谊上书忧汉室， 当年贾谊上书文帝全是忧心汉室，
长沙谪去古今怜。 却被贬官谪居长沙古今谁不哀怜！

远怀好友怜同病。此诗向友人遥寄相思和暗诉自身隐痛。中丞：御史中丞的简称。首联安排一个无风烟的小洲旁广阔江面，充当远怀故友的背景。次联的景语体现了自己身在汉口、遥望洞庭友人，显得异常关注的形象。三联景语反映的又是对友人的遭遇感同身受，内心充满孤立无助痛苦的状态。尾联引入贾谊之典，暗示对源中丞受贬的不平，并隐含自己也曾遭贬的同病相怜之意。

618 刘长卿·将赴岭外留题萧寺远公院

竹房遥闭上方幽， 遥见竹林荫蔽的禅房被关闭上方格外清幽，
苔径苍苍访旧游。 青绿可爱的苍苔小径告诉我这是重访旧游。
内史旧山空日暮， 建寺人萧内史的旧山冷落在夕阳里，
南朝古木向人秋。 南朝古木露萧瑟秋容似是向人发愁。
天香月色同僧室， 今夜与桂花月色一起在僧室同欢聚，
叶落猿啼傍客舟。 明日有叶落猿啼傍着去岭外的客舟。
此去播迁明主意， 流放去岭南本是明主的心意，
白云何事欲相留？ 山中的白云为何要把我挽留？

远谪岭南心有怨。首联写对萧寺的上方和苔径还留下印象。次联描述寺内的重点文物旧山和古木，融入诗人悲苦落寞的心境。三联把当晚短暂的欢快聚旧，与明日艰难的岭外行程加以对比，流露怨愤之情。天香：指桂花，骆宾王有“桂子月中落，天香云外飘”的诗句。尾联正话反说，自己分明蒙冤遭贬，还要说成是明主的好意，然后指责白云无理挽留，隐含心有不平之意。

619 | 刘长卿·登余干古县城

孤城上与白云齐， 往上望这座孤城的高处似可与白云相比，
万古荒凉楚水西。 多年来一直是荒凉冷落存在于楚水之西。
官舍已空秋草没， 官舍已经空置而且多被秋草淹没，
女墙犹在夜乌啼。 城垛仍然存在不过仅听到夜乌啼。
平沙渺渺迷人远， 郊外平沙渺渺无边使人迷惑失远道，
落日亭亭向客低。 天上落日亭亭而下距游客越来越低。
飞鸟不知陵谷变， 飞鸟不懂深谷可成高陵的变化，
朝来暮去弋阳溪！ 不分朝暮来来去去绕着弋阳溪。

古城废弃忧朝政。首联点明登上这座废弃古县城的初始印象：地势高而荒废久。次联写城内所见，举出官舍没于秋草、女墙仅啼夜乌，照应首联的“荒凉”。三联写城外所见，显示广大范围已无村舍农田。尾联化用《诗经·小雅·十月之交》的诗句，意在表明当年的陵谷灾变被认为是周幽王昏庸误国造成的，暗讽唐朝统治者面对余干古城由盛而衰，应知所自警而革新图强。

620 | 刘长卿·戏题赠二小男

异乡流落频生子， 人在异乡流落接连生了儿子，
几许悲欢并在身。 多少悲喜感情合并在我自身。
欲并老容羞白发， 想要依偎苍老容颜便羞于长了满头白发，
每看儿戏忆青春。 每当看到孩子嬉戏总忆起自己不再青春。
未知门户谁堪主， 虽未知自家门户哪个能够作主，
且免琴书别与人。 已避免现有琴书不再另送别人。
何幸暮年方有后， 暮年方有后本是何等的幸运，
举家相对却沾巾。 全家相对时却难忍泪下沾巾。

暮年得子有悲欢。首联点出人在异乡流落之时接连生子，增加了不少负担，使自己悲喜交集。次联承“悲”字说，当时诗人已五十多岁，儿子的存在，更常感时光不待人，青春难再有。三联承“喜”字说，儿子能否长大成人、哪个支撑门户，虽未可知，但现时琴书已有人继承，终归获得盼子成才的希望。尾联表示一家人由于晚年得子，还是喜大于悲，故不禁喜极而泣。

621 刘长卿·送子婿崔真父归长城

送君卮酒不成欢， 给你送上一杯酒还是高兴不起来，
幼女辞家事伯鸾。 我的幼女辞娘家与夫同返理当然。
桃叶宜人诚可咏， 女大当嫁组成了新家庭确实值得咏唱，
柳花如雪若为看。 聪慧女儿能以柳花喻雪远别多么难堪。
心怜稚齿鸣环去， 心中怜惜女儿将作为新嫁娘离家远去，
身愧衰颜对玉难。 自身愧感衰老唯有托付女婿好好照看。
惆怅暮帆何处落， 惆怅难安不知傍晚帆船何处泊，
青山无限水漫漫。 总是觉得青山无限流水也漫漫。

女儿出嫁心难安。首联点出因次女要随夫而去心里难受，以伯鸾指代女婿。伯鸾：娶孟光为妻子、夫妻相敬如宾的梁鸿。次联用诗经桃夭、世说谢家咏雪之典，表达自己嫁女的悲喜感受，尤其难舍膝下承欢的女儿离开。三联托付女婿好好照顾女儿，此“难”字是勉为其难之意。 鸣环：新嫁娘的妆饰；玉：指女婿，丈人冰清，女婿玉洁。尾联用景语具体描述了内心的难安之情。

622 杜 甫·题张氏隐居二首其一

春山无伴独相求， 春日山中寂寞无伴特意把你访求，
伐木丁丁山更幽。 丁丁伐木声与鸟鸣使山谷更清幽。
涧道馀寒历冰雪， 经历的山涧小道都残余着寒气和冻雪，
石门斜日到林丘。 再通过石门古道傍晚到达你所在林丘。
不贪夜识金银气， 不贪财货夜间不辨金银气只见山林本色，
远害朝看麋鹿游。 远离灾祸向往与世不相争每天看麋鹿游。
乘兴杳然迷出处， 我乘兴来将为你的情怀所感而迷路，
对君疑是泛虚舟。 与你相处也似坐上随意漂游的小舟。

赞美隐居景与人。首联表白春山无伴特意到访，一路行来，感觉清幽。次联承“到访”说途中经历，也即所居的环境。林丘：山多树木，泛指山林或隐居地。三联谈张家主人精神面貌，不贪而远害。尾联照应首联的“山幽”把居处比作桃源，还似自己也有了心无挂碍与山林麋鹿和谐共处的体验。泛虚舟：有心如乘上全无所系之舟而成宾主俱化之意。

623 杜　甫・郑驸马宅宴洞中

主家阴洞细烟雾， 公主之家留客饮宴在有点烟雾的荫凉洞天，
留客夏簟清琅玕。 所坐凉席用材选自艳如美玉一般的青琅玕。
春酒杯浓琥珀薄， 盛着浓浓春酒而杯体很薄的是琥珀杯，
冰浆碗碧玛瑙寒。 装着碧绿冰浆而色泽偏冷的是玛瑙碗。
误疑茅堂过江麓， 酒半酣凉风劲误以为茅堂被吹过江边，
已入风磴霾云端。 没多久又觉得已进入风磴而埋在云端。
自是秦楼压郑谷， 从上往下看显然应该秦楼高于郑谷，
时闻杂佩声珊珊。 然而实际还常常听到杂珮之声珊珊。

公主盛筵凉意足。首联说大热天赴宴嘉宾在洞天坐在凉爽竹席上。洞：指洞天福地的洞天；琅玕：一种青色似玉的美石，也喻称竹子。次联以特殊语序凸出琥珀杯和玛瑙碗。三联表现半醉和风大造成错觉。风磴：风中石阶；霾：同“埋”。尾联开玩笑说女的地位高于男，但又借诗经关于杂佩的诗，反映夫妻间以玉相赠，暗示他们夫妇和睦还意味作诗者懂得知恩图报。秦楼郑谷：仅取楼、谷义。

624 杜　甫・城西陂泛舟

青蛾皓齿在楼船， 楼船上有眉毛秀丽牙齿洁白的歌舞伎，
横笛短箫悲远天。 横笛短箫一齐吹奏乐声悲凉送达远天。
春风自信牙樯动， 春风充沛足够促楼船的象牙樯自由摆动，
迟日徐看锦缆牵。 春日晴明可细察楼船的锦绳缆缓慢拉牵。
鱼吹细浪摇歌扇， 鱼吹细浪人摇着高歌的扇子，
燕蹴飞花落舞筵。 燕碰飞花花落在起舞的筵前。
不有小舟能荡桨， 如果没有能够荡桨的小舟，
百壶那送酒如泉。 怎可百壶送酒似不竭之泉。

落魄儒生恨奢华。城西陂又名渼陂，是终南山和胡公泉的水汇合而成的湖泊。首联水上出现有歌舞伎、箫笛声的楼船。次联突出楼船豪华，象牙的樯，锦绳的缆。信：作任解。三联忽呈风雨欲来气温闷热之景，鱼儿水面吐泡沫、燕子低飞碰掉花。尾联议论而带感叹，调用宴席之外的匆忙景象，将宴会的气氛烘托得热闹非凡。那：等于奈何。当时诗人年过三十，科举未中，入仕无门。

625 | 杜　甫·赠田九判官

崆峒使节上青霄， 当哥舒翰登上甘肃的崆峒高地，
河陇降王款圣朝。 河西陇右的番王便来示好圣朝。
宛马总肥春苜蓿， 大宛马总以苜蓿草为肥美，
将军只数汉嫖姚。 哥将军只推崇汉代霍嫖姚。
陈留阮瑀谁争长， 高适优秀似陈留阮瑀无人可与比，
京兆田郎早见招。 你如京兆田郎善识人他早被你招。
麾下赖君才并美， 将军麾下赖你很得力人才多涌入，
独能无意向渔樵？ 我怎可以全不问世事仍旧在渔樵？

送上诗篇求荐举。首联赞颂田的上司崆峒使节即河西节度使哥舒翰，一到任，便有异邦番王归顺大唐。崆峒：甘肃的著名高山；款：叩门表善意。次联还说哥舒翰堪比霍去病。春苜蓿："春"字又作"秦"；汉嫖姚：霍去病曾任汉嫖姚校尉。三联称赞作为节度使助手的田判官曾把高适举荐给哥将军。尾联表示自己当下像渔人樵夫般清闲，希望田判官也能给予推荐。并：聚集。

626 | 杜　甫·赠献纳使起居田舍人澄

献纳司存雨露边， 献纳这种官职工作在皇上身边，
地分清切任才贤。 地位高贵近主才德兼备方能干。
舍人退食收封事， 起居舍人下班之后又去收奏章加封套，
宫女开函近御筵。 并于靠近皇上之处交给宫女拆封开函。
晓漏追趋青琐闼， 你拂晓便赶紧走进宫门去办事，
晴窗点检白云篇。 白天又要检点朝下上奏的文件。
扬雄更有河东赋， 我似扬雄又写出了新的作品，
唯待吹嘘送上天。 只等待你帮忙送到皇上跟前。

上书皇帝求人送。欲以自荐方式，争取入仕。前两联写自己对田澄所任的献纳、起居舍人二职的看法，表示了恰当的尊重。司存：管事；雨露、御筵：均指代"皇帝"。三联再选取此二职的特写镜头各一，作为承上启下之用。青琐闼：即宫门；白云篇：多指在野之人所写的诗文，意味着使在野诗文上达也属舍人分内事。尾联便趁势提出自己写有新的作品，希望对方能助其送达皇上。

627 杜　甫·送郑十八虔贬台州司户伤其临老陷贼之故阙为面别情见于诗

郑公樗散鬓成丝， 郑公似樗散那样闲散况已满头白发，
酒后常称老画师。 他醉酒以后也常称自己是个老画师。
万里伤心严谴日， 我伤心的是让他远贬天涯遭受严惩之际，
百年垂死中兴时。 正当他一生的时日无多和大唐复兴之时。
苍惶已就长途往， 严惩逼使郑公仓皇踏上长途前往贬地，
邂逅无端出饯迟。 我亦遇上无法意想得到的事饯别来迟。
便与先生应永诀， 这样也就料定将与先生从此永远分别，
九重泉路尽交期。 希望以后在九泉之下全都是相见之期。

面对不公如实诉。首联实际想说郑公于朝廷无害年纪又老，本人也只以卑微的画师自居。樗散：樗、栎两种树，被古人视为无用的应该投闲置散之材。次联明确表示这样一个郑公，把他远贬万里是过分的处罚，考虑到他本人的年龄和唐皇朝中兴需要，更属不宜。三联写错过饯别的主客观原因，郑公被迫无奈匆忙出走，我也偶逢意外出饯来迟。尾联沉痛表示将成永诀，并盼九泉之下能再见面。

628 杜　甫·腊日

腊日常年暖尚遥， 腊祭之日按往年距离暖和还颇遥远，
今年腊日冻全消。 可是今年腊日却变得寒冷感觉全消。
侵陵雪色还萱草， 侵凌雪色漏泄春光的，
漏泄春光有柳条。 有早萱草也有新柳条。
纵酒欲谋良夜醉， 想来一次纵情喝酒醉良夜，
还家初散紫宸朝。 那时正当还家初散紫宸朝。
口脂面药随恩泽， 带回家中一批盛载口脂面药的翠管银罂，
翠管银罂下九霄。 这是伴随皇恩从九天上颁赐的御寒之宝。

为感皇恩欲醉酒。首联通过对比，突出今年腊日冻全消，要给春早预作铺垫。腊日：祭农神日，每年农历十二月八日。次联又举萱草、柳条，证明今年春早。三联运用倒装先提出“醉良夜”承上为春来早而庆祝。尾联却承“早散朝”晒出皇帝恩赐的御寒物品，使得“纵酒”的好心情完全来自“皇恩浩荡”，因为“春早”在古人心目中，也会理解为皇上的恩赐。此时诗人给肃宗当拾遗，虽遭受挫折，尚未失信心。

629 | 杜　甫·奉和贾至舍人早朝大明宫

五夜漏声催晓箭， 五更漏壶滴水声催促晨光快出现，
九重春色醉仙桃。 皇宫之内春色好桃花艳丽人欢笑。
旌旗日暖龙蛇动， 旌旗招展暖阳下龙蛇在舞动，
宫殿风微燕雀高。 宫殿巍峨微风中燕雀飞得高。
朝罢香烟携满袖， 朝罢香烟未散贾舍人携香满袖，
诗成珠玉在挥毫。 诗成如玉似珠情难止已在挥毫。
欲知世掌丝纶美， 要想知道世代执掌帝王诏书这种美事，
池上于今有凤毛。 中书省里贾舍人继其父之后也掌制诰。

早朝看到中兴兆。首联表现早朝即将开始、宫内春色醉人。次联对“春色”从日暖风微方面铺展，用龙蛇舞动、燕雀高飞表现大地春回、万物复苏，也意味安史之乱平定，朝野上下渴望国家复兴。三联转出面对如此新气象，任中书舍人的贾至写诗赞颂。尾联以贾至与其父贾接连执掌帝王诏书作结。池：凤凰池，借指中书省；凤毛：南朝梁武帝称赞谢超宗才华如其父谢凤为“有凤毛”。

630 | 杜　甫·宣政殿退朝晚出左掖

天门日射黄金榜， 斜阳照射宫门的金色匾额，
春殿晴曛赤羽旗。 夕晖映照殿旁的朱雀之旗。
宫草微微承委佩， 径草微微承受着垂下的佩带，
炉烟细细驻游丝。 炉烟细细如停驻不动的游丝。
云近蓬莱常好色， 浮云靠近皇宫常现祥瑞之色，
雪残鳷鹊亦多时。 残雪久存殿阁即将另换新姿。
侍臣缓步归青琐， 身为侍臣缓步走回办公处，
退食从容出每迟。 下班归家从容而出总见迟。

壮志可酬意气昂。诗人当时获封左拾遗，虽只八品官而常在帝身旁，似在辅佐圣明，一时志得意满。下班所见尽是壮丽（首联）、安宁（次联）、祥和（三联）。蓬莱、鳷鹊：均宫观之名。尾联所说上下班时的从容缓步，也流露了他此际踌躇满志的心态，其实当时安史之乱尚未结束，大唐朝廷仍然面对深重的内忧外患，远未国泰民安。青琐：原为皇宫门窗上青色的连环花纹，这里指代门下省官署。

631 | 杜　甫·紫宸殿退朝口号

户外昭容紫袖垂， 门外有昭容女官正肃立下垂着紫袖准备调度，
双瞻御座引朝仪。 按朝仪分两行向上仰视引领到御座两旁垂立。
香飘合殿春风转， 香气如同春风在整个宫殿之内飘荡，
花覆千官淑景移。 百官日影移时经花木覆荫之道撤离。
昼漏希闻高阁报， 白天滴漏难听清高阁会通报，
天颜有喜近臣知。 皇上容颜有喜色近臣能得知。
宫中每出归东省， 每逢从宫中退出便回门下省去，
会送夔龙集凤池。 又从门下省会合送宰相到凤池。

津津乐道上朝事。随口而吟之作。首联交代宫中女官引领朝拜。昭容：二品女官。次联谈跟从朝拜的感受：宫殿空间很大，察觉香飘风转；朝会时间颇长，可见花影移动。淑景：日影。三联点出近臣能知龙颜喜怒。按规定，高官上奏，近臣跟随。尾联叙述自己作为近臣，朝罢归门下省后还要送宰相们回凤池。夔龙：相传为舜二臣名，后常喻指宰相一类的大臣；凤池：指中书省。

632 | 杜　甫·题省中院壁

掖垣竹埤梧十寻， 在门下省院墙上的竹篱旁有梧桐高百尺，
洞门对霤常阴阴。 洞门又正对着屋檐下水槽总觉得凉阴阴。
落花游丝白日静， 落花满地游丝阻路白日静悄悄，
鸣鸠乳燕青春深。 鸣鸠啼叫乳燕离巢春天已将尽。
腐儒衰晚谬通籍， 我这个迂腐儒生暮年侥幸当上了官，
退食迟回违寸心。 下班经常晚回家免得常觉有愧于心。
衮职曾无一字补， 自己忝列拾遗对天子竟无一字之补，
许身愧比双南金。 纵然以身相许也对不起这样的信任。

忠言逆耳拾遗难。首联铺陈一种幽深之景。十寻：近百尺；霤：指承霤，屋檐的接水长槽。次联进一步刻画暮春至、春将逝的风光。青春：春天。三联转出诗人内心世界的春天也难以保持，任左拾遗以来的好心情，好像被钉子碰碎。尾联苛责自己无功，悔恨回报无术，似乎自己所进之言，一个字也没被接受。双南金：最贵重金子，或喻指最宝贵的东西；衮职：皇帝的职责。

633 杜　甫·曲江陪郑八丈南史饮

雀啄江头黄柳花， 江头鸟雀啄食柳条上刚冒出黄芽，
鸡鶒鸂鶒满晴沙。 晴日沙滩见鸡鶒鸂鶒忘形地戏耍。
自知白发非春事， 自知头已生白发并非春天可喜的事，
且尽芳尊恋物华。 杯中酒不妨尽喝以示犹恋春日繁华。
近侍即今难浪迹， 作为近臣现今已难放浪形迹不受拘束，
此身那得更无家。 我这个人怎么还能只知有己再不顾家！
丈人文力犹强健， 丈人你的才学精力仍旧相当强健，
岂傍青门学种瓜。 怎能效法青门邵平当平民学种瓜？

己虽欲去强坚持。 首联展示江头花鸟的动人春色。鸡鶒、鸂鶒：均为水鸟。次联即自怜白发，需酒解愁，显得意兴阑珊，其实仕途遇阻，春光越美越添愁。三联暴露进退两难处境：不愿尸位素餐故不想留，要为家计着想又不能逃。尾联劝勉丈人不宜避世，意似弃官归隐于诗人或有必要，于郑八丈人尚非合适。邵平：秦时封东陵侯，汉初居青门甘当平民，种瓜为生，终身免祸。

634 杜　甫·曲江二首其一

一片花飞减却春， 一片花瓣飞走了春色已消减，
风飘万点正愁人。 被风吹掉万朵花真令人愁闷。
且看欲尽花经眼， 花快落完且让花过目，
莫厌伤多酒入唇。 春去伤多勿阻酒入唇。
江上小堂巢翡翠， 曲江上小巧的楼宇安居着翡翠鸟，
苑边高冢卧麒麟。 禁苑边高大的坟头倒卧着石麒麟。
细推物理须行乐， 细推事物盛衰之理就应该及时行乐，
何用浮名绊此身。 何必让虚浮的名声束缚自己的肉身。

心存济世反遭忌。 前两联为花落而愁。第三联转上更堪玩味的景象：鸟栖小堂，易想到鸟无拘束而天地广阔；冢卧麒麟，易想到高官显贵也终要衰亡。尾联便提出不妨摆脱浮名、及时行乐。诗人时任从八品上的“左拾遗”，虽忠于职守，有遗必拾，遇缺即补，而所谏无一字被接受，反而冒犯天颜，面临贬谪厄运。结语所言，似连理想也可放弃，实为一时愤激之言，并非出自本心。

635 杜　甫·曲江二首其二

朝回日日典春衣， 上朝回来天天去典当春天所穿衣服，
每日江头尽醉归。 每天拿钱跑到江头去买酒尽醉而归。
酒债寻常行处有， 到处欠着酒债那是寻常小事，
人生七十古来稀。 人活到七十岁古来才属稀奇。
穿花蛱蝶深深见， 穿花蝴蝶在花丛深处频频来往，
点水蜻蜓款款飞。 点水蜻蜓在江水表面款款而飞。
传语风光共流转， 传话给春光我们共流转，
暂时相赏莫相违。 虽暂时相赏也不要相违。

醉难解困且随缘。首联写了“日日典春衣”，且“每日尽醉归”。次联意为酒债虽多不要紧，人生短暂乐为先。既然国家危亡之际，不容自己尽忠竭力，那就及时行乐吧！三联展现动人的暮春景色，蛱蝶穿花、蜻蜓点水，尽情表现，正合己意。尾联便祈求与春光彼此欣赏，尽管短暂。仕途不得舒展而无可奈何可知，岂仅惜春而已。此诗饱含深广的社会内容，含蓄蕴藉，耐人寻味。

636 杜　甫·曲江对酒

苑外江头坐不归， 我在芙蓉苑外的曲江头久坐不想归去，
水精宫殿转霏微。 尽管水晶宫殿天色转暗变得所见甚微。
桃花细逐杨花落， 还见江上桃花随着杨花袅袅掉落，
黄鸟时兼白鸟飞。 又有黄鹂时时联同白鸥一道远飞。
纵饮久判人共弃， 放纵醉酒久已不理会被别人抛弃，
懒朝真与世相违。 懒于上朝真正是与世间情理相违。
吏情更觉沧洲远， 赖微官薄禄养家距归隐处更遥远，
老大徒伤未拂衣。 年纪又已经老大忍受痛苦未逃离。

仍为两难苦纠结。此前为宰相房琯罢职鸣不平，没被肃宗谅解，受到冷遇，无所作为，满腹牢骚。首联说整天在江头久坐，远看水晶宫殿从明到暗。次联说还浏览江上，特别注意花落鸟飞与春光分手。判：义同“拚”。三联说自己也跟花鸟一样与别人、与世情相离，见出自己此际入世不能。尾联说沧洲远、拂衣难，同时见出自己此际出世也不能。诗中具体反映了诗人报国无门的痛苦之情。

637 | 杜　甫·曲江对雨

城上春云覆苑墙， 长安城上春云竟遮盖了苑墙，
江亭晚色静年芳。 江亭傍晚是暮春的冷清景况。
林花著雨燕支湿， 林花遭遇雨淋似脸上胭脂沾湿，
水荇牵风翠带长。 水荇被风牵扯如翠带强被拉长。
龙武新军深驻辇， 改编的龙武新军护着深居南宫的玄宗，
芙蓉别殿谩焚香。 他难去芙蓉别殿尽管还空自照样焚香。
何时诏此金钱会， 什么时候玄宗能诏令重开那种金钱会，
暂醉佳人锦瑟旁？ 让一班歌姬舞伎暂时醉酒在锦瑟之旁？

惋惜玄宗今不幸。 首联陈述傍晚曲江亭上春云覆盖，感觉景况冷清。静年芳：年年美好而盛况不存。次联以“林花著雨”“水荇牵风”去形容长安这个第一游乐圣地，与过去的彩舟来往、游人无数相比，只能意味着荒凉冷落。三联转到玄宗被肃宗重组的军队控制，并遭受冷遇。尾联描绘了一个君臣同欢、歌舞升平的宴饮嬉游之景。对玄宗知遇的留恋，不过是现时失意的虚幻愿景。

638 | 杜　甫·因许八奉寄江宁旻上人

不见旻公三十年， 没和旻公见面想不到已经三十年，
封书寄与泪潺湲。 看过给我的信不禁眼泪流出脸面。
旧来好事今能否， 我们旧时发生的好事今天能否再有，
老去新诗谁与传。 彼此老来撰写的新诗有谁可与传言。
棋局动随寻涧竹， 曾记我常携棋具到山涧竹林寻你对弈，
袈裟忆上泛湖船。 犹忆你身披着袈裟与我一起上泛湖船。
闻君话我为官在， 听你转述有人说我当官了，
头白昏昏只醉眠。 我头已白每日昏昏只醉眠。

倾诉无人唯醉酒。 首联告知看了来信，不觉泪流。中二联说起令人留恋而激动的当年交往，虽只举两项，已显示相知，尤其互相赞赏对方新诗，更特别难得。尾联借机以“头白、醉眠”形容自己近况。拾遗职责是纠正皇帝偏差，而不怕挑毛病的皇帝，除了正当奋发有为的明君，实在世所罕有，这就难怪他心情不好白发多，又无人可以倾诉，更需让自己醉酒。是七律，也是一封回信。

639 杜　甫·题郑县亭子

郑县亭子涧之滨， 这一间郑县亭子坐落在涧水旁边，
户牖凭高发兴新。 从窗户凭高远眺有新发现诗兴涌。
云断岳莲临大路， 密云遮断来到入关大路的西岳莲花峰，
天晴宫柳暗长春。 尽管天晴宫柳浓荫依然掩蔽了长春宫。
巢边野雀群欺燕， 鸟巢边野雀成群地欺负燕子，
花底山蜂远趁人。 花底下野蜂远远欲向人进攻。
更欲题诗满青竹， 还想过给这地方生长的青竹题满诗，
晚来幽独恐伤神。 恐晚间幽静独处伤神才克制此冲动。

忠言遭贬气难平。诗人终被贬为华州司功参军，此诗写于赴贬地途中。首联点出登上郑县亭子引发诗兴。次联刻画凭高所见，从关注“云断岳、柳暗宫”，仍透露出对皇权的压抑之感。岳：指西岳华山；莲：指华山的莲花峰。三联列举“野雀欺燕、山蜂趁人”，也不难想见，一班只知奉承皇权的小人，留给受害者的阴影。尾联照应首联以意犹未尽，恐幽独伤神而强忍不平作结。

640 杜　甫·望岳

西岳崚嶒竦处尊， 群峰突兀高耸的华山最高处就像长者，
诸峰罗立如儿孙。 诸峰罗列长者的身前如陪伴后辈儿孙。
安得仙人九节杖， 怎能得那根仙人九节杖，
拄到玉女洗头盆。 拄着它飞到玉女洗头盆?
车箱入谷无归路， 车厢谷入谷后便无归路，
箭栝通天有一门。 箭栝峰通天界仅有一门。
稍待西风凉冷后， 我打算待到秋风送爽之后，
高寻白帝问真源。 登高寻白帝询问仙道本源。

入世艰难想出世。此诗也写于被贬赴华州途中。首联仰望华山，写出它的崇高和尊严，把诸峰分布看作儿孙陪伴，也很有趣。次联表现华山神奇，幻想能借助仙法，进入仙境。玉女：指华山最高的玉女峰。三联除见出险峻，还巧用地名造成妙句。无归路：不能往回走；箭栝：箭的圆锥形末端。尾联流露求仙问道之意。白帝：西岳之神。诗人刚刚经历仕途挫折，欲求助道家。

641 | 杜　甫·早秋苦热堆案相仍

七月六日苦炎蒸，七月六日苦于炎热如蒸，
对食暂餐还不能。面对食物稍吃些也不能。
每愁夜中自足蝎，已常愁夜间所见都是蝎子，
况乃秋后转多蝇。更何况秋后反而更多苍蝇。
束带发狂欲大叫，上班还紧束腰带竟欲发狂大声喊叫，
簿书何急来相仍。并非急办的公文偏又接连送来不停。
南望青松架短壑，向南望可见青松横生在狭窄山谷里，
安得赤脚蹋层冰。怎样才能做到赤着脚去踩厚厚的冰？

难耐热兼事务多。此诗写于被贬华州后。首联从热得不想吃饭说起，气温高人体对热量的需求降低，胃口自然差。次联说已愁总见蝎，又加反多蝇，让热更难受。三联说穿上官服已憋得想发狂想大叫，可缓办的文件还不停增加，简直忍无可忍。尾联表示真希望赤脚踏厚冰。有人认为诗中的不满针对华州内和朝廷中一些小人，这有根据，蝎蝇皆可喻谗佞，但诗人性格幽默率直，也应有关。

642 | 杜　甫·九日蓝田崔氏庄

老去悲秋强自宽，人老值悲凉秋天只好强行自我宽解，
兴来今日尽君欢。今日重阳有兴致要与大家一起尽欢。
羞将短发还吹帽，羞于仅存稀疏鬓发要防帽子被吹落，
笑倩旁人为正冠。笑请旁人为我正冠使它不容易掀翻。
蓝水远从千涧落，悠长的蓝水汇集千条溪涧之泻落，
玉山高并两峰寒。高峻的玉山合并两座山峰之苦寒。
明年此会知谁健？明年这个时候不知道谁还健在？
醉把茱萸仔细看。我醉眼蒙眬地拿着茱萸仔细看。

百感交侵强自宽。首联提出伤老悲秋，只能强自宽解、与众尽欢。此际情绪低落，固与仕途有关，他尚在华州司功参军任上，更与时局分不开，安史叛乱进入第四年。次联倩人正冠，免露短发，以示十分看重与众同乐。三联刻画登高所见，水落山寒，折射内心凄苦，其中“两峰寒”或含玄宗肃宗父子不和之意。尾联借人事难料，突出醉看茱萸，似心情极端沉重而陷入深深的困惑。

643 | 杜　甫·崔氏东山草堂

爱汝玉山草堂静， 喜欢你这个玉山草堂足够幽静，
高秋爽气相鲜新。 还有深秋时节的爽气竞相鲜新。
有时自发钟磬响， 到了时间自发传来寺庙的钟磬声响，
落日更见渔樵人。 日落之际还会听见渔人樵夫的声音。
盘剥白鸦谷口栗， 盘中剥开的是白鸦谷口的栗子，
饭煮青泥坊底芹。 饭里在煮的是青泥坊底的香芹。
何为西庄王给事， 为什么王维给事的西庄亦即辋川别墅，
柴门空闭锁松筠？ 那里面却空自关闭柴门而把松竹锁紧？

赞赏草堂宜避世。首联直说草堂幽静，与高秋爽气互比鲜新。鲜新：即新鲜。次联承幽静以间中会有的钟磬响和渔歌樵唱，衬出这里长日的静谧。三联承鲜新展示“白鸦谷口栗”和“青泥坊底芹”。尾联向王维别墅之问，流露羡慕此种居处的情绪。华州之贬，对作者打击很大，已有从归隐上寻求解脱的打算，今日身在草堂，触景生情，自难强加压抑。

644 | 杜　甫·至日遣兴奉寄北省旧阁老两院故人二首其一

去岁兹辰捧御床， 去岁此晨约四时我站在朝官行列，
五更三点入鹓行。 有幸与大家一起仰承皇帝的御床。
欲知趋走伤心地， 又忆起难免匆忙趋走的伤心地，
正想氛氲满眼香。 正想着殿中烟气缭绕满眼芳香。
无路从容陪语笑， 其间没有闲谈玩笑的机会，
有时颠倒著衣裳。 有时赶着上朝还穿倒衣裳。
何人错忆穷愁日， 谁人愿意回忆已经愁到顶点的日子？
愁日愁随一线长。 何况愁日之愁还随着时间天天加长！

错失良机深悔恨。首联说去年今日与众同事一起朝见君王。五更三点：凌晨四时左右。中二联写现在对去年此日朝拜的感受，留恋满眼芳香，又感奔走伤心，精神非常紧张，忙中还会出错。尾联更归结为那是愁极的日子。穷愁：愁至穷极程度。其实内心的愁诗中没说，他纠结的是怎么自己跟这个皇上老子合不来，要分手。后来事实证明这对杜甫人生，的确影响巨大。

645 | 杜　甫·至日遣兴奉寄北省旧阁老两院故人二首其二

忆昨逍遥供奉班， 想起过去惬意的做供奉的日子，
去年今日侍龙颜。 去年今日我还为侍奉皇上操办。
麒麟不动炉烟上， 麒麟香炉不动炉烟袅袅上升，
孔雀徐开扇影还。 孔雀羽扇徐开扇影左右回环。
玉几由来天北极， 御座的把手来自北极星高处，
朱衣只在殿中间。 穿朱衣大臣只在宫殿的中间。
孤城此日堪肠断， 唯我此日处在足以断肠的孤城，
愁对寒云雪满山。 愁对寒云下的满山积雪忆当年。

难忘报国好时机。首联忆及去年冬至日身在供奉班，参加皇帝早朝。供奉：唐代拾遗掌管供奉、讽谏；龙颜：借指皇帝。中间两联突出朝拜所见景物。麒麟：麒麟炉；孔雀：孔雀扇；扇影：扇上装饰的图形；朱衣：五品起的官员。尾联转出唯我此日孤城愁对满山雪。孤城：孤立无援的城，流露孤独感。此诗跟组诗其一，都表达仕途失落情绪，不过其一侧重写朝拜准备，其二侧重写朝拜所见。

646 | 杜　甫·卜居

浣花流水水西头， 主人就在浣花溪流水西头，
主人为卜林塘幽。 为我选趾林塘兼备很清幽。
已知出郭少尘事， 已知郭外可减少尘俗的事，
更有澄江销客愁。 更有澄江能消解客居之愁。
无数蜻蜓齐上下， 无数蜻蜓一起飞上飞下，
一双鸂鶒对沉浮。 一双鸂鶒成对或沉或浮。
东行万里堪乘兴， 还足以乘兴向东方作万里之行，
须向山阴上小舟。 欲效王子猷往山阴就直上小舟。

暂得安居喜满怀。首联点出所选居地在浣花溪西头一个有林有塘的清幽之处。浣花溪：成都锦江上游一段；卜：选择。次联承清幽列举此处郭外少尘事、有江消客愁。澄江：清澈的江水。三联再举出蜻蜓飞舞、鸂鶒沉浮，显得清幽而又生气勃勃。尾联更自豪宣称这地方还可作万里之行。诗人带着全家逃避战乱，好不容易才来到成都，并获得富于野趣的落脚地方。

647 杜　甫·堂成

背郭堂成荫白茅， 盖白茅的草堂建成它背郭连江，
缘江路熟俯青郊。 江边已经走出了路可俯瞰青郊。
桤林碍日吟风叶， 桤林蔽日吟风皆因叶茂，
笼竹和烟滴露梢。 笼竹和烟滴露尽在树梢。
暂止飞乌将数子， 暂时栖息的乌鸦带领小鸟不乱飞，
频来语燕定新巢。 长来居住的燕子在此营造新鸟巢。
旁人错比扬雄宅， 旁人错把草堂比作扬雄的住宅，
懒惰无心作解嘲。 我懒惰也无心去学扬雄写解嘲。

且喜新居得暂安。首联点出堂成和概貌。次联铺陈草堂的清幽环境，突出桤树成林、笼竹围绕。吟风：风吹树叶，响声悦耳；和烟：掺和烟雾，缥缈蒙眬。三联说堂成后飞乌在此暂止，语燕在此营巢，似暗示自己也是旅居，心还想着故乡。尾联明确表示把草堂比扬雄的草玄堂是错的，扬雄在其故家写著作，自己不过把草堂作为避乱偷生之所罢了。

648 杜　甫·蜀相

丞相祠堂何处寻？ 丞相诸葛亮的祠堂往何处寻？
锦官城外柏森森。 就在那成都郊外的柏树浓阴。
映阶碧草自春色， 碧草映台阶自呈现美好的春色，
隔叶黄鹂空好音。 黄鹂隔枝叶空唱着婉转的好音。
三顾频烦天下计， 先主三顾茅庐得丞相定出天下大计，
两朝开济老臣心。 他辅佐两朝开创治理足见老臣忠心。
出师未捷身先死， 可惜出师伐魏未成功而病逝，
长使英雄泪满襟。 长使历代英雄为此泪满衣襟！

比对先贤感慨多。首联设问引出祠堂位置。次联显示到了祠堂，无心赏景，似因自己也是大志未酬中途受挫之人，感触很深。三联盛赞丞相才德，未出茅庐，已知天下，指引先主开创，辅佐后主治国。如此蓄势，当尾联一提“出师未捷身先死”，读者便觉得确实非常可惜，并对“泪满襟”很有同感。此外先主与丞相仿佛如鱼得水，而肃宗与杜甫就像水火难容，也会令人特别难受。

649 | 杜　甫·宾至

幽栖地僻经过少， 隐居之地异常偏僻少人来访，
老病人扶再拜难。 我又老病要人搀扶多拜困难。
岂有文章惊海内， 这样子哪里会有名动天下的诗作，
漫劳车马驻江干。 空劳你远来看我把车马停在江边。
竟日淹留佳客坐， 佳客来坐承蒙整日停留，
百年粗粝腐儒餐。 腐儒供餐不过平常米面。
不嫌野外无供给， 要是不嫌野外没有好酒好菜作招待，
乘兴还来看药栏。 日后高兴可再来看种满花草的药栏。

来客陌生不失礼。首联直说住地偏僻自己老病少人上门，循礼应酬贵客，实在不便。再拜：指拜过又拜。次联明确否定来意，套用“我哪有什么”“枉费你如何”的散文句式，表示不愿接受盲目跟风的虚伪吹捧。三联似感谢贵宾赏脸终日停留，并顺表酒食粗劣款待不周。尾联还不忘致意，能忍村野物质短缺，不妨再来药栏看花。客像慕名到访高官，主虽欠热情，却并无违礼。

650 | 杜　甫·狂夫

万里桥西一草堂， 成都万里桥西边不远处有我一间草堂，
百花潭水即沧浪。 百花潭水伴我随遇而安也可算是沧浪。
风含翠篠娟娟净， 和风细雨轻抚翠绿竹子使它秀美光洁，
雨裛红蕖冉冉香。 也慢慢洗涤着粉红荷花传送阵阵幽香。
厚禄故人书断绝， 由于享受厚禄的朋友书信与我断绝，
恒饥稚子色凄凉。 跟我长期挨饿的幼子脸色令人感伤。
欲填沟壑唯疏放， 身躯快要填沟壑别无选择唯有疏放，
自笑狂夫老更狂。 自笑当年的狂夫到了老年变得更狂！

身临困境仍坚守。此诗前半写草堂的美景，后半写草堂的困境，归结为面临困境仍坚强不屈，或称作“疏放”。诗中将两种看似无法调和的事物加以调和：一面是“风含翠篠”“雨裛红蕖”的可乐之景，一面是“恒饥”“凄凉”“欲填沟壑”的可悲之事，都由“狂夫”这一形象统一起来。沧浪：原古水名，因沧浪歌而带有随遇而安的意思；填沟壑：谓填尸于沟壑，指死。

651 杜　甫·江村

清江一曲抱村流， 清澈的锦江曲折地绕着村庄流，
长夏江村事事幽。 长长夏日里村中的一切很清幽。
自去自来梁上燕， 自去自来的是梁上燕，
相亲相近水中鸥。 相亲相近的是水中鸥。
老妻画纸为棋局， 妻子在纸上画着棋盘，
稚子敲针作钓钩。 小儿敲打短针制鱼钩。
但有故人供禄米， 只要故人供给我钱米，
微躯此外更何求？ 卑微的我此外无所求。

悠闲暂得也心欢。首联的“事事幽”提挈全篇旨意，中间四句的物态人情，写足了江村幽事，然后结句用“此外更何求”，关合“事事幽”，收紧一篇主题；尾联同时宕开，一代诗宗靠友接济，思之令人心酸。江村：包括杜甫草堂的江畔村庄；微躯：微贱身躯，作者谦称自己。又此诗的“江”“村”“事事”“自去自来”“相亲相近”，皆属重复用字，用得必要不觉其弊。

652 杜　甫·野老

野老篱前江岸回， 野老篱笆前对着纡回的江岸，
柴门不正逐江开。 柴门不朝南而迎着江面打开。
渔人网集澄潭下， 渔人的网集中在澄澈的江里水潭撒下，
贾客船随返照来。 贾客的船跟随着夕阳的反照一起到来。
长路关心悲剑阁， 关心归乡长路因剑阁失守难畅通而悲叹，
片云何意傍琴台。 何意我如片云又被风吹送终于滞留琴台！
王师未报收东郡， 王师未见报收复东郡洛阳可喜消息，
城阙秋生画角哀。 蜀中将战乱秋风传来城上画角声哀。

虽得居安国未安。首联从篱前的江岸纡回、柴门的迎江而开说起。次联承上展示渔人撒网、贾客船来之景。这前四句，诗人陶醉于优美的江边晚景中，仿佛物我两忘。由远来贾客想到归家长路，转出三联，诗人久经漂泊滞留成都，为归家之路因剑阁失守难通而悲伤。琴台：代指成都。尾联以洛阳尚未收复、蜀地也不太平作结。这后四句，才表达了对个人遭遇、当前时局的深沉忧虑。

653 | 杜　甫·南邻

锦里先生乌角巾，锦里的这一位先生头戴黑方巾，
园收芋栗未全贫。园里可收芋头板栗未至于赤贫。
惯看宾客儿童喜，他家儿童看惯了宾客总面露喜色，
得食阶除鸟雀驯。飞来鸟雀得食于台阶多驯服得很。
秋水才深四五尺，秋天的锦江水才深四五尺，
野航恰受两三人。野渡的小木船刚容两三人。
白沙翠竹江村暮，江村虽傍晚白沙滩畔翠竹成林依稀可辨，
相对柴门月色新。主客在柴门互相道别正可得见新月一轮。

南邻作客记观感。首联说邻人戴着隐士头巾，园中有芋栗，生活过得去。锦里：成都江畔的锦官城。次联说他家孩童笑脸迎人、鸟雀近人不惊，似可想象主人的好客与和善。三联写临别想起乘小船而来的情景。尾联以主客道别结束，顺便描绘这位邻人的外部环境，并透露在其家不觉流连竟日。主人殷勤接待，客人竟日淹留，中间“具鸡黍”“话桑麻”之类事情，都略而不写。

654 | 杜　甫·恨别

洛城一别四千里，走出洛阳四处漂泊已离家四千里，
胡骑长驱五六年。安史叛军长驱直入也经过五六年。
草木变衰行剑外，草木由盛变衰我来到剑阁之外，
兵戈阻绝老江边。被兵戈所阻断渐老于锦江之边。
思家步月清宵立，思家也忆弟在清冷月夜或步或立，
忆弟看云白日眠。在寂寞白昼卧看行云或倦极而眠。
闻道河阳近乘胜，听说司徒已收复河阳准备乘胜追击，
司徒急为破幽燕。他急于率领大唐军队尽快攻破幽燕。

思家忆弟晨昏倒。首联揭示战乱五六年，使自己离家四千里。次联描述诗人流落蜀中的情况，草木青转黄来到剑阁外，为躲避战乱渐老锦江边。三联通过“清宵立”“白日眠”的反常举动，含蓄表达思家忆弟的无限深情。尾联引用直捣叛军老巢的信息，表达平定叛乱的急切心愿。司徒：指李光弼，他当时任检校司徒。此诗反映了作者对故园骨肉的怀念，以及对平定叛乱的渴望。

655 | 杜　甫·和裴迪登蜀州东亭送客逢早梅相忆见寄

东阁官梅动诗兴， 蜀州东亭官梅盛放你勃发诗兴，
还如何逊在扬州。 就好像当年的何逊咏梅在扬州。
此时对雪遥相忆， 此时我面对着雪就会想起远地的你，
送客逢春可自由？ 你送客遇上梅花怎能够不诗兴难收。
幸不折来伤岁暮， 幸亏你没有寄来折梅让我为暮年伤感，
若为看去乱乡愁。 又怎能忍受梅花还使我乡愁缭乱不休。
江边一树垂垂发， 这里江边挺立一棵梅树正在渐渐生发，
朝夕催人自白头。 早晚春花开放也会催人憾恨空自白头。

志士尤悲时不待。首联赞赏友人面对东阁官梅写诗，说他堪比写过《咏早梅》的南朝诗人何逊。扬州：此扬州为后世的南京。次联指出已对雪、友逢梅自然会想念知己之人。三联借友人幸未折梅相赠透露自己既思乡又伤老。若为：怎堪。尾联更坦言江畔梅树开花，也似催人奋发以免空自白头。催人白头的实际是老去之愁、失意之愁、思乡之愁等聚集一身，自然头白。

656 | 杜　甫·暮登四安寺钟楼寄裴十（迪）

暮倚高楼对雪峰， 傍晚倚在高高钟楼对着积雪的山峰，
僧来不语自鸣钟。 有个僧人也来钟楼不说话只管敲钟。
孤城返照红将敛， 这座孤城夕阳的返照色红且将敛，
近市浮烟翠且重。 附近市集浮起的炊烟色青而多重。
多病独愁常阒寂， 多病之身独自发愁常感寂寞，
故人相见未从容。 旧日故人前来见我未觉从容。
知君苦思缘诗瘦， 知道你因苦心思考写诗而消瘦，
太向交游万事慵。 或者太过偏重交游把万事放松。

故人似冷使人愁。首联写作者在蜀州新津县四安寺，暮倚钟楼，独对雪峰，僧来不语自鸣钟。次联铺陈所见，返照将敛、炊烟重重，潜台词似乎是，快天黑了，今晚怎么过啊。阒：寂静。三联说自己本想找友交谈，身为蜀州长官的故人又仅匆匆一见、欠缺热情。尾联避免说得过直，损害友谊，为对方找了可能的理由。太向：过于。看来他对这位故人有点嗔怪了。

657 杜　甫·客至

舍南舍北皆春水， 草堂南北都涨满春水，
但见群鸥日日来。 只见鸥群日日飞过来。
花径不曾缘客扫， 这花径不曾为客扫今为你扫，
蓬门今始为君开。 这柴门未尝为客开今为你开。
盘飧市远无兼味， 离市集太远且家底太薄，
樽酒家贫只旧醅。 没能备好菜仅陈酒奉陪。
肯与邻翁相对饮， 若肯邀请邻家的老翁对饮，
隔篱呼取尽馀杯。 隔篱唤来把剩酒全数干杯。

热情接待来宾至。前两联写户外环境，殷切期待，为客至作铺垫。客：诗题另注“喜崔明府相过”，他是杜甫的舅辈，明府是对其曾任县令的尊称。后两联实写待客。盘飧：盘中熟食；兼味：两种味道；旧醅：旧酒，唐代的酒未经蒸馏，以新酒为佳。诗中体现了对客人热情接待，还描写精彩细腻，把春水鸥鸟、花径蓬门、家常酒菜、邻舍老翁、都编成有趣的生活场景。

658 杜　甫·江上值水如海势聊短述

为人性僻耽佳句， 为人性格怪僻迷恋诗文佳句，
语不惊人死不休。 若不出语惊人坚决不肯罢休。
老去诗篇浑漫与， 年老写诗不大苦吟似随意对付，
春来花鸟莫深愁。 见到春日鸟飞花放不强说深愁。
新添水槛供垂钓， 江边新装木栏可供悠然垂钓，
故着浮槎替入舟。 特意造条竹筏轻便能替小舟。
焉得思如陶谢手， 怎可使诗思如同高手像陶渊明谢灵运那样？
令渠述作与同游。 应让这些高手去写作我愿与他们切磋同游。

想找高人同探讨。首联检讨过去写诗，喜欢漂亮文辞，不惜苦苦追求。次联对比老来创作，仿佛不加修饰，随便写出；不轻易让春来花鸟去增愁添恨。漫与：随意付与，应看到这是杜甫功夫老到、自觉随便。三联转写江边所见，新添水槛、特制竹筏，似触动了诗人出游会友的兴致。尾联说出心底话，这种诗高手才写得好，我愿与他们同游共勉。渠：第三人称代词。

659 | 杜　甫·进艇

南京久客耕南亩， 在成都作客久了也仿效前人躬耕南亩，
北望伤神坐北窗。 北望长安总伤神便在北窗下闲坐乘凉。
昼引老妻乘小艇， 白昼天晴我带领老妻乘小艇出游，
晴看稚子浴清江。 同时照看年幼的孩子沐浴在清江。
俱飞蛱蝶元相逐， 齐飞的蝴蝶原先就互相追逐，
并蒂芙蓉本自双。 并蒂的荷花本来便自成一双。
茗饮蔗浆携所有， 带来了家中现有的茶水和蔗浆，
瓷罂无谢玉为缸。 用瓷罂盛载毫不逊于以玉为缸。

淡泊人生亦足珍。首联举了泛舟前的两件生活常事：搞点种植、闲坐北窗。后一事似乎意味着安史之乱的大局，既然一时改变不了，不如安下心来好好生活。次联陈述与老妻稚子一起乘小艇、浴清江。三联描画蛱蝶、芙蓉的情态，也可见出这一家大小的欢乐影子。元：作原解。尾联显示，他们心满意足地喝到这些自带饮料，仿佛瓷罂装水浆并不比玉缸盛美酒差劲。无谢：不亚于；瓷罂：大腹小口的容器；玉缸：酒瓮的美称。

660 | 杜　甫·所思

苦忆荆州醉司马， 我在苦苦思念今日荆州喝醉的崔司马，
谪官樽俎定常开。 自从官被贬谪想必酒具总是常常摆开。
九江日落醒何处， 九江日落时你在何处酒醒了，
一柱观头眠几回。 一柱观那里你醉眠过多少回？
可怜怀抱向人尽， 可怜我怀抱相思却向何人倾诉，
欲问平安无使来。 欲探听你的平安又无使者到来。
故凭锦水将双泪， 故借助锦江把我这思念的泪水带去，
好过瞿塘滟滪堆。 盼依靠江水顺利通过瞿塘峡滟滪堆。

苦思旧友寄双泪。首联设想友人在被贬地借酒消愁的状态。司马：友人崔漪，由中书舍人贬为荆州司马，州司马是州长辅佐，有职无权。次联就被贬地的知名景点九江和一柱观，问讯友人。三联直陈对友思念无人可诉、问友平安无人可托。向人尽：向何人倾诉。尾联自然产生寄泪表意的结果。双泪：双目所流之泪；滟滪堆：成都往荆州必经的绝险之地。笔调轻松而感情深挚。

661 杜　甫·寄杜位

近闻宽法离新州， 最近听说因法度放宽你已调离新州，
想见怀归尚百忧。 看来要实现归家愿望仍然有百样忧。
逐客虽皆万里去， 被贬逐的人虽然都已远去万里，
悲君已是十年流。 我为你悲伤已十年长流仍未休。
干戈况复尘随眼， 何况叛乱远未平息战尘眼前可见，
鬓发还应雪满头。 忧时不待已的鬓发还应雪白满头。
玉垒题书心绪乱， 我在玉垒山写此诗心烦意乱，
何时更得曲江游。 什么时候再能与你曲江同游。

情由实处逐层生。首联概括堂弟近况：调离岭南新州（改贬湖北荆州），归家仍属渺茫。次联承续贬说出为他悲伤。流：流放，杜位因岳父李林甫被诬告谋反流放岭南。三联承归家说出自己对他关切。干戈：当时仍有史朝义、段子璋的叛乱。尾联以企盼何时曲江游，表达国家太平、兄弟重游的愿望时，似还感觉遥远，显得信心不足。玉垒：山名，代指成都；书：指此诗。

662 杜　甫·送韩十四江东觐省

兵戈不见老莱衣， 干戈遍地已看不到老莱子这样的孝子，
太息人间万事非。 长叹人间很多事情已经变得面目全非。
我已无家寻弟妹， 我已没有家正在寻找弟妹，
君今何处访庭闱？ 你今往何处探访父母所栖？
黄牛峡静滩声转， 黄牛峡寂静而滩声却紧迫，
白马江寒树影稀。 白马江寒冷而树影也依稀。
此别应须各努力， 此处一别我们应该为归乡各自努力，
故乡犹恐未同归。 不过等你到家之际我恐怕还未能归。

赞赏友人探父母。古代称探父母为觐省。首联肯定友人有老莱子的孝行，由今孝行缺失，推出很多事也从有变无。老莱衣《列女传》：老莱子行年七十，著五色之衣，作婴儿戏于亲侧。次联承“万事非”举出双方都失去完整的家，而以对方为主。庭闱：父母所居，可指代父母。三联针对友人往江东的必经之处造景，寄寓了行者归思和送者离情。尾联希望各自努力，尽快合家团圆并预祝对方比自己好运。

663 | 杜　甫·王十七侍御抡许携酒至草堂奉寄此诗便请邀高三十五使君同到

老夫卧稳朝慵起， 老夫睡得安稳朝早慵懒不愿起，
白屋寒多暖始开。 茅屋比较寒冷到暖和才把门开。
江鹳巧当幽径浴， 江上鹳鸟正对着幽径戏水，
邻鸡还过短墙来。 邻家的鸡又飞越矮墙过来。
绣衣屡许携家酝， 侍御屡次许诺携带家酿美酒，
皂盖能忘折野梅。 使君怎能忘我曾经寄信招徕。
戏假霜威促山简， 试借侍御霜威催促似山简那样的高适，
须成一醉习池回。 必须完成此会在习池般的草堂醉一回。

乐邀同好聚草堂。首联显示闲散状态，早上懒起，暖始开门。次联描述宜人景象，鹳鸟戏水，邻鸡翻墙。三联重申侍御勿忘带酒、使君勿忘赴约。绣衣：指代侍御王抡；皂盖：青色车盖，指代使君高适；折野梅：寄信。尾联把草堂聚饮比作山简与众宾客的习池之醉。习池、山简：东汉襄阳侯习郁在宅前修池，垒钓鱼台，列植松竹，称习家池；西晋镇守襄阳的山简，常来此喝酒。

664 | 杜　甫·陪李七司马皂江上观造竹桥即日成往来之人免冬寒入水聊题短作简李公二首其一

伐竹为桥结构同， 砍伐竹子造成的桥与木桥结构相同，
褰裳不涉往来通。 不用提起衣裳涉水隔河往来便相通。
天寒白鹤归华表， 天气寒冷白鹤聚集于华表状的桥柱上，
日落青龙见水中。 太阳落山青龙显现在奔流不息江水中。
顾我老非题柱客， 自觉老朽并非题诗柱上之客，
知君才是济川功。 知你高才拥有渡人于河之功。
合欢却笑千年事， 落成欢宴带笑回顾古人驱石造桥事，
驱石何时到海东。 指望神人驱石造桥欲到东海终成空。

称赞济川司马功。首联介绍竹桥的材料、结构和用途，突出不必涉水而往来可通。次联用典组成出句“天寒白鹤归华表”，很好地衬托了“日落青龙见水中”，即眼前一条巨大竹桥的倒影出现在江水之中。三联赞扬李司马的政绩，以自己不是司马相如那样的题柱客为陪衬，说他具有济川之功。尾联还针对驱石造桥的渺茫，彰显伐竹为桥的实效。合欢：聚合众宾，欢乐庆功。

665 杜　甫·野望

西山白雪三城戍， 西山白雪皑皑三城驻兵防吐蕃，
南浦清江万里桥。 城南清江滚滚横跨通万里长桥。
海内风尘诸弟隔， 战乱频仍兄弟于海内长相隔，
天涯涕泪一身遥。 难禁涕泪一身流落天涯之遥。
唯将迟暮供多病， 唯将衰老的暮年供给多病的身体，
未有涓埃答圣朝。 未有丝毫的力量报答圣明的唐朝。
跨马出郊时极目， 骑马出郊野之外频频纵目远眺，
不堪人事日萧条。 难忍受人间世事前景日益萧条。

他乡野望抒怀抱。首联概括远近所见之景，聚焦于三城戍与万里桥。三城：指当时的松、维、堡三州。二联由此引发身处天涯、兄弟远隔之思。天涯：指距离长安很远的成都。三联念及自己处境的艰难：人到老年身又多病，毫无贡献报答朝廷。涓埃：小水微尘，喻指微小。尾联补叙骑马出郊眺望，并以难忍人间世事其前景越来越暗淡作结。

666 杜　甫·奉酬严公寄题野亭之作

拾遗曾奏数行书， 我担任拾遗时曾给皇上写过奏章几句，
懒性从来水竹居。 不过生性疏懒从来只适合伴水竹而居。
奉引滥骑沙苑马， 奉命引领朝班斗胆骑过有名的沙苑马，
幽栖真钓锦江鱼。 隐居成都草堂真正爱钓锦江水里的鱼。
谢安不倦登临费， 你如谢安不吝登临可当作游山玩水，
阮籍焉知礼法疏。 我似阮籍未知礼法相信能给予宽恕。
枉沐旌麾出城府， 要是你真枉驾出城到草堂来，
草茅无径欲教锄。 我会锄掉门前杂草为你开路。

婉拒严公邀入仕。首联为拒绝邀请入仕定调：虽然曾做过拾遗官，但为人疏懒宜归隐。次联上下句承首联上下句作了具体铺陈，特别强调现在是“真”钓锦江鱼。三联把邀己的严武比作谢安，说他延揽人才不惜代价，而把拒邀的自身比作阮籍，希望对方莫怪其无礼。尾联又诚意邀约严武前来草堂做客，表示要开辟一条大路迎接他。枉沐：如同枉驾的敬辞；旌麾：指代严武。

667 杜　甫·严中丞枉驾见过

元戎小队出郊坰， 元戎带领小队行进在偏远的城郊，
问柳寻花到野亭。 一路寻花问柳直到草堂这个野亭。
川合东西瞻使节， 你是统管东西两川受瞻仰的使节，
地分南北任流萍。 我是来自南北两地任飘泊的浮萍。
扁舟不独如张翰， 我不独如驾扁舟而弃官的张翰，
皂帽还应似管宁。 还应该似戴黑帽而避世的管宁。
寂寞江天云雾里， 寂寞江上天空云雾弥漫的时候，
何人道有少微星？ 有谁辨出这颗隐士般的少微星？

此时仍不愿为官。首联概括题目所说之事：元戎轻车简从到了草堂。元戎：相当于元帅；坰：远郊。次联聚焦客人与主人的悬殊身份：管治四川的最高长官，过访避难成都的平民百姓。三联针对客人来意再度明确表态，自己既如张翰不恋官职，也似管宁拒不应召。管宁：三国时隐士。尾联与首联呼应，意谓有谁知道隐居的我呢，流露感激知遇和自我安慰之情。少微星：喻指隐士。

668 杜　甫·野人送朱樱

西蜀樱桃也自红， 西蜀樱桃原来也同北方自然鲜红，
野人相赠满筠笼。 乡野之人送给我满满的一大竹笼。
数回细写愁仍破， 几回轻手放置都令人担心总是仍旧破裂，
万颗匀圆讶许同。 万颗圆得匀称真使人惊讶竟然如此相同。
忆昨赐沾门下省， 想起当年在门下省御赐樱桃已受惠，
退朝擎出大明宫。 退朝之后满心欢喜双手捧出大明宫。
金盘玉箸无消息， 京城皇宫那边的事情已经全无消息，
此日尝新任转蓬。 今日尝新漂泊天涯我也如任转之蓬。

樱桃如故人非旧。首联以乡人送的樱桃开篇。筠：竹子。次联承首联上句描述樱桃的特点：细心移动仍易破、圆得匀称各相同。写：移置；许：这样。三联由今天获赠樱桃想起当年御赐樱桃：领桃任职门下省，退朝捧出大明宫。赐沾：受赐；门下省：唐肃宗至德年间，杜甫任左拾遗所属的官署。尾联意谓两次樱桃虽同，人间经历巨变。金盘玉箸：指代皇宫；蓬，指蓬草。

669 | 杜　甫·严公仲夏枉驾草堂兼携酒馔（得寒字）

竹里行厨洗玉盘， 竹林里安置了行厨有人洗刷玉盘，
花边立马簇金鞍。 花丛边停留着马匹有人围拢金鞍。
非关使者征求急， 这无关使君对我征求急切，
自识将军礼数宽。 自认为将军从来礼数很宽。
百年地僻柴门迥， 我长年虽住地荒僻柴门偏远，
五月江深草阁寒。 却五月仍江水幽深草屋微寒。
看弄渔舟移白日， 看看摆弄渔舟亦可以让白天不经意过去，
老农何有罄交欢。 除却这些东西我还有什么能让宾主尽欢。

巧拒登门邀出仕。 首联出现严武的随从行厨和人员，显示将军已到草堂。行厨：自带的私家厨房。次联自作解释，说大驾光临非关征求急，只是礼数宽。三联更大谈草堂的强项：虽住处偏僻，正适宜避暑。尾联补充一条，欣赏江上渔舟也可消磨时间；然后以老农只能凭这些本事使宾主尽欢结束全诗。移白日：即白日移，消磨时日；老农：作者自称。机巧地化解了拒邀的冒犯。

670 | 杜　甫·秋尽

秋尽东行且未回， 秋末从成都往东行到了梓州至今未返，
茅斋寄在少城隈。 成都的草堂就留在小城角落让它空闲。
篱边老却陶潜菊， 草堂篱边种植的陶潜菊白白地老掉了，
江上徒逢袁绍杯。 梓州江上我又徒逢袁绍邀郑玄的酒筵。
雪岭独看西日落， 独自遥望着西边雪岭的太阳落山处，
剑门犹阻北人来。 念及剑门仍阻碍北方长安的人过关。
不辞万里长为客， 我不惜离家万里长期滞留在异地，
怀抱何时得好开。 不知道什么时候襟怀能开现欢颜。

盼平战乱早还乡。 首联叙事：东行滞留梓州，草堂暂寄成都。少城：城外的小城；隈：角落。次联承上让成都的篱边菊，衬出梓州的袁绍杯，表已被重视，却无用处。袁绍杯：袁绍大宴宾客，郑玄受到礼遇，终无出仕，诗以袁绍杯代官府酒宴。三联由机遇不如意想到时局剑门仍被四川叛军控制，阻碍北方人来往。尾联直言强忍长期流落苦，望有回归故里时，却总觉遥远。

671 杜　甫·野望

金华山北涪水西， 这是金华山的北面涪水的西面，
仲冬风日始凄凄。 时当仲冬有风之日心中正凄凄。
山连越巂蟠三蜀， 金华山连接越巂环绕三蜀，
水散巴渝下五溪。 涪江水流布巴渝直泻五溪。
独鹤不知何事舞， 孤独的鹤不知何故在乱舞，
饥乌似欲向人啼。 饥饿的鹊似欲对着人悲啼。
射洪春酒寒仍绿， 射洪特有春酒寒天仍浮着绿蚁，
目极伤神谁为携。 极目远望伤心谁为我送酒来此？

独鹤饥乌远客悲。首联点明野望的时地，并坦露此际情绪悲凄。金华山、涪水：均在四川射洪县。次联承“山水”刻画心中的广阔远景，山发南方，水通楚界，涵盖几千里，更显个人流落此地的渺小。越巂：今四川越西县；三蜀：即全蜀；五溪：在楚地武陵。三联承“凄凄”描绘眼前独鹤乱舞、饥乌悲啼，见出远方漂泊者缺食无依的艰难。尾联还以无人送酒强化孤寂之情。

672 杜　甫·闻官军收河南河北

剑外忽传收蓟北， 剑南忽有传言收复蓟北之地，
初闻涕泪满衣裳。 初听喜极而哭泪水沾湿衣裳。
却看妻子愁何在， 再看妻子儿女忧愁都不见了，
漫卷诗书喜欲狂。 随手卷着书本高兴得要发狂。
白日放歌须纵酒， 蓝天白日要纵情高歌开怀畅饮，
青春作伴好还乡。 柳绿春来正好招同伴一道还乡。
即从巴峡穿巫峡， 即从巴峡穿过巫峡，
便下襄阳向洛阳。 直下襄阳走向洛阳。

捷报喜人即拟归。作者在梓州，即剑阁之南或之外，喜闻蓟北（今河北北部）光复，延续七年多的安史之乱有望结束，可不再流浪而挈眷还乡，不禁喜极流泪。首句叙事点题，其余从初闻、却看、漫卷，直到即从、便下，都是抒发忽闻胜利，自家如何喜出望外，及如何陶醉在返抵家园的欢乐之中。巴峡：指嘉陵江上游阆、白二水合流的巴峡。诗论家大都推崇这是杜甫“生平第一首快诗”。

673 | 杜　甫·送路六侍御入朝

童稚情亲四十年， 儿时亲密旧友已经分别了四十年，
中间消息两茫然。 中间杳无音信双方早就感觉茫然。
更为后会知何地？ 再一次的相会不知将在何处？
忽漫相逢是别筵！ 尽管不期而遇却又即设别筵！
不分桃花红似锦， 我怕见桃花红艳如锦缎，
生憎柳絮白于棉。 也憎恶白色柳絮胜过棉。
剑南春色还无赖， 剑南的春色还更加无赖，
触忤愁人到酒边。 冒犯忧愁人直到酒筵边。

刚逢又别再逢难。前四句写送别之情，诗人由“过去”想到“现在”，再由“现在”想到“未来”。后四句的景物描写，全是从上文的“别筵”生发出来的。“桃红似锦”“絮白于棉”，偏说“不分”“生憎”，指责春色“无赖”，是因它“触忤愁人”，而所愁则是想到后会可能无期，离怀甚难排遣。不分：犹不忿，感觉很碍眼之意；生憎：憎恨；无赖：义似虽可爱却蛮缠。

674 | 杜　甫·涪城县香积寺官阁

寺下春江深不流， 香积寺下的春江水深仿佛不流，
山腰官阁迥添愁。 香积山腰的官阁高耸容易添愁。
含风翠壁孤云细， 带着微风的翠壁轻云一抹愈见浅，
背日丹枫万木稠。 背着日光的丹枫万树一片更觉稠。
小院回廊春寂寂， 春晚的小院回廊是这般幽静，
浴凫飞鹭晚悠悠。 水边的浴凫飞鹭也闲适无忧。
诸天合在藤萝外， 众多佛像全在翠壁之上山寺里，
昏黑应须到上头。 大概昏黑之时应该可到那上头。

虽可添愁却不愁。首联让“春江水深不流”与“官阁高耸添愁”对仗，还意味着香积寺与官阁在香积山上各在一处。官阁，专供登临的楼阁。中二联为登阁所见之景，轻风吹云则细、落日映枫显稠，俱在山中，小院回廊异常寂静在阁内，浴凫飞鹭如此悠闲为阁中俯瞰所得。翠壁：布满藤萝的官阁墙壁；凫：野鸭。尾联进一步显示寺与阁的位置，也增加意味。诸天：佛经用语，指众佛像。

675 | 杜　甫·又送

双峰寂寂对春台， 两座山峰静默地面对春日宴台，
万竹青青照客杯。 万杆竹子清幽地映照主客酒杯。
细草留连侵坐软， 细草留连不舍伸进坐位尽管柔弱，
残花怅望近人开。 残花满怀怅望挨近人前竭力绽开。
同舟昨日何由得， 昨日与你同舟我已何幸而得，
并马今朝未拟回。 今朝与你并马我却未拟同回。
直到绵州始分首， 我一再陪伴着你直至抵达绵州然后分手，
江边树里共谁来。 此后在江边树里只好孤身一人独自回来。

一再送行难舍别。此诗似为杜甫滞留梓州时送客至绵州所写。首联利用眼前的双峰、万竹，营造了一个略带伤感的送别场面。双峰：绵州著名的紫岩山和牛头山；春台：应指别宴的餐台。次联具体描绘带着留连怅望情态的细草、残花，暗示对友人的不舍离情。三联直说以昨日同舟到此为难得，珍重之情如见，还给结句埋下伏笔。尾联等于说，分手后，我只得孤单地独自回去！

676 | 杜　甫·送王十五判官扶侍还黔中（得开字）

大家东征逐子回， 王判官母像班昭逐子东征随儿回家，
风生洲渚锦帆开。 祝愿他们所乘锦帆在洲渚顺风而开。
青青竹笋迎船出， 船行可见青青的竹笋迎船出现，
白白江鱼入馔来。 同时将有白白的江鱼摆上餐台。
离别不堪无限意， 与你离别不能忍受后会难期之意，
艰危深仗济时才。 局势艰危正需深切倚仗济时之才。
黔阳信使应稀少， 黔阳信使应少今后音讯也难通，
莫怪频频劝酒杯。 送行席上别怪我老给你劝酒来。

惜别同时憾失才。首联点题：王判官母随子归家，祝他们一帆风顺。大家东征：家读姑，以班昭比喻王母；东征：比喻王母长期辛劳。次联的青笋、白鱼，既是船行实景，也暗含冬竹生笋、涌泉出鱼的孝子孝妇故事，有赞美王判官夫妇孝行的作用。三联可能王判官回家尽孝也因为不被重用，故包括惜别、惜才之意。尾联推进一层：真人难再见，消息也难知。黔阳：今重庆彭水县。

677 杜　甫·章梓州橘亭饯成都窦少尹（得凉字）

秋日野亭千橘香， 在秋日野亭的周围千棵橘树飘香，
玉盘锦席高云凉。 有玉盘锦席的别宴高天云淡风凉。
主人送客何所作？ 主人送别客人都在做什么？
行酒赋诗殊未央。 互相敬酒赋诗仍然未完场。
衰老应为难离别， 已衰弱老迈的我应该会难于离别，
贤声此去有辉光。 有贤能声誉的你此去当前途无量。
预传籍籍新京尹， 可预料将传来新京尹的鼎鼎大名，
青史无劳数赵张。 以后历史就无须劳烦去夸奖赵张。

官场应对有虚夸。首联叙事：秋日在橘亭设盛宴，饯别赴成都（唐朝的南都）任职的窦少尹。玉盘锦席：宴席奢华。次联以问答句式引出席间活动。三联谈观感，谦称自己衰老保守，恭维对方前途光明。尾联等于说，窦少尹必将青史留名，而且名声将取代最棒的京兆尹。赵张：《汉书》说，赵广汉、张敞相继为京兆尹，吏民曰："前有赵张，后有二王。"对赵张极表赞赏。

678 杜　甫·九日

去年登高郪县北， 去年登高我在郪县之北，
今日重在涪江滨。 今日我依旧在涪江之滨。
苦遭白发不相放， 痛苦的是白发总不放过我，
羞见黄花无数新。 羞愧的是菊花已多次更新。
世乱郁郁久为客， 时世乱行路难让我忧愁不解长作异乡客，
路难悠悠常傍人。 还深深感觉到挫折无穷无尽常需依傍人。
酒阑却忆十年事， 酒阑客散再忆起十年前的往事，
肠断骊山清路尘。 又为那次见骊山清路尘而伤神。

异地滞留引反思。首联反复叙事，郪县、涪江都属梓州，意味着一年又一年地滞留此地，引发深深的思索。次联讲近的，白发增加是伤老，菊花更新是伤时，空见时光流逝，而未伸平生之志。三联讲远的，世乱路难，导致自己久为客和常傍人。尾联讲述更远的故事，他昔年经过骊山，看见唐玄宗因幸华清宫而大清路尘，曾经十分伤心。似有感叹皇上耽乐，终致世乱路难之意。

679 | 杜　甫·滕王亭子

君王台榭枕巴山， 滕王亭子紧紧倚靠着大巴山，
万丈丹梯尚可攀。 登山道路似万丈丹梯仍可攀。
春日莺啼修竹里， 春日的莺啼唱在修长的竹子里，
仙家犬吠白云间。 仙家的犬吠叫在雪白的云层间。
清江锦石伤心丽， 清澈的锦江五彩的石头漂亮极了，
嫩蕊浓花满目斑。 鲜嫩的花蕊浓艳的花朵满目斑斓。
人到于今歌出牧， 民众至今歌唱滕王当州牧建了此亭，
来游此地不知还。 让后世人来游此地赏美景乐不知还。

心情欢快景多美。首联点出滕王亭子紧靠大巴山。滕王亭：唐滕王李元婴所建，还建有玉台观，清以来合称滕王阁，君王台榭，即滕王亭子；大巴山：亭子所在的玉台山属于大巴山山脉，山体含铜，呈紫红色，山路如丹梯。次联举出合理联想，简述西汉梁孝王、淮南王所享有的莺啼犬吠美景。三联实写眼前之景。伤心丽：美丽得要命。尾联仅表达滕王所修之亭，后人来游而乐，并不涉及对滕王的历史评价。

680 | 杜　甫·玉台观（滕王造）

中天积翠玉台遥， 半空绿叶浓荫玉台观高耸山腰，
上帝高居绛节朝。 天帝高高在上众仙持绛节来朝。
遂有冯夷来击鼓， 攀登时便似有冯夷来击鼓，
始知嬴女善吹箫。 也由此才知道嬴女善吹箫。
江光隐见鼋鼍窟， 俯视江上隐约可见怪石嶙峋似鼋鼍窟，
石势参差乌鹊桥。 还能看到石势成行参差不齐像乌鹊桥。
更肯红颜生羽翼， 岂肯年纪轻轻即生羽翼成仙客，
便应黄发老渔樵。 只应满头黄发之后终老于渔樵。

移步换形赏玉台。首联行至山前仰视玉台观，脑海产生众仙朝拜天帝的画面。次联登山途中由众仙想起应有冯夷和嬴女。冯夷：传说为天帝所封的河伯之神；嬴女：即秦穆公之女弄玉。三联已进观中居高临下地观赏江上景物，浮想联翩。鼋鼍：大鳖和鳄鱼。尾联表达感想，不愿青壮年便远离尘世做神仙，最好暮年在此打鱼砍柴度过此生。生羽翼：古人所谓羽化而登仙。

681 杜　甫・奉寄章十侍御

淮海维扬一俊人， 淮海维扬一位俊杰之人，

金章紫绶照青春。 拥有金章紫绶映照青春。

指麾能事回天地， 擅长指挥作战训练强兵，

训练强兵动鬼神。 足以扭转天地震慑鬼神。

湘西不得归关羽， 你就像湘西不能挽留住的关羽，

河内犹宜借寇恂。 也好像河内更应该借到的寇恂。

朝觐从容问幽仄， 朝见皇上言谈问及隐居之士，

勿云江汉有垂纶。 请别提江湖上有我还在垂纶。

州官上调送行诗。首联评价对方：扬州籍的俊杰之士，刺史官的年轻一辈。淮海维扬：即扬州；金章紫绶：刺史官印而以紫丝系饰。次联赞其治军：指挥能力、训练强兵可回天地动鬼神。三联赞其施政，利用关羽、寇恂之典，说他是各州府难得的好长官。尾联末句似是回应对方曾示意引荐的客气话。幽仄：隐居的人；江汉：泛指江湖；垂纶：纶为钓线，即垂钓，表示隐逸。

682 杜　甫・将赴荆南寄别李剑州

使君高义驱今古， 你高风义节可比美古人，

寥落三年坐剑州。 却寥落三年困守在剑州。

但见文翁能化俗， 世人只知你像文翁能够移风易俗，

焉知李广未封侯。 又怎知你也如李广一样不得封侯。

路经滟滪双蓬鬓， 我此行路经滟滪堆兼似从天而入沧浪水，

天入沧浪一钓舟。 能拥有的是两面蓬松鬓发一叶狭小钓舟。

戎马相逢更何日？ 兵荒马乱同病之人相逢又将是哪一日呢？

春风回首仲宣楼。 在春风中我登上仲宣楼会频向蜀中回首。

同遭沦落动真情。前半写李剑州，称赞其“能化俗”，为他的“未封侯”鸣不平。使君：指李剑州，时任剑州刺史，是一位有才能而未被朝廷重用的地方官；文翁：汉朝的蜀郡守，重视官学，使其地学于京师者可比齐鲁。后半写自身出峡赴荆和对友思念。由对方写到自己，再由自己兜回到与对方的离情，起伏转结，天衣无缝。仲宣楼：在襄阳，王粲曾在此写《登楼赋》。

683 杜　甫·奉寄别马巴州（时甫除京兆功曹在东川）

勋业终归马伏波， 你功业有成终归比得上马伏波，
功曹非复汉萧何。 我这功曹已不再能比汉代萧何。
扁舟系缆沙边久， 蜀地沙边系着扁舟之缆久，
南国浮云水上多。 荆楚水上飘浮南国之云多。
独把鱼竿终远去， 我将独带鱼竿乘舟南下荆楚，
难随鸟翼一相过。 难以跟随鸿雁飞去与你相过。
知君未爱春湖色， 知你尚未喜爱春天湖水的景色，
兴在骊驹白玉珂。 你的兴致却在骊驹配上白玉珂。

取舍不同难合拍。首联称赞对方能比马援，自谦不如萧何，实际只承认机遇不如萧何，自谦而又自负。马伏波：后汉马援，因功被封为伏波将军；萧何：秦末时曾为沛县令，官职类似功曹，最终成汉相。次联陈述自己久留蜀地，向往荆楚浮云。三联坦言将不受功曹之官，以隐者姿态远游荆楚，不能与你交往了。尾联点明对方不爱春湖色，志在骑着饰有白玉珂的黑马上早朝。

684 杜　甫·奉待严大夫

殊方又喜故人来， 我在远方又为故人回来而高兴，
重镇还须济世才。 重要边城还必须依靠济世之才。
常怪偏裨终日待， 经常奇怪部将们在终日等待，
不知旌节隔年回。 不知你隔了一年又再度返回。
欲辞巴徼啼莺合， 我正欲告别蜀边境向荆门远游而去，
远下荆门去鷁催。 啼莺喧闹中闻喜讯改行程尽管船催。
身老时危思会面， 念及身体已衰老时势也艰危思忖与你会面，
一生襟抱向谁开。 不然一生的襟怀素来的抱负能够向谁打开！

厚望故人舒困局。诗题意为恭敬地等待严大夫，即严武，当时严武还有御史大夫的官衔。首联为严武从长安回成都高兴，认为只有他才能解决四川问题。次联用部将的等待、自己的惊喜表示对严武的倚重。旌节：指代严武，原义为君王所赐实施赏罚的信物。三联叙事，得知严武重回，立即改变行程。鷁：原为水鸟，可指代船。尾联直言与严武见面关系一生襟抱的施展。

685 杜　甫·将赴成都草堂途中有作先寄严郑公五首其一

得归茅屋赴成都， 我于南游途中折回草堂改赴成都，
直为文翁再剖符。 直接因为严武再次领受返蜀兵符。
但使闾阎还揖让， 只要严武能够回来民间重现礼乐，
敢论松竹久荒芜。 岂敢计较草堂松竹日久变得荒芜！
鱼知丙穴由来美， 知道丙穴的嘉鱼味道从来很美，
酒忆郫筒不用酤。 想起郫筒好酒家中有不用去沽。
五马旧曾谙小径， 你那五匹马曾经熟悉草堂的小径，
几回书札待潜夫。 我也读过你几回书信欲待见潜夫。

折返成都会故人。首联说自己折返成都，是因严武回蜀。文翁：指代严武；剖符：兵符一分为二，主与将各执一。次联对严武极具信心，断定他必能克服四川乱象。三联回忆成都物产，有迎宾之意。丙穴：成都或可弄到的美味嘉鱼；郫筒：产自郫县（今成都郫都区）的名酒。尾联回顾与严武交情之厚，诗人自比隐者潜夫。潜夫：东汉王符隐居著书讽刺时政，书名《潜夫论》。

686 杜　甫·将赴成都草堂途中有作先寄严郑公五首其二

处处青江带白蘋， 处处清澈江水生长着开白花的蘋，
故园犹得见残春。 暮春返抵故园还能看到思念的人。
雪山斥候无兵马， 往雪山侦察已不见入侵兵马，
锦里逢迎有主人。 于锦里也有了昔日主人迎宾。
休怪儿童延俗客， 别怪责儿童曾招引粗俗来客，
不教鹅鸭恼比邻。 不再让鹅鸭会惹恼住处近邻。
习池未觉风流尽， 草堂如同习池未觉得风雅不复再有，
况复荆州赏更新。 况你这位山简来赏玩更当焕然一新。

严武归来畅想多。前半写草堂又能安居，先说很快可看见故友，再说外敌不敢进犯，迎宾已有主人。白蘋：水生蕨类植物，开白花，常用来寄寓远人之思，与表现漂泊之苦恶萍不同；斥候：侦察；锦里：指成都。后半设想在草堂接待贵宾客，提出搞好睦邻，要容忍俗客、体贴邻人，还考虑严武回来，又可以到此畅饮。荆州：指山简，他曾以征南将军都督荆、湘、交、广四州，再用山简比严武。

687 杜　甫·将赴成都草堂途中有作先寄严郑公五首其三

竹寒沙碧浣花溪， 竹林送寒风沙地长青苔菱刺横生藤梢伸展，
菱刺藤梢咫尺迷。 浣花溪畔也在咫尺之间因草木茂路易迷失。
过客径须愁出入， 过往行人必定担心如何出入，
居人不自解东西。 本处居者自身也难分辨东西。
书签药裹封蛛网， 我整理好的那些书签药包布满蛛网，
野店山桥送马蹄。 亲朋来访到别的野店野桥迎送马蹄。
岂藉荒庭春草色， 难道就凭借草堂的庭院荒凉春草茂盛，
先判一饮醉如泥。 便先来一次烂醉如泥的宴饮别的不理？

顾虑友情难似旧。首联陈述在离开草堂的两年中，浣花溪畔出现“咫尺迷”的问题。次联对此从“过客”与“居人”两方面作具体铺陈。三联还补加内部荒情“封蛛网”并放出另找接待处的信息。送马蹄：家里无法接待，只好到另外的店与桥迎送宾客。尾联是个流露忐忑心情的问句：如此境况，怎好意思邀你一醉？判：同“拚”，含不顾一切意。

688 杜　甫·将赴成都草堂途中有作先寄严郑公五首其四

常苦沙崩损药栏， 常担心沙岸崩塌损坏了药栏，
也从江槛落风湍。 怕连同江槛落入飞快波浪间。
新松恨不高千尺， 新栽的松树恨不得长成千尺高度，
恶竹应须斩万竿。 乱生的恶竹真应该斩掉它一万竿。
生理只凭黄阁老， 自己的生计全靠严武照顾，
衰颜欲付紫金丹。 衰老的身体欲托付紫金丹。
三年奔走空皮骨， 这三年飘泊不定人瘦得只剩皮包骨，
信有人间行路难。 诗中读过行路难确实人间真有此难。

重返草堂新打算。前半设想整理草堂，提出维护药栏，担心药栏随江槛掉进水中。湍：急流。次联考虑培育松竹，望它长大只可砍恶竹做维修材料。后半转上对严武的期望，自己生计要他帮助，至于衰老之躯，唯望灵丹有效，还欲过安定生活，不愿受漂泊痛苦。黄阁老：指严武，他拥有黄门侍郎官衔；紫金丹：道家灵丹妙药；空皮骨：肌肉瘦损、空有皮骨；信：的确。

689 | 杜　甫·将赴成都草堂途中有作先寄严郑公五首其五

锦官城西生事微，我在锦官城西的家当不值一提，
乌皮几在还思归。最爱的乌皮几在身边还是思归。
昔去为忧乱兵入，过去离开是忧虑叛军入城乱杀，
今来已恐邻人非。现在回来还担心邻人遭遇可悲。
侧身天地更怀古，惶恐置身天地更怀念古代的太平日子，
回首风尘甘息机。反思战乱过程便甘愿息灭机心不入世。
共说总戎云鸟阵，大家都说总戎严武的云鸟之阵很了得，
不妨游子芰荷衣。客居他乡的我不妨穿芰荷衣做个隐士。

重返草堂好隐居。首联设问，草堂已无贵重物品，为何仍想归去？生事：家业；乌皮几：黑色羔皮裹饰的小几。次联从离开成都讲起：担心叛军入城滥杀而转移，回来尚恐邻人有意外。乱兵：指徐知道的叛乱。三联由此感慨，觉得生存无保障，留恋古代太平时；发现战乱中万民受害，便希望找到桃源。息机：息灭机心。尾联借此转上：在严武庇护下，或回草堂隐居。芰荷衣：喻隐者衣。

690 | 杜　甫·题桃树

小径升堂旧不斜，这条通往厅堂的小路原来正对着大门，
五株桃树亦从遮。尽管有五株桃树生长遮住大门也任它。
高秋总馈贫人实，秋天总给贫人馈赠桃实，
来岁还舒满眼花。来年还会展现满眼桃花。
帘户每宜通乳燕，门帘常应能让乳燕通过，
儿童莫信打慈鸦。儿童不要任意伤害慈鸦。
寡妻群盗非今日，使人妻寡使盗成群的野蛮现象该成为过去，
天下车书正一家。社会趋势应如车同轨书同文般正天下一家。

草堂桃树连天下。首联叙事：升堂小径正对着大门，桃树枝丫挡路任由它。次联申述“亦从遮”之故，认为它可疗饥、可悦目。三联由爱护桃树说到爱护草堂的燕子和乌鸦，举乳燕也兼母燕。慈鸦：传说乌鸦有反哺其母之“慈”；通：谓畅通无阻。尾联等于说：愿国家逐步太平，使平民百姓也能得到爱护。车书正：指车与书正在趋同。此诗上六句赋草堂景物，下二句议论世事。

691 杜　甫·奉寄高常侍

汶上相逢年颇多， 与你在山东汶水相识岁月已经历了很多，
飞腾无那故人何。 此后你虽然飞黄腾达故人不感生疏困惑。
总戎楚蜀应全未， 你曾经统领淮南两川应该未尽全力，
方驾曹刘不啻过。 文才与曹植刘桢并美评价可称无过。
今日朝廷须汲黯， 今日朝廷最需要汲黯那样的正直大臣，
中原将帅忆廉颇。 中原将帅也常常怀念你这位老将廉颇。
天涯春色催迟暮， 当成都春色警醒着垂老之人的时候，
别泪遥添锦水波。 更难忍别泪让那悠长的锦江添水波。

别语真诚别泪多。首联叙事：高适与己交往多年，官不断升友情依旧。无那：无奈。次联赞扬高适文武双全，尽管存在不足。应全未：意思是未尽其才。三联看好高适今后仕途，时任谏官散骑常侍，故以汲黯比之；曾有好的平叛业绩也不会被遗忘。汲黯：汉汲黯、宋包拯、明海瑞为历史上三大直谏之臣。尾联显示人在暮年送别老友，眼前春色无边更觉友情可贵，分别之泪流多了。

692 杜　甫·登楼

花近高楼伤客心， 鲜花靠近高楼反使远客伤心，
万方多难此登临。 正值万方多难我来此处登临。
锦江春色来天地， 锦江水挟带蓬勃春色从天地边际扑来，
玉垒浮云变古今。 玉垒山浮云飘忽不定正似世事成古今。
北极朝廷终不改， 大唐朝廷真像北极星般始终不改，
西山寇盗莫相侵。 吐蕃寇盗莫再野心不死妄图入侵。
可怜后主还祠庙， 可怜刘后主那么昏庸还被立庙享祭祀，
日暮聊为梁父吟。 暮色苍茫中百无聊赖姑且哼起梁父吟。

登楼感慨己无成。首联以结果“伤心”置前，而以原因“登临”后续，引人注意。次联描述登楼所见：锦江水春色无边天际来，玉垒山浮云变幻如古今。三联据长安曾让吐蕃占领不久又被收复，歌颂大唐如北极星永恒，警告敌人切勿徒劳侵犯。尾联再强调当今皇上不比刘禅差，大唐不会亡，只是自愧无能，国家多难唯有写诗。聊为：不甘做，而姑且做。梁父吟：代指所写的诗。

693 | 杜　甫·院中晚晴怀西郭茅舍

幕府秋风日夜清， 严武幕府日夜刮着清爽宜人秋风，
澹云疏雨过高城。 此时更见淡云疏雨掠过高峻府城。
叶心朱实看时落， 绿叶中间的红果看着它坠落，
阶面青苔先自生。 台阶表面的青苔已先自滋生。
复有楼台衔暮景， 接着又有楼台衔接黄昏之景，
不劳钟鼓报新晴。 我早料到不劳钟鼓预报新晴。
浣花溪里花饶笑， 老投幕府已让浣花溪野花饱含笑意，
肯信吾兼吏隐名。 似也难信我是在兼求吏隐的好声名。

又觉做官违理想。首联叙述幕府院中所见：清爽秋风不断刮，淡云疏雨过高城。次联续讲关注焦点：叶子中的红果随风坠落，台阶上的青苔雨后滋生。三联当看到楼台衔暮景，批评报新晴的钟鼓声多此一举。尾联实际想说：来幕府本想为大唐复兴尽力，决不是借做官求隐逸，当了参谋却悠闲似隐，很不惬意，又不便明言，只好借野花的嘲笑，及连托言吏隐也被怀疑，曲折表达。

694 | 杜　甫·宿府

清秋幕府井梧寒， 清秋时节独自一人留宿江城幕府，
独宿江城蜡炬残。 井梧叶落寒意增添蜡烛残光暗淡。
永夜角声悲自语， 长夜号角声悲哀似人自诉苦况，
中庭月色好谁看。 中庭月色虽皎洁却无心情观看。
风尘荏苒音书绝， 战乱辗转多年音书断绝，
关塞萧条行路难。 关塞萧条冷落行路艰难。
已忍伶俜十年事， 已经忍受长达十年颠沛流离难民生活，
强移栖息一枝安。 勉强前来栖身幕府求得一处可使身安。

暂得身安来幕府。首联点出清秋独宿江城幕府及夜已很深。幕府：古代行军以帐幕为府署，称作幕府，实属衙门；井梧：井边的梧桐树。次联写长夜难眠，听到的角声感觉悲哀，看见的月色无心观赏。由角声想到战争，由月色想到关塞，于是出现三联对音书绝、行路难的回忆。风尘荏苒：战乱不绝。尾联表示来幕府暂求安身，“强移”两字，流露不得已之意。伶俜：飘零。

695 杜　甫·至后

冬至至后日初长， 冬至到后白昼开始延长，
远在剑南思洛阳。 远在成都思念家乡洛阳。
青袍白马有何意？ 做小官做大官这里对我已无意义，
金谷铜驼非故乡？ 金谷园铜驼路经战乱仍是我故乡。
梅花欲开不自觉， 现时梅花欲开但我并不觉察，
棣萼一别永相望。 兄弟一经分别总是长久盼望。
愁极本凭诗遣兴， 忧愁至极本拟借诗去排遣，
诗成吟咏转凄凉。 诗写好后吟咏起来反凄凉。

故里难归弟不见。首联直言身在剑门关之南的成都而思念洛阳故乡。次联表达对故乡感情之深：只要能够回去，高官厚禄均可放弃；即使面目全非，仍是魂牵梦绕之地。金谷：指洛阳一处名园金谷园；铜驼：指洛阳皇宫前一条繁华街道。三联从当下梅花欲开而不自觉，想到兄弟一别，恐怕要永远相望而不易忽略。棣萼：棣树的花与萼，喻兄弟。尾联意谓欲借诗解愁反而更愁。

696 杜　甫·拨闷

闻道云安麹米春， 听说云安名酒麹米春，
才倾一盏即醺人。 只要喝了一杯即醉人。
乘舟取醉非难事， 乘舟下峡取醉并非什么难事，
下峡消愁定几巡。 要想达到消愁必定酒过几巡。
长年三老遥怜汝， 篙师长年柁柁三老深深爱上那麹米春，
棙柁开头捷有神。 掌舵开路这些操作干得敏捷如神附身。
已办青钱防雇直， 我老实告知全船的人船钱酒钱已准备好，
当令美味入吾唇。 应当让麹米春的美味真正进入我们嘴唇。

乘舟下峡去消愁。首联叙事：云安麹米春，一杯可醉人。次联决意乘舟下峡寻美酒，并估计求醉比较容易办到，消愁怕要多喝几杯。三联船工密切配合：船头开路的船尾掌柁的都深爱这种酒，他们掌柁、开路，如有神助。长年三老：做篙师开路的称长年，做舵工掌舵的称三老；棙柁：掌舵；开头：开路。尾联还进行鼓动：船钱酒钱已在我手，就等美酒入我们口。雇直：指船费酒资。

697 | 杜　甫·十二月一日三首其一

今朝腊月春意动， 今朝进入农历十二月春意已经萌动，
云安县前江可怜。 云安县前的大江之滨也很令人喜欢。
一声何处送书雁， 何处发出送书信大雁的一声鸣叫？
百丈谁家上濑船。 谁家牵着上险滩航船的百丈绳缆？
未将梅蕊惊愁眼， 我不让梅花惊扰自己的含愁眼，
要取椒花媚远天。 要写椒花颂装点远方的云安县。
明光起草人所羡， 记得我曾在明光殿如起草制诰被人羡慕，
肺病几时朝日边。 现在却是肺病缠身什么时候才回到长安？

还京愿望藏心底。首联叙事：腊月春意已萌动，云安江岸也可爱。次联在江边听到雁叫声、看见上濑船，引起家书和归家之思。百丈：劈开坚竹扭结而成的巨大绳缆。三联对冒头的乡愁稍加节制，要给寄寓之地献上椒花颂使它亮丽一点。远天：当年的云安县（今重庆云阳县）。尾联忆及曾经殿上挥毫，终于坦露想回长安。明光起草：杜甫曾向唐玄宗献三大赋，受赏识；日边：指长安。

698 | 杜　甫·十二月一日三首其二

寒轻市上山烟碧， 市镇上有点轻寒山岚尚带碧色，
日满楼前江雾黄。 楼房前阳光普照江雾变得橙黄。
负盐出井此溪女， 这些山溪女怎么背负着沉重的盐卤出井！
打鼓发船何郡郎。 何处的好汉为啥急于打鼓发船不怕相撞！
新亭举目风景切， 风景如新亭举目似居异国他乡不禁情凄切，
茂陵著书消渴长。 遭遇像司马相如只好著书养病归期也拖长。
春花不愁不烂漫， 对春花并不操心它绽放得不够烂漫，
楚客唯听棹相将。 我只愁光听到棹声齐起出峡仍无望。

担心出峡不成真。首联点出此地冬暖之色：腊月只轻寒，山岚已呈碧；阳光普照下，江雾变橙黄。次联关注异俗：女子从自家盐井背负近百斤的盐卤水出井；船行于险滩急流处打鼓而有勇士在前船鼓声未远时便冒险击鼓发船。三联引起思归情绪及归家受阻的回忆。新亭举目：用西晋士人悲河山变色之典。尾联担心：归途至云安，可能再滞留，出峡仍落空。相将：相随（响起）。

699 | 杜　甫·十二月一日三首其三

即看燕子入山扉， 腊月一经过去将见燕子飞进柴门，
岂有黄鹂历翠微。 在青翠山岭上也会看到飞过黄鹂。
短短桃花临水岸， 还将有短短桃花临水岸，
轻轻柳絮点人衣。 以及那轻轻柳絮点人衣。
春来准拟开怀久， 有人早就打算春来必定能够欢乐长开怀，
老去亲知见面稀。 可我感觉老去与亲人知交便难聚在一起。
他日一杯难强进， 来春恐怕会连一杯酒也难强喝进口，
重嗟筋力故山违。 那时将叹息筋力更衰和与故乡久离。

不愿长期居峡中。首联由途经峡中的云安县过腊月，想到冬去春来的情景：燕子会入山扉、黄鹂会历翠微。岂有：岂不有。次联扩展到植物：桃花临水、柳絮沾衣。三联转到：有些人可能每逢春日心情好，至于我必先感慨亲知见面稀。准拟：打算好的；亲知：兼有亲人知友、亲身体会两义，凭后一义项，与准拟相对。尾联补充还会叹息筋力益衰和与故乡久违，故最坏结果是杯酒难强进。

700 | 杜　甫·寄常征君

白水青山空复春， 白水青山徒然地又由冬回到了春，
征君晚节傍风尘。 常征君晚年还要奔走仕途冒风尘。
楚妃堂上色殊众， 你似堂上的楚妃姿色出众也遭人妒忌，
海鹤阶前鸣向人。 也如阶前的海鹤潇洒不羁却鸣叫求人。
万事纠纷犹绝粒， 公务繁忙尚且有时粮断，
一官羁绊实藏身。 一官束缚实际也可藏身。
开州入夏知凉冷？ 开州那边到了夏天不知气温怎样，
不似云安毒热新。 应该不似云安那样热得使人发昏。

知交心底至情言。首联叙事：山水白白又由冬至春，因常征君晚年入仕途，人去了，山水空自存在。征君：隐士。次联承为官，想其困难，会遭人妒忌、受人牵制。楚妃：古代美女；海鹤：丁令威海滨成仙所化之鹤；鸣向人：向人鸣叫，似有所求。三联续讲为官甘苦：事务多而收入少，虽束缚也能吏隐。绝粒：绝粮。尾联关心对方冷暖。新：开始、出现之意。前半惋惜，后半体谅。

701 杜　甫·示獠奴阿段

山木苍苍落日曛， 山上树木青苍茂密映着落日的微光，
竹竿袅袅细泉分。 到处竹竿蜿蜒曲折把泉水细碎瓜分。
郡人入夜争馀沥， 当地土人每到夜晚争抢剩下的泉水，
竖子寻源独不闻。 阿段竖子另寻水源对此偏偏不过问。
病渴三更回白首， 我患消渴之病半夜口渴难忍频频摇着白首，
传声一注湿青云。 忽然一股清流注入水缸竟来自湿润的青云。
曾惊陶侃胡奴异， 曾经对陶侃的胡奴表现神异感到惊讶，
怪尔常穿虎豹群。 使我更惊奇的是你还常出入于虎豹群。

卑贱獠奴本领高。首联叙事：各家日落时，竹竿引山泉。曛：昏暗阳光；袅袅：细长状。次联续叙：入夜土人争剩水，阿段另去找水源，可见他善于思考，也勇于探索。竖子：称年轻仆人。三联拿来自青云高处的流水半夜注入水缸，显示阿段的探索成功。回：摇。尾联还让人看到时常穿梭于虎豹出没之地的他胆量过人。陶侃胡奴：陶侃之子陶范，字胡奴，不是阿段那样的獠奴身份。

702 杜　甫·白帝城最高楼

城尖径仄旌旆愁， 尖峭山城崎岖小路飘扬的旌旗也愁险峻，
独立缥缈之飞楼。 城上还独特耸立着一座缥缈欲飞的高楼。
峡坼云霾龙虎卧， 云霾隔断连绵峡山各山形如同龙虎静卧，
江清日抱鼋鼍游。 阳光映照清澈江水众波光好像鼋鼍浮游。
扶桑西枝对断石， 扶桑西端的树枝遥对峡山的断石，
弱水东影随长流。 弱水东来的影子紧接长江的急流。
杖藜叹世者谁子？ 拄着藜杖叹世事这样一个人究竟是谁？
泣血迸空回白头。 血泪飘洒于空中就在我白头摇动时候。

最高楼上最伤心。首联点题：这是险峻山城上一座像要飞走的高楼。次联描绘登楼所见近景：被分隔的峡山，如龙虎卧；被映照的江水，似鼋鼍游。三联描绘登楼所见远景：东方最远处的扶桑枝条与峡山对接；西方最远处的弱水影子与长江对接。扶桑：传说中的地名，太阳所出之处；弱水：泛指遥远的险恶河流，鸿毛下沉不能载舟。尾联感怀身世国运，以“泣血迸空”结束。

703 杜　甫·览物

曾为掾吏趋三辅， 曾经担任掾吏司功趋走于三辅之地，
忆在潼关诗兴多。 回忆在潼关一带期间写诗兴致更多。
巫峡忽如瞻华岳， 看巫峡恍如看到华山，
蜀江犹似见黄河。 见蜀江好像见到黄河。
舟中得病移衾枕， 小舟中得了疾病便会把被子枕头搬岸上，
洞口经春长薜萝。 新住处经历春天自然就滋长了薜荔女萝。
形胜有馀风土恶， 这里山川形胜很多人文环境不好，
几时回首一高歌。 不知何时能回故乡可以乘兴高歌！

盼回故里多诗兴。首联忆述往事：在长安附近任职时诗兴很多。三辅：杜甫曾被贬往华州任司功参军，华州属首都三个辅城之一；掾吏：官府的辅助官吏。次联比较两地形胜：巫峡、蜀江堪与华山、黄河比美。华岳：即华山。三联含蓄表示：两处相较有差异，在这里似乎感到有点水土不服和环境比较荒凉。尾联点明：此地山川壮美，只是风土差些，盼早归乡。回首：指回归故乡。

704 杜　甫·雨不绝

鸣雨既过渐细微， 打雷的雨已经过去雨点逐渐细微，
映空摇飏如丝飞。 昏暗天空飘荡的雨如丝似线纷飞。
阶前短草泥不乱， 台阶前的短草沾了泥却不脏乱，
院里长条风乍稀。 院子里的柳枝也突然少被风吹。
舞石旋应将乳子， 石燕应带众小燕立即飞走，
行云莫自湿仙衣。 神女勿因为播云弄湿仙衣。
眼边江舸何匆促， 眼前行驶的江船为何如此匆促，
未待安流逆浪归。 不等江流变平静迎着风浪急归。

急欲归家戒误事。首联描写雨势：雷雨已过，雨点变小；天色昏暗，雨丝飘飞。次联又以阶前短草、院里长条的状态，表明还有小风雨。三联用典表达，它们应抓紧时机归去、避免随性误事。舞石：湘水流经一山，有石如燕，名石燕山，此山之石或大或小若母子状，遇风雨则呈石燕群飞；行云：指旦云暮雨的巫山神女。尾联语意小有起伏，见江船未待江流平静便逆浪航行，表示归心似箭也不宜冒险行事。

705 杜　甫·返照

楚王宫北正黄昏， 楚王宫北白帝城西正值黄昏，
白帝城西过雨痕。 这夔州府曾下过雨还有雨痕。
返照入江翻石壁， 夕阳照到江面使石壁上日影频翻动，
归云拥树失山村。 云雾遮蔽树林使原有的山村全隐身。
衰年肺病唯高枕， 年纪衰老加上肺病只得高枕而卧，
绝塞愁时早闭门。 身在边塞哀伤时势更宜趁早闭门。
不可久留豺虎乱， 此地不可久留因有凶残的敌人要作乱，
南方实有未招魂。 况我流落南方确实被吓得已失掉了魂。

动乱将临不拟留。首联叙事以互文表达：夔州黄昏时下过雨，楚王宫、白帝城均为夔州的标志性景点。次联续写雨后转晴的返照入江、归云拥树之景。三联表白自己无心观赏，不得不高枕闭门的无奈之情。高枕：此非无忧的高枕，是治病所需，中医认为高枕利于痰涎排出。尾联说预感此处将有叛乱，且长期漂泊异乡，早已归心似箭，决意不作久留。豺虎：拥兵自重的藩镇。

706 杜　甫·白帝

白帝城中云出门， 白帝城中遮天乌云涌出了城门，
白帝城下雨翻盆。 白帝城下大雨下得像打翻水盆。
高江急峡雷霆斗， 高江急峡激流汹涌像雷霆在争斗，
古木苍藤日月昏。 古树苍藤水雾笼罩日色昏昏沉沉。
戎马不如归马逸， 作战的马不如归山的马闲逸，
千家今有百家存。 千户人家现有百户人家尚存。
哀哀寡妇诛求尽， 最可悲痛是寡妇们还被赋敛盘剥净尽，
恸哭秋原何处村？ 秋天原野上痛哭的不知道是哪处荒村！

即景抒怀悲战乱。前半写大雨中的乱象。作者从白帝城最高处往下看，云从城门涌出，雨似翻转水盆，那段本来特急的江水，在倾盆大雨下更激流澎湃、水雾蒸腾。日月：复词偏义，偏指日。后半是雨后惨象。归马较闲逸，源于大半无主；寡妇被征敛，难怪到处哭声。百家存：安史之乱前，全国人口五千多万，乱后不足一千七百万。大雨如大乱，作者要写出安史之乱给他的感受。

707 杜　甫·黄草

黄草峡西船不归， 黄草峡西边水路阻隔船不能归，
赤甲山下行人稀。 赤甲山下面陆路梗塞行人甚稀。
秦中驿使无消息， 长安驿使没有带来消息，
蜀道兵戈有是非。 蜀地军方存在内部是非。
万里秋风吹锦水， 万里来的秋风吹拂着锦江水，
谁家别泪湿罗衣。 哪家人的别泪沾湿了身上衣？
莫愁剑阁终堪据， 别愁最终足以据守的剑阁了，
闻道松州已被围。 听说松州已经又被吐蕃包围。

内乱害民更误国。首联以信息来源通道“船不归”“行人稀”开头。次联交代关注何种信息：四川军头正在火并，不知朝廷如何处置。三联揭露战乱的恶果：在成都造成许多家庭亲人离散，杜甫也乱中逃离成都，“万里秋风”字面是自然之景，实际寓人间战乱。尾联推进一层：内乱不仅关系到四川，而且吐蕃已乘机入侵四川松州，可见不宜扩大，目前应以国家存亡为重。

708 杜　甫·诸将五首其一

汉朝陵墓对南山， 汉朝君王的陵大臣的墓与终南山相对，
胡虏千秋尚入关。 但异族侵略者不管多久仍会侵入萧关。
昨日玉鱼蒙葬地， 昨日玉鱼金碗还埋藏在葬地里，
早时金碗出人间。 早时便有金碗玉鱼出现在人间。
见愁汗马西戎逼， 今天总担心凶狠的异族侵略者逼近自己，
曾闪朱旗北斗殷。 曾见他们红旗闪动让北斗星也变红被染。
多少材官守泾渭， 但是有多少善战将领守护泾渭流经之地？
将军且莫破愁颜。 存在的问题还是很多将军暂且勿破愁颜。

外患堪忧穷应对。首联说汉代君臣陵墓在终南山附近、异族侵略者曾侵入萧关，千年之后历史又重演，这就避免了正面铺陈唐朝丑事。次联表现入侵者无恶不作，包括挖掘陵墓，仍然借汉说唐，玉鱼金碗均属帝王的陪葬品。三联揭露唐朝已面临异族入侵的巨大威胁。见：即现。尾联意谓威胁当前，尽管有所准备，上层应对仍有失当，众将领也应尽忠职守、切勿盲目乐观。

709 | 杜　甫·诸将五首其二

韩公本意筑三城， 韩国公张仁愿的本意他要河北筑三座受降城，
拟绝天骄拔汉旌。 是想杜绝异族的入侵让我们的国家永保安宁。
岂谓尽烦回纥马， 怎料全靠外族回纥的众骑士，
翻然远救朔方兵。 反成远来救助大唐的朔方兵。
胡来不觉潼关隘， 从此异族人入侵我国不觉潼关险隘，
龙起犹闻晋水清。 尽管唐代宗起兵之时听说河水也清。
独使至尊忧社稷， 诸君只让天子独自操心社稷，
诸君何以答升平。 你们无以报答岂非坐享太平！

诸将无能方向错。首联从筑三城的本意切入。韩公：唐中宗时被封为韩国公的张仁愿，曾在甘肃筑三座受降城，防止突厥南侵。次联反对借回纥兵去救朔方兵，认为这是引狼入室，违反筑三城本意。三联指出其恶果：暴露唐军将士无力守土，天险变无险；唐高祖起兵也曾借外力，却能拒外敌，不同于代宗借而难拒。尾联批诸将庸碌，实际暗示引狼而不能拒狼主责在当朝天子。

710 | 杜　甫·诸将五首其三

洛阳宫殿化为烽， 洛阳宫殿也曾经被战火烧毁，
休道秦关百二重。 不要夸说我潼关坚如百二重。
沧海未全归禹贡， 沧海尚未完全归属大唐版图，
蓟门何处尽尧封。 蓟门又有何处皆由皇上掌控？
朝廷衮职虽多预， 朝廷大臣虽多兼地方节度使，
天下军储不自供。 各地军粮的储备大都难自供。
稍喜临边王相国， 稍觉可喜是临近边塞的相国王缙，
肯销金甲事春农。 还能注意让边军解甲于春日务农。

卫国安邦靠良将。首联意谓若无精兵良将，潼关毫无作用。百二重：二万人可拒百万人那样险固。次联指出诸将当前急务：安史叛乱初平，尚有地区拥兵割据。沧海：河北、山东东部；蓟门：河北北部；禹贡、尧封：国家版图。三联再指出虽由朝臣兼任大将，他们大都不知屯田积粮减轻朝廷负担。衮职：朝中高级别大臣。尾联表彰王缙，希望带动其他。王相国：王维之弟王缙。

711 杜　甫·诸将五首其四

回首扶桑铜柱标， 回望扶桑及铜柱标识的南方疆域，

冥冥氛祲未全销。 迷茫难辨的战乱妖氛仍然未全消。

越裳翡翠无消息， 越裳一带的翡翠很久没有消息，

南海明珠久寂寥。 南海一带的明珠也很久未上交。

殊锡曾为大司马， 受宠信就会被封为大司马，

总戎皆插侍中貂。 节度使大都戴着丞相官帽。

炎风朔雪天王地， 不管南方与北方全为大唐领土，

只在忠臣翊圣朝。 只能靠忠臣尽职竭力辅佐圣朝。

用人不当复兴难。首联叙事：南方广大疆域，仍有战乱妖氛。扶桑：唐岭南道有扶桑县；铜柱标：东汉马援曾平定交趾，立铜柱标示汉国界。二联举越裳、南海为例，显示它们似有二心。越裳：归附大唐的南方小国。三联点出国家不安定的根源是用人不当，职非其人，太监李辅国、鱼朝恩等都有大司马这种最高武职长官的头衔，朝中文臣兼任地方军头。尾联寄希望于忠臣出现。

712 杜　甫·诸将五首其五

锦江春色逐人来， 昔在锦江春色无边总是萦回脑海，

巫峡清秋万壑哀。 今在巫峡清秋萧瑟万壑也似同哀。

正忆往时严仆射， 正在想起往日与严武共事种种，

共迎中使望乡台。 曾经陪着他同迎中使在望乡台。

主恩前后三持节， 蒙皇上隆恩严武三次接受御赐符节，

军令分明数举杯。 他治军严明令行禁止又能吟咏举杯。

西蜀地形天下险， 西边的四川是天下闻名的险固之地，

安危须仗出群材。 要转危为安必须靠超群出众的人才。

严武可为诸将范。首联描写严武存亡给自己留下的悲喜心情。锦江：在成都。次联从回忆中挑出曾陪同严武迎接朝廷来使。仆射：追赠严武的封号；中使：宫中派出的使者；望乡台：成都地名。三联介绍严武历任节度使，擅长治军队，也懂得诗文。三持节：一任东川节度使，两次任剑南节度使。尾联认为如西蜀这种地方，有了严武那样的人，就能转危为安。安危：使危变安。

713 杜　甫·夜

露下天高秋水清， 露水降临天空高远秋水清澈，
空山独夜旅魂惊。 山城空寂夜里独宿客心难宁。
疏灯自照孤帆宿， 疏落灯光各自照映泊岸的分散小船，
新月犹悬双杵鸣。 新月仍然高悬天际传来双杵捣衣声。
南菊再逢人卧病， 从云安直到今天已两逢秋菊我仍在卧病，
北书不至雁无情。 北方的书信不至南飞的大雁竟这般无情！
步蟾倚杖看牛斗， 我漫步檐下拄着拐杖凝视牛斗二星，
银汉遥应接凤城。 遥远的银河它的末端或接长安京城。

秋夜山城思故园。 首联写自己漂泊至夔州山城，夜间独宿，眼前秋景使内心不安。次联续写看到的岸边小船、听到的捣衣杵声，都能触发乡思。双杵：古时女子捣衣，二人对立，各持一杵。三联感慨南行归途因病滞留，已过去两年，到家不知何日，音讯也无从得知。南菊：四川在长安之南。尾联以倚杖凝视天空的老人形象，表达对故园长安的无限思念。牛斗：牛郎星、北斗星。

714 杜　甫·吹笛

吹笛秋山风月清， 秋日山城风清月白有人吹起了笛子，
谁家巧作断肠声。 这是谁家巧妙之作感人肺腑的笛声？
风飘律吕相和切， 秋风吹送笛音相互和谐，
月傍关山几处明。 秋月映照关山到处光明。
胡骑中宵堪北走， 笛声如奏《关山月》使匈奴贼寇难忍悲哀北走回家，
武陵一曲想南征。 笛声如奏《武陵深》使南征将士壮怀激烈踏上征程。
故园杨柳今摇落， 想必故园杨柳现在已经枯黄零落，
何得愁中曲尽生。 怎能在忧愁中艰难度过此后馀生？

今生难遂归乡愿。 首联说风清月白时在秋山听到吹笛声。次联具体描述：笛音悠扬宛转，关山四处明亮。三联从感受对笛声进一步铺陈。胡骑北走：晋人刘畴避乱坞壁，胡人欲害之，畴援笳而吹，动其游子之思，群胡垂泣而去；武陵南征：武陵郡五溪蛮暴动，征剿失败，62岁的马援请命南征，作《武陵深》鼓舞士气，其门生以笛音和之。后他战死沙场，暴乱得以平定。尾联以反问表示笛声如奏《折杨柳》，使他感到不能忍受于思乡愁中度过今后人生。

715 杜　甫•秋兴八首其一

玉露凋伤枫树林， 深秋露水侵蚀下枫树林干枯凋落，
巫山巫峡气萧森。 巫山巫峡笼烟霭迷雾中萧瑟阴森。
江间波浪兼天涌， 大江之中恶浪冲天汹涌澎湃，
塞上风云接地阴。 山岭之上乌云盖地一片阴沉。
丛菊两开他日泪， 丛菊两次开花曾使我昔日流下思家之泪，
孤舟一系故园心。 孤舟长久系岸也见证我重返故园的苦心。
寒衣处处催刀尺， 赶制寒衣处处在催促裁剪量度，
白帝城高急暮砧。 白帝高城传来急剧的暮砧声音。

终身铭记故园心。诗人759年弃官，漂泊七载，到了夔州，当时国无宁日，人无定所，因秋而感发诗兴，写下秋兴八首。此诗前四句描绘秋景，烘托出萧瑟阴森、动荡不安的气氛，为后面的抒情作铺垫。全诗重点在“故园心”，对长安故园的念念不忘，也是整个组诗的灵魂。尾联以“催刀尺、急暮砧”为结，可寓“客子无家”意，还有“结上而生下”、引出下一首诗的作用。

716 杜　甫•秋兴八首其二

夔府孤城落日斜， 我在四川夔州的孤城上迎来落日斜照，
每依北斗望京华。 还是依据北斗星的方向遥望长安京城。
听猿实下三声泪， 当听到巫峡的几声猿啼心里悲流下了眼泪，
奉使虚随八月槎。 曾望乘严武的八月浮槎回故乡却终归是梦。
画省香炉违伏枕， 忆及在焚香的画省供职因患病不能再有，
山楼粉堞隐悲笳。 又从城楼短墙隐约听到那悲哀的胡笳声。
请看石上藤萝月， 请看夜色渐深原先石上藤萝所见月色，
已映洲前芦荻花。 已把江边洲前正在绽放的芦荻花照映。

北望长安思今昔。此首写诗人在夔州，从黄昏到深宵，反复思念长安。中间四句都由“望京华”展开。开始由夔府依北斗望长安，被猿声拉回夔州，转身思绪又回到京华，再被笳声拉回夔州，这种循环往复的手法，形象地表达了诗人身在夔州，心系故都故园的执着情怀。尾联以月光移动表夜深。奉使：朝廷官员到地方任职的称谓；八月槎：喻如期来往的船；画省：指中书省。

717 | 杜　甫·秋兴八首其三

千家山郭静朝晖， 上千户人家在山城里静静沐浴朝晖，
一日江楼坐翠微。 我整日无言江楼之上独自坐对青山。
信宿渔人还泛泛， 连晚住船的渔人依旧是惬意地漂流，
清秋燕子故飞飞。 清秋季节的燕子似显摆飞去又飞还。
匡衡抗疏功名薄， 匡衡上违抗圣意的疏却有功我反而被贬，
刘向传经心事违。 刘向最后还为皇家点校五经我流落边关。
同学少年多不贱， 年少时的那些同学大都已经飞黄腾达，
五陵衣马自轻肥。 自是乘肥马衣轻裘居住地以五陵为伴。

主上昏庸贤被弃。首联写作者身处异地，坐对青山，心怀家国，触目皆愁。次联加以铺展，他羡慕渔人安定生活，伤感自己家人离散；不满燕子可归故地而不归，好像有意撩人。三联借两位汉臣说出心事：为自己忠而被贬、报国无门感到极大遗憾。尾联还举一班在朝新贵的得意与自己的失意作对比。衣马：即裘马，裘马轻肥，即乘肥马衣轻裘，“自”也是与“共”相反的意思。

718 | 杜　甫·秋兴八首其四

闻道长安似弈棋， 听说长安时局像一盘未完的棋，
百年世事不胜悲。 反思百年世事有说不尽的悲凄。
王侯第宅皆新主， 王侯之家委弃高门大宅另换新主，
文武衣冠异昔时。 文武衣冠更改大抵已经非复旧时。
直北关山金鼓振， 北边回纥的侵犯和西边吐蕃的入寇，
征西车马羽书驰。 使关山金鼓雷鸣载羽书的车马飞驰。
鱼龙寂寞秋江冷， 秋江清冷自身好像鱼龙蟠卧时，
故国平居有所思。 我在巴东对故国平居有所反思。

外患内忧思故国。首联指出时局似弈棋。次联就内忧议论，长安先后两次沦陷，从君到臣都大换班，文物制度也都有改变。三联就外患议论，直北指正北的回纥，征西指西边的吐蕃。尾联意为在时局动荡、自身漂泊之时，常反思昔日长安生活。鱼龙：据《水经注》，以秋为夜，秋分后蛰伏于渊；故国：指长安。以下四首均由“思”字生出，“故国思”既启下又承上“故园心”。

719 | 杜　甫·秋兴八首其五

蓬莱宫阙对南山， 蓬莱宫殿遥遥对着修道的终南山，
承露金茎霄汉间。 承露铜柱高二十丈直冲霄汉之间。
西望瑶池降王母， 西望瑶池仿佛王母会再度降临一次，
东来紫气满函关。 东看洛阳似乎东来紫气又充满函关。
云移雉尾开宫扇， 雉尾宫扇时开合如同云影不停移动，
日绕龙鳞识圣颜。 日光照耀才看清龙袍花纹皇帝容颜。
一卧沧江惊岁晚， 一旦沦落江湖惊觉年岁也近晚，
几回青琐点朝班？ 还能够有几回青琐门下点朝班？

早朝往事记辉煌。此诗回忆当年早朝盛况与今日沧江岁晚对比。前四句写殿前所见，铺陈盛唐时代宫殿的巍峨轩敞、皇室的崇奉神仙。五、六句追溯上朝之事，表现早朝的庄严肃穆和诗人的踌躇满志。末二句，截住往事，转到眼前现实，诗人似非常珍惜这短暂参加朝见的机会，可是朝廷却有眼无珠早就远离杜甫，再也不让他有这种机会了。这是诗人梦回蓬莱宫，梦醒长叹息。

720 | 杜　甫·秋兴八首其六

瞿塘峡口曲江头， 巴蜀的瞿塘峡口远离长安曲江头，
万里风烟接素秋。 两地隔万里战乱而皆已到了素秋。
花萼夹城通御气， 犹记君王经由花萼楼夹城进入曲江，
芙蓉小苑入边愁。 也未忘在芙蓉小苑喝酒时念及边愁。
珠帘绣柱围黄鹄， 江头宫殿的珠帘玉柱围困黄鹄，
锦缆牙墙起白鸥。 江上舟船的锦缆牙墙惊起白鸥。
回首可怜歌舞地， 回顾往事真替此歌舞繁华地可惜，
秦中自古帝王州。 因为秦中自古以来都是帝王之州。

胜地曲江战火烧。此诗回想玄宗游幸曲江的往事，感慨此名胜地的今昔变化。首联以“同遭战乱进霜秋”把相隔万里的两地联系起来。瞿塘峡：在夔州之东；曲江：在长安之南。接着一连四句，回忆曲江的盛况和玄宗的游幸。黄鹄：天鹅，这里宫殿林立，池苑有黄鹄之类的珍禽。尾联对曲江屡成战场，表示无限惋惜，对封建帝王隐含斥责之意。秦中：借指长安；帝王州：帝皇建都之地。

721 杜　甫·秋兴八首其七

昆明池水汉时功， 汉代训练水兵开辟了昆明池，
武帝旌旗在眼中。 汉武帝的旌旗似还在我眼中。
织女机丝虚夜月， 织女及其织机丝线空自对着秋月，
石鲸鳞甲动秋风。 池中石鲸鳞甲颤抖仿佛舞于秋风。
波漂菰米沉云黑， 池水漂菰米沉积汇聚成堆好像黑云一块块，
露冷莲房坠粉红。 冷露洒莲房粉红花瓣落水任从飘荡若转蓬。
关塞极天惟鸟道， 见山高接天大概唯有飞鸟能渡过，
江湖满地一渔翁。 今身在夔州实如独闯天下的渔翁。

昆明池里见兴衰。首联点出长安近郊的昆明池，借汉武说玄宗，后者也曾在此练习水战。中二联设想景物被弃置。先说织女雕像仍然竖立池畔（织女及织机和丝线空有秋月即她没离开去相会），石雕鲸鱼据说有点抖动；再说水漂露打使池上菰米堆成黑云，又让枯梗仅存莲蓬而粉红花瓣落水飘荡。菰米：草本植物，果实如米，皮黑褐色。尾联谓大唐盛转衰，自己也流落偏远的夔州。

722 杜　甫·秋兴八首其八

昆吾御宿自逶迤， 从长安沿昆吾御宿独自一路走来，
紫阁峰阴入渼陂。 再经过紫阁峰南面进入到了渼陂。
香稻啄馀鹦鹉粒， 此处的香稻是鹦鹉啄剩之粒，
碧梧栖老凤凰枝。 这里的碧梧是凤凰栖老之枝。
佳人拾翠春相问， 春游的女子喜欢采摘花草相赠，
仙侣同舟晚更移。 同舟结伴者近晚仍有出游兴致。
彩笔昔曾干气象， 忆昔日我的彩笔曾经使天子动容，
白头吟望苦低垂。 今白头仰起吟咏又长让此头低垂。

忆昔风光首自低。此诗忆渼陂旧游。首联揭示通往渼陂的道路，经过昆吾亭、御宿川，高耸的紫峰阁倒映在渼陂河里。次联叙渼陂物产之美，即使是剩下的香稻粒，也是鹦鹉吃剩的，即使碧梧枝老，也是凤凰栖过的。三联则写渼陂游览之盛。尾联同样极写自己对开元盛世的追忆。干气象：指本人曾于天宝十年上《三大礼》赋，得唐玄宗赞赏。全诗寄托着自己感叹兴衰的深情。

723 | 杜　甫・咏怀古迹五首其一

支离东北风尘际， 战乱时流离于东北各地，
飘泊西南天地间。 此后又飘泊西南天地间。
三峡楼台淹日月， 在三峡民居中滞留很久，
五溪衣服共云山。 与五溪土著人同处云山。
羯胡事主终无赖， 羯胡事主终究不可靠，
词客哀时且未还。 伤时词客避乱今未还。
庾信平生最萧瑟， 梁代庾信一生最凄凉，
暮年诗赋动江关。 晚年诗赋轰动了江关。

咏怀思古两相知。前两联写自己因安史之乱辗转入蜀、漂泊西南，随后流落三峡、五溪，与夷人共处。楼台：指民居；衣服：指喜穿彩衣的蛮人。三联写安禄山狡猾反复，正如梁朝的侯景，自己滞留异地，也似当年的庾信。羯胡：指安禄山；词客：诗人自喻。尾联写庾信晚年《哀江南赋》悲壮感人，暗寓自己同有乡国之思。全诗写景抒情，均属亲身体验，深切真挚，耐人寻味。

724 | 杜　甫・咏怀古迹五首其二

摇落深知宋玉悲， 读摇落的诗篇深知宋玉为屈原蒙冤悲伤，
风流儒雅亦吾师。 他的文辞精彩学问渊博也成为我的老师。
怅望千秋一洒泪， 千秋之后为他怅望一洒同情泪，
萧条异代不同时。 与他一样身世萧条尽管不同时。
江山故宅空文藻， 三峡故宅仍然在不过人们只看重文藻，
云雨荒台岂梦思。 朝云暮雨于荒台难道还不是梦话胡思？
最是楚宫俱泯灭， 最清楚的是楚王宫殿全都已毁灭，
舟人指点到今疑。 至今舟人指指点点地很使人怀疑。

同病相怜师宋玉。在杜甫看来，宋玉既是词人，更是志士。而他生前身后却都只被视为词人，其政治追求，则遭误解，甚至曲解。这与自己的遭遇相同，故经宋玉故居时，写下此诗。前半感慨宋玉生前怀才不遇。摇落：语出楚辞“草木摇落而变衰”。后半则为其身后鸣不平。云雨：巫山神女原是宋玉编造的讽刺楚王易被色诱的故事，中有“旦为朝云，暮为行雨”，故属梦话。

725 杜　甫·咏怀古迹五首其三

群山万壑赴荆门，千山万岭波涛似的奔赴荆门，
生长明妃尚有村。那里还有生长昭君一条小村。
一去紫台连朔漠，当年一离汉宫紫台就长居塞外沙漠，
独留青冢向黄昏。今天只留青冢一块对着大地的黄昏。
画图省识春风面，先时仅凭画图去认识宫人的面貌，
环佩空归夜月魂。终致昭君王嫱空在夜月之下归魂。
千载琵琶作胡语，这种表达胡地音调的千载琵琶所奏之曲，
分明怨恨曲中论。曲中抒发出来的情感分明就是昭君怨恨。

难忘故土咏昭君。首联以雄伟的起句突显明妃村的不平凡。次联概括了昭君一生的悲剧。紫台：天子所居之处。三联指出悲剧原因，并说她虽骨留青冢，魂仍夜归。春风面：言其颜面美好；环佩：指代王昭君。尾联通过琵琶，去写昭君之怨。在杜甫看来，昭君之怨，是一个远嫁异域的女子永远怀念乡土的怨恨，这与自己当时漂泊西南相似，便借助此诗寄托自己想念故乡的心情。

726 杜　甫·咏怀古迹五首其四

蜀主窥吴幸三峡，刘备攻打吴国驻扎在三峡，
崩年亦在永安宫。战败之后驾崩也在永安宫。
翠华想像空山里，昔日伐吴翠华旗想必招展空山里，
玉殿虚无野寺中。而今玉殿虽不见但知曾存野寺中。
古庙杉松巢水鹤，古庙里面杉松树上水鹤做了巢，
岁时伏腊走村翁。每逢节令便出现了祭祀的村翁。
武侯祠堂常邻近，丞相祠堂通常在蜀主庙附近，
一体君臣祭祀同。君臣一体享受到的祭祀相同。

君臣一体诗人美。首联说蜀主伐吴曾驻军三峡，驾崩也在未央宫。蜀主：指刘备；未央宫：在今重庆奉节。中二联揭示蜀主遗迹难寻，而祭祀他的古庙却很古老，栖了水鹤，至今村民供奉。水鹤：鹤本不栖树，但古代有传说千岁鹤喜伴松居。尾联转出武侯祠邻近蜀主庙，君臣生前一体死后祭祀相同。此诗称颂蜀主与丞相的亲密关系，抒发了不被赏识难伸抱负的悲怨之情。

727 杜　甫·咏怀古迹五首其五

诸葛大名垂宇宙， 诸葛亮大名在天下间传播还应该永远不朽，
宗臣遗像肃清高。 宗臣的遗像令我肃然起敬缅怀他品性清高。
三分割据纡筹策， 三分割据的局面是他反复筹划的谋略，
万古云霄一羽毛。 他像万古云霄上翩然飞翔的鸾凤神鸟。
伯仲之间见伊吕， 才能超绝与伊尹吕尚难分高下，
指挥若定失萧曹。 指挥若定如胸有成竹超越萧曹。
运移汉祚终难复， 汉朝的气运已转向衰落终于无力可回天，
志决身歼军务劳。 他意志坚决未捷身先亡精研军务不辞劳。

知其不可勉为之。首联概述进入夔州武侯庙形成的对诸葛亮的总印象：名垂宇宙、像肃清高。宗臣，世所宗仰的大臣。次联承清高申述：上句刻画他的高明，下句刻画他的清雅。三联通过与历史名人比较，说明作者所理解的清高，上句见高，下句见清。伊吕：商汤的开国大臣伊尹、周文王的辅佐吕尚；萧曹：刘邦重要谋臣萧何、曹参。尾联末句等于说：鞠躬尽瘁，死而后已。

728 杜　甫·阁夜

岁暮阴阳催短景， 日月催促冬季流驶的时光，
天涯霜雪霁寒宵。 身在天涯遇上雪霁的寒宵。
五更鼓角声悲壮， 五更时分军中鼓角声何等悲壮，
三峡星河影动摇。 三峡江中银河的倒映随波动摇。
野哭千家闻战伐， 千百家号啕大哭因听到战争消息，
夷歌数处起渔樵。 好几处夷歌唱起来自打鱼和采樵。
卧龙跃马终黄土， 连诸葛亮和公孙述不论贤愚俱归黄土，
人事音书漫寂寥。 人事交往音书断绝又能算得什么寂寥。

鼓角声声悲战乱。首联点出岁月无情流逝、身处雪霁寒宵。短景：短促时光，景同“影”。次联承寒宵、雪霁写了五更鼓角和三峡星河，角声悲壮、河影动摇，自然触及连年战乱。三联的“闻战伐”接“鼓角声”，“起渔樵”接“三峡影”，而野哭、夷歌更见战乱影响的深重。尾联说战争使贤愚同归于尽，“人事音书”何足道。跃马：指公孙述，左思《蜀都赋》有“公孙跃马而称帝”。

729 | 杜　甫·小至

天时人事日相催， 天时人事一天天变化像在催促，
冬至阳生春又来。 过了冬至天气回暖春天又回来。
刺绣五纹添弱线， 女工刺绣五彩因日长又添一线之功，
吹葭六琯动浮灰。 吹动箛管六律因天暖已能飞出葭灰。
岸容待腊将舒柳， 堤岸状态像待腊月一过便让柳树发芽，
山意冲寒欲放梅。 山岭意愿似欲冲破寒气促使梅花绽开。
云物不殊乡国异， 景物与故乡仿佛相同只是自己身居异地，
教儿且覆掌中杯。 叫小儿前来因无酒兴且替我覆掉手中杯。

触动乡愁覆酒杯。首联点出对冬至的感受是“阳生春又来”。次联引申出添丝线、动浮灰的时令特征。吹葭：葭通箛，古代占测气候的方法，将苇膜烧成灰，叫葭灰，置于十二律的箛管内，不同的律管飞出葭灰，表示不同的节令，冬至时相应的第六律管就飞出葭灰。三联又从舒柳、放梅两方面，表现天暖春来的植物特征。尾联意识到身在异乡的无奈，以酒化解。覆杯：喝掉杯中酒。

730 | 杜　甫·奉送蜀州柏二别驾将中丞命赴江陵起居卫尚书太夫人因示从弟行军司马位

中丞问俗画熊频， 柏中丞要知民情常乘车出巡，
爱弟传书彩鹢新。 由其弟专程乘船去江陵送信。
迁转五州防御使， 中丞刚转任夔峡忠归万五个州防御使，
起居八座太夫人。 遣其弟问候卫伯玉尚书母邓国太夫人。
楚宫腊送荆门水， 楚宫白帝之城腊月借荆门水把信送去，
白帝云偷碧海春。 夔州又让白云迅速地偷回来碧海之春。
报与惠连诗不惜， 为我传语似惠连的从弟非我吝惜不写诗，
知吾斑鬓总如银。 他应知我原只鬓毛斑白今日最终已如银。

不便明言用暗示。一、二联似专讲柏家事：说中丞刚转任五州防御使，而遣其弟别驾柏二代候上司卫伯玉尚书之母邓国太夫人。实借此告从弟：我也如太夫人之老，需人问候；我也有劳，需弟能代。中丞：指柏茂琳，时任夔州都督；八座：称呼六部尚书和左右仆射，指卫伯玉。三联意谓即将腊去春回，老人更易伤时盼开解。尾联直说我已甚老，他应效惠连激发其兄谢灵运的诗情。

731 杜　甫·见王监兵马使说近山有白黑二鹰罗者久取竟未能得王以为毛骨有异他鹰恐腊后春生骞飞避暖劲翮思秋之甚眇不可见请余赋诗二首其一

雪飞玉立尽清秋， 雪飞玉立般的白鹰要尽兴于清秋，
不惜奇毛恣远游。 喜欢展现奇异身姿随心肆意远游。
在野只教心力破， 白鹰在野外让人费尽心力弄不到手，
于人何事网罗求。 不解这些人他们何故要用网罗搜求？
一生自猎知无敌， 白鹰一生可以自行猎取自觉天下无敌手，
百中争能耻下鞲。 百发百中显得本领高强鄙视为奴不自由。
鹏碍九天须却避， 大鹏可翼蔽九天遇白鹰也须回避，
兔藏三穴莫深忧。 藏有三窟的兔子别担心会被抓走。

自行觅食不当奴。首联点出白鹰爱好于清秋时节肆意远游。次联接着说它在野外遨游之际，人们费尽心力，无法捕获。三联揭示它有本领自行觅食，且本领高强无敌手，能完全自食其力，自然不愿被役使。下鞲：驾驭老鹰所用的臂套。尾联更借鹏、兔，衬托白鹰既不畏强，也不凌弱。碍：遮蔽；九天：天的最高层。诗写白鹰渴望自由、向往自主、不畏强权、不欺弱小，也是作者为人的追求。

732 杜　甫·见王监兵马使说近山有白黑二鹰罗者久取竟未能得王以为毛骨有异他鹰恐腊后春生骞飞避暖劲翮思秋之甚眇不可见请余赋诗二首其二

黑鹰不省人间有， 不知道人间怎么会有此黑鹰的，
度海疑从北极来。 怀疑它从极北处渡过大海而来。
正翮抟风超紫塞， 在北方聚集风力直飞超越了长城紫塞，
立冬几夜宿阳台。 于立冬将近黑夜之时栖宿在巫山阳台。
虞罗自各虚施巧， 猎者广设网罗自然各处枉费心机施巧计，
春雁同归必见猜。 黑鹰喜寒避暖也避免与春雁同归被疑猜。
万里寒空只一日， 相距万里寒冷高空黑鹰只是花去了一日，
金眸玉爪不凡材。 见它浑身一团漆黑却金眸玉爪确非凡材。

身为凡物不能回。首联推测：黑鹰可能从极北的异域渡海而来。次联说它一直飞过长城，栖宿巫山阳台，有异于常鹰。正翮：直飞；抟：聚集；紫塞：长城。三联描述罗捕者的心理：猎者冀求一见，并猜测它将与春雁同归。尾联谓黑鹰具非凡之材，什么困难都挡不住它。诗写黑鹰与作者自身同处楚蜀交界，它要返北方也有万里寒空、猎者网罗等阻隔，但它能“正翮抟风”、一天到达，作者却束手无策、徒唤奈何。

733 | 杜　甫 • 立春

春日春盘细生菜， 立春之日春盘里装着细条的韭菜，
忽忆两京全盛时。 让我忽然忆起了东西两京全盛时。
盘出高门行白玉， 高门出盘如行白玉，
菜传纤手送青丝。 纤手传菜似送青丝。
巫峡寒江那对眼， 寄寓巫峡寒江哪堪面对，
杜陵远客不胜悲。 身为杜陵远客不胜伤悲。
此身未知归定处， 还未得知此身归宿何处，
呼儿觅纸一题诗。 唤儿寻纸题诗舒解郁抑。

对比更知今日苦。首联叙事：暂住夔州山城，立春这天从应节春盘想起长安洛阳的盛菜习俗。次联续写这习俗留给自己的印象。春盘：又称“五辛盘”，细切五种辛辣生菜而必备韭菜；行白玉：一个个洁白如玉的盘子从富家豪门捧出；送青丝：一条条青丝一般的生菜由纤巧小手传出。三联回到当下沦落天涯的处境，悲痛难忍。那对眼：哪堪对眼。尾联还念及今后归宿难定，便以写诗解愁结束，不过他也常常会“诗成吟咏转凄凉”。

734 | 杜　甫 • 愁

江草日日唤愁生， 江岸青草天天萌发惹得忧愁生长，
巫峡泠泠非世情。 巫峡江水泠泠流淌不合世道人情。
盘涡鹭浴底心性， 鹭在漩涡沐浴不知显示什么意思，
独树花发自分明。 花在独树上开自恋之态格外鲜明。
十年戎马暗万国， 十年战乱使万方陷于黑暗境地，
异域宾客老孤城。 异乡宾客漂浮衰老在夔州山城。
渭水秦山得见否， 渭水秦山的长安故园今生能否再得见？
人经罢病虎纵横。 民众已陷于疲惫多病军阀恶吏尚横行。

心有愁情因战乱。首联表达：心有愁情，看到草生蓬勃而添愁，听到水声萧森而反感。次联还以对鹭、花的观感，表现愁情；似乎鹭太得意忘形，花也太自得其乐了。底：什么。三联揭示愁从何来？长期战乱使天下遭受劫难，使自己流落山城。十年戎马：安史之乱至此约十年。尾联还指出苦难远未结束，要返长安故园，不知何年何日。渭水秦山：指长安；罢：与“疲”音义相同。

735 杜　甫·崔评事弟许相迎不到应虑老夫见泥雨怯出必愆佳期走笔戏简

江阁要宾许马迎， 在夔州寓所邀约宾客承诺以马相迎，
午时起坐自天明。 我从天明起一直坐至午时不见踪影。
浮云不负青春色， 浮云细雨照常来没辜负青的春色，
细雨何孤白帝城。 它们又怎么会辜负这座白帝之城。
身过花间沾湿好， 你没来我穿过花丛沾点水湿好写意，
醉于马上往来轻。 若你来喝些酒再骑马走泥路也轻盈。
虚疑皓首冲泥怯， 误以为老头面对泥途胆怯，
实少银鞍傍险行。 其实是你不敢骑马履险行。

表弟食言聊小责。首联列举基本事实：对方许诺以马相迎，自己从朝至午空等。要：与“邀”音义相同。次联举浮云细雨应来即来，不做失约的事，暗示只有你应来不来，辜负了我。三联显示马走泥途，沾点水湿，并无大碍，若有酒喝，还更轻松，其实暗指我雨中独走泥泞路，举步维艰。尾联推测对方不守承诺的原因，并反驳一句：不是我“冲泥怯”，而是你怕骑马履险。

736 杜　甫·遣闷戏呈路十九曹长

江浦雷声喧昨夜， 昨天夜里巫峡江岸雷声不断响，
春城雨色动微寒。 春日山城雨势不小带来了微寒。
黄鹂并坐交愁湿， 并坐的黄鹂像在互相恼恨羽毛沾湿，
白鹭群飞太剧干。 群飞的白鹭趁着雨来觅食似乐翻天。
晚节渐于诗律细， 到晚年时候我对诗律的研究格外精细，
谁家数去酒杯宽。 可有哪一家能屡去喝酒谈诗始终尽欢？
惟君最爱清狂客， 只有你最爱我这个放逸不羁之客，
百遍相看意未阑。 已经无数遍看着我意兴尚未阑珊。

为排郁闷诉知音。首联从郁闷的喧雷寒雨说起。春城：春天的夔州；动：引发。次联先写黄鹂“愁湿”，仍见心情不好；再写白鹭群飞，显然转为开朗了。交：共同；剧干：剧烈。三联谈论深爱的写诗问题，但立即又想到赏识者不多而情绪低落。宽：类似酒丰足或易喝到。尾联终于找到亮点，仿佛毫无保留地向对方表白：只有你才是我的真正知音人。意未阑：衷心接待、意犹未尽。

737 杜　甫·昼梦

二月饶睡昏昏然， 二月里常贪睡总觉得昏昏然，
不独夜短昼分眠。 不独夜短日长使人中午睡眠。
桃花气暖眼自醉， 桃花香气温暖令人不禁醉眼迷糊，
春渚日落梦相牵。 睡到春渚日落仍要被那魂梦相牵。
故乡门巷荆棘底， 我梦到故乡门巷埋在荆棘之底，
中原君臣豺虎边。 中原的君臣被困豺狼虎豹旁边。
安得务农息战斗， 不知怎样才能罢战让人们去务农，
普天无吏横索钱。 普天之下再没有恶吏来横索税钱！

忧患揪心侵昼梦。首联点出自己在二月里贪睡甚至睡了午觉，原因不独在于日长夜短。昼分：正午。次联承“不独”两字，举出桃花的暖香令人陶醉，使自己睡到日落春渚还在做梦，而国家面临的内忧外患，使自己操心焦虑、神志倦怠，虽不明说，却是主因。渚：水中小洲。三联接写梦境，故乡变成遍地荆棘的废墟，君臣受到内外敌人的威胁。尾联切望国家太平，民众生活安定。

738 杜　甫·暮春

卧病拥塞在峡中， 我因卧病滞留在三峡之中，
潇湘洞庭虚映空。 潇湘洞庭虚映着广阔天空。
楚天不断四时雨， 楚天巫峡不断下着四季该有的雨，
巫峡常吹千里风。 同时伴随常常吹送来自千里的风。
沙上草阁柳新暗， 沙岸上西阁旁的柳树新近更见茂密，
城边野池莲欲红。 城墙边野池里的莲花很快就要绽红。
暮春鸳鹭立洲渚， 暮春时节站立在洲渚之上的水鸟鸳鹭，
挟子翻飞还一丛。 带着幼鸟齐翻飞又返回原处聚成一丛。

情绪消沉过暮春。首联似叙事：因病滞留三峡，让潇湘洞庭仍无自己的身影，实际对潇湘之行久未成真十分无奈。拥塞：本欲初春下峡，病至暮春，舟不可行。次联受此失意情绪影响，认为这里的风雨，无非就是四时皆有的雨和来历相同的风。三联的柳叶浓阴、红莲绽放，也被视作照例如此的东西。暗：变成深绿。尾联还从鸳鹭翻飞不离原地似见自己动不得。鸳鹭：鸳鸯和鹭鸶。

739 杜　甫·即事

暮春三月巫峡长， 度过暮春三月也以在巫峡最长，
皛皛行云浮日光。 目下皛洁行云游移在耀眼阳光。
雷声忽送千峰雨， 忽然雷声阵阵送来千峰降雨，
花气浑如百和香。 也使鲜花香气酷似百和之香。
黄莺过水翻回去， 黄莺掠过水面又飞了回去，
燕子衔泥湿不妨。 燕子衔泥筑巢雨湿也无妨。
飞阁卷帘图画里， 在西阁卷起窗帘眼前的风景如画，
虚无只少对潇湘。 不过空阔的画面偏缺想去的潇湘。

风光如画无心赏。首联点明时地，也透露了心情欠佳的信息，因为“烦恼觉时长”。次联由白云晴日忽变雷雨千峰降、花香不寻常。百和：用多种香料配制。三联描绘了雨中的莺燕，前者飞过水面又缩了回去，后者衔泥做窝干得正欢。尾联称赞眼前所见如画，遗憾所处不是潇湘，揭示了心情不好的原因，仍滞留三峡，未能到潇湘。飞阁：即在夔州的住处西阁。虚无：空旷之处。

740 杜　甫·赤甲

卜居赤甲迁居新， 最近新迁居又选择到了赤甲山居住，
两见巫山楚水春。 去年抵夔州至今两见巫山楚水之春。
炙背可以献天子， 我像野人心知晒背得暖芹味美便打算献给天子，
美芹由来知野人。 不晓得这世间个人实际差异大与己相同有几分。
荆州郑薛寄书近， 荆州的郑审薛据寄书信比较近，
蜀客郗岑非我邻。 蜀客郗昂和岑参他们非我近邻。
笑接郎中评事饮， 笑迎吴郎中崔评事来我这里一同饮酒，
病从深酌道吾真。 暂时不管有什么病纵情举杯道我真心。

竭尽寸心如野老。首联叙事：新近迁居赤甲，总计居夔两年。次联以己长期流落民间，似跟野人无别，难辨亲疏，时常美芹献曝（山野中人以太阳晒背为最愉快，以芹菜为最美味，想献给君主，虽出于至诚，却不切实际）。三联由夔州赤甲想到与朋友的距离。郑、薛：在江陵、石首；郗、岑：在梓州、嘉州。尾联为吴、崔将到访表示高兴，并认定与他们喝酒谈心，或可说说真话。

741 | 杜　甫·江雨有怀郑典设

春雨暗暗塞峡中， 春雨迷迷蒙蒙布满了峡中，
早晚来自楚王宫。 或早些或晚些来自楚王宫。
乱波纷披已打岸， 江上乱波纷披拍打着江岸，
弱云狼藉不禁风。 天空弱云零乱经不起刮风。
宠光蕙叶与多碧， 春雨施恩蕙兰之叶使它有浓绿的颜色，
点注桃花舒小红。 也关爱那桃树之花让它露出粉红面容。
谷口子真正忆汝， 我正想念着你这一位住在谷口好友子真，
岸高瀼滑限西东。 水流通过山谷岸高流急使我们相隔西东。

幻想距离能缩短。首联叙事：春雨浓密而断定源自楚宫，似为象征皇恩。次联描绘春雨引起消极现象：江上乱波拍岸、天空风卷残云，或喻已近况欠佳。三联表现春雨积极作用：给蕙叶深绿色彩、让桃花呈现粉红或喻友叨蒙皇恩胜已一筹。尾联点出念友旨意，等于说碍于雨天出入不便，未能往访见面。子真：汉代隐士，此代郑典设；瀼：贯通山谷的水流，当地人称之为“瀼”。

742 | 杜　甫·季夏送乡弟韶陪黄门从叔朝谒

令弟尚为苍水使， 你这好弟弟还担任过苍水使，
名家莫出杜陵人。 有点名气的大都出自杜陵人。
比来相国兼安蜀， 近来从叔杜相国又兼负安蜀之责，
归赴朝廷已入秦。 此次归赴朝廷是要进入长安朝觐。
舍舟策马论兵地， 你将要舍舟策马前往论兵之地，
拖玉腰金报主身。 陪那个拖玉腰金报效主上之身。
莫度清秋吟蟋蟀， 不要单听蟋蟀吟唱度过冷落清秋的日子，
早闻黄阁画麒麟。 盼望早日得到侍郎画像于麒麟阁的好音。

尽忠职守勉乡弟。首联肯定其故乡同姓之弟有出息。苍水使：即开江使，通成都外江下峡舟船；杜陵：在长安附近，杜甫在此居住过。次联续叙其从叔肩负重任，是黄门侍郎同平章事（宰相）又兼任四川剑南节度使，此际回朝入秦要解决内乱外患难题。三联还突出这个身居高位报国之人，出峡后再从陆路前往长安，显示陪同者担子不轻。尾联期望乡弟佐主有功。黄阁：指黄门侍郎。

743 杜　甫・滟滪

滟滪既没孤根深， 滟滪堆被淹没基底深藏在水下，
西来水多愁太阴。 西边来水增加波翻浪涌揪人心。
江天漠漠鸟双去， 江面上空一派迷蒙鸟儿双双飞走，
风雨时时龙一吟。 风声雨声不时出现仿佛阵阵龙吟。
舟人渔子歌回首， 舟人渔子看到水情凶险唱着回头的歌，
估客胡商泪满襟。 贾客胡商担心贻误商机不禁泪满衣襟。
寄语舟航恶年少， 寄语胆敢犯险乘机作恶的年轻人，
休翻盐井掷黄金。 不得抢劫盐船切勿无知抛弃黄金。

明知凶险莫胡来。前两联举出巨石灭顶水流急、水势日涨人操心、江面晦暗飞鸟避、风雨交加似龙吟等险象。三联表现船上的主管者希望返航，搭乘者泪流满面，见出他们遭遇特大危险。尾联提醒江上强盗：抢劫盐船，代价沉重！恶年少：据史载安史之乱时，不少恶少年趁势为非作歹，这类人在夔州沿江一带，还被称为“劫江贼”；翻盐井：原指抢劫盐井，这里应指抢劫盐船。

744 杜　甫・七月一日题终明府水楼二首其一

高栋曾轩已自凉， 高层的宽敞厅堂已经自然足够凉快，
秋风此日洒衣裳。 这一天正好立秋还有秋风吹拂衣裳。
翛然欲下阴山雪， 凉气如阴山雪可以要来就来，
不去非无汉署香。 你不随意离开并非官未为郎。
绝辟过云开锦绣， 当白云横过高耸绝壁后如展开锦绣，
疏松夹水奏笙簧。 山泉在稀疏松树间流淌似奏响笙簧。
看君宜著王乔履， 在如此优美仙境里你应该穿上王乔的鞋子，
真赐还疑出尚方。 与出自官方的赏赐看起来还是非常的相像。

点赞风光美主人。首联强调水楼的凉快。曾：同“层”。次联引阴山雪做陪衬，指出楼主不离此地并非未任郎官。汉署香：指代郎官职位。三联描绘这里令人留恋的风景，云过绝壁如开锦绣，水夹疏松似奏笙簧。辟：同“壁”。尾联说终明府应穿“王乔履”，意谓此履为汉朝有仙术的县令王乔所穿，终明府虽属代理，已具备正式县令的能力。尚方：制造帝王所用器物的官署。

745 杜　甫·七月一日题终明府水楼二首其二

宓子弹琴邑宰日， 古代的宓子有任邑宰弹琴而治的日子，
终军弃繻英妙时。 汉朝的终军有弃繻名世的少年英俊时。
承家节操尚不泯， 你继承终家节操仍能保持好，
为政风流今在兹。 你为政风流儒雅今见就在此。
可怜宾客尽倾盖， 可羡座上宾客尽是故交好友，
何处老翁来赋诗。 何处一个老翁竟来雅聚赋诗？
楚江巫峡半云雨， 楚江巫峡云烟缭绕雨点不绝，
清簟疏帘看弈棋。 在清簟疏帘的水楼观看弈棋。

且把乡愁藏景语。首联选取宓子、终军两个榜样。弃繻：自负功名必得，无须依赖出入关的凭证。次联称赞主人如终军的自信敢为，如宓子的风流儒雅。三联叙述漂泊老翁被邀助庆，面对主人与其僚属故交融洽相聚，只觉客愁乡思难忍。倾盖：双方停车交谈，车盖各向对方倾斜，形容一见如故。尾联的烟雨迷离，正像愁思缕缕；水楼观弈,也见随遇而安。清簟疏帘：含场地雅致之意。

746 杜　甫·见萤火

巫山秋夜萤火飞， 巫山秋夜萤火纷飞，
帘疏巧入坐人衣。 帘疏钻入落在人衣。
忽惊屋里琴书冷， 萤火入屋人惊觉屋里的琴书已经冷了，
复乱檐边星宿稀。 又从屋里到檐边与几点星宿混在一起。
却绕井阑添个个， 不久萤火回来围绕井阑倒映水中一个变俩，
偶经花蕊弄辉辉。 偶然飞过花间还与鲜花互相比照各逞光辉。
沧江白发愁看汝， 我这沧江白发人正愁思满怀在看你，
来岁如今归未归。 还想到明年今日不知道能归不能归？

秋见飞萤人盼归。首联先见萤火山上飞，后入疏帘沾着衣。次联由萤火入屋知道屋也逢秋已转凉，琴书也会有寒意。对这个报秋使者感兴趣，便走出室外多看看，正好见屋檐萤火混疏星，难分真假。三联再发现萤火的有趣表现：映水成两个；与花共争辉。尾联点出老人为秋来时逝感伤，望明年今日归乡。诗借萤火感秋，并非对萤火咏物，语词多用口语，后三字从萤火飞念到归未归，如念儿歌。

747 杜　甫•送李八秘书赴杜相公幕

青帘白舫益州来， 秋日黑帘白色小官船从成都载李秘书到来，
巫峡秋涛天地回。 正当巫峡掀起的波涛与林涛震天动地铺开。
石出倒听枫叶下， 送别江边倒听枫叶落因石崖横出落声在上，
橹摇背指菊花开。 看他船上背指菊花开因橹桨飞摇菊变后排。
贪趋相府今晨发， 你急于早点到相府赶紧在今晨出发，
恐失佳期后命催。 很害怕错过了佳期以后有别的指派。
南极一星朝北斗， 南极这一颗星即将要去朝见北斗，
五云多处是三台。 五色祥云多处那里就是三台所在。

送友赴京听调遣。首联叙述友人李八赴长安任职（幕主是中书侍郎同平章事杜鸿渐），从成都乘官船到夔州。次联揭示江边送客时，不满自己多年滞留，而别人则可如愿回京，流露羡慕而酸楚的心情。三联以“贪趋”“佳期”揶揄友人急于到任，也许是对“自求不得”的宽解。尾联又把其友之行神圣化，比附为南极星朝北斗，诚心表达祝福之意。北斗、三台：这些星均喻指杜鸿渐。

748 杜　甫•简吴郎司法

有客乘舸自忠州， 有客人从忠州乘船要前来夔州，
遣骑安置瀼西头。 派马匹去安置客人在瀼水西头。
古堂本买藉疏豁， 买下瀼西此堂本因它宽敞明亮，
借汝迁居停宴游。 我搬家离开后不再在那里宴游。
云石荧荧高叶曙， 入云山石光影荧荧因为高叶当曙，
风江飒飒乱帆秋。 江上风声回响飒飒由于乱帆竞秋。
却为姻娅过逢地， 此堂后来姻亲往返成为暂住地，
许坐曾轩数散愁。 能否许我常来闲坐在大厅散愁?

草堂借出反求人。首联叙事：有客人从忠州来夔州，安置他在瀼水的西头。瀼：山间的水流通江者也叫做瀼。次联续叙瀼西草堂的来历，及借给对方后可放心使用。三联介绍此堂的漂亮外景。竞秋：在秋风中竞渡。尾联跟借房这位亲戚开玩笑，说此堂后来成了姻亲过从之处，允许我常去大堂坐坐解闷吗？姻娅：亲家和连襟，泛指姻亲；曾轩：曾同“层”，多层的敞厅，泛指高屋。

749 杜　甫·又呈吴郎

堂前扑枣任西邻， 我任从西邻来我草堂前打枣，
无食无儿一妇人。 她无食无儿是个孤苦的妇人。
不为困穷宁有此？ 若不是由于穷困怎么会做这样的事？
只缘恐惧转须亲。 正因她心存恐惧反而更该与她相亲。
即防远客虽多事， 即使防远客误会便插疏篱虽嫌多事，
便插疏篱却甚真。 反见此权宜举措体贴邻妇尚属认真。
已诉征求贫到骨， 邻妇说过为满足征赋索役已经一贫如洗，
正思戎马泪盈巾。 想起至今尚未停止的战乱不禁泪下沾巾。

眼观全局察深微。首联叙事：我任她打枣，她无食无儿孤独贫苦。次联体会对方行为动机：觅食艰难才打枣，胆怯偷打更堪同情。三联告知老妇打枣关系吴郎。老妇得知新东主要来，找杜甫坦陈顾虑。诗人希望新房东与旧邻居和睦相处便决定用篱笆把枣树隔在大堂之外，使各方面皆得其所，还令后人对杜甫的儒者仁心，更加景仰。尾联又把邻妇遭遇放到大背景上认识，这对于新任夔州司法参军的吴郎（他要管执行征赋之法）也似有参考价值。

750 杜　甫·九日五首其一

重阳独酌杯中酒， 九月九日重阳节在这一天我不顾有病，
抱病起登江上台。 独自喝着杯中酒起身登临江上的高台。
竹叶于人既无分， 既然竹叶与我没有缘分，
菊花从此不须开。 菊花从此也可以无须开。
殊方日落玄猿哭， 当异乡日落时听到黑猿哭声起，
旧国霜前白雁来。 在故国落霜前看见白雁到此来。
弟妹萧条各何在， 弟妹音讯太稀疏不知各在何处，
干戈衰谢两相催！ 战乱衰老两相催怎么能再等待！

战乱亲人难聚首。首联直说重阳不顾有病戒酒，自斟自饮，强登高台。次联对戒酒很不满，还发脾气说，喝酒无缘，赏菊也无缘吧，菊花也不用开了。竹叶：酒名。三联描绘在这里所见：黑猿哀啼、白雁南来。尾联由雁来触发对故乡弟妹的思念，而战乱与衰老共同催逼，恐怕与弟妹终无聚首之日，这使他陷入难忍的伤感，怪不得对戒酒不满，还向菊花使性子了。

751 杜　甫·登高

风急天高猿啸哀， 风急天高猿啸十分悲哀，
渚清沙白鸟飞回。 洲清沙白鸟儿飞舞萦回。
无边落木萧萧下， 无穷无尽的树叶纷纷落，
不尽长江滚滚来。 奔腾不息的长江滚滚来。
万里悲秋常作客， 万里远行悲对秋色感叹滞留外地，
百年多病独登台。 人到暮年偏多病痛独自登上高台。
艰难苦恨繁霜鬓， 家国艰难长恨滋长出了繁霜那般的鬓发，
潦倒新停浊酒杯。 身世穷愁潦倒还因病不能醉新停浊酒杯。

绝地悲歌仍振奋。首联重在刻画眼前景物，次联重在渲染秋天气氛。面对无边的落叶萧萧、不尽的江流滚滚，令人想到树叶细碎之声、长江汹涌之状，还传达出光阴易逝、壮志难酬的感伤。五、六句才点明作客、登高之事，由异乡飘泊写到多病晚年。末联写白发日多，映衬时世身世俱艰，还因病断酒，借酒消愁也难。诗中用字都属寻常，但元人清人多赞其通首下字皆恰切“不寻常”。

752 杜　甫·覃山人隐居

南极老人自有星， 南极老人本来就有南极星与其相应，
北山移文谁勒铭。 北山移文不能阻止真隐士的归山行。
征君已去独松菊， 覃山人逝去这里只遗留户庭松菊，
哀壑无光留户庭。 凄凉的山壑便显得特别晦暗寂静。
予见乱离不得已， 我曾很理解你因战乱流离不得已才去归隐，
子知出处必须经。 后来更懂得你对出仕处隐都做到慎重决定。
高车驷马带倾覆， 高车驷马固属荣华富贵也伴随覆灭，
怅望秋天虚翠屏。 怅望秋空虚有青绿山峰美好如翠屏。

应向斯人学出处。路经已去世的覃山人隐居地，有感而发。首联以南极老人比拟覃山人说他顺应天意，或出或处皆可自主。星：指南极星；北山移文：南朝孔稚珪作。次联描述没有了他的旧居何等寥落，连山壑也似哀伤而失掉丰采。三联表示：相信覃山人从仕而隐或由隐到仕，总有充分理由，必经慎重选择。尾联还先补充其慎重包括全面考察，后念及斯人已作古才变成怅恨哀痛。

753 | 杜　甫·即事（一作天畔）

天畔群山孤草亭， 远离长安的天畔群山中有个孤独草亭，
江中风浪雨冥冥。 它面对江中汹涌的风浪和晦暗的雨情。
一双白鱼不受钓， 一双双的白鱼深秋隐藏已不能钓到，
三寸黄甘犹自青。 三寸长的黄柑尚未成熟颜色还是青。
多病马卿无日起， 多病的司马相如难断定何日会有起色，
穷途阮籍几时醒。 走投无路的阮籍也不知道哪时候酒醒。
未闻细柳散金甲， 未曾听说大唐的军营已能从事收兵解甲，
肠断秦川流浊泾。 长安仍流着泾河浊水难以抛却悲伤之情。

即景难排心所忧。首联说身处夔州山中小亭，面对江中风浪阴雨。次联举出此处特产，白鱼隐藏，黄柑未熟。三联流露当下心情不好：病体未复原，出路未找到。马、阮：均作者自比。尾联揭示心情坏的根源：战乱未平，而望大唐中兴，必须政治清明，善用英才，今却特异者不见被发掘（如眼前不见本地特产白鱼黄柑），可用者尚未被任用（如己虽病多途穷，仍思效力）。细柳：指代唐军营；流浊泾：暗示圣人未出。

754 | 杜　甫·冬至

年年至日长为客， 年年冬至这一天总是他乡作客，
忽忽穷愁泥杀人。 倒霉的穷困愁苦一直纠缠着人。
江上形容吾独老， 行走江上论容颜我特显老迈，
天边风俗自相亲。 远在天边照惯例各家自相亲。
杖藜雪后临丹壑， 雪后拄着藜杖前行面临红色山壑有感触，
鸣玉朝来散紫宸。 想起朝早身穿官服在紫宸殿散朝那一阵。
心折此时无一寸， 此时寸心已折裂不再能有完整的一寸，
路迷何处见三秦。 连回住处的道路也已迷失怎找到三秦？

处境艰难忧国事。首联提出冬至日为难的是，异乡作客，总是穷愁缠身。泥杀人：把人缠到极点，泥解缠。次联表现自己这一天，在当地人家衬托下，显得既衰老又孤独。自相亲：各自相亲，而不与我相亲。三联描述雪后拄杖步行，见丹壑而忆及当年在京任左拾遗的往事。鸣玉：佩带玉饰的红色官服。尾联似为今后难再有这种效力朝廷的机会极感痛心，以致找不到归路。三秦：指长安。

755 杜　甫·柏学士茅屋

碧山学士焚银鱼， 今在青山的柏学士战乱中失去官职，
白马却走身岩居。 敢于直言相谏的他退到岩穴中隐居。
古人已用三冬足， 他像古人三个冬季学习文史已足应用，
年少今开万卷馀。 今之年少开卷读书应超万卷才不会输。
晴云满户团倾盖， 夏日晴云仿佛圆形车盖密集于户外，
秋水浮阶溜决渠。 秋雨积水漫过台阶溜走急速如决渠。
富贵必从勤苦得， 自古荣华富贵必定从勤苦中得到，
男儿须读五车书。 有识之男当如柏学士般博览群书。

赞扬学士堪为范。首联介绍茅屋来历：柏学士战乱时失去官职，他似东汉骑白马敢进谏的张湛退隐岩穴住进茅屋。焚银鱼：战火烧掉学士的银质鱼形官章。次联描述茅屋现有职能，教子侄读万卷书。古人：指东方朔，也喻柏学士。三联写茅屋外景，并暗示无论晴云秋水，连年专心攻读。尾联鼓励年轻人，应学古人欲富贵必勤奋读书。五车书：见《庄子》赞语“惠施多方，其书五车”。

756 杜　甫·舍弟观赴蓝田取妻子到江陵喜寄三首其一

汝迎妻子达荆州， 你要从蓝田接妻子到荆州，
消息真传解我忧。 真实消息传来解除我忧愁。
鸿雁影来连峡内， 你似鸿雁投影连通了峡内，
鹡鸰飞急到沙头。 也似鹡鸰急飞到达了沙头。
峣关险路今虚远， 峣关的险路而今成为虚有的遥远，
禹凿寒江正稳流。 禹凿的寒江正在平稳地日夜奔流。
朱绂即当随彩鹢， 我当尽快穿朱绂随江船携全家到江陵，
青春不假报黄牛。 不会等明年春天你来信我已到了黄牛。

得偿所愿急相见。首联叙事：得知其弟杜观要从蓝田接妻子到荆州很高兴，以“解我忧”形容。荆州、沙头、黄牛：都可指代江陵。次联用鸿雁、鹡鸰比拟其弟。鹡鸰：又称脊令，《诗经》有“脊令在原，兄弟急难”，意谓本属水鸟的脊令被困陆地，兄弟前来解救。三联设想不从峣关而从长江去探弟。彩鹢：指代船头画有鹢鸟的船。尾联跟弟透露出峡往江陵这个信息。朱绂：红色官服。

757 杜　甫·舍弟观赴蓝田取妻子到江陵喜寄三首其二

马度秦山雪正深， 你赴蓝田马度秦山时雪下得正深，
北来肌骨苦寒侵。 从北方回肌骨一直是被苦寒所侵。
他乡就我生春色， 你在他乡为了迁就我从蓝田移居江陵，
故国移居见客心。 我感受到春来的喜悦和弟敬兄的好心。
欢剧提携如意舞， 欢喜既多又到达极点不知如何表达才好，
喜多行坐白头吟。 便摆弄手中如意起舞或行坐都作白头吟。
巡檐索共梅花笑， 后来还去绕着屋檐求梅花请与我共笑，
冷蕊疏枝半不禁。 此时梅花冷蕊疏枝正半开似笑不能禁。

待兄如父动真情。首联叙述其弟由江陵赴蓝田接家眷，长途跋涉，并遭受大雪的“苦寒侵”。秦山：秦岭。次联揭示其弟从蓝田迁居江陵是为了照顾暮年的自己，使他产生春天之乐和感激之情。故国：指蓝田，杜甫曾在那里生活过。三联因欢极喜多而手舞足蹈或行坐皆吟唱。如意：用金、玉等制作，供指划玩赏用。尾联说半开梅花忍不住笑了，把无情说成有情，极痴也极真。

758 杜　甫·舍弟观赴蓝田取妻子到江陵喜寄三首其三

庾信罗含俱有宅， 庾信罗含他们皆曾有住宅，
春来秋去作谁家。 春来秋去不知成了谁的家。
短墙若在从残草， 住处短墙若在可以任从残草生长，
乔木如存可假花。 如乔木继续留存可借其花来美化。
卜筑应同蒋诩径， 今后择地建屋和建园不妨从长去计议，
为园须似邵平瓜。 我想蒋诩的三径邵平的种瓜该有启发。
比年病酒开涓滴， 近年因病忌酒通常只能争取喝一点，
弟劝兄酬何怨嗟。 兄弟互相见面如果劝酒谁敢埋怨呀。

最为看重弟兄情。针对其弟邀约自己同居江陵并问及居所意见，首联从名人的住宅今何在讲起，似倾向于因陋就简，不宜大兴土木。庾信：南北朝著名诗人；罗含：东晋的文学家、思想家。次联还建议对现成房屋应保持原貌，短墙勿拆任残草生长，乔木不砍借花来美化。三联谈点设想，说先贤的经验可参考，并非也要开三径要种瓜。尾联却畅想兄弟相见可以喝点酒，不会被埋怨。

759 杜　甫·多病执热奉怀李尚书（之芳）

衰年正苦病侵凌， 多病的晚年正苦于被疾病所侵凌，
首夏何须气郁蒸。 常年的初夏不应该气温高热如蒸。
大水淼茫炎海接， 好像是身处与炎海相接的滔天大水之中，
奇峰硉兀火云升。 也仿佛人在火云正升起的高峻奇峰之顶。
思沾道暍黄梅雨， 我不过道路暑热想沾点黄梅雨，
敢望宫恩玉井冰。 而不敢指望来自宫恩的玉井冰。
不是尚书期不顾， 并不是我对于尚书的约期没有顾惜，
山阴野雪兴难乘。 只是山阴野雪那样的雅兴无力实行。

婉拒高官邀约会。首联先直言衰年为病所困，随即发泄孩子气的牢骚，时当初夏无须热得像熏蒸一样啊。首夏：夏天头一个月。次联对郁蒸作铺陈，说自己如同置身连接炎海的大水、正升火云的峰巅。淼茫：滔天状；硉兀：高峻状。三联承苦于既病且热谈愿景，说如烈日下道路，盼能有黄梅雨沾湿一下，而不奢望玉井冰，似乎隐含某种期待。尾联还对未能像王子猷乘兴赴约表示歉意。

760 杜　甫·江陵节度阳城郡王新楼成王请严侍御判官赋七字句同作

楼上炎天冰雪生， 新建高楼虽在热天却有冰雪出现的寒意，
高尽燕雀贺新成。 高楼顶上燕雀成群似在庆贺新楼的落成。
碧窗宿雾濛濛湿， 碧绿窗子外的宿雾蒙蒙地湿润，
朱栱浮云细细轻。 朱红斗栱上的浮云细细地轻盈。
杖钺褰帷瞻具美， 镇暴声威远扬亲民作风显著俱为众望所归，
投壶散帙有馀清。 偶然宴饮投壶经常开卷读书儒雅而知自警。
自公多暇延参佐， 你公务之暇堪比庾亮邀请众部下一起娱乐，
江汉风流万古情。 在江汉地区将世世代代流传你的逸事豪情。

官样文章供应酬。首联以炎天有寒意、燕雀庆落成点出楼高。次联对楼之高再作铺陈，化用羊球《登西楼赋》诗句“画栋浮细细之轻云，朱栱湿濛濛之飞雨”。后两联转写高楼的主人，说他的威信、民望，不愧为万民瞻仰的将帅，说他性情儒雅不同流俗，最后还称赞他与部下同娱乐可比美西晋名将庾亮。杖钺：手执斧钺，表示有威权；褰帷：撩起帘帷，表示察民情、行德政。

761 | 杜　甫·又作此奉卫王

西北楼成雄楚都， 这座西北高楼建成雄伟地矗立在楚都，
远开山岳散江湖。 眺望可见群山耸峙无数江湖网罗分布。
二仪清浊还高下， 二仪清浊在楼的上下还可以分辨，
三伏炎蒸定有无。 三伏炎蒸因楼高凉爽却难定有无。
推毂几年唯镇静， 将军奉旨镇守荆南几年四境安静，
曳裾终日盛文儒。 门下食客终日出入聚集众多文儒。
白头授简焉能赋， 我已白头衰老虽得卫王授简又怎么能作赋，
愧似相如为大夫。 真是惭愧得很尽管我似司马相如也是大夫。

盼与相如同被用。首联实写楼高，古诗有“西北有高楼”，添“西北”两字，便含“高楼”之意，对句从楼的视野广阔下笔。开：两山对峙；散：江湖分列。次联用虚笔表楼高，等于说它“顶天立地”“高不胜寒”。二仪：天地；定：不定。后半赞扬卫王的文治武功，并强调“盛文儒”，而生出暗示：我与相如同是大夫，能否让我同是王的门客。推毂：受任；曳裾：指门客；文儒：文人骚客。

762 | 杜　甫·暮归

霜黄碧梧白鹤栖， 被秋霜打黄的碧梧有白鹤在那里栖息，
城上击柝复乌啼。 城墙上的打更之声惊得乌鸦刮刮乱啼。
客子入门月皎皎， 我这客子回来踏着皎皎月色走进了门，
谁家捣练风凄凄。 谁家捣练响声随着凄凄冷风传到耳里。
南渡桂水阙舟楫， 想南去渡过桂水却缺少雇船的钱，
北归秦川多鼓鼙。 想往北归秦川又到处战乱不停止。
年过半百不称意， 年过半百依然诸事不称心意，
明日看云还杖藜。 明天看云还是拄着藜木杖子。

早出暮归唯看云。诗人滞留在湖北公安县。首联描绘暮归见闻：白鹤栖于被霜染黄的梧桐，打更声又使无枝栖的乌鸦乱啼。次联点出：暮归时虽月色皎皎，还冷风凄凄，伴随着捣练声声，激发人们思亲怀归之情。三联列举冷酷现实：想南渡，却无钱雇船；要北归，又遭逢吐蕃入寇，来往特多障碍。尾联感叹活到这个年纪仍然事事不如己意，竟至走投无路，明日只得再次简单重复、拄着藜杖看云。

763 杜　甫·公安送韦二少府匡赞

逍遥公后世多贤， 逍遥公的后世子孙贤良者很多，
送尔维舟惜此筵。 我停了船为你送别很珍惜此筵。
念我能书数字至， 如蒙想念能寄简短几字我已满足，
将诗不必万人传！ 给你的诗则不适宜在众人中浪传。
时危兵革黄尘里， 时局艰危全军将士卷入战乱黄尘里，
日短江湖白发前。 时间无多江湖浩渺横在白发老翁前。
古往今来皆涕泪， 古往今来都一样无法避免难禁的涕泪，
断肠分手各风烟。 你我断肠分手后各自面对战争的风烟。

生逢乱世倍伤别。前半向对方致意，说他是逍遥公的贤子孙，要停船送别以此表示珍惜，并叮嘱今后若感念寄来数字便得，而给他的诗不宜随便张扬。逍遥公：韦匡赞祖先的封号。后半对时事抒发感慨，当下时局艰危，朝廷为对付藩镇割据吐蕃侵犯，倾尽兵力投入战争，个人则时间无多，茫茫江湖仍拦在归家的白发人面前，与韦少府分手后，各自仍将生活在无穷战乱之中。

764 杜　甫·人日两首其二

此日此时人共得， 此日此时所有人共得此节日，
一谈一笑俗相看。 有说有笑世俗相沿作乐事看。
尊前柏叶休随酒， 酒杯前的柏叶酒不要随杯奉上，
胜里金花巧耐寒。 人胜里的剪金花似有巧计耐寒。
佩剑冲星聊暂拔， 所佩之剑应可气冲星宿暂且拔出舞动，
匣琴流水自须弹。 匣中之琴能奏高山流水可为自己而弹。
早春重引江湖兴， 今年的早春重新引发闯荡江湖的兴致，
直道无忧行路难。 凭直道行事不愁前路有跨不过的困难。

敢说无忧行路难。首联叙述：此日已成人共有，世俗相沿为乐事。此日：指人日，农历正月初七。次联描写过节乐事：敬美酒、制人胜，还调侃一下不会把樽中所有的柏叶酒随杯送出，和假装糊涂赞叹一句人胜里剪贴的金花不怕天寒。人胜：人日张贴或头戴的饰物。三联续写此日曾舞剑弹琴，似要为自己鼓气。尾联反映诗人此时准备离夔州赴江陵心情极好，感觉有信心克服困难。

765 杜　甫·留别公安太易沙门

隐居欲就庐山远， 若要隐居就应与你这位庐山远公为邻，
丽藻初逢休上人。 初读诗作就视你为善写美文的休上人。
数问舟航留制作， 你多次寻访舟船留下了精心的制作，
长开箧笥拟心神。 我常常打开箱子细心揣度你的心神。
沙村白雪仍含冻， 沙村的白雪虽然尚未解冻，
江县红梅已放春。 江县的红梅已经绽放迎春。
先蹋炉峰置兰若， 设想你先上香炉峰修筑庙宇一意修行，
徐飞锡杖出风尘。 道成后即手持锡杖升于虚空超脱风尘。

不忘故旧曾相访。首联写太易留下的好印象。沙门：即和尚；丽藻：优美诗文；庐山远：曾入庐山修行的东晋惠远高僧；休上人：南朝诗僧汤惠休。次联忆述太易与已的交往过程。箧笥：竹制的箱笼。三联谈对居留旧地的感受：写的是冬去春来，或意指有人对我温暖，有人使我寒心。尾联祝太易在庐山修行有成，得道高飞。其中或也夹带对他羡慕。蹋：同“踏”；兰若：寺庙。

766 杜　甫·晓发公安（数月憩息此县）

北城击柝复欲罢， 北城上打更声又响得令人厌弃，
东方明星亦不迟。 东方的启明星出现得亦不算迟。
邻鸡野哭如昨日， 邻家鸡的叫声伤逝者的恸哭仍如同昨日，
物色生态能几时。 无生者的物色有生者的生态能存在几时？
舟楫眇然自此去， 今早乘舟船闯江湖茫然远走从此离开，
江湖远适无前期。 只能走一程算一程最终去处难以预期。
出门转眄已陈迹， 出了门转眼间这里已变成陈迹，
药饵扶吾随所之。 有药饵可助我走到哪里算哪里。

无多岁月供虚度。首联点明出发之日重复往日景象：五更声照样响，启明星依时见。罢，音义同“疲”。次联补充邻鸡野哭亦如昨，便总括一句：这一切即将消失。三联似见诗人此时既不悲于离公安，亦不悲于无处去，所悲的是数月憩息于此县，而不经意之间，数月何在？从今以后，又有几个数月可供虚度？尾联表示尽管一切即将过去，只要有药物助我疗疾，决不放弃去寻找出路。

767 杜　甫·宇文晁尚书之甥崔彧司业之孙尚书之子重泛郑监前湖

郊扉俗远长幽寂， 郊外别墅远离尘俗长时保持幽静，
野水春来更接连。 春来雨多湖水上涨更与别墅接连。
锦席淹留还出浦， 宴席丰盛久久未完还往湖上去游览，
葛巾欹侧未回船。 一直玩到醉意难掩葛巾歪侧未回船。
尊当霞绮轻初散， 酒杯对着晚霞轻扬随即散，
棹拂荷珠碎却圆。 船桨拂动荷珠碎裂却仍圆。
不但习池归酩酊， 你看比美习池的郑监前湖不但让人酩酊归，
君看郑谷去夤缘。 还能让人去跟如同郑谷的郑监学习搞公关。

惬意游湖美主人。郑监虽被贬为江陵少尹却有驸马身份，他接待这些贵宾特邀杜甫（作为郑监之叔郑虔的好友）陪同。首联赞叹湖边别墅环境幽静。郊扉：指代郑监的湖边宅。次联称赏主人热情好客，好酒好菜招待，还到湖上泛舟游览，流连到醉意外露尚未回船。葛巾：指代宾客。三联刻画游湖所见美景，晚霞轻扬随散、荷珠碎裂仍圆，更觉游兴不低。尾联仍以赞誉主人收束。

768 杜　甫·酬郭十五判官受

才微岁老尚虚名， 我才力微小年岁衰老不过是徒有虚名，
卧病江湖春复生。 且长期卧病飘泊江湖转眼又春天复生。
药裹关心诗总废， 心常关注着药包完整诗篇大都废弃，
花枝照眼句还成。 眼能看到了花枝个别句子或可写成。
只同燕石能星陨， 我写的诗只同燕石一样仅可随星陨落，
自得隋珠觉夜明。 自得你诗顿觉如获隋珠夜里大放光明。
乔口橘洲风浪促， 到衡州经乔口橘洲一路风高浪速，
惊帆何惜片时程。 我这惊涛上的风帆何惜片时旅程。

虽属应酬章法好。首联回应郭诗对自己的称赞，说本人才浅岁大，面对春来还在卧病江湖。次联上句承卧病，总在关注药包，难以写出好诗，下句承春生，有幸春花入眼，尚可凑成几句。三联接诗句话题，对郭诗表态，谦称己诗不过燕石，而郭诗则可比隋珠。燕石：自以为宝、等同陨石的石头；隋珠：传说是蛇报隋侯治好断体之恩所献之夜明珠。尾联表示可能往衡州拜访他。

769 杜　甫·小寒食舟中作

佳辰强饮食犹寒， 要过小寒食节勉强喝点酒饭还是冷饭，
隐几萧条戴鹖冠。 靠着舟中几案消瘦的头脸戴顶隐士冠。
春水船如天上坐， 春水上的船如在天空之中坐，
老年花似雾中看。 老年欣赏花似在云雾里头看。
娟娟戏蝶过闲幔， 翩翩戏蝶穿过闲闲卷起的布幔，
片片轻鸥下急湍。 片片轻鸥追逐滔滔江流下险滩。
云白山青万馀里， 眼前景致云白山青一万多里，
愁看直北是长安。 含愁远看正北方向就是长安。

凄凉晚景念长安。首联以“强饮、鹖冠”突出作者的身世遭遇，艰难飘泊，形容憔悴。次联写人在舟中观感，“天上坐、雾中看”切合年迈多病舟居观景的实际。三联描绘蝶鸥往来自如，反衬作者困居舟中，难有作为。尾联关合全诗，“云白山青”正是寒食节的景色，“愁看直北”也照应“隐几”，并表现了诗人暮年身处如此困境依然念念不忘唐王朝的安危。

770 杜　甫·燕子来舟中作

湖南为客动经春， 出三峡远赴楚地为客常常经历春天，
燕子衔泥两度新。 在长沙看过燕子衔泥将巢两次翻新。
旧入故园尝识主， 旧时燕入我住处曾经认识我这旧主，
如今社日远看人。 如今遇上春社日依然远远看着熟人。
可怜处处巢居室， 可怜的燕子只能到处寻求为自己营造居室，
何异飘飘托此身？ 何异我命运总是飘飘荡荡在江湖托付此身？
暂语船樯还起去， 你在船樯与我说话还于起身飞去后，
穿花贴水益沾巾。 穿花贴水频频回顾使我更泪下沾巾。

同病相怜还有燕。首联叙事：自己在楚地为客，经历过春天，看见过燕子两次入室造巢。湖南：此指洞庭湖之南；动经春：动不动经过春天。次联描写见燕如见故人：双方对望越看越仿佛似曾相识。三联揭示人燕命运相同，燕子到处营造窝巢，正似自己漂泊江湖托身。尾联前十一字切燕，后三字切人，燕似认定此船颠簸难巢居，终于飞走，而栖身在此的主人，也为自己沦落到一家挤在连燕也选不上的破舟益发悲伤。

771 杜　甫·赠韦七赞善

乡里衣冠不乏贤， 长安故里的士族之家涌现不少名贤，
杜陵韦曲未央前。 就在皇室未央宫前面杜陵韦曲那边。
尔家最近魁三象， 你家最近出现了三台魁星的好星象，
时论同归尺五天。 众论你我老家都属距离五尺便到天。
北走关山开雨雪， 你北走关山雨雪当头依然前景开阔，
南游花柳塞云烟。 后南游花柳繁华之地总阻塞于云烟。
洞庭春色悲公子， 洞庭春色因你逝去也难免悲伤失落，
鰕菜忘归范蠡船。 以虾为菜乘范蠡船我亦似忘往家转。

对照先人同有愧。韦赞善名韦津是杜甫世交，早年来长沙，杜甫知他暴病身亡后，有感而作了此诗。前两联说两家祖辈多贤人，双方族望声誉高。杜陵、韦曲：杜、韦两家所在地；魁三：指三台魁星，比拟贵为三公之人。三联说的是韦津从升到沉的人生历程，也反映了杜甫与其相似的人生特点。尾联给当下双方作了定论，洞庭春色为你失落，而我杜甫滞留湖湘也似忘了归家。

772 杜　甫·长沙送李十一衔

与子避地西康州， 我与你避乱寄居异地同时到了西康州，
洞庭相逢十二秋。 在洞庭这里今又相逢不觉过了十二秋。
远愧尚方曾赐履， 多年飘泊远方常有愧于朝廷给予的赏赐，
竟非吾土倦登楼。 所到终非故土空望难解归思而厌倦登楼。
久存胶漆应难并， 与你交往经已多年仍如胶似漆别人难比并，
一辱泥涂遂晚收。 尤其一经辱于泥涂我失意无成晚年才到头。
李杜齐名真忝窃， 你谈及我与李白时合称李杜我真觉配不上，
朔云寒菊倍离忧。 北人秋日送别好友触发乡愁更有加倍离忧。

送友北归感慨深。首联说今天与当年西康州重逢，相距已经十二年。次联说别后这十多年，总在思乡。西康州：即同谷县；赐履：用东汉王乔之典，表示御赐官职等。三联赞叹与李衔交往多年依旧感情牢固如胶漆，特别自己仕途失意直至暮年尚处困顿潦倒之中，更觉难得。尾联感李衔相知之深却要即将送其回长安，行者所往又触发送者乡愁，使秋日送者之忧成倍增加。

773 | 朱　湾·寻隐者韦九山人于东溪草堂

寻得仙源访隐沦， 我要找到仙源而去探访一隐士，
渐来深处渐无尘。 专程一路行来渐至深处渐无尘。
初行竹里唯通马， 起先在竹林间走只能通过马匹，
直到花间始见人。 直至走到花丛里才开始看见人。
四面云山谁作主， 四面皆云绕青山究竟谁人作主，
数家烟火自为邻。 那边见几家烟火自然成了近邻。
路傍樵客何须问， 路旁走过采樵人也不必去问，
朝市如今不是秦。 尘世间还算承平并不是暴秦。

引人入胜神仙境。首联点明题意，要到仙源所在寻访一位隐士，并已动身“渐来深处”、渐离红尘。次联写沿途所见，利用“唯”“始”两字，既突出“一路行来”状态，又表示走在竹林掩映、山花入目的清幽小径。三联以“四面云山、数家烟火”刻画这仙源所在，也就是仙人境界，且妙用“谁”“自”，一问一答，转接自然。尾联标举隐为人的天性，并非全属避祸。

774 | 窦叔向·夏夜宿表兄话旧

夜合花开香满庭， 百合花的清香满庭院散播，
夜深微雨醉初醒。 夜深下着小雨醉后刚酒醒。
远书珍重何曾达， 远地的信记录往事很珍贵却寄不到，
旧事凄凉不可听。 旧日之事大都太过凄凉了不堪再听。
去日儿童皆长大， 当年的孩子全都已经长大，
昔年亲友半凋零。 过去的亲友半数已经凋零。
明朝又是孤舟别， 明早我又要孤身一人乘船远去，
愁见河桥酒幔青。 愁见河桥下的青酒幔难忍悲情。

话旧才完又话别。首联表达话旧时机，亲人重逢先喝点酒，到夜深微雨酒醒时，正百合花开满院香，自然成了话旧最佳时机。次联对“旧事”，仅以“凄凉不可听”略过。三联对“旧人”，则以“儿童皆长大，亲友半凋零”，流露深长的叹息。尾联说话别，实际上也还是话旧：重见当年离别的一幕，真叫人犯愁！全诗围绕话旧展开，情节逐层推进，结构异常紧凑，值得认真揣摩。

775 韦应物·寄李儋元书

去年花里逢君别， 去年花开我们依依惜别，
今日花开又一年。 今又花开我们分别一年。
世事茫茫难自料， 世事渺茫混沌前途很难自料，
春愁黯黯独成眠。 春愁黯黯袭来伴我孤独成眠。
身多疾病思田里， 身体多病常思念田园乡里心欲归隐，
邑有流亡愧俸钱。 治理欠佳属下有流亡百姓愧对俸钱。
闻道欲来相问讯， 听说你将来此要把我探问，
西楼望月几回圆。 我到西楼眺望几回见月圆。

乱世贤臣愧俸钱。首联由今日花开是别后一年，引出这一年遇到的麻烦事，这年冬天长安发生了朱泚叛乱，称帝号秦，唐德宗仓皇出逃。次联说结果未知前途难料，春天来了也是忧思难眠。三联吐露内心矛盾：国家灾难深重而朝廷昏庸，自己身多疾病又无力回天，打算归隐田园，又觉得领了官家俸钱，未能保民平安而心中有愧。尾联表示听说你来探我，已经企盼多时。

776 李　益·同崔邠登鹳雀楼

鹳雀楼西百尺樯， 鹳雀楼的西边矗立百尺桅樯，
汀洲云树共茫茫。 汀洲入云树木入眼一片苍茫。
汉家萧鼓空流水， 汉家鼓乐犹如逝去的流水，
魏国山河半夕阳。 魏国山河已成半落的夕阳。
事去千年犹恨速， 事去已千年尚嫌时间过得快，
愁来一日即为长。 愁来才一日也觉光阴太漫长。
风烟并起思归望， 战乱接连不断激发归乡愿望，
远目非春亦自伤。 远眺景色非春亦会自觉悲伤。

世乱思归感慨深。首联点出两人傍晚登临，眼前有百尺桅樯、茫茫云树。次联面对流水夕阳，涌起怀古伤时之情，深切感叹曾经如此繁华的汉、魏两朝，已经消失了。五、六句承上启下，从历史发展看，当年如此兴盛的汉魏，转眼只剩下流水夕阳；就个人生活言，一旦忧愁起来，便感度日如年。尾联顺势以世乱思归作结，并以所见不管是春非春都感觉悲伤，反衬归心之切。

777 张　籍·赠贾岛

篱落荒凉僮仆饥，屋前的篱落荒凉僮仆似有饥色，
乐游原上住多时。曾经在乐游原上居住过很多时。
蹇驴放饱骑将出，骑上吃饱的跛驴准备要外出，
秋卷装成寄与谁。把秋卷包装妥当打算寄给谁。
拄杖傍田寻野菜，手持木杖傍着田园到处找寻野菜，
封书乞米趁时炊。给信加封向人求米以便及时可炊。
姓名未上登科记，他的姓名还未列在及第者名录上，
身屈惟应内史知。身受委屈只有内史官才可能得知。

诗似一篇小传记。首联叙述贾岛住地，曾久住乐游原，屋前篱落荒凉，僮仆脸有饥色。乐游原：长安近郊。次联续述贾岛一个要骑驴外出寄秋卷的举动，暗示他积极再战科举。秋卷：唐代落第举子寄居京师，过夏课读,其间所作诗文称为秋卷。三联再述贾岛的两种行为，傍田寻野菜和乞米趁时炊，显示他生活异常艰苦。尾联点出贾岛受屈未第，人多未知。内史：掌爵禄废置之官。

778 张　籍·书怀寄王秘书

白发如今欲满头，白发见多如今很快就变得飞雪满头，
从来百事尽应休。这个时候超出己力的事情都该罢休。
只于触目须防病，关注的重点理应是养生防病，
不拟将心更养愁。不该让心胸反而去更惹忧愁。
下药远求新熟酒，需酒调药从严要求选用新熟酒，
看山多上最高楼。能去看山应当尽量多上最高楼。
赖君同在京城住，仰赖你能跟我同在京城居住，
每到花前免独游。使得我每逢看花时可免独游。

老来幸有好同伴。首联叙述自身已经进入衰老之年，应当不做力所不及之事。次联由衰老想到对付衰老的基本对策，以身体健康为重点，让心情舒畅少忧愁。三联由衰老想到对付衰老的重要措施，改善保健条件，增加保健运动。“最高楼”是虚写，表示最高处的意思。尾联转折，为老年有个好同伴感到幸运，言外之意亦意味着：你是我最后的朋友，也是我最好的朋友。

779 | 王　建·江陵即事

瘴云梅雨不成泥， 瘴烟梅雨之下堤面尚未变成污泥，
十里津楼压大堤。 渡口一座驿楼建在此间十里大堤。
蜀女下沙迎水客， 可见蜀女走下沙滩迎接船夫归住所，
巴童傍驿卖山鸡。 还有巴童傍着驿楼不停在喊卖山鸡。
寺多红药烧人眼， 寺中红芍药盛开似一团烈火烧灼人双眼，
地足青苔染马蹄。 地上滋长着青苔入目青青的染绿了马蹄。
夜半独眠愁在远， 我夜半独眠正在为身处远方郁闷，
北看归路隔蛮溪。 当往北察看归家路遥遥隔着蛮溪。

异地景奇惹乡思。首联描述江陵沙市镇的初夏风光，一条连绵十多里的长堤，高温潮湿的梅雨季节没有让它变作烂泥，渡口驿楼就建在堤边。次联表现这里作为长江流域的大米市场和丝绸之路的必经之地，居住着许多外来人口。三联把艳丽的红芍药烧人两眼、遍地的绿青苔染绿马蹄写得很有特色。尾联荡开一笔，写自己身在异乡而发愁，前面的乐景都成了思乡哀情的反衬。

780 | 王　建·赠崔礼驸马

凤凰楼阁连宫树， 公主驸马的楼阁连接着宫中树，
天子崔郎自爱贫。 皇上的崔礼驸马反而独爱清贫。
金埒减添栽药地， 他把豪奢的马场减少而增加栽药园地，
玉鞭平与卖书人。 又把驱马的玉鞭公平对换给卖书的人。
家中弦管听常少， 对家中曼妙的弦管音乐往往很少去倾听，
分外诗篇看即新。 他闲时随性写下的诗篇却令人感觉清新。
一月一回陪内宴， 一个月一回的天子家宴他要去陪伴，
马蹄犹厌踏香尘。 好像马蹄也不喜欢践踏皇家的香尘。

贵为驸马如贫士。首联揭示题旨，居住在连接宫苑楼阁里的崔礼驸马，保持着喜爱清贫的品质。次联表现他处事特殊，他缩小高级马场而扩大栽药园圃，可见乐于寄情花木，也懂得方便众人；玉鞭换书，既见嗜书成癖，又不仗势欺人。三联强调他不重声色犬马，令人想象不到却经常创作诗篇，且作品还常有新意。尾联还推进一步，再以倦于参加每月一次的皇家私宴结束全诗。

781 王　建·早秋过龙武李将军书斋

高树蝉声秋巷里， 在一条秋日的巷子里高树上有蝉声叫着，
朱门冷静似闲居。 一扇显宦的朱漆大门冷静得似闲人所居。
重装墨画数茎竹， 重新装裱壁画上面画的是水墨数茎竹，
长著香薰一架书。 长年点燃香料熏染那些装满架的图书。
语笑侍儿知礼数， 开言带笑的侍婢非常懂得讲究礼数，
吟哦野客任狂疏。 吟咏诗歌的将军则如野老般无拘束。
就中爱读英雄传， 将军阅览期间也喜读英雄传，
欲立功勋恐不如。 还说要讲立功自己恐怕不如。

老将书斋儒者风。 首联用高树蝉声衬得朱门冷静，把将军的住处写得似闲人所居。次联描述书斋的陈设，墙上挂着墨竹图，书架设置熏香炉，对墨画的重装、对熏香的长著，可见其经常流连书斋，而非装点门面。三联从侍儿的知礼，已显将军的儒雅榜样，而将军的吟哦，如疏狂野老无拘束，更见其文人的本色。尾联让他在读英雄传时露出故态，但仍谦称，功勋恐比不上对方。

782 王　建·送从侄拟赴江陵少尹

江陵少尹好闲官， 江陵少尹确实是个好的闲官，
亲故皆来劝自宽。 亲友故旧都来劝你要求从宽。
无事日长贫不易， 闲官难免贫困你无事日长则更不易过，
有才年少屈终难。 闲官难免委屈你有才年少则更觉艰难。
沙头欲买红螺盏， 那里的沙头渡口欲买红螺盏盛的美酒，
渡口多呈白角盘。 实际上呈上来的可能盛酒器是白角盘。
应向章华台下醉， 应前往章华台那样的名胜去消愁解闷，
莫冲云雨夜深寒。 请勿冲云冒雨还应当注意夜深易受寒。

语直情深劝后生。 首联引用众亲故的一致观点，从侄拟担任的江陵少尹，是个很好的闲官，希望他降低要求，将就赴任。次联具体指出，从侄赴任后将会因贫困与委屈而日子不好过。三联坦诚告知感觉不称意，可到沙头渡口的酒楼买酒消愁，并指出那里外地的客商和产品不少。尾联建议，还应到江陵附近的章华台求得舒心一醉，但勿被风雨夜寒所伤。章华台：周灵王离宫。

783 王　建・闲说

桃花百叶不成春， 桃花开满枝头还不成春，
鹤寿千年也未神。 鹤寿上了千年也未算神。
秦陇州缘鹦鹉贵， 秦地陇州因产鹦鹉而声名显贵，
王侯家为牡丹贫。 王侯之家为竞购牡丹不惜变贫，
歌头舞遍回回别， 歌形舞态回回有别，
鬓样眉心日日新。 发式眉妆日日翻新。
鼓动六街骑马出， 街鼓一响京城的富家子弟骑马而出，
相逢总是学狂人。 相逢问讯总是追求极度享乐的狂人。

似谀实讽批豪贵。首联把本是春、可算神加以否定，让读者更深刻认识以下现象。中二联列举豪门贵族奢靡生活的反常状态：或者崇尚鹦鹉，产鹦鹉处成了宝地；或者耽玩牡丹，因购牡丹竟致破产；或追求歌舞出奇斗胜；或讲究装扮花样翻新。尾联揭示同骑马而出的豪贵相比，万朵桃花、千年鹤寿确实不稀奇，如此争豪斗富才令人惊讶，批判了豪门贵族极度奢靡的生活。

784 刘禹锡・望夫山

何代提戈去不还， 你丈夫何代的人拿起武器一去不还，
独留形影白云间。 你只把自己身影单独留在白云中间？
肌肤销尽雪霜色， 雪霜使你身上的肌肤销尽色泽，
罗绮点成苔藓斑。 苔藓让你所穿的罗绮点染成斑。
江燕不能传远信， 一年一度的江燕难替你传递久远的信息，
野花空解妒愁颜。 每岁一开的野花只知妒忌你长驻的愁颜。
近来岂少征人妇， 近来出现这样的征人妇难道数量不是很多吗？
笑采蘼芜上北山。 她们带着笑意去采蘼芜登上有你英姿的北山。

总有人怀必胜心。首联用提问叙事：望夫山是高处有个征妇身影的山头。次联展示这个征妇的形象：雪霜使她肌肤褪色，苔藓使她罗绮染斑。三联表现从江燕、野花这些邻近对象无法获知征夫的情况，让人感觉他毫无归来的迹象。尾联别开生面，展示不少征人妇欢声笑语地登上有征妇形象的北山采蘼芜，她们相信，戍边的丈夫很快就回来。蘼芜：古代认为可使妇人多子的香草。

785 | 刘禹锡・阳山庙观赛神

汉家都尉旧征蛮， 汉光武驸马都尉梁松死后为神因旧日征蛮，
血食如今配此山。 由汉代至唐代他享受祭祀的庙就在此阳山。
曲盖幽深苍桧下， 祭坛设在苍老桧树下树顶如盖子叶茂密，
洞萧愁绝翠屏间。 洞箫声带着愁极调子飘荡在并排树木间。
荆巫脉脉传神语， 荆地巫者神态庄严念念有词传递神语，
野老娑娑启醉颜。 村野老人舞步蹒跚脸色通红一副醉颜。
日落风生庙门外， 赛神结束之后庙门外面太阳下山凉风起，
几人连蹋竹歌还。 人们三三两两踏着拍子唱竹枝词把家还。

土著赛神如实记。首联交代阳山庙来历，汉光武时驸马都尉梁松因征蛮有功死后为神，一直在阳山庙里享受祭祀。次联描写祭坛场景：祭坛设在树阴下，箫声飘荡树木间。三联抓住“荆巫”“野老”的不同特征继续刻画赛神过程，荆巫传神语、野老现醉颜，都让人留下特别深刻的印象；神语满嘴等于胡话连篇，对巫的态度反映对神的态度。尾联说还家土人脚踏拍子、口唱竹枝，仿佛文娱活动。

786 | 刘禹锡・再授连州至衡阳酬柳柳州赠别

去国十年同赴召， 我们被贬离京十年再齐赴新贬地，
渡湘千里又分歧。 同行千里渡过湘水然后各自分飞。
重临事异黄丞相， 我两任刺史与黄霸两任太守有别，
三黜名惭柳士师。 更自叹不如三次被贬黜的柳士师。
归目并随回雁尽， 想回去的目光随北归大雁消失天际，
愁肠正遇断猿时。 正当愁肠百结恰听到了凄厉的猿啼。
桂江东过连山下， 每当桂江向东流经连山之下，
相望长吟有所思。 我会望着你长声吟唱《有所思》。

忠言遭谤有公论。首联勾画二人屡遭贬谪的曲折经历。次联以西汉贤相黄霸忠心被信任两次做颍川太守而名重天下，对比自己忠言被曲解两次贬为连州刺史而接连负罪；还对似柳下惠三黜的柳宗元表示敬佩。黄丞相：指西汉黄霸；柳士师：指春秋时的柳下惠。三联流露好友分别前归目随雁尽、愁肠遇猿啼，异常难过。尾联企盼日后以山水相通、长吟遥望，抚慰两地相思。

787 | 刘禹锡·别夔州官吏

三年楚国巴城守， 已担任了三年楚地的巴城太守，
一去扬州扬子津。 今日离开这里前往扬州扬子津。
青帐联延喧驿步， 送行青帐延至驿馆人们一片喧闹，
白头俯伛到江滨。 还有老人弯腰曲背随从到达江滨。
巫山暮色常含雨， 暮色的巫山中秋来的峡水里，
峡水秋来不恐人。 总伴着及时雨不会惊吓着人。
惟有九歌词数首， 无以为报只有仿九歌写下竹枝词数首，
里中留与赛蛮神。 聊表寸心留给众乡里可用来迎赛蛮神。

被贬蛮荒做好官。首联点题：当了三年夔州刺史，今天乘船往扬子津。扬子津：扬州的重要渡口。次联刻画当地官民送别的盛况，青帐绵延至驿馆，白头俯伛到江滨。三联带着依恋的感情写下巫山峡水留给自己的美好印象。尾联说仅有几首歌词留下，流露出未能更好奉献的歉意。九歌：《楚辞》的篇名，是屈原对古代神话的改作，竹枝词则是刘禹锡对当地民歌的改作。

788 | 刘禹锡·酬乐天扬州初逢席上见赠

巴山楚水凄凉地， 这个巴山楚水曾是令人凄凉之地，
二十三年弃置身。 度过二十三年更是被人弃置之身。
怀旧空吟闻笛赋， 怀旧友难堪人天相隔唯有空吟向秀思旧赋，
到乡翻似烂柯人。 到故乡一切面目全非反似隔别百年烂柯人。
沉舟侧畔千帆过， 沉船的旁边仍有千船驶过，
病树前头万木春。 病树的前头依然万木争春。
今日听君歌一曲， 今天承你美意为我吟诵诗篇，
暂凭杯酒长精神。 暂凭这杯美酒重新振奋精神。

广阔胸襟识见高。首联回顾长期的贬谪生活，好像在荒凉的巴山楚水被弃置了二十三年。次联借用典故表示久谪归来因人事、世事的变迁而怅惘。三联把自己比作“沉舟”“病树”，意谓虽屡遭贬谪，但新人辈出更堪欣慰，对个人升沉，表现出豁达的襟怀，反而劝告白居易不必为此抱不平。尾联顺势点明酬谢之意，并表示凭君杯酒、更长精神，重新投入今后的生活。

789 刘禹锡·和乐天鹦鹉

养来鹦鹉觜初红， 驯养的鹦鹉嘴已开始变红，
宜在朱楼绣户中。 它适合居住在朱楼绣户中。
频学唤人缘性慧， 反复学说人话是由于它的天性聪慧，
偏能识主为情通。 偏能识得主人是因与主人感情相通。
敛毛睡足难销日， 当它敛毛睡足后会难以打发日子，
亸翅愁时愿见风。 而垂翅含愁之际又希望能去兜风。
谁遣聪明好颜色， 谁人能指派这些聪明漂亮家伙，
事须安置入深笼。 要做好此事须安置它们入深笼。

能言鹦鹉盼明主。首联断定：驯养的鹦鹉，适合住在朱楼绣户。次联描绘它们具备在朱楼绣户居住的条件：能说主人爱听的话，得到主人无比信任。三联刻画它们必须拥有自我的天地，决不能用普通的牢笼囚禁它们。亸：下垂。尾联等于点破所说的"谁"，指的是能把鹦鹉安置在使它舒适的环境之中的明智的主子。深笼：其内涵主要是首联说的朱楼绣户，但应该还有别的。

790 刘禹锡·西塞山怀古

王濬楼船下益州， 王濬的楼船离开益州沿江东下，
金陵王气黯然收。 显赫无比的金陵王气黯然回收。
千寻铁锁沉江底， 被烧毁的千丈铁链沉入江底，
一片降幡出石头。 象征吴亡一片降幡露出石头。
人世几回伤往事， 人世间经历多少叫人感伤的往事，
山形依旧枕寒流。 西塞山依旧枕着滚滚的长江寒流。
今逢四海为家日， 如今全国统一四海已成为一家，
故垒萧萧芦荻秋。 故垒芦荻萧瑟显露出冷落清秋。

摧枯拉朽灭吴国。首联叙事：西晋王濬楼船从益州沿江东下，金陵王气立即黯然收敛，刚下便收，形容极快。次联表现晋军毁掉拦截楼船的大铁链，直抵金陵逼使吴王孙皓投降。寻：长度单位，等于8尺。三联以山川旧貌存，反衬人事变迁大，加强警示作用，又可承上启下。尾联荡开一笔，等于说今天这个荒凉的故垒，便是割据覆灭的见证，这是对新的割据势力的当头棒喝。

791 刘禹锡·荆门道怀古

南国山川旧帝畿， 荆州的山河过去曾经是帝畿，
宋台梁馆尚依稀。 南朝楼馆还残留少量的遗迹。
马嘶古道行人歇， 古道上马儿嘶鸣行人歇息，
麦秀空城野雉飞。 空城中长满庄稼野鸡乱飞。
风吹落叶填宫井， 寒风吹落树叶填塞宫井，
火入荒陵化宝衣。 野火烧进荒陵焚毁宝衣。
徒使词臣庾开府， 空使留居北方的词臣庾信，
咸阳终日苦思归。 在咸阳一天到晚苦苦思归。

唐朝将步梁朝后。首联点明荆州地方曾是帝畿，南朝梁元帝定都于此。南朝：包括刘宋、南齐、南梁、南陈四个朝代；帝畿：国都附近的地方；宋台梁馆：南朝时代著名建筑物。次联描画萧条景象：马嘶行人歇，麦秀野鸡飞。三联表现破败状态，落叶填宫井，荒陵烧宝衣。宝衣：玉衣。尾联说空使庾信思荆州，意谓旧帝畿已荒凉破败，不足留恋了，明写庾信思念江陵，暗喻诗人牵挂长安，一语双关，令人回味。

792 刘禹锡·汉寿城春望

汉寿城边野草春， 汉寿城边可见野草生长茂盛，
荒祠古墓对荆榛。 荒祠古墓之前尽是成丛荆榛。
田中牧竖烧刍狗， 田里的牧童焚烧丢弃的刍狗，
陌上行人看石麟。 路上的行人观看遗留的石麟。
华表半空经霹雳， 华表已经半毁曾遭雷电轰击，
碑文才见满埃尘。 碑文仅可辨认由于积满灰尘。
不知何日东瀛变， 不知何时又发生沧海桑田之变，
此地还成要路津。 这里还会成为南北交通的要津。

变废为兴勇进取。首联指出汉寿城已成废墟。荆榛：带刺的灌木。次联出现田中牧童烧刍狗，陌上行人看石麟，显示田地荒芜成牧所，荆榛遍地石麟奇。刍狗：茅草制作的狗形祭品。三联列举指示方向的华表和标志里程的路碑，表明这里曾是交通要道。尾联认为兴废能互相转化，相信此地会重新复兴。东瀛变：东瀛即东海，据《神仙传》麻姑谓接待以来“见东海三为桑田”。

793 | 刘禹锡·始闻秋风

昔看黄菊与君别， 去年秋天看黄菊与你依依惜别，
今听玄蝉我却回。 今年秋天黑蝉叫我又及时返回。
五夜飕飗枕前觉， 你五更的飕飗之声已于枕前察觉，
一年颜状镜中来。 我一年的容颜变衰也从镜中传来。
马思边草拳毛动， 不过我似骏马想起边草便拳毛抖动，
雕眄青云睡眼开。 也好像是大雕顾盼青云会睡眼睁开。
天地肃清堪四望， 秋高气爽正好极目远望，
为君扶病上高台。 我为陪你抱病登上高台。

闻秋风壮心仍在。首联代秋风发言，它重情地说，去年秋天与你暂分别，今年秋天我又来见你。次联诗人对秋风说，你的声音劲疾我已于枕前听到，我的颜状衰老也已从镜中看清，前句点出“始闻秋风”，后句有点秋风依旧人非旧的味道。三联却自比思边草即拟奔驰的骏马和见青云便欲高飞的大雕。尾联更意味着颜状虽衰而豪情不减，大有“烈士暮年，壮心不已”之慨。

794 | 刘禹锡·乐天见示伤微之敦诗晦叔三君子皆有深分因成是诗以寄

吟君叹逝双绝句， 吟诵起你哀悼亡友这两首绝句，
使我伤怀奏短歌。 使我心中感到悲伤写成此短歌。
世上空惊故人少， 徒然惊叹人世上的熟识朋友越来越少，
集中惟觉祭文多。 又只觉得文集中的祭奠文章越来越多。
芳林新叶催陈叶， 茂密的树林新叶不断替换了旧叶，
流水前波让后波。 奔腾的流水前波总是让位给后波。
万古到今同此恨， 从古到今的人都难免有哀悼死者的憾事，
闻琴泪尽欲如何。 你为逝者悲痛流尽眼泪不能复生又如何?

尊逝善存知生死。首联称对方诗句也令自己对友人离世感触很大。次联表露只能徒然惊叹老友日益少、祭文日益多，伤痛之情、孤独之感溢于言表。三联形象比喻包含深刻哲理，意谓人有生死是客观存在，像树叶的新旧交替、水流的前后相继，只能顺其自然，积极对待。尾联以认清规律的豁达态度劝告对方，悲痛难免还应该尊重逝者、善待生者，尤其生者必须好好地活下去。

795 白居易·李白墓

采石江边李白墓， 采石江边有李白的坟墓，
绕田无限草连云。 围绕墓地是野草欲连云。
可怜荒垅穷泉骨， 可怜躺在这荒芜坟墓里者，
曾有惊天动地文。 曾经写过惊天动地的诗文。
但是诗人多薄命， 凡是身为诗人大都命运不好，
就中沦落不过君。 其中失意落魄无人超过李君。
渚蘋溪草犹堪荐， 渚蘋溪草仅能权作供品进献，
大雅遗风已不闻。 大雅遗风早就已经后继乏人。

几个反差识李白。首联描画李白墓的荒凉冷落。田：指墓地。次联形成第一个反差：埋没在此荒野黄泉的曾写过惊天动地的文字。三联出现第二个反差：他是命运不好的诗人中命运最不好的。尾联字面上是渚蘋、溪草尚可权作供品，实际是说李白之后虽有可读作品，但真正继承诗经正声的却没有了，成为第三个反差。荐：进献。此诗普遍流传的多为前六句，后两句是否后人补作，尚无确实定论。

796 白居易·卜居

游宦京都二十春， 长期出外在京都长安等地做官已二十年，
贫中无处可安贫。 仍无条件购买自己的房子解决安家之困。
长羡蜗牛犹有舍， 经常羡慕蜗牛还有背上的房间可住，
不如硕鼠解藏身。 也比不上老鼠能够到处有地方藏身。
且求容立锥头地， 我仅暂求能容纳锥头的住地，
免似漂流木偶人。 免做好像不断漂流的木偶人。
但道吾庐心便足， 只要能让我说出这是我房子心便满足，
敢辞湫隘与嚣尘。 哪里还敢嫌弃它低洼狭小喧闹又多尘。

居者有其房不易。首联提出在外做官二十年，从基层到中央，仍未能自费买房，得不到安定的家。次联说因此心里常羡慕有自己房子的蜗牛和老鼠。三联坦言对住房要求并不高，只要有个立锥之地、不做漂流木偶便得，流露一种无奈又凄凉的漂泊心态。尾联的“湫隘嚣尘”是齐景公欲更晏子旧宅的理由，晏子是安于旧宅的，似乎显示出诗人的内心深处，还有效法先贤的境界。

797 | 白居易·欲与元八卜邻先有是赠

平生心迹最相亲， 你我是生平最知心最亲密的好朋友，
欲隐墙东不为身。 都渴望隐居生活而不愿让名利缠身。
明月好同三径夜， 明月清辉美好能两户同照，
绿杨宜作两家春。 绿杨春色宜人可两家平分。
每因暂出犹思伴， 每逢暂时出门尚思好伴，
岂得安居不择邻？ 怎可长期安居不选好邻！
何独终身数相见， 何止你我两人能终身常见面，
子孙长作隔墙人。 我们子孙后代也长作隔墙人。

恳求好友结成邻。 前半写两家结邻是合适的，彼此志趣相同，结为邻居可共享明月清辉、绿杨春色。三径：出自陶潜《归去来辞》的“三径就荒”，原为家园小径，借指家园。后半写自己对结邻的独特想法：“暂出犹思伴”，怎能“安居不择邻”；何止自身常相见，后代也相亲。好像是力求说服对方接受结邻要求，其实也在真诚坦露对好友的极端仰慕，表现出纯洁而深厚的友情。

798 | 白居易·镜换杯

欲将珠匣青铜镜， 想拿珠饰匣子所盛青铜之镜，
换取金尊白玉卮。 去换取金属镶边的白玉酒杯。
镜里老来无避处， 镜里看到衰老无法逃避，
尊前愁至有消时。 杯前若有忧愁可使消弭。
茶能散闷为功浅， 喝茶可解郁闷作用不够大，
萱纵忘忧得力迟。 萱草虽能忘忧收效比较迟。
不似杜康神用速， 难比杜康始作的高粱酒见效神速，
十分一盏便开眉。 只要喝一杯的十分之一便会开眉。

无奈无知被酒伤。 首联提出奇怪问题：欲拿铜镜换酒杯。次联申述理由：镜中衰老难逃避，杯前愁至可消除。三联把同样能消愁的东西拿来比较：结果茶的不足是功效较小，萱草缺点为收效较慢。尾联突出主旨：借酒消愁，功效显著，尤其杜康始作的高粱酒见效神速，只喝十分之一杯，便使愁眉开展。诗人一生多忧愁，无奈多喝酒，晚年悔恨“痛饮年深肺损伤”已经迟了。

799 白居易·端居咏怀

贾生俟罪心相似， 被贬江州此心与贾谊待罪长沙相似，
张翰思归事不如。 也拟归家而事与张翰莼鲈之思稍殊。
斜日早知惊鹏鸟， 面对斜阳早就如同贾谊见鹏鸟而忧伤命运，
秋风悔不忆鲈鱼。 遇上秋风才知悔恨忘记了归家可只为鲈鱼。
胸襟曾贮匡时策， 我的胸襟曾经贮存过匡时之策，
怀袖犹残谏猎书。 我的怀袖仍然残留着谏猎之书。
从此万缘都摆落， 从此一切因缘都排在后面，
欲携妻子买山居。 只想携妻带子往山林隐居。

独善其身由此起。首联概括被贬心境，像贾谊待罪长沙、似张翰打算归家，不过自己由于忠言被谤而非想吃鲈鱼。端居：闲居。次联反思自己：似乎早知将有凶险，后悔没能及时脱身。鹏鸟：楚人称鸮为鹏。三联凶险已成事实又怎么办，先把辅佐朝廷的济世之策、劝谏之书，全都搁置起来。而压倒一切的，就是尾联所说从此万缘放下，准备全家隐居山林。万缘：犹万事。

800 白居易·香炉峰下新卜山居草堂初成偶题东壁四首其三

日高睡足犹慵起， 日已高睡亦足还懒于起来，
小阁重衾不怕寒。 居小阁盖重衾也不怕天寒。
遗爱寺泉欹枕听， 遗爱寺的泉声靠着枕头谛听，
香炉峰雪拨帘看。 香炉峰的雪色拨开窗帘细看。
匡庐便是逃命地， 匡庐便是我的逃命地，
司马仍为送老官。 司马仍为我的送老官。
心泰身宁是归处， 心安身宁是我归去之处，
故乡可独在长安？ 故乡怎能仅限于在长安？

不贪名利恋山林。首联初住庐山草堂体会：阁小衾重不冷，日高睡足还懒起。次联续说在床上欹枕听泉声、拨帘看雪色，并且是遗爱寺旁的泉、香炉峰上的雪。三联坦露这里便是逃命处，司马便是送老官。匡庐：传说殷周时有匡氏兄弟七人结庐隐居于此，后成仙而去，其所居之庐幻化为山，故得此名。尾联讲出内心观点：身心安宁是追求的归宿，故乡不必局限长安。可：指岂。

801 白居易·除忠州寄谢崔相公

提拔出泥知力竭，你把我提拔让我挣脱泥坑可知出力已尽，

吹嘘生翅见情深。你为我吹嘘使我生出翅膀足见用情至深。

剑锋缺折难冲斗，剑锋缺折很难让锋芒上冲牛斗，

桐尾烧焦岂望琴！桐尾烧焦怎能指望它可制好琴！

感旧两行年老泪，流下两行感谢旧友的年老之泪，

酬恩一寸岁寒心。怀抱一寸酬答恩德的岁寒之心。

忠州好恶何须问，忠州是好是坏何须再问，

鸟得辞笼不择林。鸟得脱离牢笼不会择林。

仍爱仕途求济世。首联表示对方从泥坑中把自己救出、从断翅中让自己再生，是尽力尽情的。次联致歉，认为自己如剑锋缺折、桐尾烧焦，怕辜负厚望。冲斗：晋朝司空张华，望见斗（南斗星）牛（牵牛星）之间有紫气，后知为宝剑精气冲天。三联流露满腔感激，既有感谢旧友帮助之意，也有经历岁寒的松柏感谢春晖恩惠之意。尾联更把调任忠州刺史比作鸟儿走出囚笼。

802 白居易·西省对花忆忠州东坡新花树因寄题东楼

每看阙下丹青树，当看到宫里树木似丹青般青翠，

不忘天边锦绣林。想起忠县像锦绣一样的花木林。

西掖垣中今日眼，今日西侧矮墙中的一双眼睛，

南宾楼上去年心。再现去年忠县南宾楼上欢心。

花含春意无分别，花木蕴涵的春意虽无分别，

物感人情有浅深。外物感染的人情却有浅深。

最忆东坡红烂熳，最难忘东坡那种百花盛放红烂漫，

野桃山杏水林檎。野桃山杏水林檎品种繁多乐坏人。

忠州变样人难舍。首联点题：从忠州调任京官后由宫中花木忆起东坡花木。次联特别指出：所忆主要是在忠州从排斥到欣赏的心态，所谓“南宾楼上”的欢心。三联再申述：花本身无感情，它蕴含的春意没有多少好坏之类的分别，而人对花的感受却有情感上的悬殊。尾联描述当年面对忠县开垦的东坡百花齐放，曾让自己异常兴奋惊奇无比。水林檎：据本草，是果树中柰之小而圆者。

803 白居易·早冬

十月江南天气好， 江南的十月天气却非常好，
可怜冬景似春华。 冬景也可爱似春花美如画。
霜轻未杀萋萋草， 霜轻未冻死路边茂盛的小草，
日暖初干漠漠沙。 日暖刚晒干滩头密布的河沙。
老柘叶黄如嫩树， 老柘树虽然叶黄仍像初生的嫩树，
寒樱枝白是狂花。 寒樱却枝枝雪白尽是疯狂的白花。
此时只羡闲人醉， 此时只羡悠闲的人可以喝醉，
五马无由入酒家。 我这太守没有理由走入酒家。

江南太守早冬醉。首联明确肯定江南冬景美似春花，华就指花。次联从气温上说：霜轻未杀草、日暖始干沙。三联从树木上说：老柘如嫩树、寒樱绽白花。柘树：名贵树木,有“南檀北柘”之称；寒樱：寒天樱花树。尾联以羡慕江南人悠闲、恬淡的生活作结。五马：太守代称，作者为苏州太守，太守乘坐的车用五匹马驾辕，因借指太守的车驾，进而引申为指代乘坐此车的人。

804 白居易·感兴二首其一

吉凶祸福有来由， 人间的吉凶祸福其产生都有来由，
但要深知不要忧。 对于凶险灾祸只要深知不必担忧。
只见火光烧润屋， 多见到火光烧掉润饰华丽的豪宅，
不闻风浪覆虚舟。 少听说风浪击沉没载货物的空舟。
名为公器无多取， 名利既是公器也可引致身灾，
利是身灾合少求。 不该贪图多取应当尽量少求。
虽异匏瓜谁不食， 虽然味美匏瓜谁都想吃，
大都食足早宜休。 大概每当吃够便应停口。

贪求名利易遭殃。首联要求认识凶险灾祸的来由。次联例举事实，烧掉的是物质多的屋，沉掉的是有载物的船。三联断定凶祸来自过分追逐名利，并精辟分析：名利是公器（公众皆用之器比如锄头，个人拥有锄头而不去种地，毫无意义，拥有名声和财富不能发挥应有的作用，同样无意义），也是身灾（名满天下，谤亦随之，富甲一方，众人侧目）。尾联再强调名利应适可而止，不宜贪多。

805 白居易·感兴二首其二

鱼能深入宁忧钓？ 鱼能潜入深水难道还怕钓钩？
鸟解高飞岂触罗？ 鸟懂高飞蓝天怎会投入网罗？
热处先争炙手去， 见热处便争先恐后要去把手炙，
悔时其奈噬脐何！ 后悔时怎奈噬脐莫及又能如何！
樽前诱得猩猩血， 猩猩血可在樽前诱得因其易被酒迷惑，
幕上偷安燕燕窠。 欲偷安把窠巢筑幕上燕子终于难免祸！
我有一言君记取： 我有一句说话值得你们牢牢记取，
时间自取苦人多！ 在时间长河里自取其苦的人很多。

祸由自取警人深。首联说鱼说鸟，意谓人要免祸就应懂得深谋远虑，趋吉避凶。次联揭露不少人眼光短浅，毫无远见，谁人势高气盛，炙手可热，就抢着投靠谁，当此人身败名裂，连累自己，悔之已晚。三联再以猩猩樽前贪酒被诱杀、燕子幕上造窠难免祸为例，告诉人们切勿贪图一时好处或苟安，而不顾后果。燕燕：指燕子，因要与猩猩构成对仗。尾联干脆用祸由自取作结。

806 白居易·放言五首其一

朝真暮伪何人辨， 日真夜假现象太多谁可一一分辨，
古往今来底事无。 古往今来什么事情都不能说绝无。
但爱臧生能诈圣， 世上人只常议论伪装圣人的臧生，
可知宁子解佯愚。 可知道有个宁子却善于处世扮愚。
草萤有耀终非火， 草中的萤虫发光终归不是火，
荷露虽团岂是珠。 荷叶的露水虽圆岂会是珍珠？
不取燔柴兼照乘， 不懂分清烧柴的火光与照亮车马的珠光，
可怜光彩亦何殊。 误认为此两者的光彩没啥不同实在糊涂！

分辨应知真货色。首联以反问点出世间真假难分的现象很多。底事：何事。次联特举世人只爱谈臧生伪装圣人、却不知宁子假扮愚人。臧生、宁子：即春秋时的臧武仲、宁武子，臧生奸而诈圣，宁子智而佯愚，众人却看重前者、忽视后者。三联指出分辨真假也不难，因为萤火到底非火、荷露终归非珠。尾联便提供“货比货”的对比之法。照乘：指能照亮前后各十二辆车的珍珠。

807 白居易·放言五首其二

世途倚伏都无定， 世上的福傍着祸祸又藏着福每难辨认，
尘网牵缠卒未休。 它们在尘世当中又互相纠缠总不罢休。
祸福回还车转毂， 祸福轮番出像车轮的频转动，
荣枯反覆手藏钩。 荣枯反复现似玩游戏手藏钩。
龟灵未免刳肠患， 龟灵于卜而未能免受开膛之患，
马失应无折足忧。 马失应无因骑马而摔断腿之忧。
不信君看弈棋者， 如不相信请您看看下棋的人，
输赢须待局终头。 要知输赢还得等到局终以后。

回环祸福全程看。首联揭示祸福互相依存，今尚可见。次联再指出祸福、荣枯不停转化，轮流出现。三联还引用福变祸、祸变福的实例，龟可预知属好事，却惹来刳肠杀身之祸；塞翁失马是坏事，却不必担心骑马折足。尾联建议，若不信祸福转化之理，可借鉴观棋经验，看到事物发展的整个过程，便知此理非虚。作者用诗的语言讲祸福转化，似对转化要讲究条件的重要性未能顾及。

808 白居易·放言五首其三

赠君一法决狐疑， 我送给你一种决狐疑的好办法，
不用钻龟与祝蓍。 不需龟甲蓍草去占卜也能破析。
试玉要烧三日满， 检验美玉真假需要烧满三天，
辨材须待七年期。 辨别木材好坏要有七年之期。
周公恐惧流言日， 周公经历害怕流言蜚语之日，
王莽谦恭未篡时。 王莽有过扮谦恭图篡位之时。
向使当初身便死， 假使当初他们便身死，
一生真伪复谁知？ 一生真假又有谁人知？

全面识人防误判。首联提出送人决“狐疑”之法，设置悬疑，引人关注。决狐疑：让人在如同狐狸那样犹疑不决时很快能作出决断。次联举例试玉、辨材，各要三天、七年。三联列举周公曾被诬有野心、王莽曾事主扮谦恭。尾联反问：如果他们当时死掉，这两人一生的真假便无人能够得知，强调通过实践检验，对事物全面认识，不能以一时一事为据，以免把周公看成篡权小人，把王莽当作谦恭君子。

809 白居易·放言五首其四

谁家第宅成还破， 谁家的住宅建成后最终也免不了残破，
何处亲宾哭复歌。 哪里的亲朋都因贫贱而哭因富贵而歌。
昨日屋头堪炙手， 昨天屋内还住着炙手可热人家，
今朝门外好张罗。 今天门外就适宜捕雀张开网罗。
北邙未省留闲地， 北邙山不见留闲地代代富人贫人挤往那里，
东海何曾有定波。 东海没有恒定波涛它包藏沧为桑田的劫波。
莫笑贱贫夸富贵， 不要嘲笑贫贱而夸耀富贵，
共成枯骨两如何。 死后都成枯骨彼此又如何。

夸富轻贫太不该。首联点题，揭露成败贵贱的普遍性。次联铺陈，例举某个富贵人家昨盛今衰的景象。炙手：热得烫手，比喻权贵势焰之盛；张罗：张开网罗。三联还引入北邙、东海的变迁做旁证。北邙：山名，在今河南省洛阳市北，东汉及北魏的王侯公卿死后多葬于此，后常泛指墓地。尾联昭示旨意，富贵贫贱必定“共成枯骨”，因此，别人贫贱不要去嘲笑，身处富贵也不足夸耀，希望嫌贫媚富者有所醒悟。

810 白居易·放言五首其五

泰山不要欺毫末， 泰山之大不能看不起毫毛的渺小，
颜子无心羡老彭。 寿短颜渊无意羡慕老聃彭祖寿长。
松树千年终是朽， 松树活了一千年终究要腐朽，
槿花一日自为荣。 槿木仅开花一天也自觉荣光。
何须恋世常忧死， 何必迷恋尘世常怕死，
亦莫嫌身漫厌生。 也勿嫌弃自身而轻生。
生去死来都是幻， 生存与死亡都不过是一种幻觉，
幻人哀乐系何情。 不应为梦幻般的悲欢过度伤情。

新陈代谢平常事。首联即点明题旨，说泰山不要欺负毫毛、活了32岁的颜渊不必羡慕活了过百岁的老彭，因为新陈代谢是事物发展的规律。颜子：即颜渊，虽寿命不长，在孔丘弟子中以德行著称；老彭：指彭祖，传说活了八百余岁。次联又举松、槿为例，显示此规律。三联劝告世人，无须“忧死”，也勿“厌生”。尾联把生死这种常态看成幻觉虽不足取（至少应知生死是自然现象的固有规律），但避免反应过度却是明智的。

811 | 白居易·眼病二首其一

散乱空中千片雪， 眼睛总见空中飘动起千片散乱飞雪，
蒙笼物上一重纱。 在各种物体上笼罩着一层朦胧轻纱。
纵逢晴景如看雾， 纵遇天气晴明也如看有雾之景，
不是春天亦见花。 不是到了春天也能见到很多花。
僧说客尘来眼界， 僧医认定是客尘走进了眼界，
医言风眩在肝家。 民医诊断为风眩侵入了肝家。
两头治疗何曾瘥， 两头治疗尚未痊愈，
药力微茫佛力赊。 药力微弱佛力也差。

竟将病历写成诗。前两联描述的症状：眼睛总见空中飘雪、物上笼纱、天晴有雾、非春有花，正是中医眼科云雾移睛病的表现，相当于现代眼科的玻璃体混浊和出血。后两联是诊断、治疗的结果。两头：僧民之医。造成诗人眼病的原因，他自己曾说过“早年勤倦看书苦，晚岁悲伤出泪多”，其实长期过量喝酒应属主因。酒的主要成分为乙醇,它能使视神经萎缩，严重的可导致失明。

812 | 白居易·眼病二首其二

眼藏损伤来已久， 眼睛损伤由来已久，
病根牢固去应难。 病根牢固治好应难。
医师尽劝先停酒， 医师都劝我首先停止喝酒，
道侣多教早罢官。 同伴多叫我早一点不当官。
案上谩铺龙树论， 案头上白白堆着龙树论，
盒中虚撚决明丸。 盒子里徒然盛着决明丸。
人间方药应无益， 人间方药应该难有助益，
争得金篦试刮看。 若能试刮金篦或可好转。

诗人病久也知医。首联自觉眼病多年，病根牢固，不易治好。藏：同“脏”。次联列举旁人建议：医生劝停酒、同伴叫辞官。后两联说，经自己钻研和实践，此病让眼科名著《龙树论》也解决不了，用眼科圣药“决明丸”也无济于事，只好寄希望于“试刮金篦”。龙树论：隋唐时随佛教传入中国译成中文的印度医书；金篦：又称金针拨障术，是在寺庙中由印度僧人完成的手术。

813 | 白居易·钱塘湖春行

孤山寺北贾亭西， 绕过孤山寺以北漫步贾公亭以西，
水面初平云脚低。 湖水与堤岸初平云脚下垂得很低。
几处早莺争暖树， 几只早出的黄莺争栖向阳的暖树，
谁家新燕啄春泥。 谁家新来的燕子忙着筑巢啄春泥。
乱花渐欲迷人眼， 纷繁开放的花快要迷人眼目，
浅草才能没马蹄。 浅草还未长高刚能没过马蹄。
最爱湖东行不足， 最爱湖东的美景能令人流连忘返，
绿杨阴里白沙堤。 从绿杨的浓阴里穿过一条白沙堤。

春行处处有佳景。首联说明春游起点、总括湖面景色。次联的“早莺、新燕”，与三联的“乱花、浅草”，都当主语，尽管前者为飞禽，后者为花草，仍易句式雷同，而让次联主语添上定语“几处、谁家”，让三联动词“迷、没”添上状语“渐欲、才能”，便无此弊病。尾联既“转”又“结”，结得富有馀味。此诗即景寓情，从所见的早春湖光，表现自己游湖的喜悦心情。

814 | 白居易·春题湖上

湖上春来似画图， 春天来到湖上似幅画图，
乱峰围绕水平铺。 群峰四周围绕水面平铺。
松排山面千重翠， 松树在山面排列展露层层翠色，
月点波心一颗珠。 月亮向波心点染现出一颗明珠。
碧毯线头抽早稻， 绿色的毛毯绒头是抽穗特长的早稻，
青罗裙带展新蒲。 青色的罗裙飘带是舒展自如的新蒲。
未能抛得杭州去， 我未能离开杭州到别处去，
一半勾留是此湖。 有一半的原因是留恋西湖。

春日西湖似画图。首联说西湖似乱峰围绕水平铺的画。中间两联具体展示这幅画何等优美。先在次联对松、月作了描写：松树排出千重翠、月亮投下一颗珠；继在三联别出心裁把农作物诗化：早稻如碧毯上抽出的线头、新蒲像青罗裙连着的飘带。尾联以不舍离开此湖、它“一半勾留”自己作结，而另一半吸引他的，可能是在此地可为民众办实事，当京官则说话皇上不愿听。

815 白居易·寄韬光禅师

一山门作两山门， 一个山门又是两个山门，

两寺元从一寺分。 原来两寺本由一寺所分。

东涧水流西涧水， 此寺的东涧水在流彼寺的西涧水也在流，

南峰云起北峰云。 此寺的南峰升起云彼寺的北峰也升起云。

前台花发后台见， 此寺前台开放的鲜花彼寺后台可见到，

上界钟清下界闻。 处上界的寺钟声清亮处下界的寺听闻。

遥想吾师行道处， 想象我的禅师布道时经过之处，

天香桂子落纷纷。 无数天香四溢的桂花散落纷纷。

句法新奇佛寺诗。杭州灵隐寺的山门也是天竺寺的山门。山门内的冷泉亭为两溪涧合流处。诗人利用两寺相对成立的特殊方位，东西南北、前后、上下接连写了三联结构新颖的诗句。尾联点题，并以自然亲切的“天香桂子落纷纷”，表现禅师的道行真心。天香：指拜佛的香烟；桂子：对桂花拟人化的爱称，即是桂花。全诗连续叠字，语若连珠，诗意又回环，便有山歌味。

816 白居易·西湖留别

征途行色惨风烟， 远途出发的行装让朦胧的风烟更显悲凄，

祖帐离声咽管弦。 饯行之处的别语使管弦音也似呜咽哀怨。

翠黛不须留五马， 西湖美景不要挽留太守了，

皇恩只许住三年。 皇上恩德只许我在任三年。

绿藤阴下铺歌席， 绿藤阴下铺开了歌舞垫席，

红藕花中泊妓船。 红藕花中停泊着歌舞伎船。

处处回头尽堪恋， 回过头来观望处处都令人留恋，

就中难别是湖边。 最难离别之地应该就是西湖边。

杭州离任众人留。首联写风烟管弦之惨咽，已含不忍离之意。次联点出西湖美景欲留人，而朝廷规矩不能违。翠黛：可指美女秀眉，或拥有秀眉的美女，此作美景解。三联转写西湖的送别场面，绿藤阴下铺开歌舞垫席，红藕花中停泊歌舞伎船。尾联以“回头”收结五六两句，以“难别”收结一至四句。据古籍记载：诗人除留下疏浚西湖等政绩，还曾把部分俸禄捐给杭州作公益。

817 白居易·八月十五日夜湓亭望月

昔年八月十五夜， 前几年八月十五的夜晚，
曲江池畔杏园边。 我处在曲江池畔杏园边。
今年八月十五夜， 今年八月十五的夜晚，
湓浦沙头水馆前。 我在湓浦沙头水馆前。
西北望乡何处是？ 流放期间向西北望乡不知故乡在哪里？
东南见月几回圆？ 从东南方偶能得见月又有几回恰是圆？
昨风一吹无人会， 前些年秋风月下吹心里欢欣无人觉凄冷，
今夜清光似往年。 今夜月清光似往年我无雅兴还感到心寒。

中秋苦乐如天壤。首联回忆往年中秋在京城长安的朝廷宴赏群臣处，那是欢乐的中秋夜。次联续述今年中秋在被朝廷远放而来的江州贬谪地，那是痛苦的中秋夜。湓浦的沙头水馆：在江州，今九江市。三联对这种多年流放之苦作铺陈，说总是或望乡不得，或见月无圆，表示的是当下忠而被贬流落异地，极感孤独无助却又无法得见亲人以求缓解，纠结之情，不能自已。尾联风与光的今昔之比，也强化了昔之乐和今之苦。

818 白居易·醉赠刘二十八使君

为我引杯添酒饮， 你为我端起酒杯添满酒同饮共醉，
与君把箸击盘歌。 我与你拿着筷子敲打盘吟唱诗歌。
诗称国手徒为尔， 你诗才一流堪称国手也不过如此，
命压人头不奈何。 命中注定不能出人头地无可奈何。
举眼风光长寂寞， 举目所见大都荣耀体面你却长守寂寞，
满朝官职独蹉跎。 满朝官员都有称心位置你却岁月蹉跎。
亦知合被才名折， 也知道你应该被才高名显所累，
二十三年折太多。 但这二十三年的损失未免太多。

酒后真言更感人。首联描写与刘禹锡同饮共醉、击盘吟诗。次联虽说的是命运不可逆转，实际矛头指向满朝官吏和最高统治，抱怨他们不珍惜人才。徒为尔：白白努力；命压人头：似可解作命不由人；不奈何：无可奈何。三联直说就是同辈的人都升迁了,只有你在荒凉的地方饱受折磨，很为刘禹锡抱不平。尾联更毫不掩饰地宣称这二十三年，你失去的太多了，义愤与同情流溢于字里行间。

819 白居易·池鹤二首其一

高竹笼前无伴侣， 在高高的竹笼前没有相知的伴侣，
乱鸡群里有风标。 在乱哄的鸡群里却有独特的风度。
低头乍恐丹砂落， 低下头来就怕丹砂掉落，
晒翅常疑白雪消。 晾晒翅膀常畏洁白变无。
转觉鸬鹚毛色下， 转眼看到鸬鹚觉得它毛色低劣，
苦嫌鹦鹉语声娇。 又很不满鹦鹉叫声娇媚令人恶。
临风一唳思何事？ 它临风长唳似有所思究竟想什么？
怅望青田云水遥。 惆怅地远望故乡青田的云水之处。

借鹤抒怀见隐情。这是一首托物言志的诗。首联点出这只囚笼之鹤具有超越群鸡的优美风度，却缺乏赏识的知音。次联显示此鹤有清高孤傲的品格，它不愿丧失清白，不肯随便低头。三联还借助鸬鹚、鹦鹉，表现此鹤对于讨好主人而全无主见者的鄙弃。尾联从囚鹤之唳志在青田云水，见出诗人有故园之思。青田：浙江青田县，著名的产鹤之乡，杜甫有诗“鹤唳必青田”。

820 白居易·池鹤二首其二

池中此鹤鹤中稀， 池塘中的这只鹤是鹤中稀有品，
恐是辽东老令威。 恐怕就是传说中的辽东丁令威。
带雪松枝翘膝胫， 它翘起清瘦细腿便如同带雪的松枝，
放花菱片缀毛衣。 它那浑身的羽毛像放花菱片缀成衣。
低徊且向笼间宿， 低空徘徊时会到笼子里栖宿，
奋迅终须天外飞。 奋力展翅时终究要往天外飞。
若问故巢知处在， 你若问它故巢何在它知在哪里，
主人相恋未能归。 只是留恋现时主人还不能回归。

借鹤再抒归隐情。此诗又以池鹤自喻。首联指出池中之鹤恐怕是成仙飞回的丁令威。次联表现此鹤姿态优美，翘起细腿如带雪松枝，浑身羽毛似放花菱片缀成。放花菱片：疑即菱花花瓣。三联说它短暂停留，仍在笼中宿，一旦奋飞，就往天外去。尾联更意味早知故巢为仙境，只因对主人有所留恋，暂未归去。牛李党争激烈之时，迫使诗人选择远离，于是产生故园之思归隐之心。

821 白居易·鹦鹉

陇西鹦鹉到江东， 陇西的鹦鹉运到了江东，
养得经年觜渐红。 驯养较长时间嘴渐变红。
常恐思归先剪翅， 常担心它思念故地便预先剪掉双翅，
每因喂食暂开笼。 每次只是由于喂食才暂时打开牢笼。
人怜巧语情虽重， 主人喜爱它乖巧善言情谊虽重，
鸟忆高飞意不同。 鹦鹉却想着逞志高飞心意不同。
应似朱门歌舞妓， 它应该像朱门大户的歌舞伎，
深藏牢闭后房中。 被主人深藏牢闭在后房之中。

不满意如歌舞伎。首联点题：陇西的鹦鹉，在江东养大成宝。觜：同“嘴”。次联主人对鹦鹉采取措施：把翅膀剪掉，用笼子囚禁，怕它飞跑。三联揭示主人与鹦鹉的矛盾：主人对它情深，因它善于讨好主人，要它说啥就说啥，本是鸟却像真人，模仿秀演得出神入化，而鹦鹉总想翱翔蓝天才称心如意。尾联明确表示这种鹦鹉就像被深藏的歌舞伎。似感到君恩虽如海，仍有不顺处。诗人借鹦鹉表已意。

822 白居易·谕亲友

适情处处皆安乐， 适情惬意处处必然觉得安乐，
大抵园林胜市朝。 大体上说园林会优胜于市朝。
烦闹荣华犹易过， 烦闹荣华还轻易就混过，
悠闲福禄更难销。 悠闲福禄更难消受得了。
自怜老大宜疏散， 常自怜老大应该懒散一点，
却被交亲叹寂寥。 谁知却被亲友们叹为寂寥。
终日相逢不相见， 终日相逢往往等同于不见面，
两心相去一何遥。 两颗心的距离总是遥远难找。

两心相印才亲近。首联说自己以适情为安乐，故看重园林，亲友则看重市朝。次联具体说明自己欣赏难得享受的悠闲这种福禄，亲友则欣赏烦闹的荣华。三联再说明自己年纪老大喜欢懒散一点，亲友则认为我是寂寞寥落。尾联得出一个颇伤感情的结论：相见如同不见，事实确又如此。两人共语心隔千山，怎能融洽！这里把人们相处关系有亲疏的微妙之处，说得异常透彻，值得记取。

823 | 白居易·池上竹下作

穿篱绕舍碧逶迤， 竹子穿篱绕舍绿阴阴的蜿蜒曲折，
十亩闲居半是池。 十亩大的园林占据一半尽是水池。
食饱窗间新睡后， 每当于窗间饱食或新睡之后，
脚轻林下独行时。 就是我在林下轻脚独行之时。
水能性淡为吾友， 水能够淡薄成性竹懂得虚心谦逊，
竹解心虚即我师。 可成为我的朋友也能当我的老师。
何必悠悠人世上， 何必在悠悠的人间世上，
劳心费目觅亲知。 劳心思费眼力寻找亲知。

寄情水竹怀深意。首联点题描述他心爱园林半水池半青竹。次联展开话题叙述他流连园林的时段：喜欢饱食新睡之后去那里独自步行。三联继续发挥，议论最欣赏的水和竹，认为水有淡薄之性（密度细小，尝之无味），竹则自然虚心（外直中空，异物能容），堪为己之师友。尾联还对师友话题感慨不已，说当今之世，要觅对己亲近了解的人，真不容易！人世难觅亲知，难怪钟情水竹。

824 | 白居易·吾土

身心安处为吾土， 身心安处就是我的乡土，
岂限长安与洛阳。 怎么会限定长安和洛阳！
水竹花前谋活计， 在水或竹或花前可以筹谋自己的活计，
琴诗酒里到家乡。 于琴或诗或酒中能感到仿佛回到家乡。
荣先生老何妨乐， 我虽老了何妨好像荣先生因为年老就快乐，
楚接舆歌未必狂。 此后写诗谈风月也似接舆歌讽孔子未必狂。
不用将金买庄宅， 不用拿金银去购置庄园大宅，
城东无主是春光。 城东郊野外多的是无主春光。

留在京城心不安。首联提出心安处是乡土的独特见解。次联阐释心安：在常见之物前，足以谋求个人生活；于常干之事里，有回到家乡之感。三联回应非议，也是续释题旨：认同春秋时隐士荣启期以身老为三乐之一，更赞赏楚人接舆歌讽孔子从政，当时诗人申请从中央高层调到洛阳任闲职，被讥为仕途消极。尾联照应题旨还鄙弃用大笔金钱购买豪华大宅，应该哪里春光好就到哪里流连。

825 | 白居易·喜入新年自咏（时年七十一）

白须如雪五朝臣， 白须如雪做过五个朝廷的老臣，
又值新正第七旬。 又恰逢第七个十年的新岁良辰。
老过占他蓝尾酒， 年老过人占了喝蓝尾酒的优势，
病馀收得到头身。 病后复原终还我以完好的自身。
销磨岁月成高位， 任职大都消磨岁月今仍忝列高位，
比类时流是幸人。 跟同时代的人相比已算幸运的人。
大历年中骑竹马， 唐朝大历年期间曾骑竹马的孩子，
几人得见会昌春？ 能有多少人可见唐朝会昌年之春？

喜入新年大实话。前六句每句一喜：身为五朝老臣、踏入七十一岁、有份喝蓝尾酒、病后完全复原、为官忝居高位、比当代人幸运。旬：讲年龄，十岁为一旬；蓝尾：指末位，当时对有资格喝蓝尾酒者有特别的优待。尾联意为“几人能活七十岁”，因为由大历骑竹马，经历五朝能活到会昌年春天，已足七十年。这是给第二件喜事提供论据，其他五件，作者认为不证自明。

826 | 白居易·雪夜小饮赠梦得

同为懒慢园林客， 你我同是懒慢而爱园林的人，
共对萧条雨雪天。 一齐面对眼前的萧条下雪天。
小酌酒巡销永夜， 每次喝酒少斟消磨漫漫的长夜，
大开口笑送残年。 不妨开口大笑送走不多的残年。
久将时背成遗老， 久与时代背离成了遗留的老者，
多被人呼作散仙。 多被别人调侃名为闲散的神仙。
呼作散仙应有以， 叫做散仙应该是有根据的，
曾看东海变桑田。 都亲眼见东海如何变桑田。

知命乐天度剩年。首联自称悠闲度日、流连园林的人，要打发恼人的萧条下雪天。次联是打发对策，缩小分量斟酒、敢于高声欢笑。小酌酒巡：酌是倾注，酒巡是喝酒轮次，合起来可解作每轮喝酒少倒一点。三联不嫌自己被看作遗老、散仙，更见自身无可奈何。尾联回应散仙还郑重表态：“呼作散仙”蛮有道理，我们见过沧海桑田嘛。有以：“以”是代词，“有以”可解作有原因等。

827 白居易•九年十一月二十一日感事而作其日独游香山

祸福茫茫不可期， 灾祸渺茫难辨不可能确切预期，
大都早退似先知。 大都提早退出便好像成了先知。
当君白首同归日， 当你们这些老人一起罹难那日，
是我青山独往时。 正是我独往青山尽情游览之时。
顾索素琴应不暇， 你们应似嵇康回头索素琴感到时间无多，
忆牵黄犬定难追。 或如李斯想起牵黄犬打猎觉得往事难追。
麒麟作脯龙为醢， 麒麟会被做成干肉龙会被做成肉酱，
何似泥中曳尾龟？ 哪里比得上泥塘里摇着尾巴的乌龟？

急流勇退失而得。首联以“灾祸难预见、早退似先知”表达看法。祸：特指文宗九年的“甘露之变”。是日宰相李训等诈称某处降甘露，请帝临视，欲趁机诛宦官而事泄，反被宦官仇士良杀大臣李训等过千人。次联举自己与老同事的不同遭遇，证明难预见和似先知。三联借用嵇康、李斯被害事，设想罹难者的遗憾，仍与难预见相关，属继续铺陈。尾联庆幸自己舍麒麟与龙而取龟，逃过此难，亦为照应似先知。

828 白居易•咏史

秦磨利刃斩李斯， 秦王磨利刀刃斩掉李斯，
齐烧沸鼎烹郦其， 齐王烧好沸鼎烹掉郦其。
可怜黄绮入商洛， 可爱的黄绮进入商洛深山去，
闲卧白云歌紫芝。 悠闲地躺在白云之下咏紫芝。
彼为菹醢机上尽， 那些人被酷刑处死全完了，
此为鸾皇天外飞。 这些人则成为鸾凤天外飞。
去者逍遥来者死， 离位人逍遥自在恋位的人却不幸被害，
乃知祸福非天为。 从中便可以知道人间祸福非上天所为。

明哲保身难在明。首联点出恋位者被害。李斯：为秦统一立大功，遭赵高所忌被腰斩；郦其：即郦食其，汉高祖重要谋士，在劝降齐王以七十多城归汉后，韩信故袭齐，齐王以为被骗而烹郦。次联点出离位者逍遥。黄绮：汉初商山四皓中之夏黄公、绮里季的合称。三联说二者结果相反，前者死得很惨，后者逍遥自在。菹醢：把人剁成肉酱之刑。尾联揭示在位者应看清时势，慎定去留。

829 | 白居易·琴茶

兀兀寄形群动内， 以孤高脱俗的异样出现在众人里，
陶陶任性一生间。 也秉承和乐开朗的天性于一生间。
自抛官后春多梦， 自从辞官后春天可以多睡觉，
不读书来老更闲。 不必忙读书老年生活更悠闲。
琴里知闻唯渌水， 从琴里听得多的是使人平和的渌水曲，
茶中故旧是蒙山。 对茶最熟悉的产品其产地是四川蒙山。
穷通行止常相伴， 穷通行止的原则仍然经常陪伴我，
谁道吾今无往还？ 谁能说我在今天与它已没有往返？

独善悠闲思尽忠。首联揭示自己秉性既孤高脱俗，又和乐开朗，前者与官场风气相悖，终致辞官归家，点题就是辞官归家生活悠闲。群动：众动物，可指众人。二、三两联具体描写辞官后的悠闲生活，春天多睡觉、常听琴喝茶。但开朗旷达的他信奉儒家思想又难忘朝廷面临的忧患。故尾联流露出继续为国效力的愿望，与个性开朗照应。穷通行止：即穷止通行，意思是穷则独善其身，通则报效朝廷。

830 | 白居易·与梦得沽酒闲饮且约后期

少时犹不忧生计， 少年时尚不知为生计而忧虑，
老后谁能惜酒钱。 到老来谁还疼惜这几个酒钱？
共把十千沽一斗， 一起拿出十千钱买一斗好酒，
相看七十欠三年。 彼此相看都已七十只差三年。
闲征雅令穷经史， 闲来征求酒令穷搜经书史籍，
醉听清吟胜管弦。 陶醉于听吟咏胜过领略管弦。
更待菊黄家酝熟， 待到菊花黄时自家酒酿熟，
共君一醉一陶然。 我再与你一醉共同享陶然。

老来闲饮度残年。首联点出少不忧生计，老不惜酒钱，实际是少时的豪气，反复消磨，已成暮气，要借酒消愁了。次联写两人争相掏钱买酒，实际彼此处境相同，都有排遣需要。三联描写闲饮的“快乐”，实际还是虽有高尚情怀、满腹才学，只能引经据史，行行酒令，或吟咏几句怡情养性的小诗，打发无聊。尾联又把“闲饮”引向未来，因家酝比沽酒更醇美，也更可解忧。陶然：欢乐。

831 白居易·喜罢郡

五年两郡亦堪嗟， 这五年主管杭州苏州两郡亦值得叹息，
偷出游山走看花。 只允许自己偷闲出外游山奔跑为看花。
自此光阴为己有， 苏州辞官后光阴尽为己所有，
从前日月属官家。 以前的日月所有权属于官家。
樽前免被催迎使， 樽前喝酒可免被催往迎送使者，
枕上休闻报坐衙。 枕上歇息不闻通报回府署坐衙。
睡到午时欢到夜， 在晚间可睡到次日午时白天可玩到深夜，
回看官职是泥沙。 回头看不管你做什么官全都不过是泥沙。

还我自由自在身。首联感叹过去效力朝廷，行不由己，尽管只举身为苏杭两郡首长时，偷去游山跑步看花为例，也已令人同情，即点明题旨：罢郡已可行动自由。次联揭露根源，自己因病（马上跌伤、眼近失明）辞官后，时间全为己有，从前时间归属官家。三联举出樽前、枕上为例，便知时间归属官家会怎样。尾联上句用睡眠和玩乐说明时间归属自己的好处，下句以今视官职如泥沙（无助于悠闲）结束全诗。

832 白居易·哭崔儿

掌珠一颗儿三岁， 骤失掌上珠般才三岁的幼小孩儿，
鬓雪千茎父六旬。 痛煞双鬓雪白六十岁的为父老人。
岂料汝先为异物， 没想到你却不幸竟先成异物，
常忧吾不见成人。 还常忧我不见得会高寿生存。
悲肠自断非因剑， 我悲伤的肠子自然断掉非因为剑，
啼眼加昏不是尘。 我啼哭的双眼更加昏暗不由于尘。
怀抱又空天默默， 怀抱又成空上天依旧沉默无语，
依前重作邓攸身。 像从前一样再作无子邓攸之身。

内心痛极哭崔儿。首联点出自己丧子不同寻常：子是掌珠一颗的三岁儿，已是鬓雪千茎的六旬父。次联描述事发十分突然；诗人年青时写过“年少已多病，此身岂堪老”，这里说“岂料汝为异物，常忧己不成人”，皆可见儿死令人感觉非常意外不同一般。三联说自己悲肠断非因剑斩、啼眼昏不是尘迷，等于明说是因丧儿，可见作者内心悲痛已到了极点，非其他悲痛可比。尾联感叹自己又如晋朝人邓攸那样无儿认命，安定自己，且照应了首联。

833 白居易·开龙门八节滩石诗二首其一

铁凿金锤殷若雷， 铁凿铜锤齐挥动轰隆隆响似打雷，
八滩九石剑棱摧。 八滩九石劫运到似剑棱角尽被摧。
竹篙桂楫飞如箭， 竹篙桂楫飞舞快如箭，
百筏千艘鱼贯来。 百筏千艘鱼贯似的来。
振锡导师凭众力， 拄锡出行的导师发动众人力量，
挥金退傅施家财。 致仕归乡的官吏捐献部分家财。
他时相逐西方去， 他日人们相继前去西方的极乐世界，
莫虑尘沙路不开。 不必顾虑往那里的尘沙路堵塞不开。

削平礁石利航行。这是一首由佛门组织的整治险滩工程的记事诗。首联表现工程的伟大：场面震撼工地响声如雷，险滩礁石棱角被摧。次联补叙开凿过程的独特场面：无数篙楫如箭飞舞，无数船只鱼贯前来，一派齐心协力景象。三联交代工程的人力物力如何组织，捐献家财的致仕官吏主要是诗人自己。尾联按照佛家观点，认为生前造福众人，死后能上西天的极乐世界，亦即昭示工程作用。

834 李　忱·吊白居易（李忱为唐朝第十六位皇帝）

缀玉联珠六十年， 你的诗歌如缀玉联珠已写了六十年，
谁教冥路作诗仙。 我还要读谁人让你到阴间去做诗仙。
浮云不系名居易， 即使浮云和造化也都一样地无能为力，
造化无为字乐天。 不能把名居易字乐天这个人留在世间。
童子解吟长恨曲， 孩童胡人也能吟唱唐明皇的长恨歌，
胡儿能唱琵琶篇。 以及感叹同是天涯沦落人的琵琶篇。
文章已满行人耳， 你的诗歌风行人世常可耳闻，
一度思卿一怆然。 每逢听到总会对你悲伤思念。

帝心难舍白居易。首联出句把白诗比作珠玉，还是平静叙述，对句却以反问承接，“谁教”二字，饱含着突然的惊愕、无限的痛惜。次联表示应该想尽一切办法挽留诗人，可是连上天与上帝也做不到啊。三联赞赏白居易诗歌的广泛传播和深入人心，“童子解吟”“胡儿能唱”，这是对他作品巨大影响力的高度肯定。尾联借助行人传唱白诗，直接表达对白居易去世的无比悲怆之情。

835 | 柳宗元•衡阳与梦得分路赠别

十年憔悴到秦京， 永州十年艰辛后面容憔悴回秦京，
谁料翻为岭外行。 谁料长安未三旬又反作岭外远行。
伏波故道风烟在， 踏上伏波南征路眼前风云烟霭尚在，
翁仲遗墟草树平。 翁仲遗迹成废墟已被荒草杂树填平。
直以慵疏招物议， 你我无心攀附却招奸佞诽谤诬陷，
休将文字占时名。 出言容易致祸勿让文字当下留名。
今朝不用临河别， 今日用不着挑选往河边分别，
垂泪千行便濯缨。 悲伤流泪上千行便可以濯缨。

忠而再贬久蒙冤。首联由抑到扬，又由扬到抑，把二人坎坷命运集中突现，引发联想。次联睹伏波遗风，叹遭遇难堪；见遗迹荒凉，讽当朝衰败。三联借人在贬途正话反说，谓我等若趋炎附势，少批评朝政，便不致受奸佞陷害再度遭贬。尾联表友情之深、叹身世之悲。孟子说过沧浪水清，可以濯缨，故诗人借濯缨委婉表示我等本清流，含冤受屈无从申诉，才忍不住垂泪千行。濯缨：洗涤官帽的带子。即景抒情，情在深处。

836 | 柳宗元•登柳州城楼寄漳汀封连四州

城上高楼接大荒， 置身在城上高楼眼前一片荒凉，
海天愁思正茫茫。 愁思如海阔天空远望只觉迷茫。
惊风乱飐芙蓉水， 狂风乱刮掀动了种植荷花的池水，
密雨斜侵薜荔墙。 暴雨横扫朝向那布满薜荔的城墙。
岭树重遮千里目， 岭树茂密更遮挡我远望亲友的视野，
江流曲似九回肠。 江流曲折与我的九回愁肠如此相当。
共来百越文身地， 我们一起来到文身越人偏僻处，
犹自音书滞一乡。 本拟互通音讯仍然各自滞一乡。

借诗与友谈心事。首联总写登楼感受，点出愁思无限。颔联描绘近景，芙蓉、薜荔喻贤人受害，惊风、密雨喻权贵肆虐。颈联写远景，被贬蛮荒，又与亲友隔绝，自然愁肠九转。千里目：指远眺的视线；九回肠：状愁绪缠结难解。尾联照应题意，以感慨同来众友仍旧滞留贬地，互不知情作结。百越：泛指五岭以南少数民族；漳汀封连：漳州、汀州在福建，封州、连州在广东。

837 | 柳宗元•别舍弟宗一

零落残红倍黯然，屡遭贬谪如零落残红倍觉黯然，
双垂别泪越江边。兄弟两人正双垂别泪在越江边。
一身去国六千里，孤身一人被逐离京六千里，
万死投荒十二年。经历万死投放蛮荒十二年。
桂岭瘴来云似墨，桂岭瘴气涌起云似无光黑墨，
洞庭春尽水如天。洞庭春色将尽水如广阔蓝天。
欲知此后相思梦，欲知此后兄弟两人的相思之梦，
长在荆门郢树烟。多出现在荆门的那些郢树云烟。

患难弟兄伤别离。首联写越江边送别堂弟，倍感伤心。越江：疑即柳江。次联承越江送别表述自己忠于朝廷却遭不公待遇，长期被贬谪于蛮荒，至今仍是待罪之身。去国：离开国都长安。三联把此别之后双方境遇加以对照；自身处境险恶，堂弟前程美好。尾联说此后的相思梦在“郢树烟”中。这郢树云烟的幻象，曾使失意者愿意眠而不醒，因此处在云烟掩映状态的美境显得更加美好，也会让处境险恶的人倍感难受。

838 | 柳宗元•柳州城西北隅种柑树

手种黄柑二百株，我亲自种植柑树总共有二百株，
春来新叶遍城隅。春天长出了新叶绿遍城西北隅。
方同楚客怜皇树，我正像屈原喜爱这天生的美树，
不学荆州利木奴。不是学李衡把它当谋利的木奴。
几岁开花闻喷雪，何时能闻到花香它的花好像喷雪般绽放，
何人摘实见垂珠。谁有机会摘果实它的果滚圆下坠似垂珠。
若教坐待成林日，如果让我等到柑树成林的那一天，
滋味还堪养老夫？它的味道还能够滋养我这个老夫？

寄情柑橘见襟怀。首联叙种柑事，点出手种和株数，可见重视。次联表明种柑学屈原喜爱柑有高贵品质，非学荆州人李衡以种柑谋利。楚客：指楚国诗人屈原；皇树：即橘树，《楚辞》有“后皇嘉树，橘徕服兮”；荆州：指荆州人李衡，三国时为吴丹阳太守，曾种柑千树，称作木奴，留给子孙。三联诗人提问此柑树几岁开花何人摘实，他应该乐见柑树有此前景。但从尾联看诗人似恐迁谪之期漫长，直到柑树成林日还能亲尝其果。

839 元　稹·遣悲怀三首其一

谢公最小偏怜女， 你如同谢公那个特别偏爱的小女孩，
自嫁黔娄百事乖。 下嫁给我这寒儒家中百事无一称怀。
顾我无衣搜荩箧， 你见我缺少了衫就在箱子里寻找，
泥他沽酒拔金钗。 因为我恳求要买酒你立即拔下金钗。
野蔬充膳甘长藿， 你用野蔬充饥反夸奖长豆叶特甘美，
落叶添薪仰古槐。 你拾落叶做柴还示意很看重这古槐。
今日俸钱过十万， 今我俸钱超过十万你却不幸离人世，
与君营奠复营斋。 唯有再三给你祭奠为超度亡灵设斋。

不慕虚荣共苦甘。首联用典，以东晋宰相谢安史称有才的侄女谢道韫拟韦氏，以战国时齐国的贫士黔娄自喻，有对方屈身下嫁的意思。谢公：指谢安；黔娄：喻指自己。中间两联揭示“百事乖”的艰难处境和妻子韦氏的贤惠形象，浸透着诗人对妻子的深情赞叹与怀念。荩箧：竹或草编的箱子；泥：央求。尾联表示，不能与妻共享富贵感到无比抱憾，出语似平和而内心极凄苦。

840 元　稹·遣悲怀三首其二

昔日戏言身后意， 往昔你开玩笑地谈说身后会怎样，
今朝都到眼前来。 如今都不幸成为事实走到眼前来。
衣裳已施行看尽， 你穿过的衣裳已经快要施舍完了，
针线犹存未忍开。 藏针线的盒子我珍存着不忍打开。
尚想旧情怜婢仆， 见婢仆忆你旧情对他们格外怜惜，
也曾因梦送钱财。 多次在梦中见你我还给你送钱财。
诚知此恨人人有， 夫妻一旦永诀谁都知道定会伤心，
贫贱夫妻百事哀。 贫贱夫妻永别很多事更令人悲哀。

曾经患难更难忘。首联借助戏言，吐露自己面临夫妻永诀的事实。中二联揭示为了摆脱不绝的思念，做过种种努力：先是避免见物思人，施舍衣裳给别人、不敢打开针线盒，后来看见婢仆也会忆起夫妻旧情、梦中也常见妻子并送钱给她，可见内心深处始终难忘，直接间接，都引发思念。施：施舍。尾联沉痛说出曾经尝过贫贱的夫妻若丧偶，自有不同于一般的悲痛感情。

841 | 元　稹·遣悲怀三首其三

闲坐悲君亦自悲， 闲坐沉思为你悲伤我亦自悲，
百年都是几多时。 人生百年又能够享有多少时！
邓攸无子寻知命， 邓攸无子要从知天命去求解，
潘岳悼亡犹费词。 潘岳悼亡尚被视为耗费言辞。
同穴窅冥何所望， 两人合葬暗昧难知不可指望，
他生缘会更难期。 来世结缘虚无缥缈无法预期。
惟将终夜长开眼， 唯有整夜一直睁着双眼思念，
报答平生未展眉。 来报答你平生未能舒展之眉。

痴情表白长开眼。 首联以“悲君”总结前两首，以“自悲”引出本首，并立即感叹人生短促，难有作为。次联引入邓攸、潘岳，觉得自己无子丧妻也该顺从天命，虽力图超越，仍深忧未解。三联想到夫妻同穴和来世结缘，到底都是难以指望和预期的事。窅冥：暗晦。诗情愈转愈悲，不能自已，最后逼出一个无可奈何的举动，即尾联所说，以“终夜长开眼，报答平生未展眉”，是妄想，也是痴心。

842 | 雍　陶·塞路初晴

晚虹斜日塞天昏， 东挂晚虹西悬斜日边塞迷蒙微昏，
一半山川带雨痕。 天色转晴一半山川仍然带着雨痕。
新水乱侵青草路， 新下的雨水漫流在青草丰茂的路，
残烟犹傍绿杨村。 剩下的炊烟还傍着前方的绿杨村。
胡人羊马休南牧， 胡人的羊马再不要想到南方放牧，
汉将旌旗在北门。 唐王朝的旌旗正飘扬在北疆大门。
行子喜闻无战伐， 我这行人惊喜听到众传再没有战争，
闲看游骑猎秋原。 能悠闲地观赏走马打猎于秋天草原。

喜观边塞现和平。 首联展现边塞路上所见大雨初晴景色，彩虹与斜日遥相呼应，在阳光照射下水汽蒸腾，广阔空间显得迷蒙而微昏，跟“一半山川带雨痕”，组成了壮阔的图景。次联由远而近，写脚下的路和不远的村。三联从青草丰茂说到警戒北方游牧民族不得南下侵略，因为强大的唐军正驻守在北方。尾联上句点明听到双方已正式休战，于是既喜闻无战事又心有闲逸情地去看在秋天原野上跑马打猎。

843 | 雍　陶・经杜甫旧宅

浣花溪里花多处， 寻找浣花溪里繁花盛开之地，
为忆先生在蜀时。 为了回忆先生在蜀生活之时。
万古只应留旧宅， 万世都应该保留先生的旧宅，
千金无复换新诗。 千金也难再换取先生的新诗。
沙崩水槛鸥飞尽， 沙岸陷落使水槛崩塌群鸥也不见，
树压村桥马过迟。 树枝疯长贴近了村桥马匹过得迟。
山月不知人事变， 山上月亮不知道先生已不在，
夜来江上与谁期。 晚间依旧来江上欲与谁约期？

千金难换杜新诗。 首联缅怀杜甫生活遗迹，特别着眼于浣花溪的花多之处，大概杜甫当年的咏花诗起了作用。次联感叹先生旧宅虽存，新诗难见，高度评价了杜诗。三联写旧宅内外之荒废，嗟人事既变，景物亦非，而且这些景物是在杜诗中见过的。尾联故意嗔怪山月无知，夜来依然照旧宅，人既已故，问山月复与谁相期？还有谁可期！其实山月本无知，而拟其有知，语奇而意隐，应见诗人对杜甫的关切之深与崇敬之至。

844 | 许　浑・登尉佗楼

刘项持兵鹿未穷， 反秦的刘邦项羽在中原逐鹿正凶，
自乘黄屋岛夷中。 有人立自己为王在东南沿海之中。
南来作尉任嚣力， 赵佗借任嚣之力当上了岭南尉，
北向称臣陆贾功。 后来他北向称臣又赖陆贾之功。
箫鼓尚陈今世庙， 现在大唐赵佗庙里尚陈列着箫和鼓，
旌旗犹镇昔时宫。 唐朝军队仍镇守在赵佗昔日的皇宫。
越人未必知虞舜， 南越土人不一定知道有个大人物叫做虞舜，
一奏薰弦万古风。 一齐弹奏南薰歌乐曲此歌为华夏远古尊崇。

赞美赵佗归汉朝。 首联展示岭南尉存在的历史背景，楚汉相争时，有人在岭南自立为王。自乘黄屋：擅自乘坐皇帝车驾；岛夷：即夷岛，指岭南。次联叙述秦朝的岭南尉任嚣临终前委任赵佗接替他的职务，后赵佗自称南越王又遵从陆贾劝说臣服汉朝。三联续述唐军驻守着旧日的南越王宫，同时赵佗庙里也依旧陈列箫鼓、享受祭祀。尾联意谓南越人从此成为统一的华夏民族。

845 | 许　浑·金陵怀古

玉树歌残王气终， 陈后主的艳歌声将尽王气全都消失，
景阳兵合戍楼空。 景阳宫被隋军大包围戍楼立即成空。
松楸远近千官冢， 千座官宦坟墓远远近近的松楸生长繁茂，
禾黍高低六代宫。 六朝宫殿所在高高低低的禾黍一片葱茏。
石燕拂云晴亦雨， 石燕云端飞翔晴天亦似雨天，
江豚吹浪夜还风。 江豚鼓浪游行黑夜也还刮风。
英雄一去豪华尽， 孙吴晋宋齐梁陈六朝英雄走了豪华尽失，
惟有青山似洛中。 只有金陵那些林木葱茏的青山还似洛中。

金陵盛况尽成空。首联追述南朝最后一个朝廷，在陈后主所作艳曲《玉树后庭花》的靡靡之音中覆灭。戍楼：可作防卫力量标志。次联描述金陵衰败，登高而望，远近高低尽是荒冢残宫，松楸禾黍。三联暗示，世间风云变幻由一些呼风唤雨人物造成。古书载：石燕得风雨则飞翔，风雨止还而为石，故晴天出现被疑下雨。尾联抒发江山不改、世事多变的感慨。洛中：指洛阳。

846 | 许　浑·咸阳城东楼

一上高城万里愁， 登上城上高楼引起万里乡愁，
蒹葭杨柳似汀洲。 芦苇杨柳丛生好似家乡汀洲。
溪云初起日沉阁， 乌云刚起溪边夕阳已经落在楼阁后，
山雨欲来风满楼。 山雨欲来之前呼啸不停的风声满楼。
鸟下绿芜秦苑夕， 鸟儿落入乱草那也是旧日秦汉宫苑之夕，
蝉鸣黄叶汉宫秋。 寒蝉鸣于黄叶那也是旧日秦汉宫苑之秋。
行人莫问当年事， 过往行人不要过问当年有过的兴亡事，
故国东来渭水流。 此次东来故国咸阳只见渭水无语长流。

吊古伤今感慨深。首联登上咸阳城楼，触发万里乡愁。次联晚眺远景，云起日沉，雨来风满，是对自然气象的即景临摹，也是对大唐王朝没落局势的形象勾画，后世也常用此联来比喻重大事件发生前夕的预兆。三联写实兼怀古，鸟下绿芜、蝉鸣黄叶是山雨欲来所致，而又发生在秦汉宫苑旧地，便显露出具有沧桑之变的性质。尾联提出“莫问”，感慨家国衰败之势难以挽回。

847 许　浑·下第贻友人

身在关西家洞庭， 自身作客潼关西老家远在洞庭，
夜寒歌苦烛荧荧。 夜寒刻苦吟诗句面对烛光荧荧。
人心高下月中桂， 深切追求反复考虑如何月宫折桂，
客思往来波上萍。 还得对付长年漂泊如同水上浮萍。
马氏识君眉最白， 我赏识你认为你就是白眉毛的马季常，
阮公留我眼长青。 你留意我总好像阮籍用青眼与我传情。
花前失意共寥落， 今天彼此失意花前一时共同寥落，
莫遣东风吹酒醒。 不妨别让东风得逞把醉酒人吹醒。

初试无名思再试。首联简述家在何处和在京苦读。次联表白来京应考力争榜上有名和适应异乡生活。三联坦露两人相处最难忘能互相了解和尊重。马氏：指蜀汉的马良，时人谣谚谓“马氏五常，白眉最良”；阮公：指晋人阮籍，看人时，敬重者用青眼，轻视者用白眼。尾联才点出与友人一起下第失意，表示彼此可暂时借酒消愁，意味着勉励对方，与自己一道明年继续应考。

848 许　浑·及第后春情

世间得意是春风， 人世间最得意的就是春风，
散诞经过触处通。 它轻快飘拂所到无不畅通。
细摇柳脸牵长带， 能让柳脸轻轻摇晃牵着长长的带子，
慢撼桃株舞碎红。 又把桃株慢慢撼动洒落细碎的花红。
也从吹幌惊残梦， 也曾使帘子被吹作响惊醒别人残梦，
何处飘香别故丛。 或者向某处送去幽香告别旧日树丛。
犹以西都名下客， 如同我这一个在长安落榜的外来之客，
今年一月始相逢。 久无春光缘分今年一月才能与它相逢。

春风得意人登第。首联谈进士及第感受：觉得身心轻快，事事顺利，如同眼前的春风。二联、三联描写春风身影：先写它摇柳脸、撼桃株，再写它吹幌惊残梦、飘香别故丛。尾联还补叙自己多年榜上无名，年过四十登第，才初次感受到及第就像春风一样得意。落第之人，抗拒春光；许浑自己也说过“独掩衡门花盛时”（见下第怀友人），故多年以来，感觉不到春风的存在。

849 许　浑·秋晚云阳驿西亭莲池

为忆莲塘秉烛游， 因为思念莲塘举着烛火去游，
叶残花败尚维舟。 塘里叶残花败仍为观赏泊舟。
烟开翠扇清风晓， 清晨吹拂的凉风像一把翠扇渐把晓烟吹散，
水泛红衣白露秋。 早霞映照的白露似一袭红衣在秋水上游走。
神女暂来云易散， 朝云如同神女暂时到来很快便消失，
仙娥终去月难留。 夜月恍若嫦娥终于离去更不易挽留。
空怀远道难持赠， 徒然想送远人却又没有办法拿在手里，
醉倚西阑尽日愁。 无奈带着醉意靠在西边栏杆长久发愁。

残败莲花总惹愁。 首联叙事，不惜秉烛往游莲塘观赏残花败叶。二、三联不表现花叶如何残败，而用两联工整对仗，刻画莲塘里的清风开晓烟、白露泛秋水，以及莲塘上空夜月西沉、朝云消失。尾联还以不能赠人为憾，并隐含借酒消愁之意。诗人身处唐朝末世，荒城废殿、枯枝落叶等残缺物象，往往触动内心隐忧，而莲花的残败，与诗人的暮年晚景更易勾连，难怪愁至尽日。

850 许　浑·鹤林寺中秋夜玩月

待月东林月正圆， 我在东林待月出专等看到月正圆，
广庭无树草无烟。 庭院宽大无树遮草不生烟宜赏玩。
中秋云净出沧海， 中秋半夜浮云稀少月亮从沧海升起，
半夜露寒当碧天。 秋露渐多稍有寒意此时正高悬碧天。
轮彩渐移金殿外， 明月缓慢移到金殿之外，
镜光犹挂玉楼前。 月光仍旧挂在玉楼前边。
莫辞达曙殷勤望， 别舍不得痴情赏玩直到天亮，
一堕西岩又隔年。 因为它一落西岩再见又隔年。

中秋玩月到天明。 首联先说自己在东林守候，那里最适合观赏，要看到真正圆月。东林：应属镇江鹤林寺的组成部分。次联叙述中秋半夜终于待到圆月升起，高挂天上。待月完毕写惜月。三联先说“月渐移”使人忽觉有所失，后说“光仍挂”使人又感有所得，若“仍挂”在前，“渐移”在后，便平淡寡味。尾联表示：兴致高打算赏月至天亮，还提醒别人再见此月，又隔一年。

851 | 许　浑·甘露寺感事贻同志

云蔽长安路更赊， 浮云遮蔽长安前路更觉难走，
独随渔艇老天涯。 我只好独随渔艇拟终老天涯。
青山尽日寻黄绢， 在青山沧海里曾经日日探寻功名之路，
沧海经年梦绛纱。 也年年在梦中追求良师终得遇贾师他。
雪愤有期心自壮， 相信要洗雪冤仇总有此日雄心自大壮，
报恩无处发先华。 可恨给贾师报恩尚无途径已早生华发。
东堂旧侣勤书剑， 同一年东堂折桂的学友应当勤攻文武艺，
同出膺门是一家。 别忘记我们出自李膺般刚直的贾悚门下。

敢斗宦官除国患。首联说甘露之变后政治更黑暗，士子上进无门，史称宦官“迫胁天子，下视宰相，陵暴朝士如草芥”。次联追述当年艰辛的功名路和恩师贾悚的知遇之恩。黄绢：指殿试上榜的名单；绛纱：指绛帐，又因马融的绛帐转指好师门。三联直斥宦官危害唐朝政权，把大批忠臣包括贾悚杀害，自己虽有信心雪愤，仍遗憾恩未报发先斑。尾联还告诫同年学友勿忘此恨，要勤书剑。

852 | 许　浑·沧浪峡

缨带流尘发半霜， 尽管冠带久已蒙尘发也半霜终别官场，
独寻残月下沧浪。 独自追寻所剩岁月如何度过今下沧浪。
一声溪鸟暗云散， 听到一声溪鸟啼鸣头上乌云忽然全都散去，
万片野花流水香。 眼前万片野花盛放江中流水也似带着芳香。
昔日未知方外乐， 昔日不知在世俗之外有这种快乐，
暮年初信梦中忙。 暮年始信为名利奔波不过梦中忙。
红虾青鲫紫芹脆， 想到了红色的虾青色的鲫和紫芹的嫩脆，
归去不辞来路长。 一定要归家去了不怕来路是如此的漫长。

辞官归去乐馀年。首联给大半生的奋斗算总账，似觉无论得失怎样，唯有认真补救，欢度此后人生。沧浪：或说就是汉水，或说指汉水的下游，诗人由长安经汉水回故乡江苏镇江。次联刻画鸟鸣云散、花放水香的难得一见的江行美景。三联就景述评，世俗之外竟有此乐昔日未知，也表明暮年初悟逐名利如梦中忙是对的。尾联涌起如同张翰思念家乡美食的兴致，无论如何也要归去。

853 许　浑·村舍二首其一

自翦青莎织雨衣，我手剪青莎很有兴致地编织着雨衣，
南峰烟火是柴扉。那山岭南面有烟火处是我家所在地。
莱妻早报蒸藜熟，贤妻老早告诉我野菜已经蒸熟，
童子遥迎种豆归。书童老远迎接我从田间种豆归。
鱼下碧潭当镜跃，游鱼进入碧潭好像面对镜子跳跃，
鸟还青嶂拂屏飞。归鸟返回青嶂如同轻拂屏风而飞。
花时未免人来往，可惜花时佳日仍难免人客来往，
欲买严光旧钓矶。还想另寻佳处似严光的旧钓矶。

村居惬意还求静。首联先举本人自得其乐地亲手编织雨衣，再点出村舍的方位。青莎：《尔雅翼》“指莎草，可为衣，以御雨，今人谓之蓑衣”。次联展现与家人的和谐共处，贤妻早报藜炊熟、幼童远迎种豆归。莱妻：原指汉朝老莱子之妻，可作贤妇的代称。三联以所见鱼鸟的欢欣，表达内心的轻快。尾联提出美中不足，春秋佳日仍有过多的世俗应酬，还欲找到如同严子陵旧钓矶之地。

854 许　浑·村舍二首其二

尚平多累自归难，尚平负累如此之多要想归隐自然困难，
一日身闲一日安。怎能似我一日身闲就可享受一日心安。
山径晓云收猎网，山路中弥漫着晓云我去收集猎鸟的网，
水门凉月挂鱼竿。水门上高悬着凉月我去挂上钓鱼的竿。
花间酒气春风暖，在花间喝酒此际正值春风送暖，
竹里棋声暮雨寒。在竹里下棋那时又是暮雨觉寒。
三顷水田秋更熟，三百亩水田一年两次熟足够全家温饱，
北窗谁拂旧尘冠。北窗下放着沾尘旧官帽谁还会把它管。

乐在村居厌仕途。首联用尚平的多累难归，反衬自己归来乐享身闲心安。尚平：指东汉尚长，此人姓尚名长字子平，要待子女嫁娶毕，始可争得自由身。以下三、四、五、六、七句俱承首联，而收猎网、挂鱼竿、喝酒、下棋以及水田两熟，皆是身闲心安的具体展现。尾句用不再拂拭旧尘冠，表达已在村居生活中找到了自己真正喜爱的东西，不再留恋在朝为官的那些荣耀日子。

855 | 杜　牧·河湟

元载相公曾借箸， 宰相元载似张良曾为君王收复河湟筹划过，
宪宗皇帝亦留神。 宪宗皇帝对河湟局势发展也曾经格外留神。
旋见衣冠就东市， 不久却见元载像晁错身穿朝服在东市受刑，
忽遗弓剑不西巡。 宪宗皇帝也突然驾崩来不及实施安边西巡。
牧羊驱马虽戎服， 河湟百姓牧羊驱马虽穿戎人衣服，
白发丹心尽汉臣。 可是他们白发丹心全是唐朝臣民。
唯有凉州歌舞曲， 只有产生于凉州的歌舞乐曲，
流传天下乐闲人。 流传天下在娱乐着富贵闲人。

忧虑边防促振作。首联叙述元载和宪宗都曾对收复河湟作过筹划或关注。借箸：为君王筹划国事。次联续述元载像晁错东市受刑，宪宗也被宦官所杀害，流露了河湟迟迟未收复的遗憾。遗弓剑：指宪宗死，古代传说黄帝仙去，只留下弓剑。后四句用对照描写，赞扬“白发丹心尽汉臣”的河湟百姓，讽刺“陶醉凉州歌舞曲”的富贵闲人。戎服：此指西戎之服，即异族之服。

856 | 杜　牧·题宣州开元寺水阁阁下宛溪夹溪居人

六朝文物草连空， 六朝文物无踪但见碧草连空，
天淡云闲今古同。 一派天淡云闲似乎古今相同。
鸟去鸟来山色里， 鸟去鸟来都掩映在敬亭山青翠的山色里，
人歌人哭水声中。 人歌人哭都汇入宛溪日夜流淌的水声中。
深秋帘幕千家雨， 深秋密雨给千家万户挂上层层帘幕，
落日楼台一笛风。 落日晚风为高处楼台送去笛韵无穷。
惆怅无因见范蠡， 心中无限怅惘因为已经无缘见到范蠡，
参差烟树五湖东。 遥望太湖东边只见树木参差一片烟笼。

追思范蠡愧无功。首联写登临已流露景物依然、人事多变之感。次联意谓宛溪的山色、水声相对长久存在，而鸟与人，只能充当有限的过客。三联意谓重游此地，又觉深秋密雨和落日晚风依旧，诗人八年前曾在宣州观察使幕下任职，写过“我初到此未三十”“重游鬓白事皆改”等诗句。尾联自然想到人生易过，应乘壮盛立不朽之功，自然追思功成身退、隐居太湖的范蠡。

857 杜　牧·登池州九峰楼寄张祜

百感中来不自由， 多少感慨不由自主涌上心头，
角声孤起夕阳楼。 画角一声孤独响起夕照在楼。
碧山终日思无尽， 碧山依旧忆昔游整日思念无尽，
芳草何年恨即休？ 芳草如前自别后离恨何时可休？
睫在眼前长不见， 睫毛就在眼前总是看不见，
道非身外更何求。 大道不在身外还向何处求？
谁人得似张公子， 谁能够比得上你张公子，
千首诗轻万户侯。 认为千首诗重于万户侯。

仗义直言无所畏。首联面对夕阳画角，涌起众多感慨。次联抒发别情，从旧游共赏的碧山、芳草说起。三联转到为友人遭白居易举荐徐凝而弃用张祜抱不平。“目不见睫”，喻人之无识，这是对白居易的微词；“道非身外”，这是称赞张祜诗艺高超，不必另有追求。尾联更作发挥，说张祜把诗篇看得比高官更重。表达了对朋友的思念、同情、劝勉、敬重，含蓄婉转而又激情洋溢。

858 杜　牧·齐安郡晚秋

柳岸风来影渐疏， 柳岸自秋风刮来柳影渐渐稀疏，
使君家似野人居。 我所居住的地方像村野人所居。
云容水态还堪赏， 这里闲云倒影水中千姿百态堪欣赏，
啸志歌怀亦自如。 也可长啸放歌抒怀似过得相当自如。
雨暗残灯棋散后， 棋散后面对秋雨迷蒙残灯暗淡便以酒解闷，
酒醒孤枕雁来初。 酒醒时垫着独眠孤枕听到南飞雁鸣难自处。
可怜赤壁争雄渡， 可叹当年众多豪杰争雄的赤壁渡头，
唯有蓑翁坐钓鱼。 如今只有我这样一个蓑翁坐此钓鱼。

仕途屡挫且逍遥。首联叙述诗人被贬至黄州后住地似村野人家，又遇上秋风劲刮柳影疏的时候。齐安郡：即黄州，今湖北黄冈县；使君：刺史自称。次联不谈心中纠结，而为此蓄势，说起村居的山水可观。三联才透露仕途失意带给自己的孤独寂寞情怀。尾联以群雄争胜与蓑翁钓鱼对比，表达自己虽有建功立业雄心，却被排挤到了此地，壮志难酬，唯有逍遥于山水之间的无奈。

859 杜　牧·九日齐安登高

江涵秋影雁初飞， 江水倒映着秋景大雁刚刚南飞，
与客携壶上翠微。 与友一道携酒壶共同登上翠微。
尘世难逢开口笑， 平时在尘世里难逢开口一笑，
菊花须插满头归。 今天要把菊花满头插遍而归。
但将酩酊酬佳节， 只应纵情痛饮酬答重阳佳节，
不用登临恨落晖。 不要登临之后憾恨落日余晖。
古往今来只如此， 能如意的事少古今从来是这样，
牛山何必独沾衣？ 何必像齐景公独对牛山泪沾衣。

欢笑难求唯醉酒。首联写登高所见，翠微即青山。一个“涵”字，把所见秋景，包括大雁及其他，都摄入浩瀚江水之中。次联更近似癫狂：要开怀大笑、满头插花。原来今日诗人与知己之交张祜在一起。后两联诗兴越高，竟向同感怀才不遇的好友提出，此刻只应痛饮，不要叹息，还拿齐景公做反面教材。牛山：在今山东淄博市，春秋时齐景公因感人生无常，曾对牛山伤心落泪。

860 赵　嘏·长安晚秋

云雾凄清拂曙流， 拂晓的时候凄清的云雾缓缓地飘流，
汉家宫阙动高秋。 唐皇的宫殿似触动高高的秋日云头。
残星几点雁横塞， 天上残星几点从北方飞来越过边塞的大雁，
长笛一声人倚楼。 传来长笛一声有人在楼上倚栏把笛子吹奏。
紫艳半开篱菊静， 篱边半开的菊花静悄悄地呈现出紫艳之色，
红衣落尽渚莲愁。 水面凋零的莲花红衣落尽枯茎败叶全是愁。
鲈鱼正美不归去， 家乡的鲈鱼正值适时最肥美却不赶快回去，
空戴南冠学楚囚。 徒然似钟仪戴着南冠学楚囚成了无谓羁留。

科场失意住京难。首联以云雾凄清、宫阙高耸的远望初见点题。次联描述残星数点雁飞过、楼上传来吹笛声，表现自己乡愁更甚，鸿雁使人想到归家，笛声也多思乡怀人。三联续述晨光下可见紫菊半开、红莲落尽，而说菊静莲愁，实因作者感觉菊安静似归隐的陶潜，莲含愁似易老的青春，是移情于物。尾联以应效张翰归家而不学钟仪羁留，表达欲回去隐居而不得的苦闷心情。

861 温庭筠·利州南渡

澹然空水对斜晖，江面空阔水波粼粼映着夕阳斜晖，
曲岛苍茫接翠微。江中曲岛暮霭苍茫连着远方翠微。
波上马嘶看棹去，江面上人语马嘶眼看船远去，
柳边人歇待船归。柳树下人马守候等待船回归。
数丛沙草群鸥散，几处沙洲草丛惊起群鸥四散，
万顷江田一鹭飞。江岸万顷水田一只白鹭孤飞。
谁解乘舟寻范蠡，谁能理解我乘舟寻范蠡的心意，
五湖烟水独忘机。五湖烟波里唯他能忘世俗心机。

即景抒情美忘机。首联叙述渡口所见平静景色。翠微：指青翠的山色。次联以候渡者身份，冷眼观看人马渡船往返。三联描述过渡之时人马声响使草丛群鸥惊散，并衬以水田一鹭孤飞，暗示众人若无巧诈机心，群鸥不会惊飞远避。尾联自然转上"忘机"的话题。诗人认为只有范蠡能够真正忘掉世俗的心机，而世人连我有忘机之志，欲乘舟去寻范蠡，也会觉得难以理解。

862 温庭筠·过陈琳墓

曾于青史见遗文，我曾在史书上拜读过你留下的诗文，
今日飘蓬过此坟。今天在飘蓬般的流转中经过你的坟。
词客有灵应识我，你这文章大家在天依旧有灵当了解我不幸，
霸才无主始怜君。我有过人之才而无赏识之主始羡慕你好运。
石麟埋没藏春草，你墓前的石麒麟已经被萋萋荒草埋没，
铜雀荒凉对暮云。魏武帝的铜雀台也会荒凉地对着暮云。
莫怪临风倍惆怅，别怪我临风凭吊而倍感悲伤惆怅，
欲将书剑学从军。我也想效仿先贤携带书剑去从军。

对比先贤伤遇合。首联点出陈琳是青史留名自己则飘泊无依。次联上句承一句揭示惺惺相惜之意；下句承二句感慨彼此遭遇不同，陈琳曾为袁绍起草讨伐曹操的檄文，后仍受操重用，而诗人仅直言获罪，便遭唐宣宗远贬。三联由陈琳墓前石麟埋没于春草，想象曹操的铜雀台一样荒凉冷落，既追思了前贤，也暗寓对当代轻视人才的愤懑。尾联考虑到前途更悲伤，因从军未必能遇合。

863 | 温庭筠·过五丈原

铁马云雕久绝尘， 铁马嘶鸣云旗招展掀起沙尘滚滚，
柳阴高压汉宫春。 蜀国大军春日出征向长安城直奔。
天清杀气屯关右， 天朗气清蜀军大队人马集结函谷关西面，
夜半妖星照渭滨。 夜半时分一颗耀眼将星坠落于渭水之滨。
下国卧龙空误主， 蜀国卧龙空自忠心辅佐刘后主，
中原逐鹿不因人。 统一大业能否完成终不由个人。
象床锦帐无言语， 孔明庙中象床锦帐的遗像默默无语，
从此谯周是老臣。 从此以后只好让谯周成为劝降老臣。

赞扬诸葛鄙投降。前半以虚拟景象再现史实，后半夹叙夹议含褒贬。首联表诸葛亮最后北伐曹魏的气势。云雕：绘有鸷鸟等的战旗；绝尘：弃绝尘寰，表示极快；汉宫：指曹魏大本营。次联表诸葛亮出师欲战而不幸病亡。三联揭示谋事在人、成事在天。尾联以谯周的劝主投降，反衬孔明的鞠躬尽瘁。诗中充满对诸葛亮赍志以殁的惋惜与竭智尽忠的敬仰，及对刘禅、谯周的嘲讽。

864 | 温庭筠·苏武庙

苏武魂销汉使前， 留胡十九年的苏武初见汉使不禁感慨万端，
古祠高树两茫然。 而今的古祠与高树也都显得年代久远渺然。
云边雁断胡天月， 在胡天月下的高空云间雁行逐渐消失，
陇上羊归塞草烟。 在塞草无边的原野陇上羊群穿过暮烟。
回日楼台非甲帐， 回朝进谒之日楼台依旧而已无甲帐，
去时冠剑是丁年。 奉命出使之时加冠佩剑却正当壮年。
茂陵不见封侯印， 遗憾武帝无法看见苏武封侯受爵，
空向秋波哭逝川。 空向秋水哭祭一番感叹时光不还。

别忘苏武留胡事。首联点出苏武和苏武庙，并借古祠高树渺茫，表追思历史以防遗忘的必要。次联突出历史画面：上句望雁思归，知他长久留胡而心怀故国，下句荒塞牧羊，知他多年艰辛而不辱使命。三联以去时反衬回日，再显示苏武留胡久、磨难多，也为末联开路。非甲帐：意为武帝已死，因“甲帐神所居、乙帐己所居”是武帝私定，武帝死后便无此区分。尾联固然有追思故君之情，也有庆幸十九年生活在胡人冰天雪地里的苏武没有被忘记之意。

865 温庭筠·杏花

红花初绽雪花繁，红色杏花刚绽放而白色杏花无比灿烂，
重叠高低满小园。花朵既重重叠叠又高高低低铺满小园。
正见盛时犹怅望，恰值杏花盛时尚且望而惆怅，
岂堪开处已缤翻。怎忍受开花处花瓣在地乱翻。
情为世累诗千首，在我千首诗中总见情为世累，
醉是吾乡酒一樽。只好醉是吾乡常常借酒一樽。
杳杳艳歌春日午，远远艳歌传来正当春日之午，
出墙何处隔朱门。杏花何处出墙它被隔着朱门。

人像杏花难出墙。首联描画杏花满园景象。次联面对杏花盛放尚且觉得惆怅，若是凋落，自然更难忍受。三联交代如此反常是因为感情被时世所拖累，原来温庭筠跟李商隐一样，空有凌云万丈才，平生抱负难施展，李遭朝臣党争排斥，温更受天子与丞相联手抵制，一生落泊唯醉酒。尾联说春日听到艳歌也思振作，但杏花被高大朱门阻隔怎出墙（我被众多权贵阻挠怎出头）？

866 温庭筠·赠知音

翠羽花冠碧树鸡，绿树旁边那只翠羽花冠的雄鸡，
未明先向短墙啼。天尚未明便对着短墙高声地啼。
窗间谢女青蛾敛，窗间可见到谢女的两道眉毛紧锁，
门外萧郎白马嘶。门外已传来萧郎的那匹白马在嘶。
星汉渐移庭竹影，星月逐步移位庭竹影子转换，
露珠犹缀野花迷。野花仍带露珠令人为之着迷。
景阳宫里钟初动，远处景阳宫里的钟声刚刚响起，
不语垂鞭上柳堤。我默默无言信马垂鞭上了柳堤。

知音侵晓匆匆别。首联描述墙畔鸡声啼叫，为二人残宵欲别之时。次联上句称作谢女者，她双眉不展，满面含愁，应是此诗所赠之佳人；下句的萧郎也该是可作佳人知音的郎君，他的白马在门外嘶叫，似要催促主人快赶路。三联表现分手之际，虽只稍微刻画天亮前的风景，已可想象当事人黯然销魂的情状。尾联显示那位郎君似还未把话说完，晨钟响后失落地走在柳堤之上。

867 李商隐·天平公座中呈令狐令公

罢执霓旌上醮坛， 一位女冠她刚甩掉霓旌从醮坛下来，
慢妆娇树水晶盘。 不必妆扮身如临风玉树脸似水晶盘。
更深欲诉蛾眉敛， 她若夜深欲诉衷肠蛾眉常显蹙，
衣薄临醒玉艳寒。 亦像临醒衣衫单薄玉体在生寒。
白足禅僧思败道， 座中白足禅僧想过叛道还俗，
青袍御史拟休官。 也有青袍御史或许打算辞官。
虽然同是将军客， 虽然我同样是令狐将军的座中之客，
不敢公然子细看。 但是自己职卑才浅不敢公然仔细看。

刻画女冠手法高。首联写一位兼具布道者和歌舞伎两种身份的女冠出现在宴会上。女冠：即女道士，唐代特殊群体，来自入道的皇家公主、宫女和富贵人家的姬妾等，她们享有与各种阶层接触的自由；霓旌：绘有虹霓的旗帜。次联正面赞美这位女冠的仪容体态。三联以禅僧、御史的失态烘托女冠的俏丽。白足禅僧：暗指已还俗的蔡京。青袍御史：或即带御史衔的幕僚。尾联还用本人态度突出其俊美耀眼。

868 李商隐·韩同年新居饯韩西迎家室戏赠

籍籍征西万户侯， 声名显赫的征西万户侯，
新缘贵婿起朱楼。 最近为新招贵婿建高楼。
一名我漫居先甲， 进士登第的名次我忝居先列，
千骑君翻在上头。 作为娇客你却反而占据上头。
云路招邀回彩凤， 你虽然奔跑于遥远的路上可以迎回彩凤，
天河迢递笑牵牛。 我却在横隔天河之处空望成为可笑牵牛。
南朝禁脔无人近， 还将似南朝时代的禁脔无别的女子敢接近，
瘦尽琼枝咏四愁。 正在绞尽脑汁吟咏愁情以求宽解内心之忧。

美慕连襟婚配好。首联点出韩之新居为岳父王茂元所建，既言贵婿，又说由岳父为其建楼，便暗含戏意。中二联借对比，显示已不如韩，作为娇客，韩早成亲，又韩坐拥新居接新人，已隔河思念相思苦。千骑：出自《陌上桑》“东方千余骑，夫婿居上头”。尾联调侃自己如禁脔，已不幸相思瘦损，咏诗排解。禁脔：原指皇家独享的肉，犹专用品；四愁：汉张衡所作的四愁诗。

869 李商隐·送崔珏往西川

年少因何有旅愁， 年轻人怎么样会有旅愁！
欲为东下更西游。 曾经往东去又转向西游。
一条雪浪吼巫峡， 一条雪浪在巫峡飞速奔腾怒吼，
千里火云烧益州。 千里火云在益州烧得满天红透。
卜肆至今多寂寞， 严君平的占卜处是否古今一样寂寞，
酒垆从古擅风流。 卓文君的卖酒地是否古今皆擅风流。
浣花笺纸桃花色， 浣花溪著名的薛涛笺染上桃花色泽，
好好题诗咏玉钩。 正好郁闷时用来题诗咏唱酒宴藏钩。

激发友人思进取。 首联鼓励好友志在四方，勿犯旅愁。次联想象西游将遇的自然风光，巫峡江流恰似能掀雪浪的一条巨龙，益州红霞仿佛正在燃烧的千里火云。益州：指成都一带。后两联把蜀地几个著名的人文景观串连起来，让人留下诗意印象，有卜肆、酒垆以及浣花笺。卜肆：指严君平占卜处；酒垆：指卓文君卖酒地；擅风流：能展示独特气派；浣花笺：又称薛涛笺；玉钩：宴席的藏钩之戏。

870 李商隐·及第东归次灞上却寄同年

芳桂当年各一枝， 我们正当少壮时一齐登上进士第，
行期未分压春期。 没有料到才春末便是我东归行期。
江鱼朔雁长相忆， 我们将成南鱼北雁仅可长相思念，
秦树嵩云自不知。 但远隔着秦树嵩云行踪自难得知。
下苑经过劳想像， 共赴下苑游宴今后应能靠想象不断回味，
东门送饯又差池。 东门给我饯别先后错杂未许我细诉离思。
灞陵柳色无离恨， 面对灞陵柳色虽然也难舍却无别恨，
莫枉长条赠所思。 无须为登第后分手的所思枉折柳枝。

及第东归离恨少。 首联表示意外没料到众同年一起登第不久即东归省亲。分：料到；压春期：在农历三月之末。次联对别后南北远隔，感到遗憾。江鱼、朔雁：喻指身处南北之人；秦树、嵩云：喻指长安、河南。三联意谓大家只在游宴、饯别现场相见，未能更多交流。下苑：指曲江池；差池：参差不齐意。尾联豪情饱满，直言表白，尽管惜别，并无太多离恨，不必折柳送行。

871 李商隐·赠华阳宋真人兼寄清都刘先生

沦谪千年别帝宸， 两位辞别玉皇帝君沦谪人间已千载，
至今犹谢蕊珠人。 直至今天仍然远离上清宫里的仙人。
但惊茅许同仙籍， 我原只惊羡你们与茅盈许迈同登仙籍，
不道刘卢是世亲。 没有料到两位跟刘琨卢谌一般是世亲。
玉检赐书迷凤篆， 钻研所赐玉检封盖的经书已达到迷恋境界，
金华归驾冷龙鳞。 以致忘却返回仙家的归驾而无端冷了龙鳞。
不因杖屦逢周史， 反思当年若非遇到老子接受教导，
徐甲何曾有此身。 试问徐甲该人怎么能够保有此身！

感恩学道两前辈。首联称许两位是仙籍中人。次联说后来才知二人还是亲戚。茅许：著名仙人；刘卢：晋代高官兼作家。三联再赞两人学道刻苦，连乘龙升天也错过。玉检：玉制的书函盖子。尾联仍赞两位有高人指点，隐含愿受教意。周史：指老子；杖屦：屦即鞋，可指一种古礼，五十岁人可扶杖，长者还可先入室后脱鞋，又可指对长者应有的态度；徐甲：老子曾让他死而复生。

872 李商隐·赠赵协律皙

俱识孙公与谢公， 你我都认识吏部令狐相公和故尚书安平公，
二年歌哭处还同。 两年同在两家门下经历的欢乐悲哀也相同。
已叨邹马声华末， 已经沾了你美好声誉和文采的光，
更共刘卢族望通。 还兼你我是表兄弟我们族望相通。
南省恩深宾馆在， 体现师恩深厚的南省宾馆仍在，
东山事往妓楼空。 见证追游往事的东山妓楼成空。
不堪岁暮相逢地， 更难忍受的是我们异地相逢之际，
我欲西征君又东。 我正要往西边走你却偏偏要往东。

这般叙事惹同情。首联叙述己与赵的共同点之一。孙公、谢公：以晋孙绰拟吏部令狐楚，以晋谢安拟安平公崔戎。次联续叙两人的第二个共同点。邹马：指邹阳、司马相如，将赵皙的声华视同邹马；刘卢：指刘琨、卢谌，认为己与赵族望相通如同刘卢一样。三联揭双方的不如意事一，安平公崔戎已不幸逝世。南省：吏部尚书省。尾联揭双方的不如意事二，相逢不久又各走西东。

873 李商隐·一片

一片非烟隔九枝， 蓬莱山上祥云笼罩多少灯光也难穿透，
蓬峦仙仗俨云旗。 仙家仪仗场面壮观让人似见如云旗帜。
天泉水暖龙吟细， 天泉之水温暖可龙吟之声还是微弱，
露畹春多凤舞迟。 露畹春意也浓而丹凤舞姿显得松弛。
榆荚散来星斗转， 榆荚过春则散星斗便转换，
桂花寻去月轮移。 桂花秋去无香月轮即迁移。
人间桑海朝朝变， 人间桑田会成沧海天天变化，
莫遣佳期更后期。 不要再一拖再拖了耽误佳期。

说情场吧抑官场？首联说作者所爱的女道士，就在某个道观却望而不见。次联点出难题：双方相爱，女方尚存犹豫。天泉、露畹：均为皇家园林般景点。三联表达时光不待人。尾联希望佳期能够尽快。这是认为此诗写爱情。也有主张是写时政的，略述如下：首联的仪仗看作是以仙家代皇家，其他反映朝廷使用人才“因才任用”有成绩，但“量才提拔”还不够，希望及时改进。

874 李商隐·回中牡丹为雨所败二首其一

下苑他年未可追， 在长安观赏牡丹的往事已经无法追寻，
西州今日忽相期。 今天在西州忽能看到想看的牡丹踪迹。
水亭暮雨寒犹在， 一场黄昏急雨洒遍水边亭台透露寒威犹在，
罗荐春香暖不知。 让罗荐给送春香的牡丹保暖竟然看似不知。
舞蝶殷勤收落蕊， 惜落花的舞蝶殷勤地收拾地上的花瓣，
有人惆怅卧遥帷。 花瓣却似失意佳人怅卧妖帷毫无生气。
章台街里芳菲伴， 西州牡丹如此长安城中的同伴如何，
且问宫腰损几枝。 为求博取宠幸不知瘦损了多少腰肢？

牡丹与己同遭劫。首联以“下苑”引起西州（即安定郡，亦即诗题所说的回中）。下苑：指长安的曲江池。次联描写只顾尽情绽放的牡丹，突遭急雨寒流袭击而败落（此前诗人应博学宏词试已经录取仍被抹掉，人花命运何其类似）。罗荐：给花防寒的褥子。三联表现蝶惜花和花失落（人花共苦）。遥帷：妖艳的帷幕。尾联由西州牡丹连及长安牡丹，并揣测其遭遇，为下一续诗作铺垫。

875 李商隐•回中牡丹为雨所败二首其二

浪笑榴花不及春， 不要笑石榴花开得迟赶不上春日，
先期零落更愁人。 牡丹花春天过早凋落更加惹愁人。
玉盘迸泪伤心数， 雨袭牡丹如同玉盘溅泪溅出无数伤心意，
锦瑟惊弦破梦频。 急雨摧花好像急管繁弦惊破好梦更可恨。
万里重阴非旧圃， 万里阴云密布花圃面目全非，
一年生意属流尘。 一年逐步成长化作四散流尘。
前溪舞罢君回顾， 你若见前溪漂流的花瓣还显得舞姿摇曳，
并觉今朝粉态新。 一定会觉得今朝风雨里牡丹美态更出新。

愈悲国运与身世。首联用别笑石榴引出牡丹早春凋落。次联正面描写牡丹遭劫如何令人伤心失望。惊：弦多柱促，声使人惊。三联将牡丹结局总括成白费辛苦地化为尘土。生意：指植物的成长、生态。尾联的“回顾”，可指当时，包括他年。诗人把现在推向未来，并料定家国前途，未来比现在更坏，故“今朝粉态新”不是转悲为喜，而是以乐境表现哀情，愈增其哀。粉态：娇美姿容。

876 李商隐•荆门西下

一夕南风一叶危， 一夜南风使劲吹小船随时有倾覆之危，
荆门回望夏云时。 黎明回头望荆门只看到那里夏云涌起。
人生岂得轻离别， 人生真不可动不动就离家出走，
天意何曾忌崄巇。 好像老天爷偏喜欢到处有危机。
骨肉书题安绝徼， 亲人书信总鼓励我不惧蛮荒绝塞安心远行，
蕙兰蹊径失佳期。 尽管家中蕙兰小径同欢聚的佳期必然错失。
洞庭湖阔蛟龙恶， 前方是洞庭湖还辽阔得很蛟龙也极凶恶，
却羡杨朱泣路歧。 我已别无选择反羡杨朱哭尚有挑拣之地。

舟行赴任说艰危。首联叙事：诗人应观察使郑亚之邀赴桂州任掌书记，荆门遇风险，扁舟整夜逆着风浪闯，随时会翻沉。次联议论风浪惊人。崄巇：险阻。三联思考此行大志未酬充幕客，且对家人有愧心。尾联意谓自己比杨朱更艰难，他虽哭前途未卜，仍有道路可选，我退无可退，明知山有虎，也要虎山行。蛟龙：风浪外的致命危害。

877 李商隐·赠田叟

荷蓧衰翁似有情， 挑着耘田竹器的一位老翁看来很热情，
相逢携手绕村行。 我们彼此遇见就携手绕村一起慢步行。
烧畬晓映远山色， 清晨烧荒的火光将远山映成耀眼的颜色，
伐树暝传深谷声。 砍伐树木的声音到昏黑还在深谷里回应。
鸥鸟忘机翻浃洽， 难怪鸥鸟与忘掉机心的人反而能和谐共处，
交亲得路昧平生。 人间戚友若有得势忘情者便会关系冷如冰。
抚躬道直诚感激， 自问为人正直者确实使我感动，
在野无贤心自惊。 说乡野无明智人怎不让我吃惊。

赞扬田叟无机心。首联说与田叟一见如故。次联写村行所见所闻，烧畬伐树都是农家特有的劳作。烧畬：将砍倒的杂树等烧成灰作肥料叫烧畬。三联将村野中所遇到的连鸥鸟也可融洽相处的人际关系，跟自己仕途中所遭受的妒贤忌能、损人利己相比较。浃洽：融洽、友善；得路：当官升职之类；昧：昏暗不明，引申为不认识等。尾联讽刺了李林甫之流曾鼓吹的“野无遗贤”。

878 李商隐·正月崇让宅

密锁重关掩绿苔， 重门紧锁小径长满了青苔，
廊深阁迥此徘徊。 廊深阁远我独自在此徘徊。
先知风起月含晕， 预感冷风将起因见月亮含晕，
尚自露寒花未开。 仍觉夜露偏寒眼前春花未开。
蝙拂帘旌终展转， 蝙蝠拂动帘旌使我难安辗转，
鼠翻窗网小惊猜。 老鼠翻过窗网引起一阵惊猜。
背灯独共馀香语， 熄灯独卧还好像与亡妻共语，
不觉犹歌起夜来。 不觉又低声唱着古曲起夜来。

重回故宅忆亡妻。首联写其岳父河阳节度使王茂元在洛阳崇让坊住宅的荒凉：门紧锁、径长苔、回廊楼阁因无人进出变得深远。次联写室外的风寒露冷。月晕：环绕月亮周围的光影。三联写室内的异常动态：“蝙拂帘旌”，人则难安；“鼠翻窗网”，人则惊猜。帘旌：似旌旗的布帘子。尾联以昔日妻子的痴情，表达今天自己的悲痛，更觉凄惨。起夜来：古曲名，是念夫之歌。

879 李商隐·七月二十九日崇让宅宴作

露如微霰下前池， 秋露像细微的冰粒洒下前池，
风过回塘万竹悲。 西风吹过回塘万竹萧瑟生悲。
浮世本来多聚散， 浮沉不定的世间本多分手，
红蕖何事亦离披？ 池上的红荷为何也会分离？
悠扬归梦惟灯见， 我做着飘忽的归梦只有孤灯可见，
濩落生涯独酒知。 我度着失落的生涯唯浊酒能得知。
岂到白头长只尔， 难道一直到白头之年仍然只是如此？
嵩阳松雪有心期。 我早对嵩山南边松雪心中有了约期。

仕途不顺愁难尽。此诗应是宴后散步荷塘的所见所思。首联描写悲凉的更深夜静环境，便于借景抒情。次联以红荷支离破碎，映衬自身离家宦游之苦。离披：零落分散状。三联说孤身在外，常念家园，但只有一灯相伴；生涯每多失意，难有知心倾诉，只得借酒消愁。濩落：沦落、失意。尾联表示虽对现实极端不满，决不与世浮沉，期待总有一天回到当年学道之处，了却此生。

880 李商隐·临发崇让宅紫薇

一树浓姿独看来， 一棵姿态浓艳的紫薇独自向我看来，
秋庭暮雨类轻埃。 正当秋日庭院里暮雨下得好像轻埃。
不先摇落应为有， 不先行坠落应是心中有我将要前来欣赏，
已欲别离休更开。 喜爱你的人要与你分别就不必再次绽开。
桃绶含情依露井， 含情的桃花它却依存于露井，
柳绵相忆隔章台。 相忆的柳树它更远隔在章台。
天涯地角同荣谢， 不论天涯地角什么环境同样有荣有谢，
岂要移根上苑栽？ 难道都要把根子移到皇家上苑里去栽？

党争之祸难逃避。首联面对盛开的紫薇花，浮想联翩。次联说感觉紫薇似有心等待他归来欣赏，不禁也劝它好好休整不要再开。三联引入桃绶、柳绵，与紫薇形成对比。桃绶：成串盛开如绶带的桃花；柳绵：又叫柳絮，即柳开的花。尾联意谓：不论种在哪里的花，都一样有荣有谢，人生是否得意与在何处做官，似也关系不大，既遭党人排挤，即使重返京华又岂能长久相安！

881 李商隐·写意

燕雁迢迢隔上林， 传书燕雁难超越消息送不到上林，
高秋望断正长吟。 深秋望尽天涯路我正在曼声悲吟。
人间路有潼江险， 人间多路哪有这里的潼江凶险，
天外山惟玉垒深。 天外多山哪有眼前的玉垒山深。
日向花间留返照， 不惯日光才照花间转眼就回光返照，
云从城上结层阴。 难耐淡云刚到城头顷刻便积聚浓阴。
三年已制思乡泪， 留此整整三年我都在克制思乡泪，
更入新年恐不禁。 进入另一新年恐怕我会情不自禁。

层层蓄势说思乡。首联的“隔上林”“望断”已露思乡意。上林：原为上林苑，此指京城。次联的乡思表现在埋怨此地路险山深，使他跑不了。潼江、玉垒山：均在诗人任职的四川梓州附近，此江此山实际并非至险至深，跑不了才觉得不可超越。三联所举都是当地独特气象，易使外地人不习惯而想老家。尾联上句还在说思乡泪被克制，下句才说出新的一年恐怕克制不了。

882 李商隐·圣女祠

松篁台殿蕙香帏， 松竹围着台殿帷幕散发着蕙兰香气，
龙护瑶窗凤掩扉。 龙和凤的装饰遍布所有的窗户门扉。
无质易迷三里雾， 云雾迷蒙女神真质一时尚难辨清楚，
不寒长著五铢衣。 也许她是不怕寒冷长期披着五铢衣。
人间定有崔罗什， 人间肯定有风流倜傥的崔罗什，
天上应无刘武威。 天上应该没有才俊之士刘武威。
寄问钗头双白燕， 借问神像钗头的一双白燕，
每朝珠馆几时归。 女神每回朝拜仙官几时归？

同是荒山沦落者。首联描述圣女祠的外部环境和装饰特点。次联正面表现女神之像，似有意忽略其他，只突出其衣服。五铢衣：据说是衣中至轻者仅有两钱多重的仙衣。三联流露天上不如人间，要与女神交友之意。崔罗什、刘武威：在诗中只作为一个理想化的风流倜傥的才俊之士，而诗人似以崔罗什自居。尾联顺势问归期，企盼圣女早日归来，心曲不言自晓。珠馆：天上仙官。

883 李商隐·锦瑟

锦瑟无端五十弦， 漂亮的瑟毫不讲理竟有五十根弦线，
一弦一柱思华年。 每一弦柱发出声音都让我追思华年。
庄生晓梦迷蝴蝶， 我做过庄周那样的蝴蝶梦醒来迷茫失落，
望帝春心托杜鹃。 无尽的悲伤流露在诗句里如望帝托杜鹃。
沧海月明珠有泪， 明珠埋大海月光明亮时似乎珠也会流泪，
蓝田日暖玉生烟。 美玉藏蓝田仿佛阳光照耀下玉也会生烟。
此情可待成追忆， 岂待追忆才觉此情难以忘记，
只是当时已惘然。 就在当时已知珍重让我惘然。

追忆华年觉惘然。以音调哀怨的锦瑟起兴，描述对已逝华年的追思，最后以惘然绝望的心态作结。追思的内容在中间两联：青年时代的壮志雄心无法实现，理想破灭的痛苦付之吟咏；把怀才不遇比作珠玉埋藏，认为珠玉未得开采也会流泪化烟。这样理解或可更好体会庄周梦蝶、望帝托鹃、沧海珠泪、蓝田玉烟等意象包含的情绪。惘然：不知所措的样子。权作此诗的纷纭众说之一。

884 李商隐·富平少侯

七国三边未到忧， 他似张放不知有七国三边大事要担忧，
十三身袭富平侯。 才十三岁就从世袭得到了爵位富平侯。
不收金弹抛林外， 他把金弹射在林子里没想过要收回，
却惜银床在井头。 却异常珍重辘轳架子嫌安置在井头。
彩树转灯珠错落， 彩柱上的转灯好像珍珠一般高低错落，
绣檀回枕玉雕锼。 绣檀造的回枕刻镂得似美玉晶莹剔透。
当关不报侵晨客， 守门人不按照常规给清早来客通报，
新得佳人字莫愁。 因为少侯新得了一位佳人叫做莫愁。

欲讽唐皇偏说汉。首联概括介绍唐朝一位少侯：他似汉朝张放，未懂国家的内忧外患，十三岁世袭为富平侯。张放：汉景帝时富平侯张安世的孙子。次联描写他幼稚无知，黄金弹丸射到林外不去回收，辘轳支架装在井头替它可惜。银床：井上的辘轳架。三联转到他室内的偏好，柱子上珍珠似的高低错落的转灯，檀木造美玉那样晶莹剔透的回枕。锼：刻镂。尾联还暗示他沉湎女色。

885 李商隐·少年

外戚平羌第一功， 外戚的祖辈曾立平羌第一功，
生年二十有重封。 少年才二十接受了双重之封。
直登宣室螭头上， 他曾直登金殿正室车驾刻有螭头的高处，
横过甘泉豹尾中。 甚至曾在上甘泉宫的尚书车驾之前横冲。
别馆觉来云雨梦， 被揭来到别馆做过缠绵的云雨梦才醒觉，
后门归去蕙兰丛。 接着从后门归去又逸乐在大群姬妾丛中。
灞陵夜猎随田窦， 这个子弟还跟从皇亲国戚去灞陵夜猎，
不识寒郊自转蓬。 不知一旦势危会像荒郊蓬草飘荡随风。

外戚少年盛与衰。首联叙事：一位外戚子弟以祖荫接受了两个封号。次联表现这个外戚少年骄横无礼，竟在距皇帝皇后很近的地方横冲直撞。豹尾：指尚书所乘悬着豹尾旗的车子。三联讽刺其沉溺女色。尾联上句仍说他能跟随皇亲国戚去夜猎，威风得很，末句才转出权势成空命运悲的结论。灞陵：在长安城东七十里；田窦：指武安侯田蚡、魏其侯窦婴；寒郊：荒凉的郊野。

886 李商隐·令狐八拾遗绹见招送裴十四归华州

二十中郎未足稀， 你这中书郎二十岁当皇帝侍从尚未算稀罕，
骊驹先自有光辉。 似罗敷丈夫你不仅年轻作高官早自有光辉。
兰亭宴罢方回去， 你似兰亭宴罢的方回将要离开此地，
雪夜诗成道韫归。 你妻如雪夜诗成的道韫也一道同归。
汉苑风烟吹客梦， 长安官苑的风烟会吹进你远客京城的梦，
云台洞穴接郊扉。 且云台峰下的洞穴连接京郊城门的门扉。
嗟予久抱临邛渴， 可叹我久陷相如当年流落临邛的困境，
便欲因君问钓矶。 便有意向你探问关于太公当年的钓矶。

应酬之作有文采。首联说裴十四是高官，并暗示还有美妻。次联表现大家席上吟诗唱和，送行宴像兰亭宴，裴相当方回（王羲之姐夫，诗人兼书法家），其妻相当谢道韫（王羲之姐姐，著名才女），而令狐绹送裴夫妇则相当王羲之送方夫妇。既赞了裴夫妇，连带也赞了令狐绹。三联揭示裴夫妇归华州是好机遇，那里与京城联系紧密。汉苑：汉朝宫苑，集灵宫、望仙台等都在华州。尾联有点开玩笑，意谓裴这个司马相如还像姜太公，钓到了卓文君，又钓到了大夫官，告诉我怎样才能做到情场官场都得意。

887 李商隐·和令狐八戏题二首其一

东望花楼会不同， 东望花楼感叹不能相会，
西来双燕信休通。 西来双燕音信也不可通。
仙人掌冷三霄露， 那九霄上的露和那五更时的风，
玉女窗虚五夜风。 使人身觉寒冷和使人心感计穷。
翠袖自随回雪转， 翠袖自然随着回旋雪般的舞步转动，
烛房寻类外庭空。 烛房寻类由内室至外庭也四顾皆空。
殷勤莫使清香透， 你要殷勤主动切莫让清香往外透，
牢合金鱼锁桂丛。 必须紧扣锁钥锁住飘香的桂花丛。

提醒秀才锁清香。首联叙事：有个任姓秀才叹息难会花楼之人，虽有双燕也音信难通。次联点出女子居处环境恶劣。仙人掌、玉女窗在诗中均喻指某个女子；三霄：应为九霄，因协平仄而改。三联转写此女子或感无所适从，需要找可靠之人，眼前却空无所有。烛房：灯烛之房，指内室；类：指意气相投的人。尾联敦促任秀才积极行动，去锁好桂花丛。金鱼：鱼形锁钥。

888 李商隐·和令狐八戏题二首其二

迢递青门有几关， 看来高远的青门离你处没有多少关！
柳梢楼角见南山。 透过楼角柳梢望出去可见美丽南山。
明珠可贯须为佩， 明珠若可贯串就应结为珠佩，
白璧堪裁且作环。 白璧倘能雕琢就该制成玉环。
子夜休歌团扇掩， 夜半时分歌唱已罢利用团扇掩护，
新正未破剪刀闲。 新正节日尚未过去剪刀仍在偷闲。
猿啼鹤怨终年事， 一年到头听人们在说猿啼鹤怨，
未抵熏炉一夕间。 难比独对熏炉竟夕相思更可怜！

指点殷勤多动脑。此诗开头要他亲自找人、使她成为佩环，结尾又以一夕相思苦于整年猿啼鹤怨为警告，尤其中间用团扇典助其巧应变，富启发性。据《古今乐录》：晋中书令王珉，手摇白团扇，与嫂之婢谢芳姿有爱。嫂捶挞婢过苦，王闻而止之。芳姿素善歌，嫂令歌一曲当赦之。应声歌曰：“白团扇，辛苦五流连，是郎眼所见。”珉使再唱，又云：“白团扇，憔悴非昔容，休与郎相见。”婢先后所唱均用“白团扇”开头，听者以为是起兴，实为两情人通话的暗语，意谓“向团扇表白”。

889 | 李商隐·题二首后重有戏赠任秀才

一丈红蔷拥翠筠， 窗外高高红蔷薇簇拥着那色泽翠绿的竹子，
罗窗不识绕街尘。 罗窗之内的美人不知你绕街走惹起的灰尘。
峡中寻觅长逢雨， 你也许经历过如在峡中遇到行云施雨，
月里依稀更有人。 或者如在月里看见嫦娥之外似有他人。
虚为错刀留远客， 曾怀疑她为金钱敷衍你这个远客，
枉缘书札损文鳞。 害你给她写书信白白费掉了精神。
遥知小阁还斜照， 但你始终惦记那间小阁依旧映斜阳，
羡杀乌龙卧锦茵。 还有令人羡慕的乌龙狗躺卧在锦茵。

笑他运气还输狗。首联描写任秀才绕着女子住处奔走，而该女子却忽略其存在。次联叙述任秀才寻觅中发现似乎罗窗中人另有新欢。峡中逢雨：用巫山云雨故事；月里有人：用嫦娥奔月故事。三联秀才起了疑心，觉得给她写信枉费心机。错刀：一种钱币；文鳞：鱼鳞、鱼书。尾联意思：任秀才尽管有所发现和反思，始终难忘该女子的最初印象，她住在夕阳下一间小阁，身边伴着乌龙狗。

890 | 李商隐·玉山

玉山高与阆风齐， 玉山高峻可跟昆仑山的阆风岭看齐，
玉水清流不贮泥。 玉水清澈它不停流动不积半点沙泥。
何处更求回日驭， 还要往何处寻找什么拉住太阳的御者，
此中兼有上天梯。 这里面已经存在可以登上高天的阶梯。
珠容百斛龙休睡， 玉水的珍珠大至百斛骊龙认真守护勿贪睡，
桐拂千寻凤要栖。 玉山的梧桐高达千寻美丽的凤凰喜欢栖息。
闻道神仙有才子， 听说神仙当中有个才子名字叫萧史，
赤箫吹罢好相携。 赤玉之箫吹罢相互提携如同舟共济。

年轻志大有宏图。此诗应写于在秘书省任职期间，并似以玉山喻指所在的秘书省。首联概说玉山既高其水且清，可能指此机构的职位高贵而清雅。次联提出不必为耽误的时间找补救之法，这里就有上天的梯子。三联暗示自己的才华如同珍珠，需要朝廷认真关注；也像彩凤，需要在此栖身。尾联意味着玉山也有很多萧史那样的才子，期望效法萧史携手弄玉升天，一起晋职。

891 | 李商隐·题白石莲花寄楚公

白石莲花谁所共， 白石雕成的莲花座不知是谁供奉的，
六时长捧佛前灯。 它白天黑夜时刻捧着佛前的一盏灯。
空庭苔藓饶霜露， 这个人迹少到的空庭长满苔藓多霜露，
时梦西山老病僧。 让我常梦见住在西山的老而病的高僧。
大海龙宫无限地， 你道行广博高深如大海龙宫无边际，
诸天雁塔几多层。 也仿佛诸天雁塔数不清究竟多少层。
漫夸鹫子真罗汉， 请不要夸奖鹫子是个真阿罗汉，
不会牛车是上乘。 得我佛指点他才懂牛车是上乘。

赞颂楚公盼启蒙。这是应命题诗。首联从所题的物品说起，虽问而无意求答。共：同“供”；六时：佛教分一昼夜为晨朝、日中、日没、初夜、中夜、后夜。次联对要求题诗的楚公表示仰慕。三联称赞楚公的道行既广博又高深，引证的龙宫、雁塔，皆出自佛经。尾联以鹫子为例颂扬佛法使人领悟真理，暗含讨教之意。罗汉：即佛经中的阿罗汉；上乘：佛教用语，有上等的乘车运载工具之意。

892 | 李商隐·题僧壁

舍生求道有前踪， 佛家徒众于舍身求道上有前迹可寻，
乞脑剜身结愿重。 为悟真道不惜献脑剜身并结愿重重。
小去便应欺粟颗， 佛法里比粟粒还小的微尘能包容大千世界，
大来兼可隐针锋。 佛法里众多佛身举起无量世界还稳坐针锋。
蚌胎未满思新桂， 蚌胎在尚未丰满之时要想及未来月光照射，
琥珀初成忆旧松。 历经千载而成的琥珀要记得前身原是老松。
若信贝多真实语， 如果能够笃信佛经中的真实话语，
三生同听一楼钟。 便同时明白三生之义而免除苦痛。

人世苦多求佛解。首联认定佛家不少先贤舍生求佛道。乞脑剜身：佛经说“菩萨昔以头目脑髓施于人，为求无上正真之道”。次联赞扬佛力无边，往小讲一粒微尘可包含世界，往大讲举起世界还能稳坐针尖。三联用蚌胎、琥珀为例突出佛教重因果。蚌胎：指蚌珠。尾联以信佛懂得前世、今生及来世结束。贝多：树名，多用其叶写佛经，可指代佛经；一楼钟：使人领悟的佛理。

893 | 李商隐·二月二日

二月二日江上行， 二月二日踏青节信步江上行，
东风日暖闻吹笙。 春风和畅阳光暖听到人吹笙。
花须柳眼各无赖， 花蕊如须柳芽似眼各无忌，
紫蝶黄蜂俱有情。 紫蝶黄蜂盘旋飞舞皆有情。
万里忆归元亮井， 相距万里隔别三年常思回归乡井，
三年从事亚夫营。 这是我在柳仲郢处当幕僚的情形。
新滩莫悟游人意， 江上新滩的流水不理解我这个游人心意，
更作风檐夜雨声。 竟作出夜间风吹雨打屋檐的沙沙凄凉声。

新滩流水却添愁。首联叙述踏青之初自然感受。次联赏春愁起。花柳蜂蝶尽量散发春天气息，反而引起自己身世沉沦、失掉青春太多失意的悲伤。无赖：尽情舒展，无所顾忌。三联转写羁客思家。元亮井：喻乡井，陶渊明（字元亮）诗“井灶有遗处，桑竹残朽株”；亚夫营：即细柳营，暗寓柳字。尾联以新滩流水不懂事，却发出风檐夜雨般的凄切之声，竟让自己添愁结束。

894 | 李商隐·王十二兄与畏之员外相访见招小饮时予以悼亡日近不去因寄

谢傅门庭旧末行， 依旧例岳父的门庭里我是排末位的，
今朝歌管属檀郎。 今天的歌吹宴饮之乐应属韩瞻檀郎。
更无人处帘垂地， 回到家里室空无人唯见重帘垂地，
欲拂尘时簟竟床。 欲拂床尘才感觉只有竹席铺满床。
嵇氏幼男犹可悯， 我有幼子如嵇康之有幼男尤其值得怜悯，
左家娇女岂能忘？ 也有幼女如左思之有娇女又怎么能遗忘？
愁霖腹疾俱难遣， 愁人秋雨与亡妻之痛都不易排遣，
万里西风夜正长。 何况西风不远千里而来夜也正长。

悼亡日近拒欢宴。首联表示在岳父家宴饮现时自己不适宜参加。谢傅：指谢安，以谢安比拟自己岳父；檀郎：指女婿韩瞻。次联叙述丧偶后回家的感觉：室空只见帘垂地，床空唯有簟铺陈。竟：满。三联提及还有幼子幼女必须要陪伴照顾。尾联说愁霖腹疾难排解，更兼西风正紧夜正长。霖：连绵的秋雨；腹疾：亡妻之痛，据《风俗通》所收俗谚有“妇死腹悲，唯身知之”。

895 李商隐·赠刘司户蕡

江风扬浪动云根， 江风卷起惊涛骇浪拍击着岸边的巨石，
重碇危樯白日昏。 波及高桅重碇大船还使得白日像黄昏。
已断燕鸿初起势， 已摧折了燕鸿正拟起飞的气势，
更惊骚客后归魂。 又迫害你这个再生屈原般的人。
汉廷急诏谁先入， 如果朝廷会颁发急诏该你先被召，
楚路高歌自欲翻。 你似楚路高歌的接舆我也想紧跟。
万里相逢欢复泣， 在万里他乡与你相逢既喜又悲，
凤巢西隔九重门。 只恨凤巢在西边远隔着九重门。

忧时敬友两情深。首联描写湘江实景，也似象征险恶势力。次联同情刘蕡遭遇，应试时主张清除误国宦官而不予录取，进入仕途又被诬陷贬往柳州。燕鸿：燕地大鹏，刘蕡是燕地人；骚客：把刘蕡比作身附其后归之魂的再生屈原。三联对刘蕡表示敬仰和赞赏，说他应是朝廷先用、自已紧跟之人。接舆：是看透当时社会现状的楚人；翻：按谱写歌。尾联还痛惜像刘蕡那样的贤人不能被朝廷任用。

896 李商隐·哭刘蕡

上帝深宫闭九阍， 天帝住在深宫中关闭九重的宫门，
巫咸不下问衔冤。 更不派神巫下凡过问你含冤而逝。
黄陵别后春涛隔， 去年在黄陵与你别后一直被春涛阻隔，
湓浦书来秋雨翻。 从湓浦传来你的噩耗正当秋雨翻飞时。
只有安仁能作诔， 我只能像潘岳徒然地作哀痛之文，
何曾宋玉解招魂？ 却无法如宋玉为你招魂使你免死。
平生风义兼师友， 你平生高风亮节是我师也是我友，
不敢同君哭寝门。 我不敢以友自居在寝门外哭悼你。

悼友鸣冤斥至尊。首联以象征手法表现刘蕡冤死的现实政治环境，指向最高统治。阍：宫门；巫咸：传说中的神巫。次联叙生离死别之事，抒发思念悲愤之情。三联表露悲痛欲绝而又无可奈何的心情。招魂：后人认为宋玉怜屈原而写了楚辞《招魂》。尾联坦诚表白刘蕡应是自已的老师，衷心认可逝者的学识为人。哭寝门：据《礼记》，师，于寝室内哀悼；友，于寝门外哀悼。

897 李商隐·杜工部蜀中离席

人生何处不离群? 人的一生怎么会没有离别这种事?
世路干戈惜暂分。 战争时世短暂的分离也让人伤神。
雪岭未归天外使, 在雪岭之外唐朝使臣滞留未归,
松州犹驻殿前军。 在松州依旧驻扎着朝廷的大军。
座中醉客延醒客, 座中的醉客延请着醒客,
江上晴云杂雨云。 江上的晴云夹杂着雨云。
美酒成都堪送老, 成都的美酒真可以用来伴人终生,
当垆仍是卓文君。 更何况当垆卖酒的仍好像卓文君。

心忧国事别时言。 首联点出这是动乱中的离别宴席,上句似说离别本平常,下句忽又转为动乱也难舍。次联揭示动乱已在当前,已使多人离别,举远处雪岭和近处松州为证。三联借眼下的酒席和天气的动态,委婉批评不顾国家安危,只知醉生梦死的人。延:延请,劝酒。尾联意谓整个成都都可见到只管享乐、不问国事的现象。这是一首借饯别之机学杜甫笔法写成的有杜诗风格的七言律诗。

898 李商隐·隋宫

紫泉宫殿锁烟霞, 长安的紫泉宫殿烟霞环绕,
欲取芜城作帝家。 杨广还想把芜城变作帝家。
玉玺不缘归日角, 如果不由李渊得到了玉玺,
锦帆应是到天涯。 他还会把龙舟直开到天涯。
于今腐草无萤火, 今天宫苑中的腐草已无萤火,
终古垂杨有暮鸦。 昔日堤岸上的垂杨今见暮鸦。
地下若逢陈后主, 杨广在地下假使和陈后主相遇,
岂宜重问后庭花。 怎有脸再提丧国亡身的后庭花?

欲警后王莫效隋。 首联揭杨广贪享受,已有壮丽宫殿,还要扬州建宫。次联揭他游乐无度。他开了通济渠,还开了江南河,玩了扬州还要玩杭州。日角:指额角突出有帝王相的李渊。三联今无萤火隐含昔日放萤夜游已将萤虫搜尽捕绝;今见暮鸦隐含昔日南游喧嚣鼓噪已使垂杨无法栖鸦。尾联等于杨广愧对陈后主。陈后主:南朝陈的末代皇帝陈叔宝,后庭花是他制作的艳曲。

899 李商隐·筹笔驿

鱼鸟犹疑畏简书， 鱼游鸟飞还似畏惧丞相严明军令，
风云常为护储胥。 风起云涌常成守护他的军事藩篱。
徒令上将挥神笔， 丞相徒然在这里挥笔筹划，
终见降王走传车。 后主最终乘坐驿车去投敌。
管乐有才原不忝， 孔明真不愧有管仲乐毅的才干，
关张无命欲何如？ 关羽张飞已死他也就无能为力。
他年锦里经祠庙， 往年我经过成都进谒了武侯祠，
梁父吟成恨有余。 曾经吟诵梁父吟为他遗憾不已。

难酬壮志古今同。首联写那里的鱼鸟风云仍受诸葛丞相的影响，足见当年丞相何等神明。储胥：防御设备。次联由扬转抑，揭露蜀国败亡的历史事实。传车：古老的驿车。三联指出孔明无力回天的重要原因：关张死后，后继乏人。尾联引入参观武侯祠的往事，表达对诸葛亮的景仰，而吟诵梁父吟，为孔明，也为自己，因皇朝气数已尽而壮志未酬深感遗憾。梁父吟：古乐曲名。

900 李商隐·九成宫

十二层城阆苑西， 高达十二层的九成宫在长安城之西，
平时避暑拂虹霓。 皇上承平时节来避暑可以手拂虹霓。
云随夏后双龙尾， 扈从车驾如彩云紧紧跟随夏后启的双龙尾，
风逐周王八骏蹄。 也好像急骤的风追逐周穆王八骏马的铁蹄。
吴岳晓光连翠巘， 早上晨光把吴岳连成一列青翠山岭，
甘泉晚景上丹梯。 黄昏甘泉水晚景又先后送上到丹梯。
荔枝卢橘沾恩幸， 荔枝卢橘这些远方佳果都沾上皇恩宠，
鸾鹊天书湿紫泥。 在精美诏书上还见那些天子专用紫泥。

眷恋大唐鼎盛时。首联叙事：长安西的九成宫，有十二层高，可手摸彩虹，天下承平皇帝常来避暑。阆苑：此指长安宫殿。次联描述一次御驾到来侍从如云从风逐。三联刻画九成宫早晚景色。吴岳：山名；丹梯：红色台阶。尾联还记上曾进贡应时水果，并收到天子诏书。鸾鹊天书：精美诏书。太平盛世的天子巡幸常标志国力强大，诗中竭力表现此种盛况，隐含对末世衰颓的不满。

901 | 李商隐·南朝

玄武湖中玉漏催， 玄武湖中那报时滴漏的响声接连不断似催促，
鸡鸣埭口绣襦回。 北堤鸡鸣陪齐武帝幸琅琊城那些宫女已到来。
谁言琼树朝朝见， 谁说陈后主那“琼树朝朝新”的张丽华，
不及金莲步步来。 不及齐后主的“金莲步步来”更加厉害?
敌国军营漂木柹， 隋军营造船削出木片任其漂于江上，
前朝神庙锁烟煤。 陈后主荒政耽于逸乐宗庙积满尘埃。
满宫学士皆颜色， 满宫的学士都是颜色艳丽的女子，
江令当年只费才。 当年的江总为歌颂女色空费文才。

莫走南朝亡国路。 此诗总结南朝众国君相同的亡国路。首联举齐武帝的鸡鸣埭，揭露他们偏爱“游幸”。次联用反问调侃陈、齐两后主，揭露他们荒淫无度，难比高低。三联以陈后主的无心国事，揭露这些国君的玩乐至上导致不理朝政。尾联显示陈后主不仅嗜好“游幸”、沉迷女色、无心理政，还调度一批以江总为首的文人，大搞色情文学化，让国君的荒淫披上文学外衣。

902 | 李商隐·闻歌

敛笑凝眸意欲歌， 收敛笑容凝视看来似要准备唱歌，
高云不动碧嵯峨。 高空云彩滞留形成嵯峨青峰几座。
铜台罢望归何处， 铜雀台上宫女不再为魏武帝歌舞归何处?
玉辇忘还事几多。 宫女苦等却不知周穆王玉辇忘还事几多。
青冢路边南雁尽， 沉埋青冢的王昭君永远见不到南归大雁，
细腰宫里北人过。 在楚王的细腰宫里宫女们尽被秦兵虏获。
此声肠断非今日， 这歌声令我肠断心伤已经不止今天一日，
香灺灯光奈尔何。 像烛尽之灰油尽之灯对你相思无可奈何!

诗代情书表爱心。 据说歌者是女道士宋华阳。首联描写她善歌，“意欲歌”便“遏云”，比古代的秦青“响遏行云”还技高一筹，是“未曾发声云不动”了。中间四句列举了四种命运皆极悲惨的宫中歌女，意在说明：你幸好离开皇宫，否则，继续当宫女，将苦海无边。罢望：不再于每月十五日为死去的魏武帝献技。尾联流露对她的相思爱慕感到无可奈何。香灺：香烛的灰烬。

903 | 李商隐・无题（来是空言）

来是空言去绝踪， 你梦里前来实是空幻一去便无影踪，
月斜楼上五更钟。 我醒后只见楼上月斜响过五更晓钟。
梦为远别啼难唤， 做梦也因长久远别悲啼不已难唤醒，
书被催成墨未浓。 写信又被激动催成今才发觉墨未浓。
蜡照半笼金翡翠， 烛光暗淡地笼罩着帐上的金线翡翠鸟，
麝熏微度绣芙蓉。 麝香微弱地飘过了褥上的刺绣美芙蓉。
刘郎已恨蓬山远， 东汉的刘晨已恨蓬山遥远，
更隔蓬山一万重。 我思念的人更隔蓬山万重。

所欢远别相思苦。首联一句是梦醒后的感慨，应先读二句，再读一句。次联写梦中悲啼不止、醒后激动写信；只顾奋笔疾书，写好才觉墨淡。三联烛光半明半暗，误已入梦，以实境为梦境；麝香微度被褥，判有人来，又以梦境为实境。尾联借刘郎重寻仙侣不遇的故事，突出两人阻隔之无从跨越。刘郎：东汉刘晨入山采药，遇仙女挽留，半年还故里，子孙已历七世，后重寻仙侣不得。

904 | 李商隐・无题（飒飒东风）

飒飒东风细雨来， 东风飒飒送来细雨阵阵，
芙蓉塘外有轻雷。 芙蓉塘外响着隐隐轻雷。
金蟾啮锁烧香入， 饰有金蟾咬锁扣的门锁可被香料化烟入，
玉虎牵丝汲井回。 饰有玉虎牵丝线的辘轳能从井里汲水回。
贾氏窥帘韩掾少， 韩寿貌美贾充女儿窥帘相中能够成就好事，
宓妃留枕魏王才。 曹植才高宓妃倾慕私留玉枕仅在洛神赋内。
春心莫共花争发， 春心切莫跟春花一样争荣竞发，
一寸相思一寸灰。 寸寸相思必定会化成寸寸残灰。

难成好事莫相思。首联以凄迷的春景衬托女子失意的痛苦。次联苦思解决办法，争取好事成真：门锁虽坚香烟可入；井水固深，辘轳可汲，我岂无机可乘？三联想到相思侥幸成好事的终究不多，结局大都如宓妃留枕，不过是一场梦想而已。韩寿：事见《世说新语》；宓妃：事见《洛神赋》。尾联归结为前景渺茫，莫再相思，以免自投苦海，而得出“一寸相思一寸灰”的教训。

905 李商隐·无题（昨夜星辰）

昨夜星辰昨夜风， 难忘昨夜的星辰昨夜的晚风，
画楼西畔桂堂东。 更难忘记那画楼西畔桂堂东。
身无彩凤双飞翼， 他们似恨不能如彩凤拥有双飞翼，
心有灵犀一点通。 但看来已经心心相印像灵犀相通。
隔座送钩春酒暖， 他们隔座藏钩寻主或分组射覆猜物，
分曹射覆蜡灯红。 显得春酒更加温暖那蜡灯分外鲜红。
嗟余听鼓应官去， 叹我平日听到五更鼓响便要匆匆应卯，
走马兰台类转蓬。 今天才到兰台又须走马似飘转的断蓬。

仕途不顺难融洽。首联叙述昨夜在秘书省宴集。次联描写观感：仿佛个个兴高采烈，毫无芥蒂。三联把诸人亲密化为席间送钩、射覆的热烈场面，而己则心如止水。尾联显示诗人初到兰台（秘书省），尚未安心。另一主张则认为首联说昨夜的星和风特别好。次联似是遇到心生默契人，而憾不能如凤可双飞。三联则展示默契生于席间游戏。尾联感慨身不由己，若惜默契之缘，更多应是不愿越过底线。故主旨或为昨夜星风不再见。

906 李商隐·无题（相见时难）

相见时难别亦难， 相见已不容易分离亦感艰难，
东风无力百花残。 东风无力呵护百花全都凋残。
春蚕到死丝方尽， 思念难止像春蚕至死才把丝吐尽，
蜡炬成灰泪始干。 眼泪难停像蜡烛烧成灰烬泪才干。
晓镜但愁云鬓改， 晨起照镜会惊觉两鬓由黑变白，
夜吟应觉月光寒。 长夜苦吟唯冷月相伴何等孤单。
蓬山此去无多路， 对方住处在不远的蓬莱山却没有办法前往，
青鸟殷勤为探看。 希望王母殷勤的青鸟信使为我去问暖嘘寒。

终成敌对犹怀旧。首联写的应是李商隐与令狐绹的关系发展到最后阶段：聚首不易，决绝也难，而商隐自料，对方不援手，己必无出路。次联可见商隐虽知决绝难免，仍希冀对方不致全忘昔日的手足情深。三联预感此事还长期影响自己的身心。尾联把令狐居处比作蓬莱仙山，实际无多路，却不便造访，只得劳烦青鸟去探看。友情将绝而不忍，内心悲苦，而以男女之情出之。

907 李商隐·昨日

昨日紫姑神去也， 昨日你像紫姑神飘然而去了，
今朝青鸟使来赊。 今朝你的青鸟使翩翩飞来啦！
未容言语还分散， 使者未容我说立即匆匆离开，
少得团圆足怨嗟。 很少聚首谈心难免怨恨吵架。
二八月轮蟾影破， 就像十六晚上的月亮月影会残破，
十三弦柱雁行斜。 古筝十三弦柱呈雁行相对似冤家。
平明钟后更何事， 天亮晨钟后又发生何事？
笑倚墙边梅树花。 我笑倚墙边看树上梅花。

分歧能解爱成真。首联似是爱侣间的小矛盾：昨日闹了别扭，女的拂袖而去，今早使者来又急着走。紫姑神：前身为姬妾的女神，代指女方。次联表示男的已知未肯罢休，便揭露矛盾的实质：两人相处，自然产生分歧，若无足够沟通，难免爆发“战争”。三联把人际的不和谐形象化，十六月亮已残缺，十三弦柱相对斜列难以成双。尾联意谓我全无芥蒂，望尽快和解。似问题不大。

908 李商隐·咏史

历览前贤国与家， 纵览前贤记载无论国还是家，
成由勤俭败由奢。 成功源于勤俭衰败起于豪奢。
何须琥珀方为枕， 为什么必定要琥珀才能作枕头，
岂得真珠始是车。 为什么要镶有珍珠才是好坐车？
运去不逢青海马， 时运不好像远行却没遇千里马，
力穷难拔蜀山蛇。 力单势孤便难以拔出那蜀山蛇。
几人曾预南薰曲， 几人能做到切实传播南薰曲参与治国安民行动，
终古苍梧哭翠华。 跟往昔一样只会在苍梧之地面对皇陵痛哭难舍。

选任贤能国事兴。首联肯定勤俭兴邦奢侈亡国常见。次联批奢侈肯定勤俭。三联说文宗时运不佳，面临内忧外患却无能臣良将，欲除奸佞，反遭敌对势力迫害。蜀山蛇：喻国之奸佞，据说蜀王派五壮士迎娶秦国所送美女，途遇钻洞大蛇，五壮士拔其尾不出，致山崩地裂人被土埋。尾联意谓晚唐国运如此，勤俭仍不足以求复兴。翠华：御旗，代指皇陵。

909 李商隐·览古

莫恃金汤忽太平， 不要依仗已有金城汤池就忽视致太平大政，
草间霜露古今情。 金汤如同草间霜露短暂早被古今事实验证。
空糊赪壤真何益， 竟陵王刘诞特选红土糊墙而妄图谋反事败，
欲举黄旗竟未成。 三国的孙吴自负黄旗在手统一大业终不成。
长乐瓦飞随水逝， 南朝宋废帝灭长乐宫的瓦片也随水而飞逝，
景阳钟堕失天明。 齐武帝耽乐亡景阳钟也被毁宫女不知天明。
回头一吊箕山客， 回头凭吊一下箕山客想起他的自知和审顺，
始信逃尧不为名。 才深信他的逃尧让位确实不是为博得虚名。

览古警今知鉴戒。 首联警告有国者必须选贤任能，励精图治，方可致太平。次联列举拟称帝而难成事的例子，刘诞谋反事败，孙吴统一未成。三联揭示已得国而难自保的例子，南朝宋废帝灭长乐宫的瓦片也随水飞逝，齐武帝只知逸乐也跟景阳钟一样被毁弃。尾联再引证许由。尧欲让位，许由自知非己所能，答道："天下既已治也，而我犹代子，吾将为名乎？" 箕山客：指许由。

910 李商隐·茂陵

汉家天马出蒲梢， 汉家号称的天马来自大宛国的蒲梢，
苜蓿榴花遍近郊。 西域的苜蓿榴花也种满了京师近郊。
内苑只知含凤觜， 内苑随从效口濡凤觜续弓弦以满足武帝游猎需要，
属车无复插鸡翘。 皇上属车也没看见再插鸡翘而微服出行避免招摇。
玉桃偷得怜方朔， 那时还宽容偷得王母玉桃的东方朔，
金屋修成贮阿娇。 以及真正兑现把金屋修成荣宠阿娇。
谁料苏卿老归国， 谁能料想得到当苏武年老归国的时候，
茂陵松柏雨萧萧。 唯见茂陵松柏雨中发出萧萧凄清声调。

相距千年同憾恨。 首联是汉武帝开土拓边，引进了天马、苜蓿等。蒲梢：大宛著名的千里马；苜蓿：天马牧草。次联描写他嗜游猎、喜微行。凤觜：西域入贡的凤喙麟角胶，可粘续弓弦；鸡翘：汉武侍从车的鸾旗。三联忆述汉武好长生、爱女色。尾联转折，出现苏武归国而汉武已逝，只见松柏与己一样凄楚。茂陵：汉武陵墓。诗人边吟咏汉武帝边想着相类的唐武宗，连感慨也与苏武相

911 | 李商隐·深宫

金殿销香闭绮栊， 金殿里炉香销尽后雕镂的窗门关闭，
玉壶传点咽铜龙。 只听到呜咽夜漏声虽明知来自铜龙。
狂飙不惜萝阴薄， 女萝枝条确实单薄狂飙却并不怜惜，
清露偏知桂叶浓。 桂树叶子本已茂密清露反多加恩宠。
斑竹岭边无限泪， 有像斑竹岭两妃悲痛地流着总不断的泪，
景阳宫里及时钟。 有皇恩不歇临头好事如景阳宫里及时钟。
岂知为雨为云处， 有谁人能够知道皇上为雨为云处，
只有高唐十二峰。 仅在高唐赋所说巫山上的十二峰。

遇似宫人怨也同。此诗体属宫怨。首联写有宫人入夜便感失落，觉得夜漏声如呜咽。铜龙：夜漏吐水龙头。次联怨恨皇恩不公，对劣势者常冷遇，待好境人反加恩。三联皇恩偏颇让人倒霉或幸运。斑竹泪：指悲痛之泪；景阳钟：指及时之宠。尾联揭示皇恩偏颇在于寡人爱所欲爱，如楚王与神女。诗人易跟密友令狐绹比较，两人起步都是进士及第、同级官吏；仅过几年，对方已成翰林学士，自己仍原地踏步还经常待业，他恨不能站在巫山之峰，实不足怪。

912 | 李商隐·无题二首其一（凤尾香罗）

凤尾香罗薄几重， 手边凤尾香罗质薄数不清有几多重，
碧文圆顶夜深缝。 那青碧花纹的圆顶我在深夜把它缝。
扇裁月魄羞难掩， 我裁制的扇似不亮圆月难以遮掩羞态，
车走雷声语未通。 他驱车经过隆隆像雷响未能言语相通。
曾是寂寥金烬暗， 曾因寂寥不眠想到更残烛尽，
断无消息石榴红。 全无他的消息盼到石榴花红。
斑骓只系垂杨岸， 也许他只是在垂杨岸边系着斑骓马，
何处西南任好风。 怎能凭借西南好风送来让好事成功？

所爱渺茫仍执着。首联女主人公夜深边缝罗帐边想心事。凤尾香罗：指凤文的绫罗。次联回顾最近相遇，深感惋惜。三联转写别后思念对方之苦，想到更残烛尽，等到春光已过，全无对方消息。尾联深情期待：对方或许相隔非远，盼望得到曹植《七哀诗》所说“长逝入君怀”的西南好风，成全两人的相会。有人猜测，写的是女子的单相思，指的是作者与令狐绹的关系。

913 | 李商隐·无题二首其二（重帏深下）

重帏深下莫愁堂， 在重重帷幕深垂下我孤居莫愁堂，
卧后清宵细细长。 躺卧难眠更加觉得静夜漫漫悠长。
神女生涯原是梦， 巫山神女艳遇原来不过是梦幻，
小姑居处本无郎。 清溪小姑住所本来就独处无郎。
风波不信菱枝弱， 柔弱菱枝不料狂风恶浪蛮横摧折竟逢无义者，
月露谁教桂叶香？ 含芳桂树却又难于得到月露滋润而可以飘香。
直道相思了无益， 深知沉溺相思终归无益自己，
未妨惆怅是清狂。 仍旧惆怅难舍甘愿为情所伤。

痴心女愿被情伤。首联女子深夜回忆往事。次联她回顾爱情遇合：尽管像神女有过追求，最终仍是幻梦，至今像清溪小姑，独处无郎。小姑：古乐府《青溪小姑曲》“小姑所居，独处无郎”。三联转思不幸身世：“菱枝弱”偏被摧折，竟逢不义者；虽含香桂树，无人助己得月露滋润而送清香，难遇有情人。尾联说纵相思无益，仍绝不放弃。也似寄寓作者仕途失意且已濒临绝望。

914 | 李商隐·潭州

潭州官舍暮楼空， 傍晚登上潭州官舍的空寂层楼，
今古无端入望中。 古今情事不请自来地闯进眼中。
湘泪浅深滋竹色， 那深浅不同的竹色沾上了湘妃的泪痕，
楚歌重叠怨兰丛。 那如怨如诉的楚歌反复回荡意在兰丛。
陶公战舰空滩雨， 陶侃战舰消失只见细雨洒在沙滩上，
贾傅承尘破庙风。 贾谊住宅难寻唯存孤庙忍受着寒风。
目断故园人不至， 望尽故乡方向邀约的人没有到，
松醪一醉与谁同。 欲一醉松醪有谁与我兴致相同！

高楼远眺憾孤清。首联诗人于黄昏登上官舍的层楼引发怀古伤今之思。潭州：今长沙。次联涉及娥皇、女英伤悼舜帝，也连至屈原作品批判锋芒指向的令尹子兰。三联的两位名人，晋代陶侃任长沙郡公，曾以运船为战舰，破敌立功，汉代的大儒贾谊被贬为长沙王傅。承尘：天花板，指代住宅。尾联表示独倚高楼，感慨良多，遗憾无人共醉。松醪：松叶酿的酒，潭州名产。

915 | 李商隐·宋玉

何事荆台百万家， 为什么楚国成百万文人，
惟教宋玉擅才华？ 只让宋玉独自长于才华？
楚辞已不饶唐勒， 楚辞已不被唐勒占优，
风赋何曾让景差！ 风赋何曾由景差称霸！
落日渚宫供观阁， 太阳落山渚宫可呈现殿堂楼阁，
开年云梦送烟花。 新年开始云梦会送上烟雾繁花。
可怜庾信寻荒径， 可怜的庾信虽然有落荒寻径的时候，
犹得三朝托后车。 还能得到三个王朝重用乘后车护驾。

不似宋庾得遇时。首联突出宋玉是顶级才子。次联便举楚国名人唐勒、景差都不如宋玉之“擅才华”。唐勒、景差：据《史记》“楚有宋玉、唐勒、景差之徒者，皆好辞而以赋见称”。三联再举楚地的渚宫观阁、云梦烟花，均足以助文思，亦承“擅才华”而言。渚宫：原楚国行宫；云梦：湖北江汉平原上的古代湖泊群。尾联说庾信的遇合也不差。总之，才可比宋玉的自己却处境低下。

916 | 李商隐·随师东

东征日调万黄金， 唐朝讨伐叛将李同捷天天调集万两黄金，
几竭中原买斗心。 几乎竭尽中原财富以鼓舞将士战斗决心。
军令未闻诛马谡， 未见有诸葛亮斩马谡的军令，
捷书惟是报孙歆。 却存在邀厚赏谎报杀死孙歆。
但须鸑鷟巢阿阁， 只要有贤相在朝廷执政如鸑鷟筑巢阿阁，
岂假鸱鸮在泮林。 怎能让藩镇在各处割据像鸱鸮存身泮林。
可惜前朝玄菟郡， 可惜叛将盘踞的沧州景州如同汉朝玄菟郡，
积骸成莽阵云深。 累累白骨似丛生野草笼罩着浓重恐怖气氛。

叛乱虽平弊病多。平定叛将李同捷后，令狐楚赴沧州任太平军节度使，诗人随行。前两联写所见弊病：上层靠金钱换斗志，军中纪律不严、虚报领功。孙歆：西晋王濬谎报杀死孙歆。三联提出，朝廷必须任用贤能。假：容许。鸑鷟巢阿阁：喻贤者在朝，鸑鷟即凤凰，阿阁乃王者所居；鸱鸮在泮林：喻反贼盘踞学堂，鸱鸮是恶鸟，泮林为古代最高学府。尾联揭露藩镇叛乱造成的惨状。

917 李商隐·汉南书事

西师万众几时回， 讨伐党项的征西部队何时班师回来，
哀痛天书近已裁。 哀民罪己的皇帝诏书新近多番剪裁。
文吏何曾重刀笔， 任用官员何曾重视动笔的文吏？
将军犹自舞轮台。 只好任由武将在边地结怨招灾。
几时拓土成王道， 穷兵黩武开拓疆土几时可成王道？
从古穷兵是祸胎。 从古至今以强凌弱必然留下祸胎。
陛下好生千万寿， 皇上有好生之德可望国运绵延千万载，
玉楼长御白云杯。 自身也将享遐龄长在仙境里喝酒千杯。

反对朝廷滥用兵。 首联叙事：靠征伐扩张的错误得到纠正，皇上将下诏罪己。西师：讨伐党项族侵扰的部队，党项族属北方西羌族的一支，故又称“党项羌”。次联指出错误原因是用人不当，并已造成不良后果。刀笔吏：指动笔的文官，刀笔同义组合，古代曾长期用刀写字。三联论证：自古以来靠战争侵占土地，都并非王道，且遗患无穷。王道：指以德服人。尾联肯定遵循王道利国利皇。

918 李商隐·马嵬二首其二

海外徒闻更九州， 空闻天下九州之外尚有另外的九州，
他生未卜此生休。 因为他们来世未知今生缘分已罢休。
空闻虎旅传宵柝， 逃难中尽管还能听到军人传送深宵更鼓，
无复鸡人报晓筹。 已不可再有掌权时由鸡人传出的报晓筹。
此日六军同驻马， 这一天六军一齐停下来直至杨妃被赐死，
当时七夕笑牵牛。 愧当年七夕发誓长相守自负情深笑牵牛。
如何四纪为天子， 为什么做了四十年皇帝的唐玄宗难保杨妃，
不及卢家有莫愁。 反而比不上作为平民百姓的卢家能保莫愁。

贪图逸乐身遭报。 首联针对传说杨妃在海外仙山犹记“愿世世为夫妇”的他生之约，断定玄宗杨妃今生缘分已完，此传说也见于《长恨歌》。次联叙述两人关系结束的重要背景：安史叛军攻陷长安，玄宗仓皇向西逃跑。三联只用了“同驻马”“笑牵牛”六个字，含蓄表现关系结束的具体过程。尾联以一问作结，加强了批判的锋芒。莫愁：洛阳女子，嫁入卢家，生活幸福。

919 | 李商隐 • 野菊

苦竹园南椒坞边， 野菊长在苦竹园南面接近椒坞的边缘，
微香冉冉泪涓涓。 它缓缓地飘散着微香含露似珠泪涟涟。
已悲节物同寒雁， 已经悲叹如节物寒雁随季节长途迁徙，
忍委芳心与暮蝉。 怎能甘愿再违背己意又变成凉秋暮蝉！
细路独来当此夕， 想起以前如此夜晚曾有过这样一幕，
清尊相伴省他年。 自己沿着小径走来与恩师共饮相伴。
紫云新苑移花处， 宫廷中有需要移花之处，
不取霜栽近御筵。 怎不选荐野菊使近御筵。

难忍旧知成冷血。首联写野菊生苦竹辛椒之旁，难免苦辛常下泪。次联说已悲等同节物寒雁，不歇长途奔波，怎愿又违己意变成暮蝉，直至“鸣疏欲断”，仍然“徒劳费声”。三联转出自己他年此夕，曾与恩师令狐楚共饮相伴，暗示当年便是恩师身前的白菊。尾联意谓作为令狐楚之子令狐绹是能选荐移花之人，怎不对野菊加以援手！御筵：皇帝专用物，此可作“宫里”解。

920 | 李商隐 • 牡丹

锦帏初卷卫夫人， 如同卫夫人在织锦帘帷刚卷起时玉颜初露，
绣被犹堆越鄂君。 好像周围用绣被堆拥着的楚俊俏令尹鄂君。
垂手乱翻雕玉佩， 既似跳垂手舞雕玉的佩饰零乱翻动，
折腰争舞郁金裙。 又似跳弯腰舞郁金的裙子争相回旋。
石家蜡烛何曾剪， 它若石崇家蜡烛何须用剪！
荀令香炉可待熏。 它若荀令君体肤岂用烟熏！
我是梦中传彩笔， 我是江淹梦中那支可传的五色笔，
欲书花叶寄朝云。 要把迷人牡丹花叶描写寄给朝云。

描写牡丹颂美人。首联用卫夫人形容单一牡丹花，用越人和鄂君形容绿叶簇拥牡丹花。卫夫人：春秋卫灵公夫人南子，孔子见过她，要发誓辩解；越鄂君：越表楚国，鄂君是古代著名美男子，后成美男通称。次联展示风中牡丹，枝叶飘舞。三联描写牡丹的色与香。尾联突然转折，欲寄牡丹诗给巫山神女。朝云：指朝为行云的巫山神女，或说实为作者恩师令狐楚。

921 李商隐·银河吹笙

怅望银河吹玉笙， 有人表情惆怅望着银河吹奏起玉笙，
楼寒院冷接平明。 他不顾夜深楼院更寒冷至天亮才停。
重衾幽梦他年断， 同衾往事成深远的梦情节模糊早已断，
别树羁雌昨夜惊。 别树凤凰变失偶雌鸟昨夜笙声使它惊。
月榭故香因雨发， 月榭旁的丛花因雨洒而香气散发，
风帘残烛隔霜清。 风帘边的残烛赖霜映而显得清明。
不须浪作缑山意， 别轻许诺可以成仙免独对青灯自我折磨，
湘瑟秦箫自有情。 湘灵鼓瑟秦女吹箫都获得人间至性真情。

羁雌替我表心意。 首联叙述一个吹笙人怅望银河通宵吹笙。中二联说近旁树上的羁雌，其往昔重衾旧梦被惊醒；后来到赏月台榭，似闻到当年留香，又透过寒霜和窗帘看见残烛更凄清。羁雌：失偶雌鸟，或喻指失偶女子。尾联此羁雌像对吹笙人发话，不该效王子晋独自吹笙成仙，应如湘瑟秦箫获得人间真情。这些话显示诗中赞赏的是凤凰双飞的萧史和弄玉，是对舜帝生死追随的湘妃。这也切合李商隐对妻子的用情专一。

922 李商隐·春雨

怅卧新春白袷衣， 惆怅地躺卧仍旧穿着新春白夹衣，
白门寥落意多违。 到过了白门觉得寥落情事不顺意。
红楼隔雨相望冷， 那人红楼隔着雨丝雨如珠箔飘洒灯前，
珠箔飘灯独自归。 人虽相望反应冷冰料无好果唯独自归。
远路应悲春晼晚， 都怪人在远路既要赏春却在暮春才赶到，
残宵犹得梦依稀。 即使残宵梦里尚可追寻必将皆已尽依稀。
玉珰缄札何由达， 欲寄玉珰与书信怎么能送达？
万里云罗一雁飞。 万里阴云如罗网一雁在高飞。

爱情失落心迷惘。 首联说到过往日相会处，归来和衣躺下呆想，痛感情场失意。白门：指代恋人幽会处。次联讲重寻旧地事，隔着雨丝看红楼，人虽相望不待见，丝雨飘灯长若此，唯有伤心独自归。三联把失恋归因“远路”，诗人十七八岁即离家跟随令狐楚，后又为多个节度使当幕僚而奔走各地，或与所爱相距较远。尾联似不甘断绝，但已预感孤雁难走出云罗。玉珰：耳坠。

923 | 李商隐·安定城楼

迢递高城百尺楼， 城墙连绵高大上有百尺城楼，
绿杨枝外尽汀洲。 眼前绿杨林子之外尽是汀洲。
贾生年少虚垂涕， 年少贾谊献策被拒空为国事流泪，
王粲春来更远游。 王粲依刘表不得志春来又拟远游。
永忆江湖归白发， 常向往年老之后便归隐江湖，
欲回天地入扁舟。 总打算挽回天地即投入扁舟。
不知腐鼠成滋味， 没想到有人把腐臭的死鼠当作美味，
猜意鹓雏竟未休。 竟担心凤凰一类的鹓雏把美味抢走。

志存高远鄙鸱鸟。首联叙述作者被权贵排斥，长任职幕僚，高楼远眺，感慨无穷。汀洲：水边平地。次联诉说自身遭遇正与贾谊、王粲类似。三联坦露抱负：建功立业之后，便当归隐江湖。尾联以鹓雏自比，反击排斥者。鹓雏：据《庄子》，南方有鸟名鹓雏，栖梧桐、食练实、饮醴泉，鸱（猫头鹰之类的恶鸟）得腐鼠，见鹓雏过，以为欲夺其鼠。诗中把鸱看作欲保权势之人。

924 | 李商隐·碧城三首其一

碧城十二曲阑干， 碧霞城的周围有悠长曲折的栏杆，
犀辟尘埃玉辟寒。 有犀角簪除尘还有火玉可以驱寒。
阆苑有书多附鹤， 望仙台上列仙书多由仙鹤送到，
女床无树不栖鸾。 宝树也似女床山都栖息着仙鸾。
星沉海底当窗见， 人在仙台当窗可见群星沉在海底，
雨过河源隔座看。 隔着座位还能看到飘雨掠过河源。
若是晓珠明又定， 要是初升的太阳永远悬空不落，
一生长对水晶盘。 那我一生将长对调药的水晶盘。

皇帝求神仙赐药。首联的碧霞城，指唐武宗所建的修道求仙的望仙台，开头即极言它不同寻常。次联继续刻画此台的鹤送仙书、鸾栖宝树。阆苑：指望仙台；女床：指《山海经》中的女床山。三联表现此台之高，可见星沉海底，能看黄河源头。尾联意味着武宗皇帝整晚候仙不得，在朝阳升起时，既十分失望，还顾虑重重，甚至担心，假如太阳不落、黑夜不来，岂非长对药盘。

925 | 李商隐·碧城三首其二

对影闻声已可怜， 往下望虽然仅看到影子听到声音已堪怜爱，
玉池荷叶正田田。 何况那玉池荷叶正田田把她衬托得更娇艳。
不逢萧史休回首， 可是我还未能得遇仙人不宜眷恋女色，
莫见洪崖又拍肩。 难道见了洪崖那种伎人又走过去拍肩。
紫凤放娇衔楚佩， 漂亮如紫凤的女郎衔住男人佩玉故作娇嗔，
赤鳞狂舞拨湘弦。 那些俊男裸着上身一味疯狂扭动急拨琴弦。
鄂君怅望舟中夜， 鄂君整夜在舟中守候仙人给自己恩赐，
绣被焚香独自眠。 大概神仙总不来只好拥被焚香独自眠。

两心交战求仙胜。首联出现道心与色心的交集：望仙台上的武宗皇帝被台下美人的娇声倩影所吸引。田田：形容荷叶浮于水面之状。次联揭示两心交战，道心占据上风，候仙之情最后稳定下来。萧史：神仙中人；洪崖：歌舞伎人。三联又出现莲舟中的色相引诱。紫凤：比拟女性；赤鳞：比拟男性。尾联色心、道心并存的武宗再度静下心来，愿意独眠。鄂君：借鄂君喻武宗。

926 | 李商隐·碧城三首其三

七夕来时先有期， 听说仙人有约期会在七月七日来，
洞房帘箔至今垂。 至今望仙台帘幕仍然还是在下垂。
玉轮顾兔初生魄， 人痴心从初一初二等到十六十七，
铁网珊瑚未有枝。 还可能从一年两年等到三岁四岁。
检与神方教驻景， 满心希望仙人赐给驻颜不老的神方，
收将凤纸写相思。 看来无望唯有收拾金凤之纸写相思。
武皇内传分明在， 汉武帝当年求仙的事有汉武帝内传传世，
莫道人间总不知。 不要说这些幼稚举动尘俗人间总不会知！

皇帝昏庸国势衰。首联前句来自《汉武帝内传》，后句表结果，意为等了很久，至今未见。次联字面意思是，兔望月亮从缺到圆，网罩珊瑚从无到有，亦即“过了一天又一天、一年又一年”。三联揭露享乐腐化之君，其求仙主要在于获得仙赐神方，让自己多病之躯，可以延年益寿，求仙不成，耽乐更甚。尾联等于说，皇帝轻易被骗的笑话瞒不了人，若要瞒人，除非不干。

927 | 李商隐·重有感

玉帐牙旗得上游， 众主帅管辖形胜地职责重大，
安危须共主君忧。 理应与主君共安危分君之忧。
窦融表已来关右， 有人像窦融已从关右奏上战表，
陶侃军宜次石头。 还应效陶侃率领大军进驻石头。
岂有蛟龙愁失水， 哪能有国君为失掉权力受制于奸佞而发愁，
更无鹰隼与高秋！ 又偏无勇将奋起去除奸如鹰隼驱雀于高秋！
昼号夜哭兼幽显， 现在京城阴阳两界不分昼夜都在恸哭，
早晚星关雪涕收？ 不知何时能让皇上收住眼泪权力在手。

高度关心除宦官。此诗再咏“甘露之变”。首联提出各节度使身处要地，必须与君共安危。次联要求不仅递战表，还应出兵救主。三联申论不能眼见阉宦胁迫皇上，滥杀忠良而无动于衷。蛟龙失水：喻国君丧失权力，据《管子》，蛟龙得水才有神威；鹰隼与高秋：与作举解，喻诛杀犯君之人，应如鹰隼逐鸟雀，见《左传》。尾联担心，京城乱局不知何时休。星关雪涕：宫中眼泪。

928 | 李商隐·赴职梓潼留别畏之员外同年

佳兆联翩遇凤凰， 佳兆接连你我先后娶了王家之女，
雕文羽帐紫金床。 家中都有彩绘花纹羽帐紫金的床。
桂花香处同高第， 桂花飘香日我们同登高第，
柿叶翻时独悼亡。 柿叶翻飞时我不幸独悼亡。
乌鹊失栖长不定， 我如失栖乌鹊飘泊不定寄居幕府，
鸳鸯何事自相将。 你俩不管怎样要似鸳鸯相随守望！
京华庸蜀三千里， 京城距离梓州有三千多里，
送到咸阳见夕阳。 送到咸阳已花了整日时光。

忍痛又奔蜀幕府。李商隐与韩畏之都娶王茂元的女儿为妻，首联便说此事。次联续说与畏之同登进士第，自己却丧妻，尚深陷妻亡之痛。柿叶翻：妻子王氏在春夏间病逝。三联感伤自身不幸遭遇，依旧仕途不顺当幕僚，如同乌鹊无枝栖，并祝愿连襟无论如何都要珍惜，要像鸳鸯和谐相处。尾联表示在此分手，各自保重吧，路途太远了！庸蜀：相邻的两古国，这里作为蜀地使用。

929 李商隐·留赠畏之

清时无事奏明光，正当清平时无事要在明光殿启奏，
不遣当关报早霜。无须去打扰让守门人来报告早霜。
中禁词臣寻引领，你担任翰林学士的前程已经伸颈可望，
左川归客自回肠。我这个远赴东川的幕客只有心里悲伤。
郎君下笔惊鹦鹉，你儿子才十岁成诗惊动赋鹦鹉的祢衡，
侍女吹笙弄凤凰。你夫妇像凤凰偕飞家庭美满令人赞赏。
空记大罗天上事，当年空有大罗天上几人同日咏霓裳之事，
众仙同日咏霓裳。今天回首你我云泥远隔怎能不更加迷惘！

面对连襟感自卑。首联复述畏之下班所说，可见职位清贵而有闲。次联直言官职比不上对方。中禁词臣：朝中的翰林学士；左川归客：归左川客，前往东川的幕客。寻：很快。三联说家庭比不上对方。郎君：畏之的儿子韩偓；侍女：比拟为西王母侍女那样的仙人；弄凤凰：意指同乘凤凰入仙境。尾联意味着当年登第，空有升仙感觉，现比畏之，判若云泥。众仙：当年同日应试的众人。

930 李商隐·寄令狐学士

秘殿崔嵬拂彩霓，朝廷内殿高耸可触及天上虹霓，
曹司今在殿东西。你的官署就在朝廷内殿的东西。
赓歌太液翻黄鹄，皇上歌太液黄鹄之章你有幸赓续，
从猎陈仓获碧鸡。也有缘跟从皇上于陈仓猎获碧鸡。
晓饮岂知金掌迥，晓饮怎知采自金掌的御赐甘露是多么高贵，
夜吟应讶玉绳低。夜吟应讶你与皇上雅兴未减玉绳星已很低。
钧天虽许人间听，虽然宫廷音乐也容普通人加以欣赏，
阊阖门多梦自迷。宫里门户繁多我如在梦中竟已入迷。

低首下心求旧友。首联称赞翰林学士令狐绹其官署邻近内殿，非比寻常。中间两联极力刻画对方与皇上的关系密切：二联以赓歌、从猎为例，有黄鹄飞下太液池，帝作歌形容，你有幸续歌，又曾跟从出猎获碧鸡；三联举晓饮、夜吟，御赐甘露来自望仙台上铜铸仙人伸掌捧铜盘玉杯承接的露水，玉绳星低指夜已很深。尾联含有希望对方引荐之意。钧天：宫廷音乐；阊阖：天门。

931 李商隐·井络

井络天彭一掌中， 岷山天彭都在国家的掌控之中，
漫夸天设剑为峰。 不要夸说天造地设的剑门山峰。
阵图东聚夔江石， 东川的八阵图聚集着夔江石，
边柝西悬雪岭松。 西川的边塞柝悬挂在雪岭松。
堪叹故君成杜宇， 开国的望帝失国而化为杜宇令人慨叹，
可能先主是真龙。 刘备的蜀国也灭于晋而不能成为真龙。
将来为报奸雄辈， 列举这些古时往事是警告奸雄之辈，
莫向金牛访旧踪。 莫向金牛峡寻访秦人行踪免更惶恐。

天险难凭休割据。首联总说蜀地天险：井络指岷山，天彭指灌县天彭山，剑指剑门大小剑山，皆天下闻名险地，均以“一掌”“漫夸”点评。次联分述东、西川形势险要。三联举望帝、先主未能守成，表明险不可恃。故君：指古蜀开国之君望帝；先主：指三国时的刘备。尾联的金牛，涉秦惠王旧事，当年曾用屙金之牛探得入蜀通道，此道便名金牛峡。七言律说理，竟如此透彻。

932 李商隐·赠郑谠处士

浪迹江湖白发新， 你浪迹江湖白发时常添新，
浮云一片是吾身。 多变的浮云或是你的前身。
寒归山观随棋局， 寒流涌向山观你与人对弈消长日，
暖入汀洲逐钓轮。 暖气返回汀洲你在江边追逐钓轮。
越桂留烹张翰鲙， 你会把南越的桂枝留作烹张翰的鲙，
蜀姜供煮陆机莼。 也会将蜀地的生姜供给煮陆机的莼。
相逢一笑怜疏放， 与你含笑相逢很欣赏你的疏放，
他日扁舟有故人。 期待他日扁舟相遇你这位故人。

赞扬疏放郑处士。首联说郑处士身如浮云，不受拘束。是吾身：指郑处士自身。次联描写他顺时而动，生活舒适。钓轮：钓鱼的工具。三联表现他以山野的食物自甘，不羡慕奢华的享受。张翰鲙：晋代文化名人张翰的鲈鱼鲙；陆机莼：汉代文化名人陆机的莼菜。前六句均形容郑谠的疏放，尾联便以“疏放”概括其特点，并期望他日再见。疏放：有不加雕饰、真面示人之意。

933 李商隐·楚宫

湘波如泪色漻漻， 湘水如泪水色既清且深不断地流，
楚厉迷魂逐恨遥。 屈原迷魂抱着遗恨远去至今未了。
枫树夜猿愁自断， 枫树夜猿的哀鸣已让他愁肠自断，
女萝山鬼语相邀。 披着女萝的山鬼还跟他细语相邀。
空归腐败犹难复， 身埋土里空归腐败魂魄尚且难以重返，
更困腥臊岂易招？ 何况投江葬身鱼腹其魂更加不容易招。
但使故乡三户在， 只要屈原的楚国故乡仍然存在三户人家，
彩丝谁惜惧长蛟。 谁会吝惜用彩丝裹粽祭奠屈原镇住长蛟。

凭吊屈原慰逐臣。首联借眼前景，表达屈原那样被冤枉放逐之怨至今未了。楚厉：指屈原，他投江而死，无后人，无归处，古称“鬼无所归则为厉”。次联描写屈原的迷魂长夜无依，只能与枫树、夜猿、山鬼为伴。三联感叹迷魂难招，也从迷魂实际处境落笔。尾联意为：楚地民众尊崇屈原的传统必定永久存在。彩丝：古籍载，今端午作粽，以五色丝缚之，此物为蛟龙所惮。

934 李商隐·曲江

望断平时翠辇过， 看不到升平日子帝王车驾的临幸，
空闻子夜鬼悲歌。 只能在夜半时分听到冤鬼的悲歌。
金舆不返倾城色， 乘金舆陪皇帝的宫妃已经不再回来，
玉殿犹分下苑波。 尽管曲江水仍流入那玉殿旁的御河。
死忆华亭闻唳鹤， 陆机临死时还回忆起华亭的鹤鸣之声，
老忧王室泣铜驼。 索靖到老后还忧虑将倾的王室与铜驼。
天荒地变心虽折， 翻天覆地的变故虽然令人心碎，
若比伤春意未多。 若比起伤春的感伤来还不算多。

国运衰颓更痛心。首联举出曲江巨变：昔帝王临幸，今冤鬼悲歌。翠辇：饰有翠羽的帝王车驾。次联以水流依旧，反衬人事无常。金舆：金饰的车子，多为帝王或妃嫔乘坐。三联先承“空闻”，用西晋陆机悔入仕途致被宦官所杀事，暗示甘露事变大批朝臣惨死；后承“望断”，用西晋索靖预见天下将乱，叹息门前铜驼将倒于荆棘事，担心唐朝国势将倾。尾联突出更忧国家没落。

935 李商隐·流莺

流莺漂荡复参差， 流莺已随风飘荡又再振翅飞翔，
度陌临流不自持。 越小径而临溪边多不由己把持。
巧啭岂能无本意？ 它还能巧啭千声怎么能并无本意？
良辰未必有佳期。 可是那春日良辰未必有如意佳期。
风朝露夜阴晴里， 它啼在风朝露夜阴天晴日里，
万户千门开闭时。 以及在千门万户或开或闭时。
曾苦伤春不忍听， 我被伤春所苦不忍听它啼叫，
凤城何处有花枝。 京城何处有它可栖息的花枝！

借写流莺说自己。首联大写流莺的飘荡：到处见身影，行为难自主，正似诗人跟随东主漂泊的幕僚生涯。次联突出流莺的失意：它的诉求不被赏识，正像诗人的歌吟不遇知音。良辰：美好时光；佳期：美好遇合。三联表现流莺的不屈，如同诗人的不歇歌吟。尾联诗人以抱负成空、年华虚度的伤春者身份露面，对流莺的无枝可栖深表同情，实际也是对自己长年飘泊的无比叹息。

936 李商隐·泪

永巷长年怨绮罗， 幽闭永巷的宫妃长年累月泪湿绮罗，
离情终日思风波。 独居闺中的思妇整日担心游子风波。
湘江竹上痕无限， 湘江边的斑竹上啼痕也应无数，
岘首碑前洒几多。 岘首山的石碑前涕泪流下几多？
人去紫台秋入塞， 昭君辞别紫台走向荒凉的塞外，
兵残楚帐夜闻歌。 项羽兵困垓下夜闻凄怆的楚歌。
朝来灞水桥边问， 早上到灞水桥边留心观察送行者方才知道，
未抵青袍送玉珂。 种种哀伤如比起青袍寒士送权贵不算什么。

感怀身世吐心声。前六句分属失宠、念远、悲逝、怀德、伤离、惜败之泪，但都不抵青袍送玉珂之泪。身为低等官吏，经常低声下气迎送高官显宦。若所送本是同等起步，今已高车驷马的翰林学士之类（如令狐绹），自当更感难堪。不在一起尚可等闲略过，身在灞桥，面对面人比人，难免气从心上起，气大也无比，致俗有“气死人”之说。可见诗人当时精神何等屈辱，且泪不敢流，让它落在心灵创口。

937 | 李商隐·柳

江南江北雪初消， 不管江南还是江北冰雪都开始消解，
漠漠轻黄惹嫩条。 柳枝长出淡淡轻黄引人注目的嫩条。
灞岸已攀行客手， 不经不觉这嫩条在灞岸已能被行客攀援，
楚宫先骋舞姬腰。 而在楚宫它也先于舞姬展现那纤纤细腰。
清明带雨临官道， 清明带雨之时它紧挨着官道，
晚日含风拂野桥， 落日含风之际它轻拂着野桥。
如线如丝正牵恨， 无数柳条如同丝线正牵引着此愁彼恨，
王孙归路一何遥。 仿佛远行王孙的我归家的路如此迢遥！

仕途失意思家苦。首联从柳树萌芽写起。中间两联描写了“灞岸”“楚宫”和“清明”“晚日”所见的柳条及其隐含的情味。尾联自比王孙，诉说思家之苦。诗人从政多年绝大部分时间远离家室，奔走在郑州、桂州、梓州等地当幕僚。在牛李党争影响下，不但壮志难酬，与妻子儿女也是聚少离多，愁情恨意不少。后人怀疑此诗非商隐作品，理由是调子轻快而内涵浅薄，首尾两联更似童子手笔。

938 | 李商隐·药转

郁金堂北画楼东， 洗手间在郁金堂的北面画楼之东，
换骨神方上药通。 靠脱胎换骨的神方上药郁结竟通。
露气暗连青桂苑， 暗中感觉露气连结着青桂苑，
风声偏猎紫兰丛。 风声猎猎只一味吹向紫兰丛。
长筹未必输孙皓， 这里设的厕筹不一定比不上孙皓，
香枣何劳问石崇。 风送兰桂香气何须用石崇香枣充。
忆事怀人兼得句， 为此忆及某事想起某人以及哼成了诗句，
翠衾归寓绣帘中。 回到挂着绣帘卧室之中盖上绿被好轻松。

巧将低俗化高雅。首联介绍洗手间位置，点明困扰自己的便秘服药后通了。次联描写此次如厕天还未亮，昏暗中嗅到青桂树气味，听到风吹紫兰丛。三联用典：东吴的末代皇帝孙皓曾让出土的金佛拿着竹片制成的厕筹；西晋首富石崇在自家厕所安排香枣供如厕者塞鼻。尾联表现事后成诗一首、安心睡觉。题目为“药转”，不妨理解为药性在腹中转动，产生了如厕需要。

939 | 李商隐·即日

一岁林花即日休， 林花一岁才开即日一天之内通通凋谢，
江间亭下怅淹留。 江间亭下望着水中地上落花心中伤透。
重吟细把真无奈， 对此不断吟哦仔细把玩真是无奈，
已落犹开未放愁。 刚开或未绽放全都落下太令人愁。
山色正来衔小苑， 远山暮色渐浓正来吞没林中小苑，
春阴只欲傍高楼。 春日斜阳渐弱唯有力图依傍高楼。
金鞍忽散银壶漏， 骑马来游的人忽然散去银壶在滴漏，
更醉谁家白玉钩。 又能到何处去相互醉酒猜藏白玉钩。

自身遭遇似林花。首联叙事：林花一岁才开，一天全落，让作者怅然良久。林花：应是灌木、乔木（乌桕、梧桐等）之花。次联点出极感无奈的是落花“犹开未放”，即还想展示或尚未绽放。三联刻画形势迫人，黑夜很快把一切吞噬。尾联以借酒消愁结束。据说此诗写于代理昭州郡守而被迫离任时，诗人来桂林任职也仅及一年，有对襟抱未展的痛惜，也有对大唐没落的哀伤。

940 | 李商隐·当句有对

密迩平阳接上兰， 道观紧挨平阳府同时邻近上兰观，
秦楼鸳瓦汉宫盘。 盖着秦楼鸳鸯瓦摆着汉宫承露盘。
池光不定花光乱， 池光闪烁花光缭乱，
日气初涵露气干。 朝阳初照露水渐干。
但觉游蜂饶舞蝶， 到处只见游蜂撩舞蝶，
岂知孤凤忆离鸾。 谁人知道孤凤忆离鸾。
三星自转三山远， 三星在天枉自流转三座神山望而不见，
紫府程遥碧落宽。 亲赴紫府路途遥远上穷碧落宽阔无边。

女冠美梦更难圆。首联刻画某女冠修道处靠近名胜、外观壮丽。次联描写该处景色：朝阳下，池面光影闪动，鲜花灿烂夺目，树木蒸发轻烟。三联用游蜂撩舞蝶揭示此女冠对意中人的相思。尾联借“三星在天，可以婚娶”（毛诗注），反衬女冠所思远在三山（蓬莱、方丈、瀛洲）相见难。紫府：仙人所居；碧落：天空。此诗每句都具有当句自对的关系，以此为诗题也类似无题。

941 李商隐·重过圣女祠

白石岩扉碧藓滋， 白石岩洞的门扉长满碧绿的苔藓，
上清沦谪得归迟。 从上清天界贬来归期还要再推迟。
一春梦雨常飘瓦， 整春迷蒙细雨常常洒落瓦面，
尽日灵风不满旗。 尽日飘忽轻风难让旗幡展示。
萼绿华来无定所， 连那仙女萼绿华和杜兰香，
杜兰香去未移时。 都能够来无定所去未移时。
玉郎会此通仙籍， 玉郎掌管仙箓了解圣女可帮通报仙籍，
忆向天阶问紫芝。 应记得她当年曾在天阶问过服食紫芝。

借助仙人说自己。首联联想到她归天尚要延迟。上清：道教三清天界的最高天界。次联用好风无力春雨如丝映衬圣女祠环境冷清。梦雨：细雨，也可指好梦；飘瓦：飘落瓦，也可指已成空；灵风：轻风。三联以身份比她低的仙女萼绿华和杜兰香可以自由来去，进一步描写圣女的孤寂凄苦。尾联向圣女出谋献策，建议她找玉郎。写的明是圣女被贬故事，诉的也有怀才不遇之苦。

942 李商隐·春日寄怀

世间荣落重逡巡， 人世间忽荣显忽衰落的变迁非常迅速，
我独丘园坐四春。 我独在山丘林园为母丧守孝度过四春。
纵使有花兼有月， 即使有鲜花也有月亮，
可堪无酒又无人。 难忍无美酒也无友人。
青袍似草年年定， 青袍似草年年固定绿色，
白发如丝日日新。 白发如丝天天都在更新。
欲逐风波千万里， 我有志于乘风破浪追求远大目标，
未知何路到龙津？ 只是还未知道哪条路可通到龙津。

苦于无路到龙门。首联认为自己守丧四年期里，世间人事起落变化快，自己则贫困如故。重逡巡：很短暂。次联首先举出生活过得乏味，连朋友之间喝酒谈天也受限制。三联才说及最不顺心处：功业未成，而年纪渐老，时不待人。尾联坦露心声，自己有志积极进取，却苦于无路抵达龙津。龙津：即龙门，据说江海大鱼群集门下数千，不得上，上则为龙，而诗人则自信可以跳而登上。

943 李商隐·题小松

怜君孤秀植庭中， 爱你独特秀丽挺立庭院之中，
细叶轻阴满座风。 那些细叶轻阴带来满座清风。
桃李盛时虽寂寞， 桃李盛开时你被人冷落虽然寂寞，
雪霜多后始青葱。 霜雪繁多后你长得青葱又被赞颂。
一年几变荣枯事， 不少草木一年有不止一次荣枯而被人忽略，
百尺方资柱石功。 小松长成百尺才提供支撑大厦的柱石之功。
为谢西园车马客， 替我告诉那些要去西园看花的车马客，
定悲摇落尽成空。 他们总有一天为花朵零落尽成空悲痛！

为己为松画肖像。首联举出：庭中青松给人们带来好处，虽只说了夏日炎天的凉爽清风。次联叙述人们对青松的态度有冷有热：桃李争妍时忽略它的存在，万木凋零日又喜爱它的青葱。三联更指出，许多草木历经荣枯而无所建树，青松长到了百尺，便成大厦的支柱。尾联希望人们学会欣赏青松。西园车马客：指代看花的人，据曹植《公宴诗》“清夜游西园，冠盖相追随”。

944 李商隐·行次昭应县道上送户部李郎中充昭义攻讨

将军大旆扫狂童， 将军高举正义旗帜讨伐狂妄的小流氓，
诏选名贤赞武功。 朝廷并且选拔名贤参与平叛军事行动。
暂逐虎牙临故绛， 你临时奉旨追随将军要前往故绛行营，
远含鸡舌过新丰。 含鸡舌香奏事的郎中远征时经过新丰。
鱼游沸鼎知无日， 叛臣就如在沸鼎中游的鱼已知存活不久，
鸟复危巢岂待风。 也好像在将覆危巢上栖的鸟倾倒不待风。
早勒勋庸燕石上， 祝你平叛成功早日把功勋镂刻在燕石上，
伫光纶綍汉庭中。 完全可以期待光荣表功诏快来自朝廷中。

支持平叛反分裂。首联说朝廷派将军攻讨斥为狂童的叛军头目，并诏选名贤赞助军务。将军：指李彦佐；狂童：指刘稹；名贤：指李郎中。次联说李郎中暂随主帅远赴故绛行营而路经昭应县。虎牙：指主帅李彦佐；鸡舌：即鸡舌香；新丰：即昭应县。三联说刘稹覆灭指日可待。尾联祝李郎中立功受赏。勋庸：即功勋。此诗表示对叛乱者高度蔑视，对消灭叛乱有必胜信心。

945 | 李商隐·梓州罢吟寄同舍

不拣花朝与雪朝， 不论是在花开的时候还是在雪飘的日子，
五年从事霍嫖姚。 追随柳仲郢将军五年他是我们的霍嫖姚。
君缘接座交珠履， 他使我们受到礼遇或与贵客能接席交谈，
我为分行近翠翘。 或与舞女歌姬分行而又并列可就近相邀。
楚雨含情皆有托， 感谢诸位同舍深情无限对我照顾有加，
漳滨多病竟无聊。 我像漳滨刘桢因为多病往往总觉无聊。
长吟远下燕台去， 我高声吟唱而远去了如走下燕国的黄金台，
惟有衣香染未消。 唯有衣上染有的香味拜你们所赐一直未消。

五年共事告同僚。首联叙事：在四川柳仲郢手下任职五年。霍嫖姚：霍去病。次联以关心下属为例显示这几年大家得到很好待遇。珠履：珠饰之履，此代贵客；翠翘：头饰，此代歌姬。三联转写个人感受，辜负了大家的关心，连好意玉成个人续娶，也被谢绝。楚雨：用巫山云雨典，以爱情喻友情。尾联显示诗人受到礼遇，甚至重用，对这段经历是依依不舍的。燕台：燕昭王广招贤才的黄金台。

946 | 李商隐·饮席戏赠同舍

洞中屐响省分携， 听到洞中脚步声立刻想到快分离，
不是花迷客自迷。 但并非花要迷人却只是宾客自迷。
珠树重行怜翡翠， 歌姬舞女在玉楼珠树中排成两行或成双起舞，
玉楼双舞羡鹍鸡。 使得翡翠鸟也心生怜爱以及鹍鸡也羡慕妒忌。
兰回旧蕊缘屏绿， 缘屏挂绿的兰花重振蓬勃的风姿，
椒缀新香和壁泥。 和泥涂壁的椒粉增添浓郁的香气。
唱尽阳关无限叠， 那送别的阳关之曲唱了一叠又一叠，
半杯松叶冻颇黎。 半杯松叶酒已冷却连同盛酒的颇黎。

客赴离筵不愿离。首联点出“客自迷”，尾联可见“客仍迷”，是此诗所戏。中间两联意在揭示这些客人何以被一群歌舞艺人所迷。诗人对艺人的美色媚态不作正面描写，只从侧面烘托，说完“翡翠怜”“鹍鸡羡”，又说将萎兰花重现娇姿，半旧椒粉平添香味，甚至连客人的“自迷”“仍迷”都似被拉过去发挥烘托美与媚的作用。洞：神仙洞府；颇黎：又叫玻璃，指酒杯。

947 李商隐·九日

曾共山翁把酒时， 忆曾与西晋山简那样爱才的令狐楚喝酒，
霜天白菊绕阶墀。 那是在秋天白菊花环绕着台阶绽放之时。
十年泉下无消息， 这十年来他在九泉下虽然无消息，
九日樽前有所思。 九日重阳我在酒杯前对他有所思。
不学汉臣栽苜蓿， 你儿子不学习汉代使臣把苜蓿栽在身旁，
空教楚客咏江蓠。 空使屈原那样的沦落者在外间漂泊流离。
郎君官贵施行马， 今天令郎官职高贵在府第设阻拦的行马，
东阁无因再得窥。 即使再开接纳人才的东阁我已无缘窥伺。

怀念恩师诉委屈。首联回忆令狐楚把自己培养成材的往事。次联点题：九日重阳，对恩师有所思。三联说出所思：你的儿子不重视吸纳人才，空使我多年沦落，只能像屈原那样写一些咏江蓠之类的作品。苜蓿：饲马的牧草，汉使取回来，为朝廷所用。尾联等于伤感地说，我无缘再进你家的门了。行马：绕舍交木，为阻人马通行之具；东阁：东向而开，有个避当庭门而引宾客之小门。

948 李商隐·水斋

多病欣依有道邦， 我这多病之人有幸生活在有道之邦，
南塘晏起想秋江。 养病南塘水斋晏起想看斋外的秋江。
卷帘飞燕还拂水， 卷帘开窗飞燕还只顾在江面拂水不肯进，
开户暗虫犹打窗。 被关屋里暗虫也不会逃不停在室内打窗。
更阅前题已披卷， 所读书卷后来才发现那是早前已披阅过的，
仍斟昨夜未开缸。 所斟的酒来自该昨夜饮掉而忘记打开的缸。
谁人为报故交道， 谁人能为我向老朋友们通报一下，
莫惜鲤鱼时一双。 希望他们别吝惜及时寄鲤鱼一双。

病中企望故交书。首联叙事：诗人在南塘水斋久病晏起，想看江上秋色。水斋：临水的房舍。次联表现病中状态：一直闭户落帘，以致一旦卷帘开户，飞燕、暗虫一时皆不适应。三联继续表现病中状态：记性变差易健忘。题：指书卷。尾联希望有人能代告故交，给病人来信。鲤鱼一双：喻指书信一封。《古诗》："客从远方来，遗我双鲤鱼。呼儿烹鲤鱼，中有尺素书。"

949 李商隐·出关宿盘豆馆对丛芦有感

芦叶梢梢夏景深， 风吹芦叶声梢梢已经是盛夏时分，
邮亭暂欲洒尘襟。 暂宿在盘豆驿馆好洗刷襟上泥尘。
昔年曾是江南客， 当年我也曾算是一个江南客，
此日初为关外心。 今也像汉人杨仆起了关外心。
思子台边风自急， 眼前的思子台边刮起了急遽的晚风，
玉娘湖上月应沉。 远处的玉娘湖上明月此刻应已西沉。
清声不逐行人去， 风吹芦叶的清声不追随行人远去，
一世荒城伴夜砧。 永世在荒漠孤城陪伴那长夜捣砧。

屈居县尉志难伸。首联说盛夏从秘书省被调，赴弘农尉之任时，宿于盘豆馆。盘豆馆：在河南湖城县之西。邮亭：相当驿亭。次联说作为江南人，走出潼关当小官，也觉愧为关外人。关外心：汉杨仆有大功，居函谷关外而耻为关外人，后汉武帝恩准，杨自费迁走函谷关，成为关内人。三联说附近的思子台风起、玉娘湖月沉，也暗含对远方家人的牵挂。尾联意谓似感到一生在荒城伴砧声中度过。

950 李商隐·蜂

小苑华池烂熳通， 飞遍小苑华池也穿过后门前槛，
后门前槛思无穷。 见过不少风物也引发思绪无穷。
宓妃腰细才胜露， 腰肢纤细似宓妃只能承受一滴露水的重量，
赵后身轻欲倚风。 身体轻盈像赵后仿佛一阵轻风便可以飘动。
红壁寂寥崖蜜尽， 崖蜜已取尽悬崖峭壁仅留一片寂静，
碧檐迢递雾巢空。 檐蜜被掏干悠长碧檐独对巢存蜜空。
青陵粉蝶休离恨， 青陵台的粉蝶不必有太多离恨，
长定相逢二月中。 我们长久约定每岁相逢二月中。

辛勤酿蜜为人役。首联以蜜蜂到处飞翔，见多思广切入。次联想象蜜蜂腰细身轻，比之妃后，出人意料。宓妃：曹植《洛神赋》中的洛水女神；赵后：汉成帝的皇后赵飞燕。三联念及蜜蜂辛勤酿蜜总被偷取，与诗人多年沉沦幕府，代作嫁衣，何其类似。尾联于景尽情深之际，转出春来蜂蝶又重演同样的悲剧，更有柳暗花明之妙。青陵粉蝶：传说由情似梁祝的韩凭夫妇化成。

951 | 李商隐·辛未七夕

恐是仙家好别离， 恐怕由于仙家喜欢情侣长别离，
故教迢递作佳期。 故意安排每年只有一天相会期。
由来碧落银河畔， 从古至今都在天边银河畔，
可要金风玉露时。 且要金风玉露之时聚一次！
清漏渐移相望久， 此日时间像水流相望还很久，
微云未接过来迟。 微云接应姗姗来不管情侣急。
岂能无意酬乌鹊， 似怪人无意酬谢搭桥的乌鹊，
惟与蜘蛛乞巧丝。 只知道虔诚向蜘蛛乞求巧丝。

谁让人间长别离！ 前两联把一年一夕的牛郎织女相会，看作是仙家喜欢“长别离”。诗人或想到多年奔波幕府与家别，也似这种长别离。三联描述牛女相会这天依旧不称心，似乎也使作者感同身受，每次回家团聚，同样诸多阻滞。尾联意谓仙家为何如此惩罚牛女 ，是不满人间每逢七夕不报答有功劳的乌鹊，而只向蜘蛛祈求巧丝（思）吗？当然，这反映诗人正引起深入反思：是什么造成自己的长别离？

952 | 李商隐·中元作

绛节飘飖空国来， 红色旗帜随风飘扬人们空国而来赴会，
中元朝拜上清回。 她也在中元节朝拜上清宫这一天返回。
羊权须得金条脱， 尽管我能似羊权得到她的金条脱，
温峤终虚玉镜台。 终未如温峤给她送上聘礼玉镜台。
曾省惊眠闻雨过， 曾经眼睁睁听着惊眠的雨不断地落下，
不知迷路为花开。 也不知多少日子我不顾迷路寻找花开。
有娀未抵瀛洲远， 似有娀的那位美女并非远在仙山，
青雀如何鸩鸟媒。 没有传书青鸟又怎可请鸩鸟为媒。

盼成好事欠良媒。 首联回忆在中元节盛会中与一位女士（多认为是女冠）相识。次联介绍两人现时关系：女方虽有定情物给予男方，但男方尚未给女方送上聘礼。金条脱：亦称手镯。三联描写男子对女子的苦苦思念和上下求索。尾联说后来知道那位美女并非远在瀛洲仙山，但眼前无使者青鸟，又不愿请满身毒羽的鸩鸟为媒。有娀：瑶台上的美女；鸩鸟：毒鸟，可毒杀人。

953 李商隐·促漏

促漏遥钟动静闻， 近处漏声远处钟声不管有何动静都听得真，
报章重叠杳难分。 你我旧日往来的诗文却重叠混杂茫然难分。
舞鸾镜匣收残黛， 白天把梳妆的残留粉黛刚收进舞鸾形镜匣，
睡鸭香炉换夕熏。 很快又到给睡鸭形香炉换香料以供应夕熏。
归去定知还向月， 相信你归去后一定还会对着月亮思念我，
梦来何处更为云。 我也曾梦化为云却不知道你在何处栖身。
南塘渐暖蒲堪结， 天气渐暖南塘蒲草可供绾结，
两两鸳鸯护水纹。 塘面水纹护着两两鸳鸯亲近。

同情弃妇梦重圆。首联表现一位弃妇长日无聊，又心难专一，想整理一下过去两人往来的诗文，最终也弄不下去。报章：报，反复往来；章，这里作诗文解。次联写她从早到晚日子是怎么过的，对镜梳妆，消磨永昼，转眼黄昏，长夜漫漫，继续形容她的无聊状态。三联显示双方情缘未了，还在互相思念。尾联以蒲草可结、鸳鸯戏水的景语结束全诗，暗示着期待终能复合之意。

954 李商隐·和人题真娘墓

虎丘山下剑池边， 墓地坐落虎丘山下剑池的旁边，
长遣游人叹逝川。 长使来游的人感叹如逝去河川。
罥树断丝悲舞席， 挂树摇曳断丝令人悲悯想起你献身于舞席，
出云清梵想歌筵。 出云清亮梵音令人心疼追思你高唱在歌筵。
柳眉空吐效颦叶， 这里的柳树仍然吐着效颦的嫩叶子，
榆荚还飞买笑钱。 今天的榆荚还是飘着给你的买笑钱。
一自香魂招不得， 自古以来你的香魂没有人可以招得，
只应江上独婵娟。 仿佛只应该在江上或一睹美丽容颜。

春秋乐伎真娘墓。首联介绍墓地所在，并引出感叹逝水流年之意。次联承接对流年的感叹，带着伤感情绪，联系当下视听所及，回忆真娘能歌善舞的风姿。罥：悬挂；梵：梵音，念经声。三联用柳树吐着效颦叶、榆树落下买笑钱去形容，让人想象她像西施般美丽，有无数的粉丝。尾联说香魂自古难招，只应江上一见，使人更难忘她出现在烟波浩渺中的倩影。婵娟：美好姿容。

955 李商隐 • 利州江潭作

神剑飞来不易销， 神剑化龙之类的传说世代流传不易抹掉，
碧潭珍重驻兰桡。 珍重母后出生的趣闻便在碧潭稍驻兰桡。
自携明月移灯疾， 当年仿佛龙衔明月之珠即让光明覆盖大地，
欲就行云散锦遥。 也好像是龙乘行云之势强令彩霞满天显耀。
河伯轩窗通贝阙， 河伯的水宫里贝阙的轩窗已敞开，
水宫帷箔卷冰绡。 冰绡的帷箔也卷起江潭澄清可照。
他时燕脯无人寄， 也许时过境迁燕脯无人寄奉，
雨满空城蕙叶凋。 眼前唯见雨满空城蕙叶早凋。

武后神奇轻解构。首联有感于武则天之母在江潭感与龙交而生则天的传闻，停舟一看。兰桡：兰舟，木兰质坚，可以造舟。次联描写当年武则天控制天下，如龙衔月珠、乘云势一般。明月：指珍珠；移灯疾：光照大地之意。三联转写今日的江潭已清可见底、不见龙迹。尾联说无人寄奉燕脯，唯见雨来叶落，意谓传说武后为龙所生，查实无据。燕脯：烧熟的燕肉，据说龙喜食。

956 李商隐 • 宿晋昌亭闻惊禽

羁绪鳏鳏夜景侵， 旅愁难以入睡夜景不断侵扰，
高窗不掩见惊禽。 透过不掩高窗看见掠过惊禽。
飞来曲渚烟方合， 惊弓之鸟飞抵曲渚暮霭应当汇合，
过尽南塘树更深。 它掠过了南塘之后树色已更深沉。
胡马嘶和榆塞笛， 忆北方胡马长嘶总伴随着塞外征人的笛怨，
楚猿吟杂橘村砧。 南方楚猿的悲吟则夹杂村中思妇捣衣声音。
失群挂木知何限， 失群胡马挂木楚猿的感知并无局限，
远隔天涯共此心。 它们彼此虽远隔天涯但也一样惊心。

异形同质识羁绪。诗人一生飘泊，回到长安也如作客。首联要写自己的羁绪旅愁却把惊禽拉来陪衬。鳏鳏：形容双目常开不能成寐。次联表现惊禽来曲渚、过南塘，由近及远。三联再作扩展，联想到胡马嘶、征人笛、楚猿吟、思妇砧。榆塞：可作边塞通称；橘村：可作村庄通称。尾联上句还在荡开，令人担心怎样收场；下句的“共此心”才紧紧地扣住全诗，给读者以意外惊喜。

957 | 李商隐·可叹

幸会东城宴未回， 东城的盛宴还算幸运尚未散去，
年华忧共水相催。 人们都在忧虑年华如水把己催。
梁家宅里秦宫入， 梁冀家里的奴仆秦宫登上主人卧榻，
赵后楼中赤凤来。 飞燕宫楼中公然争辩赤凤究为谁来。
冰簟且眠金镂枕， 姑且躺在冰凉簟席头垫金镂之枕，
琼筵不醉玉交杯。 即使有琼筵玉交杯也不觉得陶醉。
宓妃愁坐芝田馆， 应记遇合无缘美丽宓妃唯含愁独坐芝田馆，
用尽陈王八斗才。 善良的陈思王写洛神赋已用尽了八斗之才。

末代王朝颓废多。首联刻画大唐末世的人心趋向，追求眼前享乐，缺乏长远打算，以致风气败坏，人欲横流。东城盛宴：似暗喻唐朝最后的晚餐。中间两联用历史往事揭眼前现实：二联说的是东汉权臣梁冀之妻孙寿与家奴私通及汉成帝刘骜的皇后赵飞燕与其妹争抢奸夫燕赤凤；三联表现这些人沉迷女色，不醉琼筵。尾联以曹植与宓妃藏真爱在心的爱情故事作反衬，结束全诗。

958 | 李商隐·赠从兄阆之

怅望人间万事违， 惆怅观望人间万事与初始本意相违，
私书幽梦约忘机。 我们在幽梦中以私信相约脱俗忘机。
荻花村里鱼标在， 记得曾经同游荻花村在那里看见鱼标浮动，
石藓庭中鹿迹微。 还到过石隙长满苔藓的庭院发现鹿迹依稀。
幽径定携僧共入， 遇上幽深的山径便盼望携同高僧共入，
寒塘好与月相依。 若是清冷的池塘最好能够与冷月相依。
城中猘犬憎兰佩， 应知城中的疯狗憎恨佩秋兰的贤士，
莫损幽芳久不归。 别让独具的幽香遭受损害久久不归！

贫穷士子难归隐。首联点出与对方曾相约“忘机”，即归隐林泉。中间两联追思曾一起探寻过隐者世外桃源般的生活环境，二联让人看到村庄庭院，三联涉及更僻静的幽径寒塘。尾联把争名逐利的小人，尤其是权贵看作“猘犬”（疯狗），显示不能与之共存，只有坚决归隐。但诗人家庭生活困难，归隐始终仍属梦想，不过偶然拿来排解一下内心纠结而已，更见处境悲哀。

959 | 李商隐·题道靖院院在中条山故王颜中丞所置虢州刺史舍官居此今写真存焉

紫府丹成化鹤群， 中丞在仙都炼成仙丹就化鹤而去，
青松手植变龙文。 他手植的青松已形成一片片鳞纹。
壶中别有仙家日， 相传仙人在壶中另有仙家的日月天地，
岭上犹多隐士云。 而中条山上还有不少隐士结集如白云。
独坐遗芳成故事， 舍官居此的刺史独坐修行留下故事，
褰帷旧貌似元君。 我掀起帷幕瞻仰遗像恍惚道教元君。
自怜筑室灵山下， 可怜的我虽然也在这座灵山下筑室，
徒望朝岚与夕曛。 空自每天面对着这里的朝雾与夕曛。

材料平凡条理清。首联叙述王中丞的事迹。次联上句仍属记中丞，下句已属记刺史。三联续叙刺史的事迹。元君：道教的神祇。尾联转说诗人自身：虽同住仙山，而仕既不顺，隐又难成，徒望朝岚夕曛，空添无穷感慨罢了。夕曛：傍晚时的斜阳。此诗内容安排适当，结构层次分明，很有参考价值。特别是三、四两句，承上启下，流转自然，毫无生硬感觉，尤其值得后学借鉴。

960 | 李商隐·曲池

日下繁香不自持， 白天五光十色多姿态令人应接不暇，
月中流艳与谁期。 夜里月光如水添美景可与谁约赏期？
迎忧急鼓疏钟断， 急鼓疏钟停止天将入黑种种忧愁向我走来，
分隔休灯灭烛时。 休灯灭烛已到天一放晓我已决定奔赴远地。
张盖欲判江滟滟， 船盖掀开欲启航江水荡起了微波，
回头更望柳丝丝。 回头再望丝丝柳似向人惜别依依。
从来此地黄昏散， 自古游曲池者黄昏散去天亮又重来，
未信河梁是别离。 我决不会相信此次分别是真正别离。

尚有回京进取心。此诗似写于诗人从秘书省忽又调任泓农尉之时。首联点赞曲池之美，流露眷恋之意。曲池：即曲江。次联追思与街区晨昏鸣钟击鼓同步的离京前夕内心活动。迎：需面对；分（音份）：已决定。三联实写乘船离京之际，怀抱不舍之情。尾联等于说：我还要回来的！河梁：本意河上桥梁，因李陵《别苏武诗》有“携手上河梁，游子暮何之”，后可指“分别”。

961 | 李商隐·隋宫守岁

消息东郊木帝回， 东部传来佳讯大地即将春回，
宫中行乐有新梅。 宫中借此行乐还可看到早梅。
沈香甲煎为庭燎， 用沉香甲煎烧起一堆堆的燎火，
玉液琼苏作寿杯。 让玉液琼苏灌满祝寿贺岁之杯。
遥望露盘疑是月， 遥遥望见的承露盘竟疑是月亮，
远闻鼍鼓欲惊雷。 远远听闻鼍鼓响声简直像惊雷。
昭阳第一倾城客， 那个堪比昭阳第一的美色倾城妃子，
不踏金莲不肯来。 很有可能效法潘妃不踏金莲不肯来。

借说隋宫刺武宗。首联点出以迎春看早梅名义行乐，即进行盛大的守岁活动。木帝：喻春之神；早梅：立春之前已绽放的梅花。中间两联表现守岁的穷奢极侈，次联举生活资料的，三联举建筑陈设的。庭燎：以数十计的殿前火堆，每堆焚沉香数车，光暗则添加甲煎；甲煎：名贵香木；玉液、琼苏：名贵饮料。尾联显示宫中妃嫔恃宠生娇。潘妃：齐废帝宠妃。武宗所为类此。

962 | 李商隐·酬崔八早梅有赠兼示之作

知访寒梅过野塘， 知道你探访寒梅曾经到过某个野塘，
久留金勒为回肠。 也知你久勒马头为梅花而荡气回肠。
谢郎衣袖初翻雪， 你们似谢庄被雪白的梅花初沾衣袖多兴奋，
荀令熏炉更换香。 也如同荀彧用惯的熏炉更喜换上梅花清香。
何处拂胸资蝶粉， 花片自然洁白拂胸何须借助蝶粉，
几时涂额藉蜂黄。 花须本就纯黄涂额不必依靠蜂黄。
维摩一室虽多病， 我虽像抱病而居室说法的维摩诘，
亦要天花作道场。 亦要有赖于让天女散花成就道场。

思虑浅深含法度。首联知道你到野塘赏寒梅，并为之回肠荡气，已语含戏谑。次联用典中的雪白与清香形容了早梅，也喻女子漂亮过人、崔八拈花惹草（清香的料来自草木）。三联的蜂蝶也涉及三方，梅花美人固属天生丽质，崔八也似是招蜂引蝶的贵人。尾联针对来诗说已“听法”，便以维摩经上的天女散花故事为报。本是应酬之作，也讲究像样得体。

963 李商隐·赠别前蔚州契苾使君

何年部落到阴陵， 哪个时代契苾部落来到了阴陵，
奕世勤王国史称。 世代为朝廷效力青史留下英名。
夜卷牙旗千帐雪， 乘黑夜大雪纷纷尽卷敌军千帐牙旗，
朝飞羽骑一河冰。 当早上整河冰冻率领轻骑飞赴敌营。
蕃儿襁负来青冢， 西蕃的男儿背负着小孩来青冢归附，
狄女壶浆出白登。 北狄的姑娘用瓦壶盛酒劳军到白登。
日晚鸊鹈泉畔猎， 太阳下山你正好来到鸊鹈泉边打猎的时候，
路人遥识郅都鹰。 路人远远认出这就是令人敬畏的郅都之鹰。

使君历代是功臣。首联总叙契苾部落归附唐朝和为国效力的历史。次联称颂契苾通五世祖契苾何力的勋业，唐军征讨外族入侵，他曾掩旗夜袭和朝飞冰河，显示骑兵迅疾和作战的神勇。三联称颂契苾通四世祖契苾明的勋业，他深得附近少数民族的拥护，蕃儿、狄女前来归附、慰劳。尾联转写使君契苾通打猎，并从中作出隐喻和暗颂。郅都：西汉雁门太守，号称苍鹰，威震匈奴。

964 李商隐·无题（万里风波）

万里风波一叶舟， 我好像万里风波中的一叶扁舟，
忆归初罢更夷犹。 总是思归之心刚罢更犹豫不休。
碧江地没元相引， 碧江东去无穷若早有引我归去之意，
黄鹤沙边亦少留。 黄鹤沙岸低回亦似欲邀我稍作停留。
益德冤魂终报主， 张飞虽冤死而有功蜀汉终归报效先主，
阿童高义镇横秋。 王浚尤高义仅治蜀平吴常显霜气横秋。
人生岂得长无谓， 人生怎么能够一直都了无意义，
怀古思乡共白头。 让那怀古思乡伴随自已到白头。

壮志犹存未肯休。此诗应作于诗人在东川梓幕奉命往渝州公干之时。首联写刚摆脱思归之念，又陷入犹疑不决。次联申述思归之状，长江悠长无际，招引游子归家，途经黄鹤名楼，不妨稍作登临。三联举出犹豫什么，欲如益德、阿童那样振作有为。益德：指张飞；阿童：西晋王浚，小字阿童；镇横秋：镇有常义，横秋，秋日之霜气横贯长空。尾联以应当奋起建功立业结束。

965 李商隐·与同年李定言曲水闲话戏作

海燕参差沟水流， 你我现时都像海燕分飞沟水各流，
同君身世属离忧。 两人身世相同也相继都身有离忧。
相携花下非秦赘， 当年你与她相携花下而未成赘婿，
对泣风前类楚囚。 现在只剩你风前对泣像可怜楚囚。
碧草暗侵穿苑路， 碧草蔓延铺满那进入曲苑的路，
珠帘不卷枕江楼。 住处珠帘不卷只剩下枕江之楼。
莫惊五胜埋香骨， 顺应自然之理不必为佳人逝去过分悲伤，
地下伤春亦白头。 她泉下若有知也会同样因伤春而白了头。

虽为戏作动真情。首联说你我一样身世，尝过伴侣分离之苦。沟水流：实指卓文君《白头吟》的“沟水东西流”。中二联专说李定言的离忧。说他虽非赘婿（意味诗人是赘婿）也曾遇良辰美景必相携共享，今独对风月又泪流满面；因为碰到青草蔓延阻塞入屋之路，珠帘不卷唯见枕江之楼（隐含情侣已逝）。秦赘：称赘婿；苑：或指曲江芙蓉苑。尾联想象埋骨之女，在阴间也会与生者一样白头。五胜：指五行相生相克学说。

966 崔　珏·哭李商隐

虚负凌云万丈才， 空怀有凌云万丈的高才，
一生襟抱未曾开。 一生抱负不曾得到展开。
鸟啼花落人何在， 流莺为花落无枝可栖而啼与你永别我痛哭，
竹死桐枯凤不来。 食无竹居无桐的凤已可悲何堪凤亡永不来。
良马足因无主踠， 良马之足因无识主赏而屈曲，
旧交心为绝弦哀。 旧交之心为琴弦折断而悲哀。
九泉莫叹三光隔， 冥府再不用感叹阴阳阻隔大，
又送文星入夜台。 又送文星到叫做坟墓的夜台。

痛惜高才不遇时。首联说他有凌云万丈的高才却虚负了，他有坚持终身的襟抱却未曾展开，高度概括了他的一生。次联引述他诗中意象，表达悲悼之情，李曾以流莺、鹓雏（凤类）自比。三联揭示造成李商隐悲剧的根本原因是压制人才的社会环境，这会使普通人悲愤，作为旧交更难忍受。尾联说不要悲叹九泉不见日月星，你就是送入阴间的文星，此为作者极度悲痛的异想。

967 罗　隐·雪

细玉罗纹下碧霄， 细玉一般拥有罗纹的雪花降自碧霄，
杜门颜巷落偏饶。 偏偏向着贫寒书生的穷巷不停地飘。
巢居只恐高柯折， 巢居者就怕长得高的枝条会折断，
旅客愁闻去路遥。 出行的担心听到前头的路会更遥。
撅冻野蔬和粉重， 采掘受冻的野菜平添上雪的重压，
扫庭松叶带酥烧。 清扫庭前的松叶夹带着雪一起烧。
寒窗呵笔寻诗句， 我在窗下呵着笔全神贯注思索诗句，
一片飞来纸上销。 一片雪花飞进来落在纸上自动销掉。

典雅清新咏雪诗。首联概写雪落，雪花从天降，偏向穷巷飘。次联引来巢居鸟和出行人的忧愁，反衬雪下得大。三联描述自己，下大雪采野菜增加了障碍、烧松叶夹带着残雪，显示生活的艰难。尾联说诗人在艰苦生活中，依旧“寒窗呵笔寻诗句”，乐观地去发掘生活的美，这时一片雪花飞来纸上慢慢融化。白雪的纯洁与诗心的高洁相互辉映，自然的美与人文的美合而为一，多么高雅！

968 罗　隐·西京崇得里居

进乏梯媒退又难， 再争登第仍无名人推荐退回家乡也困难，
强随豪贵殢长安。 唯有勉强追随豪贵之人继续滞留在长安。
风从昨夜吹银汉， 秋风吹就从昨夜开始使银河向着西边移动，
泪拟何门落玉盘。 泪欲流不知何门可入让泪水洒落承载玉盘。
抛掷红尘应有恨， 抛掉世间功名而退走应有遗憾，
思量仙桂也无端。 思量再求折桂而前进也似无缘。
锦鳞赪尾平生事， 我力图熬成可望跳过龙门的红尾巴锦鲤，
却被闲人把钓竿。 却没有想到被这帮豪贵闲人把持着钓竿。

欲酬壮志悲无路。首联表示进退两难，无奈强随豪贵，滞留长安。殢：滞留。次联刻画秋夜里屡试不第产生的悲凉心境，秋风萧瑟，银汉西流，他泪欲流而不敢出，落魄士子的眼泪实在太多，不知哪里有玉盘可以承载。三联把进退两难的心境进一步具体化，放弃功名心不甘，再求折桂似无缘。尾联再发泄不满，对葬送自己平生功业理想的豪贵闲人，充满难以忍受的愤慨。

969 罗　隐·黄河

莫把阿胶向此倾， 不要为水清把阿胶向黄河乱扔，
此中天意固难明。 这里面的上天意志本难以弄明。
解通银汉应须曲， 黄河能够上通银河似乎就应弯曲，
才出昆仑便不清。 难怪刚从昆仑流出便见混浊不清。
高祖誓功衣带小， 高祖曾誓言黄河小如衣带爵位也要传承，
仙人占斗客槎轻。 仙人据北斗张骞的小木筏才轻易上天庭。
三千年后知谁在， 三千年后黄河澄清一次不知谁还健在，
何必劳君报太平。 今天的你何必急于散布那时定会太平。

黄河用作批科举。 首联用黄河难清暗寓官场难清，矛头还指向皇帝。次联暗寓科举要走后门才能高中，也是开头便不公。三联用皇帝誓言和张骞经历说明科举无法公平。誓功：汉高祖封功臣时发誓，即使黄河小如衣带，爵位也要传给子孙；客槎：指张骞探寻黄河源头而到达牛郎织女处的木筏。尾联警告勿被忽悠！《拾遗记》载黄河千年一清，三千显然夸大，一千也难确证。

970 罗　隐·下第作

年年模样一般般， 应试结果年年模样照搬，
何似东归把钓竿。 怎比得上回乡去拿钓竿。
岩谷谩劳思雨露， 我似久旱岩谷徒盼天降雨露，
彩云终是逐鹓鸾。 高空上的彩云总是跟随鹓鸾。
尘迷魏阙身应老， 处世长期迷恋朝廷年纪便应当渐老，
水到吴门叶欲残。 单薄如片叶的身体流到吴门也将残。
至竟穷途也须达， 终归穷途仍然需要显达，
才能长与世人看。 方使才能长让世人可观。

连年下第未灰心。 首联对连年应考下第不满，考虑不如回家归隐好。次联追忆多年应考过程，自己渴望及第，可是云层却聚在表示富贵祥瑞的鸟儿头上，即只有富豪权贵的子弟才能得沾雨露，恩赐及第。鹓鸾：鹓和鸾，在神话传说中都是瑞鸟，比喻高贵的人。三联由回乡另谋生计，又想到年纪和体力问题。尾联矛盾统一，还要追求建功立业，不愿辜负自己才能。诗写得曲折多姿如登山峰。

971 罗　隐·长安秋夜

远闻天子似羲皇， 早前听说天子圣明似有道的羲王，
偶舍渔乡入帝乡。 偶然起意舍弃渔乡而闯入了帝乡。
五等列侯无故旧， 谁知在五等列侯中如果没有故旧，
一枝仙桂有风霜。 要想折得一枝仙桂难免遇上风霜。
灯欹短焰烧离鬓， 暗淡的歪斜孤灯烧坏了离人的双鬓，
漏转寒更滴旅肠。 寒更的转动漏壶刺痛了旅客的愁肠。
归计未知身已老， 今后归计未知自身年纪却已老迈，
九衢双阙夜苍苍。 只见长安城里九衢双阙夜色苍苍。

难登科第知原委。首联欲抑先扬,以为天子是明君，放弃渔乡生活，踏上科举之路。次联说屡试不第，已知自己缺乏达官显宦亲友的支持，若想中举，实在太难。三联回顾客居夜读与异地思家的凄凉生活，再战更难。尾联表示前程未卜之时又念及年已渐老，最后以街衢宫阙一切都是黑沉沉作结，这样利用景语，寄寓了思乡伤老的凄凉憾恨之情，也揭露没落王朝的黑暗本质而照应了首联。

972 罗　隐·曲江春感

江头日暖花又开， 江边日益暖和花儿又已绽开，
江东行客心悠哉。 江东来的旅人内心悠闲自在。
高阳酒徒半凋落， 我这样狂放不羁的高阳酒徒虽已七零八落，
终南山色空崔嵬。 你如此巍峨突兀的终南山色徒有高大形态。
圣代也知无弃物， 圣代自当不弃才侯门也能弃非才，
侯门未必用非才。 现实则刚好相反有才不用用非才。
一船明月一竿竹， 一船一竹竿月下载着我，
家住五湖归去来。 我家住五湖回到家乡来！

绝处另寻适志路。诗人经人提醒，开始考虑不再走科举成名的死路，此诗已有调侃意味。首联本屡试屡败而故作悠闲。次联透露科场失意的怨恨。汉高祖的重要谋士郦食其，怀才不遇时狂放不羁，曾自称高阳酒徒；终南山色运用《诗·小雅·节彼南山》之典，暗讽执政者仅貌似高大。三联以标榜的堂皇对照现实的丑陋，含蓄发泄生不逢时的牢骚。尾联写得似陶潜的欢快辞官归家。

973 罗　隐·中元夜泊淮口

木叶回飘水面平，江中树叶往回飘浮水面阔而且平，
偶因孤棹已三更。由于偶然搭载孤舟到此已是三更，
秋凉雾露侵灯下，秋始微凉雾露尚浓并侵灯下，
夜静鱼龙逼岸行。夜间寂静游鱼逼近在岸边行。
欹枕正牵题柱思，我斜倚着枕头正引起写诗的想法，
隔楼谁转绕梁声。隔楼不知谁人又传来动听的歌声。
锦帆天子狂魂魄，那个要到江南享乐曾乘坐锦帆的狂傲魂魄，
应过扬州看月明。生前被称作隋炀帝今晚也应过扬州看月明。

痛感活人难悔改。首联叙述孤舟停泊处所见，树叶回流、水面平阔，时已深夜。淮口地处淮河入海之口，也离扬州不远。中二联表达，诗人于中元节之夜来到靠近扬州的地方，眼前雾露侵灯、游鱼逼岸，忽然有所触动，正想写点什么，邻家高楼歌唱声，似给妙想作铺垫。尾联点出，诗人竟然想到昔年以锦帆龙舟下江南的隋炀帝，推断他虽是几百年的亡魂，仍会狂傲无比再游扬州。

974 罗　隐·桐庐县作

钱塘江尽到桐庐，从钱塘江乘船航行到了尽头抵达桐庐，
水碧山青画不如。沿途水碧山青通常画家所画也似不如。
白羽鸟飞严子濑，有白羽鸟随意飞翔也有绿蓑人悠闲垂钓，
绿蓑人钓季鹰鱼。在严子陵隐居之地或在季鹰鱼栖息之处。
潭心倒影时开合，江潭中心的倒影时开时合，
谷口闲云自卷舒。山谷口上的闲云自卷自舒。
此境只应词客爱，这样的美景只应当被高雅文人所喜爱，
投文空吊木玄虚。我写出此诗无非对空凭吊西晋木玄虚。

山水风光美于画。首联概括沿途风光，并断定画家所画不如其美。次联展示在文化名人的遗迹上，有“白羽鸟飞”“绿蓑人钓”。严子濑：东汉严子陵，不肯出仕，隐居地叫严子濑；季鹰鱼：西晋文学家张季鹰，被齐王辟为东曹掾，因思念江南故乡鲈鱼脍而弃官归家，后人称鲈鱼为季鹰鱼。三联续写倒影和闲云的平静安详之景。尾联自谦仅为凭吊先贤。木玄虚：西晋辞赋家。

975 罗　隐·梅花

吴王醉处十馀里， 吴县曾经广栽梅树有梅林十多里，
照野拂衣今正繁。 那里梅花照野拂衣现今开得正繁。
经雨不随山鸟散， 经得起风吹雨打不像山鸟雨淋就飞散，
倚风疑共路人言。 眼看它迎着凉风还好像是与路人倾谈。
愁怜粉艳飘歌席， 它苦的是在贵家歌席上呈现粉艳的媚态，
静爱寒香扑酒樽。 而乐于把阵阵寒香注入文人雅士的杯间。
欲寄所思无好信， 心意欲寄所思的人却没有好的使者，
为人惆怅又黄昏。 因为这些人而惆怅不觉又天时近晚。

高洁梅花处世难。首联以吴县梅花点题。吴王醉处：指吴县（今苏州吴中、相城两区），《梅谱》称该处“栽梅特盛”。次联描述梅花坚贞不屈品格，它傲视风雨，面对来风竟似有谈心兴致，说得有趣，幽默中更显梅花精神。三联揭露梅的现时困境，不情愿在贵家歌席呈现媚态，只乐意悄悄给雅人酒杯注入寒香，而现实却迫它去“粉艳飘歌席”。尾联说与梅花同样困顿的诗人找人倾诉不得，黄昏还在惆怅。

976 罗　隐·野花

万点红芳血色殷， 万朵红花殷红得如同血色一般，
为无名字对空山。 因无名字只能寂寞地面对空山。
多因戏蝶寻香住， 大都是嬉戏的蝴蝶寻找香味偶然留下，
少有行人辍棹攀。 很少有行人把舟船停泊下来到此登攀。
若在侯门看不足， 要是出现在侯门定会感叹还未看够，
为生江岸见如闲。 只因生长于江岸却变成了视若等闲。
结根必竟输桃李， 结根之处毕竟输给了桃树和李树，
长向春城紫陌间。 它们向来在京城郊外的道路两边。

自身也似野花运。首联展示野花绚丽盛放山中，为无名字独对空山。次联表现漂亮野花无人观赏，正像自己的才能不被接纳。三联把生长在侯门的花，与生长在江岸的花加以对比，突显前者关注的人众多、后者过问的人稀少，也让人更加看清寒门学子追求科举及第要找推荐之人，确实无比艰难。尾联说，为何科举及第总是类似桃李的考生，就因为他们结根在京郊道路边（那是豪门所在）。

977 罗　隐·台城

晚云阴映下空城， 晚云阴暗的影子终于离开了空城，
六代累累夕照明。 曾是六朝的首都夕照下看得分明。
玉井已干龙不起， 玉井已干枯真正的龙不再可见，
金瓯虽破虎曾争。 金瓯虽残破似虎诸侯出动纷争。
亦知霸世才难得， 过去也知称霸天下的明君最难得，
却是蒙尘事最平。 现在却是皇帝蒙尘还欲博取同情。
深谷作陵山作海， 深谷变成高地山岭变成大海是正常的，
茂弘流辈莫伤情。 王导这样的人莫为神州陆沉太过吃惊。

人间正道是沧桑。 首联让六代在夕照之下展现。六代：历史上指吴、东晋、宋、齐、梁、陈六个朝代。次联写天子名存实亡等于无君，国家四分五裂诸侯争战。三联对比盛世霸主与末代昏君，并谴责了不知羞耻、以蒙尘求乞怜者，这是对晚唐社会的辛辣讽刺。蒙尘：指帝王逃亡在外。尾联借自然变化说明，历史发展是正常的，莫太伤情。茂弘：即王导，东晋政权的奠基人之一。

978 罗　隐·淮南高骈所造迎仙楼

鸾音鹤信杳难回， 仙界之中的音信本渺茫难猜，
凤驾龙车早晚来。 大唐皇帝的车驾却早晚回来。
仙境是谁知处所， 仙境里有谁能知道你的处所，
人间空自造楼台。 人世间徒然地自造迎仙楼台。
云侵朱槛应难到， 白云流动料应难以到达朱槛，
虫网闲窗永不开。 昆虫结网闲窗也当永不打开。
子细思量成底事， 我仔细思量这迎仙楼结果会是怎样，
露凝风摆作尘埃。 让露水凝结狂风袭击最终变作尘埃。

神仙不至见尘埃。 晚唐名将高骈，后沦为割据一方的藩镇首脑，暮年更笃信仙术，大搞迷信，造迎仙楼是其劣迹之一。首联微露讽意。次联议论仙凡两个世界，建楼枉费心机，针刺突出。三联实写空楼荒凉景象，与次联一虚一实，互相配合。尾联总结全诗，上句直斥高骈，引人关注；下句补一景语，既丰富三联的实写，又蕴涵议论的锋芒。如此安排，使全诗的讽刺性更犀利。

979 | 罗　隐·绵谷回寄蔡氏昆仲

一年两度锦江游， 一年曾经有两次前往锦江那里游览，
前值东风后值秋。 头一次遇上春风第二次又正是秋天。
芳草有情皆碍马， 芳草若热情留客常绊马蹄难快跑，
好云无处不遮楼。 好云似畏客思乡总把高楼来遮掩。
山牵别恨和肠断， 这里的山牵连别恨使我难受如肠断，
水带离声入梦流。 这里的水携带离愁流入我的酣梦间。
今日因君试回首， 今天怀念你们我特别向锦江回首眺望，
淡烟乔木隔绵州。 把绵州隔开的尽是迷茫乔木淡淡云烟。

借景抒情知感激。首联说一年两游锦江，又值春秋佳日，充满喜悦。锦江：锦官城，在成都市南。次联写锦江之美，春游青草芊绵，使人流连忘返，却说芳草有意绊马留客；秋游白云舒卷，云楼相映景色美，却说云彩为免客人登楼思乡，有心遮挡远方。三联续写离别锦江之难，山水都已使人生出离情别恨。尾联借寄诗说一句“好想再见君可见不到啊”，将留恋锦江之意归入怀友之中，并用淡烟乔木寄托情思。

980 | 韦　庄·长年

长年方悟少年非， 当年纪长大以后才发觉少年期确实无知，
人道新诗胜旧诗。 人们说今写的诗常感到优胜过昔写的诗。
十亩野塘留客钓， 十亩野塘上可以留客人垂钓，
一轩春雨对僧棋。 一窗春雨时正好与老僧下棋。
花间醉任黄莺语， 花间醉酒任由黄莺鸣啭，
亭上吟从白鹭窥。 亭上吟诗听从白鹭旁窥。
大盗不将炉冶去， 只要最高当权者没有把冶炉破除掉，
有心重筑太平基。 我有这样的决心重新筑造太平根基。

心怀重整乾坤志。首联的“非”，似只知赞赏现成美，而当动乱临头，乐景反生哀情，便悟其非而谓“新诗胜旧诗”。次联举例，视留客钓于野塘、与僧棋于春雨为愉快者，必定自身亦为愉快。三联再举例，醉酒花间任由黄莺唱、吟诗亭上听从白鹭窥而觉得潇洒，此人也必定潇洒。尾联说若大盗还保留冶炉，已愿重筑太平基。大盗：非法夺取最高权力者；冶炉：指天地。

981 韦　庄·关河道中

槐陌蝉声柳市风， 路边槐树蝉鸣那柳树成阴街市吹来了清风，
驿楼高倚夕阳东。 驿站楼房高耸似直上云天之上靠在夕阳东。
往来千里路长在， 往来千里的路依然存在，
聚散十年人不同。 聚散十年的人却已不同。
但见时光流似箭， 只看见时光流逝仿如飞箭，
岂知天道曲如弓。 怎晓得天道扭曲好像弯弓。
平生志业匡尧舜， 曾想过今生志向是辅助尧舜般的君主，
又拟沧浪学钓翁。 又打算独善其身效法沧浪水边的渔翁。

兼济难酬思学钓。此诗为科举受挫由京返虢途中所作。首联叙述槐树柳条围绕的官家驿楼，尽管傍着夕阳，依旧高高在上。次联思索路虽长在、人已不同。此前他屡考不中，30岁左右在虢州苦读十年而再考依然未第，年华渐老。三联与光阴相对的天道，相当于天理，却似乎是扭曲的，不能公平正直，故理想的实现，不会一帆风顺，总是困难重重。尾联大志难伸，又欲归隐。

982 韦　庄·忆昔

昔年曾作五陵游， 昔年曾前往长安去作漫游，
午夜歌清月满楼。 半夜情歌仍在耳月光满楼。
银烛树前长似昼， 点燃株株树木般的蜡烛亮度如同白昼，
露桃花下不知秋。 陶醉于艳如桃花的美女似乎忘掉凉秋。
西园公子名无忌， 如此风流公子放荡不羁堪称无忌，
南国佳人字莫愁。 这般俊俏佳人不解世情可叫莫愁。
今日乱离俱是梦， 如今碰上乱离时代都变成幻梦，
夕阳惟见水东流。 唯见夕阳向西沉没江水尽东流。

忆昔伤今国运衰。首联点出昔年游长安，高楼夜有歌。五陵：指代长安。次联正面描写豪门大户沉溺声色，严重到不分昼夜、不辨春秋。露桃花：即桃花，以之喻美女。三联借用历史人名批评贵家公子、陪同女子。西园公子、南国佳人、无忌、莫愁：仅用字面意义。尾联上句说昔日繁华今日乱离像做了一场梦，下句说现在只看见夕阳西下江水东流，意味着对前途并不看好。

983 韦　庄·与东吴生相遇

十年身世各如萍， 十年以来身世漂泊各若浮萍，
白首相逢泪满缨。 白发相逢涕泪不觉沾满冠缨。
老去不知花有态， 人老了不知道花有何美态，
乱来唯觉酒多情。 离乱时只觉得酒特别多情。
贫疑陋巷春偏少， 怀疑陋巷贫民春光也见得少，
贵想豪家月最明。 猜想富贵豪家月色也会更明。
且对一尊开口笑， 姑且对着面前这杯美酒开口笑，
未衰应见泰阶平。 未衰之年应见泰阶星预示太平。

老未全衰强欢笑。首联点明两人十年来皆如萍漂泊，白首相逢自然泪满冠缨。缨：帽带。次联追诉旧时辛酸事，他们衰老麻木，已不感到花美丽，而乱世多磨常喝酒，酒成最可亲。三联追诉旧时愤激事，贫而有才华的人被压在最下层，沾不到春风雨露，贵而尸位素餐者却高踞豪门，吟风弄月。尾联说趁未衰之年，暂求一醉，破涕为笑，期望今后可太平。泰阶：古星座名。

984 韦　庄·过樊川旧居

却到樊川访旧游， 本入蜀公干却中途经樊川重访旧游，
夕阳衰草杜陵秋。 杜陵的秋日夕阳斜照衰草令人发愁。
应刘去后苔生阁， 应玚刘桢去后阁楼生了苔藓，
嵇阮归来雪满头。 嵇康阮籍回来已是白发满头。
能说乱离惟有燕， 家园无端被毁怎能说遭遇乱离只有燕子，
解偷闲暇不如鸥。 人生终日奔波竟不如鸥鸟懂得偷闲享受。
千桑万海无人见， 无数桑田沧海的变迁没人看见，
横笛一声空泪流。 横吹笛子流泪也不过等于空流。

重睹故园强忍悲。首联对故乡杜陵的境况心有愁情。樊川：即杜陵的樊乡。次联以魏晋文人应玚、刘桢、嵇康、阮籍自比，极言自己离开苍苔生阁，今日回来白发满头。三联用燕和鸥跟自己比较，诉战乱流离之苦。尾联上句意谓，相隔十六年昔日的家园如今似历沧桑巨变，难免悲伤，下句则说，但像向秀那样，横吹笛子流泪也于事无补。横笛一声：暗用向秀《思旧赋》的故事。

985 韦　庄·上元县

南朝三十六英雄， 南朝时代曾经涌现过三十六个英雄，
角逐兴亡尽此中。 角逐帝业又不断兴亡都在此地之中。
有国有家皆是梦， 这些人曾经有国有家或者为龙为虎，
为龙为虎亦成空。 到头来终归如同南柯一梦全已成空。
残花旧宅悲江令， 旧宅残花似是为江令而悲啼，
落日青山吊谢公。 青山落日也仿佛在凭吊谢公。
止竟霸图何物在， 究竟当年的霸业宏图还留下何物，
石麟无主卧秋风。 唯见无主的墓地麒麟倒卧于秋风。

英雄远去难寻觅。首联指出此地承载过南朝众多豪强争霸的往事。次联强调六朝兴亡的急速可悲，功成如梦，转眼归空。三联借旧宅残花、青山落日，哀叹江谢与六朝的衰亡。江令：本名江总，著名文学家，陈后主时官至尚书令；谢公：东晋政治家谢安，以少胜多的淝水之战决策者，成就非凡却久隐山林。尾联慨叹昔日英雄之落幕，也暗含今朝无人能救唐室危亡的悲伤之情。

986 韦　庄·睹军回戈

关中群盗已心离， 关中的群盗虽然已显露信心崩溃，
关外犹闻羽檄飞。 关外仍然听到皇家军书快速传递。
御苑绿莎嘶战马， 在御园的青草上嘶鸣着战马，
禁城寒月捣征衣。 寒月下的禁城里却捣起征衣。
漫教韩信兵涂地， 总想找来韩信能让敌兵一败涂地，
不及刘琨啸解围。 不如选择刘琨可凭口哨击退包围。
昨日屯军还夜遁， 昨日驻扎在故都的皇军还连夜逃遁，
满车空载洛神归。 所见的随军车子只载着妇女匆匆归。

政权争夺百姓苦。首联的群盗主要指黄巢起义军，他们逼于唐皇调集各地方兵力包围故都的压力，一度撤出长安。羽檄：唐皇的军事文书。次联在御苑禁城让马嘶绿莎、人捣征衣的是奉皇命来救援故都的官兵。据唐史记载，他们乘叛军撤离之机，扮作叛军偷入长安并在城里大肆抢掠。三联感叹用刘琨的方法解围或使百姓少些痛苦。尾联揭露从夜遁官兵的车子只看到满是妇女。

987 | 韦　庄·辛丑年

九衢漂杵已成川， 长安街头能漂起木杵血流已汇成河川，
塞上黄云战马闲。 边塞黄云之下的战马依然在狩猎悠闲。
但有羸兵填渭水， 只见到羸弱官兵填在渭水，
更无奇士出商山。 再没有奇异之士出于商山。
田园已没红尘里， 老家田园已经被战火烟尘所埋没，
弟妹相逢白刃间。 我与弟妹相逢在雪亮的刀剑之间。
西望翠华殊未返， 向西遥望天子车驾丝毫未见返回迹象，
泪痕空湿剑文斑。 家国遭殃难忍眼泪空使剑鞘泪痕斑斑。

痛忆首都沦陷事。首联揭露在880年黄巢军队攻入长安血流成河之时，边塞上节度使的战马却在狩猎闲游，藩镇拥兵自重，不服朝廷调遣。次联显示护卫京城而被杀的官兵大都羸弱无力，看不见拥有奇才异能者进行顽强抵抗。三联反映个人在此大环境下的不幸遭遇。尾联表达对预先撤出长安W唐僖宗似有不满，也慨叹只知流泪无法回天。翠华：指天子车驾。

988 | 韦　庄·闻再幸梁洋

才喜中原息战鼙， 才庆幸中原地方战鼓停息，
又闻天子幸巴西。 又听说天子巡幸到了巴西。
延烧魏阙非关燕， 大唐的宫殿燃烧燕子依旧苟安如故，
大狩陈仓不为鸡。 宦官挟帝往陈仓号称狩猎志不在鸡。
兴庆玉龙寒自跃， 玄宗兴庆宫里的玉龙因觉寒冷而腾身跃起，
昭陵石马夜空嘶。 太宗昭陵墓前的石马到了夜里也空自悲嘶。
遥思万里行宫梦， 我遥思远在万里外的皇上还做梦到了行宫，
太白山前月欲低。 恍惚之中太白山前的月亮依稀已西下偏低。

皇权旁落仍留恋。首联实指唐僖宗刚从四川回长安，因藩镇内乱又从长安出走到了汉中。巴西：大巴山以西的汉中，梁洋也是汉中。次联先批众大臣特别是节度使，只顾自己，不管朝政；后揭僖宗摆布由人，被权阉田令孜挟持逃跑。三联虚拟玄宗兴庆玉龙的腾跃，太宗昭陵石马的嘶鸣，表达对开元盛世贞观之治的向往、对当下大唐面临没落的哀叹。尾联仍流露思念君上之意。

989 司空图·五十

闲身事少只题诗， 以往身闲事少只管努力写诗，
五十今来觉陡衰。 今年五十岁了忽觉突然泄气。
清秩偶叨非养望， 清贫吟咏的日子不符家人期望，
丹方频试更堪疑。 济世理想难实现更加感到怀疑。
髭须强染三分折， 强行染过的髭须已有三分自然衰折，
弦管遥听一半悲。 远远传来的弦管断断续续半似伤悲。
漉酒有巾无黍酿， 滤酒虽然有头巾却无黍子去酿造，
负他黄菊满东篱。 还欠缺他那满布东篱的黄菊情意。

五十反思欲弃官。首联提出自己五十岁时，开始觉得遵循儒家思想、不断写诗精进，是行不通的，于是兴趣大减。次联似把家人期望落空、个人功业无成看作行不通的依据。三联意谓不但半生奋斗尽付东流，而且身体也受到伤害，难免内心悲痛，故弦管之声听来也似含悲。尾联考虑到要效法陶渊明，但自己不酿酒、不种菊，还很难跟他比。漉酒有巾：陶渊明曾以头巾滤酒。

990 司空图·退栖

宦游萧索为无能， 仕途难有作为只因自己无能，
移住中条最上层。 退回到中条山移住在最上层。
得剑乍如添健仆， 忽然得到宝剑就如同增添了健仆，
亡书久似失良朋。 长久没有书看就好像失去了良朋。
燕昭不是空怜马， 燕昭并不是单纯珍视骏马，
支遁何妨亦爱鹰。 支遁又何妨也去喜欢老鹰。
自此致身绳检外， 从此自身生活在朝廷的严格约束之外，
肯教世路日兢兢。 怎肯让人生路上每日兢兢业业难随性。

身在山林心在唐。首联感叹从政无能力，便退回中条山、栖身最上层。次联用象征方法表现退栖感受，以得剑如得健仆，亡书似失良朋象征找回了曾经失掉的情趣。三联以典传情，支遁可以爱鹰，我也可以爱我所爱。燕昭：即燕昭王，曾视郭隗如骏马，终得人如千里马；支遁：东晋高僧、隐者偶像。尾联自称不再受约束，当唐哀帝被弑他却不食死节，可见仍然未能脱身儒教。

991 皮日休·西塞山渔家

白纶巾下发如丝， 这位渔者头戴白纶巾露出白发如素丝，
静倚枫根坐钓矶。 他静静地靠着枫树根悠闲地坐在钓矶。
中妇桑村挑叶去， 中年妇女去了桑村那里挑桑叶，
小儿沙市买蓑归。 幼小儿童前往沙市把蓑衣买回。
雨来莼菜流船滑， 阵雨袭来莼菜流过渔船滑溜得很，
春后鲈鱼坠钓肥。 春天过后鲈鱼坠弯钓钩体重偏肥。
西塞山前终日客， 西塞山前流连终日的一个游客，
隔波相羡尽依依。 隔水相看心生艳羡正依依难离。

书生羡慕渔家乐。首联以“倚”“坐”两字表现渔者之乐，还利用枫根、钓矶映衬这位白发渔翁。次联从各有分工，理解渔翁的倚坐。三联刻画此地的特产莼菜、鲈鱼，也折射渔家日常享用的精美。莼菜：现为国家一级重点保护野生植物；鲈鱼：是一种营养高、味道好的鱼类。尾联表达一个山前隔水相望的游客，长时间观察这个渔家生活所得的观感，毫不掩饰极端羡慕之情。

992 吴　融·途中见杏花

一枝红杏出墙头， 一枝淡红的杏花探出墙头，
墙外行人正独愁。 墙外行人正伤春独自含愁。
长得看来犹有恨， 长期看护着它美好花容也难以永驻，
可堪逢处更难留。 怎能忍受得了萍水相逢我不易久留。
林空色暝莺先到， 树林空寂暝色苍茫黄莺最先飞到，
春浅香寒蝶未游。 春色尚浅花香带寒蝴蝶还未来游。
更忆帝乡千万树， 我更怀念长安的千万株的红杏树，
澹烟笼日暗神州。 淡淡烟霞笼罩夕阳遮蔽整个神州。

青春短暂如红杏。首联点题，含愁飘泊时，见墙头杏花。次联写出墙红杏引起的感触，杏花如此美好，可惜与它缘分不长，即使我能长期守护，它也不能美颜永驻，何况途中相逢，只能多看几眼；真像我的身世，青春易过，盛时太短。三联表现杏花的处境有点寂寞冷清，其实也反映了作者此时的心态。尾联的长安万树杏花图，显示作者虽被迫离开，仍深深怀念昔日长安的生活。

993 | 吴　融·子规

举国繁华委逝川， 杜鹃的整个繁华故园毁于流水，
羽毛飘荡一年年。 它只得借助羽毛飘荡年复一年。
他山叫处花成血， 它在他山旧苑所叫之处花被染成血色，
旧苑春来草似烟。 但当春天来了所见草木依旧仍如笼烟。
雨暗不离浓绿树， 雨天晦暗它躲在浓绿的树丛低低饮泣，
月斜长吊欲明天。 月儿斜挂便迎着欲曙的天空悲叫连连。
湘江日暮声凄切， 傍晚在湘江边上传来凄切子规啼叫，
愁杀行人归去船。 让乘船归家的远行人更加伤感难眠。

杜鹃啼叫远人悲。 首联设想杜鹃的整个故园被水淹，要一年接一年四处飘荡。次联继续想象杜鹃在他山旧苑叫得“花成血”，那些地方依旧“草似烟”，即草木茂盛，如被烟笼，显示它的哀叫难有同情。三联刻画杜鹃顽强挣扎，不管阴晴，不分日夜，绝不放弃呼叫。尾联说这呼叫让江边日暮船上远行人伤心欲泪。作者以此诗表达人在异乡，科场失意，求助无门，是何等痛苦。

994 | 吴　融·书怀

傍岩依树结檐楹， 傍岩依树茅屋很快建成，
夏物萧疏景更清。 苦夏之物少了景色更清。
滩响忽高何处雨， 溪流下滩的响声忽高不知何处下雨，
松阴自转远山晴。 松阴自然地转动起来可见远山放晴。
见多邻犬遥相认， 见得多的邻犬与我遥遥相认，
来惯幽禽近不惊。 来惯了的幽禽近我也不受惊。
争得便夸饶胜事， 怎么能据此便夸奖为极大好事，
九衢尘里免劳生。 可避免在街市尘嚣里辛苦求生。

喜爱山居景更清。 此诗似为诗人早年隐居茅山读书期间所作。首联概述在山里建成茅屋被炎夏困扰的事物大减会显得更清静。次联描绘此居处的环境，可听到溪水流淌响声，可来到松阴之下乘凉。三联表现山中与动物的忘机友好相处，邻家的犬见多了在远处便跟我相认，幽雅的鸟来惯了走得很近也不害怕。尾联认为山居比起在街市尘嚣里生活真是极大好事。九衢：繁华街市。

995 韩　偓·故都

故都遥想草萋萋， 遥想北地长安故都处处野草萋萋，

上帝深疑亦自迷。 上天也会深感怀疑陷入迷惘难知。

塞雁已侵池籞宿， 野外塞雁已穿过网罗栖宿宫内，

宫鸦犹恋女墙啼。 宫苑乌鸦却仍依恋着矮墙悲啼。

天涯烈士空垂涕， 气节壮烈之士只得空流泪，

地下强魂必噬脐。 无辜被害死者则追悔已迟。

掩鼻计成终不觉， 阴谋酿成之日朝廷大权已旁落，

冯驩无路学鸣鸡。 惜无冯驩之智巧过秦关学晓鸡。

忠于唐朝恋故都。朱温篡唐先逼唐昭宗迁都洛阳，当时诗人避居闽南。首联概写长安故都连上帝也迷茫的衰败。次联描述宫苑荒废，野雁已侵入宫中，虽宫鸦仍恋女墙。池籞：宫苑池塘上的罗网。三联直抒己见，自己与所有护唐人无力回天唯有空垂涕，而死者尤其是为除宦官引进朱温的宰相崔胤必已噬脐莫及。尾联还痛感由始至终自身无能为力。掩鼻：郑袖掩鼻杀宠妃的阴谋。

996 韩　偓·春尽

惜春连日醉昏昏， 痛惜春归连日来酒醉昏昏，

醒后衣裳见酒痕。 醒来之后衣裳上布满酒痕。

细水浮花归别涧， 细水上漂着落花流归另外溪涧，

断云含雨入孤村。 片云里带着雨点飘入远处孤村。

人闲易有芳时恨， 人在有闲容易感觉芳时忽略的遗恨，

地迥难招自古魂。 远隔千里很难招来自古曾有的精魂。

惭愧流莺相厚意， 流莺对我的深情厚谊令我惭愧，

清晨犹为到西园。 每当清晨还为我特意飞到西园。

春尽蕴含家国悲。作者离京入闽已是暮年又遇暮春，眼见国家难保不亡，个人前途无望，写成此诗。首联突出难舍春归而接连醉酒，已见哀痛。次联描绘春尽画面，细水浮花流归另涧、片云携雨飘入孤村，那落花、流水、雨点、云块把春天带走了，把个人的一切带走了，还害怕大唐王朝也将被一起带走。三联的实质是苦于难找知音。尾联流莺相厚，仅一时缓解，而孤凄依旧。

997 秦韬玉·贫女

蓬门未识绮罗香， 贫家女儿不识绮罗的芳香，
拟托良媒益自伤。 想托良媒说亲更感到悲伤。
谁爱风流高格调， 谁能既心爱风流时髦的高雅格调，
共怜时世俭梳妆。 又都喜欢现时简约而朴素的扮妆。
敢将十指夸针巧， 不敢自夸十指灵活针线做得精致，
不把双眉斗画长。 更不在意双眉美化与人比较短长。
苦恨年年压金线， 深恨年年手里拿着金线刺绣，
为他人作嫁衣裳。 都是替富人家小姐做嫁衣裳。

自伤贫女缺良媒。此诗借贫女独白，诉内心抑郁，也寄寓诗人怀才不遇、寄人篱下的憾恨。首联先说从小粗衣布裳、没有绸缎沾身，再说待嫁之年无人问、拟托良媒更觉悲。次联诉说悲因，谁人能够既爱那时髦的高格调，又爱我现时的俭梳妆呢！三联还诉说，我虽十指灵活针线巧，仅埋头精进不愿自夸，更不注重装饰眉毛跟人比美。尾联以痛感良媒难觅，无奈为人作嫁结束。

998 杜荀鹤·旅泊遇郡中叛乱示同志

握手相看谁敢言， 路遇朋友只握手相看不敢开言，
军家刀剑在腰边。 因为那些军人的刀剑挂在腰边。
遍搜宝货无藏处， 他们遍搜财物欲藏也无处，
乱杀平人不怕天。 他们乱杀平民简直不怕天。
古寺拆为修寨木， 还拆掉古寺从寺里寻求修寨木，
荒坟开作甃城砖。 及挖掘荒坟从坟上找到筑城砖。
郡侯逐出浑闲事， 那年头郡侯被驱逐已是平常的事，
正是銮舆幸蜀年。 唐僖宗仓皇逃四川也正在这一年。

没落晚唐动乱生。首联描写叛乱造成的恐怖世相：人们相看不语、敢怒而不敢言，只因叛军腰间挂着刀剑。次联直书叛军的暴行，遍搜财物和乱杀平民。平人：即平民，避太宗名讳。三联续揭叛军罪大恶极的暴行，毁古寺和挖荒坟。甃：修筑。尾联充满无可奈何的叹息，等于说社会动乱，民不安居，国无宁日，郡守可被逐，皇帝也蒙尘，文人无力补天倾，记下历史待评说。

999 | 崔　涂·春夕旅怀

水流花谢两无情， 水不停流花不断落多么无情，
送尽东风过楚城。 我送走了最后东风吹过楚城。
蝴蝶梦中家万里， 睡梦中见到万里外长久思念的家园，
子规枝上月三更。 醒来时杜鹃枝上啼正值有月的三更。
故园书动经年绝， 家乡书信动辄几年收不到，
华发春唯满镜生。 白发春来偏却满镜子滋生。
自是不归归便得， 是自己不归要归立刻便可归去，
五湖烟景有谁争？ 五湖的风景有谁会来与我相争？

未取功名归不得。首联表达身在湘鄂异乡过暮春，眼见水流花谢，送走最后东风。次联描述异乡游子梦里回家，醒来听到杜鹃啼、看到三更月，唯觉倍伤怀。三联直抒胸臆，坦言故园书信长期收不到、头上白发更加长得快。尾联却说自己还是不能归去，要是真想归去，可以马上成行，故乡的五湖美景是没有人来和我争夺的。原来诗人是因为抱负未施展而不能归家或归隐。

1000 | 郑　谷·中年

漠漠秦云淡淡天， 三秦大地烟云弥漫是个暗淡的天，
新年景象入中年。 新年景象触目烦心想到已入中年。
情多最恨花无语， 情意绵绵时最恨问花花不语，
愁破方知酒有权。 要解心中愁才知还是酒有权。
苔色满墙寻故第， 追寻旧时住宅只见满墙布满苔色，
雨声一夜忆春田。 听着连夜雨声忆起家乡春日农田。
衰迟自喜添诗学， 衰老迟暮自感安慰的是增添了学诗兴趣，
更把前题改数联。 还是再把过去写的诗作修改几联来消遣。

人到中年心事多。首联眼见新年将至，感觉人到中年。次联叙述满怀愁绪，赏花难排遣，还需要借酒。三联诉说为解中年之忧，回顾往事已如故第满墙苔色斑驳难认，想起未来尚有春田或可选择弃官归隐安度晚年，但愿景未必可期。尾联为自己隐忧未解时增添了学诗兴趣而自喜，还要不断修改旧作，实际仅是在宝贵晚年将无情流走、摆脱现状却难有作为的情况下自寻安慰，无可奈何罢了。

五. 书后论说

当你读懂唐诗千首，理应易识诗中平仄

当你读懂唐诗千首，理应易识诗中平仄

《当你读懂唐诗千首（律诗卷）》解说了800首律诗，连同《当你读懂唐诗千首（古绝与律绝）》的800首律绝，被解说的格律诗合共1600首。要作的论述，也是针对格律诗说的。

据我们所知，唐诗是唐朝人凭借当时汉字的表现能力写成的，只有认识作品原文的表达作用，才有可能真正读懂唐诗。唐诗写作所运用的文字，正是我国的中古汉语，因此要帮助读者读懂唐诗，必须重视普及中古汉语的基础知识，并且绝不是孤立大谈理论，而是紧密结合在对译全诗、评述作品、解释词语之中。

我们也看到，不少青年学生和年长学员，对唐诗从偶然爱好，到深入认识，最后由于反复诵读，喜欢上并触摸到它的特殊声韵，利用现有条件，稍加钻研学习，便也能写出合乎格律的作品。

这些经验，促使我们深入思考。在真正读懂格律诗的基础上，进一步把诗中的平仄组合规律弄清楚，应该是顺理成章、困难不大的。至于如何利用现有条件去钻研学习，可以介绍两种方法，帮助大家克服通晓平仄的困难。

一、利用粤语字音掌握唐诗平仄

懂得粤语字音的平仄，等于懂得唐诗字音的平仄，因为这两种字音声调，尽管相隔千年，仍然基本相同。这方面的详细论述，已在《当你读懂

唐诗千首（古绝与律绝）》上发表，本拟不再重复。但有一些要点，还如骨鲠在喉，不说感到不快。

（一）粤语字音完整保留中古汉语的平、上、去、入四种声调。清代岭南学者陈澧亦曾说过“今之广音（粤语）实隋唐时中原之音”。陈毅元帅似乎也认可“粤音即唐音”这个观点，他于1957年颂扬广东的诗中也用了“千载唐音听粤腔”这个诗句，告诉读者，他听到广东人讲话时如同听到一千年前的大唐盛世之音那样兴奋。不过唐音与粤语的密切关系，仍需深入研究，具体认识。2003年，我们在中国文史出版社出版了《广州话普通话对译字林》一书，书中对过万汉字注上了广州话的声母、韵母和声调，现在看来，此书仍然可以充当查找唐诗固有字音声调（即平仄）的工具书。事实证明，现时的粤音，与千年前的唐音比较，虽然有变化，不少字音的声母、韵母可能已经今不同昔，但两者的字音声调仍然极少变化。粤语字音在时间上造成的差别，与在空间上造成的差别有点类似，粤音与唐音的不同，大概跟广州话与肇庆话的区别差不多。肇庆人把“宇宙洪荒”的“宇”说成“许”、“荒”说成“汪”，会令广州人一下莫名其妙，但却并不妨碍此二人都是在用粤语交谈。因此，能讲粤语的人，只要具备以下的二、三两个条件，便能很快认识唐诗字音的应有平仄。

（二）读得出“堪、砍、勘、含、颔、冚、恰、掐、合”这九个粤语声调的调值。准确读出不同字音的每个调值，困难会随年龄长大而增加，不少音节的调值有音无字，也会令人无所依傍、不易捉摸，要有相当耐心去练习。

（三）熟读声调谱，能将任何字音套入声调谱，像唱歌那样唱读出来。把这九个声调依次排成声调谱，可分两组排列，平上去三声六调为一组，排成“分（1. 阴平）、粉（2. 阴上）、粪（3. 阴去）、焚（4. 阳平）、奋（5. 阳上）、份（6. 阳去）”；入声三调，排成“必（7. 阴入）、鳖（8. 中入）、别（9. 阳入）”。这些声调谱，更需要不怕别人笑话，不断反复念诵，才能熟练掌握。当常用汉字的字音都能编进声调谱里念读，并且能很快确定它属平声字还是仄声字时，便有可能一下子认识唐诗所有字音的平仄属性了（念读声调谱可只记第几声而不管它的平上去入，因为九个声调里除一和四是平声，其他都是仄声）。

通过了这两个小关卡，要知道唐诗中的字音哪个是平声，哪个是仄声，简直易如反掌。

二、利用汉语拼音掌握唐诗平仄

认识汉语拼音，知道普通话有妈、麻、马、骂四个声调，还能从某个声调的字音推出其他三个声调的字音，如从“通”，能推出“同”“统”“痛”，或从“科”，能推出“咳”“可”“课”之类，那么，距离掌握唐诗的平仄，便仅有一步之遥。

难点是“古入今平”的入声字

不妨先做一点调查研究。下面是四首唐代五绝，试利用汉语拼音，逐字分析，并进行比较（数目字表示声调，普通话1、2为平声，3、4为仄声，用平仄标志声调的平仄属性；a图为普通话认定的平仄格式，b图为中古音认定的平仄格式，其中的黑体字是入声字）。

a	b
白$_{\text{2平}}$日$_{\text{4仄}}$依$_{\text{1平}}$山$_{\text{1平}}$尽$_{\text{4仄}}$	**仄仄**平平·仄
黄$_{\text{2平}}$河$_{\text{2平}}$入$_{\text{4仄}}$海$_{\text{3仄}}$流$_{\text{2平}}$	平平**仄**仄·平
欲$_{\text{4仄}}$穷$_{\text{2平}}$千$_{\text{1平}}$里$_{\text{3仄}}$目$_{\text{4仄}}$	**仄**平平仄·**仄**
更$_{\text{4仄}}$上$_{\text{4仄}}$一$_{\text{1平}}$层$_{\text{2平}}$楼$_{\text{2平}}$	仄仄**仄**平·平

王之涣·登鹳雀楼

a花1平开1平蝶2平满3仄枝1平　　b平平**仄**仄 · 平
花1平落4仄蜂1平还2平稀1平　　平**仄**平平 · 平
唯2平有3仄旧4仄巢2平燕4仄　　平仄仄平 · 仄
主3仄人2平贫2平亦4仄归1平　　仄平平**仄** · 平

于傥 · 对花

a危2平楼2平高1平百3仄尺3仄　　b平平平**仄** · **仄**
手3仄可3仄摘1平星1平辰2平　　仄仄**仄**平 · 平
不4仄敢3仄高1平声1平语3仄　　**仄**仄平平 · 仄
恐3仄惊1平天1平上4仄人2平　　仄平平仄 · 平

李白 · 夜宿山寺

a腊4仄月4仄草3仄根1平甜2平　　b**仄仄**仄平 · 平
天1平街1平雪3仄似4仄盐2平　　平平**仄**仄 · 平
未4仄知1平口3仄硬4仄软3仄　　仄平仄仄 · 仄
先1平拟3仄蒺2平藜2平衔2平　　平仄**仄**平 · 平

李贺 · 马诗其二

以上分析，让我们得到如下结论：

（一）平、上、去三种声调，中古音具有的平仄与普通话断定的平仄无一相异。在全部格律诗用字中，虽不能排除在平、上、去声调中会有若干个古今不对应的字，但可以肯定不会多。这就是说，利用普通话的平仄知识，去判断中古字音的平仄，平、上、去三种声调的字，便可以忽略不计，而专注于入声字。

（二）中古音念入声的汉字，用普通话标准来分辨，仍然有对有错。如：第一首的入声字“白、日、入、欲、目、一”，错判为平声的有

“白”和“一”；第二首的入声字“蝶、落、亦”，错判为平声的有“蝶”；第三首的入声字“百、尺、摘、不”，错判为平声的有“摘”；第四首的入声字“腊、月、雪、蒺”，错判为平声的有“蒺”。

（三）四首唐诗80个字中，入声字共17个。被普通话正确断定为仄声的有12个，判对的约有四分之三；错误断定为平声的有5个，判错的约有四分之一。可见，懂普通话者，如能搞定这为数不多的（大约两三百个）古为入声、今念平声的字，即可掌握中古音的平仄，也就是具备准确判定唐诗实际平仄的能力。

唐诗是唐代人按当时的中古汉语写成的。中古汉语有平、上、去、入四个声调，千载后的现代汉语普通话，仍保留着平、上、去三种声调，入声则完全失落。原先念入声的字至少占总字数的四分之一，已分别归到平、上、去这三个声调里，改念为平声、上声或去声的字。今天我们按现代汉语普通话去分辨平仄，对于唐代平、上、去三种声调的字应该不成问题，遇到唐代入声字分流至上声、去声的，问题也不大，因结果还是仄声，如果碰上分流至平声的字，那就会认“仄”为“平”，犯了大忌。

制作平仄图，识别入声字

为认识这几百个古代念入声、今天念平声的汉字，人们想出了很多办法。这里推荐一个简单易行的办法。

一个只懂汉语拼音的人，要了解唐代格律诗的平仄面貌，可以采取对比今古平仄图的办法，即把普通话的平仄图，与格律诗的平仄图互相对照、分清对错。

特别说明：一、普通话平仄图，依据汉语拼音的规矩，声调1、2为平，3、4为仄编制；格律诗平仄图，就是现成的格律诗平仄格式，绝句的或律诗的，照抄便得。二、两张图的标注、对比仅限于诗作上的双数字和句末字。平仄格式对双数字和句末字的声调要求，体现了平仄组合的根本特性，不按要求用字，将无从发挥应有的声律作用。

上面说过，平、上、去三声的字音声调古今大体相同。我们用对比平仄图的办法检验一下：

普通话平仄图	格律诗平仄图
曲沼3仄春流2平 · 满3仄	曲沼仄春流平 · 满仄
新蒲2平映野3仄 · 鹅2平	新蒲平映野仄 · 鹅平
闲斋1平朝饭4仄 · 后4仄	闲斋平朝饭仄 · 后仄
拄杖4仄远行2平 · 多1平	拄杖仄远行平 · 多平
张籍 · 葫芦沼	张籍 · 葫芦沼

比对结果，张籍这首诗普通话认定的平仄与格律诗的平仄全无差异。唐代格律诗就把这种首句头尾两顿皆仄的平仄格式概括为：仄仄平平仄，平平仄仄平。平平平仄仄，仄仄仄平平。

张籍这首诗是没有入声字的。我们再拿两首有入声字的格律诗来对比，必用字中的入声字将露出原形，让人惊喜，如下：

普通话平仄图	格律诗平仄图
乱后4仄他乡1平 · **节**2平	乱后仄他乡平 · **节**仄
烧残2平故**国**2平 · 春1平	烧残平故**国**仄 · 春平
自怜2平垂**白**2平 · 叟3仄	自怜平垂**白**仄 · 叟仄
犹伴4仄踏青1平 · 人2平	犹伴仄踏青平 · 人平
司空图 · 漫题其一	司空图 · 漫题其一

把两图中的双数字和句末字加以对照，便可发现普通话图第一句的第

五字“节”、第二句的第四字“国”、第三句的第四字“白”，都标注错了。问题出在，这些唐朝入声字本属仄声，今天的普通话却读成了平声。

普通话平仄图	格律诗平仄图
茅屋$_{1平}$深湾$_{1平}$里$_{3仄}$	茅屋$_{仄}$深湾$_{平}$里$_{仄}$
钓船$_{2平}$横竹$_{2平}$门$_{2平}$	钓船$_{平}$横竹$_{仄}$门$_{平}$
经营$_{2平}$衣食$_{2平}$外$_{4仄}$	经营$_{平}$衣食$_{仄}$外$_{仄}$
犹得$_{2平}$弄儿$_{2平}$孙$_{1平}$	犹得$_{仄}$弄儿$_{平}$孙$_{平}$
杜荀鹤·钓叟	杜荀鹤·钓叟

把两图中的双数字和句末字加以对照，不难看出，普通话图第一句第二字“屋”、第二句第四字“竹”、第三句第四字“食”、第四句第二字“得”也误判了它们的平仄属性。同样将唐代的入声字认作平声字。

这样对比两种平仄图，如发现某些字与唐音不符，这些字几乎都是古代属仄声现代属平声的字。在“古仄今平”的字里，“古入今平”者，又必定占了绝大多数。这种认识入声字的方法可以称作对比法，凭借它，便能判定一首格律诗的平仄属性。一个不懂平仄的人，如果需要知道格律诗的绝句或律诗，有无入声字或是否合格律，用这种对比法去检验就能找到正确答案。因此若懂得运用对比法，可说认识唐诗平仄已经初步入门。

推出平仄图，格律便在手

通常说某人懂唐诗平仄，意味着这个人是了解唐诗的平仄字音和平仄格律的，等于说，字音与格律，属于真懂唐诗平仄的两大硬件。要认识唐诗平仄，既要突破平仄字音的难点，还需突破平仄格律的难点。此处所指的平仄图，即格律诗的绝句、律诗、排律各种平仄格式，而格律即体现在格式之中。外行人可以通过抄书轻易取得格式，而通晓平仄的人则必定能够随口说出，或信笔写成。过去大都靠机械记忆过关，而通过巧学也可以做到这样。所谓巧学，窍门在弄清平仄格式的结构关系，运用合适的结构材料去进行推导。

熟记结构关系

对格律诗的平仄格式进行合理推导的本领，建立在深入认识平仄格式的结构关系和结构材料的基础之上。

关于平仄格式的结构关系，可用我们写过的一首顺口溜来表述：

两字一顿，
一字独担。
两句成联，
积联成篇。
句中相间，
句末循环。
联间相同，
句间相反。

一至四句，说明格律诗平仄的外部联系。格律诗多数两字一顿，也有一字一顿的，如五言“仄仄”“平平”“仄”就有三个停顿，七言“平平”“仄仄”“平平”“仄”就有四个停顿。而“一字独担”既表示“可一字独担”，也表示“由一字独担”，即同一停顿若包含两个不同质的字，比如“平仄”或“仄平”，该停顿的性质便由最后一字独担。每首格律诗，以联为单位，积两联构成绝句，积四联构成律诗，超过四联便称作排律。

五至八句，说明格律诗平仄的内在关系。要彻底弄清这种内在关系，必须借助一首格律诗，所引是杜牧的《贻友人》（标注平仄，加粗加黑的是双数字和句末字）：

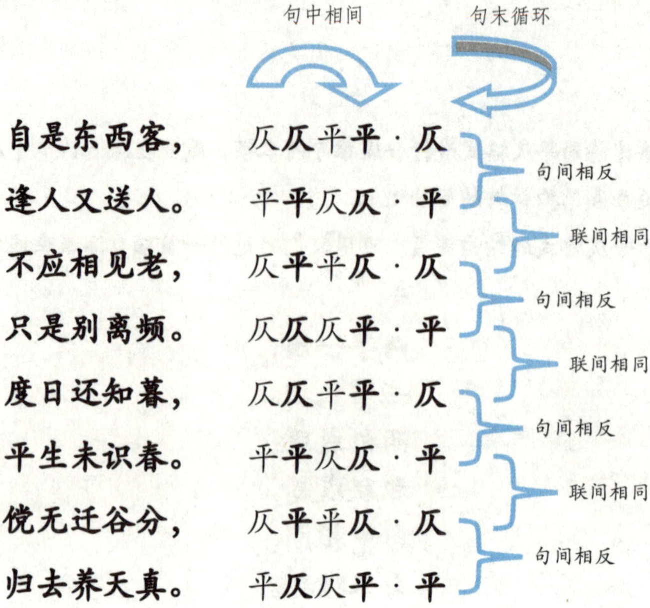

杜牧·贻友人

上图可见：

“句中相间”就是每个诗句当中，其双数字的先后次序是平仄相间的，不允许出现同平或同仄。如一句的双数字“是、西”，二句的双数字“人、送”就是先仄后平或先平后仄，其他各句，莫不如此，不可能是“平平”或“仄仄”。具备这一特点的句子组合，专门被称作律句。在唐诗、宋词、元曲中通常所说的“律句”，就是这种句中停顿平仄相间（或称交替、交错）的句子。

“句末循环”。这是表达句末字先后交集平仄状态，句末字的先后相交，是先仄后平地循环的。试看上图的句末字，从第一句的仄到第八句的平，依次为“仄平仄平仄平仄平”，不就是不断循环吗？若首句末字押韵，即一、二句的句末同为平声，其后依旧是“仄平”的连续循环。

“联间相同”。联间指诗中的联与联之间，即上诗的二句与三句之间、四句与五句之间、六句与七句之间。在这个位置上，双数字的横向分布则是平仄相同。如二句的“人送”是“平仄”，三句的“应见”也是“平仄”，其他联间，也一样平仄相同（又叫粘连）。

最后解释“句间相反”。句间指诗中的句子与句子之间，即上诗的一、二句，三、四句，五、六句，七、八句之间。双数字在句间的横向分布是平仄相反。如一句的“是西”（仄平）与二句的“人送”（平仄）相对，就是平仄相反。其他三联的联内句子之间，也都是平仄相反（又叫对立）的。

为什么我们对双数字、句末字紧抓不放？因为这两种字是格律诗平仄格式的必用字，带有非此不可的要求，若违反，需补救，称作拗救。其馀的单数字平仄不拘，可称活用字。若记住了必用字的分布特点，就掌握了格律诗平仄格式的内在关系。

熟记结构材料

懂得结构关系，又了解结构材料，就有可能把格律诗的平仄格式很快重组出来。五绝平仄格式的结构材料，常见的有“仄仄平平仄”“平平仄仄平”。试用这两种材料去构造四句的格式，最好的结果如下：

1仄**仄**平**平**·**仄**
2平**平**仄**仄**·**平**
1平**平**仄**仄**·**平**
2仄**仄**平**平**·**仄**

可见上联、下联均为句间平仄相反，上下联之间能平仄相同，每一句都是句中平仄相间，而句末平仄循环（应仄平仄平）则办不到。若将第三句改为“平平平仄仄”（把句式2的第三字“仄”与第五字“平”对调）作为句式3，以及将第四句改为“仄仄仄平平”（把句式1的第三字“平”与第五字“仄”对调）作为句式4，就可组成一个符合格律诗要求的平仄格式，不妨自行检验。格式如下：

1仄仄平平·仄
2平平仄仄·平
3平平平仄·仄
4仄仄仄平·平

依据熟记的知识推出所需的格式

上述合乎要求的平仄格式包含了四种结构材料，亦即四种结构句式，如果让它们分别充当第一句，其他三句就按结构关系，做选择题的游戏，可以推出五绝的所有平仄格式，而且结构关系只考虑“句间相反，联间相同”便得，因为结构材料本身，已经具备句中相间、句末循环的保证。试拿第一句为例：

第一句是“仄仄平平仄”，从其他三个句式中选择哪个做第二句呢？第二句与第一句存在句间的关系，根据双数字句间平仄相反，显然要选“平平仄仄平”。

有了第二句，再添第三句，也要考虑二、三句之间存在联间平仄相同的关系，那么，第三句必须是“平平平仄仄”了。

第三句之后的第四句，又应该选什么句式呢？这也要根据第四句与第三句存在何种关系。显然三、四句有句间平仄相反的关系，而合适的句式，只能是“仄仄仄平平”了。

这就构成了格律诗五言平仄格式的第一种，名字叫做“首句仄起不入韵”。名字很啰嗦，其实等于首句仄起仄收，因为格律诗只押平声韵，“不入韵”就是非平声，即仄声。这样命名也使人一听就知道，这种格式的首句头尾两个停顿的平仄是什么，从而也得知它的结构句式是什么（如五言的“仄起仄收”按照句中停顿平仄相间，它定是“仄仄平平仄”；七言的“仄起平收”按照句中停顿平仄相间，它定是“仄仄平平仄仄平”）。

照此办理，拿这五言结构材料的第二种“平平仄仄平”充当第一句，其他三句则跟推导第一种格式同样，依据句间、联间的结构关系，做选择题的游戏，也可以推出五绝平仄格式的第二种“首句平起入韵”。同理，如果首句换成句式3“平平平仄仄”，即可推出五绝平仄格式的第三种“首句平起不入韵”，如果首句换成句式4“仄仄仄平平”，即可推出五绝平仄格式的第四种“首句仄起入韵”。这种选择题游戏应该人人可做，不拟重复演示。

不仅如此，构成格律诗七绝平仄格式的结构材料，不过是上述五绝结构材料的稍作延长，即在每一句之前，添加一个与其后平仄相反的停顿，如“仄仄平平仄”变成“平平仄仄平平仄”等于造出一个七言的句中平仄相间的律句，也就是说，组成七绝平仄格式的四种结构材料，一下便能记住，那就是（加粗加黑的是双数字和句末字）：

1平**平**仄**仄**平**平**·**仄**
2仄**仄**平**平**仄**仄**·**平**
3仄**仄**平**平**平**仄**·**仄**
4平**平**仄**仄**仄**平**·**平**

而且组装七绝平仄格式的结构关系，同组装五绝的相同，都是那八个字“句间相反，联间相同”。此外还有，七绝四种平仄格式的组装，也跟五绝四种平仄格式的组装一样，让四种结构材料分别充当排头兵，然后按结构关系做选择题游戏便得。这不就等于，能推导五绝平仄格式，亦能推导七绝平仄格式了吗?

还必须指出，能推导五绝、七绝平仄格式，亦能推导五律、七律的平仄格式，因为五律仅为五绝由四句延长到八句，七律仅为七绝由四句延长到八句，而结构材料、结构关系仍旧不变，推导方法也与推导五绝、七绝无异。可见格律诗平仄格式（包括五绝、七绝、五律、七律合共四体十六式，还可包括长达几十句、几百句的排律），实在不必死记硬背。总之，只要记住了格律诗平仄格式的结构关系（句中相间、句末循环、联间相同、句间相反），和结构材料（五言的仄仄平平仄、平平仄仄平、平平平仄仄、仄仄仄平平；七言的平平仄仄平平仄、仄仄平平仄仄平、仄仄平平平仄仄、平平仄仄仄平平），进行简单的推理，便可以随时随地把所有平仄格式，正确推断出来。

阅读一首唐代格律诗，懂得汉语拼音的人，如果能按照普通话，列出它的平仄图，又能依据它首句头尾两顿平仄而推知格律诗首句的结构句式，并由此推断出它的平仄图，两种平仄图互相对比，若有古入今平的字，全都暴露无遗，供人辨认。这时候他们好像有了孙悟空的火眼金睛，能看到“古仄今平”的字一一露出原形，可以说已经基本掌握格律诗的平仄格律，只是还需不断熟练而已。

唐诗平仄影响深远

顺带提一下，除唐代的格律诗严格要求注重平仄格律，后继的宋词、元曲，也属于一种讲究平仄组合的诗歌体裁。如：欧阳修的宋词《生查子》：

去年元夜时，（仄**平**平**仄**·**平**）
花市灯如昼。（平**仄**平**平**·仄）
月上柳梢头，（仄**仄**仄**平**·**平**）
人约黄昏后。（平**仄**平**平**·**仄**）

今年元夜时，（平**平**平**仄**·**平**）
月与灯依旧。（仄**仄**平**平**·**仄**）
不见去年人，（仄**仄**仄**平**·**平**）
泪湿春衫袖。（仄**仄**平**平**·**仄**）

再读马致远的元曲《天净沙》：

枯藤老树昏鸦，（平**平**仄**仄**平·**平**）
小桥流水人家，（仄**平**平**仄**平·**平**）
古道西风瘦马。（仄**仄**平**平**仄·**仄**）
夕阳西下，（仄**平**平·**仄**）
断肠人在天涯。（仄**平**平**仄**平·**平**）

仅拿这两首简短的宋词、元曲作品，与格律诗比较，也能看出，在平仄方面，它们不同之处主要是韵脚的可平可仄，以及整首没有固定的平仄粘对关系，但句子之间却随时可见不定的平仄相反或相同的关系，尤其是每个句子全属平仄相间的律句，令人自然产生两者大同小异之感。

前人常说弄通了唐诗平仄，要懂宋词、元曲声韵之美，类似水到渠成不算难事，并非虚言。

在我国唐代最后定型的格律诗，千载以来为人们所喜闻乐见。格律诗的字音声韵，具备优化的组合，使得看似平常的文字，成为魅力四射的美文。当读者克服了中古汉语造成的文字障碍，更深入理解了诗意，必将逐步领悟到，格律诗的动人声韵不可多得。其中的押韵、对偶元素，当获先贤不少启发，而在声律方面，即对字音声调、字音平仄的充分利用方面，他们确实做出了独特的贡献，格律诗平仄格式在唐代最终定型就是明证。

我们希望格律诗的声律成就得到继承，它的平仄格律知识能够被更多的人掌握，这不仅因为现代人运用格律诗平仄格式创作出反映现实生活的作品，仍然富有生命力，而且因为声调是汉语的重要特性，推进声律（关于声调的规律）的研究，必将有助于提高现代汉语的表现能力。何况如上所说，现代人掌握唐诗宋词中的平仄，并无克服不了的困难。期待有越来越多的人，关注这个今天还相当冷落的探索领域。相信有价值的东西，始终不会被人遗忘。

当你读懂唐诗千首【律诗卷】

总 策 划

刘展华　陈海

小虫焉知动漫科技有限公司